21 श्रेष्ठ कहानियां
(परमात्मा और आकाश)

I0657696

प्रमोद भारती

डायमंड बुक्स

© लेखकाधीन

प्रकाशकः डायमंड पॉकेट बुक्स (प्रा.) लि.
X-30, ओखला इंडस्ट्रियल एरिया, फेज–II
नई दिल्ली–110020
फोन : 011–40712200
ई-मेल : sales@dpb.in
वेबसाइट : www.diamondbook.in

21 SHRESTH KAHANIYAN
by : Pramod Bharti

विषय-सूची

प्राक्कथन

'अधूरे इंद्रधनुष' मेरा पहला कहानी-संग्रह था जिसमें बत्तीस कहानियां संकलित थीं। 'परमात्मा और आकाश' के नाम से अभिहित यह मेरा दूसरा कहानी-संग्रह है जिसमें इक्कीस कहानियां संकलित की गई हैं। परमात्मा और आकाश का अर्थ है पुरुष और परिस्थिति। यह कहानी उस पुरुष के सम्बंध में आलेख है जो परिस्थितियों के बीच में है और उस परिस्थिति का भी लेखा-जोखा है जो पुरुषार्थ का निषेध नहीं करती। सांख्य का मत है कि पुरुष शुद्ध-बुद्ध-चैतन्य है और सारा परिवर्तन प्रकृति के ही अंतर्गत है। प्रकृति ही समस्त परिवर्तन का उपादान है और प्रकृति ही कर्ता है। सांख्य का मत है प्रकृति ही सक्रिय है और पुरुष एक निरपेक्ष किन्तु निष्क्रिय तत्त्व है। किन्तु मेरा वक्तव्य कुछ भिन्न है; जब तक पुरुष संसार में है वह वस्तुत: कर्ता है और इसीलिए वह प्रकृति से सम्पृक्त है; जैसे-जैसे वह कर्ताभाव का त्याग करता है वह शनै: शनै: प्रकृति से असम्पृक्त होता चला जाता है। प्रकृति के बंध से पूरी तरह छूट जाना ही मोक्ष है। सांख्य साक्षीभाव की व्याप्ति आद्योपांत मानता है किन्तु मेरा मत है कि पुरुष प्रारम्भिक अवस्था में कर्ता है और अंतिम स्थिति में साक्षी है और यह बीच की यात्रा ही संसार है। क्योंकि यदि दो तत्त्व निरपेक्ष हैं और उनमें से एक भी निष्क्रिय है तो दोनों के बीच में बंध नहीं हो सकता। पुरुष के निष्क्रिय होते हुए सृष्टि नहीं हो सकती। सांख्य सृष्टि के उद्गम की व्याख्या करने में असमर्थ है यद्यपि वह एक जीवन्मुक्त सिद्धपुरुष की अवस्था का समीचीन निरूपण करता है। पुरुष के साक्षी होते ही बंध गिर जाता है और वह जीवन-मरण के चक्र से बाहर हो जाता है। जब आप संकलन की कहानियों को पढ़ेंगे तो आपको भी लगेगा कि बात तो मैं ठीक ही कह रहा हूं। यहां पर मैं एक बात और कहना चाहता हूं। जैसाकि इलियट ने कहा है एक अच्छे कलाकार में भी यह साक्षीभाव होना अपेक्षित है। मेरी दृष्टि यह भी है कि अधिकांश साहित्यकारों के लिए पचास वर्ष से पूर्व की आयुष एक झंझावात की तरह होती है जिसमें चित्त तिनके की तरह डोलता रहता है और जिसको हम किञ्चित साक्षीभाव जैसा कहते हैं वह पचास वर्ष की अवस्था के बाद ही सध पाता है। मुझे यह आश्चर्यजनक नहीं लगता कि पचास वर्ष के उपरांत ही सौंदर्यबोध को उपलब्ध होना सहज होता है और इसके बाद की अवस्था ही निसर्गत: बुतपरस्ती

की अवस्था होती है। इसीलिए मनीषियों ने पचास वर्ष से पूर्व कर्मयोग की तथा इसके बाद उपासना की व्यवस्था दी है। साहित्य भी एक तरह की उपासना ही है और मुझे लगता है कि यदि कोई पचास वर्ष बाद भी साहित्य लिखता रहे तो उसकी गुणवत्ता कुछ भिन्न होगी। कम से कम मेरा निजी अनुभव यही है।

इस पुस्तक में कुछ कहानियां विशिष्ट हैं जिनके सम्बंध में कुछ इंगित करना आवश्यक हो जाता है; कुछ न कहने पर हो सकता है कि कुछ पाठक कहानियों के अभीष्ट को चूक जाएं। पहली कहानी 'एक थी नीलोफर' है। यह एक प्रतीकात्मक कहानी है क्योंकि भूतनाथ चैतन्य का प्रतीक है और नीलोफर आकाश की आत्मा है। जैसे ही हम बाह्य-जगत का प्रथमतः साक्षात्कार करते हैं हमें पांच तत्त्व दिखाई देते हैं—पृथ्वी, जल, अग्नि, वायु और आकाश। जिस ठोस सतह पर हम खड़े हैं वह पृथ्वी है, समुद्र-नदी-तालाब-झरने इत्यादि जल तत्त्व हैं; सूरज-चांद-तारे इत्यादि अग्नि तत्त्व हैं; हमारी सांस के साथ जो भीतर-बाहर आवागमन करता है वह वायु है तथा जिसमें पुद्गल और आकाशीय पिण्ड अवस्थित हैं वह आकाश है। ये सभी मिलकर बाह्य-जगत को बनाते हैं और इनके अतिरिक्त अन्य कोई भी तत्त्व वहां उपस्थित नहीं है। इसीलिए ज्ञानियों ने जगत को एक पांच तत्त्व का पिंजरा बताया है और जीवात्मा को एक पक्षी बताया है। पृथ्वी स्थूलतम है और आकाश सूक्ष्मतम है। पृथ्वी-जल-अग्नि-वायु-आकाश क्रमशः सूक्ष्मतर होते चले गए हैं। गंध, रस, रूप, स्पर्श व शब्द क्रमशः इन पांच महाभूतों के विशिष्ट गुण कहे जाते हैं। यदि हम मनुष्य के मन को देखें तो पृथ्वी मद व लोभ का प्रतीक है; जल मोह का प्रतीक है; अग्नि क्रोध व मत्सर का प्रतीक है; वायु काम का प्रतीक है तथा आकाश विस्तार का प्रतीक है। आकाश हमारे भीतर का उदात्त तत्त्व है और हमारे ऊर्ध्वगमन का कारक है। इसीलिए जब भी मनुष्य प्रार्थना को उपलब्ध होता है उसकी आंखें और उसके हाथ स्वतः ही आकाश की ओर उठ जाते हैं। कहने का तात्पर्य है कि प्रकृति से परमात्मा की ओर यात्रा में आकाश ही अंतिम विश्रामस्थल है और आकाश का अतिक्रमण करते ही भूतनाथ शुद्ध-बुद्ध-चैतन्य को उपलब्ध हो जाता है; यही निरूपित करना इस कहानी का उद्देश्य है।

इसी प्रकार 'पहला किस्सा हातिमताई' के बाबत कुछ कहना भी असंगत नहीं होगा। इस कहानी के मुख्यपात्र तीन हैं— हुस्नबानो, मुनीरशामी और हातिमताई। हुस्नबानो हातिमताई से सात सवाल पूछती है और हातिमताई क्रमशः इन सातों सवालों के जवाब ढूंढ़कर लाता है और इस प्रकार कहानी आगे बढ़ती है। ये सात सवाल क्या थे यह बात वस्तुतः तो इन तीन ही लोगों के बीच में थी। हम जैसे अन्य व्यक्तियों के लिए ये सवाल मात्र अनुमान का विषय रहे हैं। 'पहला किस्सा हातिमपाई' पहला इसलिए है कि किसी लेखक ने पहली बार इन सवालों के बारे में तर्कसंगत ढंग से सोचा है। यदि इन सवालों को बदल दिया

जाए तो और किस्से भी लिखे जा सकते हैं। कहानी बहुत ही विशिष्ट है और भाषा-शैली भी रोचक है। इसे पढ़ने पर हिन्दी कहानी का एक नया स्वरूप आपके सामने आएगा।

'सखा भए नंदलाल' में महाभारत के सारे घटनाक्रम को मौलिक ढंग से विवेचित किया गया है; आश्चर्य होता है कि अब तक हमने इतनी महत्त्वपूर्ण कृति के प्रति समीक्षात्मक दृष्टिकोण की प्रायः उपेक्षा की है। इसी प्रकार 'छोटा रेजीडेण्ट', 'परांठे वाली गली', तथा 'आचार्य चाणक्य' ऐसी कहानियां हैं जो इतिहास के प्रति हमारी जड़ता को तोड़ती हैं। 'यायाति का भानजा', 'नास्त्रेदमस की चुड़ैलें' व 'विगत का प्रेतजाल' तीन ऐसी कहानियां हैं जिनमें परम्परागत पात्रों को नए संदर्भों में प्रस्तुत किया गया है। इसी प्रकार 'एकांतद्वीप के हंस', 'पूरब का दिव्यदूत', 'विस्मृता', छिन्नमस्ता' 'अधूरा सच' व कतिपय अन्य कहानियां लिखने की प्रेरणा का कारण मेरा आश्रम-प्रवास रहा है। 'मित्रता की कीमत', 'जम्बूद्वीप के वानर' व 'आदमी और कुत्ता' अपने ढंग की बोधकथाएं हैं। आशा है कि सुविज्ञ समीक्षक इस संकलन पर समुचित ध्यान देंगे और यह संकलन भी अविस्मरणीय सिद्ध होगा।

प्रमोद भारती
C-265 वैशालीनगर जयपुर
सम्पर्क-9829197497

6 *21 श्रेष्ठ कहानियां : प्रमोद भारती*

एक थी नीलोफर

एक थी नीलोफर
वह आसमान से तो आती थी उतर
पर बैठ जाती थी टंगकर
गुलमोहर के पेड़ पर
उतरी नहीं कभी जमीन पर
और जमीन थी कितनी सुंदर!

नीलोफर इस आख्यान की नायिका है और वह भूतनाथ की तरह ही इस कहानी का एक मुख्यपात्र भी है। नीलोफर का अर्थ है आकाश-कुसुम और वह आकाश की आत्मा भी है। कहना चाहिए कि वह एक भाववाचक संज्ञा है, एक व्यक्तिवाचक संज्ञा नहीं है। क्योंकि किसी स्त्री का मन सुंदर होता है; किसी की बुद्धि विलक्षण होती है; किसी की देहयष्टि कमनीय होती है; किसी की आंखें सम्मोहक होती हैं; किसी के कपोल का तिल लुभावना होता है; किसी के बाल आजानुदीर्घ होते हैं; किसी का वक्ष बहुत उन्नत और उत्कीर्ण होता है; किसी के नितम्ब खुजराहो की प्रतिमाओं को सजीव कर देते हैं; किसी की टांगें बहुत सुडौल होती हैं और किसी का रंग चांदनी रात में थिरकते पारिजात जैसा होता है। हम एक ही नायिका में ये सारे गुण देखना चाहते हैं, हम एक ही श्रीकर में सारा समुद्र ले आना चाहते हैं, हम व्यष्टि में ही समष्टि की कामना करते हैं। भूतनाथ स्वयं चैतन्यस्वरूप पुरुष है इसलिए नीलोफर से कम उसको कोई दे भी क्या सकता है? इसलिए नीलोफर एक भाववाचक संज्ञा ही हो सकती है, एक प्रतीक ही हो सकती है, एक व्यक्ति होकर भी वह मात्र एक व्यक्ति नहीं हो सकती।

नीलोफर भूतनाथ के ऐश्वर्ययुक्त कैशोर्य का दिवास्वप्न है इसलिए वह एक सांगोपांग किशोरी है। इसलिए प्रश्न यह नहीं है कि नीलोफर कौन है अथवा वह कब हुई अथवा वह कब होगी; प्रश्न यह है कि नीलोफर को कैसा होना चाहिए? कभी आपको लगेगा कि नीलोफर यह लड़की है, कभी आपको लगेगा कि नीलोफर वह लड़की है; कभी आपको नीलोफर किसी बालकनी में बैठकर अपने बाल सुखाती हुई मिल जाएगी; कभी वह धूप में बैठकर स्वेटर बनाती हुई मिल जाएगी; कभी किसी विश्वविद्यालय के पुस्तकालय में बैठकर वह पुस्तकों

से समाविष्ट मिल जाएगी तो कभी किसी देवालय में अपने मस्तक पर चंदन का तिलक लगाकर दुपट्टे से अपना सिर ढकती हुई दिख जाएगी। ऐसी स्थिति में आपको बधाई का पात्र समझा जाना चाहिए क्योंकि यह आपका एक निजी अन्वेषण होगा। दूसरों के लिए नीलोफर कहीं और होगी तथा कोई और होगी। यह उनका अन्वेषण होगा, उनका भाव और उनका अनुराग होगा। जहां तक कथाकार का प्रश्न है नीलोफर नारीपर्याय में अवस्थित समस्त सत्यं, शिवं व सुंदरम् का मानवीकरण है क्योंकि वह स्वयं भूतनाथ (सच्चिदानंद) की नायिका जो है।

जहां तक कथा प्रवाह के सूत्र का प्रश्न है वह स्वयं नायक के हाथ में देना ही उचित है। इसलिए आगे की कहानी हम सुनते हैं भूतनाथ की जुबानी।

जब मैं बारह वर्ष का था तो वह लड़की ग्यारह वर्ष की थी। शाम का झुटपुटा था; चांदनी रात थी, गगननक्षत्रों की बारात थी। गलियों में बच्चे खेल रहे थे। वह अपने घर के परकोटे की दीवार पर बैठी थी और मैं त्रिभंगीमुद्रा में उसके समीप प्रस्तुत था। मैंने उससे प्रणयनिवेदन किया और यह मेरा पहला-पहला प्रणयनिवेदन था। उसने हथेलियों से अपना मुंह ढक लिया, मैंने उसके एक कंधे पर धीरे से हाथ रखा; अचानक वह दीवार पर से कूदी और घर के अंदर अंधेरे में तेजी से भाग गई। उसके बाद कई दिनों तक वह मेरे पास से गुजरती रही; मेरे सामने की छत पर आकर बैठती रही किन्तु उसने मुझसे आंख नहीं मिलाई। मेरा पहला अनुभव ही मुझे विस्मित कर देने वाला था। वह मेरी क्रीड़ासखी थी; मुझसे अतरंग थी; मुझे पसंद भी करती थी; वह उपयुक्त युगल था किन्तु बात नहीं बनी। किशोरी तोहे कुञ्जन बीच रिझाऊं पर किशोरी इसके लिए तैयार नहीं थी।

फिर मैं 14 वर्ष का हुआ। वह एकदम अनारकली जैसी लगने लगी; उसको देखकर मुगल-ए-आजम के संवाद बोलने का मन करने लगा। वह साधना-कट बाल रखती थी और एकदम चुस्त सलवार-कुर्ते पहनती थी। उसके पीछे-पीछे विद्यालय तक जाना मुझे अच्छा लगता था। वह मुड़-मुड़कर बीच में कई-कई बार मुझे देख लेती थी और कृतकृत्य अनुभव करती थी। इस समय तक मुझे लड़कियों के प्रति आकर्षण-भाव का स्पष्ट बोध होने लगा था। मैं इस बारे में भी सचेत होने लगा था कि मैं कैसा दिखता हूं और मेरे बारे में लड़कियां क्या सोचती होंगी? इसलिए लड़कियों की उपस्थिति में मैं एक प्रकार की हिचक एवं संकोच का भी अनुभव करने लगा था। मम्मी मुझे उसके पास पुस्तकें, पत्रिकाएं, स्वेटर की डिजाइनें इत्यादि के आदान-प्रदान के लिए भेजते रहना चाहती थी और मैं मना करता रहता था। मुझे उसके पास जाते समय आत्मविश्वास के अभाव

का अनुभव होता था; कभी मैं अपने वस्त्रों, कभी केश सज्जा, कभी अपनी देहयष्टि से असंतुष्ट होकर उसके बहुत समीप जाने से बचने लगा था। क्या पता मैं वैसा ही दिखता हूं कि नहीं जैसा एक किशोरी एक किशोर को देखना चाहती है? इस पर मम्मी को झुंझलाहट भी होती थी कि कौनसा वह तुझे हड़प लेगी? लड़कियों के परिवेश में एक तरह की रहस्यात्मकता मुझे अनुभव होने लगी थी जो कि कुछ-कुछ टेल्कम-पाउडर की गंध, परफ्यूम की खुशबू व चुन्नी की सरसराहट जैसी कोमल होती थी। कुछ था जो मुझे इस रहस्य के प्रति आकर्षित भी करता था, उद्वेलित भी करता था किन्तु आशंकित भी बनाता था।

दसवीं की परीक्षा दी तो संयोग देखिए कि मेरा नाम बोर्ड की योग्यता-सूची में था; इससे मुझे पर्याप्त भरोसा हो गया कि मैं पढ़ने में ठीक ही हूं। इसके दो परिणाम हुए; पहला तो यह कि सुंदर-सुंदर लड़कियां भी मुझ पर पूरा ध्यान देने लगीं जबकि मैं उनकी तुलना में स्वयं को कुछ भी नहीं समझ पाता था और दूसरा यह कि अध्यापकों ने मुझमें एक अविस्मरणीय यशस्वी और अध्ययनशील छात्र बनने का मनोविकार लगा दिया। दोनों प्रवृत्तियों की दिशाएं एक दूसरे के विपरीत थीं और उस अपरिपक्व अवस्था में मैं यह नहीं समझ पाया कि सौंदर्य ही परम होता है, वही वरणीय और वही निःश्रेयस भी होता है। यह मेरे छात्र-जीवन की एक बहुत बड़ी भूल थी जिसके लिए मैं जब भी अवसर मिलता है पछताया करता हूं। दोस्त मौसम का मजा ले गए बरसातों में और हमारा जिक्र तक ही नहीं आता किसी की बातों में। नीलोफर इस समय तक एक अनिंद्य सुंदरी दिखने लगी थी; मेरी मां सप्ताह में कम से कम पांच बार यह कहने लगी थी कि किसी के घर में ऐसी बहू आ जाए तो घर दिपदिप हो उठे किन्तु हमारी जातियां अलग-अलग हैं, काश वह भी ब्राह्मण होती तो मैं अभी से सम्बंध पक्का कर देती। मेरी मां को वह स्यात् उससे कहीं अधिक प्रेय थी जितनी कि उसकी स्वयं की पुत्रियां भी नहीं थीं। किन्तु घर में तीन बहिनें थीं जो सब मुझसे छोटी थीं और उनके विवाह का प्रश्न उनकी दृष्टि में मेरे विवाह से कहीं अधिक महत्त्वपूर्ण था। फिर भी वे बात कहने से नहीं चूकती थीं यद्यपि उनकी बातों को कभी भी किसी ने गम्भीरता से लेना आवश्यक नहीं समझा था। अब जब भी मैं स्कूल जाता था, नीलोफर कंघी लिए हुए अपने घर के दरवाजे पर मुस्तैद मिलती थी और बेचारी रोजाना ही अनजाने में मुझसे टकरा भी जाया करती थी। टकराने के बाद वह बुरी तरह चौंकती थी, झेंपकर मुस्कुराती थी और अपनी हथेली में से अपने बाल छोड़ देती थी जोकि कमबख्त उसकी ऐड़ियों को छूने लगते थे। उसका चेहरा बिल्कुल सुर्ख शिमला के सेब जैसा हो जाता था और उसकी आंखों की पुतलियां विस्फारित हो उठती थीं। मुझे कुछ समझ में नहीं आता था कि मुझे बदले में क्या करना चाहिए क्योंकि लड़कियां मेरे लिए उस समय बिल्कुल ही अप्रत्याशित रहस्यलोक की तरह थीं। इस अवस्था में

प्रत्येक किशोर में एक हीन भावना-सी भी आ जाती है क्योंकि समवयस्क लड़कियां अधिक सुदर्शन और सम्पूर्ण दिखाई देती हैं। इस हीनभावना से एक तरह की खीझ और चिढ़ भी पैदा होती है जिसको कि बेचारी लड़कियां समझ नहीं पातीं; उलटा वे अपने को उपेक्षित अनुभव करती हैं। अधिकतर किशोर बीस वर्ष की अवस्था से पहले पुरुषोचित सौंदर्य को उपलब्ध नहीं होते जबकि लड़कियां पंद्रह-सोलह वर्ष की अवस्था में ही अपरूप दिखाई देने लगती हैं। इसलिए पंद्रह से बीस वर्ष की अवस्था का समय अधिकतर किशोरों के लिए संकोच लिए हुए होता है जबकि इस अवस्था की लड़कियां प्रायः मुग्धा नायिकाएं हुआ करती हैं।

मेरी छोटी बहिन निहारिका उस समय छठी कक्षा में ही पढ़ती थी। नीलोफर ने स्वयं उससे मित्रता करने की पहल की और उसे बताया कि तुम्हारे भैया तो बहुत प्रतिभा-सम्पन्न हैं और उन्हें चाहिए कि वे थोड़ी बुद्धि हमें भी दे दें। मैंने बुद्धि का अर्थ उस समय बुद्धि ही समझा और एक लम्बे समय तक नीलोफर से कोई भी बात नहीं की। भौतिकी के एक अध्यापक नीलोफर को उसके घर पर भी पढ़ाते थे। जिस समय नीलोफर और हम सब सहपाठी प्रयोगशाला में प्रयोग करने के लिए जाते थे, वे मुझे ले जाकर नीलोफर की मेज पर ही बैठा देते थे और कहते थे कि इसे सिखाओ। नीलोफर बहुत भोली थी, वह मेरे पैरों के पंजों पर आराम से अपने पैरों के पंजे टिकाकर हटाना भूल जाती थी। जूते हम प्रयोगशाला में प्रवेश करते ही उतार देते थे। इसलिए बाकी लड़के-लड़कियां हमारी तरफ देखकर मुस्कुराने लगते थे। नीलोफर पर तो इसका कोई भी प्रभाव नहीं दिखाई देता था किन्तु मुझे ही अपने पैर हटाने पड़ जाते थे। उस समय मेरी पौरुष ग्रंथियों के स्राव अभी निःसृत होने प्रारम्भ ही हुए थे इसलिए उपद्रव अविराम था और कामदेव अपने पुष्पबाण लिए सदा ही पीछे पड़े रहते थे। अध्ययन किसी तपस्या से कम नहीं था मानोकि मैं एक विश्वामित्र था और नीलोफर एक मेनका थी। प्रतिक्षण मेरा आसन दोलायमान ही रहता था और नीलोफर मेरी पलकों में समायी रहती थी। कभी उसके अरुणिम कपोल, कभी उसके बावरे नयन, कभी उसके व्यग्र ओष्ठ, कभी उसके कानों की बालियां, कभी उसकी अलकों में पड़े कुंतल और कभी उसके पुष्ट उरोज मेरी स्मृतियों को उद्दीप्त कर जाया करते थे। पुस्तकों से ध्यान पुनः-पुनः उचट जाता था और पुनः-पुनः पुस्तकों में ध्यान लगाने का प्रयास करना पड़ता था। एक मधुर संघर्ष था जो अनवरत था और अपिरहार्य भी। अध्ययन में पड़ने वाली यह बाधा क्षोभ भी उत्पन्न करती थी और एक पुलक भी। एक तरफ महत्त्वाकांक्षा की आंच थी तो दूसरी तरफ जीवन के नैसर्गिक मधुमास की सुरभि। मन की नैया प्रतिपल ही झंझावात में डोलती रहती थी। वयस एक ऐसी नाव की तरह थी जिसमें न कोई पतवार थी, न कोई चप्पू, न कोई केवट और पुरवैया थी कि बैरन बन गई थी।

दसवीं कक्षा के बाद नीलोफर ने विज्ञान संकाय छोड़ दिया था क्योंकि उसे भौतिक शास्त्र एवं रसायनशास्त्र बहुत नीरस लगते थे। ग्यारहवीं कक्षा के बाद मुझे भी पिताजी ने बताया था कि लड़कियां सयानी होती जा रही हैं और इंजीनियरिंग कॉलेज में भेजने की आर्थिक स्थिति उनकी नहीं है; इसलिए मैंने भी स्नातक पाठ्यक्रम के लिए गणित, अंग्रजी-साहित्य और दर्शनशास्त्र विषय चुन लिए थे। हम दोनों ही प्रतियोगिता परीक्षाओं में सम्मिलित होना चाहते थे । जब हम हायर सैकेण्डरी कक्षा में आए तो मेरी परीक्षाएं पहले ही सम्पन्न हो गई थीं किन्तु नीलोफर अपने घर की छत पर पढ़ाई करते हुए मुझे दिखाई देती रहती थी। मेरे घर की छत से उसके घर की छत पर बना हुआ उसका अध्ययनकक्ष दिखाई देता था। वह कुर्सी पर बैठी होती थी और दीवान पर उसके पांव फैले हुए दिखाई देते थे। उसके पांवों के पञ्जे उस समय मेरे लिए विश्व की सर्वोत्कृष्ट कलाकृति थे जिन्हें मैं घण्टों अपनी आरामकुर्सी में बैठा हुआ देखा करता था। कभी एक दूसरे से गुंथे हुए और कभी एक दूसरे से अलग वे दो पांव मुझे रजनीगंधा के दो फूलों जैसे दिखाई देते थे। मेरे पिताजी मुझे देखकर अपनी मुस्कुराहट छिपाने का प्रयास करते थे जिससे कि मैं असहज न हो जाऊं।

परीक्षाएं हो चुकी थीं और एक दिन नीलोफर के घर की छत पर हम अकेले बैठे हुए थे। मैंने कहा कि नीलोफर तुम डायना की तरह सुंदर हो, मैं तुम्हारे नैसर्गिक सौंदर्य को समग्रत: देख लेना चाहता हूं ताकि जगत की शेष सौंदर्यराशि के प्रति दृष्टिहीन हो जाऊं। नीलोफर ने एक गहरी सांस ली, अपनी नीली-नीली आंखें मेरी आंखों में डाल दीं और एकाएक चिल्ला उठी-मम्मी आ गईं, मम्मी आ गईं। घबराहट में मेरा हाथ उसके हाथ से छूट गया और वह भाग छूटी। एक और दिन मैं अपने घर की छत पर नीलोफर के कानों की बालियों, उसके गालों व होंठों पर अपनी अंगुलियां फिरा रहा था कि अचानक दूसरी तरफ उसके पीछे मुझे मेरे पिताजी खड़े दिखाई दिए। उनकी दृष्टि में स्यात् हम अबोध ही थे; वे बिना कुछ कहे वापस लौटे और सीढ़ियां उतरकर नीचे चले गए। नीलोफर ने उन्हें नहीं देखा और वह उसी प्रकार अपने चेहरे के रंग बदलती रही। पहले उसका चेहरा जूही के फूल जैसा लगता था, फिर मोगरे के फूल जैसा हो जाता था और फिर एकदम सुर्ख गुलाब जैसा हो जाया करता था।

उस समय हम बी.ए. फाइनल में पढ़ रहे थे; होलियों के स्निग्ध-सरस दिन थे; मैं छत पर बैठा हुआ था। अचानक नीलोफर आई; उसकी हथेलियों पर रंग लगा हुआ था; उसने दोनों हथेलियां मेरे गालों पर मसल दीं और मसलती ही रही। उसने अपने बेलबॉटम की जेब से दुबारा रंग निकाला और उसमें पानी मिलाया। एक झटके से उसने मेरी शर्ट के ऊपरी तीन बटन तोड़ डाले और अपनी हथेलियां मेरे सीने पर रगड़ दीं। मैं कुर्सी से उठा होता उससे पहले ही वह भागकर सीढ़ियों से नीचे उतर गई। नीचे आकर मैंने देखा कि घर में मम्मी

और नीलोफर के अतिरिक्त और कोई भी नहीं था। मम्मी सोफे पर बैठी हुई थी और नीलोफर उस दीवार से पीठ लगाकर खड़ी थी जिसमें कि दरवाजा था। वह बाहर से दिखाई नहीं देती थी। मैंने मम्मी को चाय बनाने के लिए रसोई में भेज दिया और नीलोफर के होंठों पर होंठ रख दिए। एक दीर्घ अंतराल इसी प्रकार गुजरा। जब हम अलग हुए तो नीलोफर ने बहुत अभिमान व आक्रोश भरी आंखों से मुझे देखा और कहा यदि आंटी आ जाती तो? मैंने कहा यह भी शायद अच्छा ही हुआ होता।

अगले दिन मेरी तबियत कुछ नाशाद थी। मैं छत के ऊपर एकांत में बने हुए अपने अध्ययन कक्ष में चुपचाप लेटा हुआ था। नीलोफर अचानक सीढ़ियां चढ़कर ऊपर आई और बताया कि दर्शनशास्त्र को समझने में उसे बहुत परेशानी हो रही है; तुम्हें यहां बीमार होने की फुर्सत पड़ी है और चिंता के मारे मेरी हालत खराब हुई जा रही है। जब मैंने बताया कि मेरे सिर में सचमुच ही दर्द है तो वह नीचे से एक बाम की शीशी ले आई और अपने हाथों से मेरे सिर पर बाम मलने लगी। उसके उरोज मेरे कंधों और ठुड्डी से टकरा रहे थे और मेरे अनमनेपन को और भी बढ़ा रहे थे। उसका कहना था कि कल से उसे दोपहर में घर में अकेला रहना पड़ेगा क्योंकि उसके छोटे भाई बहिन ननिहाल चले गए हैं और मम्मी पापा दोनों ही उस समय ऑफिस में रहते हैं; यदि तुम दो बजे आ जाओगे तो तुम्हारा क्या बिगड़ जाएगा? मैं तुमसे दर्शनशास्त्र की कुछ समस्याओं पर विचारविमर्श करना चाहती हूं। आगे का दरवाजा हो सकता कि बंद रहे पर पिछला दरवाजा खुला मिलेगा, पिछले दरवाजे से ही आ जाना। जरूर आना है नहीं तो इस बार मेरा फर्स्ट डिवीजन खराब हुआ ही समझो। बहुत घबराहट हो रही है यार, परीक्षा के कुछ ही दिन बाकी हैं और अभी तक नोट्स भी पूरे नहीं बने हैं।

एक थी नीलोफर
वह जैसे-तैसे उतरी तो जमीन पर
किन्तु रही नहीं वहां टिककर
फिर बैठ गई उचककर
गुलमोहर के पेड़ पर।

अगले दिन दस बजे ही दिल में धुक-धुक सी होने लगी। गला सूखने लगा और पूरे शरीर में रह-रहकर सिहरन-सी होने लगी। चेहरा बार-बार लाल होने लगा और पसीना भी आने लगा। खाना खाने में भी मन नहीं लग रहा था, बेमन से थोड़ा-सा खाना खाया, किताब सामने रखकर बैठ गया और जल्दी-जल्दी घड़ी देखने लगा। एक बजते ही मैं घर से बाहर प्रस्थान कर गया और घूमता हुआ

बाजार में बहुत दूर तक निकल गया। अब तक डेढ़ बज चुका था, मेरा दिल कुछ और भी तेजी से धड़क रहा था। अब दोनों जेबों में हाथ डालकर, ऊपर देखता हुआ, एक अनिश्चित-सी चाल चलता हुआ एक लम्बा रास्ता तय करके मैं पिछली गली में पहुंचा। घड़ी में अब भी दो बजने में पांच मिनट बाकी थे। पीछे वाला दरवाजा जरा-सा धक्का देते ही खुल गया। नीलोफर ने कहा बी.एन. अंदर आ जाओ। (वह मुझे बी.एन. ही कहा करती थी) हमारे पास पूरे तीन घण्टे का समय है जिसमें हम आराम से बैठकर अपनी प्रॉब्लम्स डिस्कस कर सकते हैं। फिर वह बर्टेण्ड रसल की ''ए हिस्ट्री ऑफ वेस्टर्न फिलॉसफी'' और अपने क्लासनोट्स लेकर आ गई। उसने कहा कि मुझे प्लेटो की 'गुफा की उपमा' और 'कला प्रतिबिम्ब का प्रतिबिम्ब है' यह समझ में नही आ रहा; और भी बहुत सी समस्याएं हैं जिन्हें सुलझाना है; सचमुच बी.एन. इस बार तो हालत बहुत ही खराब है यार।

उस दिन वह नीले स्लैक्स और आसमानी शर्ट में एक साक्षात अप्सरा-सी लग रही थी। हम इस प्रकार बैठे थे कि मेज का एक कोना हमारे बीच में था; हमारी कुर्सियां पास-पास थीं किन्तु आपस में नब्बे डिग्री का कोण बना रही थीं। प्लेटो को पढ़ते हुए बार-बार हमारी अंगुलियां आपस में टकराने लगीं और हमारी आंखें भी बार-बार गहराई से एक दूसरे का मुआयना करने लगीं। नीलोफर ने कहा इस तरह मेरे चेहरे की तरफ क्या देखते हो, किताब की तरफ देखो। वह गम्भीर दिखाई दे रही थी इसलिए कोई घण्टे भर पढ़ने के बाद मैंने चाय पीने की इच्छा व्यक्त की।

वह बोली-ओके मैन। चाय भी पिलाऊंगी और नमकीन काजू भी खिलाऊंगी; प्लेटो पर नोट्स भी तुम्हीं बना दो यार, मैं रट्टा लगा लूंगी।

वह उठकर रसोईघर में चली गई और खड़े होकर चाय बनाने लगी। मैंने पीछे से उसे अपनी बांहों में भर लिया और मेरी गर्म-गर्म सांसें उसकी पीठ से टकराने लगीं। उसने कोई प्रतिक्रिया व्यक्त नहीं की। वह चुपचाप चाय बनाती रही और फिर मुड़कर अपनी रतनारी आंखें मेरी आंखों में डाल दीं। उसके होंठ अपने आप ही कांप रहे थे जैसे कि कुछ कहना चाहते हों। फिर उसने डिब्बे में से नमकीन काजू निकाले और ट्रे ले जाकर मेज पर रखदी। मैंने उसे प्रगाढ़ आलिंगन में ले लिया और हम दोनों एक दूसरे में खो गए। जैसे ही मैंने इससे आगे की गतिविधि का प्रयास किया वह रोने लगी और मुझसे चिपटकर मेरे कंधे पर अपना सिर टेककर हिचकियां लेने लगी।

''यह तुम क्या कर रहे हो? मुझे ऐसी-वैसी लड़की समझ रखा है क्या? कम ऑन, बिहेव लाइक ए स्वीट बॉय' - उसने मेरा गाल थपथपाते हुए कहा।

इसके बाद हम बैठकर चाय पीने लगे और हमने वास्तव में ही जमकर पढ़ाई भी की। हम बीच-बीच में प्राय: यह भूल जाया करते थे कि हम अभी बच्चे

हैं कि तरुण हैं अथवा कि अब युवा हो चले हैं। जब आने लगा तो नीलोफर ने कहा-''आज तो वक्त का कुछ भी पता नहीं लगा। कल बारह बजे आ जाना, आओगे ना''?

मैंने स्वीकृति में सिर हिलाया और किंकर्त्तव्यविमूढ़-सा अपने घर की ओर चल दिया। किसी लड़की के साथ एकांत में समय बिताने का यह मेरा पहला अनुभव था जिसे मैं ना तो अच्छा कह सकता था और न ही बुरा। नीलोफर भी और लड़कियों की तरह थी, वह अपने आपको भी समझ नहीं पा रही थी और मैं उसे कोई ठेस नहीं पहुंचाना चाहता था। मैं भी नहीं चाहता था कि वह मुझे एक विश्वासहनन करने वाला मित्र समझे।

अगले दिन नीलोफर ने पीले रंग के स्लैक्स पर पीले ही रंग का शर्ट पहन रखा था। उसकी चोटियों में पीले रंग के रिबन थे, हाथों में पीले रंग की चूड़ियां थीं और माथे पर पीले ही रंग की बिंदिया थी। वह साक्षात एक वसंत पल्लवी जैसी दिखाई दे रही थी। दरवाजा बंद करते ही वह मुझसे लिपट गई और हाथों से मेरे बाल अस्त-व्यस्त करने लगी। फिर मेरे कंधे पर उसने अपना सिर टेक दिया और कमीज के बटनों पर उंगलियां फेरने लगी।

बोली-तुम नाराज तो नहीं हो?

मैंने कहा-मैं होता ही कौन हूं?

उसने कहा-ऐसा तो मत कहो यार! मैं तुम्हें यहां बुलाती ही क्यों हूं, इसलिए कि मैं तुम्हें पसंद करती हूं और मैं तुम पर भरोसा करती हूं। इसलिए कि तुम कोई दूसरे नहीं हो। फिर भी मैं एक लड़की हूं और वह भी एक विशुद्ध भारतीय आर्य कन्या।

मैंने कहा-इन बातों से लाभ क्या है? क्या मैंने तुमसे कुछ कहा है?

उसने कहा-सुनो! मैंने तुम्हारे लिए अपने हाथों से सूखे मेवे डालकर खीर बनाई है। तुम थोड़ी-सी खा लोगे तो मैं समझूंगी कि तुम मुझसे नाराज नहीं हो; तुमने मेरी खीर जो खानी है; कल से खाना कम खाकर आया करो लेकिन आंटी को कुछ बताने की जरूरत नहीं है। किसी को कहकर तो नहीं आए हो कि तुम यहां हो?

मैंने कहा-नहीं।

वह बोली-किसी से कहना भी मत, यह तुम्हारे और मेरे बीच की बात जो है।

फिर वह मेरे पास वाली कुर्सी पर बैठ गई और अपने हाथों से चम्मच भर-भर कर मुझे खीर खिलाने लगी। अचानक न जाने उसे क्या सूझा कि उसने मेरे होंठों पर अपने होंठ रख दिए और उन्हें साफ करने लगी। पानी लाने से भी उसने मना कर दिया। मेरी गोद में अपना सिर रखकर आंखें मूंद लीं और दो-तीन कुर्सियों पर पैर फैलाकर लेट गई।

एक थी नीलोफर

मैंने कहा-नीलोफर, यह तुमने आराम करने का अच्छा तरीका ढूंढ़ा। रेस्ट ही करना है तो बेडरूम में ही चलो।

बेडरूम की सारी खिड़कियां पहले से ही बंद थीं; खिड़कियों पर पर्दे चढ़े हुए थे और परफ्यूम की हल्की-हल्की गंध फैली हुई थी। उसने बेडरूम की ट्यूबलाइट जला दी और दो तकियों को पास-पास रखकर वह लेट गई। उसके चेहरे का रंग पहले गुलाबी हुआ और फिर पारिजात के फूल-सा दहकने लगा। उसके कानों की लौ गहरे लाल रंग की होकर दीप्त हो उठी। उसकी आंखों की पुतलियां विस्तीर्ण होकर फैल गई और वह निर्निमेष मुझे देखने लगी। उसके नथुने स्वतः ही फड़कने लगे और सांस तेजी से चलने लगी।

उसने पूछा-क्या तुम मुझे वस्तुतः ही प्रेम करते हो?

मैं तब तक डबलबैड पर उसके पास बैठ चुका था।

मैंने कहा-तुम्हें याद होगा जब तुम ग्यारह साल की थी तो मैंने तुम्हें क्या कहा था? मैं तुम्हें तभी से प्रेम करता आ रहा हूं।

उसने पूछा-मुझे भूल तो नहीं जाओगे? और किसी से विवाह तो नहीं कर लोगे?

उसने अपने हाथों में मेरी हथेलियां पकड़ रखी थीं और अब वह मेरी अंगुलियों को चूम रही थी। एक दीर्घ-सा क्षण गुजरा, यह प्रश्न बहुत कठिन था।

मैंने कहा-नीलोफर! मेरी तीन छोटी बहिने हैं और बहिन-भाइयों में मैं सबसे बड़ा हूं। ब्राह्मणों के मिथ्या-दर्प को तो तुम जानती ही हो, यदि मेरी बहिनों के विवाह में मेरे अंतर्जातीय विवाह करने से कोई दिक्कत आई तो वे जीवनभर हमें ताने देती रहेंगी और परिवार के लोग हमें कभी भी क्षमा नहीं कर पाएंगे।

उसने कहा-जानती हूं, आण्टी को भी हमारे विवाह से असहमति है लेकिन मैं तुमसे प्रेम करती हूं। मैं एक लड़की हूं और कोई भी लड़की अपने पहले प्यार को कभी भी नहीं भूल सकती।

मैंने कहा-प्रेम तो मैं भी तुमसे करता रहा हूं और जीवन में किसी भी दूसरी लड़की से मैं प्रेम नहीं कर पाऊंगा। किन्तु विवाह करना मेरे वश में नहीं है, वायदा नहीं कर सकता।

वह कुछ और पास खिसक आई और उसने मेरी गोद में सिर रखकर आंखें बंद कर लीं। अब हम शुद्ध प्रकृति और पुरुष थे और एक दूसरे के सान्निध्य में थे। कुछ समय बीता। आखिर, मेरे माथे का पसीना पोंछते हुए वह बोली-ओह गंदे, तुमने यह क्या कर दिया? देवी माता की तस्वीर हमें देखती रही और हम यह सब करते रहे। वह फूट-फूट कर रोने लगी और मेरे सीने पर मुक्के मारने लगी, वह फिर एक छोटी-सी बच्ची की तरह थी।

मैंने पूछा-प्रेम से बड़ी और क्या पूजा हो सकती है नीलोफर?

वह बोली-मैं तुमसे रुष्ट नहीं हूं। फिर भी मैं एक लड़की हूं और तुम नहीं

समझोगे कि एक लड़की क्या होती है?

वह दुबारा एक बार मुझसे लिपट गई।

जब आने लगा तो बोली-किसी से कुछ कह मत बैठना। नहीं तो मुझे जहर ही खाना पड़ेगा।

मैंने कहा-क्या तुम्हें मुझ पर इतना भी भरोसा नहीं है?

उसने कहा-भरोसा है तभी तो। पर तुम कितने बुद्धू हो, तुममें पांच साल के बच्चे जितनी समझ भी नहीं है। कितने साल तुमने मेरे खराब कर दिए?

उस समय मैं 19 वर्ष का था और नीलोफर 18 वर्ष की थी। अगले दस दिन तक हमारा अध्ययन निर्बाध चलता रहा। उसके बाद नीलोफर के छोटे भाई-बहिन ननिहाल से वापस आ गए। दो-तीन महीने बाद हमारा परीक्षा-परिणाम भी आ गया। हम दोनों ही प्रथम श्रेणी में थे किन्तु योग्यता सूची में मेरा नाम सबसे ऊपर था। इसके बाद नीलोफर का विचार भीलवाड़ा में ही रहकर आगे की पढ़ाई करने का था जबकि मैं राजस्थान विश्वविद्यालय, जयपुर के स्नातकोत्तर विभाग में प्रवेश लेना चाहता था।

एक थी नीलोफर
मैंने उसको देखा चौंककर
वही थी दरवाजे के भीतर
बोली वाह!
ऐसे क्या देखते हो मिस्टर?

मैंने आश्चर्यचकित होकर देखा कि स्नातकोत्तर पूर्वार्द्ध की कक्षा के दरवाजे से नीलोफर भीतर दाखिल हो रही थी। वह सीधे मेरे पास आकर बैठ गई और बोली-'हय मैन ऐसे क्या देखते हो? क्या यहां पर हम नहीं पढ़ सकते?'

मैंने कहा-तुम तो भीलवाड़ा से ही हिंदी में एम.ए. करने वाली थी, इसलिए मुझे कुछ आश्चर्य हो रहा है।

वह बोली-तुम्हारे पर दया आ गई मुझे, इसीलिए चली आई। वरना गणित जैसे नीरस विषय से मुझे कोई लगाव नहीं है यह तो तुम भी मानोगे लेकिन डियर तुम्हारा ध्यान तो रखना ही पड़ेगा। जिस गली में तेरा घर ना हो उस गली में हमें पांव रखना नहीं, क्या समझे?

मैंने पूछा-यहां आ तो गई हो पर किस जगह रहने का विचार है?

उसने कहा-तुम्हारे साथ ही रह लूंगी, तुम कौनसे पराए हो?

मैंने बताया-मैं तो दादाभाई नैरोजी हॉस्टल में रहता हूं। वहां रह लोगी क्या?

वह बोली-हाय राम! वो तो लड़कों का हॉस्टल है और लड़के बहुत

बदमाश होते हैं। इससे अच्छा है कि तुम मेरे साथ कस्तूरबा छात्रावास में ही चले चलो। वहां फिलहाल एक कुक की जगह खाली है। वार्डन से कह दूंगी लड़कियों जैसा सीधा लड़का है, इसी को रख लो। अपना चमचा भी है, अहसान मानेगा।

मैंने बताया—लेकिन खाना बनाना किसको आता है?

बोली—इसकी फिक्र मत करो। लड़कियों की तबीयत तो तुम्हें देखकर ही प्रसन्न हो जाएगी। खाना बनाना तो वैसे भी सबको आता है। कहेंगी, वाह यार नीलोफर मान गए तुझे भी। क्या चिकना छोकरा फंसाके लाई है, वो भी मलाई मारके।

दो-चार दिन में ही सभी सहपाठियों को यह पता लग गया कि हम दोनों ही भीलवाड़ा से आए हैं। किसी शरारती लड़के ने यह अफवाह भी उड़ा दी कि हम दोनों पति-पत्नी हैं। ललित दस्सानी सीधा मेरे पास चलकर आया और एक फ्लैट की चाबी मुझे पकड़ा दी।

बोला—गांधीनगर में हमारा एक फ्लैट है, यह उसकी चाबी है। आराम के साथ रहो, कोई किराया नहीं, पर ढंग से तो रहो, एक जगह रहो। स्टूडेण्ट्स के पास सुसरी पैसे की किल्लत तो रहती ही है। पर फिकर नॉट, मेरा बापू बड़ा पैसे वाला। यह एक सरकारी फ्लैट है; हम अपने स्वयं के मकान में आदर्शनगर में रहते हैं। पर पापा ने अलॉट करवा रखा है क्या पता कभी अधिक मेहमान आ जाएं या कोई मित्र ही तबादला होकर जयपुर आ जाए। जयपुर में ऐसी जगह फ्लैट कहां मिलता है प्यारेलाल? याद करोगे किसी रईस से पाला पड़ा था। किराया-विराया तुम्हें नहीं देना है, मेरा बाप खुद ही जमा करवाता है।

मैंने कहा—ऐसी कोई बात नहीं है।

दस्सानी ने कहा—नहीं है तो हो जाएगी। दुआओं में असर होता है प्यारे। ताड़ने वाले कयामत की नजर रखते हैं, हम तो उड़ती चिड़िया को भी पहचान लेते हैं। इतना पढ़कर क्या करोगे जो अलग-अलग हॉस्टलों में पड़े रहते हो? ऐश करो, ऐश, यही उम्र है। वैसे भी तुम्हारा नाम प्रवेश-सूची में सबसे ऊपर है, पास तो हो ही जाओगे।

मैंने कहा—दस्सानी। हमारी शादी न तो हुई है और न ही होने वाली है। यह मेरी बहिन की सहेली है; इससे अधिक कुछ नहीं और इससे कम भी कुछ नहीं, समझे? बिल्कुल आमने-सामने हम दोनों का घर है भीलवाड़ा में और पीढ़ियों के सम्बंध हैं।

दस्सानी ने कहा—तो मैं अपने बारे में कुछ सोचूं? हम किसी से कम नहीं, दिल में कोई गम नहीं।

मैंने कहा—तेरी तो मैं टंगड़ी ही तोड़ दूंगा बादशाह। आज से यह तेरी दीदी लगती है, समझे?

उसने कहा–ओ ए भापे! जदौं सभी समझ गए हैं तां फेर मैं केवें नई समझांगा। चाबी नहीं लेनी है तो कोई गल नहीं।

शाम को पांच बजे हमारी कक्षा समाप्त होती थी; मैं उसको कस्तूरबा तक छोड़ने के लिए रोज जाता था। लौटते वक्त एक उदासी-सी मुझे प्रतिदिन घेर लेती थी। हम कितने पास होकर भी कितने दूर थे? होकर भी जैसे नहीं थे। लड़कों के लिए तो रात में भी कहीं आने-जाने की मनाही नहीं थी किन्तु लड़कियों के छात्रावास में रात नौ बजे हाजिरी हो जाती थी और उसके बाद कोई लड़की बाहर नहीं आ-जा सकती थी। लगे थे शम्मा पर पहरे जमाने की निगाहों के। चांदनी रातों में हम पूरे परिसर में घूमते रहते थे, स्विमिंग पूल के किनारे बैठे रहते थे, पेड़ पौधों को हाथ से सहलाते रहते थे लेकिन कितने अकेले होते थे। इसके अतिरिक्त नीलोफर के नानाजी, मौसाजी, फूफाजी इत्यादि बहुत से रिश्तेदार भी जयपुर में ही रहते थे। यह तो नीलोफर समझदार थी जो उसने कह दिया था कि हॉस्टल के बिना पढ़ाई नहीं हो सकती। फिर भी कोई ना कोई रिश्तेदार प्रतिदिन उसको संभालने के लिए आ ही जाया करता था।

उस दिन रविवार था और सुबह से ही थोड़े-थोड़े बादल भी हो रहे थे। मैंने और नीलोफर ने सुबह आठ बजे से शाम के सात बजे तक का एक कार्यक्रम तैयार किया। पहले महाराजा रेस्तरां में खाना खाने का, फिर आमेर जाने का और फिर एक फिल्म देखकर वापस विश्वविद्यालय लौटने का कार्यक्रम निश्चित हुआ। रेस्तरां में बैठकर हम एक दूसरे को छोले-भटूरे खिलाने लगे। रेस्तरां प्रायः खाली-सा ही रहता था और उसमें हल्के-हल्के संगीत की कर्णप्रिय धुन बजती रहती थी, हल्की-हल्की सुगंध भी मन को तरोताजा कर जाया करती थी। अभी मैंने नीलोफर को दूसरा कौर ही खिलाया था कि मैंने उसे दरवाजे की ओर देखते हुए पाया। दरवाजे से उसकी बुआजी के लड़के श्री विभूतिप्रसाद वर्मा भीतर दाखिल हो रहे थे। उनके साथ उनके दो-तीन मित्र और थे। यह बिल्कुल अप्रत्याशित था और हमारा सारा मजा किरकिरा हो गया था। अब हम दोनों इस तरह आमने-सामने बैठकर खाना खा रहे थे जैसेकि हम अजनबी हों। जाते वक्त श्री विभूतिप्रसाद ने नीलोफर के सिर पर स्नेह से हाथ फेरा और मेरी तरफ कुछ इस तरह से देखा जैसे कि कह रहे हों कि बच्चू, देख लूंगा।

आमेर का किला हमने पहली बार देखा था और यह हमें दर्शनीय लगा; हाथी की सवारी, दीवान-ए-आम और दीवान-ए-खास कुछ पसंद आए। जब हम रानियों के रनिवास देख रहे थे तो नीलोफर ने कहा–

"देखो बी. एन, कितनी स्त्रियां एक साथ एक ही पुरुष से प्रेम कर सकती हैं, किन्तु क्या पुरुष भी ऐसा कर सकता है? हो सकता है मेरा विवाह किसी अन्य पुरुष से हो जाए, क्या फिर भी तुम मेरे प्रति अपनी कोमल संवेदनाओं को बनाए रख सकोगे? जहां तक मेरा प्रश्न है मैं तुम्हें कभी भी नहीं भूल सकूंगी,

18 *एक थी नीलोफर*

विवाह के बाद भी नहीं किन्तु यही बात क्या तुम भी कह सकते हो?''

प्रश्न गम्भीर था और हम दोनों ही थोड़े उदास हो गए थे। जो फिल्म हमने देखी वह थी रजनीगंधा। उसका कथानक भी हमें कुछ गम्भीर ही लगा। शाम तक हम छात्रावास लौट आए।

उस रात मैंने एक कविता लिखी— एक लड़की सांवली-सी।

नीलोफर ने पूछा—यह सांवली लड़की कहां से आ गई स्साली? अरे अपुन तो बिल्कुल फेयर एण्ड लवली हैं यार। यह कविता तुमने किस पर लिख दी?

मैंने कहा—नीलोफर, तुम्हें मेरी छाया लग गई है। अब तुम एक छाया की तरह सदा मेरे साथ हो।

उसने कहा—अपने आपको तुम क्या समझते हो? कविता तो यूं सी ही है लेकिन हमारे साथ रहोगे तो धीरे-धीरे सीख जाओगे। तुम भी क्या याद करोगे कि नीलोफर भी क्या चीज थी?

हमने पांच-सात दिन की छुट्टियां लेकर कहीं बाहर घूम आने की सोची। नीलोफर को दो दिन पहले विभाग से गायब होना था और मुझे दो दिन बाद ताकि किसी को संदेह नहीं हो। नीलोफर दो दिन तक विभाग में नहीं आई किन्तु छात्रावास में बनी रही। दो दिन बाद मैंने भी मित्रों से कहा कि मेरा स्वास्थ्य आजकल कुछ ठीक नहीं चल रहा है। सप्ताह दो सप्ताह के लिए मुझे घर होकर आना पड़ेगा।

इसके बाद हमने फोन करके समय निर्धारित किया और दोनों ही अलग-अलग ऑटो में सिंधी-कैम्प पहुंच गए। बस के टिकट भी अलग-अलग कटवाए और अलग-अलग सीटों पर बैठकर दिल्ली पहुंच गए। वहां से हम एक साथ ही नैनीताल आ गए। नीलोफर ने छात्रावास में बताया था कि उसके मामाजी की लड़की की शादी है इसलिए वह लम्बी छुट्टियों पर जा रही है। मेरे पास भी स्वास्थ्य लाभ का बहाना था, इसलिए हम दोनों पर ही किसी को भी कोई संदेह नहीं हुआ था और अब हम दोनों नितांत अपरिचित लोगों के बीच में साथ थे।

नैनी झील उन दिनों बहुत सुंदर और स्वच्छ हुआ करती थी। झील के नीचे बसे हुए भाग को तल्लीताल और झील के ऊपर की ओर बसे हुए भाग को मल्लीताल कहते हैं। जैसे-जैसे ऊपर जाते हैं धरातल की समुद्रतल से ऊंचाई बढ़ती जाती है। हमने मल्लीताल पहुंचकर एक सुंदर से होटल का एक सुंदर-सा कमरा किराए पर ले लिया। यह होटल पोस्ट-ऑफिस से थोड़ा-सा ऊपर जाकर बना था और तब तक पोस्ट-ऑफिस से ऊपर इक्का-दुक्का इमारतें ही दृष्टिगत होती थीं। मालरोड का बाजार भी इतना रौनकदार और व्यस्त नहीं था। हां, ठंडी सड़क, तिब्बती बाजार और सुपर मार्केट वैसे के वैसे ही थे जैसे कि वे आज दिखाई देते हैं। तिब्बती मार्केट उस समय सर्वाधिक रौनकदार हुआ करता था।

भीड़ कम थी इसलिए झील का सौंदर्य अधिक उभरकर सामने आता था। आज नैनीताल बाकायदा एक दीवाली पर सजे हुए छोटे शहर जैसा दिखाई देता है, इसका कारण मालरोड पर बनी हुई भव्य दुकानें और होटल तो हैं ही, मल्लीताल पर बने हुए भव्य होटलों की भीड़ भी इसका कारण है। उस समय नैनीताल एक शांत व नैसर्गिक स्थल जैसा दिखाई देता था जिसे शहर नहीं कहा जा सकता था। जो भी हो सितम्बर की हल्की-हल्की ठंड में नैनीताल हमें बहुत मनोरम प्रतीत हो रहा था।

एक थी नीलोफर
वह जीती थी जीवन से आगे जाकर
सीखा नहीं था देखना उसने
पीछे मुड़कर
ठहर जाता था अवाक्
वक्त का सफर!

जब हम होटल के कमरे में पहुंचे तो शाम के पांच बज रहे थे। सबसे पहले हमें नहा धोकर तरोताजा होना था। नीलोफर मुझसे कुछ सकुचा रही थी। नहाने के लिए वह अकेली ही स्नान घर में चली गई। जब मैं भी नहाकर स्नानघर से बाहर निकला तो मन बहुत हल्का-फुल्का हो रहा था। हल्के गर्म पानी से सारी थकान मिट गई थी। नीलोफर अपने साथ एक गुलाबी रंग की लहंगा-चुन्नी की पोशाक भी खरीद लाई थी जो कि प्रायः दुल्हनें पहनती हैं। मुझे दुल्हनों के पहनने के लिए यदि कोई सबसे सुंदर पोशाक छांटने के लिए कहा जाता तो मैं जरीदार लहंगा चुनरी ही छांटता। इस पोशाक में नीलोफर निरुपम सौंदर्ययुक्त दिखाई दे रही थी। ड्रेसिंग-टेबल पर दर्पण के सामने बैठे हुए वह इतनी सुंदर लग रही थी कि मुझे अपनी आंखों पर भरोसा नहीं हुआ। क्या नीलोफर वस्तुतः कोई मानवी है? कहीं मैं किसी कल्पना-जगत में विचरण तो नहीं कर रहा हूं? कहीं मैं जागी-जागी-सी आंखों का सपना तो नहीं देख रहा हूं? उसने अपने बालों की एक ढीली-ढाली-सी चोटी गूंथी और सिंदूर की एक डिब्बी लेकर मेरे सामने खड़ी हो गई। मैंने चुटकी-भर सिंदूर से उसकी मांग भरी और उसे अपनी बांहों में ले लिया। जैसेकि एक युगांतर के बाद हमारे अधर मिल रहे थे और मेरे नासिकारंध्र उसकी सुंगध से भरे जा रहे थे।

वेटर चाय की ट्रे ले आया था। हमने गर्मागर्म चाय बनाई और पी। रात के लिए हल्के-फुल्के खाने का ऑर्डर भी वेटर को दे दिया। नीलोफर की मोटी-मोटी आंखों से अनुराग की मदिरा चू-चू पड़ रही थी। उसने अपनी केशराशि बिखेरकर मेरे सारे चेहरे को आवृत्त कर लिया। हम दोनों की सांसें

आपस में टकराने लगीं। हमारे अधर आपस में गुथे हुए ही थे कि अचानक जैसे ओस की कुछ बूंदें मैंने नीलोफर के कपोलों पर अनुभव कीं। मैंने कहा नीलोफर इस क्षण यह रोना क्यों?

नीलोफर ने कहा कि मैं इतनी प्रेम में हूं कि इस क्षण से बाहर आकर जीने का मन नहीं करता। तुम्हारी बांहों में ही जीने का और तुम्हारी बांहों में ही मर जाने का मन करता है। मन करता है कि सारा जीवन इस अनुभव के भीतर ही सिमट जाए और यह अनुभव जीवन का पर्याय हो जाए। इस क्षणभंगुर जीवन की सार्थकता प्रेम की गहनतम शाश्वतता में है और मृत्यु ही गहनतम और शाश्वततम है, इसलिए प्रेम के गहनतम क्षण वे हैं जिनमें प्रिय की बाहों में ही मर जाने का मन करता है।

नीलोफर ने उस रात मेरे समक्ष ऐसा प्रस्ताव रख दिया जिस पर एकाएक मैं विश्वास भी नहीं कर सका। उसने मुझे कहा कि वह मेरे बच्चे की मां बनना चाहती है। उसका कहना था कि स्त्री उसी पुरुष से प्रेम करती है जिसके बच्चे की वह मां बनना चाहती हो। वह स्वभाव से ही मातृत्व की आकांक्षिणी होती है और पुरुष उसका प्रिय इसीलिए है क्योंकि वह उसको मातृत्व का वरदान देने में अनिवार्य हेतु है। वह भूमि है जो पुरुष से बीज का वरदान पा लेना चाहती है। वह प्रत्येक वयस्क पुरुष में छिपे हुए एक शिशु को देख लेती है और उसको साकार करके पुनः एक पूर्ण पुरुष बनाना चाहती है। यही उसका रचना संसार है, जननी है वह, शतरूपा है।

वातायन से स्वच्छ चांदनी छन-छनकर बिस्तर की सलेटी चादर पर बिखर रही थी और उस ज्योत्सना-आलोक में नीलोफर की देह ऐसी लग रही थी जैसे कि स्वयं चांदनी ही इस रूपरेखा के भीतर-भीतर प्राणवान हो उठी हो और यह कोई मूक अभिचार हो। उसके उरोज मदिरा से भरे हुए दो रजतपात्र जैसे लग रहे थे और उसके अधर जैसे पारिजात की दो व्यग्र पंखुड़ियां थे। वह मधुशाला की साक्षात् मधुबाला बनकर मानो मुझे एक मूक निमंत्रण प्रेषित कर रही थी। उसकी आंखें अंधेरे में नीलमणियों जैसी चमक रही थीं और उसका अधर-द्वार संतरे की दो कलियों की संधि-सा शोभायमान हो रहा था। दैवयोग ही समझिए कि उस रात्रि को मैं एक पिता होने से बच गया, यह संयोग विधि के अदृष्ट हाथों टल गया।

रात के पिछले पहर जब आंख खुली तो मैंने देखा कि नीलोफर के पैर मेरे पैरों से लिपटे पड़े हैं और उसका एक हाथ मेरे सीने पर इतमीनान से रखा हुआ है। वह चांदनी रात में बहुत निश्छल और दिव्य आभा से परिपूर्ण लग रही थी। मेरा मन उसके लिए सजल हो उठा। कहीं पढ़ा था कि प्रेम कभी शाश्वत नहीं होता; प्रेम के मात्र कुछ विरल क्षण होते हैं जिन्हें हम जीवन-भर बटोर-बटोर कर स्मृति की माला में पिरोते रहते हैं। टॉल्सटॉय ने भी कहा है कि जिस प्रकार

एक ही मोमबत्ती सम्पूर्ण निशा को प्रकाशित नहीं कर सकती, उसी प्रकार मनुष्य जीवन भर एक ही स्त्री के प्रेम में नहीं जी सकता। क्या यह सच है? क्या वास्तव में मैं और नीलोफर एक दूसरे को भूल जाएंगे? मुझे लगता है कि प्रत्येक क्षण की परिधि भले ही नगण्य हो किन्तु उसकी गहनता अंतहीन होती है। प्रेम में जिया गया प्रत्येक क्षण एक हीरे की कनी जैसा होता है जो हमारे तन, मन और आत्मा को बेध देता है। हम फिर कभी वैसे ही व्यक्ति नहीं हो सकते जैसे इस क्षण को जीने के पूर्व थे। उस विस्मयविमुग्ध कलिकामुखी के लिए मेरा अंतस ओतप्रोत हो उठा और मैं अपने समग्र हृदय से यह प्रार्थना करने लगा कि हम दोनों सदा के लिए एक दूसरे के हो जाएं। हमारा सारा जीवन इस रात की चादर में सिमट जाए और यह चादर हमारे सारे जीवन पर फैल जाए।

सुबह हम देर से सोकर उठे। मैंने और नीलोफर ने एक साथ ही स्नानघर में बैठकर स्नान किया। हमने एक दूसरे की पूरी देह पर साबुन लगाया और एक दूसरे को रगड़-रगड़ कर नहलाया। जीवन में पहली बार मैंने जाना कि हमारी पीठ भी कितनी संवेदनशील हो सकती है। नीलोफर की हथेलियों का स्पर्श पीठ पर आज भी जैसे अपरिहार्य मालूम देता है। उस दिन जाना कि सम्पूर्ण स्नान क्या होता है। स्नान के बाद हमारा पोर पोर खिला हुआ था और एक और ही तरह की ताजगी अनुभव हो रही थी। नीलोफर ने एक शुभ्रतम श्वेत रंग का फ्रॉक पहना और अपने आपको उसी तरह सजाया जैसे कि ईसाई तरुणियां स्वयं को विवाह के समय सजाती हैं। मैंने आश्चर्य से उसकी तरफ देखा; उसने कहा कि हम दोनों आज ही चर्च में चलकर विवाह कर लेंगे। यदि हम हिंदू रीति से पति पत्नी नहीं बन सकते तो कोई बात नहीं, कम से कम यहां परिवार व समाज की कोई भी दुरभिसंधि हमारे आड़े नहीं आ सकती। यहां हम एक ही स्रष्टा की दो कृतियां हैं जिनका न कोई वर्ण है न जाति। यहां एक ही प्रेम की धारा है जिसमें हम निमग्न हैं और जो हमारे हृदयों को आप्लावित कर रही है। प्रेम ही परम है और प्रेम ही वरणीय है। प्रेम ही वह आशीष है जो प्रभु द्वारा सदैव हम पर बरसे।

पादरी ने कहा - आई डिक्लेयर यू मैन एण्ड वाइफ। मे गॉड ब्लेस यू, मिस्टर एण्ड मिसेज विलियम क्रिस्टोफर।

नीलोफर अपने घुटनों पर झुकी और उसने प्रार्थना की कि हमारे एक पुत्र हो जो कि एक दिव्य आत्मा हो और वह इस जगत का उद्धार करे। वह प्रेम से पैदा हो क्योंकि प्रेम दिव्यतम है; वही परमात्मा द्वारा इस संसार को सम्प्रेषित शुभेच्छाओं का सार है।

इसके बाद वह पूरा दिन हमने अपने होटल के कमरे में ही व्यतीत किया। हम बहुत सारे सूखे मेवे और फल बाजार से खरीदकर ले गए थे। हम नहीं चाहते थे कि कोई हमारे बीच में व्यवधान बने। हम फल और मेवे खाते रहे और बीच-बीच में रम के घूंट भी भरते रहे। अगले दिन नीलोफर ने सी-ग्रीन रंग का

एक सलवार सूट पहना और नाक में एक बहुत ही सुंदर नथनी पहनी, वह यह सारा सामान अपने साथ ही रखकर लाई थी। सोने की इस नथनी पर गहरे लाल रंग के जवाहरात जड़े थे। इस दिन हमने जमकर बोटिंग की, बोट में ही लंच लिया और शाम की चाय भी बोट में ही पी। झील के किनारे-किनारे पहाड़ी की क्षृंखला बादलों को छूती हुई सी बहुत मनोरम लग रही थी। दिन भर बादल छाए रहे किन्तु बरसात नहीं हुई; अंधेरा जब जमीन पर उतरा तो हम एक दूसरे के हाथों में हाथ डाले तल्लीताल से मल्लीताल की ओर जा रहे थे। रात को सोने से पहले हमने एक दूसरे को सद्योष्ण जल से नहलाया। नीलोफर ने मेरे बालों में कंघी की; फिर उसने मुझे घूम-घूमकर कई दृष्टिकोणों से देखा; अपना ड्रायर निकाला, मेरे बाल सुखाए और दुबारा कंघी की। फिर अपनी अंगुलियों से मेरे सारे बाल बिखेर दिए और मेरे चेहरे को अपने चुम्बनों से भर दिया। फिर हमने एक दूसरे के बालों में कंघी की और मैंने उसके कुंतलों को एक ढीली-ढाली विश्रांत चोटी में गूंथा।

रात को नीलोफर ने मेरे शरीर के पोर-पोर को अपनी अंगुलियों से सहलाया जिससे मेरा एक-एक रोम हर्षित हो गया। नीलोफर का सबसे प्रिय खेल मेरे सिर और सीने के बालों से खेलना था। मुझे भी उसकी पूरी देह पर अपनी अंगुलियां धीरे-धीरे हल्के-हल्के स्पर्श के साथ घुमाना अच्छा लगता था। उसके बाद वह बेतहाशा मुझसे लिपट जाया करती थी। कभी-कभी नीलोफर अपने वक्ष, अपनी नाभि व अपने पेट को पेय से तर कर लेती थी और मुझे चूमने के लिए कहती थी। नीलोफर को अपने सीने पर मेरी पीठ का स्पर्श बहुत अच्छा लगता था, वह मेरी पीठ पर औंधी लेट जाती थी और घण्टों-घण्टों अपना सिर मेरे कंधों पर टेककर पड़ी रहती थी। वह मेरे कानों में धीरे-धीरे अस्फुट से शब्द फुसफुसाती थी और कानों की लवों को अपने दांतों के बीच में दबा लेती थी। वह बार-बार मुझको प्यार करने को कहती थी।

इसके अगले दिन हमने तिब्बती बाजार और सुपर मार्केट से खरीदारी की। नीलोफर ने मेरे लिए कोट्राइज और जीन्स की कुछ पतलूनें और कुछ विदेशी टी-शर्ट भी खरीदे। मेरे पतलूनों की जेबों में हाथ डालकर मेरे साथ सटकर चलना उसे बहुत अच्छा लगता था और उसे इस बात की परवाह नहीं हुआ करती थी कि देखने वाले हमारे बारे में क्या सोचेंगे? जब वह थक जाती थी तो मैं आसानी से उसको अपनी बांहों में उठा लेता था और वह अपनी बांहें मेरे गले में डाल देती थी।

अगले दो दिन हमने टूरिस्ट बसों द्वारा साइट-सीइंग की। हमारी प्रत्येक यामिनी एक मधुयामिनी होती थी और मैं दिन में कई बार उसकी झील-सी गहरी और बड़ी-बड़ी आंखों में डूब जाता था और उबर जाता था। अंत में वापस चलने का दिन भी आ गया। हमने मंदिर में जाकर यह प्रार्थना की कि हमारा

प्रेम आजीवन बना रहे। इसके बाद हमने नैनीताल से विदा ली।

एक थी नीलोफर
जब वह पढ़ती थी
तो पढ़ती थी जमकर
और सदा ही मारती थी सिक्सर
दिसम्बर ही में था पहला सेमेस्टर

जब हम नैनीताल से वापस लौटे तो मैं दो दिन के लिए भीलवाड़ा चला गया और नीलोफर सीधे जयपुर पहुंच गई। वापस लौटकर जब मैं विभाग की सीढ़ियां चढ़ रहा था तो मैंने उसे गुलमोहर के पेड़ के नीचे बैठे हुए देखा। यह गुलमोहर का पेड़ जमीन से उगकर तीसरी मंजिल पर बने बरामदे से भी ऊपर चला गया था। इसके लाल-लाल बड़े-बड़े फूलों ने नीलोफर को चारों ओर से आच्छादित कर रखा था। वह गुलाबी परिधान में बैठी थी और उसकी अश्रुसिक्त आंखें भी गुलाबी हो चली थीं। मैंने उसके समीप जाकर पूछा नीलोफर व्यग्र क्यों हो? उसने कहा मेरा मन अच्छा नहीं है, मैं तुम्हारी संतति का सृजन नहीं कर पाई। मैंने सांत्वना की एक सांस ली; अभी मुझे संतति से अधिक अपनी स्वतंत्रता की चिंता थी।

दो दिन बाद पहले सेमेस्टर की परीक्षा प्रारम्भ होने की तारीख 15 दिसम्बर घोषित हो गई और फॉर्म भी भर दिए गए। बड़ी खलबली मच गई । परीक्षा देने की आदत हममें बारह महीने में एक बार की थी और हममें से बहुत से मित्रों ने अभी तक पुस्तकें भी नहीं खरीदी थीं। कक्षा में एक महत्त्वपूर्ण विषय के प्राध्यापक ऐसे थे जिनका उच्चारण कुछ अलग था; एक महीने बाद जाकर अब उनकी बात कुछ समझ में आने लगी थी। अभी तक हम मित्रों ने न तो कक्षा सामग्री में से कुछ लिखा था और न ही उसे संशोधित किया था। अचानक ढाई महीने बाद ही परीक्षा घोषित हो गई। अपने राम अंतिम एक महीने में पढ़ते थे इसलिए मस्त थे। सबको आशा थी कि पहला सेमेस्टर जनवरी के अंत तक होगा। इसलिए पूरे विभाग में और छात्रावास में खलबली मची हुई थी। जब मैं छात्रावास में आया तो अमिताभ गुप्ता जमकर अपनी टेबलकुर्सी पर बैठा हुआ चाय की चुस्कियां ले रहा था और बड़ा गम्भीर नजर आ रहा था। उसने अपने पढ़ने का एक टाइमटेबल बना रखा था जो इस प्रकार था –

सायं 5:30 से सायं 9:30	– निद्रा और विश्राम
सायं 9:30 से सायं 10	– मैस में खाना खाना और चाय
सायं 10 से प्रातः 4	– पढ़ाई का प्रयास

प्रातः 4 से प्रातः 9   – निद्रा एवं विश्राम
प्रातः 11 से सांयकाल 5   – कक्षाएं

उसने कहा कि भूतनाथ अब तक पांचों प्रश्नपत्रों की जो-जो सामग्री कक्षा में लिखवाई गई है उन सबको मैं लड़कों से मिलकर संगृहीत कर लूंगा किन्तु उनको संशोधित करने का और समझने का उत्तरदायित्व तुम्हारा होगा। मैंने कहा कि यह बात ठीक है और मुझे स्वीकार्य है। इस योजना से और अगले पंद्रह दिन के लिए मैं फुरसत में आ गया।

मैं कमरा नं 61 में रह रहा था; अमिताभ कमरा नं 63 में था और हर्षवर्द्धन कमरा नं 56 में था। मेरे और हर्षवर्द्धन के बीच में कमरा नं 57 में श्री केसरीसिंह राठौड़ रहते थे। उस समय वो एक चद्दी पहनकर विंग में खड़े थे और 'छोटकी साली' गा रहे थे। हमारी विंग दूसरी मंजिल पर सीढ़ियों के पास ही दाएं हाथ की तरफ थी। मैंने कहा यार केसरी सिंह लोग-बागों ने तो पढ़ाई भी शुरू कर दी; यहां तो किताबें तक अभी नहीं देखी हैं। केसरीसिंह का कहना था कि सब महत्त्वाकांक्षा रोग है; ये सब रुग्ण प्रकृति के बालक हैं; अभी तो परीक्षाएं बहुत दूर हैं; अभी से पढ़ने में क्या लाभ? इन सबके अंक हमारे से कम आएंगे और हमारे ज्यादा आएंगे, देख लेना। कमरा नंबर 59 में गया तो श्रीमान हर्षवर्द्धन शर्मा कॉफी में नींबू निचोड़कर पी रहे थे और मन्नू भंडारी का उपन्यास 'आपका बंटी' उलटपुलटकर देख रहे थे जिसे वो पहले भी तीन बार पढ़ चुके थे। बाद में मुझे पता लगा कि परीक्षा के दिनों में सदा ही वे ऐसी पांच-दस रंगबिरंगी किताबें फैलाकर मेज पर रख देते थे जिससे पढ़ने का मूड अच्छा बनता था; गणित की सारी किताबें वे छिपाकर कवर के भीतर रखा करते थे ताकि कोई मांग नहीं ले। बोले, मुझे कौन-सा टॉप करना है, मैं अभी से क्यों पढ़ूं? तुम पढ़ो और पढ़े तुम्हारी वो दुर्गेशनंदिनी। दुर्गेशनंदिनी से आशय था नीलोफर। मेरे अतिरिक्त ये दोनों-अमिताभ और हर्ष – रात को 10 से सुबह पांच बजे के बीच पढ़ते थे (अथवा ऊंघते थे)। किन्तु दिन में कानों में रूई डालकर सो जाते थे। कोई कमरे में आ जाता तो उसे नीत्से, कामू, मन्नू भंडारी, राजेन्द्रसिंह बेदी, अज्ञेय इत्यादि के उपन्यास बिखरे हुए दिखाई देते थे। लेकिन मेरे साथ चक्कर दूसरा था; रात को 11 बजते ही मेरे दिमाग का गियर बदल जाता था और पढ़ाई मुझसे नहीं होती थी। पूरे छात्र जीवन में मुझे रात्रि 11 से प्रातः 5 (अथवा 6) बजे तक सोने की नियमित आदत थी। बाकी जो भी समय मित्रों व सहपाठियों की कृपा से बच जाता था उसे अब पढ़ाई के लिए ही नियोजित करना था। वैसे स्थिति अभी इतनी बिगड़ी भी नहीं थी। टाइमटेबल बनाने के तीसरे दिन ही अमिताभ अपने मामा से जर्मनी की एक दूरबीन ले आया था जिससे वह पिछली खिड़की से राजनीतिविभाग व विधिसंकाय को साफ-साफ देख सकता था। संयोग देखिए कि एक सुंदर-सी कन्या देवयानी माथुर उससे कुछ दिनों पहले ही एन. आर.

एस. सी में टकरा गई थी और वह राजनीतिविभाग में ही पढ़ती थी। दोनों ही कोमलकांत प्रकृति के जीव थे इसलिए पहली नजर में ही दोनों को एक दूसरे से प्यार भी हो गया। इसलिए अमिताभ को यह दूरबीन लानी पड़ी और अपनी समय तालिका में दिन में 11 से 5 के बीच में कई संशोधन भी करने पड़े। बाद में ये संशोधन अन्य स्थानों पर भी किए गए, यह एक अलग बात है। उधर हर्षवर्द्धन भी अपने पिता की बनाई हुई कुछ पेंटिंग्स ले आया था जिन्हें वह दीवार पर लटकाकर सबको दिखाता था और यह मशवरा लेता था कि पेंटिग की कौन-सी साइड ऊपर रखी जाए। मॉर्डन पेंटिंग्स के बारे में यह दिक्कत आना उसके विचार से कोई नई बात नहीं थी; वह बार-बार यह भूल जाता था कि किसी पेंटिंग की ऊपर वाली साइड कौन-सी है? उसका सुझाव यह भी था कि इस प्रकार हम एक ही पेंटिंग से चार पेंटिंग्स का मजा ले सकते हैं। अभी-अभी उसने कपड़ों पर 'बूटिक' करने की कला भी सीखी थी, यह कला उसके परिवार की आय का मुख्य स्रोत थी। पहले वह कपड़ों पर पिघला हुआ मोम डालता था, फिर उन पर रंग फैलाता था और प्रायः उन्हें एक प्लास्टिक की बाल्टी में डालकर भूल जाया करता था। हर्षवर्द्धन नीलोफर पर भी अपना इम्प्रेशन जमाने की कोशिश में लगा हुआ था। उसको नीलोफर के नोट्स बहुत अच्छे लगने लगे थे, उसकी आवाज बहुत मधुर लगने लगी थी और उसका विचार था कि वह बहुत ही अच्छा गा लेती है। हर्ष ने मुझे भी नीलोफर के कई गुणों से परिचित कराने का प्रयास छात्रावास के अपने कमरे में बिठाकर यथाशक्य किया था। हर्ष का कहना यह था कि नीलोफर आजकल रात को दो-दो बजे तक पढ़ती है; मैं कई बार रात को बीच में उठकर जब कस्तूरबा हॉस्टल की तरफ टहलने जाता हूं तो मुझे उसके कमरे की बत्ती रात को दो बजे तक जलती हुई मिलती है। उसका कहना था कि जहां तक तुम्हारा सवाल है तुम बहुत आलसी हो गए हो और अपने आपको आवश्यकता से अधिक होशियार भी समझने लगे हो और इस बार तुम अवश्य नीलोफर से मात खा जाओगे। गणित विषय में पाठ्यक्रम इतना छोटा नहीं होता जितना कि तुम उसे अभी समझ रहे हो। हमारी मित्रता प्रगाढ़ थी क्योंकि उसकी 50-60 प्रतिशत बातों से मैं प्रायः ही सहमत हो जाया करता था। हर्षवर्द्धन एक लम्बाचौड़ा लड़का था, उसका रंग कबूतर जैसा था और वह अवस्था में भी मुझसे कई साल बड़ा था। उसके पिता और परिवार वाले चित्रकला के विशेषज्ञ थे जबकि चित्रकला ही एक मात्र ऐसा विषय था जिससे मैं डरता था और दूर-दूर रहता था। मेरे लिए कप-प्लेट का चित्र बनाना भी एक दुरूह कृत्य हुआ करता था। इसलिए हर्षवर्द्धन और मुझे एक दूसरे के सम्मान का ध्यान रखना सदैव श्रेयस्कर लगा।

मेरा परिचय एक दिन अनायास ही सुधीर धनकड़ से भी हो गया था क्योंकि मैं दाढ़ी रखता था। इस बात को थोड़ा समझाना पड़ेगा। वह कक्षा के बाद बरामदे

में खड़ा था। रोजाना की तरह ही उसने खादी का कुर्ता और पायजामा पहन रखा था। दाढ़ी के कारण वह मेरी तरफ आकर्षित हुआ और बोला कि मैं समझ गया कि तुम भी मेरी तरह ही भेड़चाल में पड़ना नहीं चाहते। दूसरों से अलग दिखने के लिए मैं कुर्ता-पायजामा पहनता हूं और तुम दाढ़ी नहीं बनाते हो। उसके तर्क में वजन था कि नहीं यह बात अलग है किन्तु विश्लेषण करने का उसका ढंग प्रभावित करने वाला था। बाद में मुझे पता चला कि हम दोनों एक ही जिले के रहने वाले हैं, अब मुझे उसके प्रतिभा-सम्पन्न होने में कोई संदेह नहीं रह गया था। जल्दी ही हम कक्षा में एक ही बैंच पर साथ-साथ बैठने लगे, साथ-साथ ही चाय पीने थड़ी पर जाने लगे और विचारों का आदान-प्रदान करने लगे। उसके भीतर छिपे हुए एक दार्शनिक को मैं बहुत पहले पहचान गया था। पहले मैं और नीलोफर एक ही बैंच पर बैठते थे, फिर अमिताभ और हर्ष मेरे साथ बैठने लगे और अब सुधीर भी उसी बैंच पर बैठने लगा। अपने 'ट्रेजिक फिगर' होने का लाभ हर्षवर्द्धन को शीघ्र ही मिला और वह सुधीर के अंतर्तम में छिपे हुए दुखदर्द से हमारी अपेक्षा पहले ही हमराज हो गया। गोया मैं, अमिताभ और नीलोफर अवस्था में छोटे थे; हमने अभी जीवन के वसंत ही देखे थे; वसंत के बाद आने वाले पतझड़ की पदचाप से हम अभी अनभिज्ञ थे। हर्ष और सुधीर उम्र में हमसे तनिक बड़े थे और उन्हें जिंदगी के अंधेरे भी रास आने लगे थे। इसलिए जैसा कि स्वाभाविक था एक संध्या को अमिताभ मेरे कमरे में आया और उसने दरवाजा बंद करके बहुत राजदाराना लहजे में मुझे बताया– ''क्या तुम्हें मालूम है कि सुधीर के विवाह विच्छेद का मुकदमा उच्चतम न्यायालय में चल रहा है; ऐसा-ऐसा हुआ और गरीब एकदम मारा गया।''

मैंने उसे ऊपर से नीचे तक देखा–''त-ला-क। तुम कल सुबह आना, अभी तो मुझे नींद आ रही है। इससे भी अच्छी हास्य कथा कल सुबह मैं तुम्हें सुनाऊंगा।''

उसने कहा - मुझे तो हर्ष ने बताया है और यह बात शतप्रतिशत सच है, एक-एक पिक्चर की शर्त रही।

अगले दिन हर्ष ने मुझे भी यह बात बताई और फिर सुधीर ने भी विस्तार से एक शाम मुझसे इस विषय पर चर्चा की। अब मुझे यह विश्वास हो गया था कि हमारी मण्डली में सभी महान हैं। सुधीर के बारे में मेरी जो अंतर्दृष्टि थी वह सही सिद्ध हुई थी वह एक बहुत ही अच्छे संस्कारों का लड़का था। हमारी मण्डली में कुछ लोग पहले से ही महान थे और कुछ लोग महान होने के रास्ते पर द्रुतगति से अग्रसर थे जैसेकि अमिताभ। यूं उस लड़की देवयानी को कोई देखता तो उसमें खास बात नजर नहीं आ सकती थी, लेकिन यदि उसे कोई अमिताभ की नजर से देखता तो देखता ही रह जाता।

परीक्षाएं अब पास आती जा रही थीं। लड़के अपने-अपने कमरों में सिमटने

लग गए थे। अधिकांश लड़के रात भर पढ़ाई करते थे और प्रात: 3 बजे से 9 बजे तक सोते थे किन्तु दिखाते यह थे कि अभी उन्होंने पढ़ना शुरू नहीं किया है। मेरा मन पढ़ने में नहीं लग रहा था। चांद अभी भी चांद जैसा दिखाई देता था; तारे अभी भी तारों जैसे दिखाई देते थे; फूल अभी भी चांदनी में सुंदर और अकेले मालूम देते थे। विश्वविद्यालय का वही परिसर जो दिन में उत्सवपूर्ण प्रतीत होता था, रात को एकदम निर्जन और एकांत दिखाई देने लगता था। मन करता था हमारे साथ बुजुर्ग भी हों, बच्चे भी हों, महिलाएं भी हों और परिवार भी रहते हों। किन्तु थे सब एक ही उम्र के मुस्टंडे। सान्निध्य में एकरसता थी। जब तक मैं स्नातक कक्षाओं में पढ़ता था तो गणित विषय की नीरसता का सघन अनुभव मुझे उतना नहीं हुआ था जितना कि अब हो रहा था। क्योंकि गणित की पढ़ाई के बीच-बीच में मैं वर्ड्सवर्थ, कीट्स, शैली, शेक्सपियर इत्यादि को पढ़ने लग जाता था जो कि बहुत रोचक होता था। इसी प्रकार दर्शनशास्त्र भी एक रोचक विषय था। लेकिन अब पढ़ने के लिए गणित ही गणित रह गया था जो बुद्धि के लिए पर्याप्त पोषण था किन्तु हृदय और आत्मा में अतृप्ति बनी रहती थी। एक सुंदर शहर में, विश्वविद्यालय के एक सुंदर परिसर में मन का यह सूनापन और सान्निध्य की यह एकरसता उभरकर बोधगम्य होती थी और मन को कचोटती थी। नीलोफर भी पूरी तन्मयता से पढ़ाई में लगी हुई थी और बहुत संवदेनशून्य दिखाई देती थी।

ऐसे वातावरण में यदि कोई मेरे मानसिक सहचर थे तो केसरीसिंह राठौड़ और सुधीर धनकड़। हम तीनों को ही जीवन के गूढ़ प्रश्नों पर बात करना, विचार-विमर्श करना और अंत में गाली-गलौज तक पहुंच जाना अच्छा लगता था। हम चर्चा का प्रारम्भ तो सदैव ही बहुत शालीनतापूर्वक करते थे किन्तु अंततोगत्वा रोज ही झगड़ा हो जाता था। केसरीसिंह का समापन वाक्य प्राय: ही यह होता था- 'कुछ लोग साधारण होते हैं लेकिन असाधारण मालूम देते हैं जैसेकि भूतनाथ और कुछ लोग असाधारण होते हैं पर लगते साधारण हैं जैसे कि केसरीसिंह राठौड़।' पहली बार जब मैंने यह वाक्य सुना था तो इस वाक्य के संगठन से मैं बहुत प्रभावित हुआ था किन्तु बाद में मुझे पता लगा कि यह वाक्य ओशो ने भी बोला था और यह एक विचित्र संयोग था। हो सकता है कि ओशो ने केसरीसिंह से ही सुन लिया हो। केसरीसिंह हॉस्टल में आने से पहले छह महीने ओशो के आश्रम में बम्बई में भी रह चुका था। जब वह मुझसे सहमत होता था तो कहता था -'बी.एन.यू आर रियली जीनियस एण्ड यू आर वेरी मच नियर स्पिरिचुअलिज्म। यू आर जस्ट लाइक मी नॉट अन ऑर्डिनरी परसन लेट मी अश्योर यू।' सुधीर धनकड़ विवाद में अपेक्षाकृत अधिक व्यवहार-कुशल था; सही बात को सहजता से मान भी लेता था और अपना पक्ष प्रस्तुत करने का भी उसके पास एक ढंग था। मुझे सदैव लगता रहा कि सुधीर यदि साहित्य व दर्शन

का विद्यार्थी रहा होता तो बहुत सफल होता किन्तु गणित एक ऐसा विषय था जो हम दोनों के ही व्यक्तित्व के अनुकूल नहीं था। गणित विषय लेने का कारण उसके चाचा थे जो कि स्टेट्स में गणित विषय के प्रोफेसर थे। वह एक कमरा किराए पर लेकर आदर्श नगर में रहता था; स्वयं ही खाना भी बनाता था और अपना खर्चा निकालने के लिए उसे ट्यूशन भी पढ़ाने पड़ते थे।

जब परीक्षा-परिणाम आया तो नीलोफर ने 250 में से 201 अंक प्राप्त किए जो कि सर्वाधिक थे। मेरे अंक 196 थे। कक्षा में 125 लड़के थे और नीलोफर सहित पांच लड़कियां थीं। लड़कों को मुझसे जबर्दस्त शिकायत थी कि मैंने सब लड़कों की नाक कटवा दी थी। उनका कहना था कि मैं पढ़ने में बहुत लापरवाह रहा था और मैंने जानबूझकर नीलोफर की चमचागिरी की थी। मेरे साथ वाकई पहली बार ही ऐसा हुआ था और इससे मेरे मन में नीलोफर का सम्मान और भी बढ़ गया था। उधर कस्तूरबा हॉस्टल की सभी लड़कियों ने एक जश्न मनाया और नीलोफर को माल्यार्पण करते हुए कहा कि यह हमारे लिए बहुत गर्व की बात है कि गणित जैसे विषय में पहली बार 5 लड़कियों ने प्रवेश लिया है और 125 लड़कों के होते हुए भी नीलोफर ने सर्वाधिक अंक प्राप्त किए हैं। हम उसके स्वर्ण पदक विजेता होने की मंगल कामना करती हैं। सुधीर धनकड़ की एक मित्र थी उत्तमा राय और उसी ने हमें सारा आंखों देखा हाल सुनाया था। लड़कों को यह वाकया कतई नागवार गुजरा। उनका मानना था कि मैंने पढ़ाई कम की थी और बहुत अनियमित रूप से की थी किन्तु अब यह सारे लड़कों की अप्रतिष्ठा का कारण बन गया था। सुधीर के अंक 60 प्रतिशत से अधिक आए थे और वह प्रसन्न था क्योंकि उसका उद्देश्य अपने चाचा के पास यू.एस. ए. जाना था जिसके लिए मात्र प्रथम श्रेणी में उत्तीर्ण होना पर्याप्त था। अमिताभ के भी अंक 60 प्रतिशत से ऊपर थे वह भी प्रसन्न था क्योंकि उसका उद्देश्य हैदराबाद जाकर कम्पयूटर्स में एम. टेक करना था जिसके लिए उसे मात्र प्रथम श्रेणी की आवश्यकता थी। यह दोनों ही उत्साहित थे, यहां तक कि अपने अतिरिक्त अंक किसी को भी स्थानांतरित करने को तैयार थे। हर्ष के अंक अवश्य 60 प्रतिशत से कुछ कम थे किन्तु यह भी एक चमत्कार था क्योंकि उसकी आंखों की रैटिना का पर्दा डिटैच्ड था और उसे पढ़ने में बहुत दिक्कत होती थी। उसकी स्मृति असाधारण थी किन्तु गणित कोई याद करने का विषय नहीं होता। हममें सबसे अधिक प्रसन्न केसरीसिंह राठौड़ था। एक दिन एकांत में उसने मुझे बताया था कि दर्शन शास्त्र में एम.ए. करना तो मात्र एक बहाना है वास्तव में तो वह हॉस्टल में रहकर प्रतियोगी परीक्षाओं की तैयारी कर रहा है। वह बी.ए. में स्वर्ण पदक जीतने के बाद विवेकानंद आश्रम व ओशो आश्रम में कुछ समय रहकर आया था। एम. ए. के अंकों से उसे कोई खास लेना देना नहीं था फिर भी उसकी उपलब्धि अच्छी थी। किन्तु ओशो आश्रम में कुछ समय

रहने के कारण वह महान भी हो गया था। उसका विचार था कि महत्त्वाकांक्षा मात्र एक रोग है और अंहकार मनुष्य की महानता में सबसे बड़ी बाधा है।

एक थी नीलोफर
कुछ बदल गए थे उसके भी तेवर
ओ मेरे बंदापरवर
क्या होगा आगे चलकर?

परीक्षा-परिणाम आने के बाद नीलोफर बहुत गम्भीर हो गई थी; उसका कहना था कि हम दोनों को मन लगाकर अच्छी तरह पढ़ना चाहिए और अपना भविष्य बनाना चाहिए। स्नातकोत्तर करने के बाद सोचेंगे कि हमें क्या करना है? सुना है कि आजकल आप पढ़ाई में ध्यान नहीं दे रहे हैं। अमिताभ कह रहा था कि बी.एन. आजकल न अच्छी तरह पढ़ता है, न अच्छी तरह खाना खाता है बस नीलोफर ही नीलोफर जपता रहता है; इसलिए हे देवी तुम प्रसन्न होओ! सच मानो तो अब हमें यह सब अच्छा नहीं लगता। मैं एक साधारण-सी लड़की हूं, ऐसा मुझमें आपको क्या मिल गया?

आजकल यदि मैं नीलोफर से चांदनी रातों की बातें करता था; फूलों के मुरझाए हुए पीले चेहरों की बातें करता था; कक्षा की खिड़की के बाहर आकाश में उड़ते हुए बादलों के टुकड़ों की उसकी साड़ी के पल्लू से तुलना करता था; उसकी आंखों में बसी हुई नीली झील की बातें करता था तो भी वह पहले की तरह उत्फुल्ल नहीं होती थी। कहती थी बी.एन.देखो कितना पढ़ना है? मैंने पहली बार उसे पढ़ाई के प्रति गम्भीर होते हुए देखा था। अब वह किताबों की ही बातें करती रहती थी; यथा हमारे को तो पहले और तीसरे प्रश्नपत्र में कुछ समझ में ही नहीं आता; तुम रोजाना पुस्तकालय में क्यों नहीं आते; मुझे तुमसे कुछ सवाल समझने हैं इत्यादि। नीलोफर सचमुच बहुत बदल गई थी और मैं परेशान था क्योंकि उसे समझाने के लिए स्वयं नियमित रूप से पढ़ना आवश्यक हो गया था। वह प्रायः ही आगे निकल जाया करती थी और अपनी दिक्कतों के बारे में बताती थी। इस गणित की ऐसी-तैसी, गणित भी कोई तीन सौ पैंसठ दिन पढ़ने की चीज थोड़े ही है? नियमितता मेरे स्वभाव के प्रतिकूल थी और नीलोफर समझती थी कि मैं जानबूझकर उसका सहयोग नहीं करना चाहता।

इधर मेरा मन गणित विषय की पढ़ाई के प्रति बिल्कुल उचट चला था। मैं, सुधीर और केसरीसिंह समय मिलते ही प्रायः इस विमर्श में लग जाते थे कि इस जीवन का अर्थ क्या है? हमें एक ऐसा जीवन जीना पड़ता है जिसको कि हम समझते तक नहीं। इसलिए मूलभूत जिज्ञासा यह है कि हम कौन हैं, कहां से आए हैं और यहां पर क्यों हैं? जब तक इस मूलभूत प्रश्न को हल नहीं किया जाता हम सब एक प्रकार के अज्ञान में हैं और अज्ञान में आनंद अथवा सुख का बोध कैसे हो सकता है? यह तो स्वयं में एक विरोधाभास है। सुधीर धनकड़

का प्रत्युत्तर यह होता था कि जब भी हमारे जीवन में रस की सम्भावना क्षीण हो जाती है तो हम दार्शनिक होने लगते हैं और अब मुझे स्वयं अपने सम्बंध में यह विचार करना था कि मेरे साथ यह स्थिति क्यूं आ रही है? मेरा कहना था कि गणित एक बौद्धिक व्यायाम-मात्र है, हमें इसको पढ़ना होता है क्योंकि हमें परीक्षाएं देनी हैं किन्तु इसका जीवन से कोई भी सम्बंध नहीं है। इसके प्रत्युत्तर में सुधीर का कहना था कि जीवन का गणित से सम्बंध है क्योंकि यह मुझे रोटी देती है और दूसरी बात यह कि अज्ञान में भी सुख हो सकता है, जब मैं और वह मूर्ख औरत (मेरी पत्नी) एक साथ चरमसुख पर पहुंचते थे तो बड़े सुख की अनुभूति होती थी। केसरी का कहना था कि यह प्रश्न संगत है कि जीवन क्या है किन्तु प्रत्येक प्रश्न का उत्तर हो ही यह क्या आवश्यक है? मेरा कहना था कि समाधान की सम्भावना के अभाव में जिज्ञासा उत्पन्न नहीं होनी चाहिए। यदि जिज्ञासा है तो इसका अर्थ यह है कि जिज्ञासा का समाधान भी होना चाहिए। जिज्ञासा उत्पन्न क्यों होती है? क्योंकि समाधान की अवस्था है किन्तु अभी समाधान तक पहुंचना नहीं हुआ है इसीलिए जिज्ञासा है। शिशु को भूख लगती ही इसलिए है कि माता के स्तनों में पोष्य-उत्पत्ति की सम्भावना की भूख से पूर्व व्यवस्था है। जीवन क्या है, यह एक मूलभूत प्रश्न है और इस मूलभूत प्रश्न के समाधान के बाद ही आनंद अथवा सुख वास्तविक हो सकता है, ज्ञान के अभाव में सुख के प्रति आसक्ति मूल समस्या से पलायनमात्र है। सुधीर का सुझाव था कि इतना सोचना नहीं चाहिए। फिर भी यह सुधीर ही था जिसने मुझे सबसे पहले तिलक की व्याख्या वाली गीता की एक पुस्तक लाकर दी थी और केसरी ने मुझे सबसे पहले ओशो की 'दि अल्टिमेट एल्कमी' नामक पुस्तक लाकर दी थी। डॉ. नरेन्द्रदेव गौतम जो हमारे प्रोफेसर थे, उन्होंने मुझे बताया था कि जर्मन विचारक शोपेनहर ने जब पहली बार गीता पढ़ी थी तो वह इस पुस्तक को सिर पर रखकर नाचने लग गया था और उसने कहा था कि जीवन का सत्य बहुत पहले भारतीय लोगों ने ढूंढ़ लिया था। मैं प्रोफेसर साहब से कहा करता था कि एक तरह से शोपेनहर का यह कथन ठीक है किन्तु सत्य कोई तार्किक निष्पत्ति नहीं हो सकता है क्योंकि प्रत्येक विश्वास के भीतर संदेह छिपा ही रहता है। असंदिग्ध सत्य की उपलब्धि विचार के तल पर सम्भव नहीं है। डॉक्टर साहब का कहना था कि सत्य चाहे कुछ भी हो किन्तु वह तर्कविरुद्ध नहीं हो सकता और उसकी तार्किक अभिव्यक्ति सम्भव होनी चाहिए। जो यह कहते हैं कि जाना जा सकता है किन्तु कहा नहीं जा सकता उन्होंने जाना ही नहीं है। ऐसे लोग दूसरों को मूर्ख बनाने का प्रयास कर रहे होते हैं। मैं यहां भी असहमत था। मेरा कहना था कि जीवन में जो भी गहन है जैसे प्रेम, सौंदर्य, संगीत, कविता इत्यादि उसे अनुभव तो किया जा सकता है किन्तु तर्क से स्थापित नहीं किया जा सकता। किन्तु उनका कहना था कि बच्चू बड़े होकर सब समझ जाओगे।

इसका कोई भी उत्तर मेरे पास नहीं था। 20 वर्ष का भूतनाथ 60वर्ष के प्रोफेसर साहब को इसका क्या उत्तर दे सकता था?

दूसरा सेमेस्टर मई में हो गया। इस बार नीलोफर के 250 में से 193 अंक थे और मेरे 250 में से 211 अंक थे। इस प्रकार अब मैं नीलोफर से 13 अंक आगे था। एक तरफ मुझे विरक्ति-सी हो चली थी और दूसरी तरफ नीलोफर महत्त्वकांक्षा के लिए अधिष्ठान हो गई थी। शेक्सपियर ने ठीक कहा है कि एक महान व्यक्ति की अंतिम दुर्बलता यशस्वी होने की आकांक्षा होती है, कभी-कभी यह आकांक्षा प्रेम से भी बड़ी प्रवृत्ति सिद्ध होती है। प्रेम जहां हमारे अहंकार की ग्रंथि को निर्मुक्त करता है वहीं यशलिप्सा इस ग्रंथि को दृढ़मूल करती है। गर्मियों की छुट्टियों में हम दोनों जब भीलवाड़ा पहुंचे तो पिताजी ने बहुत अप्रसन्नता प्रकट की। दोनों परिवारों के पास इस प्रकार के समाचार पहुंचने लगे थे कि ये दोनों कभी भी अंतर्जातीय विवाह कर सकते हैं। यदि मैं चाहता तो मुझे कोई रोक भी नहीं सकता था किन्तु इससे बहिनों के विवाह में उन्नीस-बीस होने की आशंका अवश्य थी। यदि ऐसा कुछ होता तो एक अपराध-बोध स्वयं मुझे भी घेर लेता। अच्छे सम्बंध होना वैसे भी दुष्कर होता है और मेरी बहिनें बहुत महत्त्वाकांक्षिणी भी थीं। डॉक्टर या इंजीनियर वर से कम पर तो वे सहमत ही नहीं थीं और देने के लिए कोई विशेष दहेज भी हमारे पास नहीं था। एक शिक्षक जिसके छह बच्चे हों बचा ही क्या सकता है? ऐसी परिस्थिति में सारा दोष मेरे सिर पर ही मढ़ दिया जाता। दूसरों के अवगुण देखने में सब कुशल होते हैं किन्तु आत्मनिरीक्षण कोई भी नहीं करना चाहता; मेरे पिता तो आत्मनिरीक्षण में कतई असमर्थ हैं। वे उन लोगों में से हैं जो अपनी कोई भी भूल मानने के लिए तैयार नहीं होते। आज से तीस साल पहले के उस समय में ब्राह्मणों से इतनी समझ की आशा नहीं की जा सकती थी कि वे ब्राह्मण और अब्राह्मण में कोई भेद नहीं करें। मेरा जन्म एक ब्राह्मण परिवार में हुआ है इसलिए मैं जानता हूं कि उनके भाग्य में खोखले दम्भ के अतिरिक्त कुछ भी नहीं आया है, वही उनकी पहचान है और इसी पहचान से वे चिपके हुए हैं। प्रत्येक भाई अपनी बहिनों का भला चाहता है, कम से कम मैं तो चाहता रहा हूं और ईश्वर की कृपा रही कि उनको अच्छे सम्बंध मिल भी गए। उधर नीलोफर के परिवार वाले भी इस बात से आशंकित थे कि कहीं नीलोफर अंतर्जातीय विवाह नहीं कर ले। इस सारे घटनाक्रम के मध्य में मैं नीलोफर में भी एक परिवर्तन का अनुभव कर रहा था। अब वह हमारे घर पर भी कम आने लगी थी और छत पर भी यदा-कदा ही दिखाई देती थी। छुट्टियां मैंने जैसे-तैसे उपन्यास वगैरह पढ़कर गुजारीं। मैं उन दिनों प्रतिदिन 13-14 घण्टे तक नींद में व्यतीत करता था। और उपाय भी क्या था?

एक थी नीलोफर
जिसको मैंने समझा था हमसफर
आ पहुंचे हम ऐसे मोड़ पर
राहें दो थीं उम्र भर।

जुलाई में स्नातकोत्तर उत्तरार्द्ध की कक्षाएं लगनी प्रारम्भ हो गई थीं। तीसरे सेमेस्टर में हमें चार विषय चुनने थे जिनमें दो विषय अनिवार्य थे और दो वैकल्पिक। मैंने और नीलोफर ने दोनों वैकल्पिक विषय एक जैसे ही लिए थे। हर्ष, अमिताभ और सुधीर के पास एक-एक विषय अलग था। मैं इस सत्र में आलसी हो गया था। मैं प्राय: ही आखिरी कक्षा में संध्या 4-5 के बीच विभाग में पहुंचता था। इस कक्षा में जाना आवश्यक था क्योंकि इस विषय को हमारे विभागाध्यक्ष पढ़ाते थे और उनके हाथ में 100 अंकों की मौखिक परीक्षा भी थी, जिसमें वो जितने अंक चाहें दे सकते थे। उनकी कक्षा में नियमित रूप से जाना और उनके विषय का नियमित अध्ययन करना अनिवार्य था।

दीपावली की छुट्टियों से ठीक पहले नीलोफर ने मुझे छात्रावास के पते पर एक ग्रीटिंगकार्ड भेजा जिसके नीचे मात्र 'एन' लिखा हुआ था किन्तु यह ग्रीटिंग कार्ड मुझे दीपावली की छुट्टियों से वापस लौटने पर मिला। हम चारों ने बैठकर सोचा कि ग्रीटिंगकार्ड भेजने वाला कौन हो सकता है? अंत में हर्ष सही निष्कर्ष पर पहुंचा कि इसे नीलोफर ने भेजा है और वह तुमसे कुछ कहना चाहती है। उस दिन नीलोफर जब मुझे मिली तो उसने हरे रंग का परिधान पहन रखा था। उसकी बिंदिया और उसकी चूड़ियां भी हरे ही रंग की थीं। बहुत दिनों बाद नीलोफर ने विभाग के एक कक्ष में अपना टिफिन खोलकर अपने हाथों से मुझे खाना खिलाया। इस टिफिन में मात्र दो सब्जियां और चार परांठे थे; वह परांठों के छोटे-छोटे कौर तोड़ती थी और मेरे मुंह में भी रखती जाती थी। उस दिन मुझे भोजन में जो तृप्ति मिली फिर कभी नहीं मिली। जब हम खाना खा चुके तो नीलोफर ने मुझे बताया कि उसके घरवाले उसका विवाह करने की जल्दी में हैं। उसने अपने पर्स में से गुलाबी, पीले, हरे, नीले कई रंग के पत्र निकाले और मुझे पढ़ने के लिए कहा। मेरे लिए ये सब पत्र पढ़ना बेमानी था इसलिए मैंने कोई रुचि जाहिर नहीं की।

वह बोली—क्या हम अभी कोर्ट मैरिज कर सकते हैं?

मैंने कहा—इससे तो हमारी पढ़ाई ही छूट जाएगी क्योंकि हम आर्थिक रूप से स्वतंत्र नहीं हैं।

उसने पूछा—यह काम कब तक हो सकता है? स्नातकोत्तर करने के बाद हम दोनों के ही प्रवक्ता बनने की संभावना है या नहीं? हम दोनों को ही शोध-छात्रवृत्ति मिल सकती है या नहीं?

मैंने कहा—स्नातकोत्तर उत्तीर्ण करने के बाद हमारे लिए दोनों ही विकल्प अवश्यम्भावी हैं, किन्तु उससे पहले कुछ भी सम्भव नहीं है।

उसने बताया—घरवाले बहुत जल्दी कर रहे हैं, मैं क्या करूं?

मैंने कहा—सबसे बड़ी समस्या अंतर्जातीयता की है। तुम मेरी बहिनों को तो जानती ही हो। यदि हमारे अंतर्जातीय विवाह करने से उनको सम्बंध मिलने में बाधा आई तो सारा परिवार हमें कभी भी क्षमा नहीं करेगा। तुम क्या कहती हो?

उसने कहा—यह तो मैं भी नहीं चाहती कि हमारे कारण उनके विवाह में कोई अड़चन आए। मेरे घरवाले भी अंतर्जातीय विवाह के पक्ष में नहीं हैं, उन्होंने तो मुझसे सारे सम्बंध तोड़ लेने की धमकी भी दी है।

मैंने पूछा—तुम्हारे घरवाले क्या चाहते हैं?

उसने बताया—वे जल्दी से जल्दी मेरे हाथ पीले कर देना चाहते हैं, शायद विभूति भैया ने हमारे बारे में उन्हें कुछ कहा है। यह कुछ पत्र विवाह-प्रस्ताव से सम्बंधित हैं। इनमें से दो लड़के आई.ए.एस हैं, तीन लड़के आई.पी.एस हैं और दो लड़के डॉक्टर हैं, बाकी सभी व्यापार करते हैं। मेरी समझ में नहीं आ रहा कि मैं क्या करूं? मैं घरवालों को मना करूं तो कैसे करूं?

मैंने कहा—नीलोफर, यदि तुम्हें इतने अच्छे सम्बंध मिल रहे हैं तो इससे अधिक तो मैं भी तुम्हें क्या दे सकता हूं? मुझ जैसे फिलॉसफर से विवाह करके तुम्हें मिलेगा भी क्या?

वह हँसने लगी।

उसने कहा—यह बात तो तुम्हारी ठीक है। सभी कुछ सोचना पड़ता है। विवाह कोई प्रेम तो है नहीं कि जिस पर कोई बस नहीं हो। फिर भी, एक बार तुमसे पूछना मेरे लिए जरूरी था, नहीं क्या?

मैंने कहा—जो भी स्थिति है वह तुम्हारे सामने है। अब तुम जैसा कहोगी मैं तो वैसा ही कर लूंगा।

उसने कहा—कहीं तुम यह तो नहीं कहोगे कि मैं तुम्हारे बिना नहीं जी सकता?

मैंने कहा—नहीं कहूंगा।

उसने कहा—फिर तो ठीक है, अंतर्जातीय विवाह में तो दिक्कतें आती ही हैं, मैं भी जी लूंगी।

और वह उठकर चली गई।

तीसरा सेमेस्टर सिर पर आ गया था। ओमप्रकाश गुप्ता ने सांख्यिकी की किताब के दो रिवीजन कर लिए थे। मैं मात्र 3–4 बार कक्षा में जा पाया था। सम्बंधित प्राध्यापक ने एक ऐसे ही मौके पर कहा था कि पूनम का चांद भी महीने में एक दिन दिख जाता है लेकिन यहां तो ऐसे-ऐसे चांद हैं जो कई-कई महीने दिखाई नहीं देते। स्थिति वाकई चिंताजनक थी। अब तक मैंने सांख्यिकी

की पुस्तक खोलकर भी नहीं देखी थी जिसमें कम से कम तीन-चार सौ पृष्ठ थे। इससे भी अधिक चिंताजनक स्थिति 'रीयल अनेलिसिस' अर्थात प्रथम प्रश्नपत्र में थी। इस बार मैं तो अनियमित था ही हर्ष, अमिताभ और सुधीर में से किसी ने भी कक्षासामग्री ब्लैकबोर्ड से नोटबुक में नहीं उतारी थी। नीलोफर ने भी क्लासनोट्स देने से मना कर दिया और बाकी पढ़ाकू लड़कों ने भी क्लासनोट्स देने से मना कर दिया क्योंकि वे सभी सुधीर धनकड़ के चुनाव लड़ने से क्षुब्ध थे। जहां तक पुस्तक का प्रश्न है यह एक रूसी लेखक 'नाटान्सन' द्वारा किसी समय लिखी गई थी और अब प्रकाशन से बाहर थी। इसकी मात्र दो प्रतियां थीं जो विश्वद्यािलय के केन्द्रीय पुस्तकालय में उपलब्ध थीं। 27 जनवरी को इस विषय का प्रश्नपत्र था और 22 जनवरी की सुबह आ पहुंची थी। इस समस्या का कोई भी संतोषजनक विकल्प दिखाई नहीं दे रहा था। आखिर प्रभु की कृपा से अमिताभ को अचानक यह याद आया कि डैडी ने उसे एक नया-नया ओवरकोट सिलवाके दिया है। उसने कहा कि मैं रीडिंग रूम में पढ़ने के लिए पुस्तक को अपने कार्ड पर इश्यू करवा लूंगा, कार्ड को वहीं छोड़ आऊंगा और पुस्तक को ओवरकोट की अंदर वाली जेब में डालकर पहले बाथरूम में जाऊंगा और फिर चहलकदमी करता हुआ बाहर निकल आऊंगा। छह ही दिन की तो बात है, अट्ठाइस तारीख को वापस जमा करवा देंगें। कौन देखने वाला है? आखिर यह तरकीब काम कर गई। हमें बाईस जनवरी की दोपहर को यह किताब मिल गई। हमारे पास मात्र पांच दिन थे और एक विश्वप्रसिद्ध विदेशी लेखक द्वारा लिखी गई पुस्तक थी जिसमें सभी प्रमेयों की उपपत्ति संकेत देकर छोड़ दी गई थी। सबसे पहले हमने पिछली दस सालों के प्रश्नपत्र लेकर प्रमेयों पर निशान लगाए। मेरा काम यह था कि मैं दस-दस प्रमेयों को समझता जाऊं और उनकी पूरी उपपत्ति लिखकर नोट्स बनाता जाऊं और ये नोट्स क्रमशः हम चारों में बंटते रहें। कुल 40-50 प्रमेय बहुत महत्त्वपूर्ण थीं। जैसे-तैसे करके हमने यह वैतरणी पार की और अमिताभ को धन्यवाद दिया। किन्तु जब परीक्षा परिणाम आया तो कमाल ही हो गया। मेरे अंक सर्वाधिक थे और 50 में से 47 थे और हम चारों में से किसी के भी अंक 38 से कम नहीं थे। हम बहुत ईमानदार किस्म के विद्यार्थी थे इसलिए 28 तारीख को सुबह-सुबह 11 बजे ही काफी सोच विचार करने के बाद यह पुस्तक हमने पुस्तकालय के रीडिंग-रूम को ही वापस लौटा दी। अन्यथा ऐसी पुस्तक कौन वापस करता है? यह बात अलग है कि हमारे चौथे सेमेस्टर में यह किसी भी काम की नहीं थी।

परीक्षा समाप्त होने की खुशी में हमने जेम सिनेमा में एक चलचित्र देखने का कार्यक्रम बनाया। सुधीर का सुझाव था कि रात को 9 से 12 वाला शो देखा जाए क्योंकि इस समय मन में एकाग्रता अधिक होती है। समस्याएं दो थीं-

चौकीदार से 12 बजे गेट खुलवाने की और आधी रात के बाद खाना खाने की। हम पांच मित्र थे जिनमें तीन छात्रावास के निवासी थे। हमने मैस बॉय को तीन थालियां कक्ष संख्या 63 में ताला खोलकर रखने को कहा। प्रत्येक थाली में 20-20 चपातियां हों तथा दाल और सब्जी के दो-दो डोंगे पूरे भरे हुए हों। वह हमारा लिहाज भी करता था और डरता भी था। अमिताभ और हर्ष उसकी कभी-कभी पैसे से मदद कर दिया करते थे और मैंने उसको एक दिन कमरा खुला छोड़ देने पर पीट भी दिया था। इसलिए हमारे ऐसे काम वह आसानी से कर देता था। हॉस्टल में कई लड़के तो ऐसे भी थे जो एक ही डाइट कमरे में मंगवाकर दस-दस अतिथियों को खिला देते थे किन्तु हम ऐसे बेईमान लोगों में नहीं थे। चौकीदार भी आसानी से राजी हो गया था कि उसको जगा लिया जाए। हमारे पांचों के पास उन दिनों साइकलें ही हुआ करती थीं। साठ लड़कों के हॉस्टल में सिर्फ एक लड़के के पास मोटरसाइकल थी जो कि एल.एल. एम. में पढ़ा करता था। रात को 12:30 पर फिल्म समाप्त हुई जब वापस आने लगे तो सुधीर धनकड़ ने कहा कि मैं एक शॉर्टकट जानता हूं। उसने हमें एक गली में मुड़ने को कहा जिसमें आगे जाकर एक जगह घुप अंधेरा मिला। वहां शायद सीसे के कुछ टुकड़े भी रहे होंगे क्योंकि जब हम गली से बाहर निकले तो पांचों साइकिलें पंक्चर हो चुकी थीं। लिहाजा, फरवरी के पहले सप्ताह की हल्की-हल्की ठंड में पैदल चलते हुए हम लगभग दो बजे रात को छात्रावास पहुंचे। हीटर पर गर्म करके खाना खाने बैठे तो एक भी चपाती बाकी नहीं बची तथा दाल और सब्जी भी सारी समाप्त हो गई। अगले दिन सुबह 10बजे पांचों सोकर आराम से उठे। ऐसे थे वो दिन।

एक थी नीलोफर
अचानक आसमान से उतरा एक राजकुंवर
ले गया उसे जादू के घोड़े पर बैठाकर
वह देखती रही हमें
पीछे मुड़-मुड़कर।

नीलोफर आजकल बहुत अन्यमनस्क रहने लग गई थी। कक्षा में और पुस्तकालय में चुपचाप बैठी रहती थी। अध्ययन के अलावा कोई भी बात नहीं करती थी। आखिर में जाते समय भी वह अमिताभ को यह कहकर जाती थी–'अच्छा, अमिताभजी मैं चलूं।'

एक दिन तो अमिताभ ने उसको रुला भी दिया। अमिताभ ने नीलोफर से कहा कि भूतनाथ आजकल बहुत परेशान रहता है। वह सारी-सारी रात जागता है। न ढंग से खाना खाता है और न पढ़ाई ही करता है। आखिर यह मामला क्या है? उस समय

हम रेस्तरां में बैठकर चाय पी रहे थे। अमिताभ का इतना कहना था कि नीलोफर की आंखों से आंसू चू-चू कर उसके चाय के प्याले में गिरने लगे। आखिर, चाय बदलनी पड़ी। हर्षवर्द्धन पर उसके रोने का व्यापक प्रभाव पड़ा। रात को जब मैं उसके कमरे में उससे मिलने गया तो वह बोला– उल्लू के पट्ठे (!) मैं तो सोच भी नहीं सकता था कि यह लड़की तुमसे इतना लगाव रखती है। चुपचाप शादी कर डाल, नहीं तो स्साले जिंदगी भर पछताएगा। जहां भी ऐसी लड़की देखेगा तुझे यह लड़की याद आएगी। इस बात पर कल तुझे लक्ष्मी मिष्ठान भंडार में डिनर देना पड़ेगा। मैंने डिनर दिया भी; अमिताभ ने नीलोफर को भी बता दिया। नीलोफर ने पूछा कैसा रहा? हर्षवर्द्धन ने छूटते ही कहा–

"खाक अच्छा रहा; मीनू सामने आते ही जनाब ने कह दिया कि इसमें जो सस्ते से सस्ते आइटम हैं वो छांट लो।" नीलोफर ने मुस्कुराकर हम सबकी तरफ देखा और बोली–'इनका ज्यादा नुकसान करवाने में फायदा भी क्या है?' अमिताभ ने कहा– और सुनो 'इनका'। हम तो चलते हैं हमसे तो नहीं सुना जाता।

अमिताभ को देवयानी पूरे दो साल थियेटरों, उपवनों, महलों व छतरियों में घुमाती रही थी। अंत में जब अमिताभ बहुत गम्भीर हो गया तो देवयानी ने कहा दीदी से बात कर लो। दीदी ने बताया कि देवयानी की सगाई उसी समय हो गई थी जबकि वह हायर सैकण्डरी में पढ़ती थी। उसका पति लंदन में रहता है।

उस रात अमिताभ ने कोई दस-बारह रूमाल भिगो दिए और हमें उसे सम्भालने में बहुत दिक्कत का सामना करना पड़ा। उनमें से भी चार रूमाल मेरे थे। शाम को अमिताभ उन्हें लौटाने के लिए वापस आया और अंततोगत्वा आश्वस्त होकर चला गया।

चौथा सेमेस्टर प्रारम्भ हो चुका था। तीन प्रश्नपत्र हमने भलीभांति कर लिए थे। हम सबका एक-एक प्रश्नपत्र और बचा था कि नीलोफर एक सुंदर-सा कार्ड लेकर आई। कार्ड खोलने पर पता लगा कि उसकी सगाई 1 मई को एक आई.ए.एस अधिकारी से होने वाली है। यह समारोह जयपुर में ही उसकी बुआ के घर सम्पन्न होने वाला था। नीलोफर ने मुझे भी आने को कहा; मैं तो खैर नहीं गया किन्तु हर्ष, अमिताभ और सुधीर तीनों गए थे। उनका कहना था कि लड़का लाखों में एक है और उसके पिता जयपुर के बहुत बड़े डॉक्टर हैं और आजकल जोरास्टर क्लीनिक में भी बैठते हैं।

परीक्षा-समाप्ति का दूसरा दिन था। उस रात मैंने अपनी डायरी में लिखा–

छोड़के सपनों की दुनिया परियां उतरीं ना गुलफाम आया
गुल ही गुल भी जो बरसे होते अपना दामन ही काम आया
रात भर तारे भी हमने सारे गिन-गिन तोड़ डाले

आंख खुली तो हाथ खाली दिल को कब आराम आया
चर्चे थे मेरी बरबादियों के लबकुशा हुए तेरा नाम आया
वह शख्स मेरा लख्तेदिल न तो जहर लाया न जाम लाया।

अगले दिन हम अपने-अपने शहरों के लिए प्रस्थान कर गए।

त्वदीय वस्तु गोविंदम् तुभ्येव समर्पये।

आज इन बातों को बहुत वर्ष गुजर चुके हैं। ऐसा था भूतनाथ और ऐसी थी उसकी नीलोफर। वह आकाश की आत्मा थी; एक सुंदर दिवास्वप्न थी और नारीपर्याय में स्यात् एक सम्पूर्ण मनुष्य थी। भूतनाथ पुरुष था तो वह प्रकृति थी, माया थी, अव्यक्ता थी, चिरसंगिनी थी उसकी, रास भी, लीला भी। ■

एक थी नीलोफर

एकांतद्वीप के हंस

यदि मैं आपसे कहूं कि ओशो एक परमहंस थे तो आप मेरी बात से बेझिझक सहमत हो जाएंगे और आप स्यात् यह भी कहेंगे कि वे इससे भी कुछ अधिक ही थे। यदि मैं कहूं कि उनकी प्रभा युगयुगांतर व लोक-लोकांतर तक व्याप्त होती रहेगी तो आप कहेंगे कि बात तो ठीक है किन्तु यह भी कोई नई बात नहीं है। यदि मैं आपसे कहूं कि ओशो प्रत्येक हंस में छिपे हुए एक बगुले को देख लेते थे और प्रत्येक बगुले में छिपे हुए एक हंस को देख लेते थे तो आप कहेंगे कि इसीलिए तो ओशो रजनीश ओशो थे और चार्ली चैपलिन चार्ली चैपलिन थे। इसलिए आपसे मैं मेरी बात को बिल्कुल अलग तरीके से कहता हूं कि ओशो ने कभी भी किसी बगुले और किसी हंस में कोई भेदभाव नहीं किया क्योंकि बगुले बहुत अच्छे ध्यानी होते हैं। सच पूछो तो ओशो को मजा ही तब आता था जब बगुले उनके सामने बैठकर ध्यान में डूब जाया करते थे। जब तक वे जीये बगुलों को हंस बनाते रहे और हंसों को यह सिखाते रहे कि वे बगुलों से अलग दिखने का प्रयास नहीं करें। सुना है कि ओशो ने अपने एक अभिनेता शिष्य को भी यह परामर्श दिया था कि अभिनय में ऐसे डूबो जैसेकि वह वास्तविक जीवन हो और जीवन को ऐसे जीओ जैसेकि वह अभिनय-मात्र हो। चेहरे पर आने वाली सूक्ष्म से सक्ष्म अभिव्यक्तियों व आंतरिक भावों के निरूपण में वे एक अद्वितीय अभिनेता सिद्ध भी हुए। यह ठीक है कि न तो वे बनारसी पान खाते हैं और न ही भारी-भरकम ठोस आवाज में ठोस पूरबी हिंदी में संवाद बोलते हैं फिर भी उनके संवादकथन में जो एक स्वाभाविकता है, उनके अभिनय में जो प्राणों का स्पंदन और जीवंतता है वह कहीं भी अन्यत्र दुर्लभ है। बर्टोल्ट ब्रेश ने कितना भी इस बात पर जोर दिया हो कि अभिनय में नाटकीयता अवश्य होनी चाहिए फिर भी हममें से अधिकांश यह बात मानेंगे कि अभिनय मूलतः एक दृश्यकला है न कि एक श्रव्यकला। यह बात अवश्य है कि बॉलीवुड में दोनों ही प्रकार के अभिनेता प्रारम्भ से मौजूद रहे हैं– वे जो कि अभिनय को स्वाभाविक जीवन की तरह जीते हैं और वे भी जो कि अभिनय में नाटकीयता के सम्मिश्रण को आवश्यक समझते हैं। मैं नहीं समझता कि इस सम्बंध में नामों का उल्लेख करने की कोई आवश्यकता है,सुविज्ञ पाठक दोनों ही प्रकार के अभिनेताओं को अच्छी प्रकार जानते हैं। तो कहने की बात यह है कि हमने हमारे कम्यून में बुद्धकक्ष के बिल्कुल समीप ही एक छोटा-सा कृत्रिम जलप्रपात और एक छोटा-सा

कृत्रिम सरोवर बना रखा था और उस सरोवर में सतत एक बगुले को रखकर छोड़ा हुआ था। मेरे देखते ही देखते कई बगुलों को स्थानापन्न करना पड़ा था क्योंकि बुद्धकक्ष के इतना समीप होने के कारण ये बगुले बहुत शीघ्र ही एक सांगोपांग हंस बन जाते थे और उन्हें किसी दूसरे सरोवर में भेजना पड़ता था। आश्रम में रहकर मुझे यह भी समझ में आया कि हमारी परम्परागत संस्कृति में कुछ गड़बड़ अवश्य है जो कि बगुलों को भी भक्त की ही भूमिका में देखना चाहती है। वस्तुस्थिति यह है कि बगुले चाहे बहुत अच्छे भक्त नहीं भी होते हों किन्तु ध्यानी तो वे गजब के होते हैं और परमहंस बनने के बहुत ही सन्निकट होते हैं, समझिए कि अब बने कि तब बने। यदि आपको भक्त ही ढूंढ़ने हों तो सफेद रंग के मोर ढूंढ़ने चाहिए; हमारा कम्यून सफेद रंग के मोरों के लिए भी एक प्रिय आश्रयस्थल है और ये मोर नाचते भी बहुत अच्छे हैं। हिंदी के मेरे एक भाषा-वैज्ञानिक मित्र हैं; यद्यपि उन्होंने कभी हमारा कम्यून नहीं देखा है किन्तु उनका आग्रह तो यहां तक है कि मयूर शब्द से ही मोर व मीर की व्युत्पत्ति हुई है और मयूरी शब्द से मीरा की व्युत्यपत्ति हुई है। इस प्रकार मोर, मीर व मीरा तीनों शब्दों की व्युत्पत्ति एक ही है और तीनों का ही सम्बंध नृत्य से रहा है। यदि ये मित्र कम्यून में आए होते तो यह बात इनको भी देखने को मिली होती कि ओशो मोर और बगुले दोनों को इस स्थिति तक पहुंचा दिया करते थे कि प्रत्येक के सिद्धपुरुष होने में कोई भी कसर दिखाई नहीं दिया करती थी। फिर भी न मोर को बगुला बनने की आवश्यकता होती थी और न ही बगुले को मोर बनने का आयोजन करना होता था।

आखिर मुझे इस बात को इस ढंग से उठाने की आवश्यकता क्यों है? आवश्यकता है क्योंकि मैं आश्रम में ऐसे बहुत से हंसों को जानता हूं जिन्हें आप हंस ही मानने को राजी नहीं होंगे; किन्तु हम ऐसे लोगों का भी प्रतिवाद नहीं करते हैं। ओशो ने हमको यह भी सिखाया है कि प्रत्येक बगुले को तो बगुले जैसा दिखना ही है किन्तु प्रत्येक हंस को भी बगुले जैसा ही दिखना चाहिए। यह हमारा सामूहिक गणानुशासन है। हमारे आश्रम में जो हंस भी हैं वे सब भी एकांतद्वीपों के हंस हैं; प्रंशसकों को संगसाथ लिए फिरने में भरोसा नहीं करते। दिन के समय ध्यानविधियों में व संध्या के समय व्हाइटरोब ब्रदर हुड में ध्यान के मोती चुगने के लिए वे बुद्धकक्ष में दिखाई भी दे जाते हैं किन्तु शीघ्र ही अपने-अपने एकांतद्वीपों को प्रयाण कर जाते हैं। वैसे तो हंसों का न कोई देश होता है न कोई भाषा; न कोई जाति न कोई नाम किन्तु फिर भी ओशो ने अपने शिष्यों को बहुत सुंदर-सुंदर नाम दिए हैं जैसे कि स्वामी कृष्ण अरूप, स्वामी प्रेम-सत्संग, स्वामी अद्वैत वेदांत, स्वामी अद्वैत बोधिसत्व, स्वामी निखिलानंद, स्वामी आनंदविजय, स्वामी आनंद स्वभाव, स्वामी आनंद अरुण, स्वामी ब्रह्मवेदांत, स्वामी चैतन्यकीर्ति, स्वामी बोधि तथागत, स्वामी ध्यानेश, स्वामी

ध्यान नरेन्द्र, स्वामी नरेन्द्र बोधिसत्व, स्वामी अद्वैत बोधिसत्व, स्वामी बोधिसागर, स्वामी जयेश, स्वामी अमृतो, माँ योग नीलम, माँ धर्मज्योति, स्वामी अगेह भारती, स्वामी योग प्रीतम प्रभृति। प्रत्येक नाम एक प्रतीकमात्र है इसलिए हम कोई अन्य समकक्ष प्रतीक भी चुन सकते हैं। गीता में कहा है कि 'आत्मन्येवात्मना तुष्टः स्थितप्रज्ञस्तदोच्यते' तो इस प्रतीक का स्वामी आत्मपरितोष अभिहित होना भी अभीष्ट ही है। हमें यह स्मरण रखना चाहिए कि समष्टि में व्यष्टि तो निहित है ही व्यष्टि में समष्टि भी समाहित है तभी मेरे लेखन का कोई तात्पर्य गृहीत हो सकता है। तो समझिए कि स्वामी आत्मपरितोष मेरी इस कहानी एकांतद्वीप के प्रतिनिधिपात्र हैं और मैं स्वयं इसका सूत्रधार हूं।

स्वामी आत्मपरितोष से मैं पहली बार सन् 1988 में मिला था किन्तु मिलते ही उन्होंने मुझे बताया था कि इसी आश्रम में मैं तुम्हें दस-ग्यारह साल पहले भी देख चुका हूं। उनकी स्मृति सचमुच विलक्षण थी क्योंकि उन्होंने यह भी बता दिया था कि जब मैंने पहली बार आश्रम में प्रवेश किया था तो ढीलाढाला हल्के नीले रंग का एक रात्रिपरिधान पहन रखा था और एक छोटी-सी दाढ़ी भी रखी हुई थी जिसे स्यात् कभी भी काटा नहीं गया था। मुझे बहुत आश्चर्य हुआ था क्योंकि बात बिल्कुल ठीक थी, मैंने गैरिक परिधान पहली बार आश्रम में ही आकर खरीदा था और दाढ़ी भी मैंने पहली बार 28 वर्ष की उम्र में ही बनाई थी वो भी इसलिए कि मुझे नौकरी के लिए लोक सेवा आयोग के साक्षात्कार में जाना था। स्वामीजी कई मामलों में विलक्षण थे और कभी-कभी आकस्मिक रूप से ऐसे तथ्यों का खुलासा करते थे कि श्रोता को चौंक जाना पड़ता था।

स्वामी आत्मपरितोष ओशो से कोई दसेक वर्ष बड़े थे; यदि वे आज जीवित होते तो लगभग पिच्चासी वर्ष के अवश्य रहे होते। वे रवीन्द्रनाथ टैगौर की तरह ही ठीक बालों के बीच में मांग निकालते थे, वैसी ही लम्बी और सफेद दाढ़ी रखते थे; उनकी आंखें बहुत सुडौल और पारदर्शी थीं जिन पर यदा-कदा वे ऐनक भी लगाते थे। कभी-कभी वे क्रियारूपों के प्रयोग में प्रमाद भी कर जाते थे जैसेकि 'आज तो ओशो बहुत अच्छा बोला' आदि किन्तु फिर तुरंत सम्भल भी जाते थे और कहते थे 'ओशो तो रोज ही अच्छा बोलते हैं आज भी बहुत अच्छा बोले।' उनकी स्मृति में ओशो तबसे थे जबकि ओशो बहुत तरुण हुआ करते थे और उनकी दाढ़ी भी छोटी और कोमल हुआ करती थी। वे ओशो को तबसे जानते थे जबकि वे सार्वजनिक जीवन में प्रवेश ही कर रहे थे। ऐसी कुछ दुर्लभ तस्वीरें भी उनके संग्रह में थीं जिनको वे बहुत शौक से दिखाते थे। सच पूछिए तो मुझे ऐसी तस्वीरों से कोई बहुत आश्चर्य नहीं होता। मैंने स्वयं ओशो की पहली तस्वीर 1965 के 'धर्मयुग' के एक अंक में देखी थी। उस अंक में प्रकाशित प्रवचन की एक पंक्ति अब भी मुझे याद है—

'धर्मों ने सेक्स की हत्या करने की बहुत कोशिश की। सेक्स मरा तो नहीं

किन्तु वह जहरीला होकर आज भी जीवित है।'

मेरी वय उस समय ऐसी गूढ़ बातों को समझने की नहीं थी किन्तु फिर भी मुझे ओशो के शब्दों व उनके चित्र ने बहुत प्रभावित किया था। आचार्य रजनीश के नाम से यह मेरा पहला परिचय था किन्तु इस परिचय में कोई इंद्रजाल था जिसने मुझे उस छोटी-सी आयु में भी भीतर तक झकझोर दिया था। इसके बाद मुझे उनकी जो भी पुस्तकें उपलब्ध हुई, मैंने उन्हें खरीदा और पढ़ा। जिस छोटे से नगर में मैं रह रहा था मुझे पॉकेट बुक्स में ही उनकी कुछ पुस्तकें देखने को मिलीं जिनमें प्रेम, यौन, विवाह, नारी-स्वातंत्र्य, धार्मिक रीति-रिवाज इत्यादि विषयों पर उनके प्रवचन थे। कुछ पुस्तकें अभी भी मुझे स्मृत हैं–'प्रेम और विवाह' 'नारी और क्रांति' 'मैं कहता आंखन देखी' इत्यादि। स्पष्ट है कि मैं बड़ा होता जा रहा था और मेरे पिता मेरे दृष्टिकोणों के प्रति आशंकित होते जा रहे थे किन्तु खण्डन वे भी नहीं कर पा रहे थे। वे मौन होकर मुझे भरसक निरुत्साहित अवश्य कर रहे थे। अध्यात्म के विषय में उनकी पहली पुस्तक मैंने तब पढ़ी थी जबकि मैं स्नातकोत्तर का छात्र था और यह पुस्तक थी 'दि अल्टिमेट अल्केमी'। ओशो के प्रवचनों का रहस्यलोक उस समय न तो मुझे पूरी तरह परिचित लगता था और न ही नितांत अपरिचित। इन पुस्तकों में कुछ था जो मुझे उस समय भी भीतर तक आंदोलित करता था यद्यपि मैं नामरूप की अपनी निद्रा से उस समय तक जागा नहीं था। तो मेरे विचार से ओशो लगभग 1965 के आसपास विख्यात होने लगे थे; हो सकता है कि स्वामी आत्मपरितोष का ओशो से परिचय और भी पहले का हो।

जब से मैं जानता रहा हूं स्वामी आत्मपरितोष कुछ भी नहीं करते हैं और सच पूछो तो एक व्यवसायी के रूप में उनकी कल्पना करना मुझे कुछ असहज-सा ही लगता है किन्तु उन्होंने मुझे बताया था कि वे एक बहुत बड़े व्यवसायी रह चुके हैं। उनके तीनों पुत्र अभी भी बम्बई-पूना के उन्नतिशील उद्यमियों में गिने जाते हैं। स्वामीजी का कहना था कि एक समय था जब करोड़ों कमाये और पैसे को ही सबकुछ समझा भी। फिर ओशो से मिलना हुआ तो जैसे एक बिजली-सी गिरी। ओशो एक और ही दुनिया की बात करते थे जो किसी सपने में देखी हुई सी लगती थी। थोड़ा बहुत ध्यान किया तो मन खोने लगा और पैसे के पीछे भागने का उत्साह जाता रहा किन्तु ओशो ने कहा कि संसार को छोड़ना नहीं है, इसीमें रहना है और जागना है। सतत ध्यान करना है और साक्षीभाव को साधना है, आत्मज्ञान कोई भौगोलिक यात्रा नहीं है। ध्यान परिस्थिति नहीं, मनःस्थिति है और किसी भी परिस्थिति में रहकर ध्यान को उपलब्ध हुआ जा सकता है। स्वामी आत्मपरितोष ने मुझे उस प्रारम्भिक दौर की बहुत-सी बातें बताईं। धीरे-धीरे ओशो ध्यान शिविर लेने लगे, प्रवचन देने लगे और अपने शिष्यों के साथ व्यस्त होने लगे। जबलपुर में जहांकि वे प्राध्यापक थे

उनका ठहराव विरलतः होने लगा। उन्हें अधिकतर अवकाश पर ही रहना पड़ता था और वे यदा-कदा ही अपने विभाग में जा पाते थे। अवकाश के लिए प्रार्थनापत्र भी प्रायः बाद में ही पहुंचता था। उपकुलपति ने इस पर असुविधा व्यक्त की और आग्रह किया कि नौकरी को कुछ गम्भीरता से ले सकें तो अच्छा रहेगा।

स्वामी आत्मपरितोष उन्हीं व्यक्तियों में से थे जिन्होंने ओशो के आंदोलन की नींव डालने में सहयोग दिया था भले ही इतिहास उनका नामतः उल्लेख नहीं करे। यदि ओशो का कम्यून एक स्वर्णमंदिर है तो ओशो का एक-एक ध्यानी शिष्य एक स्वर्णकलश है जो किसी उत्तुंगशिखर का निर्माण कर रहा है; किन्तु मंदिर तभी बनता है जब कुछ अनाम पत्थर नींव को सुदृढ़ करने के लिए राजी हो जाते हैं। नींव कभी दिखाई नहीं देती, दिखाई तो शिखर ही देते हैं किन्तु शिखरों का आलोक नींव के स्नेह पर ही टिका होता है। कुछ लोग अंधकार में रहकर भी उस प्रकाश का सृजन करते हैं जो कि दूर-दूर तक पथ को आलोकित करता है। स्वामी आत्मपरितोष उन ओशो प्रेमियों में से थे जिन्हें ओशो को बार-बार उपकुलपति के सम्मुख उपस्थित होना पड़े ऐसी स्थिति स्वीकार्य नहीं थी। वे ओशो को समझाने लगे कि ओशो त्यागपत्र दे दें। इससे उपकुलपति आंशकित हुए और उन्होंने ओशो के पिता को बुलाया और समझाया कि कहीं रजनीश त्यागपत्र नहीं दे दें नहीं तो विद्यार्थीवर्ग मेरे प्राण ही ले लेगा। ओशो के पिताश्री को कोई भी उपाय नहीं सूझा तो उन्होंने ओशो के लिए जबलपुर में ही एक मकान बनवाना शुरू कर दिया। स्वामी आत्मपरितोष कहते थे कि उस समय ओशो को छह सौ रुपया मासिक वेतन मिलता था। विश्वद्यिालय की नौकरी सर्वाधिक प्रतिष्ठा-जनक होती है और इसमें स्वतंत्रता भी सर्वाधिक होती है फिर भी हम यह नहीं चाहते थे कि इतने बड़े व्यक्ति को नौकरी करनी पड़े। परिणामतः हम दस मित्रों ने ओशो से यह आग्रह किया कि हममें से प्रत्येक ओशो को एक-एक हजार रुपया प्रतिमास देगा यदि ओशो नौकरी छोड़ने को राजी हो जाएं। हमारा कहना था कि जब आप हम जैसे बड़े बच्चों को पढ़ा सकते हैं तो छोटे बच्चों को क्यों पढ़ाते हैं; छोटे बच्चों को तो कोई और भी पढ़ा लेगा। बाकी सब दुनियादारी हम सम्भाल लेंगे, इस द्वंद-फंद में तो हमारा कोई मुकाबला ही नहीं है, आप परवाह नहीं करें। धीरे-धीरे बात ओशो को भी जंचने लगी; उपकुलपति व उनके पिता का पक्ष अपना प्रभाव खोने लगा। इससे पहले कि निर्माणाधीन मकान में ओशो का गृहप्रवेश होता ओशो ने नौकरी से त्यागपत्र दे दिया और सीधे ही वुडलैण्ड्स बम्बई पहुंच गए। धीरे-धीरे ओशो के परिवेश का विस्तार होने लगा, सारी धरती ही उनका परिवेश बन गई और धरती भी छोटी पड़ने लगी। स्वामी आत्मपरितोष उन दिनों को याद करके भावविभोर हो जाया करते थे। बम्बई के इस प्रारम्भिक दौर में उन्हें दिन-रात ओशो का सान्निध्य मिला

था, यहां तक कि ओशो ने अपने बम्बई-प्रवास के प्रारम्भिक कुछ महीनों में अपने ध्यान शिविरों का आयोजन भी उन्हीं के एक कारखाने के परिसर में किया था। ओशो ने दीक्षा के समय उन्हें समझाया था कि गुरु के समीप होना ही सबसे बड़ा अहोभाग्य है, यही उपासना है और यह सभी प्रकार की साधना से कहीं अधिक बढ़कर है। स्वामी आत्मपरितोष सदैव ओशो के आशीर्वाद को ध्यान की अपेक्षा भी अधिक महत्त्वपूर्ण समझते रहे और उन्होंने ध्यानी होने का स्वाभिमान कभी नहीं किया। ओशो ने कहा था कि अब तुम मेरी ही सत्ता के अंश हो, जैसे-जैसे मेरा आलोक फैलेगा एक दिन स्वयमेव तुम्हारा दीया जल जाएगा। स्वामी आत्मपरितोष का विचार था कि आत्मज्ञान तो अस्तित्व की कृपा से ही घटता है किन्तु हमें अपने प्रारब्ध पर गर्व होना चाहिए कि हमें ओशो जैसे सद्गुरु का साथ मिला। वे बाइबल जैसी शैली में ही कहते थे कि सारी महिमाएं ओशो की हैं और सारी क्षुद्रताएं हमारी हैं।

धीरे-धीरे स्वामी आत्मपरितोष ओशो के कार्यों और ध्यान में ही डूबने लगे और अपना व्यवसाय उन्हें बिसरने लगा। अस्तित्व की कृपा से उनके तीनों पुत्र अब बड़े होते जा रहे थे और व्यवसाय को भी सीखने लगे थे। इधर ओशो सफल ही होते चले गए; इन सात वर्षों में उन्होंने अर्द्धलक्षाधिक व्यक्तियों को संन्यास में दीक्षित किया और उनकी सुरभि देशदेशांतर में परिव्याप्त होने लगी। उन्हें साधन व सम्पत्ति का भी कोई अभाव नहीं रहा। धीरे-धीरे स्वामी आत्मपरितोष भी सद्गुरु के सान्निध्य में लीन होने लगे। उन्होंने करोड़ों-अरबों के अपने व्यवसाय पर से आधिपत्य-भाव को त्याग दिया और उसे अपने पुत्र-पुत्रियों के बीच में बांट दिया। उन्होंने केवल उतनी पेन्शन पर ही अपना अधिकार रखा जिससे उनका निर्वाह सुखपूर्वक हो जाए। वे ओशो की इस बात के प्रशंसक थे कि सम्पत्ति का उपभोग करो किन्तु उस पर स्वामित्वभाव मत रखो। उन्होंने सम्पत्ति में अपना कोई भी भाग नहीं रखा। उन्हें उनके बेटे उसी तरह पेन्शन देने लगे जैसेकि अंग्रेज बहादुरशाह जफर को दिया करते थे।

हम सभी जानते हैं कि हम एक ऐसे समाज में जीते हैं जिसका आधार पाखण्ड व दमन पर टिका है और ओशो की दृष्टि जीवन-निषेध की नहीं थी। इसलिए यश के साथ-साथ ओशो का नाम अन्य अर्थों में भी उछलने लगा और कुछ पत्रकारों ने तो उन्हें यौन-गुरु तक की उपाधि दे डाली। इससे पता लगता है कि हमारी मानसिकता क्या रही है। मुझे आश्चर्य होता है कि यद्यपि ओशो के प्रवचनों को विभिन्न आकारों की लगभग 650 पुस्तकों में संकलित किया गया है फिर भी जनसाधारण उन्हें उनकी एक ही प्रवचनमाला 'सम्भोग से समाधि तक' के कारण ही जानता है। हम वही देख लेते हैं जो हम देखना चाहते हैं। एक अभूतपूर्व सद्गुरु हमारे युग से होकर गुजरा और हम हमारे पूर्वाग्रहों में ही जकड़े रहे। स्वामी आत्मपरितोष के परिजनों की भी यही स्थिति थी।

धीरे-धीरे उनकी पत्नी, पुत्र, पुत्रियां, पुत्रवधुएं, दामाद इत्यादि उनसे दूर ही होते चले गए। वे विनोदपूर्वक अपने पुत्रों से कहते थे कि 'पुत्र तो सभी के बिगड़ते हैं किसी का बाप भी बिगड़ना चाहिए' किन्तु उनके परिवारजन उनकी ढलती हुई आयु के तथ्य को भी नहीं देख पा रहे थे। हममें से अधिकांश ओशो प्रेमियों की यही स्थिति है कि उनका परिवार भी उनके प्रति समझ का परिचय नहीं देता। ओशो सच कहते थे कि स्मरण रहे तुम मुझे सारे संसार के विरुद्ध चुन रहे हो। संन्यास-दीक्षा के कई वर्षों बाद मुझे इस उक्ति का अर्थ समझ में आया कि ओशो कितना ठीक कहते थे! ओशो के सम्बंध में भी संसार ने वैसी ही समझ का परिचय दिया जैसा उसने सुकरात, जीसस और मंसूर के सम्बंध में दिया था।

1974 में ओशो पूना में आ गए जहां वे मई 1981 तक सतत बने रहे। उनके साथ ही बम्बई के उनके शिष्यसमूह के अधिकांश लोग भी आश्रम के निकट ही आकर बस गए। इनमें स्वामी आत्मपरितोष भी सम्मिलित थे। उन्होंने आश्रम के निकट ही अपना एक सुविधापूर्ण आवास बनवा लिया जहां उन्हें परिवार के सभी सदस्यों से अलग एकांत-साधना करनी थी। इस समय तक ओशो पर्याप्त रूप से चर्चित हो चुके थे किन्तु स्वामीजी के परिवार ने इस चर्चा को अपने परिवार की तथाकथित प्रतिष्ठा के लिए अपयशकारी ही समझा और स्वामी आत्मपरितोष से अपने सारे सम्बंध तोड़ लिए। स्वामीजी का परिवार अवश्य एक जाना-पहचाना परिवार ही रहा होगा यह उनके व्यक्तिगत एलबमों से स्पष्ट था। स्वामीजी की किसी समय उत्सवों व प्रीतिभोजों का आयोजन करने में विशेष अभिरुचि रही थी; ऐसे उत्सवों के चित्रों में कई पूर्व मुख्यमंत्रियों, राज्यपालों एवं गणमान्य व्यक्तियों के चित्र सम्मिलित थे। परिवार की मिथ्या प्रतिष्ठा के मोह में पड़कर अब उनकी अर्द्धांगिनी व पुत्र-पुत्रियों तक ने उन्हें भुला दिया था; वे यह भी भूल गए थे कि परिवार को इतना सामर्थ्ययुक्त बनाने वाले गृहपति स्वामी आत्मपरितोष स्वयं ही थे। उनके पुत्रों ने इस बात से कृतज्ञ होना भी अपना कर्तव्य नहीं समझा कि इसी व्यक्ति की सूझबूझ ने परिजनों को धूल से उठाकर आसमान पर बैठा दिया था। यह स्पष्ट था कि उनके परिवार के लोग ओशो को एक अध्यात्मपुरुष के रूप में नहीं देख पा रहे थे और इस वय में भी स्वामीजी को एक रोमांटिक व्यक्ति ही समझ रहे थे। अपनी-अपनी समझ होती है; जाकी रही भावना जैसी प्रभु मूरत देखी तिन तैसी। जो भी हो स्वामीजी अविचलित भाव से पूना के अपने आवास में अकेले ही रहकर अलख जगाते रहे। अंत में पस्थितियों की प्रतिकूलता के कारण मई 1981 में ओशो को पूना छोड़कर न्यू जर्सी ओरेगॉन अमेरिका जाना पड़ा। अब पूना विश्व की आध्यात्मिक राजधानी नहीं रह गई थी और स्वामी आत्मपरितोष कोरेगांव पार्क के अपने अपार्टमेंट में बहादुरशाह जफर की तरह एकांतवासी बनकर रह गए थे। किन्तु यह उनके लिए मात्र परिस्थिति थी मन:स्थिति नहीं। उन्होंने अपना समय पूर्ववत आश्रम की

गतिविधियों में एवं गहन ध्यान में नियोजित रखा। उस समय ओशो के पुनः कभी पूना वापस लौटने की बात नितांत असम्भाव्य लगती थी; बहुत से सहयात्री अपनी-अपनी नाव छोड़कर अपने-अपने तटों पर जा बसे थे किन्तु कुछ लोग ऐसे भी थे जो पूर्ववत समुद्रमंथन करते रहे। स्वामीजी भी इन्हीं में से एक थे। उन्होंने पेन्शन के अतिरिक्त अपनी स्वोपार्जित सम्पत्ति पर समस्त अधिकार त्याग दिए थे इसलिए अमेरिका प्रवास अब उनके लिए सम्भव नहीं था किन्तु पूना में रहकर वे अपनी साधना में जस के तस जुटे रहे। अंत में भारतीय संन्यासियों के प्रारब्ध-अंकुर फूटे और ओशो का प्रियप्रवास समाप्त हुआ, लगभग पांच वर्ष बाद ओशो पुनः पूना लौट आए। कोरेगांव का सारा क्षेत्र एक बार पुनः नित्यपर्व बन गया। यह समय 1986 के मध्य से लेकर जनवरी 1990 के बीच का था जब ओशो एक बार फिर कुछ अधिक ही सुंदर और गरिमापूर्ण होकर पुनः भारत में सदेह उपस्थित रहे। यह समय उनके लिए अत्यंत शारीरिक कष्ट का था किन्तु उनका आनंद व उनकी शांति असीम थी और वे एक अभूतपूर्व आश्चर्य जैसे थे। इस समय जब मैं ओशो के प्रवचन सुनता था तो मुझे किसी शरद-पूर्णिमा को बहती हुई बर्फीली एकांत नदी की कलकल ध्वनि का स्मरण हो उठता था। ओशो एक सम्पूर्ण ज्योत्सनापुंज थे और इस समय के उनके सौंदर्य का वर्णन करना सम्भव ही नहीं है। मैंने उन्हें आठवें दशक में भी इसी आश्रम में देखा था किन्तु अब तो बात ही और थी। उनकी उपस्थिति चंदन-सी, केसर-सी, सांध्य अरुणाभ-सी, मयूरपंख-सी पुलकित करने वाली तो थी ही बहुत संक्रामक और अंतर्वेधी भी थी। वे जैसे किसी निरवयव, मौन, शीतल, आध्यात्मिक ऊर्जा के सघन पुञ्ज थे जिसके सामीप्य में हमें प्रतिदिन विलीन हो जाने का बोध होता था। प्रतिदिन लगता था कि आज संध्या को व्हाइट रोब ब्रदरहुड में हमारे व्यक्तित्व की सभी सीमाएं अपने रेखांकन खोदेंगी और हम निर्वैयक्तिक हो जाएंगे; व्यष्टिगत नामरूप समष्टिगत अस्तित्व में ऐसे ही लीन हो जाएगा जैसे कि सुरभि समीर में लीन हो जाती है। ओशो उठकर चले जाते थे किन्तु देहभाव को उपलब्ध होने में हमें समय लगता था और सामान्य होने के लिए एक पर्याप्त अंतराल अपेक्षित रहता था। व्हाइट ब्रदरहुड के बाद कुछ बोलना, बर्तनों की आवाज सुनना, खानापीना बातचीत करना इत्यादि बहुत अरुचिकर लगता था इसलिए अधिकांश मित्र रात का खाना नहीं खाते थे। हम चुपचाप धीरे-धीरे चलकर अपने कक्षों में जाकर गहरे ध्यान में निमग्न बिस्तर पर सीधे लेट जाया करते थे और घण्टों ही हिलते तक नहीं थे। एक नशा होता है जो हमें बेहोश करता है और एक नशा होता है जो हमारे होश से आता है, ध्यान भी ऐसा ही एक नशा है। ओशो की उपस्थिति ही इस समय ऐसी थी । ब्रदरहुड के बाद हजारों लोग वापस अपने-अपने आवासों तक लौटते थे किन्तु शांति परिपूर्ण होती थी जैसेकि हम सब हवा में उड़ते हुए श्वेत पंख थे, पैरों से जमीन पर चलते

हुए लोग नहीं थे। सभी जैसे एक ही वायव्य और मौन, प्रगाढ़ और चेतन सत्ता के प्रवाहरत स्पंदनमात्र होते थे। बहुत से मित्र ओशो के चले जाने के बाद भी स्थान नहीं छोड़ पाते थे और वहीं बुद्धकक्ष में गहरे ध्यान में निमग्न लेटे रहते थे। अगले कार्यक्रम के लिए आयोजकों को कक्षपटल को गीले कपड़े से पोंछना पड़ता था। इसलिए ध्यानरत लोगों को चौंक कर उठना पड़ता था जिससे बहुत असुविधा होती थी। जिन लोगों को उस समय व्हाइटरोब ब्रदरहुड में उपस्थित होने का सौभाग्य मिला था वे ही जानते हैं कि ध्यान में डूबना क्या होता है और ध्यान की अमृतधारा क्या होती है; अस्तित्व का प्रसाद क्या होता है और बिन घन फुहार कैसे पड़ती है। ओशो उस समय एक सशक्त, अंतर्गम्य, अमृतमय सच्चिदानंद ऊर्जा के पुञ्ज थे जो हमारे आर-पार अंतर्विष्ट होकर हमें समय व स्थान के बोध से असम्पृक्त कर देती थी और हम घण्टों ही गहरे ध्यान में डूबे रहते थे। धन्य थे ओशो और सौभाग्यशाली थे वे जिन्हें ओशो को सुनने और उनके पास बैठकर ध्यान करने का अवसर मिला था। अब तो स्यात् कोई विश्वास भी नहीं कर पाये कि ओशो कैसे थे। उनकी ऊर्जा को आत्मसात् करना उस समय कितना सरल था।

मेरा परिचय स्वामी परितोष से इसी काल का है। वे इस समय तक पर्याप्त वृद्ध हो चुके थे और बिल्कुल अकेले रहते थे। आश्चर्य था कि उनकी पत्नी तक भी उनसे मिलने नहीं आया करती थी। उनके पुत्र-पौत्र कोई भी कभी भी दृष्टिगत नहीं हुए जबकि वे सभी बम्बई और पूना के ही निवासी थे। स्वामी परितोष बहुत मिलनसार और प्रसन्नचित्त व्यक्ति थे, सदैव मैत्री के उल्लास में सम्मिलित होने को तत्पर दिखाई देते थे। यहां तक कि भोजन भी उन्होंने कभी अकेले बैठकर नहीं किया। उनका भोजन उनके आवास पर ही एक परिचारिका बनाती थी और वे प्रतिदिन चार-पांच व्यक्तियों का भोजन बनवाया करते थे। प्रत्येक सुबह-शाम भोजन के समय वे आश्रम में चक्कर काटकर मित्रों अथवा नवपरिचितों को ढूंढ़ते थे और उन्हें कार में बैठाकर अपने साथ ले जाया करते थे। आश्रम में उनके रुकने का समय प्रातः 5 से दोपहर 12 तक तथा संध्या 3 से 9 बजे तक का हुआ करता था और शेष समय वे अपने आवास पर ही बिताते थे। डिनर के बाद मित्रों को घर तक छोड़कर भी आते थे और ग्यारह बजे के आसपास प्रतिदिन सो जाया करते थे। उनके व्यक्तित्व में मैंने ऐसा कुछ भी अनुभव नहीं किया जिससे किसी को कोई असुविधा हो। उस प्रौढ़ अवस्था में भी बहुत से पुरुष और बहुत-सी महिलाएं उनके मित्र थे जो महीनों उनके साथ उनके आवास पर रहने में भी प्रसन्नता का ही अनुभव करते थे। मुझे भी कभी-कभी घर चलने के उनके आग्रह को मानना पड़ा है। स्वामीजी का आवास यद्यपि बहुत बड़ा नहीं था किन्तु उसके रखरखाव में स्वच्छता, सौंदर्य और भरपूर आभिजात्य परिलक्षित होता था। उनके घर को देखने से ही यह आभास होता था

कि वे देश-विदेश के बाजारों से परिचित थे। वहां पर हमें लंदन के बने हुए कोट, फ्रांस के कट-ग्लासेज, इटली की बनी हुई रम, जर्मनी की क्रॉकरी, स्विटजरलैंड की पेंटिंग्स इत्यादि दिखाई पड़ना एक सामान्य बात थी। स्वामीजी स्वयं शराब छूते तक नहीं थे किन्तु आने वाले विदेशी मेहमानों को अपना वार्डरोब खोलकर रंग-बिरंगी बोतलें दिखाने का उन्हें बड़ा चाव था। वहां मैंने विदेशी ब्रांड के मंहगे सिगरेट व सिगार भी पड़े हुए देखे थे यद्यपि वे धूम्रपान नहीं करते थे। वे शुद्ध निरामिष-भोजी थे और उनकी पसंद का खाना चपाती, दाल, सब्जी, चावल, कढ़ी, खिचड़ी, खाखरा, आमरस, रायता इत्यादि हुआ करते थे। वे कई तरह की चीजें बनवाते थे और थोड़ी-थोड़ी खाते थे किन्तु दूसरों के कम खाने से उन्हें संतोष नहीं होता था बल्कि यह आशंका पकड़ती थी खाने में स्वाद नहीं है। सबसे अधिक शौक उन्हें तरह तरह की बेडशीट, दरवाजे व खिड़कियों के पर्दों, तौलियों एवं तकिये की खोलियों का था। वे प्रतिदिन ही छोटे-बड़े मिलाकर कोई दस तरह के तौलियों का इस्तेमाल किया करते थे। तौलिए, बेडशीट व तकिए के कवर रोजाना धुलने के लिए धोबी को दिए जाते थे। वे बहुत ही स्वच्छता और व्यवस्थाप्रिय व्यक्ति थे और भिन्न-भिन्न डिजाइनों के तौलिए, पर्दे, बेडशीट, तकिए के कवर इत्यादि पसंद किया करते थे। शायद इनको इस्तेमाल करने की शैली उनकी अपनी ही थी और किसी ने उनको सिखाना आवश्यक नहीं समझा था। वे किसी भी प्रकार के आडम्बर से बिल्कुल परे थे और उनके पहनने के सारे कपड़े एक जैसे ही दिखाई दिया करते थे। वैसे भी कपड़ों के रंग केवल गैरिक, ऑरेन्ज, मैरून इत्यादि रंगावलियों में ही हुआ करते थे।

यद्यपि उनके परिवार के व्यक्ति उनसे मिलने नहीं आते थे किन्तु उन्हें जीवन में कभी अकेला नहीं रहना पड़ा। वे सदैव दूसरों के लिए कुछ ना कुछ करने को तत्पर दिखाई देते थे। वे प्रतिदिन दूसरों को पुस्तकें, गुलदस्ते, कैसेट्स इत्यादि भेंट देने के लिए अपनी झोली में लेकर आश्रम के लिए रवाना होते थे और वहां जाकर ढूंढ़ते थे कि आज कौन-से मित्र को कौन-सी भेंट देना ठीक रहेगा। यह मित्रों के प्रति प्रेम प्रदर्शन का उनका ढंग था और वे इतनी सहजता से वस्तुएं भेंट में देते थे कि किसी को कोई बोझ महसूस नहीं होता था। प्रतिदिन लोगों के लिए कुछ ना कुछ करना उनके लिए निष्काम कर्म था, वे चीजों को बांटकर खुश होते थे। हमारे कम्यून में उस समय कैसे-कैसे प्रिय लोग हुआ करते थे! वे वस्तुओं को खरीदते अवश्य थे किन्तु उनका संग्रह नहीं करते थे और बहुत समय तक एक ही वस्तु को घर में नहीं रखते थे। मना करने पर कहते थे कि मैंने तो यह पुस्तक पढ़ ली अथवा यह कैसेट सुन ली अब मैं इनका क्या करूं? यदि आपको पसंद नहीं आए तो आप भी किसी और को दे देना, मेरे पास इन्हें रखने का स्थान अब कहां है? उन्हें मना करना सम्भव ही नहीं था; प्रत्येक मित्र अधिक से अधिक दो-तीन बार इस बात का प्रयास करता था फिर वस्तुओं को

चुपचाप स्वीकार कर लेता था। उनका कहना था कि यह आदत मैंने ओशो से सीखी है। ओशो की यही देशना थी कि वस्तुओं का उपयोग अवश्य करो किन्तु उन पर स्वामित्व मत जताओ; उन्हें बांटते रहो क्योंकि सभी कुछ अस्तित्व का है।

ओशो 1990 में चल बसे। इसके कुछ बरसों बाद ही स्वामी आत्मपरितोष को रुधिर-कैंसर हो गया। इसके बाद वे अस्वस्थ भी रहे; कुछ समय ऐसा भी बीता जब वे अपने आवास से बाहर भी नहीं आ पाए; फिर भी आश्चर्य है कि उनके परिवार का कोई भी सदस्य उनसे मिलने नहीं आया, यहां तक कि उनकी पत्नी भी उनसे मिलने नहीं आयी। क्या ओशो का सहयोग करना इतना अक्षम्य अपराध है? क्या हम इस तरह कठमुल्ले हैं? क्या खून का रंग भी सफेद होता है? अंत तक संन्यासी मित्र ही उनके पास बने रहे। संयोग की बात है कि जब वे अंतिम सांस ले रहे थे तो उनके पास एक विदेशी महिला ही बैठी हुई थी जो समुद्र पार के किसी देश से कुछ महीनों पहले ही पहली बार आई थी; उम्र में स्वामी जी से कोई पचास वर्ष छोटी थी किन्तु स्वामीजी को एक क्षण भी अकेला छोड़ना उसने स्वीकार नहीं किया। स्वामीजी ने उषाकाल में उसी अविचलित भाव से अपनी देह को त्याग दिया जैसेकि वे नित्य सवेरे उठकर बिस्तर की चादर बदलते थे। मित्रगण अभी चाय पीने के लिए थोड़ी दूर ही गए थे कि स्वामी जी के प्राण पखेरू उड़ गए। संन्यासी मित्रों ने कीर्तन करते हुए और उत्सव मनाते हुए उन्हें विदा दी जैसी कि हमारी परम्परा है। हम दिवंगत आत्मा को एक प्रफुल्लित वातावरण देते हैं जिससे कि उसकी आगे की यात्रा में सहयोग मिल सके। पंचतत्त्व पंचतत्त्वों में लीन हो गए और स्वामीजी की चेतना ओशो चैतन्य में विलीन हो गई। जगत तरैया भोर की; रहना नहीं देस बिराना है। कहानी तो पूरी हो गई है किन्तु यह किसी एक व्यक्ति की कहानी नहीं है। इस कथा की पुनरावृति एक स्वाभाविक क्रम है। किन्तु मित्रो! क्या यह कहानी हमें कुछ सोचने के लिए भी उद्वेलित करती है? ■

मित्रता की कीमत

इस कहानी को उन्नीसवीं शताब्दी के किसी वर्ष का होना चाहिए किन्तु इसके ऐतिहासिक होने का कोई आग्रह नहीं किया जा सकता। लॉर्ड मैथ्यू और कर्नल अल्फ्रेड गहरे मित्र थे। दोनों में दांत काटी रोटी थी; दोनों न केवल बचपन से सहपाठी थे बल्कि दोनों के घर भी पास-पास थे। प्रतिदिन कई घण्टे वे एक साथ ही गुजारा करते थे। एक बार लॉर्ड मैथ्यू ने दो साल के लिए ऑस्ट्रेलिया भ्रमण का कार्यक्रम बनाया किन्तु लॉर्ड मैथ्यू अपने प्रिय कुत्ते चार्ली के स्वास्थ्य को लेकर चिंतित थे। चार्ली अभी छोटा था इसलिए समुद्री यात्रा उसके स्वास्थ्य के लिए प्रतिकूल सिद्ध हो सकती थी। ऑस्ट्रेलिया की भिन्न जलवायु में उसका जीवन खतरे में भी पड़ सकता था। लॉर्ड ने अपने परम मित्र कर्नल अल्फ्रेड को बुलाया और अपनी विवशता बताई।

लार्ड मैथ्यू-मैं दो साल के लिए ऑस्ट्रेलिया जाना चाहता हूं यह तो तुम्हें मालूम ही है। मैं चाहता हूं कि तुम छोटे चार्ली को अपने पुत्र की तरह गोद लो और मेरे वापस लौटने तक इसकी परवरिश करो।

कर्नल-तुम जानते हो मित्र कि मुझे कुत्तों से प्रारम्भ से ही घृणा रही है।

लार्ड मैथ्यू-लेकिन तुम चार्ली को कुत्ता कैसे कह सकते हो? चार्ली के लिए ऐसी बात सुनना तो मुझे गवारा नहीं है। मैंने इसे तबसे अपनी गोद में खिलाया है, जबकि इसको पैदा हुए एक घण्टा भी नहीं हुआ था। दरअसल चार्ली लंदन के सभी पालतू प्राणियों में सबसे अधिक सुंदर और होनहार है। यह मेरे बेटे की तरह है और बड़ा होकर कुल का गौरव बढ़ाएगा। मुझे आशा है कि चार्ली नए कीर्तिमान स्थापित करेगा। तुम इसे गौर से देखो तो सही यह कितना होनहार है।

कर्नल-लेकिन योर ऑनर हमारे परिवार में कुत्ते पालना किसी को भी नहीं आता है। हमारे यहां कुत्ते पालने की कोई भी परम्परा नहीं है और हमें न ही इसका कोई अनुभव है। इस सम्बंध में मैं कोई उपयुक्त व्यक्ति नहीं हूं।

लॉर्ड मैथ्यू-तुम्हें याद है अल्फ्रेड कि तुम मात्र एक लेफ्टिनेंट थे और तुम्हें कर्नल बनाने की सिफारिश मैंने स्वयं हिज मैजेस्टी से की थी वरना तुम्हें कर्नल बनने में दस बरस और लगे होते। यह सिफारिश मैंने इसलिए की थी कि तुम मेरे मित्र हो।

कर्नल-लेकिन मैंने तुम्हें सिफारिश करने से मना किया था। मैं तुम्हारी मित्रता के कारण नहीं बल्कि लड़ाई में बहादुरी दिखाने के कारण कर्नल बनना

चाहता था। मुझे कई शौर्य पदक भी मिले थे मित्र, यह भी तुम्हें याद होगा।

लॉर्ड मैथ्यू–और तुम्हें याद है कि सिल्विया तुम्हें छोड़कर फ्रांस जा रही थी। सिल्विया को तुम बचपन से ही प्यार करते थे और उससे तुम्हारी सगाई मैंने ही करवाई थी। उसने यह सगाई तोड़कर पेरिस में बसने का पक्का विचार बना लिया था। यह मैं ही था जिसने सिल्विया को समझाया और उससे तुम्हारा विवाह करवाया।

कर्नल–अच्छा होता कि सिल्विया पेरिस चली गई होती। पिछले बीस सालों से मैं उसे एक सिरदर्द की तरह बर्दाश्त कर रहा हूं। यदि वह तुम्हारी मौसेरी बहन नहीं हुई होती तो मैं कभी का छुटकारा पा चुका होता। मैंने तुम्हें विवाह से पहले भी मना किया था कि सिल्विया एक अच्छी पत्नी सिद्ध नहीं हो सकती। मैं समझ गया था कि सिल्विया से मेरी नहीं बनेगी किन्तु तुम आग्रह करते चले गए थे। इसका आशय यह नहीं कि मैं तुम्हें कोई उलाहना दे रहा हूं क्योंकि तुम सदा ही मेरे हितैषी रहे हो यह मुझे पता है। बस यूं ही तुम इस बात को बार-बार छेड़ देते हो तो मुझे कहना पड़ता है।

लॉर्ड मैथ्यू–देखो अल्फ्रेड! आर्मी के लिए बंदूकें खरीदने के मामले में तुम एक घोटाले के आरोप में फंस गए थे। उस समय भी मैंने तुम्हारा भरोसा किया था और हिज मैजेस्टी को यह समझाया था कि तुम निर्दोष हो वरना तुम्हारा कोर्ट मार्शल हो सकता था, क्या यह सच नहीं है?

कर्नल–मेरा नाम सार्वजनिक रूप से उछल गया था और मैं चाहता था कि यह मामला कोर्ट में जाए। मेरे पास सारे प्रमाण मौजूद थे जो इसे एक षड्यंत्र साबित कर देते। मैं चाहता था कि लंदन का प्रत्येक नागरिक यह जाने कि इस मामले में सच्चाई क्या है और जो लोग मुझे बदनाम करना चाहते थे उनके नाम सामने आएं। लेकिन तुम बीच में कूद पड़े क्योंकि तुम प्रत्येक काम को अपने ही ढंग से करना चाहते हो। यह ठीक है कि मुझ पर मुकदमा नहीं चला लेकिन वे लोग भी बच गए जो मेरे खिलाफ साजिश कर रहे थे। यदि यह मुकदमा अदालत में जाता तो दूध का दूध और पानी का पानी होना तय था। योर ऑनर, मेरी बात का आशय आप यह नहीं समझें कि आप मेरे सबसे अच्छे मित्र नहीं हैं और मैं एक कृतघ्न व्यक्ति हूं किन्तु इस बात का यह अर्थ अवश्य है कि आप मेरी एक भी नहीं चलने देते हैं। जहां तक कुत्तों का सवाल है वे मुझे पसंद नहीं हैं खासकर वे छोटे कुत्ते जिनके शरीर से बदबू आती हो।

लॉर्ड मैथ्यू :–लंदन में तुम्हारा सबसे अच्छा मित्र मैं हूं और मैं सदैव तुम्हारा भला चाहता रहा हूं, इसके अतिरिक्त तुम सिल्विया के पति भी हो। मैं तुम्हारा एक भी बहाना नहीं सुनना चाहता; यह मेरी आखिरी गुजारिश है कि तुम चार्ली को रखोगे। मैं वापस लौटते ही हिज मैजेस्टी से तुम्हें ब्रिगेडियर बनाने की सिफारिश करने के बारे में भी सोचूंगा।

कर्नल अल्फ्रेड को बहुत बुरा लगा। उसने अपना सिगार जलाया और

अनुमति लेकर एक लम्बी चहलकदमी के लिए निकल गया। यह सच है कि लॉर्ड मैथ्यू हिज मैजेस्ट्री के विश्वास पात्र थे और प्रिवी कौंसिल के जज भी थे किन्तु वह उन्हें मात्र अपना मित्र समझता आ रहा था। इस मित्रता का अनुचित लाभ उठाने की मंशा उसने कभी भी नहीं रखी थी, वह प्रत्येक बार उन्हें हस्तक्षेप करने से रोकना चाहता था। उनकी मित्रता की चर्चा सारे ग्रेट ब्रिटेन में थी किन्तु वह मित्रता को एक व्यक्तिगत संबंध मात्र समझता था और इससे कोई अन्य लाभ नहीं उठाना चाहता था। लॉर्ड मैथ्यू को एक अच्छा व्यक्ति और एक ईमानदार पदाधिकारी ही कहा जा सकता था, सार्वजनिक जीवन में भी उनकी छवि आदर्श थी, इसलिए कर्नल ने उन्हें एक सबक देने का मानस बनाया।

अगले दिन लॉर्ड मैथ्यू ने फिर अपने आग्रह को दुहराया। कर्नल ने पुनः कहा कि मैंने अपनी बात आपके सामने रख दी है फिर भी आपकी मर्जी। लॉर्ड मैथ्यू चार्ली के बेल्ट को कर्नल को पकड़ाकर निश्चिंत भाव से शिप में बैठ गए और ऑस्ट्रेलिया के लिए रवाना हो गए। लॉर्ड का जलपोत छूटने के कोई घण्टे भर बाद ही चार्ली ने बुरी तरह भौंकना शुरू कर दिया। कर्नल इस समय घर में अकेला था; उसने एक लम्बा-सा गुलाबी रिबन चार्ली के गले के चारों तरफ लपेटा और उसे पूरे जोर से कस दिया। वह चार्ली की आखिरी आवाज थी जो कि पड़ोसियों ने सुनी। इसके बाद कर्नल ने कुदाली से अपने कोर्टयार्ड में खुदाई की और चार्ली को बरफ के नीचे हमेशा के लिए दफन कर दिया।

दो साल बाद लॉर्ड मैथ्यू ऑस्ट्रेलिया से वापस लौटा।

मिलते ही उन्होंने पूछा-अब चार्ली कैसा है?

उम्मीद है कि अब वह एक बड़ा और मजबूत कुत्ता बन गया होगा। अब हम उसे बहुत-सी प्रतिस्पर्धाओं के लिए तैयार कर सकते हैं।

कर्नल ने स्वीकार किया-योर ऑनर आप जानते ही हैं कि मैं कुत्तों को पालने के लिए कोई उपयुक्त व्यक्ति नहीं हूं। चार्ली अब इस दुनिया में नहीं रहा। लॉर्ड मैथ्यू की आंखों से आंसू बहने लगे ओर वे सुबक-सुबक कर रो पड़े।

वे बोले-अल्फ्रेड, मैं तुम्हें अपना सबसे अच्छा मित्र समझता था।

कर्नल ने कहा-मैं भी आपको अपना सबसे अच्छा मित्र समझता हूं; इसलिए लंदन छोड़ने से पहले मित्रता के नाते मैं भी आपको कुछ कहना चाहता हूं। मित्रता की कीमत कभी भी नहीं मांगनी चाहिए, इसे आप एक सूत्र समझें जिसका मूल्य एक मिलियन पौंड से हरगिज कम नहीं है।

लॉर्ड मैथ्यू-लेकिन तुम जा कहां रहे हो?

कर्नल-मैं आर्मी से पेन्शन लेकर अपने पुश्तैनी शहर बर्कनहैड लौट जाना चाहता हूं। अब आपको भी हिज मैजेस्टी से मुझे ब्रिगेडियर बनाने की सिफारिश नहीं करनी पड़ेगी।

सुना है कि यह इन दोनों मित्रों की आखिरी मुलाकात थी और इसके बाद

52 *मित्रता की कीमत*

दोनों कभी भी नहीं मिले। ■

पूरब का दिव्यदूत

यह समय 1989 की गर्मियों का था और इस समय ओशो की शारीरिक उपस्थिति उपलब्ध थी। प्रभु कृपा से मुझे मई 1989 से अक्टूबर 1989 तक सतत् आश्रम में रहकर ध्यान करने का अवसर मिला था जिसके लिए मैं आज भी अनुग्रह अनुभव करता हूं। भारतीय संन्यासी प्राय: अपने व्यवसाय अथवा नौकरी में उलझे रहते थे और बहुत कम समय ही आश्रम में व्यतीत कर पाते थे। हो सकता है कि घर पर वे नियमित रूप से ध्यान करते रहे हों जैसीकि ओशो की देशना थी। ओशो चाहते थे कि हम संसार में रहकर ही जागें, संसार से भागकर नहीं। फिर भी विदेशों से जो लोग आते थे वे प्राय: पूना में दो से पांच साल तक रुकते थे। इनमें से कुछ लोग इतनी बचत के साथ आते थे कि उन्हें दो से पांच साल तक आर्थिक अभाव अनुभव नहीं हो और कुछ लोग अपने बेरोजगारी भत्ते से काम चलाते थे। विदेशियों के लिए मुद्रा के विनिमय के खेल के कारण पूना कोई महंगी जगह नहीं थी। लम्बे समय तक रह सकने के कारण विदेशी लोगों को ध्यान में गहरे जाने में बहुत सहायता मिलती थी, इसी कारण पश्चिमी व जापानी संन्यासी ध्यान में अधिक आगे थे, ऐसी मेरी मान्यता है। विदेशी लोगों के लिए एक बार आजीविका से पृथक होकर उसे पुन: प्राप्त करना सरल था जबकि भारतीय मित्रों के लिए ऐसी स्थितियां उपलब्ध नहीं थीं। स्वयं मैंने 1987 से 1990 के इस समय के बीच में कई बार आजीविका से पृथक होने का विचार किया था किन्तु मित्रों के आग्रह के कारण इस विचार को त्यागना पड़ा।

उन दिनों 'ओशो मिस्टरी स्कूल' बुकसेल्फ के सामने बने हुए एक खुले हॉल जैसे स्ट्रक्चर में स्थित था और इस हॉल में 'लाफिंग बुद्धा' की एक मूर्ति भी रखी हुआ करती थी। मेरे मन में अनायास ही इस मूर्ति के प्रति एक आकर्षण-भाव पैदा हुआ। मैं पिछले पांच दिनों से लगातार आश्रम आते हुए रास्ते में फूलवाले से एक गुलाब का फूल खरीदकर इस मूर्ति को चढ़ा रहा था और इसे प्रणाम कर रहा था। यह मेरा पांचवा दिन था; जैसे ही मैं फूल चढ़ाकर कृष्णा-हाउस के सामने वाले जीसस-गार्डन की ओर मुड़ा तो वहां मैंने दो जापानी युवकों को और एक जापानी युवती को मेरा मजाक उड़ाते हुए पाया। वे जोर-जोर से ताली बजाकर हँस रहे थे और मेरी ओर देखकर हूट कर रहे थे।

बाद में पता लगा कि उनके नाम स्वामी आनंद विक्रम, स्वामी ध्यान देवाग्नि व माँ आनंद भावना थे। भावना शब्द का उच्चारण जापानी लोगों के लिए बहुत कठिन था, मेरे बार-बार समझाने पर भी वे इस शब्द को बवाना बोलते थे और इस युवती को इसी नाम से जाना जाता था। स्वामी आनंद विक्रम को सभी जापानी संन्यासी एक सिद्धपुरुष मानते थे; एक गुरु जैसा सम्मान देते थे और हमेशा उन्हें घेरे हुए रखते थे। स्वामी आनंद विक्रम गैरिक वस्त्र पहनकर और एक झोला कंधे से लटकाकर आश्रम में प्रवेश किया करते थे और जीसस गार्डन में आकर बैठ जाया करते थे। वहां से वे तभी उठते थे जब या तो उन्हें स्नान करना होता था अथवा व्हाइट रोब ब्रदरहुड में ओशो के प्रवचन सुनने के लिए सम्मिलित होना पड़ता था। वे बिल्कुल एक निर्लिप्त व्यक्ति थे और संसारिक आकर्षणों का उनके लिए कोई महत्त्व नहीं था। वे एक ही स्थान पर बैठे रहते थे और अपने आसन से हिलते तक नहीं थे। मैं कोई पिछले एक महीने से उन्हें इसी गार्डन में बैठकर लोगों की 'ऊर्जा-चिकित्सा' करते हुए देख रहा था। वे रेकी से मिलते जुलते हुए प्रयोग किया करते थे और दूसरे कई जापानी साधकों को भी इस समूह चिकित्सा में सम्मिलित कर लिया करते थे। स्वयं ओशो को भी मैंने 1977 से 1981 के मध्य मेरे आश्रम-प्रवास में सांध्य ऊर्जा में इसी प्रकार के प्रयोग करते हुए देखा था। ओशो एक बारीक-सी पेन्सिल-टार्च भी अपने दाएं हाथ में रखा करते थे और इससे साधक के भिन्न-भिन्न चक्रों पर प्रकाश डाला करते थे; ऐसे अवसरों पर उनकी आंखें झपकती नहीं थीं और एक लम्बे समय तक वे निर्निमेष साधक के किसी चक्र विशेष पर अपनी दृष्टि को टिका दिया करते थे। उनके इस प्रकार के चित्र पुरानी पुस्तकों एवं दर्शन-डायरियों में अब भी देखे जा सकते हैं। साधक की आंखें प्रायः बंद रहती थीं; वे साधक के किसी चक्र विशेष की ओर अपनी अंगुलियां अथवा हथेली भी बढ़ाया करते थे; वे साधक को छूते भी नहीं थे कि साधक पर इन प्रयोगों का बहुत विलक्षण प्रभाव दिखाई दिया करता था। कुछ लोग जोर-जोर से रोने लगते थे, कुछ लोग जोर-जोर से हंसने लगते थे, कुछ लोग विभिन्न शारीरिक क्रियाएं करने लगते थे और कुछ लोग सीधे ही विश्राम में चले जाया करते थे। आनंद विक्रम की तरह ही ओशो भी कभी-कभी दूसरे संन्यासियों को ऊर्जा-संक्रमण में सम्मिलित कर लिया करते थे किन्तु यह कोई नियम नहीं हुआ करता था। ओशो के अतिरिक्त किसी को भी यह विदित नहीं हुआ करता था कि वे क्या कर रहे हैं, समूह के अन्य लोगों को भी नहीं, वे केवल ओशो के निर्देशों का पालन करते थे। वे एक बहुत बड़े यौगिक गुरु थे और ऊर्जा दर्शन में उनको साधकों पर कार्य करते हुए देखना एक चमत्कारपूर्ण अनुभव हुआ करता था और आश्चर्य है कि यह सब उन्होंने इस जन्म में किसी से भी सीखा नहीं था। वे कुछ भी अनावश्यक नहीं करते थे और अच्छी तरह जानते थे कि वे क्या कर रहे हैं। ओशो का कहना था कि सद्गुरु का एक स्पर्श

पूरव का दिव्यदूत

ही कई बार कई वर्षों तक की गई साधना से अधिक प्रभावशाली होता है। प्रतिदिन कोई 8-10 साधकों को समय मिलता था; प्रत्येक साधक को कुछ ही मिनटों का समय देना सम्भव होता था और इसके लिए ओशो की सचिव माँ योग लक्ष्मी से मिलना आवश्यक हुआ करता था। कुछ लोगों को प्रत्येक सत्र में वे दीक्षा भी दिया करते थे और प्रवचन उन दिनों प्रातःकालीन सत्र में ही हुआ करता था। अस्तु, आनंद विक्रम भी ओशो की तरह ही गार्डन में बैठकर ऊर्जा-चिकित्सा किया करते थे। वे प्रतिदिन अपने झोले में कई तरह के क्रिस्टल और पत्थर भी रखकर लाया करते थे और इन पत्थरों को वे रेकी में प्रयुक्त किया करते थे। उनसे सहायता लेने वालों में न केवल जापानी साधक होते थे बल्कि भारतीय और पश्चिमी मित्र भी हुआ करते थे। स्वामी आनंद विक्रम विनोदपूर्वक कहा करते थे कि शायद विगत जन्म में मैं एक पत्थर था क्योंकि ये पत्थर ही मेरे वास्तविक मित्र हैं और ये पत्थर ही मेरी चिकित्सा करते हैं। आश्रम में बहुत से व्यक्ति देखने में स्वामी आनंद विक्रम से कहीं अधिक ध्यानमय प्रतीत होते थे; उनमें कोई विशेष बात दिखाई नहीं देती थी सिवाय इसके कि वे एक सरल और विश्राममय व्यक्ति दिखाई देते थे। इसीलिए प्रतिदिन घण्टों तक आमने-सामने बैठे रहने पर भी मैंने अब तक उनसे परिचित होना आवश्यक नहीं समझा था किन्तु आज वे तीनों स्पष्टतः ही मुझमें रुचि ले रहे थे और मेरा मजाक उड़ा रहे थे इसलिए मुझे उनसे बात करना उपयुक्त लगा।

आनंद विक्रम ने कहा-बैठिए मित्र, क्या आप जानते हैं कि आपका सम्बंध विगत जन्मों में बुद्ध और जीसस दोनों से रह चुका है और आप स्वयं एक -मिस्टिक रोज' हैं?

मैंने कहा-इस सम्बंध में मैं कुछ भी नहीं जानता।

विक्रम ने कहा-जब आप पहले दिन आश्रम में आए थे तो क्या आप स्वतः ही एक सहजस्फूर्त अंतः प्रेरणा के वशीभूत चर्च नहीं पहुंच गए थे?

मैं आश्चर्यपूर्वक स्वामी आनंद विक्रम की ओर देख रहा था क्योंकि इससे पहले इस घटना को मैंने न तो कोई महत्त्व दिया था और न ही इसकी चर्चा किसी से की थी। वैसे भी ओशो के शिष्यों के लिए आश्रम ही सबसे बड़ा चर्च होता था।

मैंने बताया-यह 1977 की गर्मियों की बात है जब मुझे सतोरी घटी। इस अनुभव के बाद मैंने भगवान को एक पत्र लिखा था जिसका प्रत्युत्तर उन्होंने माँ योग लक्ष्मी को बोलकर लिखवाया था। यह प्रत्युत्तर लेकर मैं माँ योग लक्ष्मी से मिला था और माँ योग लक्ष्मी इस पत्र को लेकर भीतर ओशो से मिलने चली गयी थीं। ओशो ने कहलाया था कि अभी आपका समय नहीं आया है किन्तु आप चाहें तो ध्यान कर सकते हैं क्योंकि हमारा मार्ग तो ध्यान का ही है। अगले दिन जब मैं पहली बार प्रवचन में ओशो के समक्ष बैठा था तो किसी अंतः प्रेरणा

के कारण क्रॉस का चिह्न बना रहा था जो कि मुझे स्वयं ही आश्चर्यजनक और मजेदार लग रहा था।

आंनद विक्रम ने कहा-किन्तु यह कोई कल्पनामात्र नहीं थी, वस्तुत: ही आपका संबंध पिछले जन्मों में बुद्ध व जीसस दोनों से रह चुका है।

उस दिन अन्य कोई विशेष बात नहीं हुई किन्तु धीरे-धीरे मैं इन तीनों के निकट आता चला गया और शेष जापानियों के समूह से भी परिचित होने लगा। मैंने स्वामी आनंद विक्रम को कभी भी उठकर बुद्धकक्ष में ध्यान करने जाते हुए नहीं देखा था। स्वामी ध्यान देवाग्नि व माँ आनंद भावना सहित अन्य सभी जापानी मित्र हमारी तरह ही ध्यान के सभी प्रयोग करते थे केवल स्वामी आनंद विक्रम ही इसके अपवाद थे। वे अपना आसन नित्यश: जीसस गार्डन में एक बैंच पर जमा लेते थे और संध्या तक वहां से न हिलते थे न डुलते थे। वे अपने स्थान से मात्र नित्यकर्मों जैसे लंच, डिनर स्नान आदि के लिए ही खड़े होते थे। उनकी कई घड़ियां खो चुकी थीं क्योंकि वे जब भी नहाने जाते थे अपनी कलाईघड़ी खोलकर अपने झोले के ऊपर रख देते थे और स्वयं चले जाया करते थे। जब वे वापस लौटकर आते थे तो घड़ी नदारद मिलती थी। उनका कहना था कि ऐसी घटनाएं सिर्फ हिन्दुस्तान में ही होती हैं, सारे हिन्दुस्तानी लोग अच्छे नहीं होते। कुछ भारतीय संन्यासी वार्डरोब से विदेशी मित्रों के पैसे भी चुरा लिया करते थे। हम सबके पास अलमारी का एक कोष्ठ हुआ करता था जिसमें हम अपना आवश्यक सामान जैसे कि साबुन, तौलिया, कंघी, कपड़े, पुस्तकें आदि रखते थे। कुछ पश्चिमी व जापानी मित्र दस, बीस अथवा पचास हजार रुपए तक भी इस कोष्ठ में रख दिया करते थे क्योंकि प्रत्येक कोष्ठ के स्वयं का ताला लगाया जाता था। कभी-कभी रात्रि को रहस्यपूर्ण ढंग से भीतर रखे रुपए गायब हो जाया करते थे जबकि बाहर का ताला पूर्ववत बंद मिला करता था। आश्रम का प्रशासन बार-बार इस बारे में सावधान भी करता था और प्रवेश के समय साक्षात्कार में भी यह बात बताई जाती थी किन्तु विदेशी लोग स्वभावत: ही भरोसा करने वाले होते हैं जबकि भारतीय लोग स्वभावत: ही ऐसे मौकों से लाभ उठाना अपनी बुद्धिमत्ता समझते हैं। विदेशी लोग इसे बुद्धिमत्ता नहीं समझते हैं। मैं एक उदहारण देता हूं; ऐसे उदहारण वहां नित्य ही देखने को मिल जाते हैं। एक दिन मेरा पर्स, जिसमें हजारों रुपए के नोट और एक अठन्नी थी, ध्यान करते समय बुद्धकक्ष में गिर गया। संयोग से यह किसी पश्चिमी संन्यासी को मिल गया उसने इसे जैसा का तैसा 'खोया और पाया' काउन्टर पर जमा करवा दिया; मुझे यह देखकर आश्चर्य हुआ था कि एक भी कागज अथवा नोट यहां तक कि अठन्नी तक भी पर्स से बाहर नहीं खिसकी थी। कुछ लोग बुद्धकक्ष में ध्यान करने से पहले अपना पर्स, सोने की अंगूठियां, चेन इत्यादि भी उतार कर रख देते थे और ध्यान के बाद उन्हें वापस उठाना भूल जाते थे किन्तु ये चीजें वैसी की वैसी 'खोया

पाया विभाग' काउन्टर पर मिल जाया करती थीं। विदेशी ऐसे मामलों में स्वयं भी भरोसे के योग्य होते हैं और वे दूसरों पर भरोसा करते भी हैं यद्यपि वे सभी धनवान नहीं होते । जब भी कोई वस्तु कम्यून में खोती थी तो यह निश्चित होता था कि यह किसी भारतीय संन्यासी के हाथ लग गई है। एक भारतीय संन्यासी का तर्क था कि हमारे पैसे खत्म हो जाते हैं और आश्रम से वापस जाने का हमारा मन नहीं करता इसलिए हम ध्यान को जारी रखते हैं और अपने पराए का भेदभाव भूल जाते हैं। यह तर्क सभी को पसंद नहीं आ सकता है, मुझे भी पसंद नहीं आया था फिर भी इसमें एक सच्चाई अवश्य दिखाई देती थी। धीरे-धीरे आते ही साक्षात्कार में विदेशी मित्रों को यह बताया जाने लगा कि वे भारतीय लड़के-लड़कियों से सोच-समझकर मित्रता करें क्योंकि पहले तो ये भावनात्मक सबंध विकसित कर लेते हैं और फिर उन्हें भुनाने का प्रयास करते हैं। वास्तव में यह भारतीय मित्रों के लिए एक सामान्य बात थी। भारतीय लड़के पहले तो विदेशी महिलाओं से मित्रता करते थे, जब लड़कियां भावुक हो जाया करती थीं, तो उनसे अपनी आर्थिक तंगी का जिक्र करते थे। शुरू-शुरू के कई वर्षों में सभी पश्चिमी लड़कियां इस प्रकार के झांसे में आ जाया करती थीं किन्तु बाद में विदेशी आगंतुक इस बात को समझने लगे थे और उन्होंने भारतीय लड़के-लड़कियों से मेलजोल बढ़ाने को प्राथमिकता देना बंद कर दिया था। इस प्रकार के भारतीय युवाओं के कारण उन भारतीयों को भी नीचा देखना पड़ता था जो कि विश्वसनीय और सत्यनिष्ठ थे। भारतीय व विदेशी सन्यासियों के बीच में बाद में जो दरार पड़ी उसका सबसे बड़ा कारण इसी तरह के लोग थे। भारतीयों ने भरसक यह सिद्ध कर दिया था कि हम पर भरोसा नहीं किया जाए। खैर, बात स्वामी आनंद विक्रम की घड़ियों की चल रही थी। उनकी घड़ियां इतनी बार खोती थीं कि जब उन्हें उनके मित्र कोई उपहार देने की बात सोचते थे तो सबसे पहले एक घड़ी का ही विचार आता था। वे आपस में फुस-फुसाकर यह सलाह अवश्य देते थे कि घड़ी अधिक महंगी नहीं हो क्योंकि अगले कुछ ही दिनों इसका खोजाना भी प्रायः निश्चित ही था। ऐसा लगता है कि स्वामी आनंद विक्रम अपनी घड़ी को खोलकर उसे जीसस-गार्डन में रखकर जाना अपना अधिकार समझते थे और घड़ी को पार करने वाले घड़ी को पार करना अपना अधिकार समझते थे और अंत तक न स्वामी आनंद विक्रम ने हार मानी और न उन्होंने। जब भी उनकी नई घड़ी खो जाती थी मुझे पुनः आश्चर्य हुआ करता था किन्तु स्वामी आनंद विक्रम इसे बहुत सहज भाव से लेते थे। उनका कोई आग्रह नहीं था कि घड़ी अब खोए कि तब खोए। किसी दिन फिर वे बिना घड़ी के जीसस गार्डन में दिखाई दे जाते थे और पूछने पर बताते थे -'फ्रैण्ड आई हैव लॉस्ट माई वाच अगेन। एवरी इंडिया पीपुल नॉट गुड।' स्वामी आनंद विक्रम शिक्षा विभाग में एक बहुत ऊंचे पद पर थे। वे एक शिक्षा बोर्ड के अध्यक्ष

थे जो यह निर्णय करता था कि पाठ्यक्रम में कौन-सी पुस्तकें रखी जाएं। यद्यपि उस समय उनकी अवस्था मेरे बराबर ही लगभग 35 वर्ष थी किन्तु वे अपनी अवस्था के हिसाब से एक बहुत उच्च पद पर थे। हमारे तंत्र में ऐसा सम्भव नहीं है। स्वामी आनंद विक्रम ने अंग्रेजी केवल स्कूल में ही थोड़ी बहुत सीखी थी और अंग्रेजी बोलने की उनकी एक अलग ही शैली हुआ करती थी। सभी जापानी मित्र एक अंग्रेजी का शब्दकोष अपने साथ रखते थे और बार-बार उसे खोलकर देख लिया करते थे। जैसे कौआ अपने बच्चों और कोयल के बच्चों में कोई भेद नहीं कर पाता है वैसे ही चीनी और जापानी स्वयं भी एक दूसरे में भेद नहीं कर पाते थे जब तक कि वे बोलने नहीं लगें। ओशो के प्रति स्वामी आनंद विक्रम की श्रद्धा असीम थी और ओशो का यह निर्देश था कि संध्या को प्रवचन में आने से पहले अवश्य नहाकर आएं। इसलिए चाहे कितनी ही सर्दी हो अथवा कि बरसात हो रही हो स्वामी आनंद विक्रम प्रत्येक संध्या को मल-मलकर स्नान किया करते थे जिसमें उन्हें पर्याप्त समय लगता था और उनकी घड़ी भी उतने ही समय जीसस-गार्डन में असुरक्षित रखी रहती थी। क्योंकि सुबह के समय नहाना आदतन होता है; संध्या को नहाने का नियम कभी ना कभी सभी तोड़ते थे किन्तु स्वामी आनंद विक्रम इसका अपवाद थे। पूना का तापक्रम इस प्रकार होता था कि शाम को नहाने की आवश्यकता तभी अनुभव होती थी जबकि हम ध्यान के प्रयोग करते थे अथवा कोई अन्य शारीरिक श्रम करते थे। स्वामी आनंद विक्रम इनमें से एक भी काम नहीं करते थे फिर भी मैंने एक भी दिन उन्हें बिना नहाए हुए बुद्धकक्ष में जाते हुए नहीं देखा, यद्यपि मैं लगातार कोई 250 दिन तक उनके साथ रहा हूंगा। ओशो के प्रति उनकी श्रद्धा इतनी थी कि वे ओशो के निर्देश की अवज्ञा कर ही नहीं पाते थे। वे नहाने में इतना समय लेते थे कि एक-दो बार उनके थैले की चेन खोलकर किसी ने उनकी पुस्तकें और स्टोन्स भी चुरा लिए थे।

हम दोनों धीरे-धीरे साथ बैठने लगे थे और मित्रवत होते जा रहे थे। उनमें एक विचित्र प्रकार का आकर्षण था और बैठे-बैठे ही उनके ऊपर लुढ़कने का मन करता था। वे एक चुम्बक की तरह थे और अपनी तरफ खींचते थे। कई बार मैं उन पर लुढ़क जाता था तो वे हँसकर कहते थे –

'यू जस्ट लाइक ए रेसलर; माई सेल्फ वेरी स्माल एण्ड टाइनी जैपनीज। प्लीज डोण्ट डू इट अगेन। एनी वे आई एम टायर्ड जस्ट नाउ।'

ऐसे मौकों पर वे कई बार अपनी दोनों हथेलियों को मिलाकर ताली भी बजाते थे और जापानी भाषा में कुछ गाते भी थे। लगता था कि उन्हें एक अच्छा गायक माना जाता होगा। यद्यपि वे मेरे समवयस्क थे, ऐनक भी लगाते थे, दाढ़ी नहीं रखते थे फिर भी वे देखने में मेरे से कोई दस वर्ष छोटे लगते थे। इसका कारण यह भी है कि सामान्यत: जापानी लोग भारतीय लोगों से कोई दस वर्ष

अधिक जीते भी हैं। जापान में 90 वर्ष तक जीना एक सामान्य बात है।

एक दिन हम साथ बैठकर चाय पी रहे थे कि स्वामी आनंद विक्रम ने मुझसे पूछा–

'क्या आपको कोई आध्यात्मिक अनुभव घट चुका है?' मैंने उन्हें विस्तार से अपने अनुभव के बारे में बताया।

उन्होंने कहाः– 'मेरा अनुमान ठीक है। आप एक बोधिसत्त्व हैं किन्तु आपकी प्रारब्ध-ऊर्जा अभी शेष है। इसीलिए मन की बाधा शेष है। यू आर एन एन्लाइटन्ड पर्सन विद कर्मा-माइण्ड व्हाट पतंजलि कॉल्स असम्प्रज्ञात समाधि। यू विल हैव टू हेल्प मैनी मैनी पीपुल ओनली दैन यू कैन बिकम लिबरेटेड। व्हेन द टाइम इज राइप योर एनलाइटन्मेंट विल बी स्पोंटेनियस। यू नीड नॉट डू एनी मेडिटेशन्स।' आप सोचते होंगे कि मुझे उनसे बहुत-सी बातें पूछनी चाहिए थीं क्योंकि वे ध्यान में निश्चित रूप से मुझसे आगे थे किन्तु वे इस तरह के व्यक्ति थे कि उनकी मौन स्वीकृति के बिना उनसे न तो बात करना सम्भव था और न ही व्यर्थ के प्रश्न उठाना सम्भव था। हम कई-कई घण्टों पास-पास बैठे रहते थे किन्तु न तो वो बोलते थे और न ही मेरा मन बोलने का करता था। उनका एक प्रसिद्ध वाक्य था-'अवर कॉन्शसनेस नोज एवरी थिंग बट अवर माइण्ड इज दी इडियट।'

एक दिन उन्होंने मुझसे पूछाः– मित्र, क्या आपको एटलांटिक महाद्वीप की स्मृति है?

मैंने बतायाः– ठीक अभी मुझे विगत जन्मों की स्मृति नहीं है और आपको?

उनका कहना थाः– मेरे लिए विगत जन्म उसी तरह से हैं जैसेकि कल का दिन था। पिछले पंद्रह हजार सालों में मेरे जितने भी जन्म हुए हैं मुझे उनकी स्मृति वैसी ही है जैसेकि इस जन्म की बीती हुई घटनाओं की है। किन्तु इस जन्म में मैं एक साधारण व्यक्ति हूं।

मैंने पूछाः– क्या आप मेरे विगत जन्मों के बारे में कुछ जानते हैं?

उन्होंने बतायाः– सब जन्मों के बारे में नहीं। किन्तु चार जन्मों के सम्बंध में मैं निश्चित रूप से जानता हूं। एक जन्म में आपका सम्बंध भगवान बुद्ध से रह चुका है और अन्य एक जन्म में आपका सम्बंध जीसस से रह चुका है। अन्य विगत दो जन्मों में हम दोनों एक साथ रह चुके हैं। एक जन्म से दूसरे जन्म के बीच में मात्र हमारा शरीर बदलता है, हमारा प्रतिक्रिया व्यक्त करने का ढंग और व्यवहार नहीं बदलता है। हमारा किसी विषय को प्रस्तुत करने का ढंग, मजाक करने का ढंग, हंसने का ढंग, उठने-बैठने का तरीका, हाथों को हिलाने का तरीका, हमारी आदतें इत्यादि नहीं बदलती हैं। ध्यान में जब हमारी ऊर्जा का ऊर्ध्वगमन होता है तो विभिन्न योग-मुद्राएं तथा नृत्य-मुद्राएं प्रकट होती हैं जिनका सम्बंध विगत जन्मों से होता है। ऊर्जा के ऊर्ध्वगमन का एक तरीका कुण्डलिनी

भी है, कुण्डलिनी के रास्ते में सात स्थान प्रमुख होते हैं जिन्हें सात चक्र कहा जाता है। जैसे प्रत्येक पेड़ के तने में एक 'वार्षिक वलय' बन जाती है जो कि पेड़ के विकास-क्रम को बताती है वैसे ही हमारे सातों चक्रों में हमारे सारे विगत जन्मों का इतिहास छिपा होता है। योगी के लिए कभी-कभी समय और स्थान लुप्त हो जाते हैं और जब वह तीसरी आंख से किसी व्यक्ति को देखता है तो उसे एक साथ उसके कई जन्मों के चेहरे दिखाई देते हैं। यह वैसा ही है जैसेकि माता-पिता को अपने बच्चे के वयस्क होने के बाद भी उसका बचपन साथ-साथ स्मृतिपटल पर दिखाई देता रहता है। किन्तु हम उन्हीं जन्मों को ऐतिहासिक नामों से जोड़ पाते हैं जोकि हमें पूर्वविदित हैं। आज से पंद्रह हजार साल पहले एक 'लीमर महाद्वीप' हुआ करता था जिसपर हम दोनों का सम्बंध गुरु और शिष्य का था। इसी कारण हम दोनों एक साथ एक यंत्र की तरह काम कर सकते हैं। मेरे लिए तुम्हारे चक्रों और सूक्ष्म-शरीर पर कार्य करना बहुत सरल है किन्तु अभी कर्मों का फल शेष है इसलिए समाधि अथवा पूर्ण ज्ञान अभी सम्भव नहीं है। हम कभी-कभी ज्ञान के पैमाने पर पीछे भी लौट सकते हैं और इसका कारण हमारे द्वारा किए गए कर्म होते हैं। प्रत्येक महान गुरु अपने किसी ना किसी विगत जन्म में एक महान योद्धा और महान राजनयिक भी रह चुका होता है, इसी कारण उसे एक सद्गुरु बनना पड़ता है और लोगों का भला करना पड़ता है। हमारी क्रोध करने की क्षमता का रूपांतरण ही करुणा करने की प्रवृत्ति में होता है।

मैंने पूछा–आपका कहना है कि आज से पंद्रह हजार साल पहले भी मैं एक आध्यात्मिक साधक था तो इसका अर्थ हुआ कि मुक्त होना सरल नहीं है।

उन्होंने बताया–मुक्ति पर मात्र इस देश में जोर दिया जाता है। भारत से बाहर इसे कोई अच्छी बात नहीं समझा जाता है। मुक्ति ही सब कुछ नहीं है जैसाकि भारतीय सोचते हैं। स्वयं मैंने भी मुक्ति की कभी कामना नहीं की; हमें अधिक से अधिक लोगों को मार्ग दिखाना चाहिए। पिछले पंद्रह हजार सालों में तुम्हारे जन्म बहुत कम हुए हैं और प्रत्येक जन्म में तुमने मनुष्यता के लिए कुछ ना कुछ किया है इसलिए मुक्ति की कामना मत करो।

मैंने पूछा–मुझे लगता है मैं जीसस के बारह शिष्यों में से एक था।

उन्होंने बताया–यह सत्य नहीं है, सभी को ऐसा लगता है।

एक अन्य मौके पर मैंने पूछा–एटलांटिस के बारे में आपकी स्मृति क्या है?

उन्होंने बताया–जहां आजकल एटलांटिक समुद्र है, वहां पर आज से दस हजार साल पहले एटलांटिस महाद्वीप था। इस महाद्वीप की सभ्यता, संस्कृति और विज्ञान वर्तमान सभ्यता, संस्कृति व विज्ञान से भी कहीं अधिक बढ़-चढ़कर थे। वहां के लोगों ने भी कम्प्यूटर और परमाणु-आयुध बना लिए थे। इस महाद्वीप पर विज्ञान एवं पराविज्ञान का अद्भुत समन्वय था। साधकों का एक समूह

पूरव का दिव्यदूत

बैठकर ध्यान करता था और उनके संकल्प से कम्प्यूटर चलते थे और कम्प्यूटरों के चलने पर परमाणु-आयुध गतिशील होते थे। यह विधि इसलिए अन्वेषित की गई थी कि परमाणु-आयुधों का दुरुपयोग न हो सके। किन्तु दैव को कुछ और ही स्वीकार्य था। अपने एक विगत जन्म में जीसस एटलांटिस के शासक थे और ओशो भी वहीं पर सदेह विद्यमान थे। जीसस का नाम 'किंग अगस्तस' था; ओशो जीसस के मित्र थे। मैं एटलांटिस के अपने विगत जन्म में एक परावैज्ञानिक एवं एक वैज्ञानिक हुआ करता था और मैंने बहुत से आयुधों का निर्माण भी किया था। जीसस और ओशो बहुत उच्च आदर्शों के व्यक्ति थे किन्तु सारे लोग एक जैसे नहीं थे। बाद में वहां पर एक गृह युद्ध छिड़ गया जिसमें बहुत से लोग मारे गए। इन दिवगंत आत्माओं की मनस-ऊर्जा कम्प्यूटरों में प्रवेश कर गई और कम्प्यूटर चल पड़े। कम्प्यूटरों के चलने से परमाणु-विस्फोट हो गया और सारा महाद्वीप टुकड़े-टुकड़े होकर समुद्र में समा गया। सभी निवासी अचानक मारे गए और मरते समय सभी को गहरा मानसिक आघात लगा। इसको मैं 'एंटलांटिक ट्रोमा एनर्जी' कहता हूं और इसी ऊर्जा के रेचन करने के लिए मैं यहां उपस्थित हूं। यहां जो संन्यासी हैं उनमें से अधिकांश अपने विगत जन्मों में एटलांटिस पर विद्यमान थे और अब तो बहुत से लोगों को इसकी स्मृति भी आ गई है। इस विस्फोट के तुरंत बाद मैं एक वायुयान में बैठकर ऊपर अंतरिक्ष में चला गया था और मैंने उस सारे दृश्य को ऊपर से अच्छी तरह देखा था।

'क्या आप महाभारत के युद्ध के समय सदेह उपस्थित थे?'

''नहीं, मैं नहीं था किन्तु मैं इस युद्ध का विवरण जानना चाहता हूं। इसके लिए मुझे किसी के विगत जीवन में प्रवेश करना पड़ेगा।''

'क्या आप जीसस के समय येरूसलम में उपस्थित थे?'

'नहीं, मैं नहीं था।'

'एटलांटिस पर मैं कौन था?'

''आप एक महत्त्वपूर्ण व्यक्ति थे और मैं आपको पहचानता हूं। कुछ अन्य जापानी संन्यासी भी आपको पहचान गए हैं।''

'किन्तु मुझे तो कुछ भी याद नहीं है, ऐसा क्यों?'

'हमारी चेतना सर्वज्ञ है किन्तु हमारा मन अज्ञान का हेतु है और मन के अतिक्रमण का साधन ध्यान है।''

'ध्यान क्या है?'

''ध्यान का अर्थ है झाझेन अर्थात् मौन बैठकर विचारों के प्रति साक्षीभाव को जगाना।''

'क्या आप एक पूर्ण जाग्रत पुरुष हैं?'

'नहीं, केवल ओशो ही पूरी तरह जाग्रत हैं।'

'क्या आप भविष्य को देख सकते हैं? क्या आप बता सकते हैं कि मेरा

भविष्य क्या होना चाहिए?'

''मैं स्वयं तो भविष्य को नहीं देख सकता किन्तु मेरा एक जापानी मित्र है वह भविष्य को देख सकता है। वह भारत आएगा तब मैं उसे तुमसे मिलाऊंगा। फिर भी भविष्य में आपके ओशो एवं जीसस दोनों के लिए माध्यम बनने की सम्भावना है; यह मनुष्यता के लिए एक बहुत बड़ी घटना होगी। आपको जन्म-मरण के चक्र से छूटने से पहले लाखों लोगों को मार्ग पर लाना होगा। यह तभी होगा जब आपका हृदयचक्र व तीसरी आंख दोनों खुल जाएं। वर्तमान जीवन की परिस्थितियां बाधा डाल रही हैं और कोई भी बाधा नहीं है। अभी आप क्रोध में हैं और तीसरी आंख का खुलना उचित नहीं है। तीसरी आंख का दुरुपयोग होने पर वह स्वत: ही पुन: बंद हो जाती है। तीसरी आंख तभी खुलेगी जब अस्तित्व को इसकी आवश्यकता होगी।''

'क्या आप मुझे तीसरी आंख खुलने का तरीका बता सकते हैं?'

''अभी नहीं क्योंकि अभी आप क्रोध से भरे हैं, करुणापूर्ण नहीं हैं और इसका कारण आपका पारिवारिक जीवन है। जब तक हृदयचक्र नहीं खुले तीसरी आंख नहीं खुलनी चाहिए। हम सभी किसी जन्म में अच्छे होते हैं और किसी में बुरे भी होते हैं। इसलिए हमें दूसरों को क्षमा करना चाहिए और स्वयं को भी क्षमा करना चाहिए। स्वयं का अहित भी नहीं करना चाहिए। जब आपकी नकारात्मकता जैसे क्रोध, घृणा इत्यादि पूरी तरह जा चुकेगी तब रूपांतरण घटित होगा।''

'क्या ओशो भी मनुष्यता के अतीत के बारे में उतना ही जानते हैं जितना कि आप जानते हैं? क्या वे भी हमें अपने विगत जन्मों के कारण पहचानते हैं? क्या उन्हें भी एटलांटिस की स्मृति है?'

''मित्र, ओशो हमसे बहुत आगे हैं। उनके सामने हम उतने बड़े भी नहीं हैं जितना कि दीया सूरज के आगे होता है। मैं भविष्य को नहीं देख सकता इसका कारण एटलांटिक ट्रोमा एनर्जी है। ओशो ने बहुत बड़े-बड़े चमत्कार किए हैं; उन्होंने भविष्य को बदल दिया है। मैं इन चमत्कारों के बारे में जानता हूं किन्तु मनुष्यता इसे अभी समझ नहीं पा रही है। ओशो पूरी मनुष्यता के इतिहास में सबसे अनूठे व्यक्ति हैं।''

स्वामी ध्यान देवाग्नि और माँ आनंद भावना भी बहुत विलक्षण व्यक्ति थे। उन दोनों के बीच में बहुत गहरा प्रेम था और मैंने उन्हें सदैव एक साथ ही देखा। एक दिन वे मुझे महात्मा गांधी रोड पर बने हुए 'साउथ इंडियन कैफे' में ले गए; हमने साथ-साथ डिनर किया किंतु उन्होंने मुझे बिल नहीं चुकाने दिया। उनका कहना था कि आप एक आध्यात्मिक शिक्षक बन सकते हैं। जब भी आप जापान आना चाहें आपका स्वागत है। जितने समय भी आप वहां रुकेंगे आप हमारे अतिथि रहेंगे। मैंने उनका धन्यवाद किया किन्तु यह भी कहा कि मेरे जापान आने

की सम्भावना मुझे दिखाई नहीं देती। स्वामी आनंद विक्रम ने भी कहा था कि जब समय आएगा मैं तुम्हें अपने साथ जापान ले चलूंगा। इस बारे में अभी मेरे लिए कुछ भी टिप्पणी करना कठिन है और इसे मैं भविष्य पर छोड़ देना चाहता हूं। जापानी लोगों का उस समय एक समूह आनंद विक्रम को घेरे रहता था जिसमें कम से कम बीस साधक व साधिकाएं अवश्य रही होंगीं। ये सभी ध्यान में बहुत आगे थे किन्तु उन सबके नाम अभी मेरी स्मृति में नहीं हैं।

यह सब बातें 1989 के ग्रीष्मावकाश की हैं, अक्टूबर 1989 के पश्चात् मैं कॉलेज में आ गया था और मई 1990 में मैं दुबारा पूना में ही था। ओशो ने इस समय तक अपना शरीर छोड़ दिया था। जब मैं मई 1990 में पूना पहुंचा तो स्वामी आनंद विक्रम अब भी वहीं थे। उस समय वे एक पुस्तक पढ़ रहे थे 'जीसस लिव्ड इन इन्डिया'; यह पुस्तक एक यूरोपियन लेखक द्वारा लिखी गई थी और इसे विक्रम ने ओशो के निजी पुस्तकालय से प्राप्त किया था। इस पुस्तक में जीसस का एक चित्र भी था जो कुछ धुंधला था। वे यह देखना चाहते थे कि क्या मैं जीसस की ऊर्जा-चिकित्सा कर सकता हूं। उन्होंने गहरी-गहरी सांसें लेकर अपनी हथेलियों से इस चित्र को ऊर्जा दी फिर यह पुस्तक मुझे देकर दूर जाकर बैठ गए। जैसे ही मैंने यह पुस्तक खोलकर उस चित्र को छुआ, वह ऊर्जा मेरे भीतर प्रवेश कर गई और मुझे गहरी-गहरी सांसें लेनी पड़ीं। अगले कुछ दिनों तक मेरी मनः स्थिति में कुछ परिवर्तन रहा। एक बहुत मजेदार बात मेरे देखने में आई कि स्वामी आनंद विक्रम पत्थरों में भी स्पंदन पैदा कर सकते थे। वे गहरी-गहरी सांस लेते थे और अपनी हथेली से किसी पत्थर को ऊर्जा देते थे। एक दो दिन इस पत्थर को हथेली पर रखने पर यह अनुभव होता था जैसे कि पत्थर धड़क रहा है अथवा सांस ले रहा है। इस स्पंदन का किस प्रकार अनुभव होता था इसे एक उदहारण द्वारा समझाया जा सकता है। समझिए कि हमारे पास एक ट्रांजिस्टर है और इसमें कोई विद्युत प्रवाह नहीं हो रहा है, छूने पर यह हमें स्पंदनहीन प्रतीत होता है। फिर हम बिजली का स्विच ऑन कर देते हैं किन्तु आवाज नहीं खोलते हैं; फिर भी हथेली से छूने पर इसमें स्पंदन मालूम देते हैं। ऐसे ही पत्थर में स्पंदन एक-दो दिन प्रतीत होता था, फिर यह पत्थर पहले जैसा ही हो जाता था। ये पत्थर वे साधकों को रेकी के लिए देते थे, जहां भी ऊर्जा रुक रही हो इन पत्थरों का प्रयोग किया जा सकता था। स्पंदनहीन होते ही उन्हें पता लग जाता था और वे पत्थर को वापिस ले लेते थे। कुछ संन्यासी मित्रों का अनुभव था कि इन पत्थरों से कुण्डलिनी के चक्र खुलने में सहायता मिलती है। ओशो भी दीक्षा देते समय माला के लॉकेट को अपनी हथेली में रखकर अंगुलियों से छूते थे और हम सबका अनुभव था कि यह माला पहनने से हम ओशो से जुड़ जाया करते थे। ओशो ने यह भी बताया था कि मुझसे सम्पर्क करने की सरलतम विधि यह है कि माला के लॉकेट पर त्राटक करना चाहिए। स्वामी

आनंद विक्रम माला के स्थान पर पत्थरों का प्रयोग करते थे; यह उनके द्वारा दूसरे साधकों को सहायता पहुंचाने के लिए प्रयुक्त तरीकों में से एक हुआ करता था।

अब 1990 का जुलाई महीना आ गया था। अचानक पुलिस सक्रिय हो गई और उसने सारे जापानी मित्रों के वीजा जांच कर लिए। अधिकांश मित्रों के वीजा का समय ऊपर निकल चुका था। स्वामी आनंद विक्रम भी इनमें से एक थे। उनके वीजा का समय मार्च में ही समाप्त हो गया था। पूरे समूह को तुरंत वापस जापान लौटना पड़ा। ओशो के सब शिष्यों की मानसिकता जाति, धर्म, राष्ट्रीयता, रंगभेद इत्यादि संकीर्णताओं से ऊपर हुआ करती थी किन्तु नियम तो नियम ही होते हैं। पहली बार मैंने आश्रम में ही यह देखा था कि विभिन्न नृवंशों के लोग, विभिन्न भाषाएं बोलने वाले लोग, विभिन्न देशों व महाद्वीपों के लोग परस्पर इस प्रकार घुल-मिलकर रहते थे जैसेकि वे एक ही परिवार के सदस्य हों। स्वामी आनंद विक्रम का कहना था कि अब ओशो तो रहे नहीं; उनका जापान से नौकरी छोड़कर दुबारा भारत आना शायद ही सम्भव हो। बाद में मुझे दूसरे जापानी लोगों से पता लगा कि वे जापान के क्योटो नगर में रह रहे हैं और वहां भी साधकों की सहायता कर रहे हैं। वहां उन्हें एक झेन गुरु के रूप में जाना जाता है। मुझे इस बात पर आश्चर्य भी होता है और गर्व भी होता है कि ओशो के सम्केंद्रित कैसे कैसे विलक्षण व्यक्ति एकत्रित हुए थे। स्वामी आनंद विक्रम भी ओशो के परिनिर्वाण से कोई 21 महीने पहले आश्रम में आए थे ओर लगभग दो वर्ष तक आश्रम में रहकर चले गए थे। वे सचमुच एक अद्भुत व्यक्ति थे और उनके रहने से ओशो के कार्यों में बहुत सहायता मिली होगी। ■

पूरव का दिव्यदूत

विस्मृता

रात के कोई दो बजे थे। दिव्या की अचानक आंख खुली तो उसे ऐसा प्रतीत हुआ जैसेकि कोई सामने वाले सोफे पर बैठा हो। उसने जैसे ही डबलबैड के सिरहाने वाला स्विच दबाया सामने सोफे पर बैठी हुई अभिलाषा दिखाई दी। वह श्वेत परिधान में पहले से कहीं अधिक तरोताजा और स्वस्थ दिखाई दे रही थी। दिव्या को याद आया कि पिछले सितम्बर की तीस तारीख को अभिलाषा की सेवानिवृत्ति हो चुकी थी और वह उसे एक दीर्घ अंतराल के बाद देख रही थी। जब भी वह उसके मकान के आगे से गुजरती थी; इन दिनों बाहर लगा हुआ ताला उसे दूर से ही दिखाई दे जाता था। अचानक एक अंतराल के बाद इतनी रात गए इस प्रकार यहां अभिलाषा को बैठा देखकर उसे आश्चर्य भी हो रहा था। वे दोनों एक ही कॉलेज में पढ़ाती थीं; अभिलाषा अवस्था में उससे कोई दो वर्ष ही बड़ी थी; उनके घर भी पास-पास थे और दोनों ही अकेली तथा अविवाहित भी थीं। स्पष्ट है कि दोनों एक दूसरे को बहुत निकट अनुभव करती थीं और प्राय: साथ-साथ ही पड़ी रहती थीं।

दिव्या ने पूछा :–'तुम्हारे लिए दरवाजा किसने खोला, घर में तो और कोई भी नहीं है?'

''हो सकता है कि दरवाजा खुला रह गया हो, तुम आजकल बहुत भुलक्कड़ होती जा रही हो।''

'ऐसी तो कोई बात नहीं है दीदी, मैं तो रोज तुम्हारे घर की तरफ भी जाती हूं पर घर बंद पड़ा मिलता है। इस समय कहां से आना हुआ?'

''बस घर से ही समझो। नींद नहीं आ रही थी, सोचा कि तुम्हारे पास आ जाऊं।''

'तुम बिना बताए अचानक कहां गायब हो गयी थीं?'

''अभी तो तुमसे बहुत-सी बातें करनी हैं। तुम्हें नींद तो नहीं आ रही है?''

'नींद तो मैं दिन में भी पूरी कर लूंगी दीदी। अब तुम आ ही टपकी हो तो अपनी बात कहे बिना कैसे मानोगी? वैसे भी काफी समय बाद मिली हो और कुछ जच भी रही हो।'

अभिलाषा ने अपनी आंखें पोंछीं; उसने हाथ बढ़ाकर बत्ती गुल कर दी और अपनी बात प्रारम्भ की।

अभिलाषा कोई आठ-नौ महीने पहले सेवानिवृत्त हुई थी। इसी छोटे से नगर के एक कॉलेज में वह पिछले तीस बरसों से पढ़ा रही थी। एक छोटा-मोटा मकान भी बना लिया था जिसमें कोई भी असुविधा नहीं थी। अकेली स्त्रियां प्राय: मितव्ययी होती हैं यह बात अभिलाषा के बारे में भी सच थी। उसने एक-एक पैसे को दांतों से पकड़ा था और उसका सदुपयोग भी किया था। अब उसके पास पर्याप्त धन था जिसे वह अपनी मर्जी से खर्च कर सकती थी। घर पर एक बाईजी भी आती थी जोकि पिछले दस सालों से लगातार आ रही थी। सफाई, धुलाई, बाजार से खरीदारी, बिल भरवाने इत्यादि का काम बाईजी के जिम्मे था और खाना अभिलाषा स्वयं बना लिया करती थी। कभी-कभी वह बीमार पड़ जाती थी तो बाईजी उसी के घर पर रुक जाती थी और उसकी अच्छी तरह देखभाल करती थी। काम चल रहा था। अभिलाषा व्यवहारकुशल व वाकपटु थी और लोगों की दुर्बलताओं से लाभ उठाना जानती थी इसलिए उसके पास रोज ही छात्राओं व अध्यापिकाओं का जमघट लगा रहता था। सब कुछ ठीक चल रहा था किन्तु अब वह सेवानिवृत्त हो गई थी; यह परिवर्तन पर्याप्त बड़ा था। पहले दिन उसे घर तक पहुंचाने और रात्रिभोज में सम्मिलित होने वालों की संख्या कोई सौ-डेढ़ सौ थी; अगले दिन भी कोई पचास लोग उसकी कुशलक्षेम पूछने आए; तीसरे दिन भी दस-बीस लोग आए किन्तु एक सप्ताह के भीतर ही लोग उसे भूलने लगे। अब अभिलाषा को लगने लगा जैसे कि उसने जीवन को तिरस्कृत कर दिया हो; उसके पास अपना कहने को कोई भी नहीं था। जिन सहेलियों को वह निकटतम समझती थी उन्होंने भी उससे नियमित रूप से मिलना छोड़ दिया था; टेलीफोन भी वह स्वयं ही चलाकर कभी-कभी कर लिया करती थी। यह अवश्य है संयोग से मिलने पर अथवा टेलीफोन करने पर उनका रवैया उपेक्षापूर्ण नहीं था किन्तु उसके प्रति सहेलियों की रुचि कम ही होती जा रही थी।

अभिलाषा का जीवन कोई कोरा कागज नहीं था। उसने कभी नैतिकता की अनावश्यक परवाह नहीं की थी उसने भरपूर अपने जीवन को जिया था और दूसरों को जीने में भरसक सहायता की थी किन्तु ऋतु परिवर्तन के साथ ही भंवरों ने मंडराना बंद कर दिया था; अब तो वसंतपर्व के समापन को भी कोई दस-बीस बरस बीत चुके थे। वह अपने माता पिता की इकलौती संतान थी और बहुत जिद्दी भी थी। किन्तु उनके बारे में सोचने का भी अब कोई लाभ नहीं था, एक अरसे पहले ही दोनों का देहांत हो चुका था। एक-एक करके बीते हुए दिन अभिलाषा की आंखों के सामने तैर रहे थे। अन्य लड़कियों की तरह अभिलाषा ने भी कभी प्रेम किया था किन्तु यह तब की बात है जबकि वह कॉलेज में ही पढ़ती थी। वह अनुभव ऐसा था जैसे कि एक खुला आकाश होता है, दूर-दूर तक दिग-दिगंतर फैला हुआ नीलवितान-सा आकाश। वह अनुभव

ऐसा था जैसेकि सुबह की ठंडी-ठंडी हवाएं होती हैं; पुष्पवीथियों से आती हुई सुगंध होती है। बादलों के रंगबिरंगे कुसुमल, पीले, गुलाबी आकाश में तैरते हुए टुकड़े होते हैं। वह अनुभव ऐसा था जैसा किसी एकांत बर्फीली पहाड़ी नदी के कलकल संगीत का नाद होता है। वह अनुभव ऐसा था जैसेकि पहाड़ के वक्ष को चीरकर एक छोटा-सा निर्झर बह निकलता है। वह अनुभव ऐसा था जैसेकि चंदन की खुशबू, केसर का रंग, कोयल की कुहूक होती है। वह अनुभव ऐसा था जैसेकि किसीके हवा में उड़ते हुए बालों के कुंतल होते हैं, अधरों की बारीक-बारीक लकीरों का प्रणय-निवेदन होता है और माथे पर चिपके हुए ओसकणों का सम्मोहन होता है। वह अनुभव ऐसा था जैसेकि मोर के पंख होते हैं, आंखों का आलोक होता है, तैरते हुए दीयों का झील में प्रतिबिम्ब होता है अथवा कि पानी में पड़ती हुई चीनार की परछाईं होती है। वह अनुभव ऐसा था जैसेकि चांदनी रातों की नीरवता, सावन के झूले, हाथों की मेंहदी, माथे की बिंदिया, आधी रातों को खुलती हुई निंदिया, छत पर बिछे हुए अकेले से तकिए, चांदनी में लहराते हुए दुपट्टे और विरहनों के गीत होते हैं। परन्तु जैसा कि प्रायः होता है इस अनुभव के पास कोई जमीन नहीं होती और न ही उस जमीन पर टिकने वाले कोई पैर होते हैं। इस अनुभव के पास कोई पंख भी नहीं होते बस उड़ने की एक अभीप्सा मात्र होती है। पलकें खुलती हैं तो आंखों से एक खारा-खारा-सा पानी बह निकलता है, होंठों पर अतृप्ति का एक कड़वा-सा घूंट रह जाता है जो धोने से भी मिटता नहीं है। यह अनुभव हुआ और खो गया किन्तु अभिलाषा को एक दूसरी ही अभिलाषा कर गया।

फिर अभिलाषा का विवाह भी हुआ। यह भी एक अनुभव था; किसी बंद कमरे की घुटन जैसा, सीलन जैसा और उमस जैसा। एक ऐसे कमरे में रहने का सा अनुभव जिसमें न कोई दरवाजे हों, न खिड़कियां और आंखें बार-बार रोशनदान की ओर उठती हों। एक ऐसी जमीन पर रेंगने का सा अनुभव जिस पर कीचड़ हो, दलदल हो, कीड़े हों और बदबू हो। एक ऐसा अनुभव जिसका कोई आकाश नहीं होता किन्तु जिसमें एक घर होता है और रोटी होती है और घर की पुख्ता दीवारें होती हैं जो बाहर की भीड़ की ठोकरों से बचाती हैं। एक ऐसा अनुभव जिसमें एक अजनबी अपना जैसा लगता है और कोई अपना कभी-कभी एकदम अजनबी जैसा लगता है। कभी-कभी ऐसा लगता है जैसे इस अजनबी को कभी गौर से नहीं देखा और कभी-कभी यह अजनबी वैसा ही चिरपरिचित लगता है जैसाकि स्वयं के शयनकक्ष का एकांत अंधेरा। मम्मी-पापा चाहते थे कि यह आदमी उनकी बात माने क्योंकि इस एकमात्र दामाद में एक पुत्र को देखना उनकी बाध्यता थी। यह आदमी बचपन से ही अपने बाप से परेशान था, एक और बाप इसके कतई बर्दाश्त से बाहर हो गया। उसे इस बात से चिढ़ थी कि उसे भी घरेलू फर्नीचर का ही एक हिस्सा माना जाए इसलिए

अंत में उसने खुला विद्रोह कर दिया। सास-ससुर के सहयात्री होने की सम्भावना को उसने पूरी तरह निष्कृत कर दिया। अभिलाषा के भी सीने से एक बोझ-सा उतरा और खुले दरवाजे से जैसे एक अप्रिय गंध का सा भभूका बाहर निकला।

इसके बाद अभिलाषा जीवन भर एक सम्पूर्ण अनुभव को ढूंढ़ती रही; एक ऐसा अनुभव जिसकी जमीन भी हो और आकाश भी; एक ऐसा अनुभव जिसके पैर भी हों और पंख भी; एक ऐसा अनुभव जिसमें रोटी भी हो और गुलकंद भी; एक ऐसा अनुभव जिसके पास घर की दीवारें भी हों और बादलों के उड़न खटोले भी हों। वह एक ऐसे पंछी की तरह जीना चाहती थी जिसके पंखों में दूर-दूर तक उड़ने का सामर्थ्य हो और जब वह थक जाए तो उसके बैठने के लिए अपने ही घर की छत का एक कोना हो जहां वह अधिकारपूर्वक बैठ सके। एक ऐसा अनुभव जिसमें चांदनी की पारदर्शिता भी हो और ढेर सारे सिक्कों की ठोस खनक भी हो। वह चाहती थी एक ऐसा अजनबी जो अपना हो और एक ऐसा अपना जो सबका अजनबी हो। किन्तु जीवन की गति कुछ और होती है; हम स्वतंत्रता और सुरक्षा में से प्राय: एक को ही चुन पाते हैं दोनों का मिलना असम्भाव्य है। हमारी संस्कृति ऐसी है कि एक बार खो देने का अर्थ है सदा के लिए खो देना और सर्वस्व खो देना, यही अभिलाषा जैसी एक पूर्व परिणीता की नियति हो सकती थी। वैसे भी महिलाओं के प्रति तो हमारी संस्कृति सविशेष आग्रहशील है। कहने का अर्थ है कि अभिलाषा का घर दुबारा नहीं बसना था सो नहीं बसा। उसे कोई ऐसा नहीं मिला जिससे मिलकर क्षण शाश्वत होता हो। घर के नाम पर उसके पास एक आधुनिक सुविधाओं से युक्त मकान था, नवीनतम फर्नीचर था, अच्छी-अच्छी पुस्तकें थीं, संगीत था, सखियां थीं और यौवन की विगता स्मृतियां थीं। अभिलाषा ने जीवन के प्रति उपालम्भ का भाव कभी अपने मन में आने नहीं दिया था क्योंकि सबको इतना भी कहां मिलता है? हां, यह अवश्य है कि उसका जीवन शैशव की लीलाओं से पूरी तरह असम्पृक्त रहा था और इस अभाव को उसने क्षम्य भी नहीं समझा था।

सेवानिवृत्ति के बाद अभिलाषा के मन में सबसे पहली प्रतिक्रिया एक गहन संतोष के रूप में अनुभावित हुई। उसने एक सुदीर्घ सेवा की अवधि निर्विघ्न सम्पन्न कर ली थी और अब उसके पास पर्याप्त समय व सुविधाएं थीं। अब तक वह एक बंधे-बंधाए ढर्रे में जीने के लिए बाध्य थी किन्तु अब वह उन्मुक्त जी सकती थी। कई वर्षों तक एक ही काम करते-करते ऊब जाना स्वाभाविक था; अब उसे अपने ध्यान को कई दिशाओं में संयोजित करना था। सबसे पहले उसे विज्ञापनों के माध्यम से एक साथी की खोज को मुकम्मल करना था। दूसरा काम एक ट्यूटर रखकर सितार सीखना था; कई वर्षों पहले उसने एक सितार खरीदा था जो कि समयाभाव के कारण जस का तस रखा हुआ था। गत वर्ष पुस्तकालय जाकर उसने कुछ अच्छी पुस्तकों की सूची बना ली थी जिन्हें वह

एक क्रम देकर पढ़ना चाहती थी, यह उसके पास तीसरा काम था। इसके बाद वह पर्यटन करना चाहती थी, यदि हो सका तो यूरोप का भ्रमण भी करने की इच्छा थी। वह लिख सकी तो कविता व गल्प की कुछ पुस्तकें भी लिखने का उसका विचार था। बहुत से छोटे-मोटे और भी काम थे जिन्हें वह समय की पांबदी के कारण कभी भी नहीं कर पाई थी। पहले वह हॉस्टल में रहकर पढ़ाई करती थी फिर तुरंत कॉलेज में नियुक्त हो गई थी। उसका मन भी तरह-तरह के अचार व मुरब्बे डालने का करता था। जब वह सुंदर-सुंदर रंगों के ऊन के लच्छे देखती थी तो उसका मन भी सुंदर-सुंदर डिजाइनों में परिधान बुनने का करता था। अब वह जो जी में आएगा करेगी और जी भरकर करेगी।

उसके प्रारम्भ के दो महीने विज्ञापनबाजी करने व सुखद कल्पनाएं करने में बीत गए; कुछ अच्छी-अच्छी पुस्तकें भी उसने पढ़ीं। इसके बाद अकस्मात घर के कोने कुछ अधिक ही आड़े-तिरछे मालूम देने लगे; परिचितों व मित्रों के चेहरों की रेखाएं कुछ अधिक ही घिसी-पिटी लगने लगीं; रोज-रोज लोगों के घर जा पहुंचने से मेजबान अन्यमनस्क होने लगे और ऊबने लगे। छोटे नगरों में न तो रोज-रोज कोई सम्मेलन होते हैं, न रेसकोर्स होते हैं, न कसीनो होते हैं और न ही भाषणबाजियां होती हैं और फिर प्रत्येक गतिविधि की एक अवस्था भी होती है। यह अवस्था चली जाने पर आगंतुक को लोग विचित्र दृष्टि से देखते हैं; लोगों की दृष्टि ही यह कह देती है कि अभिलाषा की अवस्था जा चुकी है। अंत में उसने एक सूटकेस व एक होल्ड-ऑल लेकर भ्रमण पर निकल जाने की ठान ली ताकि अनुभव में कुछ नयापन आ सके। इसके पीछे एक धूमिल-सी आशा यह भी थी कि शायद उस जैसा ही कोई अकेला पुरुष-साथी घूमते हुए उसे मिल जाए।

अभी नवंबर का महीना चल रहा था इसलिए कोई भी पर्वतीय स्थल पर्यटन के उपयुक्त नहीं था। अभिलाषा ने भ्रमण के लिए खुजराहो, अजंता, एलोरा व आगरा को चुना; इन्हें देखकर वह गोआ चली जाएगी, जनवरी तक गोआ में रहेगी और दो महीने बाद वापस अपने घर लौट आएगी; इसके बाद सितार सीखना शुरू कर देगी। पहले वह बस से झांसी और फिर खजुराहो पहुंची; जिस समय वह खजुराहो पहुंची शाम का धुंधलका पड़ चुका था; बहुत उत्सुकता होने पर भी उस दिन वह मंदिरों को नहीं देख सकी। बस-स्टैण्ड से पैदल दूरी पर ही होटल बने हुए हैं। उसने होटल में कमरा बुक किया, अपना सामान रखा और गर्म पानी से स्नान करके चाय पी। होटल में केवल युवा-युगल ही रुके हुए थे जिनमें से अधिकतर विदेशी अथवा भारतीय हनीमूनर थे। बाहर निकली तो देखा कि खुजराहो का बाजार छोटा-सा ही है और खाने के रेस्तरां भी बहुत अच्छे नहीं हैं। एक रेस्तरां में उसने हल्का-सा भोजन किया और आकर कम्बल में दुबक गई। जब आंख खुली तो सूरज काफी ऊपर चढ़ गया था और सूरज की तेज

रोशनी खिड़की से भीतर आ रही थी। वह जल्दी से निवृत्त होकर मंदिरों को चल पड़ी। सारे मंदिरों के निर्माण का समय सन् 1000 ई के पूर्व का है। आज से हजार साल पहले भी जो सभ्यता इतने भव्य व कलात्मक मंदिरों का निर्माण कर सकी वह एक बहुत ही उत्कृष्ट, बढ़ी-चढ़ी व सम्पन्न सभ्यता रही होगी। मंदिरों को देखकर बहुत आश्चर्य होता है और मध्यकालीन भारत पर गर्व भी होता है; ऐसा ही गर्व एजंता व ऐलोरा की गुफाओं को देखकर भी होता है।

इन मंदिरों के निर्माण के पीछे एक आध्यात्मिक उद्देश्य छिपा है। ओशो का कहना है कि ये मंदिर साधकों के लिए बनाये गए थे और तंत्र के गहनतम प्रयोगों के अंतर्गत इनका निर्माण हुआ था। मंदिर की बाह्यतम दीवारों पर सम्भोग, द्यूत, आभूषण, श्रृंगार, युद्ध, पशुपक्षीजगत इत्यादि का चित्रण है। यह बाह्यजगत का प्रतीक है। सबसे पहले साधक जब किसी यौनमुद्रा को देखता था तो ऊर्जा मूलाधार चक्र की ओर प्रवृत्त होती थी, यह स्वाभाविक है क्योंकि मूलाधार चक्र ही पहला चक्र है जो प्रकृति से मनुष्य को जोड़ता है। फिर साधक को कहा जाता था कि अब आंख बंद करके ध्यान करो और साक्षीभाव को साधो। यौन ऊर्जा हमारे भीतर एक अचेतन ऊर्जा है, ये मूर्तियां मूलाधार-चक्र पर चोट करने के निमित्त से बनाई गई थीं। जैसे ही हम किसी भी अचेतन ऊर्जा काम, क्रोध इत्यादि के प्रति जागरूक होने लगते हैं, इस ऊर्जा का रूपांतरण होने लगता है और यह ऊपर के चक्रों की ओर गति करने लगती है। इस साक्षीभाव को वास्तविक स्त्री के साथ उपलब्ध होना कठिन होता है क्योंकि वह प्राय: सहयोग नहीं करती है। साधक को एक-एक यौनमुद्रा पर तब तक ध्यान करने को कहा जाता था जब तक उसकी ऊर्जा की मूलाधार की ओर प्रवृत्ति बंद नहीं हो जाती थी; इसके बाद ही वह मंदिर के द्वार से भीतर प्रवष्टि होने का अधिकारी होता था। मंदिर में दो द्वार होते थे, पहला द्वार बाह्यजगत एवं भीतर के सूक्ष्मजगत की अभिसंधि का प्रतीक होता था और दूसरा द्वार सूक्ष्मजगत से आत्मा अथवा ब्रह्म में प्रविष्ट होने का प्रतीक होता था। पहले द्वार से प्रवेश करते ही ठीक सामने यज्ञ व हवन करने के लिए स्थान है तथा भीतरी दीवारों पर भिन्न-भिन्न देवताओं की मूर्तियां बनी हुई हैं। ये मूर्तियां इस बात का प्रतीक हैं कि पहले द्वार से प्रविष्ट होते ही साधक देवयोनि के योग्य हो जाता है और यज्ञ व हवन से देवताओं को शक्ति मिलती है। पूर्वमीमांसा में उपयुक्त कर्मकाण्ड का वर्णन मिलता है। इस कर्मकाण्ड को करने एवं देवमूर्तियों पर ध्यान करने से मन शांत होने लगता है। मंदिर के भीतरी भाग में बैठकर तब तक पूजा, कर्मकाण्ड व ध्यान करना होता था जब तक कि आत्मज्ञान की घटना नहीं घट जाए। आत्मज्ञान की घटना घटने के पश्चात व्यक्ति द्विज हो जाता है और इसके बाद ही वह मंदिर के दूसरे दरवाजे में प्रवेश करने का अधिकारी होता है। दूसरे दरवाजे के भीतर जो मूर्ति है वह ब्रह्म अथवा परमात्मा का प्रतीक है और प्रत्येक पुजारी का आत्मज्ञानी होना

आवश्यक था। मंदिर का केंद्र जहां भगवान की मूर्ति रखी जाती थी वह मोक्ष का प्रतीक भी होता था। केन्द्र के चारों ओर सात बार परिक्रमा की जाती है, यह इस बात का प्रतीक है कि एक देवपुरुष को भी मोक्ष से पूर्व अदृष्ट के कारण सात जन्म और लेने पड़ सकते हैं। एक आत्मज्ञानी अधिकतम सात जन्म और ले सकता है।' ऐसा उस समय के लोगों का बोध था। प्रत्येक जन्म सात चक्रों में से प्रत्येक पर अवस्थित ऊर्जा के कारण हो सकता है, ऐसा माना जाता था। ये सात जन्म अनिवार्य नहीं होते, एक जन्म में भी मुक्ति सम्भव हो सकती है। मंदिर में वितरित होने वाला प्रसाद परमात्मा की प्रसाद-ऊर्जा का प्रतीक था जिसे ईसाई 'ग्रेस ऑफ गॉड' कहते हैं। एक अहंशून्य व्यक्ति पर यह ऊर्जा सतत् बरसती रहती है, इसी ऊर्जा के लिए तुलसी ने कहा है– रामरस बरसे रे मनवा रामरस बरसे; काम, क्रोध, मद, लोभ, मोह का छत्र हटा सर से। छत्र अहंकार का प्रतीक है, इसके हटते ही प्रसाद बरसने लगता है। प्रत्येक साधक प्रसाद का अधिकारी नहीं होता और इसे प्रत्येक साधक को नहीं दिया जाता था। जिसको प्रसाद मिल जाता था उसके लिए सारा जगत ही मंदिर हो जाता था।

यदि हम खुजराहो की यौन मुद्राओं को देखें तो इनमें एक और ही प्रकार का सौंदर्य है। इन मूर्तियों के शरीर तो यौनरत हैं किन्तु इनके चेहरों पर एक गहनशांति एवं निर्लिप्तता का भाव है। देह के तल पर सम्भोग घट रहा है और चेतना के तल पर ब्रह्मलीनता है। मनुष्य की देह प्रकृति का अंश है और उसकी आत्मा-परमात्मा का अंश है। दोनों को एक साथ जानना ही सम्पूर्ण बोध है; इस बोध की स्वीकृति को ही ओशो सम्भोग से समाधि तक की यात्रा कहते हैं। यह स्पष्ट परिलक्षित होता है कि उस समय के साधक इस मार्ग से भिज्ञ थे। यहां पर पतंजलि का योग, मानो विष्णुतंत्र, शैवतंत्र, शाक्ततंत्र, बौद्ध-धर्म, जैन धर्म एवं सिद्धतंत्र के मार्ग से होता हुआ जीवन के इस सम्पूर्ण स्वीकार को उपलब्ध होकर समाधि तक जा पहुंचा था। उपनिषद युग की उपासना योग से समन्वित होकर सहज समाधि बन गई थी। जीवन के इस दृष्टिकोण को निर्मित करने में उपासना एवं श्रमण परम्परा दोनों का योगदान था। इन मंदिरों में सबसे उत्कृष्ट मूर्तियां वे ही मानी जाती हैं जो सम्भोग से समाधि तक का कलात्मक निरूपण करती हैं। यहां के जैनमंदिर भी बहुत सुंदर हैं किन्तु उनके पीछे भी यही दृष्टि रही है; इस युग के जैन-आचार्यों में भी जीवन का विरोध दिखाई नहीं देता; इन मंदिरों में भी और मूर्तियों के साथ-साथ यौन मुद्राएं भी उत्कीर्ण की गई हैं। सभी मूर्तियां निर्वस्त्र हैं किन्तु इनके चेहरों पर एक तेज है। ऐसा लगता है कि इस स्थापत्य का उद्देश्य कला न होकर अध्यात्म रहा है। एक धातु से बनी वराह-अवतार की मूर्ति भी है जो बहुत कलात्मक है। इस पर लिखे हुए संस्कृत श्लोकों की लिपि देवनागरी न होकर ब्राह्मी है। ऐसा लगता है कि संस्कृत भाषा को भी भिन्न-भिन्न प्रदेशों में भिन्न-भिन्न लिपियों में लिखा जाता रहा है। आज

भी लिपि के सम्बंध में क्षेत्रीयता ही प्रमुख है। यद्यपि पंजाबी, गुजराती व बंगाली आर्यभाषाएं हैं और संस्कृत से ही अनुस्यूत हैं किन्तु इनकी लिपियां आज भी देवनागरी से भिन्न हैं। कुछ विद्वान यह भी मानते हैं कि सुदूर अतीत में सभी जगह संस्कृत को ब्राह्मी लिपि में ही लिखा जाता रहा होगा।

अभिलाषा कोई साधिका नहीं थी इसलिए उसकी पूरी रात बहुत उलझन में बीती। उसे निरंतर अकेलापन सताता रहा। रात्रि का एक बज गया, दो बज गए, फिर तीन बज गए किन्तु उसकी बैचैनी कम होने का नाम नहीं ले रही थी। उसने उठकर स्नान किया, कमरे का दरवाजा खोल दिया और सिरहाने की धीमी बत्ती जला दी। निर्वस्त्र होकर वह बिस्तर पर पसर गई। कोई आधे घण्टे तक उसने प्रतीक्षा की कि शायद कोई इधर से आ निकले किन्तु कोई नहीं आया। आखिर उसने अपने सिरहाने पर लगा हुआ कॉलबेल का बटन दबाने का निर्णय लिया। एक युवा पहाड़ी वेटर मुस्कुराता हुआ उसके सामने आकर खड़ा हो गया। वह वैसे ही बिस्तर पर पड़ी-पड़ी उसे आमंत्रण-भाव से देखती रही।

'क्या चाहिए मेम साहब?'- वेटर जम्हाई ले रहा था। ''पीने का पानी खत्म हो गया है''- वह इतना ही कह सकी।

''अभी लाता हूं मैडम।''

वेटर ने एक पानी की बोतल लाकर रख दी, मुंह बिचकाया और बोला-

''दरवाजे से ठण्डी हवा आ रही है, आपकी तबियत खराब हो सकती है, इसे बंद रखिए आण्टी।''

प्रत्युत्तर की प्रतीक्षा किए बिना उसने दरवाजा बंद कर दिया और हैण्डल घुमाकर चला गया। अभिलाषा ने फिर भी दरवाजा लॉक नहीं किया। थोड़ी देर बाद उसकी आंख लग गई और जब सोकर उठी तो सुबह के कोई ग्यारह बज रहे थे। जल्दी से निवृत्त होकर वह फिर से मंदिरों को देखने के लिए निकल पड़ी। वहां पर अधिकांशतः प्रेमी-युगल ही थे और उनका ध्यान मुद्राओं की ओर ही अधिक था। अगली रात भी बेचैनी में ही गुजरी किन्तु हाथ कुछ नहीं लगा। कभी उसके भी अच्छे दिन थे किन्तु अब यह सब सोचने से क्या लाभ?

तीसरे दिन उठकर वह औरंगाबाद के लिए चल दी। अजंता व ऐलोरा की गुफाएं केवल छैनी व हथौड़ी की सहायता से पहाड़ों को काटकर बनाई गई हैं। इनमें उकेरी गई मूर्तियां व भित्तिचित्र द्रष्टव्य हैं। इनमें से अधिकांश का निर्माण छठी शताब्दी ईसवी तक सम्पन्न हो चुका था। इन गुफाओं को देखकर यह पता लगता है कि इस देश पर बौद्ध धर्म व जैन धर्म का व्यापक प्रभाव पड़ा था। बुद्ध की बहुत बड़ी-बड़ी प्रतिमाएं द्रष्टव्य हैं। छोटी से छोटी व बड़ी से बड़ी प्रतिमाएं इन गुफाओं में उकेरी गई हैं। इन स्थानों को देखकर बहुत विस्मय और गर्व होता है। लगता है कि इस समय की हमारी संस्कृति बहुत अनुशासित, सम्पन्न व स्थिर रही होगी। एक-एक गुफा को खोदने में बरसों लगे होंगे। इन

स्थानों को देखकर ऐसा लगता है कि सन् 1000 ईसवी तक हम कुछ अर्थों में वर्तमान से भी अधिक बढ़चढ़कर थे और हमारी सारी अवनति बाद में हुई।

अभिलाषा को व्यक्तिगत अनुभव के बतौर यहां पर उल्लेखनीय कुछ भी नहीं घटा। औरंगाबाद से उसे बस में आगरा जाना था और उसका आरक्षण 'गोआ एक्सप्रेस' में आगरा से पंजिम के लिए था। वैसे तो ताजमहल उसने पहले भी देख रखा था किन्तु ताजमहल उसे इस बार भी सुंदर लगा। उसने अपनी डायरी में लिखा –

**चांदनी की अंगुलियां तो मकबरा भी महल है
ताज को ही देखिए क्या जवां-जवां सा है
वक्त की किताब में कुछ मुड़ा-मुड़ा सा है
बोलिए ना बोलिए सब कहा-कहा सा है।**

उसे घर से आए हुए कोई दस दिन हो गए थे जबकि वह पंजिम के लिए रेलगाड़ी के आरक्षित शयनयान में रवाना हुई। अब वह गोआ में थी और बहुत अच्छा अनुभव कर रही थी। यहां उसे कोई पहचानने वाला नहीं था इसलिए प्रात: दस से पांच बजे तक वह विदेशी युवतियों की तरह ही समुद्रतट पर विवस्त्र पड़ी रहती थी। धीरे-धीरे उसकी मित्रता एक सेवा निवृत्त पुर्तगाली प्रोफेसर से हो गई। यह एक बासठ वर्षीय पुरुष था जिसकी पत्नी की मृत्यु हो चुकी थी। उसकी एक पुत्री और एक पुत्र पुर्तगाल में ही डॉक्टर थे। फरवरी के अंत तक वे दोनों गोआ के विभिन्न होटलों का आनंद लेते रहे और उसके बाद यह व्यक्ति पुर्तगाल वापस चला गया। यद्यपि यह अभिलाषा को पुर्तगाल के अपने घर का पता व टेलीफोन नंबर देकर गया था किन्तु आने वाले भविष्य को लेकर उसने अभिलाषा में कोई रुचि प्रकट नहीं की थी।

इसके बाद घर लौटकर अभिलाषा ने मिस्टर सुदीप बनर्जी को सितार सिखाने के लिए ट्यूटर रख लिया। सुदीप बनर्जी एक तीस-पैंतीस वर्षीय युवक था। अभिलाषा ने सितार सीखने का बहुत प्रयास किया किन्तु शीघ्र ही वह समझ गई कि यह सब उसके लिए नहीं है। अब वह कविताएं लिखने लगी। पहले लिखती थी; फिर घूम-घूमकर सहेलियों को सुनाती थी; सबका कहना था कि बहुत अच्छा लिख रही हो। कविताओं के साथ-साथ उसने कहानियां भी लिखनी शुरू कर दीं; कहानियों को भी प्रशंसा मिली। उसने सोचा कि जब काफी लिख लेगी तो एक-एक संकलन पुस्तकाकार में छपवा देगी। कुछ लेखक बहुत द्रुतगति से लिखते हैं; पत्र-पत्रिकाओं में छापने के लिए भेजना और प्रतीक्षा करना उनके लिए बहुत ऊब पैदा करने वाला होता है। प्रत्येक लेखक यह चाहता है कि उसका लिखा हुआ पाठकों के पास द्रुतगति से पहुंचे। लिखने और पढ़ने का

शौक भी खूब होता है। मार्च, अप्रैल और मई के महीने कब बीत गए, अभिलाषा को यह पता भी नहीं लगा। अब अभिलाषा कई-कई दिनों तक घर से बाहर नहीं निकलती थी; घर में रहने की उसे आदत-सी पड़ती जा रही थी; खरीदारी का काम पूर्वत: बाईजी ही कर रही थी। किन्तु गर्मी बढ़ती ही जा रही थी और अब यह सहनशक्ति के बाहर हो चली थी। अभिलाषा ने सोचा कि यदि उसे यूरोप का टूर ही करना है तो क्यों नहीं अभी कर लिया जाए। उसने इंडियन एअर लाइन्स का एक पैकेज टूर बुक किया। दिल्ली से रवाना होकर लंदन पहुंचना था। लंदन, एमस्टर्डम, बर्लिन, पेरिस, बर्ने, रोम प्रत्येक में तीन-तीन दिन रुकना था और रोम से वापस दिल्ली के लिए उड़ान थी। इस प्रकार बीस दिन का टूर था, होटलों के कमरे भी इंडियन एअर लाइन्स द्वारा ही अग्रिमत: बुक कर दिए गए थे।

यह एमस्टर्डम की एक सुहानी सुबह थी। होटल 'द पिनेकल' के कॉरीडोर में बैठकर वह होटल के एक असिटेंट मैनेजर के साथ चाय पी रही थी और हॉलैंड के बारे में पर्यटन संबंधी जानकारी ले रही थी। अचानक उसकी दृष्टि एक अंग्रेजी के अखबार पर पड़ी जिसमें किसी अस्पताल का विज्ञापन था और लिखा था कि यहां अगले छह महीने तक यूथनेसिया की सुविधा नि:शुल्क उपलब्ध रहेगी। यूथनेसिया अभिलाषा के लिए एक नया शब्द था।

उसने मैनेजर से पूछा-यूथनेसिया क्या होता है?

मैनेजर ने बताया-यूथनेसिया का अर्थ है स्वेच्छामृत्यु। यदि हम चाहें तो अपनी मृत्यु को चुन सकते हैं। इसके लिए अस्पताल में जाकर आवेदन करना होता है। चिकित्सों का एक दल उस आवेदनपत्र की जांच करता है। संतुष्ट होने पर वे चिकित्सकीय ढंग से जीवन का समापन कर देते हैं। इसे आप 'मेडिकल टर्मिनेशन ऑफ लाइफ' भी कह सकती हैं। सम्बंधित व्यक्ति को साठ साल की अवस्था से ऊपर होना चाहिए अथवा उसे किसी असाध्य बीमारी से ग्रस्त होना चाहिए और भी कई कारणों का उल्लेख किया जाता है।

अभिलाषा ने पूछा-क्या यह गैरकानूनी नहीं है?

मैनेजर ने बताया-हमारे यहां यह विधि-सम्मत है। इस बारे में हमारी विधि निर्मात्री सभा में बहुत बहस हुई। अंत में दोनों सदन इस निर्णय पर पहुंचे कि जीवन व मृत्यु एक ही तथ्य के दो छोर हैं। यदि जन्म का नियंत्रण करना अनैतिक नहीं है तो मृत्यु का वरण भी अनैतिक नहीं हो सकता। यदि यह चुना जा सकता है कि कितने बच्चे होने चाहिए और कब होने चाहिए तो हमें यह चुनने का अधिकार भी मिलना चाहिए कि हम शरीर से कब छुटकारा पा लें। इसी को यूथनेसिया कहते हैं।

अभिलाषा ने पूछा-तो फिर यूथनेसिया व आत्महत्या में अंतर क्या रहा ?

मैनेजर ने बताया-इसके लिए परिस्थितियों को भी देखा जाता है। आवेदक पर कोई उत्तरदायित्व शेष नहीं होना चाहिए। यदि वह किसी जीवनसाथी अथवा अवयस्क बच्चों का संरक्षक है, उस पर किसी का ऋण शेष है, वह किसी समझौते के अंतर्गत किसी प्रत्याशा से बंधा है इत्यादि तो वह इच्छा मृत्यु का वरण नहीं कर सकता। संक्षेप में सम्बंधित व्यक्ति की मृत्यु से किसी अन्य का जीवनयापन असुविधापूर्ण नहीं होना चाहिए। व्यक्ति का अकेला होना, वृद्ध होना, किसी लम्बी बीमारी से ग्रस्त होना स्वेच्छामृत्यु को उचित ठहराते हैं।

अभिलाषा ने पूछा-हमारे देश में तो ऐसी मृत्यु को बहुत अनैतिक और अधार्मिक भी माना जाता है। क्या यहां के लोग इसे ईसाइयत के विरोध में नहीं मानते?

मैनेजर ने बताया-कतई नहीं, इस सम्बंध में हमारी दृष्टि बिल्कुल भिन्न है। मरने के दो तरीके हो सकते हैं। वैज्ञानिक और अवैज्ञानिक। वैज्ञानिक ढंग से मृत्यु सम्भव हो तो अवैज्ञानिक दृष्टिकोण का वरण नहीं करना चाहिए। यदि हमें जन्म, रोग व दुर्घटनाओं के सम्बंध में वैज्ञानिक दृष्टिकोण रखने का अधिकार हैं तो मृत्यु के सम्बंध में हम वैज्ञानिक दृष्टिकोण से परहेज क्यों करें? बात जरा समझने जैसी है। एक समय था जब हम समझते थे कि बच्चे ईश्वर की देन हैं और बच्चों का होना या न होना, कम होना या अधिक होना सब भाग्य का खेल है। यह दृष्टिकोण चलता रहा क्योंकि बच्चों की मृत्युदर बहुत अधिक थी। दस में से कोई दो-तीन बच्चे बचते थे और शेष अब साधारण-सी दिखने वाली बीमारियों के कारण भी शैशवावस्था में ही मृत्युग्रस्त हो जाते थे। ऐसी बीमारियां जैसेकि हैजा, चेचक, मोतीझरा इत्यादि भी बच्चों की मृत्यु का कारण बन जाती थीं। रोग के सबंध में भी हमारा दृष्टिकोण अवैज्ञानिक था। रोग का कारण कर्मों का फल माना जाता था और प्रारम्भ में रोगों की औषधि करना भी धर्म के विरुद्ध समझा जाता था। आज भी बौद्ध भिक्षु रोगों का कारण कार्मिक-ऊर्जा को मानते हैं और बीमार पड़ने पर औषधि नहीं लेते, यहां तक की वे मृत्यु का ग्रास बन जाते हैं। पहले दुर्घटनाओं को भी दुर्भाग्य और दैवयोग समझा जाता था क्योंकि न तो अपंगता का कोई इलाज था, न हड्डियां टूटने का और ना ही अतिरिक्त रक्तस्राव का कोई विकल्प था। दुर्घटनाओं में हाथ पैर टूट जाते थे, लोग अंधे भी हो जाते थे और अत्यधिक रक्तस्राव के कारण मर भी जाते थे क्योंकि चिकित्साशास्त्र के पास इनका कोई उपाय नहीं था। सबसे पहले मनुष्य ने रोग व दुर्घटना के सम्बंध में वैज्ञानिक दृष्टिकोण को अपनाया। औषधिविज्ञान व शल्यक्रिया की उन्नति हुई और हमने लगभग सभी रोगों पर विजय प्राप्त कर ली। इससे हमारा जीवन सुखद हुआ और यह बात समझ में आ गई कि हमारा पूर्ववर्ती दृष्टिकोण सही नहीं था। चिकित्साशास्त्र के विकास से मृत्युदर गिर गई और जनसंख्या बढ़ने लगी। इस बढ़ती हुई जनसंख्या को रोकने के लिए हमें परिवार

नियोजन के तरीके ढूंढ़ने पड़े। परिवार छोटे होने लगे तो लोगों को बात समझ में आने लगी कि जन्मनियंत्रण तो वरदान है और इस संबंध में हमारे सभी नैतिक और अवैज्ञानिक पूर्वाग्रह समाप्त हो गए। अब सिर्फ मृत्यु का तथ्य बचता है। इस सम्बंध में अभी अधिकांश लोगों का दृष्टिकोण अवैज्ञानिक है। हमने मृत्यु को भाग्य, ईश्वर अथवा प्रकृति की इच्छा पर छोड़ रखा है। एक अवस्था के बाद जीवन बोझ हो जाता है, स्वयं का शरीर ही अस्वस्थ हो जाता है और कष्ट का कारण बन जाता है। इस शरीर को हम तब तक ढोते हैं जब तक मृत्यु आती है और हमें देह छोड़ने के लिए बाध्य ही नहीं कर देती है। एक जर्जर देह को नैतिकता अथवा धार्मिकता के नाम पर एक बाध्यता की तरह ढोते रहना क्या वैज्ञानिक दृष्टिकोण है? इस संबंध में भी हमें वैज्ञानिक दृष्टिकोण को अपनाना चाहिए जैसाकि हमने रोग, दुर्घटना व जन्मनियंत्रण के सम्बंध में अपनाया है। एक सभ्य मनुष्य को न तो दूसरों पर बोझ होना चाहिए और न ही उसके जीवन को आत्मपीड़न का हेतु बनना चाहिए। इसलिए समय आ गया है कि मनुष्य को स्वेच्छामृत्यु के अधिकार के प्रति सजग होना पड़े और इसके लिए संघर्ष भी करना पड़े। हमारे देश ने इस मामले में पहल की है और हमें इसका गर्व भी है। हम प्रतिदिन ऐसे व्यक्तियों को कष्ट से छुटकारा दे रहे हैं जो कि अत्यंत कष्ट के साथ जीने को बाध्य थे। धर्म क्या है? संसार में दो तरह के पदार्थ हैं।, एक वे जो असमयगत है अथवा शाश्वत हैं और दूसरे वे जो समयसापेक्ष हैं, समाप्य हैं और अनित्य हैं। जीवन को समाप्त होना ही है, इस तथ्य से कोई तात्त्विक अंतर नहीं पड़ता है कि जीवन दस-बीस साल पहले समाप्त होता है कि दस-बीस साल बाद में समाप्त होता है। जीवन की गुणवत्ता महत्वपूर्ण होती है न कि उसकी लम्बाई। एक छोटा जीवन भी बहुत अनुभव देकर जा सकता है और एक लम्बाजीवन भी व्यर्थ सिद्ध हो सकता है, यह हमारी संवदेना व जागरूकता पर निर्भर करता है। हम जीवन की उचित लम्बाई को परिभाषित नहीं कर सकते। समझिए कि जीवन एक रेखा-खण्ड की तरह है इसका प्रारम्भ भी है और अन्त भी है। कितनी लम्बाई के रेखा-खण्ड को आप पर्याप्त कहेंगे? यदि हम रेखाखण्ड के पार्श्व में एक बड़ी रेखा खींच दें तो यह रेखाखण्ड छोटा दिखाई देने लगता है। यदि हम इसके पार्श्व में एक छोटा रेखाखण्ड खींचे तो यही रेखाखण्ड बड़ा दिखाई देने लगता है। एक ही रेखाखण्ड को यदि हम सूक्ष्मदर्शी यंत्र से देखें तो यह बड़ा दिखता है और दूरबीन से देखें तो यही छोटा दिखता है। सारे रेखाखण्ड तत्त्वत: एक ही लम्बाई के होते हैं। गणित में एक प्रमेय है कि एक रेखाखण्ड 'अ' में जितने बिन्दु हैं और दूसरे रेखाखण्ड 'ब' में जितने बिन्दु हैं उनको एकैकी सम्बंध के रूप में रखा जा सकता है। यदि हम रेखाखण्ड को जीवन की लम्बाई समझें इस पर स्थित बिंदु को क्षण अथवा अनुभव समझें तो अनुभव की गहराई रेखाखण्ड की लम्बाई पर आश्रित नहीं है। जीवन को

अवांछित रूप से लम्बा घसीटने से उसकी गुणवत्ता नहीं सुधरती और न ही कोई तात्त्विक अंतर पड़ता है। तीसरी बात यह है मृत्यु की घटना जीवन के विरोध में नहीं है, यह जीवन के तथ्य को सम्पूर्ण करती है। समझिए कि जीवन एक लम्बे और सुंदर वाक्य की तरह है। यदि इस वाक्य के बाद पूर्णविराम का चिह्न नहीं लगा हुआ है तो यह वाक्य अनर्गल और अप्रीतिकर प्रतीत होता है। पूर्णविराम का चिह्न इसे और सार्थक व सौंदर्ययुक्त ही बना जाता है। मृत्यु इस पूर्णविराम की तरह है; मृत्यु जीवन के विरोध में नहीं है।

मैनेजर धन्यवाद देकर चला गया; जो कुछ उसने कहा था अभिलाषा के लिए एकदम अप्रत्याशित और नया था। उसने कभी तथ्यों पर इस प्रकार से विचार नहीं किया था। वह सोचने लगी जैसेकि मैं स्वयं हूं। अब मेरे पास दो विकल्प हैं; पहला विकल्प यह है कि मैं आनंदपूर्वक स्वेच्छा से इस सुंदर स्थान से विदा हो जाऊं और यह मेरा अंतिम अनुभव हो और इसके पश्चात् अन्य कोई भी अनुभव घटित नहीं हो। मैंने जीवन में जो कुछ भी भोगने योग्य होता है सबकुछ भोगा है– सुंदरतम पुरुषों का सान्निध्य प्राप्त किया है; स्वादिष्टतम व्यंजनों का आस्वादन किया है; अच्छे से अच्छे वस्त्र पहने हैं; सुंदर से सुंदर रमणीय प्राकृतिक स्थानों को देखा है; अच्छी से अच्छी कविता पढ़ी है और मधुर से मधुर संगीत को सुना है। ऐसा एक भी अनुभव नहीं है जो मेरे लिए अभूतपूर्व हो और जिसकी प्रतीक्षा में मैं जीऊं। जो भी होगा हजारों बार अनुभूत की एक पुनरावृत्ति मात्र होगी और अल्पस्थायी और परिवर्तनशील होगी। जीवन की गुणवत्ता में अब कोई भी भेद पड़ने वाला नहीं है। बार-बार जीए हुए को फिर-फिर जीना है। अस्तित्ववादी इसे ही ऊब कहते हैं। मेरा आगे का सारा जीवन ऊब व कष्ट की आशंका से सम्पृक्त ही हो सकता है। मैं चाहूं तो इस जीवन का स्वेच्छा से कष्टरहित समापन भी कर सकती हूं। दूसरा विकल्प यह है कि मैं स्वाभाविक मृत्यु की प्रतीक्षा करूं। समझो कि अब मैं अस्सी बरस की हो चली हूं; मेरे हृदय की शल्यक्रिया हो गई है; मुझे मधुमेह है, रक्तचाप की व्याधि है और घुटनों में भयंकर दर्द है। मुझे उठने-बैठने और सोने-जागने में भी कष्ट होता है; छोटे-मोटे कामों के लिए भी मुझे दूसरों की मिन्नत करनी पड़ती है। फिर भी इस देह से, जो कि अब कष्टों का घर है, मैं अपनी आसक्ति नहीं छोड़ती हूं और तब तक इस देह से पृथक नहीं होना चाहती जब तक कि कालदूत आए और मुझे शरीर से बाहर खदेड़ ही नहीं दे। क्या यह असभ्यता नहीं है? जीवन में अब कोई भी रस नहीं बचा है किन्तु जीवन को घसीटते रहना एक निर्मम विवशता है। क्या यह दूसरा विकल्प बेहतर है? जीवन को एक उत्सव होना चाहिए अथवा कि एक बाध्यता होनी चाहिए? जीवन को एक पर्व होना चाहिए अथवा कि एक विवशता होनी चाहिए? क्या कष्टों को अनावश्यक रूप से सहते चले जाना और राम-राम करके शरीर को ढोते चले जाना ही अभीष्ट है? क्या जीवन को एक

चुनाव, एक स्वीकृति और एक स्वतंत्रता नहीं होना चाहिए?

अभिलाषा ने एक टैक्सी की और अस्पताल चली भी गई। आवेदन पत्र भरा तो स्वीकृत भी हो गया। उसे बताया गया कि वह परसों सुबह ग्यारह बजे हल्का-सा नाश्ता करके आ जाए। यदि वह चाहे तो सबसे पहले उसे निश्चेतक का एक छोटा-सा इंजेक्शन दे दिया जाएगा जिससे वह आराम से बोधशून्यता में चली जाएगी। इसके बाद उसे पोटेशियम सायनाइड का इंजेक्शन लगा दिया जाएगा जिससे तत्क्षण उसकी मृत्यु क्रियान्वित हो जाएगी। इसके बाद विद्युत-दाह-गृह में उसके शव को जला दिया जाएगा और अवशेष को तलघर में बने हुए स्टोर में जमा करा दिया जाएगा और यह सब निःशुल्क होगा। इन दो दिनों में यदि वह चाहे तो अपने निर्णय पर पुनर्विचार भी कर सकती है। अभिलाषा ने दो दिन बाद अस्पताल पहुंचकर स्वेच्छा मृत्यु का वरण कर लिया।

दिव्या ने पूछा–तो इसका अर्थ है दीदी कि तुम मर चुकी हो?

अभिलाषा ने कहा:– क्या तुम्हें मुझसे डर लग रहा है?

दिव्या ने कहा–बिल्कुल नहीं। एक सम्मोहक अंतर-सा मैं अवश्य अनुभव कर रही हूं। जैसेकि तुम पहले से अधिक युवा व स्वस्थ लग रही हो और तुम्हारे पास बैठकर मुझे एक विचित्र से आनंद और गहन शांति की अनुभूति हो रही है।

अभिलाषा:– तो मैं तुम्हें बताना चाहती हूं कि उसके बाद क्या हुआ बन्नो। जैसे ही मुझे होश आया मैंने देखा कि मैं उसी कमरे में एक बिस्तर के पास खड़ी हूं और वे लोग मेरे मृत शरीर को बिस्तर से उठाकर विद्युत-दाह-गृह में ले जा रहे हैं। मेरे मृत शरीर पर वही काले रंग का सूट है जो मैं अस्पताल पहनकर गई थी। अब मैंने अपने आप को गौर से देखा, मेरा सूक्ष्मशरीर जैसे एक श्वेत रंग के परिधान से अविच्छेद्य रूप से युक्त है। मैं सबको देख पा रही हूं किन्तु कोई भी मुझे देख नहीं पा रहा। मैं सबके विचार जान रही हूं किन्तु कोई भी मेरी बात सुन नहीं पा रहा। फिर मैं उनके पीछे-पीछे हो गई। उन्होंने मेरे मृत शरीर को एक केबिन जैसे पारदर्शी-विद्युत-दाह-गृह में एक स्ट्रेचर पर रखा और उसे जला दिया। अस्थियों को एक लिफाफे में बटोरकर एक अंतःगृह में भेज दिया गया। उनके लिए मेरा अस्तित्व समाप्त हो चुका था और वे अपने कार्य से संतुष्ट थे।

दिव्या–फिर तुमने क्या किया?

अभिलाषा–मुझे अपने आप में कोई भी परिवर्तन अनुभव नहीं हो रहा था। मुझे न तो गर्मी लग रही थी और न ही सर्दी; न मुझे भूख लग रही थी और न ही प्यास; थकान का अनुभव भी मुझे नहीं हो रहा था। मैंने अपने हाथ खुले नल के नीचे रखे तो पानी हाथों के आरपार गिर गया और हाथ गीले भी नहीं हुए। मैंने दर्पण में देखा तो वहां मेरा प्रतिबिम्ब नहीं था। अपने शरीर को टटोलकर देखा तो जैसेकि मेरा शरीर और वस्त्र एक ही थे। मैं दीवार और दरवाजों के

आरपार निकल जाती थी और कोई भी वस्तु मेरे लिए बाधा नहीं बनती थी। मैं बहुत ऊपर तक ऊंची कूद ले सकती थी और एक पंख की तरह धीरे-धीरे जमीन पर वापस लौटती थी।

दिव्या–फिर तुमने क्या किया?

अभिलाषा–मैं सीढ़ियां उतरकर अस्पताल के कॉरीडोर में पहुंची जहां विजिटर्स के लिए बैठने व लेटने की व्यवस्था थी। घड़ी की ओर देखा। मेरी एमस्टर्डम से बर्लिन की ओर फ्लाइट आधा घण्टे में जाने वाली थी। नीचे उतरकर एयरपोर्ट जाने वाली सार्वजनिक बस मैं बैठी और एयरपोर्ट जा पहुंची। वहां से फ्लाइट पकड़ी। बर्लिन से पेरिस, पेरिस से बर्ने, बर्ने से रोम व रोम से नियत कार्यक्रम के अनुसार वापस दिल्ली पहुंची। अपने पूर्वनियत होटलों में रुकी और घूमी फिरी किन्तु किसीने भी मुझे देखा नहीं। दिल्ली से अपने घर पर आई। घर पर बाहर से ताला लगा हुआ दिखाई देता है किन्तु मैं वहीं पर हूं। अब न किसी नित्यकर्म की आवश्यकता पड़ती है, न खाने-पीने की और न ही नहाने की। जहां भी मन करता है घूमतीफिरती हूं और फिर अपने शयनकक्ष में आकर विश्राम कर लेती हूं। जितनी देर नींद आती है सो लेती हूं। कभी भी थकान, आलस्य अथवा भारीपन का अनुभव नहीं होता। पिछले तीन दिनों से कॉलेज भी जा रही हूं किन्तु वहां पर भी न तो कोई मुझे देख पाता है और न ही कोई मेरी बात सुन पाता है। यह बात अवश्य है कि मेरे सुझाव लोगों के मन में प्रविष्ट हो जाते हैं और प्राय: वे उन सुझावों के अनुसार आचरण भी करते हैं। मैं पूरी तरह मजे में हूं और सदैव एक आनंद का अनुभव करती रहती हूं। मैं चाहे जहां जा सकती हूं और सारा जगत मेरे लिए जैसे एक त्रिआयामी चलचित्र हो गया है। मैं सबको देख सकती हूं, सबके विचार पढ़ सकती हूं और मेरे सुझाव भी उन तक पहुंचा सकती हूं। जो भी कोई मेरा स्मरण करता है तत्काल उसका चित्र मेरे मन में बन जाता है। किन्तु मुझमें देहभाव अभी भी शेष है। पुरुषों के साथ सोना और बच्चों के साथ होना मुझे अब भी अच्छा लगता है। तुम पहली व्यक्ति हो जो मुझे देख सकी हो और मुझसे संवाद स्थापित कर सकी हो।

दिव्या ने अभिलाषा को उठकर मुख्यद्वार तक जाते हुए देखा; गली में मुड़कर वह गायब हो गई। सुबह की पहली किरणें खिड़की में से भीतर आ रही थीं। उसे अब संदेह होने लगा था कि जो कुछ उसने देखा था वह एक स्वप्न था अथवा वास्तविकता थी। कॉलेज जाते समय वह स्कूटर पर से उतरी; सड़क से चलकर अभिलाषा के घर के दरवाजे तक पहुंची; ताले को हाथ से पकड़कर और खींचकर भी देखा किन्तु वह अच्छी तरह बंद था। चारों तरफ घूमकर खिड़कियों को देखा, सभी खिड़कियां भी पूर्ववत बंद थीं। वह स्कूटर पर बैठी और कॉलेज के लिए चल दी। अभिलाषा को लेकर चिंतित होना उसके लिए कोई नई बात नहीं थी क्योंकि वही अभिलाषा के अंतरंगतम थी। ◼

ऐसा भी होता है

उस दिन अच्छी गहमागहमी थी; गाड़ी अपने समय से कोई तीन घण्टे लेट चल रही थी। प्रोफेसर रवीन्द्र एक सेमीनार में भाग लेने के लिए सूरत जाना चाहते थे। जैसे ही गाड़ी ने सरकना बंद किया और रुकने लगी प्रोफेसर रवीन्द्र उचककर अपने प्रथम श्रेणी के वातानुकूलित डिब्बे में सवार हो गए। संयोग देखिए कि छह यात्रियों की इस बोगी में मात्र दो ही व्यक्ति थे और कोई भी फ्री पास वाला रेलवे के स्टाफ का व्यक्ति इसकी शोभा नहीं बढ़ा रहा था। सामने की नीचे वाली बर्थ पर जो व्यक्ति लेटा हुआ था वह अवस्था में रवीन्द्र से कोई पांच-सात बरस छोटा लग रहा था; रंग उसका रवीन्द्र से कुछ अधिक गोरा था किन्तु कद थोड़ा-सा छोटा था। आश्चर्य की बात यह है कि यह व्यक्ति रवीन्द्र को कुछ जाना-पहचाना-सा लग रहा था, खासकर उसकी केशविन्यास की शैली और बालों में पड़ने वाले छल्ले चिरपरिचित से मालूम देते थे। यूं तो प्रोफसर रवीन्द्र को भाषणबाजी की आदत थी और देश-विदेश में जहां भी उनको अवसर मिलता था वे विचार-मंथन से चूकते नहीं थे और इस सिलसिले में भी बहुत से लोगों से मिलना होता था। किन्तु यह चेहरा उनमें से नहीं था। यह व्यक्ति उन्हें यज्ञ से कुछ मिलता-जुलता दिखाई दे रहा था; यज्ञ उनका एक सहपाठी था और उससे मिले हुए उन्हें कोई चालीस साल हो चुके थे जबकि वे दोनों ही छोटे बच्चे थे। महाशय थे कि अपनी आंखें मूंदकर चुपचाप विश्राम कर रहे थे और रवीन्द्र उन्हें ध्यान से देखे जा रहा था। इस चेहरे में कुछ ऐसा था जो कि बहुत जाना-पहचाना प्रतीत होता था, यद्यपि चालीस साल बाद यह कल्पना करना बहुत सरल नहीं था कि यज्ञ को अब कैसा दिखना चाहिए?

रवीन्द्र ने पूछा—क्या तुम यज्ञदत्त शर्मा हो?

उस आदमी ने अपनी आंखें तुरंत खोलीं। पूरी स्थिति को आत्मसात करने में उसे कोई एक-दो मिनट का समय लगा।

फिर वह बोला—इसका मतलब है कि तुम रवीन्द्र हो?

दोनों ही तुरंत उठकर एक दूसरे से लिपट गए और एक दूसरे की पीठ ठोकने लगे। बीच के चालीस साल जैसे कभी गुजरे ही नहीं हों।

उसने कहा—मुझसे बिना मिले तुम अचानक मेहसाना से कहां गायब हो गए थे? तबसे हर जगह मैं तुम्हें ढूंढ़ता रहा हूं शायद यह रवीन्द्र हो, शायद यह रवीन्द्र हो। एक-आध बार तुम्हारा नाम कहीं अखबार वगैरह में भी पढ़ने को मिला

किन्तु पक्का नहीं हुआ कि यह तुम्हीं हो; तुम्हारा कोई सम्पर्कसूत्र भी नहीं था।

रवीन्द्र ने बताया—आते समय मुझे भी बहुत दुख हुआ था किन्तु तुम उस समय मेहसाना से बाहर गए हुए थे और आण्टी भी वहां नहीं थीं। अकस्मात पिताजी को मेहसाना से वड़ोदरा के स्थानांतरण आदेश प्राप्त हुए। वांछित स्थान था इसलिए वे तुरंत कार्यमुक्त हो गए। जो व्यक्ति वहां से जा रहा था उसका टेलीफोन आया था कि उसने मकान अभी खाली नहीं किया है; वह वहां अकेला ही रह रहा था इसलिए मकान में उसका कोई सामान भी नहीं है और चाबियां पड़ोस वाले श्रीवास्तव साहब के पास हैं। आप चाहें तो छह महीने इस मकान में आराम से रह सकते हैं। इस अर्से में या तो यही मकान आपके नाम आबंटित हो जाएगा अथवा किसी अन्य मकान की व्यवस्था हो जाएगी। पिताजी तुरंत जाना चाहते थे; मम्मी ने भी फुर्ती दिखाई और सारी पैकिंग तीन ही दिन में कर ली। सारा कारवां तुरंत चल पड़ा।

यज्ञ ने कहा—मुझे तुमसे बहुत नाराज होना चाहिए। मेरे पास तुम्हारा अता-पता नहीं था किन्तु तुम्हें तो मेरा पता मालूम ही था। क्या तुम्हें एक पत्र भी नहीं लिखना चाहिए था?

रवीन्द्र ने कहा—जब भी कहीं मेरा गहरा भाव जुड़ता है उसे अभिव्यक्त करने में संकोच होता है। लगता है कि जैसे बात कुछ सतही हो गई हो। कुछ लोग अनुभव कम करते हैं कहते अधिक हैं किन्तु कुछ लोग इसके विपरीत भी होते हैं। मित्रों के पास एक-दूसरे का अता-पता होना तो उचित ही है; किन्तु तुम इतने लम्बे समय के लिए अदृश्य हो जाओगे यह तो बिल्कुल अप्रत्याशित था। कहीं ना कहीं जब कोई पुराना मित्र अचानक मिलता है तो अधिक खुशी होती है कि नहीं होती?

यज्ञ ने कहा—लगता है कि तुम एक दार्शनिक बन गए हो। पिछले पच्चीस सालों से मैं अमेरिका में रह रहा था नहीं तो शायद पहले ही मिलना हो जाता।

रवीन्द्र ने पूछा—अमेरिका कब गए?

यज्ञ ने कहा—मैंने सूरत से बी. ई. किया। उस समय मेरे एक मामाजी अमेरिका में आर्किटेक्चर थे, वही विपिन मामाजी तुम तो उन्हें जानते भी हो, उन्होंने मुझे भी स्टेट्स बुला लिया; और तुम अपनी सुनाओ।

रवीन्द्र ने बताया:– मैंने बी.ए. अंग्रेजी साहित्य, दर्शन और मनोविज्ञान में किया था, फिर अंग्रेजी साहित्य में एम.ए व पत्रकारिता में डिप्लोमा किया। इसके बाद पांच वर्ष तक मैंने दिल्ली से निकलने वाली मासिक पत्रिका उर्वशी का सम्पादन किया। जब यह पत्रिका भी बंद हो गई तब लेखन के साथ-साथ राजस्थान विश्वविद्यालय जयपुर में अध्यापन भी करने लगा, अब वहां मैं प्रोफेसर एवं विभागाध्यक्ष हूं और एक जाना-पहचाना लेखक भी हूं।

यज्ञ ने कहा—तुम्हारा नाम निश्चित रूप से बार-बार मेरे पढ़ने में आता रहा,

उर्वशी तो मैं भी पढ़ता रहा हूं। किन्तु पहले तुम रवीन्द्र औदिच्य लिखते थे इसलिए मैं यह सोच भी नहीं पाया कि तुम्हीं रवीन्द्र सिद्धार्थ के नाम से लेखन कर रहे हो। खैर, अब तुमसे मिलकर बहुत खुशी हुई और सारी नाराजगी भी जाती रही। चाय पियोगे?

यज्ञ ने अपना इम्पोर्टेड थरमस खोला और दोनों चाय की चुस्कियां लेने लगे।

उन दिनों मेहसाना यद्यपि एक जिला मुख्यालय था किन्तु बहुत बड़ा कस्बा नहीं था। मेरे पिता वहां एकमात्र मनोचिकित्सक के रूप में नियुक्त थे किन्तु छोटे कस्बों में मानसिक बीमारियों के प्रति जागरूकता बहुत कम होती है इसलिए मेरे पिता को भी कोई व्यावसायिक संतुष्टि नहीं थी। चिकित्सालय के अपने कमरे में बैठे-बैठे भी वे प्रायः फ्रायड, जुंग, एडलर, विलियम राइक, पावलोव, किन्से, जॉन्सन एण्ड जॉन्सन, सार्त्र, नीत्से इत्यादि को पढ़ते रहते थे। साहित्य के प्रति मेरा रुझान भी एक तरह से मुझे विरासत में ही मिला था। वे बहुत थोड़े से लोगों को यह समझा पाए थे कि वे भी अन्य डॉक्टरों की तरह एम.बी.बी.एस. तो हैं ही किन्तु उससे कुछ अधिक भी हैं और वे सारी सामान्य बीमारियों जैसे मलेरिया, टायफाइड, फ्लू, खांसी-जुकाम, रक्तचाप, हैजा इत्यादि का इलाज भी कुशलतापूर्वक कर सकते हैं। कस्बे वाले प्रायः इस बात से अनभिज्ञ थे कि मनोचिकित्सा तो उनका विशेष क्षेत्र था जिसमें उन्होंने एम.डी. किया था और इसके अतिरिक्त भी वे पूरे-पूरे डॉक्टर थे। अधिकांशतः छोटे कस्बों में मानसिक बीमारियों की समझ भी नहीं हुआ करती थी और लोग पिताजी को 'झटका लगाने वाला डॉक्टर' ही समझते थे और जहां तक हो सकता था उनसे बचते थे। कस्बे के लोग बहुत से मनोरोगियों को भी सामान्य डॉक्टरों को ही दिखाते रहते थे क्योंकि वे बहुत से मनोरोगों जैसे अनिंद्रा, निद्रा-भ्रमण, दुश्चिंता, अवसाद, उन्माद, न्यूरोस्थीनिया पैरानाइड स्टेट्स इत्यादि को समझ नहीं पाते थे। जब कोई मरीज तोड़फोड़ करने लग जाता था, चीखने चिल्लाने लग जाता था, अनर्गल प्रलाप करने लग जाता था तो सबसे पहले परिजन यह समझते थे कि मरीज जानबूझकर नाटक कर रहा है और परिजन उसकी खूब पिटाई करते थे। यदि वह ठीक नहीं होता था तो फिर वे झाड़फूंक, तंत्रमंत्र इत्यादि का सहारा लेते थे और मरीज को निर्वस्त्र करके, नहलाकर, हाथ पैर बांधकर, दो किलोमीटर दूर 'विकराल भैरवी' के मंदिर में ले जाकर पटक दिया करते थे। उसे दो-तीन दिन वहीं रखा जाता था और कीर्तन-हवन वगैरह किए जाते थे। कस्बे वालों का यह मानना था कि इससे प्रेतबाधा, ऊपर की हवा इत्यादि ठीक हो जाती है। जब स्थिति बिल्कुल ही काबू से बाहर हो जाती थी तो मरीज को अस्पताल में लाया जाता था। अस्पताल में मरीज को तभी लाया जाता था जबकि वह स्किजोफ्रीनिया, फोबिया, मेनिया इत्यादि की बढ़ी हुई अवस्था में होता था और उसमें साइकोसिस

के विशिष्ट लक्षण भ्रम, संभ्रम, भ्रांति, अनभिविन्यास इत्यादि प्रकट हो जाते थे। ऐसे मरीज को कई बार विद्युत आघात देने की स्थिति उत्पन्न हो चुकी होती थी अथवा उसे कुछ दिनों के लिए वार्ड में भर्ती करने की स्थिति आ चुकी होती थी। इसके लिए चिकित्सक उत्तरदायी नहीं होता था अपितु परिजनों का अज्ञान ही उत्तरदायी होता था। ऐसी स्थितियां आ जाने पर कम से कम तीन महीने अथवा इससे भी अधिक समय तक दवा देना आवश्यक हो जाता था किन्तु दस-पंद्रह दिन के भीतर ही यह समझ लिया जाता था कि मरीज अब बिल्कुल दुरुस्त हो गया है और उसकी दवा बंद कर दी जाती थी। अधिकांश कस्बे वाले समझते हैं कि डॉक्टर लालची होता है और कमीशन के लालच से दवा लिखता ही चला जाता है; अधिक दवाई लेना स्वास्थ्य के विपरीत होता है और इससे शरीर में गर्मी बढ़ती है; कस्बे में कुछ झूठे चिकित्सक आयुर्वेदिक, प्राकृतिक, होम्योपैथिक, एक्यूपंक्चर वाले इत्यादि भी होते हैं और वे भी लोगों को यही सिखाते हैं कि डॉक्टरी दवा तो केवल आपातकालीन स्थिति में ही लेनी चाहिए क्योंकि इससे एक बीमारी ठीक होती है तो दस नई पैदा हो जाती हैं। इन भ्रांतियों के कारण प्राय: बीच में ही इलाज बंद कर दिया जाता था और एक मरीज कई-कई बार पागल होता था। ऐसे मरीज दूर से ही पहचाने जाते थे और सारा दोष डॉक्टर को ही दिया जाता था। अंत में अन्य चिकित्सा-प्रणालियों के चक्कर में पड़ने से कई बार न तो मर्ज बचता था और न ही मरीज। कुछ लोग आत्महत्या भी कर लिया करते थे। लोगों में इस सम्बंध में जागरूकता बढ़ाना और मिथ्याचिकित्सकों को भ्रांतियां फैलाने से रोकना बहुत आवश्यक है। क्योंकि वस्तुत: ही ऐलोपैथी के अतिरिक्त कोई भी प्रणाली वैज्ञानिक नहीं है। जो भी हो, इस कस्बे में पिताजी के लिए कोई बहुत संतोषजनक काम करने के लिए नहीं था। मुझे याद आता है कि हमारे मुहल्ले में ही एक गुप्ता अंकल रहते थे, वे चालीस वर्ष के थे जबकि उनकी मृत्यु हो गई थी। अपने पीछे वे आंटी एवं दो बच्चों को छोड़ गए थे। ये दोनों बच्चे उस समय पढ़ रहे थे और इनकी आयु 18-20 वर्ष के बीच में थी। आंटी भी आयु में कोई बहुत बड़ी नहीं थीं, वे लगभग 35 वर्षों के ही आसपास थीं। धीरे-धीरे उनको अंकल सपने में दिखाई देने लगे; फिर उनको ऐसे लगने लगा जैसे कि वो रात को उनके पास आकर सो जाते हैं; फिर उनको अंकल दिन में भी दिखाई देने लगे और कहने लगे कि मेरे साथ चलो। पड़ोस के लोगों ने इसे पति-पत्नी का प्रेम और प्रेतबाधा समझा। मजे की बात यह है कि जब अंकल जीवित थे तो दोनों की कोई खास बनती भी नहीं थी। अंकल की मृत्यु के बाद उनके बेटे को सरकारी नौकरी भी मिल गई थी और घर में कोई अभाव भी नहीं था। फिर भी यह स्पष्ट था कि आण्टी अवसादग्रस्त हो गई थीं। मैंने स्वयं आण्टी को और उनके बेटे-बेटियों को किसी मनोचिकित्सक से मिलने की कई बार सलाह भी दी थी जिसे उन्होंने दरकिनार

कर दिया था। एक दिन यह देखकर मुझे धक्का लगा था कि आण्टी ने जहर खाकर आत्महत्या कर ली थी, उन्होंने सल्फॉस खा लिया था। यह उन अनेक उदाहरणों में से एक उदाहरण है जिनसे पता लगता है कि मानसिक बीमारियों के सम्बंध में हमारा अज्ञान कितना खतरनाक हो सकता है।

यज्ञ को मैंने सबसे पहले अपनी स्कूल की कक्षा में ही देखा था। उस समय हम दोनों एक ही स्कूल की आठवीं कक्षा के छात्र थे। मैं यज्ञ को कक्षा का सबसे सुंदर लड़का समझता था, यद्यपि मेरी मां का विचार था कि बड़ा होकर मैं कहीं अधिक सुदर्शन लगूंगा। पढ़ाई में उस कक्षा में हम दो ही विद्यार्थी ऐसे थे जिन्हें कि होशियार कहा जा सकता था। जैसीकि मेरी आदत थी मैं पहले दो-तीन दिन में ही उससे घनिष्ठ हो गया था और हम दोनों कक्षा में एक साथ ही बैठने लगे थे। हमारे इस कस्बे के मकान में आने के कोई तीसरे-चौथे दिन ही एक रविवार था। उस दिन मेरा ध्यान इस बात पर गया कि मकान यद्यपि दुमंजिला ही था किन्तु दूसरी मंजिल के एक कोने पर सीढ़ियां बनी हुई थीं जिसके ऊपर एक छोटी-सी छत थी। दूसरी मंजिल पर चार कमरे थे, पीछे के दो कमरों पर बनी हुई छत पर ये सीढ़ियां ले जाती थीं। बीच में लोहे का एक बड़ा और चौकोर जाल था। उस दिन पहली बार इस सीढ़ी से चढ़कर मैं अपनी छत पर पहुंचा; बीच की दीवार लांघकर दूसरी छत पर पहुंचा और इस दूसरी छत की सीढ़ियों से जब नीचे उतरा तो डांट खाने को तैयार था कि अचानक मुझे आश्चर्य हुआ कि यह यज्ञ का घर था और नीचे चौक में दोनों मां-बेटे किसी बात पर बहस कर रहे थे। उन्होंने हंसकर मेरा स्वागत किया और मैंने अपने आपको बधाई दी। कहने का तात्पर्य है कि यज्ञ का घर मेरे घर की सड़क से पिछली सड़क पर था; नीचे से जाओ तो घूमकर एक लम्बा रास्ता तय करना पड़ता था किन्तु ऊपर का यह रास्ता बहुत सुविधाजनक था यहां तक कि पूरे कपड़े और जूते पहनने की भी आवश्यकता नहीं थी। मेरे पढ़ने का कमरा दूसरी मंजिल पर बनी सीढ़ियों के साथ वाला ही था, इसलिए मुझे यज्ञ के घर में पहुंचने में भी उतना ही समय लगता था जितना कि सामने वाली सीढ़ियां उतरकर नीचे अपने घर में पहुंचने में लगता था। इस बात पर मुझे और यज्ञ दोनों को ही बहुत मजा आ रहा था। धीरे-धीरे हम दोनों के परिवार भी आपस में घनिष्ठ हो गए और आने-जाने का रास्ता भी ऊपर से ही बना रहा। जब सर्दियां आईं तो हम दोनों ही अपनी-अपनी छतों पर बैठकर पढ़ने लगे, फिर साथ-साथ बैठने लगे और बीच-बीच में गपशप भी मारने लगे। हमारा पूरा दिन ही छत पर इकट्ठे गुजरने लगा। सुबह का दूध-चाय, नाश्ता और दोपहर का भोजन भी छतों पर ही पहुंचाया जाने लगा, यह समय वाकई मजेदार गुजरा।

धीरे-धीरे मुझे यज्ञ से मित्रता करने के कुछ अन्य लाभ भी समझ में आने लगे। उसके लिए पंतग का धागा उसके एक मामा (विपिन मामा) अहमदाबाद

से लेकर आया करते थे और उन्होंने ही उसे धागा सूतने का तरीका भी सिखाया था। उसके पास सूते हुए धागे की कम से कम दस रंगबिरंगी चर्खियां थीं और उसका धागा पड़ोस में सबसे अधिक पैना हुआ करता था। इस धागे को सूतने के लिए मिश्रण में अन्य चीजों के साथ-साथ पीसे हुए बहुत बारीक कांच और हरे कसीस का भी इस्तेमाल किया जाता था; दूसरे रंग भी डाले जाते थे। जब भी समय मिलता यज्ञ वर्षभर धागा सूतता रहता था और चर्खियां तैयार करता रहता था। मेरे पिताजी को पतंगों से लगभग चिढ़-सी थी इसलिए मैं मेरा धागा और पंतग भी यज्ञ के ऊपर वाले कमरे में ही रखने लगा था। यद्यपि अपने बचपन में पिताजी ने पंद्रह वर्ष की उम्र तक जमकर पतंगबाजी की थी किन्तु अब वे पतंगबाजी के विरुद्ध थे। उनका विचार था कि पतंग उड़ाते समय बच्चे अंधाधुंध भागते हैं और दुर्घटना का शिकार हो जाते हैं। वे हम दोनों भाइयों को तो टोक दिया करते थे किन्तु यज्ञ को टोकने का साहस उन्हें भी कभी नहीं हुआ और इस बात से हम भी लाभ उठाते थे। यज्ञ कक्षा में भी बिल्कुल नियमित उपस्थित रहा करता था जबकि अनियमितता ही मेरे लिए नियम था। वह बोर्ड पर लिखा हुआ एक-एक अक्षर उतार लाता था और बाद में हम दोनों छत पर साथ बैठकर सारा होमवर्क पूरा कर लिया करते थे। कई बार हम छत पर रात हो जाने के बाद बिजली की रोशनी में भी पढ़ते रहते थे। यज्ञ के साथ रहने के कारण प्रायः दोपहर का समय मुझे कक्षाओं को गोल करके जासूसी उपन्यासों का अध्ययन करने के लिए मिल जाया करता था। हम दोनों में पढ़ाई को लेकर सगे भाइयों जैसा सहयोग था और प्रतिस्पर्द्धा जैसी कोई भी बात हमारे मन में नहीं उभरती थी यद्यपि हम दोनों ही अग्रणी थे। हमारी किताबें और नोट्स बिल्कुल एक जैसे हुआ करते थे फिर भी यह आश्चर्य है कि अंकों में कुछ अंतर बना ही रहता था।

पढ़ाई के अतिरिक्त कुछ अन्य बातें अवश्य थीं जिनमें मैं यज्ञ को स्वयं से कहीं अधिक भाग्यशाली अनुभव किया करता था। जैसेकि उसके स्वेटरों का संग्रह, उनके रंग और डिजाइन, मेरे संग्रह से कहीं अधिक बेहतर थे क्योंकि उसकी मां स्वेटर बुनने में सबसे अधिक कुशल थी। उसके पास पत्रिकाओं जैसे पराग, चंदामामा, नंदन, इंद्रजाल कॉमिक्स, बालभारती इत्यादि का एक बहुत बड़ा संकलन था। उसके पास ढेर सारे जासूसी उपन्यास जैसे जासूसी दुनिया , भयंकर जासूस, भयंकर भेदिया जासूसी पंजा, जेम्स बॉंड 007, ब्लैक व टिंकर सीरीज, कर्नल रंजीत सीरीज इत्यादि थे जिन्हें उसके पिताजी ने खरीदा था और उसने स्वयं कभी भी नहीं पढ़ा था। मैंने मेरी मां से जब ये बातें बताई तो उन्होंने मुझे इनके कारण भी स्पष्ट किए थे। यज्ञ अपनी मां का इकलौता बेटा था और उसके पिता भी दिवंगत हो चुके थे और उसकी मां को फुर्सत ही फुर्सत थी जबकि हम पांच बहिन-भाई थे जिनमें से दो अभी बिल्कुल ही ननमुन थे इसलिए स्वेटर

बुनने का समय मां को नहीं मिल सकता था। मां बड़े चाव से कोई नया डिजाइन शुरू करती थी किन्तु उसके पूरा होते-होते ही सर्दियां गुजर जाया करती थीं। हम भाई-बहिनों को प्राय: इकरंगे रेडीमेड स्वेटर ही पहनने पड़ते थे जो अधिक कीमती तो हुआ करते थे किन्तु हमें कम आकर्षक लगते थे। उस जमाने में बहुत सुंदर-सुंदर रंगों के ऊन लच्छे व गोलों की शक्ल में मिला करते थे और महिलाएं पत्र-पत्रिकाओं में देखकर नवीनतम डिजाइनें बुना करती थीं। इसलिए घर पर स्वेटर रेडीमेड बुने हुए स्वेटरों से अधिक सस्ते एवं सुंदर हुआ करते थे और यही बात टोपियों एवं मोजों के सम्बंध में भी लागू हुआ करती थी। प्राय: जब मम्मी-पापा को कहीं बाहर जाना होता था तो वे मुझे गौतम आंटी के पास छोड़ दिया करते थे। गौतम आंटी बहुत सुंदर थीं और कानों में बहुत हल्के व बड़े-बड़े बाले पहना करती थीं। ऐसे ही एक मौके पर मैंने उन्हें यह बात बताई थी और उन्होंने मुझे दो-तीन दिन के भीतर ही एक स्वेटर बुन दिया था जो कि मेरे स्वेटरों में सबसे अधिक सुंदर था। गौतम आण्टी के स्वयं के कोई बच्चे नहीं थे और बच्चों के साथ रहना उन्हें अखरता नहीं था; गौतम अंकल भी बहुत अच्छे थे और बच्चों के लिए नाश्ते में अच्छी-अच्छी चीजें बनवाने का उन्हें शौक था। मम्मी की यह बात भी ठीक थी कि यज्ञ का मकान पुश्तैनी है जबकि हमें बार-बार मकान बदलना पड़ता है; उनके पारिवारिक सदस्य जो भी पुस्तकें व पत्रिकाएं खरीदते हैं वे हमेशा के लिए स्टोर में जमा हो जाया करती हैं जबकि हमारे यहां इन्हें बार-बार रद्दी में बेच दिया जाता है। यह एक बहुत बड़ा अंतर था जो यज्ञ के घर का स्टोर देखते ही समझ में आ जाया करता था। कभी-कभी मेरे मन में यह विचार भी आता था कि काश मैं भी यज्ञ जितना बना-ठना और सजा-संवरा दिखाई देता यद्यपि इस भावना के पीछे सौंदर्यबोध ही हुआ करता था, किसी प्रकार की ईर्ष्या नहीं हुआ करती थी। इकलौता होने के कारण उसकी मां उसका दिन भर खयाल रखा करती थी। यज्ञ की मां स्वयं ही उसे इस उम्र में भी अपने हाथों से खाना खिलाया करती थी जबकि मुझे स्वयं ही रसोई से खाना लेकर खाना पड़ता था; बचपन में अवश्य मुझे भी मेरी दादी अपने सामने बैठाकर अपने हाथ से खाना खिलाया करती थी किन्तु वह बचपन बहुत पीछे छूट गया था। मैं पांच बहिन-भाइयों में सबसे बड़ा हूं और घर में जो सबसे बड़ा बच्चा होता है वह कभी भी अबोध नहीं होता जैसेकि जो सबसे छोटा बच्चा होता है वह कभी भी परिपक्व नहीं होता। मेरा सबसे छोटा भाई आज भी पूरे परिवार के सामने बैठकर जोर-जोर से चीख -चिल्लाकर रो सकता है जबकि मैंने यह काम सदा ही एकांत में किया है क्यांकि छोटे बहिन-भाइयों के सामने रोना बहुत मुश्किल होता है। यज्ञ के घर में खाने वाले इतने कम थे कि उनके घर में कोई भी अचार जैसे आम, नींबू, मिर्च, अदरख इत्यादि, खत्म नहीं हुआ करते थे और यज्ञ के घर में जमा हुआ दही कभी भी खट्टा नहीं होता था। उसकी मां हमेशा

ही बहुत मीठा दही जमाया करती थी। इन मामालों में यज्ञ कहीं अधिक भाग्यशाली था किन्तु जीवन में सभी कुछ शुभ ही शुभ नहीं हुआ करता। यज्ञ के पिता एक नामी वकील थे किन्तु दो वर्ष पूर्व बहुत युवा-अवस्था में ही उनका निधन हो गया था। उनके बारे में यह प्रसिद्ध था कि हत्यारा भी यदि उन्हें आकर सब बातें सही-सही बता दिया करता था तो वे उसे भी बचा लिया करते थे। यज्ञ को उसके पिता याद थे, वे बहुत सुंदर-सुंदर कपड़े पहनते थे और सिगार पीते थे। किन्तु यज्ञ बहुत बहादुर लड़का था, दिवंगत पिता के बारे में बात करते समय वह न तो बहुत विचलित होता था और न ही बहुत भावुक। मुझे उसकी इस निर्लिप्तता पर बहुत विस्मय हुआ करता था क्योंकि पिता तो पिता ही होता है। किसी बालक के पितृहीन होने की स्थिति मुझे कल्पना में भी अप्रिय थी। मुझे स्वयं अपने पिता पर गर्व था क्योंकि सब उनका सम्मान करते थे और उनसे कुछ-कुछ डरते भी थे। स्वयं मैं उनसे कभी नहीं डरता था और उनके साथ घर से बाहर घूमना फिरना मुझे बहुत पसंद था। मुझे याद नहीं आता कि उन्होंने कभी मुझे डांटा हो जबकि मां मुझे अक्सर डांटती-डपटती रहती थी।

परिवार के बाहर अपनत्व का परिवेश मेरे लिए उतना व्यापक नहीं था जितना कि यज्ञ के लिए था। यज्ञ का ननिहाल भी थोड़ी ही दूरी पर था। उसके कई मामा विदेशों में रहते थे और सभी बड़े उद्यमी थे। उसका स्वयं का घर तो सम्पन्न था ही ननिहाल और भी सम्पन्न था। यज्ञ की कोई सगी मौसी नहीं थी बस चार मामा थे। आसपास के अधिकांश घर उनके रक्तसम्बंधियों और परिजनों के ही थे। रिश्ते में लगने वाले उसके चचेरे, फुफेरे, ममेरे, मौसेरे भाई-बहिनों की पूरी बटालियन थी जो इसी मुहल्ले में हुडदंग मचाती थी। इस फौज के कारण मैं भी अपने को पहले से कहीं अधिक शक्तिशाली अनुभव करने लगा था। हमारे जमाने में सरकारी स्कूल ही अधिक हुआ करते थे और स्कूल का जीवन भी संघर्षरहित नहीं हुआ करता था। स्कूल में कुछ बच्चे झगड़ालू किस्म के भी हुआ करते थे और अपना दबदबा दिखाने के लिए अकारण भी झगड़ा मोल ले लिया करते थे। कुछ ऐसे लड़के हमारे समूह में भी थे। आपस में झगड़े भी हुआ करते थे और हार-जीत भी हुआ करती थी, नीचा दिखाने की कोशिशें भी की जाती थीं और अपमान का बदला भी लिया जाता था। किन्तु हमारा समूह बहुत शक्तिशाली था और हम दोनों को स्वयं कभी झगड़ने की आवश्यकता नहीं पड़ी। हम दोनों ही मूक दर्शक की भूमिका निभाया करते थे और हमारी स्थिति कुछ विशिष्ट थी। पहली बात यज्ञ स्वभाव से ही शांतिप्रिय था; किसी से भी अकारण उलझना उसके स्वभाव में नहीं था और न ही किसी को नीचा दिखाने में उसकी कोई रुचि हुआ करती थी। दूसरी बात हमसे कोई झगड़ा मोल नहीं लेता था क्योंकि हमारे मुहल्ले का समूह सबसे बड़ा था। तीसरी बात कि हम पढ़ने में तेज थे इससे बहुत अंतर पड़ता था। हमारी कक्षा में कुछ ऐसे भी तत्त्व

थे जो अपनी नींव मजबूत करने में अधिक भरोसा करते थे और उम्र में हमसे कोई चार-चार पांच-पांच साल बड़े थे। झगड़ों में निर्णायक भूमिका इन्हीं की हुआ करती थी किन्तु इन सबको हमसे काम पड़ा करता था। उन दिनों शिक्षक एक दिन पहले कोई विशेष पाठ तैयार करने के लिए दे दिया करते थे और अगले दिन उसमें से प्रश्न पूछा करते थे। गलत उत्तर देने पर हाथ या डण्डे से पीटना तो सामान्य बात थी ही, मुर्गा भी बना दिया जाता था, बहुत जलालत होती थी। शारीरिक दण्ड देना अवैध था किन्तु शिक्षक प्राय: स्थानीय निवासी हुआ करते थे और इस नियम की कोई विशेष परवाह नहीं किया करते थे। मुझे याद है कि ग्यारहवीं कक्षा के लड़कों में से किसी ने एक पोर्सिलिन की प्याली चुरा ली थी। तीन दिनों तक पूरी कक्षा को छत पर मुर्गा बनाया गया था और अंत में किसी छात्र ने वह प्याली वापस लाकर प्रयोगशाला में रख दी थी। हम तो और भी छोटी कक्षा के विद्यार्थी थे और हमारी कक्षा के उद्दण्ड से उद्दण्ड बच्चे भी सजा से डरते थे। मैं और यज्ञ शिक्षक के आने से पहले ही सारे प्रश्नों के उत्तर सब लड़कों को लिखवा दिया करते थे जिससे वे पिटाई से बच जाया करते थे। इसलिए सभी लड़कों को हमसे बनाकर रखनी पड़ती थी। मुझे उपद्रवी तत्त्वों से भी कोई आपत्ति नहीं होती थी किन्तु यज्ञ ऐसे लड़कों से घुलने-मिलने में परहेज करता था। वह एक तरह से एक 'स्नॉब' हुआ करता था यदि उस अवस्था में भी इस शब्द का कोई अर्थ लिया जा सकता हो। वह इस तरह का लड़का था कि सब लड़कों का उससे घुलने-मिलने का साहस नहीं होता था जबकि मैं ऐसे लड़कों को भी चलाकर प्रोत्साहित किया करता था। यही हम दोनों में अंतर था और यज्ञ कई बार इस मामले में अपनी असहमति का ज्ञापन मुझसे किया करता था। वह बहुत कम लड़कों को अपने पास फटकने दिया करता था।

जैसाकि मुझे याद पड़ता है यज्ञ की मां मुझे अपनी मां से अधिक सुंदर लगती थी और मैं उन्हें आण्टी और ताईजी दोनों कहा करता था; यज्ञ भी मेरी मां को आण्टी और चाचीजी दोनों कहा करता था। इस अवस्था में दोस्ती पनपने के कारणों में एक-दूसरे की मां की भूमिका भी बहुत महत्त्वपूर्ण हुआ करती है। यदि किसी सहपाठी की मां अच्छी नहीं लगती हो तो दोस्ती स्कूल तक ही सिमटकर रह जाती है। हमारे कारण माताओं में भी पर्याप्त घनिष्ठता हो गई थी और उनमें भावनात्मक लगाव भी हो गया था। यज्ञ की मां का जिक्र आते ही कभी-कभी मेरी मां रोने भी लगती थी क्योंकि इतनी छोटी उम्र में विधवा होना उनके दृष्टिकोण से बहुत दुखद घटना थी। आण्टी हमारे सामने अपने पति की बातें नहीं किया करती थीं किन्तु लगता है कि मेरी मम्मी से वे बहुत-सी बातें करती रही होंगी। पिताजी को छोड़कर सब पारिवारिक सदस्यों का एक दूसरे के यहां आना-जाना था और प्राय: छत के रास्ते का ही प्रयोग किया जाता था। पिताजी बस एक-दो बार ही उनके घर गए होंगे जब आण्टी की तबियत खराब

हुई थी। मुझे इस बात पर आश्चर्य होता था कि पांच बच्चों की मां होने पर भी मेरी मां उम्र में छोटी दिखाई देती थी जबकि मेरी और यज्ञ की उम्र बराबर थी। हो सकता है कि इसका कारण यह रहा हो कि आण्टी प्राय: गम्भीर और उदास रहती थी और बहुत साधारण कपड़े पहनती थी। मुझे यज्ञ की मां मेरी मां से भी कहीं अधिक ममत्वपूर्ण लगती थी और यज्ञ के पिता न होने का मुझे भी कभी-कभी दुख होता था, यद्यपि यज्ञ ने इस परिस्थिति को पूरी तरह स्वीकार कर लिया था और उसे देखकर ऐसा नहीं लगता था कि उसे कोई अभाव है। उसके नानी, नाना, मामा वगैरह प्राय: ही आते रहते थे और विपिन मामा की यज्ञ से बहुत घनिष्ठता थी। विपिन मामा सबसे छोटे थे और वे अपना अधिकांश समय यज्ञ के घर पर ही बिताते थे।

यज्ञ के पड़ोस में रहने का यह अवसर मुझे कोई दो ही वर्ष के लिए मिला था क्योंकि इसके बाद मेरे पिता का स्थानांतरण वडोदरा हो गया था जहांकि एक मेडिकल कॉलेज और हॉस्पिटल भी था और उनको करने के लिए बहुत सारा काम था। किन्तु मेरा यह समय बहुत बहुत मौज में गुजरा था। मैंने इस समय में जमकर पतंगबाजी की थी और सैकड़ों जासूसी उपन्यास भी पढ़ डाले थे; पत्रिकाओं की संख्या इससे भी अधिक थी। पिताजी की एक पुरानी वार्षिक डायरी थी जिस पर एक गहरे भूरे रंग का प्लास्टिक का कवर था, जब यह डायरी रद्दी में बिकने के लिए डाली गई थी तो इसका यह कवर मैंने उतार लिया था। यह कवर जासूसी उपन्यासों के ऊपर बिल्कुल फिट आता था, इस कवर में मैं किसी भी जासूसी उपन्यास को डालकर उसे तल्लीनता पूर्वक पढ़ता था। घर के सदस्य सोचते थे कि यह कोई पाठ्यक्रम की पुस्तक है और मेरी तल्लीनता को देखकर वे मेरी प्रशंसा करते थे। कुछ विषय थे जिसमें मुझे परीक्षापूर्व पुनरावृत्ति व्यर्थ मालूम देती थी जैसे गणित, सामान्यविज्ञान, अंग्रेजी व हिंदी। अगले दिन यदि इन विषयों में से किसी एक का प्रश्नपत्र हुआ करता था तो इसके पहले वाले दिन और इसके पहले वाली रात को आराम से इस कवर में कोई लोमहर्षक जासूसी उपन्यास डालकर मैं पढ़ा करता था और इससे मुझे एक अंक की भी हानि नहीं हुआ करती थी। यह कवर बहुत काम का था किन्तु उपयोग करते-करते बाद में अपने आप फट गया था। उन दिनों प्राय: मैं प्रतिदिन दो जासूसी उपन्यास पढ़ डालता था। पहला उपन्यास मैं सुबह के नाश्ते के साथ प्रारम्भ करता था और दोपहर दो बजे तक पूरा कर लेता था। इसके बाद मैं दूसरा उपन्यास प्रारम्भ करता था और रात नौ-दस बजे तक उसे भी पूरा कर लिया कर लिया करता था। ये उपन्यास बहुत रोचक होते थे और प्रत्येक अंक में आगामी अंक के आकर्षक बिंदु लिखे होते थे, इसलिए जैसे ही एक अंक पूरा होता था, अविलम्ब दूसरे अंक के बारे में जिज्ञासा पकड़ लिया करती थी। यज्ञ के स्टोर में सारे अंक क्रमश: मौजूद थे। मुझे सबसे अधिक 'जासूसी दुनिया'

प्रिय था और इसका एक और ही संसार हुआ करता था। इसके पात्र कर्नल विनोद, कैप्टन हमीद, कासिम, राजेश इत्यादि आज भी मेरी आंखों के आगे घूमते हैं। किशोरावस्था में कल्पनात्मकता सबसे अधिक आकर्षित करती है। भयंकर भेदिया व भयंकर जासूस कथानक के लिहाज से सामान्य परिवेश में लिखे हुए, अधिक व्यावहारिक और अधिक डरावने उपन्यासों की शृंखला थीं। कर्नल रंजीत की लिखी हुई कोई दो-तीन किताबें ही तब तक छप पाई थीं किन्तु ये किताबें भी बहुत रोचक थीं। मेजर बलवंत, सोनया, सुधीर मालती, डोरा इत्यादि पात्र भी बहुत लुभावने थे। सबसे अधिक मुझे ये दो लेखक ही प्रिय थे। वैसे जासूसी उपन्यासों की कोई कमी उस समय नहीं हुआ करती थी, ये प्रतिमाह छपते और बिकते थे। कुछ अन्य लेखक भी थे जो बहुत लोकप्रिय थे और जिनकी किताबें प्रत्येक बुकस्टॉल की शोभा बढ़ाती थीं। ये लेखक थे गुलशन नंदा, गुरुदत्त, आचार्य चतुरसेन, सत्यकाम विद्यालंकार, वृंदावन लाल वर्मा इत्यादि। उस समय बहुत लोग पुस्तकें खरीदते थे किन्तु इलैक्ट्रॉनिक मीडिया के प्रसार के कारण आजकल इस प्रवृत्ति में बहुत परिवर्तन आ गया है। यहां एक अनुभव और कहने जैसा है। जब मैंने शुरू-शुरू में पहला जासूसी उपन्यास पढ़ा था तो मुझे रात को बहुत डर लगा था। छत के ऊपर एक कमरा था जो कि मेरा अध्ययनकक्ष और शयनकक्ष दोनों था। नीचे के एक कमरे में मम्मी और बाकी सारे बच्चे सोया करते थे और नीचे एक दूसरे कमरे में पिताजी अकेले सोया करते थे। इससे बगल वाला कमरा मरीजों के देखने के लिए था। दिन में मैंने पहला जासूसी उपन्यास पढ़ा था और रात को अचानक मेरी आंख खुल गई थी। रात को डेढ़-दो बजे का समय था। खिड़की खुली थी। जैसे कि मैंने उपन्यास में पढ़ा था कोई भी खिड़की के रास्ते से पाइप पर चढ़कर कमरे में आ सकता था, सीने में छुरा भोंक सकता था, बिना चीखे ही प्राण निकल सकते थे, हत्यारा आराम से पाइप के रास्ते नीचे उतरकर गायब हो सकता था। नीचे अंधेरा था, हल्की-हल्की बूंदा-बांदी हो रही थी और सड़क विधवा की मांग की तरह सूनी थी। मैंने उठकर तुरंत खिड़की बंद कर दी। ऐसा डर शुरू-शुरू में पांच-दस उपन्यास पढ़ने तक लगता है, उसके बाद यह समझ में आ जाता है कि बिना कारण कोई किसी को नहीं मारता और पढ़ने की आदत सी पड़ जाती है। लड़कियों को भी डर लगता है किन्तु प्रायः लड़कियां जासूसी उपन्यास पढ़ना ही बंद कर देती हैं। आपको याद होगा कि बचपन में मृत्यु का भय अथवा अभिनिवेश एक जन्मजात प्रवृत्ति की तरह होता है। यह भय प्रकृति बच्चों को इसलिए देती है ताकि उनकी अपरिचित लोगों से सुरक्षा हो सके। वे बच्चे बड़े होकर अधिक समझदार होते हैं जो कि अजनबी लोगों को देखते ही रोना शुरू कर देते हैं। जैसे-जैसे बच्चा परिपक्व होता चला जाता है, यह जन्मजात प्रवृत्ति भी गायब होने लगती है। मृत्यु के भय की जो जन्मजात प्रवृत्ति प्रकृति हमें देती है, वह भी किसी प्रयोजन को

ही पूरा करती है। आज भी मुझे ऐसे सपने आते हैं जैसे किसी स्थान पर मुझे एक साथ ही पांच-छह रोचक जासूसी उपन्यास पड़े हुए मिल गए हैं और यह निर्णय लेना कठिन हो रहा है कि सबसे पहले किसको पढ़ा जाए? जासूसी जगत की इस यात्रा का मैं अकेला पथिक था क्योंकि यज्ञ ऐसे उपन्यास तब तक कतई नहीं पढ़ता था।

खैर, मेरा गंतव्य सूरत था और वहां पर मैं एक शोधपत्र पढ़ने जा रहा था। मेहसाना अब समीप आने लगा था, यज्ञ ने मुझे घर चलने का आग्रह किया और मैंने भी अपना कार्यक्रम बदल देना ही उचित समझा। एक बार मैं फिर उसी परिवेश और उसी गली में था जहां रातों को हवा में तामीले-इरशाद के गीत गूंजा करते थे और उन्हें सुनते हुए सोने की मेरी आदत थी। प्रायः लोग रात को आठ से दस बजे तक रेडियो सीलोन और अमीन सयानी की आवाज सुना करते थे और फिर ऑल इंडिया रेडियो से दस से ग्यारह बजे के बीच में आने वाला अंतिम कार्यक्रम तामीले-इरशाद सुना करते थे। मैं इस कार्यक्रम के बीच में ही सो जाया करता था और प्रायः कभी भी अंतिम गीत तक जग नहीं पाता था। वह परिवेश और वे मधुर गीत आज भी स्मृति की अविस्मरणीय सामग्री हैं। सबकुछ चिरपरिचित-सा लग रहा था किन्तु कुछ परिवर्तन भी थे। यज्ञ ने आसपास की खाली पड़ी हुई जमीनें भी खरीद ली थीं और पुराने घर के स्थान पर एक भव्य और आधुनिक मकान बना लिया था जो मुहल्ले में सबसे ऊंचा था। जिस मकान में हम रहते थे वह वैसा का वैसा पड़ा था, फिलहाल बंद था किंतु दोनों घरों की छतें अब जुड़ी हुई नहीं थीं। मुख्य सड़कें एवं मोड़ वैसे के वैसे थे किन्तु दोनों सड़कों पर बने हुए मकानों में से कुछ मकान बदल गए थे। यज्ञ को अमेरिका भेज देने के बाद ताई जी ने इस घर में ताला लगा दिया था और अपने पीहर के घर में रहने चली गई थीं। वहीं रहते-रहते उनकी आयु भी पूरी हो गई थी और यज्ञ का विवाह भी वे नहीं देख पाई थीं। मैं अब तक भी अविवाहित था किन्तु यज्ञ का विवाह बहुत पहले हो चुका था; उसके एक पुत्र और एक पुत्री कैलीफोर्निया में व्यवसायरत थे और वहीं बस गए थे। जैसे ही कॉलबेल बजी, एक परिपक्व आयु की महिला ने यज्ञ को अपनी बांहों में ले लिया और मेरा भी स्वागत किया। महिला कोई चालीस वर्ष की दिखती थी किन्तु मेरा अनुमान था कि वह हम दोनों से कोई दो-चार साल ही छोटी रही होगी। यज्ञ दो दिन के काम से जयपुर गया था और अब वापस घर मुझे साथ लेकर लौटा था। हमने साथ बैठकर चाय पी, खाना खाया और गपशप करने लगे। अचानक यज्ञ की पत्नी ने अपना चेहरा मेरी ओर घुमाया और कुछ क्षण तक मुझे गौर से देखती रही, फिर आश्वस्त होकर बोली - क्या तुमने मुझे नहीं पहचाना भैया?

मैंनें चौंककर कहा-नहीं, क्या हम पहले भी मिल चुके हैं?

उसने पूछा-क्या तुम वही रवि नहीं हो जो मेरे भैया शरद के सहपाठी थे?

मैंने कहा–इसका मतलब तुम शैलबाला हो यानि कि शैलबेन?

उसने कहा–मैं वही शैलबाला हूं। तुम और भैया जब चौथी कक्षा में पढ़ते थे तो मैं कोई सात साल की थी। फिर भी मैंने तुम्हें पहचान लिया, पूछो कैसे?

मैंने कहा–कैसे?

शैलबाला ने बताया–तुम्हारे बार-बार दाएं गाल पर खुजली करने के ढंग से मैंने तुम्हें पहचान लिया।

मेरे लिए यह भी एक सुखद संयोग था। ऐसा भी होता है कि कभी-कभी एक साथ एकाधिक संयोग घटते हैं और घटते ही चले जाते हैं। मैंने पहली कक्षा से चौथी कक्षा तक की अपनी पढ़ाई जामनगर से ही की थी जहां कि उन दिनों पिताजी की नियुक्ति हुआ करती थी। शरद मेरा सहपाठी था और मेरे पड़ोस में ही उनकी बहुत बड़ी दुमंजिली हवेली थी। इस हवेली की दूसरी मंजिल पर कोई दस बारह कमरे बने हुए थे, इन कमरों में से एक में मैं और शरद कई-कई महीनों न केवल एक साथ पढ़ते थे बल्कि साथ रहते भी थे और सोते भी थे। शेष परिवार नीचे की मंजिल में रहा करता था। जब हम चौथी कक्षा में पढ़ते थे तो हमारी अवस्था कोई नौ-दस बरस की थी और शैल लगभग सात बरस की थी। घर में वही थी जो बार-बार सीढ़ियां चढ़कर हमारे लिए कभी दूध, कभी चाय, कभी फल, कभी पानी इत्यादि लाती रहती थी। आण्टी को बार-बार सीढ़ियां चढ़ने में आलस्य होता था। आण्टी शरद और मेरे साथ रहने से खुश होती थी, इसके दो कारण थे –'एक तो यह कि शरद अकेला ऊपर की मंजिल में रहने से डरता था और दूसरे कि मुझे पढ़ाई में सबकुछ आता था। जब मैं चौथी कक्षा में पढ़ता था तो मुझे गणित की एक पुस्तक मिली जिसके पहले दस पृष्ठ फटे हुए थे। फिर भी इस पुस्तक के सारे प्रश्न मैंने अपने-आप हल कर लिए थे। जब मैं सातवीं कक्षा में आया तो मुझे पता लगा कि यह सातवीं कक्षा की पाठ्य-पुस्तक थी। गणित के सवालों की तरह ही मैं ताश के पत्तों से नए-नए मौलिक खेल ईजाद किया करता था, जिसमें मुझे बहुत मजा आता था। ताश, चौपड़, चरभर हमारे प्रिय घरेलू खेल थे और रेडियो भी हम बीच-बीच में खूब सुना करते थे। मैं इस पचास वर्षीय महिला में उस सात साल की शैल को ढूंढ़ रहा था जिसके दोनों गालों में गड्ढे पड़ते थे और जो अपनी दो चोटियों के झूले बनाकर उन्हें रंगबिरंगे रिबन्स से बांध लिया करती थी। हम उसके रिबन की गांठ खोल दिया करते थे या पीछे से फ्रॉक का फीता खींच लिया करते थे जिससे वह चिढ़ती थी और मटककर भाग जाया करती थी। शैल एक प्रसन्नचित्त बालिका हुआ करती थी किन्तु समय बहुत कुछ बदल देता है। अब उसकी जगह मेरे सामने जो एक अधेड़ महिला बैठी थी वह देखने में कुछ उदास और गम्भीर लगती थी।

मैंने शैलबेन से पूछा–तुम दोनों का मिलना कहां हुआ?

उसने बताया–पिताजी की मृत्यु के बाद शरद भैया को न्यूयार्क जाना पड़ा और पिताजी का जमाया हुआ बहुमूल्य नगीनों का व्यवसाय भी भैया को ही

सम्भालना पड़ा। बाद में भैया ने न्यूयार्क में ही अपना मकान बना लिया। और हम सब परिवार सहित वहीं रहने लगे। जब मैं एम.बी.ए. कर रही थी तो एक वैवाहिक समारोह में इनसे मेरा मिलना हुआ। हम डेटिंग करने लगे और फिर दोनों एक हो गए। भैया अब भी तुम्हें याद करते रहते हैं किन्तु समय बलवान होता है। तुमने विवाह क्यों नहीं किया?

मैंने बताया—मैं एक महात्मा का शिष्य बन गया था और उनके आश्रम में मैंने कई वर्ष बिताए थे।

उसने घबराकर पूछा—किस महात्मा के?

मैंने बताया—ओशो रजनीश का।

वह कुछ आश्वस्त दिखाई दी।

फिर मैंने पूछा—तुम्हारे बच्चे कैसे हैं?

उसने बताया—दोनों ही बहुत मजे में हैं, आजकल अपने-अपने मित्रों के साथ डेटिंग कर रहे हैं और दोनों ही अच्छा कमा लेते हैं। उनकी तरफ से कोई चिंता नहीं है।

फिर मैंने पूछा—और तुम दोनों की आपस में कैसी निभ रही है?

वह बताने लगी—सब ठीक चल रहा था लेकिन अचानक पता लगा कि इनको रक्त-कैंसर हो गया है।

उसकी आंखें भर आई जिन्हें वह अपने रूमाल से पोंछने लगी। यज्ञ हंस रहा था।

आखिर यज्ञ ने ही कहा—सब ठीक हो जाएगा। अब तो नई दवाइयां भी बाजार में आने वाली हैं। यह लड़की थोड़ी नासमझ है, तुम इसे समझा सकते हो। अब कुछ समय मैं यहीं मेहसाना में रहकर विश्राम करना चाहता हूं। जयपुर गया था कुछ टेस्ट करवाने। रिपोर्ट बहुत अच्छी है, कोई भी चिंता की बात नहीं है। जी चाहता है फिर वही फुरसत के रात दिन। यूं देखो तो पश्चिम की जिंदगी में भाग-दौड़ बहुत अधिक है अब हम दोनों यहीं रहना चाहते हैं। बहुत कमा लिया है, पैसे की कोई कमी नहीं है।

दो दिन रहकर वापस जयपुर आने लगा तो हम तीनों में से किसी के भी आंसू थम नहीं रहे थे।

दोनों ने पूछा—अब तो आते रहोगे?

मैंने कहा:— अब तो आना ही पड़ेगा; पहले ही बहुत देर हो चुकी है।

रेलगाड़ी अब चलने लगी थी और अब दोनों धीरे-धीरे आंखों से ओझल होने लगे थे। किसके बारे में सोचूं यज्ञ के बारे में अथवा शैल के बारे में अथवा समय के उस अंतराल के बारे में जो कि गुजर कर भी स्तब्ध खड़ा था? ■

विगत का प्रेतजाल

इस कहानी का शीर्षक ऐसा है कि सबसे पहले मुझसे यह पूछा जाएगा कि क्या आप इस इक्कीसवीं शताब्दी में भी प्रेतात्माओं के अस्तित्व में विश्वास करते हैं? तो मेरा उत्तर होगा कि कोई भी पढ़ा-लिखा आदमी अंधविश्वास के वशीभूत होकर प्रेतात्माओं के अस्तित्व में विश्वास नहीं करना चाहता। किन्तु कई बार परिस्थितियां ऐसी हो जाती हैं कि उसे भरोसा करने के लिए बाध्य होना पड़ता है। आप भी जब इस कहानी को पूरा पढ़ लेंगे तो आपको भी अन्य कोई समाधान नहीं सूझेगा। हुआ यूं कि एक दिन अल्डस हक्सले सेंट पीटर के पास पहुंचा; उसे अपनी किताबें दिखाईं और बताया कि वह एक नोबल पुरस्कार प्राप्त लेखक है। अल्डस हक्सले ने यह भी कहा कि उसका मानना है कि एल.एस. डी के उपयोग से समाधि तक पहुंचा जा सकता है। सेंट पीटर के लिए यह बात एकदम नई थी किन्तु उसने निर्णय लिया कि वह स्वयं एल.एस.डी लेकर देखेगा क्योंकि ज्ञान ही शक्ति है, किसी भी विषय का जब तक ज्ञान नहीं हो उसके बारे में निर्णय पर नहीं पहुंचा जा सकता। अल्डस हक्सले ने सेंट पीटर को पर्याप्त मात्रा में एल.एस.डी सेवन करने के लिए दी क्योंकि सेंट पीटर कोई साधारण व्यक्ति नहीं थे। एल.एस.डी लेते ही सेंट पीटर भावातीत ध्यान की अवस्था में पहुंच गए और उनसे प्रेतलोक की एक खिड़की का एक आदमकद शीशा खुला रह गया। यह खिड़की उन्होंने इसलिए खोली थी कि ताजा हवा का एक झोंका आ सके किन्तु फिर वे इसे बंद करना भूल गए और जाकर गहरी नींद में सो गए। जैसे ही वे गहरी नींद में पहुंचे इस खिड़की से निकलकर तीन प्रेतात्माएं भाग छूटीं। इन प्रेतात्माओं ने सोचा कि थोड़ी देर मौज-मस्ती कर लेंगे और फिर वापस यहीं लौट आएंगे। सारा उत्तरदायित्व क्योंकि सेंट पीटर का ही है इसलिए हमें वापस प्रेतलोक में प्रविष्ट होने की अनुमति देना एक तरह से उनकी विवशता है, नहीं तो यह कार्यभार ही उनके हाथ से छिन जाएगा। इन दिवंगत आत्माओं में पहली आत्मा सम्राट यायाति की थी, दूसरी आत्मा महर्षि लेनिन की थी और तीसरी आत्मा दस्यु सुंदरी पुतलीबाई की थी। प्रेतलोक में भी इन तीनों की मित्रता थी और इनका अधिकतर समय साथ-साथ ही गुजरता था। ये दोनों ही पुतलीबाई के प्रशंसक थे और वह इन दोनों की संयुक्त प्रेयसी भी थी किन्तु पुतलीबाई के कारण दोनों में कोई मनमुटाव नहीं था। सम्राट यायाति की आत्मा जैसे ही पृथ्वीलोक के सूक्ष्माकाश में पहुंची तो उन्हें अपने सामने डॉ. प्रदीप महर्षि

निद्रामग्न दिखाई पड़े। डॉ. प्रदीप महर्षि स्थानीय महानगर में स्थित वैदिक आर्य महाविद्यालय में सह-प्राचार्य थे। सम्राट यायाति की आत्मा का प्रवेश अविलम्ब उनके शरीर में हो गया। लेनिन की दिवंगत आत्मा जैसे ही मर्त्यलोक के अभ्यंतराकाश के संस्पर्श में आई तो उन्हें डॉ. दुर्जन सिंह निद्रामग्न दिखाई दिए। लेनिन की आत्मा तुरंत डॉ. दुर्जन सिंह की पार्थिव देह में प्रविष्ट हो गई। वे इसी महानगर के एक शासकीय महाविद्यालय में हिंदी के प्रोफेसर थे। दस्यु संदरी की प्रेतात्मा ने जैसे ही भूमण्डल में प्रवेश किया उसे सुश्री महिमावती नींद में बेसुध दिखाई दी। इस आत्मा का तुरंत सुश्री महिमावती की देह में प्रवेश हो गया। सुश्री महिमावती इस समय स्थानीय विश्वविद्यालय के हिंदी विभाग में स्नातकोत्तर पूर्वार्द्ध की छात्रा थी। उसका सम्बंध 'भारतीय रूढ़िवादी दल' से था और वह इस दल द्वारा समर्थित अध्यक्ष पद के लिए प्रत्याशी थी।

डॉ. प्रदीप महर्षि स्वयं को आर्यसमाजी समझते थे जबकि डॉ. दुर्जन सिंह 'भारतीय कम्यूनिस्ट पार्टी' से प्रभावित थे और महिमावती का सम्बंध तो भारतीय रूढ़िवादी दल से था ही, यह बात अवश्य है कि वे अध्यक्ष पद का चुनाव जीत नहीं सकी थीं। इस अलौकिक प्रसंग से पूर्व ये तीनों आपस में अपरिचित थे और इनका कभी भी एक दूसरे से मिलना नहीं हुआ था। किन्तु हम यह नहीं भूल सकते कि तीनों एक ही महानगर में रहते थे, तीनों का ही सम्बंध शिक्षाजगत से था और तीनों ही युवा थे। सुश्री महिमावती सबसे छोटी थी और डॉ. प्रदीप महर्षि सबसे बड़े थे पर इन तीनों की उम्र में कोई बहुत अधिक अंतर नहीं था। इन तीनों की वयस 20 वर्ष व 35 वर्ष के मध्य रही होगी और इसलिए इन तीनों में कोई पीढ़ीगत अंतराल नहीं था। क्या इसे मात्र संयोग कहा जाएगा कि इस अवतरण के अगले ही दिन तीनों 'इंडियन कॉफी हाउस' की एक ही मेज के इर्दगिर्द बैठे हुए दिखाई दिए? तीनों एक ही अखबार के पृष्ठ बारी-बारी से पढ़ने लगे एवं खबरों पर चर्चा भी करने लगे। धीरे-धीरे इस चर्चा में अन्य सामाजिक, राजनीतिक व आर्थिक मुद्दे भी शामिल होने लगे और चर्चा प्रगल्भ होने लगी। तीनों की ही पृष्ठभूमियां भिन्न-भिन्न थीं इसलिए तीनों में खूब गर्मागर्म बहस हुई, फिर पारस्परिक सम्मान की रक्षा के प्रयास हुए, फिर मित्रता-सी होने लगी। परिचय हुआ तो पता लगा कि तीनों ही अलग-अलग संस्थाओं से थे किन्तु तीनों का ही सम्बंध हिंदी-जगत से था इसलिए पारस्परिक जिज्ञासा का उद्‌गम स्वाभाविक रूप से हुआ; तीनों ही युवा थे इसलिए आकर्षण भी स्वाभाविक रूप से हुआ। जब वे उठने लगे तो उन्होंने एक दूसरे के टेलीफोन नम्बर भी अंकित कर लिए और इसके बाद कभी एक साथ दो तो कभी एक साथ तीनों बारी-बारी से इसी कॉफी-हाउस में मिलने लगे। धीरे-धीरे उन्हें एक और मंच की आवश्यकता अनुभव हुई जिसका एक कार्यालय हो, जिसमें जलपान की व्यवस्था हो सके और जिसमें कुछ मित्रों के विश्राम की सुविधा भी हो सके। इस उद्‌देश्य

से उन्होंने एक साहित्यिक-संस्था 'समीक्षा-त्रिवेणी' को जन्म दिया और इसका उद्घाटन भी विश्वविद्यालय के समीप किराए के एक द्विकक्षीय फ्लैट में कर दिया। यह तय हुआ कि महिमावती छात्रावास छोड़कर इस फ्लैट में ही रहने लगेगी और इसके रखरखाव का उत्तदायित्व भी उसी पर रहेगा। सप्ताह में दो बार नियमित रूप से इस संस्था की बैठक होने लगी और उनका परिचय प्रगाढ़ होने लगा। प्रारम्भिक दौर में तो असहमतियां ही असहमतियां उभरकर सामने आईं किन्तु अब वे एक दूसरे को कुछ-कुछ समझने भी लगे और यदा-कदा संयुक्त वक्तव्य भी जारी करने लगे। एक मासिक पत्रिका भी 'त्रिवेणी' के नाम से छपने लगी और तीनों महाविद्यालयों में बिकने लगी।

महिमा को रहने के लिए एक वांछित स्थान मिल गया था किन्तु उसके सामने अभी बहुत संघर्ष शेष था। सबसे पहले वह एम.ए. में स्वर्णपदक प्राप्त करना चाहती थी, फिर किसी निजी महाविद्यालय अथवा विश्वविद्यालय में शिक्षक बनना चाहती थी और इसके बाद राजनीति में अपना भाग्य आजमाना चाहती थी। जैसे ही पुतलीबाई की आत्मा ने उसके शरीर में प्रवेश किया, उसे अपना मार्ग स्पष्ट दिखाई देने लगा। उसके लिए तीन प्रश्नपत्र बहुत कठिन सिद्ध हो रहे थे। ये प्रश्नपत्र थे- भाषाविज्ञान, काव्यशास्त्र व विशिष्ट कवि केशव। कोई एक विद्यार्थी नहीं था जो इन सभी विषयों में पारंगत हो। भाषाविज्ञान में श्रीवर्द्धन शुक्ल, काव्यशास्त्र में पारिजात मिश्र और केशव वाले प्रश्नपत्र में वैभव प्रभाकर सर्वाधिक मेधावी प्रतीत होते थे। वैसे भी ये तीनों ही कक्षा में सर्वाधिक प्रतिभा-सम्पन्न विद्यार्थी थे और इन्हीं में आपस में प्रतियोगिता भी थी। महिमा के आवास पर समीक्षा त्रिवेणी की बैठक प्रत्येक शनिवार व रविवार को सायंकाल सम्पन्न होती थी। बैठक के बाद शनिवार की रात्रि प्रदीप महर्षि के लिए व रविवार की रात्रि दुर्जन सिंह के लिए रुकने हेतु तय थी, रुकना या न रुकना उनकी इच्छा पर था। यह उनमें एक तरह का मूक समझौता-सा था। शनिवार की संध्या को दुर्जन सिंह व रविवार की संध्या को प्रदीप महर्षि बैठक के तत्काल बाद स्वयं ही उठकर चले जाया करते थे और महिमा इनमें से किसी एक के साथ रात भर के लिए अकेली रह जाया करती थी। किसी ने भी किसी से कुछ कहा नहीं था। समीक्षा त्रिवेणी की पहली बैठक एक शनिवार को हुई थी और बैठक के तुरंत बाद श्री दुर्जन सिंह उठकर चले गए थे, इसी प्रकार अगली बैठक रविवार को हुई थी और बैठक के तत्काल बाद प्रदीप महर्षि उठकर चले गए थे। तब से ऐसा ही चल रहा था। महिमा दोनों ही के प्रति अनुगृहीत थी क्योंकि उसका सारा व्यय ये दोनों ही वहन करते थे और विश्वविद्यालय के पास इतना अच्छा आवास मिलना भी एक सुखद संयोग था। अब महिमा को किसी भी आर्थिक खींचतान की आवश्यकता नहीं थी। त्रिवेणी की बैठक का शीर्षक भी स्वयं महिमा ही चुनती थी, जो भी बिन्दु उसे कक्षा

96 *विगत का प्रेतजाल*

में समझ में नहीं आता था, वह इस बैठक में रख लिया करती थी, दोनों को इसकी पूर्व सूचना होती थी और महिमा स्वयं भी कुछ तैयार करने का प्रयास करती थी। प्रदीप महर्षि किसी-किसी शनिवार को रुकते थे जबकि दुर्जनसिंह प्रायः प्रत्येक रविवार की रात्रि वहीं पर बिताते थे। खैर, उसके पास अभी सप्ताह के पहले पांच दिन बिल्कुल मुक्त थे। उसने सोचा कि अब वह सोमवार की शाम श्रीवर्द्धन के लिए सुरक्षित रखेगी; मंगलवार की शाम वह पारिजात के लिए सुरक्षित रखेगी तथा बुधवार की शाम वह वैभव के लिए सुरक्षित रखेगी। धीरे-धीरे इन तीनों से मित्रता बढ़ाएगी और प्रत्येक को आश्वस्त करेगी कि वह उसी से विवाह करना चाहती है। धीरे-धीरे ये तीनों लड़के उसके रूपजाल में फंस गए और अपने-अपने घरों पर बहाने बनाकर यदा-कदा उसके साथ रात को भी रुकने लगे किन्तु महिमा ने यह ध्यान रखा कि इन्हें एक दूसरे के बारे में कुछ भी पता नहीं लगे। प्रायः वह इन लड़कों को पूर्व-नियोजित कार्यक्रम के अनुसार टेलीफोन करके बुला लेती थी और ये घण्टे-दो घण्टे उसके साथ बिताकर चले जाया करते थे। महिमा लड़कों को खूब पहचानती थी और ये तीनों ही लड़के बहुत सभ्य थे इसलिए उसे कोई दिक्कत नहीं आई। इनमें से प्रत्येक लड़का यह समझने लगा कि महिमा का विवाह उसी से होगा और इन तीनों ने ही नोट्स बनाने में अपनी जी-जान लगा दी। महिमा ने सभी प्रश्नपत्रों के नोट्स तीनों से बनवाये और इस प्रकार उसके पास सबसे अच्छी अध्यन-सामग्री जुटती चली गई। जब स्नातकोत्तर पूर्वार्द्ध का परीक्षा-परिणाम आया तो उसके अंक सर्वाधिक थे और वह अन्य सभी से बहुत आगे थी। किन्तु, प्रत्येक लड़का यह सोचकर प्रसन्न था कि इसका लाभ उसे ही मिलने वाला है।

अब महिमा उत्तरार्द्ध में आ गई थी; इस वर्ष उसे सौ अंकों की एक मौखिक परीक्षा भी देनी थी। उसका सौभाग्य था कि विभागा का इकलौता पुत्र राजीव सिंह भी उसी की कक्षा में पढ़ता था। यह लड़का पढ़ने में तो साधारण था किन्तु विभागाध्यक्ष का लाडला बेटा था इसलिए महिमा ने इससे भी मित्रता गांठने की योजना बनाई। वह उसे गुरुवार की शाम को अपने आवास पर बुलाने लगी और उसके समक्ष भी महिमा ने विवाह-प्रस्ताव रख दिया। श्रीवर्द्धन, पारिजात व वैभव से उसका मिलना पूर्ववत जारी था। दोनों प्रोफेसर भी उसकी तैयारी में मदद कर रहे थे। इस प्रकार महिमा ने एम.ए. हिन्दी में सर्वाधिक अंक प्राप्त कर लिए और उसकी उपलब्धि सराहनीय रही।

अब इन लड़कों से पीछा छुड़ाने का प्रश्न था जो कि उसके लिए बहुत सरल था। एक सोमवार को उसने शाम 8 बजे श्रीवर्द्धन को और रात्रि 11 बजे पारिजात को मिलने का समय दे दिया था। जब पारिजात आया तो वह उसे श्रीवर्द्धन के साथ एक ही कमरे में अस्त-व्यस्त अवस्था में बंद मिली और इसके बाद वह दरवाजा खोलकर पारिजात के साथ दूसरे कमरे में चली गई। इसी प्रकार

उसने अगले दिन वैभव को दोपहर में बुला लिया और राजीव को उसी दिन शाम को मिलने का समय दे दिया। जब राजीव आया तो उसने वैभव व महिमा को एक ही कमरे में बंद देखा और राजीव के आते ही वह वैभव को छोड़कर दूसरे कमरे में राजीव के साथ चली गई। इस वय के प्रणय सम्बंधों में लड़कों में अधिकार-भावना व ऐकांतिक प्रेम की अभीप्सा ही अधिक होती है इसलिए सभी लड़कों को बहुत निराशा हुई। उनमें से प्रत्येक को महिमा का यह कहना था कि यार, मौजमस्ती करने से क्या होता है विवाह तो मैं केवल तुम्हीं से करना चाहती हूं; इस उम्र में मौजमस्ती तो सभी करते हैं किन्तु पंसद तो कोई-कोई ही आता है। चारों लड़के उसको छोड़कर चले गए, अब महिमा स्वंतत्र थी। जब तक उसके एम.ए फाइनल का परीक्षा-परिणाम आया तब तक डॉ प्रदीप महर्षि अपने कॉलेज के प्राचार्य बन चुके थे और उन्होंने महिमा का चयन अपने ही कॉलेज के हिंदी विभाग के लिए कर लिया। इसके बाद उन्होंने उसके शोध -कार्य का भी निर्देशन किया और महिमा को डी.लिट्. की उपाधि प्राप्त हुई। जैसाकि आगे पता लगेगा तब तक यह कॉलेज एक डीम्ड यूनिवर्सिटी बन गया था और महिमा प्रोफेसर एवं विभागाध्यक्ष बन गई थी। सुश्री महिमावती एक दबंग व रोमांटिक शिक्षिका थी। सुनने में आया है कि एक-दो बार उसकी नीयत कुछ दादा किस्म के छात्रों पर भी फिसल गई थी; उनके साथ उसने कुछ रातें भी व्यतीत की थीं किन्तु कुछ समय बाद उनकी हत्या हो गई थी। लोगों को संदेह था कि ये हत्याएं स्वयं महिमावती ने पेशेवर अपराधियों को सुपारी देकर करवाई थीं।

अब स्वाभाविक है कि हमारा ध्यान डॉ. प्रदीप महर्षि की ओर जाए। अतीत में डॉ. प्रदीप महर्षि एक सरल और संस्कारी व्यक्ति हुआ करते थे किन्तु जैसे ही यायाति की आत्मा ने उनके भीतर प्रवेश किया वे अचानक जिजीविषु, महत्त्वाकांक्षी एवं व्यवहार कुशल हो गए जो कि एक चमत्कार से कम नहीं था। पहले वे नित्य दोनों समय संध्यावंदन करते थे; यज्ञोपवीत धारण करते थे और घर के बाहर कुछ भी खाते-पीते नहीं थे; यहां तक कि वे पीने के पानी का फ्लास्क भी घर से लेकर चलते थे और हर किसी को इसे छूने भी नहीं देते थे। किन्तु अचानक डॉ. प्रदीप में बहुत परिवर्तन परिलक्षित होने लगा। वे घण्टों-घण्टों स्टाफ-रूम में बैठने लगे, गपशप करने लगे और भक्ष्याभक्ष्य सब कुछ खाने-पीने लगे। परनिंदा के कथन में और श्रवण में वे बहुत रस लेने लगे और बहुत मिलनसार भी हो गए। उनकी प्रत्येक संध्या किसी ना किसी सहकर्मी के साथ जाम छलकाकर कटने लगी; वे लोगों को अपने घर भी बुलाने लगे और स्वयं भी उनके घर आने-जाने लगे। यहां तक कि वे पूरी-पूरी रातें मित्रों के साथ बिताने लगे, ब्रिज खेलने लगे और रात भर ठहाके लगाने लगे। धीरे-धीरे यायाति के मन में एक विचार घर करने लगा कि प्राचार्य होने का आनंद तो युवावस्था

में ही है। किन्तु दिक्कत यह थी कि प्राचार्य उनके सगे चाचा के सुपुत्र और अवस्था में उनसे मात्र दो वर्ष बड़े थे, इसलिए यायाति के प्राचार्य बनने की सम्भावना सेवा-निवृत्ति से मात्र दो साल पहले बनती थी। कहा है कि कार्य उद्यम से ही बनते हैं न कि मनोरथ मात्र से, सोये हुए सिंह के मुख में भी मृग स्वत: प्रवेश नहीं करते। एक तथ्य ऐसा था जिसका वे चाहें तो प्राचार्य बनने के लिए उपयोग कर सकते थे। वर्तमान प्राचार्य डॉ. प्रदीप के चचेरे भाई थे और उन्होंने छात्रजीवन में डॉ. प्रदीप की आर्थिक सहायता भी की थी किन्तु वे अनैतिक रूप से आगे बढ़े थे। तथ्य यह था कि उनकी शिक्षा-दीक्षा बचपन से ही एक गुरुकुल में हुई थी और उन्होंने न तो विधिवत मैट्रिक की थी और न ही इंटर। इन दोनों ही परीक्षाओं के जाली प्रमाणपत्र व अंकतालिकाएं वे पंजाब यूनिवर्सिटी के किसी एजेंट से खरीद लाए थे। किन्तु उन्हें हिंदी व संस्कृत का ज्ञान अच्छा था, इसलिए बाद में उन्होंने आगरा विश्व-विद्यालय से विधिवत बी. ए., एम.ए, व पी.एच.डी की उपाधि हासिल कर ली थी। अब रह-रहकर डॉ. प्रदीप का अंत:करण उन्हें उद्वेलित करने लगा और उन्हें यह रहस्य अपने कुछ विश्वस्त मित्रों के सामने बारी-बारी से खोलना पड़ा। ऐसी बातें रुकती कहां हैं, होते-होते यह बात प्रबंध समिति तक भी पहुंच गई और प्रबंध समिति ने सभी कर्मचारियों के सभी मूल दस्तावेजों के जांच हेतु एक जांच समिति गठित कर दी। प्राचार्य स्वयं कॉलेज की चयन समिति के अध्यक्ष थे इसलिए उन्होंने इस जांच समिति को स्वयं के प्रति असम्मानजनक समझा और इस कदम का विरोध प्रकट करते हुए अपना त्यागपत्र प्रस्तुत कर दिया। अब विवश होकर डॉ. प्रदीप महर्षि को प्राचार्य का पदभार सम्भालना पड़ा जिसे उन्हें बहुत ही भरे हुए हृदय से ग्रहण किया। खैर, इससे बाद में कुछ लाभ भी हुए जैसे कि वे सुश्री महिमा का चयन हिंदी-विभाग के लिए कर सके। यह महिमा बाद में उनके लिए एक बहुत बड़ा सहारा बन गई। किन्तु यायाति की जिजीविषु आत्मा अब भी उन्हें चैन नहीं लेने दे रही थी। वे कुलपति बनने के सपने देखने लगे। इसके लिए इसी कॉलेज को विश्वविद्यालय के स्तर तक उठाना आवाश्यक था। उन्होंने अपने परिचितों एवं मित्रों की सूची का गहराई से अध्ययन किया तो उनका ध्यान इस तथ्य की ओर आकृष्ट हुआ कि उनके बचपन के एक सहपाठी डॉ. प्रियरंजन श्रीमाली इस समय न्यूयार्क विश्वविद्यालय के अर्थशास्त्र विभाग में प्रोफेसर थे। डॉ. प्रदीप ने अविलम्ब उनसे सम्पर्क किया और उन्हें महाविद्यालय में बुलाकर सम्मानित किया। अब बचपन का परिचय रंग लाने लगा और डॉ. प्रदीप उन्हें बार-बार कॉलेज के व्यय पर प्रसार-व्याख्यान देने हेतु अथवा 'गेस्ट ऑफ ऑनर' के रूप में बुलाने लगे। परिचय मित्रता में बदलने लगा यहां तक कि डॉ. प्रदीप ने सुश्री महिमावती से भी डॉ. श्रीमाली की मित्रता करवा दी। अब डॉ. श्रीमाली महिमावती के फ्लैट पर ही रुकने लगे और तीनों मिलकर कॉलेज के भविष्य

के बारे में विचार-विमर्श करने लगे। अब डॉ. श्रीमाली का ध्यान इस ओर गया कि वे अमेरिका में अर्थशास्त्र के प्रोफेसर होने के नाते कॉलेज के कल्याण के लिए अमेरिका में बहुत-सा फण्ड इकट्ठा कर सकते हैं। वे बहुत-सी अमेरिकन संस्थाओं से परिचित थे जो कि भारत में लोक कल्याणकारी कार्यों में लगाने के लिए दान देना चाहती थीं। इस कार्य से वे इन संस्थाओं का सम्मान तो बढ़ा ही सकते थे स्वयं अपना भी हित कर सकते थे। उन्होंने दातव्य-धन संग्रह करने की दिशा में कार्य करना प्रारम्भ कर दिया। धीरे-धीरे इसी प्रबंध समिति के अंतर्गत कॉलेज के ही परिसर में मेडिकल कॉलेज, डेंटल कॉलेज, इंजीनियरिंग कॉलेज, बिजनेस मैनेजमेंट संस्थान, बायोटेक, बायोकैमेस्ट्री इत्यादि सम्भाग खुल गए और प्रांतीय सरकार ने इस महाविद्यालय को 'विश्वविद्यालयवत' मान लिया और इस प्रकार डॉ. प्रदीप महर्षि इसके कुलपति बन गए। इन सारे सम्भागों का नामकरण उन संस्थाओं के आधार पर किया गया था जिन्होंने अनुदान दिया था इसलिए ये संस्थाएं भी संतुष्ट थीं और भविष्य में पड़ने वाली किसी भी आवश्यकता के प्रति स्वयं को उत्तरदायी समझती थीं। अब डॉ. प्रदीप महर्षि और महिमावती मजे कर रहे थे।

डॉ. दुर्जन सिंह भी कर्मठता में किसी से पीछे नहीं रहे। लेनिन की आत्मा के अवतरण की अगली सुबह ही उन्हें विचार आया कि शिक्षकों का वेतनमान मौजूदा आर्थिक ढांचे के संदर्भ में कुछ भी नहीं है। पैंतीस-चालीस साल की नौकरी करके भी शिक्षक न तो कोई ढंग का आवास बना पाता है, न बच्चों को उच्च शिक्षा दिलवा पाता है और न ही उनके शादी-विवाह उपयुक्त पात्रों से कर पाता है। शिक्षक का ऐसा हाल इस तथ्य के बावजूद है कि वह अपने विषय में अग्रगण्य होता है, शोधकार्य भी करता है और उसे अपने विषय का विशेषज्ञ होना पड़ता है। क्या यह विडम्बना नहीं है कि प्रोफेसर पी.एच.डी., डी.लिट्, अथवा डी.एस.सी होता है किन्तु फिर भी एक मामूली मेडिकल स्टोर चलाने वाला उससे अधिक कमा लेता है; एक दर्जी उससे अधिक कमा लेता है; एक छोटा-मोटा जनरल स्टोर चलाने वाला भी उससे अधिक कमा लेता है? समाज में उसकी तुलनात्मक स्थिति क्या है? इसलिए शिक्षक को समाज का आदर नहीं मिलता। सामाजिक समारोहों में उसे विद्वान होने के बावजूद अनुकरणीय नहीं समझा जाता। सब उसे 'बेचारा मास्टर' समझते हैं। स्वयं डॉ दुर्जन सिंह को गांव के लोग यही पूछते हैं 'तुम्हारी नौकरी लग गई है या अभी मास्टर ही हो?' गांव वालों की दृष्टि में एक थानेदार अथवा एक पटवारी भी कहीं अधिक बड़ा अधिकारी होता है। यह विचार आते ही डॉ. दुर्जन सिंह ने अपने मन में एक प्रांतीय शिक्षक संघ संगठित करने का संकल्प किया। सबसे पहले अपने कॉलेज के साथियों को इसका सदस्य बनाया और फिर दूसरे कॉलेजों के लोगों को पत्र भेजकर सदस्य बनने की अपील की। इस प्रकार एक साल के भीतर ही प्रांत

विगत का प्रेतजाल

के समस्त विश्वविद्यालयों एवं महाविद्यालयों से कोई तीन हजार सदस्य बना लिए गए और एक –'प्रांतीय विश्वविद्यालय एवं महाविद्यालय शिक्षक संघ' की नींव डाली गई। इसका एक संविधान बनाया गया और पदाधिकारियों के चुनाव करवाए गए। डॉ. दुर्जन सिंह ने संघ के उद्देश्य एवं कार्यप्रणाली को स्पष्ट करते हुए पूरे प्रांत में घूम–घूमकर धुआंधार भाषण दिए। वे भाषण देने की कला में निष्णात थे और इस मुहिम को सम्पन्न बनाने के लिए न तो उन्होंने अपनी छुट्टियों की परवाह की और न ही अपनी आर्थिक हानि की परवाह की। अंततोगत्वा सबसे अधिक सक्रिय होने के नाते संघ का महासचिव भी उन्हीं को चुन लिया गया। संघ के अध्यक्ष पद को संघ के वरिष्ठतम सदस्य के लिए आरक्षित रखा गया। इसके बाद इस संघ की कार्यकारिणी ने अन्य प्रातों में भी घूम–घूमकर शिक्षक–संघ संगठित करवाए और एक 'अखिल भारतीय शिक्षक संघ' की स्थापना भी करवाई। इस सारे कार्यक्रम में कोई पांच वर्ष का समय व्यतीत हो गया। अब डॉ. दुर्जन सिंह 'अखिल भारतीय शिक्षक संघ' के महासचिव थे और वे ही देश में सबसे बड़े शिक्षक नेता उच्चशिक्षा–जगत के संदर्भ में माने जाते थे। अब सारे प्रांतों के शिक्षकों को मिलकर यू.जी.सी वेतनमान के लिए संघर्ष करना पड़ा। शिक्षकों की मांग थी कि उनका वेतनमान 'भारतीय प्रशासनिक सेवा' के वेतनमान के समकक्ष रखा जाए और उन्हें देय महंगाई भत्ता भी केन्द्रीय कर्मचारियों के समान हो। इससे पहले एक ही कार्य के लिए भिन्न–भिन्न प्रांतों में वेतनमान भिन्न–भिन्न थे। शिक्षकों को अपनी मांगें 'विश्वविद्यालय अनुदान आयोग (यू.जी.सी)' एवं प्रांतीय सरकारों से मनवाने के लिए अनवरत संघर्ष करना पड़ा। पहले विश्वविद्यालयों में यू.जी.सी. वेतनमान लागू हुए; फिर शासकीय महाविद्यालयों में यू.जी.सी वेतनमान लागू हुए और अंत में निजी महाविद्यालयों को भी इन्हें मानना पड़ा। शिक्षकों की महंगाई भत्ते से सम्बंधित मांग व अन्य मांगों को भी मान लिया गया। इस पूरे संघर्ष के दौरान डॉ. दुर्जन सिंह एक शलाका पुरुष की तरह जूझते रहे। अब शिक्षकों का पेट भी भरने लगा था। विज्ञान एवं तकनीक में भी क्रांति आई। बैंको ने आसान किस्तों पर गृहनिर्माण हेतु ऋण देना प्रारम्भ कर दिया। अब शिक्षक भी एक छोटा मोटा मकान बनाने एवं वाहन खरीदने में सक्षम होने लगा। अब एक प्रोफेसर के लिए भी अन्य विभागों के अधिकारियों के समक्ष स्वाभिमानपूर्वक खड़ा होना सम्भव हो सका।

इसके बाद डॉ. दुर्जन सिंह का ध्यान अपने महानगर की साहित्यिक गतिविधियों की ओर गया। उन्होंने एक 'लेखक पोलित – ब्यूरो' का गठन किया और इसका एक संविधान भी बनाया। वे स्वयं ही इस पोलित ब्यूरो के अध्यक्ष एवं संरक्षक थे। इस पोलित–ब्यूरो के कुछ सिद्धांत अधोलिखित प्रकार से थे –

''हमारी आस्था लोकतांत्रिक सिद्धांतों में नहीं है अपितु नेतृत्व के

महिमामण्डन में है।''

''स्वतंत्रता वह होती है जो नेतृत्व के लिए सुविधाजनक हो।''

''सभी सदस्य आदरणीय हैं किन्तु कतिपय सदस्य परम आदरणीय हैं। इनके अतिरिक्त शेष सभी सदस्य समान रूप से आदर के पात्र हैं।''

''योग्यता से अधिक महत्त्वपूर्ण विघ्न डालने की क्षमता है।''

''धन्य हैं वे जो कि ईर्ष्या व क्रोध से भरे हैं क्योंकि इन्हीं प्रवृत्तियों के कारण व्यक्ति संघर्षरत होता है और संघर्ष में ही सफलता निहित है।''

''कार्य का सम्पादन चाहे कोई भी करे श्रेय उसी को मिलना चाहिए जिसको नेतृत्व देना चाहे।''

''वे ही मानवाधिकार स्वीकृत हैं जो नेतृत्व की प्रतिष्ठा के आड़े नहीं आते।''

''मौलिकता संगठन के हितों के अंतर्गत है।''

''जो साम्यवाद का अनुयायी नहीं है वह साम्यवाद का शत्रु है।''

''वही समीक्षा निष्पक्ष है जो उपयोगी हो।''

''धर्मनिरपेक्षता का अर्थ है धर्म का समूल उच्छेदन अथवा धर्म की सम्भावना का आत्यंतिक निषेध।''

''वह जातिवाद भी अच्छा है जिससे साम्यवाद पुष्ट होता है।''

''साहित्य वह है जो समाज को साम्यवादी व्यवस्था की ओर गतिशील बनाता है।''

''दर्शन वह विधा है जो मार्क्सवादी चिंतन को तर्कसंगत ठहराती है।''

''मनोविज्ञान वह विज्ञान है जो भीड़ के मानस को नेतृत्व का अनुगामी बनाता है।''

''विश्वबंधुत्व का अर्थ है कि कोई भी राष्ट्र अन्य राष्ट्रों से अधिक सम्पन्न नहीं हो।''

''उत्पादन चाहे जितना हो किन्तु वितरण में असमानता स्वीकार्य नहीं है।''

''इतिहास की मार्क्सवादी व्याख्या ही एकमात्र ऐतिहासिक तथ्य है, शेष सभी इतिहास मनगढ़ंत हैं।''

''यदि साम्यवादी चिंतन ही एकमात्र अप्रतिबंधित चिंतन रहे तो ही मनुष्यता का भविष्य बच सकता है।''

''एक वर्गविहीन व राज्यविहीन समाज वह है जिसमें किसी के पास भी ईर्ष्या करने योग्य कुछ नहीं होता।''

''सांस्कृतिक क्रांति तब तक अपरिहार्य होती है जब तक कुछ लोग ऐसे होते हैं जो साम्यवाद से सहमत नहीं होते और सोचते ही चले जाते हैं।''

यह वह समय था जब प्रोफेसर अनामदास ने साहित्य-सृजन प्रारंभ किया था। जैसे ही उनकी पहली दो पुस्तकें छपीं, इसकी प्रतियां प्रकाशक द्वारा

विगत का प्रेतजाल

'समीक्षा-त्रिवेणी' को भी भेजी गई और 'लेखक पोलित-ब्यूरो' को भी भेजी गई। डॉ. दुर्जन सिंह स्वयमेव अनामदास से मिलने आए और उनसे 'लेखक पोलित-ब्यूरो' में सम्मिलित हेाने का आग्रह किया और इसके सिद्धांत मानने का अनुरोध किया। उन्हें यह भी समझाया गया कि वे ये पुस्तकें वापस ले लें और भविष्य में सभी पुस्तकों को लिखने के बाद इनकी पाण्डुलिपि पोलित ब्यूरो को भेजें। पोलित ब्यूरो इन पुस्तकों को संगठन के हितों के अनुसार संशोधित करेगा और यह निर्णय भी लेगा कि पुस्तकें किसके नाम से छपवाई जाएं। हम पुस्तकों के लेखन को महत्त्व नहीं देते; पुस्तकें लिखना तो सरल होता है किन्तु इनको छपवाना और बेचना कठिन होता है। यह काम आपकी पुस्तकों के संदर्भ में भविष्य में पोलित ब्यूरो स्वयं करेगा। धीरे-धीरे कुछ पुस्तकें आपके नाम से भी छपने लग जाएंगी। यदि आप अपनी पूर्व-प्रकाशित पुस्तकों को दुबारा लिखकर हमें नहीं देते हैं तो हम आपकी इन पुस्तकों को छपने नहीं देंगे और भविष्य में नई पुस्तकों को भी छपने नहीं देंगे। पोलित ब्यूरो के हाथ बहुत लम्बे हैं और हमारी मर्जी के बिना साहित्य-जगत में परिंदा भी पर नहीं मार सकता है। डॉ. दुर्जन सिंह की बात में दम था किन्तु अनामदास उनसे सहमत नहीं हुए क्योंकि वे अपने को एक और ही ढंग का लेखक समझते थे। और मौलिकता में आस्था रखते थे। पोलित ब्यूरों ने जमकर व्यूह-रचना की फिर भी उनकी तीसरी पुस्तक प्रकाशित हो गई। इस पर डॉ. दुर्जन सिंह को बहुत क्रोध आया और उन्होंने टेलीफोन पर उन्हें समझाया कि हो सकता है कि अनामदास को 'साम्यवाद का शत्रु' घोषित कर दिया जाए और उनकी हत्या हो जाए। इसके बाद डॉ. दुर्जन सिंह चुप हो गए और अनामदास अपने शहीद होने की प्रतीक्षा करने लगे।

इसके कुछ समय उपरांत ही 'भारतीय रूढ़िवादी दल' ने भी तीनों पुस्तकों का अध्ययन कर लिया। इसके शीर्षस्थ नेता सुश्री महिमावती के पास पहुंचे और उनसे पेशकश की कि यदि वे येनकेन प्रकारेण अनामदास को रूढ़िवादी बनाने में सफल हो जाएं तो वे इसके लिए डेढ़ करोड़ रुपए तक खर्च करने को तैयार हैं और सफल होने पर उन्हें मनमांगे स्थान से विधानसभा का टिकट देने को भी तैयार हैं। ऐसा करना इसलिए लाभदायक है क्योंकि भविष्य पर उनके लेखन का प्रभाव पड़ने की संभावना है। इस पर सुश्री महिमावती सक्रिय हो उठीं और सबसे पहले उन्होंने अनामदास पर मित्रता का इंद्रधनुषीय मोहजाल फेंकने का प्रयास किया। निष्फल होने पर उन्हें डेढ़ करोड़ रुपए की सहायता देने का प्रलोभन भी दे दिया जिसे वे जैसे चाहे खर्च कर सकते थे। किन्तु अनामदास पर ऋषि ऋण का अदृष्ट सवार था और वे टस से मस भी नहीं हुए। इस पर सुश्री महिमावती अपने वास्तविक स्वरूप में प्रकट हुई और अनामदास को धमकी देते हुए कहा कि न मानने पर रूढ़िवादी अनामदास को गोली भी मार सकते हैं। अनामदास पर अभी भी मसीहागिरी का भूत सवार है और वे प्रतीक्षा कर रहे हैं।

सेंट पीटर एल.एस.डी के सम्मोहन से जागे। जब उन्होंने अपनी तीसरी आंख पर ध्यान किया तो उन्हें पता लगा कि तीन प्रेतात्माएं प्रेतलोक से विमुक्त होकर धरती पर पहुंच गई हैं और वहां पर उपद्रव मचा हुआ है। बेचारे अनामदास का जीवन खतरे में है। उन्हें तत्काल प्रभु यीशु मसीह और येरूसलम की याद आई और वे क्रोध से भर उठे। उन्होंने एक देवदूत को भेजकर अल्डस हक्सले को अपने समक्ष उपस्थित होने का आदेश दिया। जैसे ही हक्सले उनके समक्ष उपस्थित हुआ, उन्होंने एक चांटा उसके गाल पर मारते हुए कहा - मूर्ख, तू अपने आपको योगी क्यों समझता है? लेखक होना एक बात है और ध्यान करना बिल्कुल अलग बात है। तुम्हें किसने कहा था कि एल.एस.डी का नशा और समाधि एक ही बात होती है? इधर मैं पूरी तरह स्वस्थ नहीं हूं और उधर अनामदास के प्राण खतरे में हैं। उसे कौन बचाएगा?

इसके बाद सेंट पीटर ने अपनी तीसरी आंख पर ध्यान किया और अपनी इच्छा-शक्ति से तीनों प्रेतात्माओं को तत्काल परकाया छोड़ने के लिए बाध्य कर दिया। सुनते हैं कि इसके बाद डॉ. प्रदीप महर्षि, डॉ. दुर्जन सिंह व सुश्री महिमावती के व्यक्तित्वों में रूपांतरण हो गया और अनामदास मजे में हैं। अब देखिए आगे क्या होता है? खतरा यह है कि कुछ और प्रकार के ड्रग्स जैसे कि मेरिजुआना, हीरोइन, मैनड्रेक्स इत्यादि भी प्रेतलोक में बरामद हुए हैं। ■

जम्बूद्वीप के वानर

"लाल लंगोटा हाथ में सोटा, ले बूढ़ी माई रोटा। तूने दिया तरुणापे में मैं देता हूं बुढ़ापे में।"

बूढ़ी माई का चेहरा श्रद्धाभाव से दीप्त हो उठा। उसके सामने लाल रंग का कच्छा और हाथ में लाठी लिए हुए जैसे कि साक्षात बजरंगबली ही खड़े थे। बूढ़ी माई की आंखें कुछ कमजोर थीं, उसे कच्छे का रंग कभी लाल, कभी हरा तो कभी पीले जैसा दिखाई दे रहा था, लेकिन हाथ में निश्चित रूप से ही सोटा था।

"धन्य हो प्रभु" बूढ़ी माई की आंखों से कृतज्ञता के आंसू बह निकले।"

बूढ़ी माई ने रोटा खाने की कोशिश की तो मुंह में बचे हुए अंतिम दो दांत भी बाहर आ गए। वह कटोरे में भरकर पानी लेकर आई और रोटी उसमें भिगोकर रख दी। सोचा कि जब रोटी नरम हो जाएगी तो पानी में चूर लूंगी।

राम ने पूछा-हे हनुमान, तुमने लंका में प्रवेश के उपरांत क्या-क्या किया?

हनुमान ने बताया-जैसे ही मैंने लंका में प्रवेश किया मुझे अशोक वाटिका दिखाई दी और जैसे ही मैंने अशोक वाटिका में प्रवेश किया, मैंने अशोक के एक वृक्ष के नीचे साक्षात् जगज्जननी को बैठे हुए देखा। मैंने तदनंतर आपकी दी हुई मुद्रिका वृक्ष से नीचे डाल दी जिसे उन्होंने पहचान लिया। उसके बाद मुझे बहुत तेज भूख का अनुभव हुआ और मैंने माता से फल-फूल खाकर अपना पेट भरने की आज्ञा मांगी।

राम ने पूछा-क्या तुम्हें वहां खाने योग्य कुछ मिला?

हनुमान ने बताया-हे प्रभु, लंका में अशोक वाटिका ही एकमात्र वाटिका है और उसमें फलों के हजारों वृक्ष उगे हुए थे। वहां पर आम, पपीते, केले, अमरूद, अंगूर, संतरे, नारियल आदि विविध प्रकार के रसाल थे। मैंने जी-भरकर फलों का भक्षण किया और उसके उपरांत खूब सारे फल तोड़कर उन्हें छिपाकर रख दिए ताकि जब तक मैं लंका में रहूं मुझे खाने-पीने की कोई भी असुविधा नहीं हो। उसके बाद मैंने एक-एक वृक्ष को उखाड़ा और उसे समुद्र में फेंक दिया।

श्रीराम ने पूछा-हे तात्, क्या वृक्षों को उखाड़ने के लिए भी तुमने सीता की आज्ञा ली थी?

हनुमान ने बताया-उस समय उनकी आंखें बंद थीं और स्यात् वे किन्हीं

स्मृतियों में खोई हुई थीं इसलिए मैंने उन्हें व्यवधान पहुंचाना उचित नहीं समझा। हे प्रभु, यह मेरी ही वानरमति की विकल्पना थी कि जिसे स्वयं न खा सको औरों को भी मत खाने दो।

श्रीराम ने कहा–हे हनुमान, तूने यह भी नहीं सोचा कि श्रीलंका में छोटे–छोटे बच्चे भी रहते हैं, निर्धन व असहाय स्त्री पुरुष भी रहते हैं, ये भाग्यहीन प्राणी अवश्य कंदमूल खाकर ही अपना जीवनयापन करते होंगे। तुमने अकारण ही इन लोगों को बहुत कष्ट पहुंचाया है।

हनुमान ने कहा–हे प्रभु, वानर का तो स्वभाव ही ऐसा होता है। यह सब तो आपको मुझे दूत बनाने से पूर्व ही सोचना चाहिए था।

श्रीराम ने पूछा–फिर इसके बाद क्या हुआ?

हनुमान ने कहा–वाटिका में कोई पांच–दस पेड़ और बचे होंगे कि राक्षसों की नींद खुल गई। महाराज रावण ने अक्षय कुमार को एक फंदा देकर मुझे पकड़ने के लिए भेजा। अक्षय कुमार नि:शस्त्र था और मैंने सफलतापूर्वक उसे यमलोक पहुंचा दिया।

श्रीराम ने कहा–किन्तु, हमने तो तुम्हें युद्ध करने के लिए नहीं भेजा था; एक दूत का काम युद्ध करना नहीं होता है तात्। तुम्हें अक्षय कुमार के साथ जाकर रावण से मिलना चाहिए था, यही तो तुम्हारे लिए उचित कार्य था।

हनुमान ने बताया–मुझे रावण से भी मिलना पड़ा। अक्षय कुमार तो खाली हाथ आया था, किन्तु उसके मरने के बाद मेघनाद आया और साथ में अस्त्र-शस्त्र भी लेकर आया। आते ही मुझ पर ब्रह्मशक्ति से प्रहार कर दिया। मैं बेसुध हो गया तो वह मुझे बांधकर रावण की सभा में ले गया। जब मुझे होश आया तो में बंधा बंधाया ऐन रावण के सामने खड़ा था।

श्रीराम ने पूछा–पुत्र इसके बाद तुमने क्या किया?

हनुमान ने बताया–मैंने उसी बद्ध अवस्था में रावण को बहुत समझाने का प्रयास किया कि हे रावण, तू क्यों अपनी मृत्यु को निमंत्रण देता है? राम और लक्ष्मण दोनों धनुष लेकर आएंगे, तुम सबको मार देंगे और जगदम्बा सीता को वापस ले जाएंगे। इस पर रावण ने मुझसे यह भी पूछा कि हे दूत, आखिर इसका विकल्प भी क्या है? मैंने कहा कि विकल्प तो कुछ भी नहीं है, युद्ध होगा और अवश्य ही होगा। भगवान राम का तो जन्म ही इस कारण हुआ है, इसी कारण से वे वन में आए हैं और इसी कारण कैकेयी के लाख समझाने पर भी वे लौटकर अयोध्या को नहीं गए। इसी कारण से श्रद्धेय श्रीलक्ष्मण ने शूर्पनखा के नाक व कान भी काटे हैं। हे नीच रावण, तेरे भाग्य में ही राम के हाथों मरना लिखा है और भाग्य तो अटल है। मैंने ठीक ही कहा ना प्रभु?

श्रीराम ने कहा–तात्, इससे अधिक सटीक ढंग से तो साक्षात विरंचि ने भी नहीं कहा होता। किन्तु मैं व्यग्र इस बात को लेकर हूं कि आखिर इसके बाद

जम्बूद्वीप के वानर

हुआ क्या होगा?

श्री हनुमान ने बताया—इसके बाद रावण ने नियतिवाद का उपहास करने का प्रयास किया। वह बोला कि हे कपि, क्या तुझे यह विदित है कि तेरे स्वयं के भाग्य में क्या लिखा है? रावण ने मुझे खोल देने का आदेश दिया और कहा कि इस वानर की पूंछ पर ढेर सारे कपड़े कसकर बांध दो और उन्हें तेल से खूब भिगो दो। इसके बाद इसकी पूंछ में आग लगा दो। रावण सोचता था कि इससे सबका बहुत मनोविनोद होगा।

श्रीराम ने पूछा—तत्पश्चात् तुमने क्या किया हनुमान?

हनुमान ने बताया—मैंने फुर्ती से उछल-उछलकर लंका के सभी घरों में आग लगा दी और फिर मैं समुद्र में कूद गया जिससे कि पूंछ की आग बुझ गई। इसके बाद मैं जगदम्बा से पुनः मिला, पेट-पूजा की और वापस लौट आया।

श्रीराम ने पूछा—क्या लंका के सभी घर जल गए तात्?

हनुमान ने बताया—जो बड़े और पक्के घर थे उनमें तो आग नहीं फैल सकी किन्तु लंका के जो निवासी निर्धन थे, श्रमिक व सेवाकर्मी थे और जिनके घर कच्चे व घासफूस से बने हुए थे उन सभी के घर जल गए और साथ में उन निर्धन लोगों के शिशु और अशक्त वृद्धजन भी आग में घिरने के कारण मर गए।

श्रीराम ने कहा—हनुमान, कुछ तो सोचो। हमारा वैर रावण और उसके परिवार से है, अधिक से अधिक हमारा संघर्ष वहां के क्षत्रियवर्ग से है। यदि युद्ध भी होता है तो क्रूर से क्रूर आक्रांता भी निरीह व सामान्य जनता का अनिष्ट नहीं करता। यह तुमने क्या कर दिया? लगता है कि अब युद्ध किसी भी स्थिति में नहीं टल सकता है और सीता को वापस लाने के लिए हमें परिणामतः अब हजारों लोगों की हत्या करनी पड़ेगी। मैंने तुम्हें रावण के पास यह समझाने के लिए भेजा था कि यथासम्भव युद्ध से बचो और सीता को वापस कर दो।

श्री हनुमान ने कहा—प्रभु, वानर की सारी प्रतिष्ठा और वानर का सारा गर्व उसकी पूंछ में ही निहित होता है। पूंछ के अतिरिक्त हमारी श्रेष्ठता ही क्या है और यह भी दिन-प्रतिदिन छोटी ही होती जा रही है ऐसा पूर्वजों का कहना है और शास्त्रों में भी जो पूंछ की लम्बाई का वर्णन मिलता है उससे भी यही सिद्ध होता है। वानर सबकुछ सहन कर सकता है आर्य किन्तु अपनी पृच्छा का अपमान कदापि सहन नहीं कर सकता। जैसे ही रावण ने मेरी पूंछ का अपमान किया, क्रोध के कारण मेरा विवेक भी नष्ट हो गया। प्रभु, इसके लिए मुझे क्षमा करें।

श्रीराम ने कहा—मैं तुमसे रुष्ट नहीं हूं हनुमान अपितु मैं तुम्हारे प्रति कृतज्ञ हूं कि तुम सीता को खोजकर आए हो, तुम मुझे भरत जितने प्रिय हो हनुमान। लगता है कि आर्यावर्त में इस समय एक ओर वानर हैं और दूसरी ओर राक्षस हैं और दोनों ही एक दूसरे से बढ़-चढ़कर हैं। लगता है कि नियति का ऐसा ही तानाबाना है, क्यों लक्ष्मण?

लक्ष्मण ने अपना सिर सहमतिपूर्वक हिलाते हुए हनुमान की भूरि-भूरि प्रशंसा की।

राम ने सेतु बनाकर समुद्र को पार किया और सारी सेना को विश्राम करने के लिए एक शिविर में ठहराया। सीता को सकुशल वापस प्राप्त करना ही श्रीराम का उद्देश्य था, स्वाभाविक है कि किसी भी प्रकार के नरसंहार से वे यथाशक्य बचना चाहते थे। उन्हें स्मरण आया कि अंगद के पिता बाली के रावण से मित्रतापूर्ण सम्बंध थे, इसलिए अंतिम प्रयास के बतौर उन्होंने अंगद को रावण के पास दूत बनाकर भेजा। अंगद ने वहां जाकर देखा कि रावण की सभा में सभी राक्षस गठीले शरीर वाले, वीरोचित एवं श्रेष्ठ मल्ल दिखाई देते थे। देखकर अंगद को भी जोश आ गया और वह अपने दूतकर्म को भूल गया। उसने धम्म से अपना दायां पैर भूमि पर आरोपित कर दिया और भरी सभा को चुनौती दे दी कि तुममें से जिसने भी अपनी मां का दूध पिया है वह आए और मेरे पैर को हिलाकर दिखाए। अंगद भी यह देखना चाहता था कि इन मल्लयोद्धाओं में कौन उसके समकक्ष ठहरता है? कोई भी अंगद का पांव हिला नहीं पाया तो अंत में रावण को स्वयं उठने का उपक्रम करना पड़ा।

अंगद का अट्टहास सारी सभा में गूंज उठा।

उसके मुंह से निकल गया-अरे नीच रावण, पैर ही पकड़ने हैं तो भगवान श्रीराम के पकड़ जिससे कि तेरा उद्धार हो जाए। तू मेरे पैर क्यों पकड़ता है, मैं तो तेरे मित्र बाली का पुत्र हूं। कम से कम अपनी अवस्था का तो लिहाज कर।

अब अंगद को स्मरण आया कि वह शांतिपूर्ण समाधान करवाने आया था किन्तु बात बिगड़ चुकी थी। रावण ने युद्ध की चुनौती को एक श्रेष्ठ क्षत्रियकर्म की तरह स्वीकार कर लिया। ऐसे होते हैं जम्बूद्वीप के वानर!

कहते हैं कि श्रीकृष्ण को कौस्तुभमणि की खोज थी। एक दिन वे एक गुफा के आगे से निकल रहे थे तो उन्होंने एक बहुत दिव्य प्रकाश गुफा के बाहर फूटफूटकर फैलते हुए देखा। ऐसा प्रकाश कौस्तुभमणि का ही हो सकता था। वे अविलम्ब गुफा की ओर लपके। गुफा के द्वार पर बैठे हुए एक वानर ने उनका मार्ग रोक लिया।

बोलाः- पहले मेरी पूंछ हटा, फिर गुफा के भीतर जा।

श्रीकृष्ण ने कहाः-जामवंत पूंछ तो कहीं दृष्टिगोचर ही नहीं होती।

जामवंत ने कहाः- वानर का अहंकार ही वानर की पूंछ होती है। कहते हैं कि किसी युग में पूंछ वास्तव में होती थी किन्तु अब वह सूक्ष्म होते-होते विलीन हो गई है। किन्तु कोई भी वानर यह बात मानता नहीं है। हे युवक, पहले तुझे इस वानर को परास्त करना होगा, तभी तू गुफा के भीतर जा सकता है।

इतना कहने के साथ ही जामवंत ने श्रीकृष्ण के वक्ष पर मुष्टिका प्रहार कर दिया। दोनों में भयंकर युद्ध हुआ और जामवंत को छठी का दूध याद आ गया।

जामवंत समझ गया कि अवतार का जन्म हो चुका है और उसने श्रीकृष्ण के पैर पकड़ लिए।

बोला-हे प्रभु, मैंने संकल्प किया था कि यह मणि मैं मेरी कन्या जामवंती के दहेज में ही दूंगा अन्यथा इसे किसी को भी लेने नहीं दूंगा। आप अधिकारी पुरुष हैं इसलिए जामवंती और कौस्तुभ मणि दोनों को ही स्वीकार करें और मुझे निर्भार करें।

श्रीकृष्ण ने दोनों को ही स्वीकार कर लिया। मणि दुर्लभ थी इसलिए जामवंत को मणि चले जाने का बहुत दुख हो रहा था। निष्कर्षत: उसने लोक में यह अपवाद फैला दिया कि श्रीकृष्ण चोर हैं। मैंने मणि अपनी इच्छा से नहीं दी है, मैंने तो उन्हें अपना जामाता समझकर घर में आश्रय मात्र दिया था किन्तु उन्होंने तो मेरी कौस्तुभ मणि को ही चुरा लिया।

ऐसी थी इस आर्यावर्त देश की महान वानरजाति। ऐसा नहीं है कि यह जाति कहीं विलुप्त हो गई हो। डार्विन के उत्क्रमणवाद का मात्र इतना ही प्रभाव वानरों पर दिखाई देता है कि उनकी पृच्छा अदृष्ट हो गई है; अन्यथा इनके व्यक्तित्व और इनकी आदतों में कोई विशेष अंतर नहीं पाया जाता। इनको देखते ही पता लगता है कि ये वानर समुदाय के होनहार उत्तराधिकारी हैं। इनमें वैसी ही अतिशय श्रद्धा का उन्मेष भी होता है। जो इस वानर माहात्म्य का नियमित पारायण करता है वह अमोघ सत्तासुख को भोगता है और जो पारायण नहीं करता है उसका सत्तासुख भी निर्विघ्न नहीं होता। हरि ओम तत्सत्!

■

छोटा रेजीडेण्ट

हो सकता है कि लॉर्ड विलियम हेनरी जॉर्ज पंचम के निकट सम्बंधी रहे हों और यह भी हो सकता है कि उनका वास्तविक नाम जो इतिहास में दर्ज है लॉर्ड विलियम हेनरी नहीं रहा हो। हो सकता है कि किन्हीं कारणों से उन्होंने स्वयं भी अपना वास्तविक परिचय देना उचित नहीं समझा हो और इसलिए हम भी इसे उचित नहीं समझते हों। लेकिन सुनने में आता है कि उन्हें घुड़सवारी, तलवारबाजी व तीरंदाजी में महारत हासिल थी और सुनने में यह भी आता है कि इंग्लैण्ड में वे उस वर्ग के अगुआ थे जिनका पसंदीदा खेल ही द्वंद्वयुद्ध करना था। यह बात और है कि बीसवीं सदी तक आते-आते उस प्रतियोगिता का स्वरूप एकदम बदल गया था और हार-जीत का निर्णय मात्र अंकों के आधार पर होने लग गया था। किसी एक योद्धा के हाथ से तलवार छूट जाने, तलवार टूट जाने अथवा शरीर के किसी भी अंग से तलवार छू जाने की स्थिति में तुरंत प्रतियोगिता को समाप्त समझ लिया जाता था और मध्यकाल की तरह प्रतियोगिता का अंत दोनों में से किसी एक योद्धा की हत्या पर नहीं होता था अपितु हत्या को विधिविरुद्ध भी घोषित कर दिया गया था। कुछ लोग यहां तक कहते हैं कि स्वयं जॉर्ज पंचम भी उन्हें द्वंद्वयुद्ध की इस प्रतियोगिता में कभी भी परास्त नहीं कर पाए थे। जो भी हो, सुनने में आता है कि हिज मैजेस्ट्री के अतिरिक्त लॉर्ड विलियम हेनरी को सर्वश्रेष्ठ घुड़सवार और सर्वश्रेष्ठ योद्धा माना जाता था। आप कहेंगे कि यह प्रवृत्ति तो उनके वर्ग के सभी युवाओं में विद्यमान थी, आखिर उनमें विशिष्ट बात क्या थी जो उन्हें अन्य युवाओं से अलग-थलग करती थी। यह विशिष्ट बात थी उनका लेखन क्योंकि वे कहानियां और कविताएं भी लिखते थे किन्तु उनके पात्रों का सम्बंध प्राय: इंग्लैण्ड के पिछड़े हुए व निर्धन वर्ग से हुआ करता था। ये पात्र अधिकांशत: चोर, उचक्के, शराबी, जुआरी व लम्पट स्त्री-पुरुष हुआ करते थे जिन्हें कि लेखक की सहानुभूति प्राप्त होती थी। क्योंकि वे सम्राट के परिजन थे सम्राट ने यह आग्रह किया कि वे इस साहित्य को अपने वास्तविक नाम से प्रकाशित नहीं करें। इसलिए उन्हें इस साहित्य को एक छद्म से प्रकाशित करवाना पड़ा। किन्तु जैसे ही साहित्य प्रकाशित हुआ सबको यह समझ में आ गया कि उसका लेखक कौन है। लॉर्ड विलियम के परिवार का सम्बंध यूरोप के उच्च आभिजात्य वर्ग से था और

उनका साहित्य इस तरह की समस्याएं उठा रहा था जिसका कोई भी समाधान उस वर्ग के पास नहीं था। इस साहित्य को पढ़कर स्वयं यह वर्ग एक अपराध बोध व किंकर्त्तव्यविमूढ़ता की स्थिति में पड़ जाता था इसलिए लॉर्ड हेनरी के अपने ही लोग उनसे खीझते थे। सुनने में यहां तक आता है कि स्वयं सम्राट भी उन्हें पसंद नहीं किया करते थे और किसी बहाने से वे उन्हें ब्रिटेन से बाहर भेज देना चाहते थे। संयोग की बात देखिए कि जॉर्ज पंचम को एक अवसर मिल ही गया। उनके सामने मंत्री-मण्डल द्वारा हिन्दुस्तान की एक भीतरी व अपेक्षाकृत पिछड़ी हुई रियासत के लिए एक रेजीडेण्ट का नाम प्रस्तावित करने का प्रार्थना-पत्र प्रस्तुत हुआ। सम्राट जॉर्ज पंचम ने लिखित में लॉर्ड विलियम हेनरी का नाम प्रस्तावित कर दिया और कारण बताते हुए यह लिखा कि क्योंकि रियासत पिछड़ी हुई है, वहां पर एक दार्शनिक रेजीडेण्ट ही अधिक उपयुक्त रहेगा। सम्राट की इस अनुशंसा को जानकर लोगों को बहुत आश्चर्य हो रहा था क्योंकि लॉर्ड विलियम के लिए रेजीडेण्ट का पद बहुत छोटा था और लोगों की दृष्टि में उनकी हैसियत किसी भी वाइसरॉय से कम नहीं थी। प्रारम्भ में लोगों ने इसे मात्र एक मजाक समझा और किसी को भी यह आशा नहीं थी कि विलियम इस पद को स्वीकार कर लेंगे। उनका प्रत्येक परिचित मिलते ही उनसे हाथ मिलाता था और उसके बाद मुस्कुराकर कहता था–जस्ट ए स्मॉल रेजीडेण्ट। किन्तु लॉर्ड विलियम पर इसका प्रभाव बहुत विपरीत पड़ा और उन्होंने इस नियुक्ति के लिए अपनी स्वीकृति भेज दी। वे इस प्रस्ताव के पीछे छिपे हुए व्यंग्य व देश निकाले के मंतव्य को समझ भी गए थे किन्तु उन्होंने एक चुनौती समझकर इसे स्वीकार कर लिया। उनमें एक अदम्य साहस और इच्छा शक्ति थी जो कि किसी भी परिस्थिति से हार नहीं मानती थी। उनकी स्वीकृति से सर्वाधिक विस्मय स्वयं हिज मैजेस्टी को हुआ किन्तु उन्होंने भी लॉर्ड विलियम को रोकना उचित नहीं समझा। जॉर्ज पंचम भी स्यात् यह देखना चाहते थे कि विलियम अपने सिद्धांतों पर कितने खरे उतरते हैं?

लॉर्ड विलियम के हिन्दुस्तान पहुंचते ही रियासत के महाराजा ने उनका यथोचित सत्कार किया और राजधानी में रेजीडेन्सी की इमारत बनने तक उन्हें अपने अतिथिगृह में मेहमान की तरह रखा। महाराज के साथ इस निकट सम्पर्क से लॉर्ड विलियम को निराशा ही हुई। महाराज एक ठिगने कद के कम पढ़े-लिखे व्यक्ति थे जिनको बदलते हुए जमाने की कोई भी समझ नहीं थी। सबसे अधिक निराशाजनक बात यह थी कि वे कानून को बिल्कुल भी नहीं समझते थे और न ही समझने की कोई मंशा रखते थे। मानवाधिकार, कानून का राज्य व कल्याणकारी राज्य जैसी धारणाओं में उनकी कोई गति नहीं थी। कुछ बातें लॉर्ड विलियम को काफी पसंद भी आ रही थीं। रियासत की रिआया का उनके प्रति व्यवहार बहुत शालीन और विनम्र था; रियासत का सारा इलाका बहुत

शांत और प्राकृतिक सौंदर्य से परिपूर्ण था। एक पर्वतीय स्थल भी निकट ही था जहां पर वे सुखपूर्वक अपनी ग्रीष्म ऋतु भी गुजार सकते थे। उन्हें राजधानी से दूर प्रकृति की गोद में एक ऐसे उपयुक्त स्थान की खोज थी जहां वे अपना फुर्सत का समय व्यतीत कर सकें और साहित्य भी लिख सकें। इलाके का भ्रमण करने पर उन्हें एक छोटे से गांव के पास बना हुआ एक फार्म बहुत पसंद आया। यह फार्म राजधानी से कुछ दूर था और इसे एक उपवन कहना ही अधिक उपयुक्त था। फार्म में फलों एवं फूलों के हजारों पेड़ खड़े हुए थे। यहां पर आम, अमरूद, केले, संतरे, पपीते, बेर इत्यादि फल और गुलाब, मोगरा, जूही, चम्पा, चमेली, कनेर, पारिजात इत्यादि फूलों के पेड़ पौधे प्रचुर मात्रा में विद्यमान थे। उन्होंने अपने व्यक्तिगत धन से इस फार्म को खरीद लिया और इसमें एक फार्म हाउस भी बनवा लिया। उन्हें यह आशा नहीं थी कि रेजीडेण्ट के रूप में उनका कार्यकाल संक्षिप्त रहेगा अथवा यह कि इसके बाद भी उन्हें ब्रिटेन लौटने की कोई शीघ्रता होगी। दरअसल न तो उन्हें ब्रिटेन का सम्भ्रांतवर्ग कोई विशेष प्रोत्साहन दे रहा था और न वे स्वयं ही इस सम्भ्रांतवर्ग को कोई विशेष पसंद करते थे। वे हिन्दुस्तान की आत्मा को समीप से जानना चाहते थे और यहीं रहकर अपनी साहित्य-साधना भी करना चाहते थे। इसीलिए उन्होंने उस फार्म हाउस को बनवाया था और निजी धन का व्यय करने के कारण उन्हें ब्रिटिश सरकार से कोई अनुमति लेने की आवश्यकता भी नहीं पड़ी थी।

प्रारम्भिक तौर पर लॉर्ड विलियम ने अपने पारिवारिक उपयोग के लिए दो शयनकक्ष, एक ड्राइंगरूम, एक दरबारहॉल, एक भोजनकक्ष व एक रसोईघर का निर्माण करवाया। इसके अतिरिक्त आगे का एक कमरा महिला सेविका के लिए और पीछे का एक कमरा निजी सेवक के लिए बनवाया। आवश्यकता पड़ने पर वे इस घर को चाहे जितना और बढ़ा सकते थे किन्तु फिलहाल वे इतने ही निर्माण को पर्याप्त समझते थे। प्रत्येक कमरा सुसज्जित था और दोनों शयनकक्षों व दोनों सेवककक्षों में सभी सुविधाएं विद्यमान थीं। चारों ओर असंख्य पेड़-पौधे व लम्बे चौड़े नरम-नरम घास के मैदान थे और इनके बीच में से बहुत-सी पगडण्डियां भी गुजर रही थीं। अब तक रेजीडेण्ट का जीवन लंदन के सम्भ्रांतवर्ग की तड़क-भड़क व नागरीय शोरगुल में ही व्यतीत हुआ था, इसलिए उन्हें यह प्रकृति के अंचल में बसा हुआ छोटा-सा शांत घर एक स्वर्ग जैसा ही लग रहा था। यहां का ज्योत्स्नास्नात नक्षत्रों से भरा हुआ खुला-खुला आकाश व हल्की गर्मियों की खुली-खुली रातें उन्हें बहुत आकर्षक प्रतीत हो रही थीं। वसंत का दौर था और चारों ओर अगणित फूलों की भरमार के कारण हवा में एक और ही तरह की सुगंध व्याप्त थी और पूरे फार्म हाउस में एक गहन शांति का स्पंदन था। लॉर्ड विलियम के लिए यह एक नए प्रकार का अनुभव था और उन्हें यह घर बनाने के लिए अपने निर्णय पर गर्व की अनुभूति हो रही थी। इंग्लैण्ड वापस

लौटने के पश्चात् भी कभी-कभी वे यहां लौटकर आ सकते थे और अपना फुर्सत का समय बिता सकते थे। रह-रहकर उन्हें गॉर्जिएना का अभाव अवश्य खल रहा था कि काश वह भी यहां होती। दिल के हाथों विवश होकर उन्होंने एक पत्र गॉर्जिएना को भेजा।

प्रिय गॉर्जिएना,

प्रेम। वैसे तो मैं स्कूल के दिनों से ही तुम्हारे प्रति अपने प्रेम की अभिव्यक्ति करता रहा हूं किन्तु मुझे समझ में नहीं आता कि कितनी बार मुझे ऐसा करना चाहिए। जैसा कि तुम्हें विदित ही होगा मैंने हिन्दुस्तान में रेजीडेण्ट का पद स्वीकार कर लिया है। ब्रिटेन में रहते हुए मैं वहां के सभ्रांत वर्ग के थोथे पाखण्ड से कुछ ऊब-सी महसूस करने लग गया था और वे लोग भी मेरे प्रति कोई बहुत लगाव रखते हुए प्रतीत नहीं हो रहे थे। तुम्हें तो पता ही है कि न तो वे मेरे लेखन के प्रति कोई समझ रखते हैं और न ही तुम्हारे प्रति मेरे प्रेम को कोई अच्छी दृष्टि से देखते हैं। किन्तु प्रिये, तुम्हारे बिना मुझे अपना जीवन बिल्कुल नीरस प्रतीत होता है। यहां आकर मैंने अपने व्यक्तिगत व्यय से एक छोटा-सा घर भी बनवा लिया है और इस घर में तुम्हारे लिए भी एक शयनकक्ष मैंने बनवाया है। कुछ समय के लिए लंदन से यह निवृत्ति मुझे तो अच्छी लग रही है किन्तु मैं नहीं जानता कि लंदन छोड़ना तुम्हें कैसा लगेगा? जब हम दोनों वहां थे तो निरंतर एक दूसरे से विवाह करने के बारे में सोचते थे। क्या तुम यहां आकर भी मेरा घर बसा सकोगी और यहां रह सकोगी अथवा तुम मेरे वापस लंदन पहुंचने की प्रतीक्षा करना चाहोगी? अविलम्ब किन्तु सोच समझकर प्रत्युत्तर देना।

सदैव तुम्हारा ही
विलियम।

कोई एक महीने बाद लंदन से गॉर्जिएना का प्रत्युत्तर प्राप्त हुआ। लिखा था—
प्रिय विलियम

प्रेम। तुम्हारे बिना जीना भी क्या कोई जीना है? तुम मुझे जब चाहो और जहां चाहो आकर ले जाओ। मेरे बारे में तुम जो भी उचित समझोगे वही मेरे लिए उचित होगा। तुम्हारी याद बहुत आती है, और क्या लिखूं?

तुम्हारे प्रति प्रेममयी
गॉर्जिएना।

लॉर्ड विलियम को पत्र पढ़कर बहुत सांत्वना मिली। अब वे हिन्दुस्तान में जितना समय चाहें बिता सकते थे अथवा वे कभी भी लंदन लौटकर गॉर्जिएना से विवाह कर सकते थे और उसे यहां ला सकते थे। गॉर्जिएना ने यहां आने के लिए भी मना नहीं किया था, यह भी एक तरह से ठीक ही था। किन्तु गॉर्जिएना को यहां लाने से पहले वे कुछ समय अकेले ही यहां बिताकर यह देख लेना

चाहते थे कि यह स्थान रहने के लिए कितना उपयुक्त है। विशेषकर यहां की ग्रीष्म-ऋतु के बारे में वे आश्वस्त नहीं थे; अभी वसंत का मौसम प्रारम्भ हुआ था, गर्मियां अभी आनी बाकी थीं; गर्मियों की एक ऋतु वे अकेले यहां बिताकर किसी निर्णय पर पहुंचना चाहते थे।

रेजीडेण्ट चाहते थे कि आम आदमी उनके पास सीधे बेरोकटोक आए और उनसे मिले। उनके फार्म से होकर कई पगडण्डियां गुजरती थीं जिन्हें लोग प्रारम्भ से ही आम रास्तों की तरह इस्तेमाल करते आ रहे थे। इनमें से सबसे बड़ी पगडण्डी वह थी जो कि उनके शयनकक्ष के पिछवाड़े बने बरामदे के कोने से गुजरती थी। वैसे तो फार्म के चारों ओर एक परकोटा बनाना आवश्यक था किन्तु उन्होंने यह परकोटा बनाते समय भी इस सबसे बड़ी पगडण्डी को खुला छोड़ देने का निर्देश दिया ताकि वे आम लोगों के सम्पर्क में आ सकें और उनसे परिचित हो सकें। परकोटे में एक दरवाजा पीछे की ओर तथा एक दरवाजा आगे की ओर बनवाया गया और इन पर दिन रात दो-दो बंदूक धारी सिपाहियों को तैनात किया गया। दीवार में पगडण्डी के लिए जो रास्ता था वह दीवारों को घुमाव देकर इस प्रकार बनाया गया था कि उसमें से एक साथ एक ही व्यक्ति प्रवेश कर सकता था; पशु व वाहन नहीं आ सकते थे। वे अपने शयनकक्ष के पिछवाड़े बने हुए बरामदे के कोने में बैठ जाते थे और आते-जाते हुए लोगों में रुचि लेते थे, यह उनके भीतर के लेखक को जिंदा रखने के लिए आवश्यक था। यह ठीक है कि उनके फार्म खरीदने के बाद लोगों का इधर से गुजरना बहुत कम हो गया था, अधिकांश व्यक्ति दूर से ही बंदूकधारी लाल पगड़ी वाले सिपाहियों को देखकर अपना मार्ग बदल लेते थे किन्तु फिर भी कुछ व्यक्ति इस रास्ते से चलकर अब भी आ निकलते थे। इनमें से अधिकांश स्त्रियां व छोटी उम्र के लड़के-लड़कियां हुआ करते थे जो रेजीडेण्ट के प्रति एक जिज्ञासा का भाव रखते थे। रेजीडेण्ट मुस्कुराकर इन बच्चों का अभिवादन स्वीकार करते थे और इनसे बात करने का प्रयास भी किया करते थे। कुछ ऐसे पुरुष भी थे जिन्हें थोड़ी बहुत अंग्रेजी आती थी और जो रेजीडेण्ट से जान-पहचान बढ़ाने का मंतव्य रखते थे। ये पुरुष जब भी इधर से गुजरते थे तो जमीन तक झुककर तीन बार कोर्निश किया करते थे; मुगलकाल से चली आ रही यह रस्म रेजीडेण्ट को बहुत अजीब लगती थी और उसे इससे कोई भी प्रसन्नता नहीं होती थी। स्त्रियां बहुत चुपचाप और सहमी हुई-सी गुजरती थीं, सिर्फ बच्चे ही स्वाभाविक दिखाई देते थे। कुछ लोगों से रेजीडेण्ट का परिचय प्रगाढ़ भी होने लगा था, इनमें से एक सुदामा नाम का नवयुवक भी था जो कि अहमदाबाद में रहकर आठवें दर्जे तक पढ़ा हुआ था। सुदामा को थोड़ी बहुत अंग्रेजी भी बोलनी आती थी और वह एक बड़े होटल में एक बावर्ची के रूप में भी काम कर चुका था। रेजीडेण्ट ने इस युवक को अपने निजी सेवक के रूप में नियुक्त कर लिया और रहने के लिए

पिछला कमरा दे दिया। सुदामा एक सवर्ण हिन्दू था किन्तु उसे सामिष व निरामिष दोनों प्रकार का भोजन बनाना आता था। इस समय उसकी अवस्था मात्र अट्ठारह वर्ष थी, वह अविवाहित था और उसके माता-पिता दोनों का ही निधन हो चुका था।

रेजीडेण्ट के प्रारम्भिक कुछ दिन बहुत शांति से गुजरे और उन्होंने कुछ अच्छी कविताएं भी लिखीं। मार्च का महीना चल रहा था और रेजीडण्ट को देर रात गए तक चांद तारों से भरे हुए आकाश के नीचे बैठना बहुत अच्छा लगता था। रात को वे हल्का भोजन करते थे, शीतल पेय पीते थे और अपनी आराम कुर्सी पर मध्यरात्रि तक प्रकृति के सान्निध्य में समय व्यतीत करते थे। सुबह-शाम घोड़े पर बैठकर वे पूरे इलाके का निरीक्षण करते थे और प्रायः सभी लोग उन्हें पहचानने भी लगे थे। वे अपने परिधान एवं गौरवर्ण के कारण दूर से ही पहचाने जाते थे और लोग उनका अभिवादन करने के लिए अविलम्ब खड़े हो जाया करते थे। बीच-बीच में जाकर रेजीडेण्ट को राजधानी में कुछ दिन बिताने पड़ते थे। वहां के कर्मचारियों को उन्होंने हिदायत दे रखी थी कि डाक प्राप्त होते ही डाक को फार्म-हाउस में भिजवा दिया जाए। धीरे-धीरे इस फार्म-हाउस का नाम ही 'डाक बंगला' पड़ गया। सबको यह पता था कि रेजीडेण्ट से दो स्थानों पर मिला जा सकता था, रेजीडेन्सी अथवा डाक बंगले पर। जब वे डाक बंगले पर होते थे तो यह कहा जाता था कि साहबहादुर टूर पर गए हैं।

रेजीडेण्ट को इस मकान में रहते हुए कोई एक महीना भी नहीं गुजरा था कि एक दिन रात को दो बजे उन्होंने अचानक अपने शयनकक्ष के बगल वाले बगीचे में कोई दो-तीन आदमियों के धम्म से कूदने की आवाज सुनी। रेजीडेण्ट ने तुरंत अपनी टॉर्च उठायी और बगीचे की तरफ लपके तो वहां एक सफेद चादर में लिपटी हुई एक मानवाकृति पड़ी थी, इसके अतिरिक्त बगीचे में और कोई भी नहीं था। रेजीडेण्ट ने तुरंत सीटी बजाकर सिपाहियों को उस जगह बुलाया। सिपाहियों ने चादर को खोलकर देखा तो उममें एक औरत की लाश थी। औरत मर चुकी थी इसलिए सुबह होने तक करने योग्य कुछ भी नहीं था। सब सोने चले गए। जब सुबह हुई तो रेजीडेण्ट ने सिपाहियों से पूछा–

"क्या तुम इस औरत को पहचानते हो?"

एक सिपाही ने बताया–यह बाबूराम चौधरी की ब्याहता है और इसका पिता कजोड़मल पटेल पास वाले गांव में ही रहता है।

रेजीडेण्ट ने पूछा– लाश को यहां फेंकने के पीछे क्या उद्देश्य हो सकता है?

सिपाहियों ने बताया– कातिल समझते थे कि आप शहर गए हुए हैं इसलिए उन्होंने यह जुर्रत की है। आपकी अनुपस्थिति में हत्या का शक हम पर किया

जाता लेकिन, क्योंकि हम साहब बहादुर के सिपाही हैं, इस मामले में आगे तफ्तीश न थानेदार करता और न ही महाराज के कारिंदे। हत्यारा साफ-साफ नाटक करता और बच जाता।

रेजीडेण्ट ने खोजी दल और खोजी कुत्तों को बुलवाकर तुरंत तहकीकात शुरू करवाई। बगीचे के इस तरफ कोई भी निशान नहीं थे किन्तु दूसरी ओर तीन आदमियों के पैरों के निशान मिले। खोजीदल का कहना था कि तीन आदमियों ने एक दूसरे की सहायता से दीवार पर चढ़कर लाश को बगीचे में उतारा है और फिर दीवार कूदकर भाग निकले हैं। साहबबहादुर ने रात को दो बजे जो धम्म की आवाज सुनी थी वह इन्हीं लोगों के कूदने की थी। खोजी कुत्तों को छोड़ा गया तो उस घर का भी पता चल गया जहां से औरत की लाश को लाया गया था। वह बाबूराम चौधरी का ही घर था, घर में उसके अतिरिक्त उसकी मां, उसके वृद्ध पिता खीमाराम, उसके वृद्ध चाचा मंगतूराम व उसके दो बच्चे थे। लाश को शहर भिजवाकर पोस्टमार्टम करवाया गया तो पता लगा कि औरत गर्भवती थी और हाथों से गला घोटकर उसकी हत्या की गई थी। पूरी रियासत में सिर्फ एक थाना, एक अस्पताल और एक अदालत बनी हुई थी जो कि रियासत की राजधानी में थी। रेजीडेण्ट ने स्वयं सबसे पहले थाने में रिपोर्ट लिखवाई, पोस्टमार्टम रिपोर्ट सहित सारे कागजात फाइल में लगाए और फैसले के लिए फाइल महाराज को सौंप दी। उन्होंने इस बात पर लिखित विरोध भी प्रकट किया कि लाश को उन्हीं के डाकबंगले में फेंककर उन्हीं के स्टाफ के लोगों को फंसाने की कोशिश की गई थी। इसके बाद रेजीडेण्ट ने मृतका के पिता को तलब किया।

रेजीडेण्ट ने पूछा-तुम्हारे विचार से हत्या का कारण क्या हो सकता है?

पिता ने बताया-पड़ौसियों से पता लगा है इसका पति कुछ समय से इसके चरित्र पर शक करने लगा था और दोनों में झगड़ा भी हुआ था।

रेजीडेण्ट ने पूछा-शक करने का आधार क्या था?

पिता ने बताया-मेरा दामाद बाबूराम सूरत में कपड़े की एक मिल में नौकरी करता है। यद्यपि वह बीच-बीच में छुट्टियां लेकर घर पर भी आता रहता है किन्तु लड़की के गर्भवती होने पर उसने संदेह कर लिया।

रेजीडेण्ट ने पूछा-दोनों के विवाह को कितना समय हुआ था?

पिता ने बताया:- विवाह को कोई पांच साल हो चुके हैं, दम्पति के पहले से ही दो बच्चे भी हैं। पांच साल के विवाहित जीवन में सरोज ने कभी भी कोई आशंका मेरे सामने प्रकट नहीं की थी। उसकी तरफ से मैं बिल्कुल निश्चिंत था कि अकस्मात् यह घटना घट गई।

रेजीडेण्ट ने पूछा-तुम्हारे कितने बच्चे थे?

पिता ने बताया-साहब बच्चे तो ग्यारह हुए थे लेकिन उनमें बचे सिर्फ तीन

थे। दो लड़कियां सरोज व कुंती बड़ी हैं और लड़का शिशुपाल उनसे छोटा है। अब सरोज भी नहीं रही।

यह कहकर कजोड़मल रोने लगा। रेजीडेण्ट ने उसे भरोसा दिलाया कि महाराज अवश्य न्याय करेंगे, मैं स्वयं उनसे मिलके आया हूं।

जांच करवाने पर रेजीडेण्ट को पता लगा कि सरोज का किसी भी बाहर के आदमी से कोई मिलना जुलना नहीं था और घर पर रहने वाले दोनों पुरुषों की अवस्था भी सत्तर से ऊपर थी। सबका यही कहना था कि सरोज बिल्कुल निर्दोष थी और बहुत ही अच्छी लड़की थी। उसके ससुराल वाले भी सभी भले लोग हैं, लेकिन बाबूराम ने न जाने यह काम क्यों कर दिया? महाराज ने सारे मामले को जाति पंचायत को सौंप दिया जैसा कि वे हमेशा ही करते आए थे। पंचायत ने जो फैसला दिया वह बहुत अजीब था। सरोज के पति बाबूराम को दोषी मानते हुए पंचायत ने यह व्यवस्था दी कि बाबूराम अपने ससुर कजोड़मल को दस बीघा जमीन देगा जो कि कजोड़मल के खे़तों से लगती हुई है, इसके अलावा वह अपने साले शिशुपाल को शहर की पढ़ाई का सारा खर्चा भी देगा; क्योंकि मृतका सरोज दो छोटे-छोटे पुत्रों को छोड़कर मरी है, इसलिए कजोड़मल पटेल बदले में अपनी छोटी पुत्री कुंती का विवाह बाबूराम से कर देगा। इस फैसले में बाबूराम व कजोड़मल इन दोनों की भी सहमति थी। पंचायत ने बाबूराम को हिदायत दी कि वह आइन्दा से सोच समझकर चले; यह उसकी पहली गलती है इसलिए उसे माफ किया जाता है।

फैसला सुनकर रेजीडेण्ट ने अपना माथा पकड़ लिया। क्योंकि घटना का उनके डाक बंगले से भी सम्बंध था, वे इसे सरकार बहादुर की तौहीन भी मान रहे थे। उन्हें यकीन नहीं था कि महाराजा इतने अविवेकी सिद्ध होंगे। रेजीडेण्ट ने भरे दरबार में महाराज को धमकी दी कि यह पहली घटना है इसलिए मैं आपको क्षमा करता हूं यदि आइन्दा दुबारा ऐसा ही कुछ हुआ तो मैं आपकी लिखित शिकायत सीधे ही वाइसराय और हिज मैजेस्टी दोनों को करूंगा। महाराज से कोई प्रत्युत्तर नहीं बन पड़ा और वे बगलें झांकने लगे।

कुछ दिन और गुजरे। अब रेजीडेण्ट घुड़सवारी का आनंद उठा रहे थे और सारे इलाके का जायजा भी ले रहे थे। एक दिन वे एक गांव से जा रहे थे तो उन्होंने देखा कि तीन-चार लठैत एक युवक पर वार करने का प्रयास कर रहे हैं और एक युवती उस युवक के ऊपर लेटकर उसे बचा रही है। कोई चालीस-पचास लोगों की भीड़ उन्हें चारों तरफ से घेरकर चुपचाप तमाशा देख रही है। रेजीडेण्ट ने इस भीड़ को देखते ही चाबुक अपने हाथ में ले लिया और हमलावरों व भीड़ को तड़ातड़ पीटना शुरू कर दिया। तुरंत आक्रांता और भीड़ भाग छूटे।

रेजीडेण्ट ने पूछा-यह सब क्या माजरा है?

युवक को टूटी-फूटी अंग्रेजी भी आती थी।

उसने जवाब दिया-योर ओनर यह औरत मेरी पत्नी है व मैं इसका पति हूं। हमने शहर के आर्यसमाज में जाकर पिछले रविवार को विवाह किया था और कल ही हम वापस गांव लौटे हैं।

रेजीडेण्ट ने पूछा-ये लठैत कौन थे और ये क्यों तुम्हारी जान लेना चाहते थे?

युवक ने बताया:- ये मेरी पत्नी के परिवार के लोग हैं, ये मुझे इसलिए मार देना चाहते हैं क्योंकि मैं छोटी जाति का हूं और मेरी पत्नी का सम्बंध एक उच्चजाति से है।

रेजीडण्ट ने पूछा-यह भीड़ यहां क्या कर रही थी?

युवक ने बताया-अभी थोड़ी देर पहले ही यहां गांव की पंचायत बैठी थी उसने यह फैसला किया था कि मुझे जान से मार दिया जाए क्योंकि मैंने शूद्र होते हुए भी ललिता से प्रेमविवाह किया है। पंचायत में उपस्थित एक विधुर ने यह प्रस्ताव रखा था कि वह ललिता की ही जाति का है और उसके उद्धार के लिए उससे दूसरा विवाह भी करने को तैयार है, यह बात अलग है कि वह ललिता से कोई पच्चीस वर्ष बड़ा है और उसके पांच बच्चे पहली पत्नी से हैं। पंचायत ने इस प्रस्ताव को भी मान लिया था।

सुनकर रेजीडेण्ट को बहुत धक्का लगा। वह दोनों दम्पति को अपनी सुरक्षा में अपने फार्म हाउस पर लेकर आया और उन्हें महिला सेविका वाले कक्ष में ठहरा दिया जो कि अभी रिक्त पड़ा था। कुछ दिनों के प्रयास के बाद रेजीडेण्ट ने उस युवक को एक दूसरे गांव में बतौर पटवारी नियुक्त करवा दिया। इस गांव में अधिकांश घर ही युवक की जाति के थे, फिर भी रेजीडेण्ट ने सरपंच व पंचों सहित सारे गांव की पंचायत बुलाई और उसे यह हिदायत दी कि इन दोनों को हर्गिज तंग नहीं किया जाए, नहीं तो मैं इस सम्बंध में ब्रिटिश सरकार के प्रतिनिधि के रूप में बहुत सख्त कार्यवाही करूंगा। सरकार बहादुर के कानून के मुताबिक ऐसा विवाह जायज है, और जो भी कानून को तोड़ने की कोशिश करेगा उसे सख्त दण्ड दिया जाएगा।

रेजीडेण्ट का प्रारंम्भिक उत्साह ठंडा पड़ता जा रहा था और वे चिंतित हो उठे थे। अपनी पहली रिपोर्ट में उन्होंने वाइसराय और हिज मैजेस्टी को यह सूचित किया कि रियासत में कानून और व्यवस्था की स्थिति बहुत चिंताजनक है। मुझे प्रत्येक बीस कोस पर एक पुलिस थाना खोलना होगा और हर थाने में कम से कम दस सिपाही भर्ती करने होंगे, इसके अतिरिक्त प्रत्येक जिला मुख्यालय पर एक अदालत खोलनी होगी और मजिस्ट्रेट भर्ती करने होंगे। उन्होंने आवश्यक बजट भी बनाकर हिज मैजेस्टी की सरकार को भेज दिया। उन्होंने अपनी रिपोर्ट में लिखा कि रियासत के लोग बहुत पिछड़े हुए और असभ्य हैं

और इन्हें, न्यायिक प्रक्रिया का कोई भी ज्ञान नहीं है। गांव में पंचायतें मनमाने फैसले करती हैं और महाराजा भी पंचायत के अधिकार को ज्यों का त्यों स्वीकार कर लेते हैं। स्वयं महाराजा को भी न्याय के मूलभूत सिद्धांतों से कोई सरोकार नहीं है। क्योंकि हम एक सभ्य और विकसित देश के नागरिक हैं और हमने इन लोगों का दायित्व भी स्वीकार कर लिया है, इसलिए इनको मनुष्य बनाने का कर्तव्य भी हमें ही निभाना पड़ेगा। यह ठीक है कि हिज मैजेस्टी की सरकार पर इससे अतिरिक्त व्यय का भार पड़ेगा और यह भी ठीक है कि हमें बदले में किसी लाभ की आशा भी नहीं है, फिर भी मनुष्यता के नाते हमें यह करना चाहिए। इंग्लैण्ड में इस समय उदार दल की सरकार थी जो कि लॉर्ड विलियम हेनरी के साहित्य से बहुत प्रभावित थी इसलिए सरकार ने उनके प्रति आदरभाव के कारण उनके बजट सम्बंधी प्रस्तावों को वैसे का वैसा पारित कर दिया। अगले दो सालों के लिए रेजीडेण्ट सब कुछ भूलकर कानून व व्यवस्था की स्थिति सुधारने में जुट गए।

रेजीडेण्ट को कभी-कभी अवकाश के समय लंदन का परिवेश और लंदन के अपने परिजन भी याद आने लगे थे। वे अपने विगत जीवन के अनुभवों के आधार पर कहानियां लिखने लगे और उन्हें प्रकाशित होने के लिए ब्रिटेन भिजवाने लगे। एक दिन वे बरामदे में बैठे हुए एक कहानी लिख रहे थे कि चार आदमी उनके पास बदहवास स्थिति में दौड़े हुए आए, वे चारों बहुत घबराए हुए थे। उनमें से एक आदमी टूटी-फूटी अंग्रेजी भी जानता था।

उसने बताया-यहां से थोड़ी दूर ही एक गांव है। उसमें एक परिवार में तीन भाइयों में से सबसे छोटे की मृत्यु हैजे के कारण हो चुकी है, उस दिवंगत भाई की पत्नी की अवस्था मात्र बीस बरस है और उसके कोई भी संतान नहीं है। गांव वालों द्वारा उसे सती बनाने का प्रयास किया जा रहा है।

रेजीडेण्ट ने पूछा-सती क्या होता है?

उस युवक ने बताया-मैं उस अभागी लड़की का भाई हूं इसलिए मुझे प्रथम दृष्टया सारी जानकारी है। पति के मरते ही ससुराल वालों ने यह प्रचारित करना शुरू कर दिया कि हमारी बहू पति के साथ ही चिता में भस्म हो जाना चाहती है। इसके बाद उन्होंने उसे भरपूर मात्रा में कोई नशीली चीज पिला दी है और अब वे एक जुलूस बनाकर उसे सारे गांव में घुमा रहे हैं। इसके बाद उसे जबर्दस्ती जिंदा जला दिया जाएगा।

युवक ने रेजीडेण्ट के पैर पकड़ लिए और रोने लगा।

रेजीडेण्ट ने कहा-किन्तु यह तो बहुत अमानवीय व क्रूर कृत्य है। इसके पीछे उन लोगों का मंतव्य क्या है?

युवक ने बताया-इसके पीछे मेरी बहिन के ससुरालवालों की गहरी साजिश है। वे मेरी बहिन को इसलिए जिंदा जला रहे है कि वे उसे जमीन व

अचल सम्पत्ति से आय में कोई हिस्सा नहीं देना चाहते। सती बनाने के बाद वे उसकी एक प्रतिमा बनवाकर एक मंदिर में स्थापित करना चाहते हैं। इससे उन्हें बहुत चढ़ावा व नकद धन प्राप्त होगा और एक लम्बे समय तक परिवार को आर्थिक लाभ होता रहेगा।

रेजीडेण्ट ने कहा–यह सबकुछ बहुत कुत्सित है। गांव वाले उन्हें रोकते क्यों नहीं हैं?

युवक ने बताया–गांववाले अशिक्षित और अंधविश्वासी हैं। वे इसे एक धार्मिक अनुष्ठान और पुण्य का कार्य समझते हैं।

सारी बात जानकर रेजीडेण्ट को बहुत दुख, हैरानी व आश्चर्य हुआ। उन्हें बहुत क्रोध भी आया। उन्होंने तुरंत अपनी तलवार बांधी, अपनी बंदूक सम्भाली और चारों घुड़सवार सिपाहियों को लेकर द्रुतगति से गांव की ओर लपके। उस युवती के भाई को उन्होंने पथ-प्रदर्शन के लिए अपने पीछे घोड़े पर बिठा लिया। हवाई फायर करते हुए वे जुलूस के सामने पहुंचे और सिपाहियों को आदेश दिया कि पूरी भीड़ को चाबुकों से पीटा जाए। सब लोग भाग गए, सिर्फ पांच स्त्रियां वहां बच गईं। उन्होंने देखा कि युवक की बहन मीरा नशे के कारण बिल्कुल अवश थी और परिवार की चार औरतें उसे घसीटते हुए जुलूस के साथ लेकर चल रही थीं। उन्होंने चारों औरतों को गिरफ्तार करके पंचायत के सुपुर्द कर दिया और मीरा को फार्म हाउस में लाकर महिला सेविका के कक्ष में ठहरा दिया जो कि अब तक रिक्त हो चुका था। रेजीडेण्ट ने मीरा के भाई निहाल सिंह को भी सुदामा के कक्ष में ठहरने का हुक्म दिया जब तक कि गांव की स्थिति पूरी तरह सामान्य नहीं हो जाए। अगले दिन रेजीडेण्ट व निहाल सिंह ने शहर के आर्यसमाज मंदिर में जाकर मीरा का पुनर्विवाह हिन्दू पद्धति से सुदामा के साथ करवा दिया। अब मीरा डाकबंगले में रहकर ही घर सम्भालने में सुदामा का हाथ बटाने लगी।

धीरे-धीरे रेजीडेण्ट को एक बात और दिखाई देने लगी। समाज का व्यवहार बच्चों के प्रति भी क्रूरतापूर्ण था। लोग जमाने से पीछे थे और अंधविश्वासी थे और उनमें चिंतन का सर्वथा अभाव था। उनके देखने में आया कि रिआया का एक बहुत बड़ा वर्ग एक गैर जिम्मेदाराना जीवन जी रहा था। यह वर्ग निर्धन और बेरोजगार था किन्तु इस वर्ग में बहुत छोटी-सी उम्र में विवाह कर दिया जाता था और चाहे जितने बच्चे पैदा किए जाते थे। इन बच्चों में से कुछ बच्चों की जन्म होते ही हत्या भी कर दी जाती थी। कुछ जातियों में नवजात कन्याओं की हत्या करना एक प्रथा की तरह प्रचलित था। नवजात शिशु के मुंह में नमक डाल दिया जाता था और फिर मुंह बंद करके उसे इस नमक को निगलने के लिए बाध्य कर दिया जाता था, इससे शिशु की मृत्यु हो जाती थी। इसके बाद शव को या तो किसी मिट्टी के बरतन में रखकर भूमि में गाड़ दिया जाता था अथवा उसे बीहड़ में फेंक दिया जाता था। स्वयं रेजीडेण्ट ने ऐसे कुछ शव जंगल में

छोटा रेजीडेण्ट

पड़े देखे थे और उनका पोस्टमार्टम भी करवाया था। बहुत से बच्चों को अपना पेट भरने के लिए या तो भीख मांगनी पड़ती थी अथवा चोरी करनी होती थी। स्वयं उनके बगीचे में भी प्राय: रोजाना कुछ बच्चे फल, फूल, लकड़ियां इत्यादि चुराते हुए पकड़े जाते थे। इन बच्चों को यह सामान चुराकर बाजार में बेचना पड़ता था और इसी से इनके घर का खर्चा चलता था। रेजीडेन्ट को बाध्य होकर इस चोरी की अनुमति देनी पड़ती थी। सुदामा और मीरा का कहना था कि इस सबका कारण अज्ञान है, यदि रियासत के लोग पढ़-लिख जाएं तो स्थितियां सुधर सकती हैं; वैसे भी साहबबहादुर को नौकरी देने के लिए काफी लोगों की जरूरत पड़ रही है और भविष्य में इनकी संख्या और बढ़ेगी।

रियासत में पिंडारियों की समस्या भी थी। दूसरे इलाकों से लोग अपना मुंह पगड़ी से ढककर रियासत में घुस आते थे और बेहिचक मुसाफिरों को तलवार की नोक पर लूटते थे। यद्यपि हिन्दुस्तान के लोगों को नैतिक और आध्यात्मिक होने का दम्भ था किन्तु यहां का शासक वर्ग भी ठगी, लूटपाट व हत्या में लिप्त था।

दो साल बाद सम्प्रेषित अपनी दूसरी रिपोर्ट में लॉर्ड विलियम ने यह सुझाव दिया कि हिज मैजेस्टी की सरकार को तुरंत सेना की एक टुकड़ी रेजीडेन्सी पर नियुक्त करनी चाहिए। सरकार मिशनरियों को इस बात के लिए भी प्रोत्साहित करे कि प्रत्येक नगर में एक अनाथालय खोला जाए जिसका उद्देश्य बच्चों के लिए कल्याण कार्य करना हो। इन अनाथालयों को बच्चों के लिए प्राथमिक शिक्षा के साथ-साथ रोजगार के अवसर भी पैदा करने चाहिए। ये अनाथालय कुटीर उद्योगों व हस्तकलाओं को प्रोत्साहित कर सकते हैं और आत्मनिर्भरता की ओर अग्रसर हो सकते हैं। लोगों का शिक्षित होना बहुत आवश्यक है इसलिए सरकार को मिशनरियों से यह अनुरोध करना चाहिए कि वे इस रियासत में आकर प्रत्येक चालीस पचास मील पर एक मिशनरी स्कूल खोलें और रियासत के लोगों के लिए आधुनिक शिक्षा का अवसर उपलब्ध करवाएं। हिज मैजेस्टी की सरकार स्वयं भी शिक्षा व शिशु कल्याण के लिए व्यय करने पर विचार कर सकती है किन्तु जहां तक हो सके मिशनरियों को चाहिए कि वे यह धन इंग्लैण्ड के नव धनाढ्यवर्ग से प्राप्त करें जो कि स्वयं भी कल्याणकार्यों हेतु धन व्यय करना चाहता है।

मिशनरियों ने सहर्ष लॉर्ड विलियम हेनरी के अनुरोधों को मान लिया और इस दिशा में कार्य भी प्रारम्भ हो गया। सेना की एक टुकड़ी भी कलकत्ता से रियासत में भेज दी गई और इसने रेजीडेन्सी के पास ही अपनी छावनी बना ली। एक साल और गुजरा, अब लॉर्ड विलियम हेनरी को हिन्दुस्तान आए हुए लगभग तीन साल हो गए थे। रियासत में पुलिस थाने, अदालत, शिशु कल्याण गृह व स्कूल खुलने का क्रम जारी था और उन्हें अवकाश लेकर अल्प समय के लिए

भी लंदन जाने का अवसर नहीं मिल रहा था। इसके लिए कम से कम तीन महीने का समय आवश्यक था जोकि वे नहीं निकाल पा रहे थे। उन्होंने गॉर्जिएना से सीधे हिन्दुस्तान पहुंचने का अनुरोध किया जिसे गॉर्जिएना ने स्वीकार कर लिया। दोनों ने एक चर्च में जाकर विवाह भी कर लिया। गॉर्जिएना को यहां की गर्मी असह्य प्रतीत होती थी। रेजीडेण्ट वर्ष के चार महीने 15 अप्रैल से 15 अगस्त समीपवर्ती पर्वतीय स्थल पर ही व्यतीत कर रहे थे किन्तु शेष आठ महीनों में भी गॉर्जिएना को बेचैनी-सी बनी रहती थी। गॉर्जिएना ने हिन्दुस्तान के अपने प्रवास में गर्भ धारण से मना कर दिया था और दोनों इस मामले में एहतियात बरत रहे थे। इसका एक कारण और भी था। इस अंतराल में मीरा ने दो सुंदर-सुंदर बच्चों को जन्म दिया था। ये दोनों बच्चे गॉर्जिएना को बहुत पसंद थे, मीरा अक्सर घरेलू कार्यों में व्यस्त रहती थी और गॉर्जिएना इन बच्चों के साथ खेलती रहती थी। यह दुर्भाग्य का विषय है कि पहला बच्चा जब एक वर्ष से कुछ छोटा ही था तो उसकी मृत्यु मोतीझरा निकलने से हो गई व दूसरा बच्चा अभी पांच ही महीने का हो पाया था कि मलेरिया के कारण चल बसा। दोनों ही बच्चों की मृत्यु से गॉर्जिएना को बहुत धक्का लगा और उसने मां बनने से मना कर दिया। सर्वे करवाने पर रेजीडेण्ट को पता लगा कि प्रत्येक गांव व नगर में वैद्य और हकीम पर्याप्त संख्या में मौजूद थे; फिर भी वे छोटी-मोटी बीमारियों जैसे चेचक, हैजा, लू, मोतीझरा, मलेरिया, पीलिया, न्यूमोनिया, काली खांसी, घनुषटंकार, सर्पदंश, हाइड्रोफोबिया इत्यादि से भी मरीजों को बचा नहीं पाते थे। सुदामा के बच्चों की मृत्यु के दौरान स्वयं लॉर्ड विलियम हेनरी का अनुभव यह रहा कि इन चिकित्सा-पद्धतियों में से किसी पर भी ऐतबार नहीं किया जा सकता है। प्रत्येक दम्पति के जितने बच्चे जन्म लेते थे उनमें से लगभग आधे पहले वर्ष में ही काल कवलित हो जाया करते थे। इसके अतिरिक्त वयस्कों में भी मृत्युदर बहुत बड़ी थी। जितने लोग जन्म लेते थे उनमें से लगभग दो-तिहाई की व्याधियों के कारण अकाल मृत्यु हो जाया करती थी। प्रत्येक घर में बहुत बड़ी संख्या में अनाथ बच्चे, विधुर पुरुष व विधवा औरतें विद्यमान थीं। यहां तक कि सर्पदंश से मरने वाले वयस्क पुरुषों व प्रसव के दौरान मरने वाली युवा स्त्रियों की संख्या भी बहुत चिंताजनक थी।

अपनी तीसरी रिपोर्ट में लॉर्ड विलियम हेनरी ने हिज मैजेस्टी व वाइसरॉय को यह सूचना दी कि प्रत्येक पचास मील पर एक मिशनरी अस्पताल खोलना बहुत जरूरी है। यहां के वैद्य व चिकित्सक केवल अंधविश्वास और आस्था के सहारे अपना काम चला रहे हैं और यहां पर प्रचलित चिकित्सा-पद्धतियों में से एक भी प्रामाणिक नहीं है। इंग्लैण्ड के धनाढ्यवर्ग को चाहिए कि वह आगे आए व जनकल्याण के लिए देय धन इस रियासत में अस्पताल खोलने के लिए भिजवाए; यह मनुष्यता की बहुत बड़ी सेवा होगी और इसे प्राथमिकता के साथ

छोटा रेजीडेण्ट

किया जाए।

अब लॉर्ड विलियम हेनरी को हिन्दुस्तान आए पांच साल से कुछ ऊपर हो चुके थे। एक तरह से वे अपने कार्य से संतुष्ट थे क्योंकि मूलभूत योजनाओं की क्रियान्विति वे प्रारम्भ करवा चुके थे। लंदन वापस लौटने के लिए गॉर्जिएना का आग्रह सतत् व धैर्यपूर्वक जारी था; इसलिए उन्होंने रेजीडेण्ट के पद से अपना त्यागपत्र हिज मैजेस्टी को भिजवा दिया। त्यागपत्र की स्वीकृति आने में कोई तीन महीने लग गए जिसके बाद वे अपने पद से कार्यमुक्त हो गए। उन्होंने मीरा व सुदामा को बैठाकर समझाया कि यह फार्म हाउस उनकी व्यक्तिगत सम्पत्ति है, उन दोनों को इसमें रहना है और इसे सम्भालना है और इसको नए रेजीडेण्ट को सुपुर्द नहीं करना है। उन्होंने यह भी आश्वासन दिया कि वे बीच-बीच में हिन्दुस्तान आते रहेंगे और अपने फार्महाउस में रुकते रहेंगे। इसके बाद दोनों निश्चिंत होकर लंदन के लिए रवाना हो गए। एक लम्बा समय गुजरा और सन् 1950 से पहले दम्पति में से एक का भी वापस हिन्दुस्तान आना सम्भव नहीं हुआ। इस बीच देश आजाद भी हो गया। सन् 1950 की सर्दियों में जब वे हिन्दुस्तान आए तो उनको यह जानकर बहुत दुख हुआ कि रियासत के महाराजा ने उनकी सेवाओं का कोई भी सम्मान नहीं किया था। महाराजा ने डाक बंगले पर लॉर्ड विलियम हेनरी के निजी स्वामित्व के अधिकारों को निरस्त कर दिया था और अब इस पर महाराजा का अधिकार था। सुदामा और मीरा अलबत्ता डाक बंगले में ही रह रहे थे और खेती करके अपना गुजर बसर कर रहे थे; अलबत्ता उनके चार-बच्चे पढ़-लिख गए थे और अब अच्छी नौकरियों में थे। रियासत की हालत भी अब पहले से बहुत अच्छी थी। ∎

परांठे वाली गली

शहजादा सलीम अब चौदह वर्ष का हो चुका है। कहते हैं कि शहजादे का जन्म बादशाह के शासनकाल के तेरहवें वर्ष में हुआ था। इसका मतलब यह है कि कहानी का सम्बंध बादशाह अकबर की तख्तपोशी के सताइसवें वर्ष से है। फिलहाल जिल्ल-ए-इलाही इस बात से फिक्रमंद हैं कि सलीम रोटी नहीं खाता है। सब कोशिश करके थक गए हैं लेकिन सलीम को कोई भी समझा नहीं पाया है। बादशाह ने सरजमीन-ए हिन्द के सभी बेहतरीन बावर्चियों को तलब किया है और उन्हें परांठे वाली गली में बसा दिया है। इन बावर्चियों का काम किस्म-किस्म की रोटियां ईजाद करना है। बादशाह का हुक्म है कि रोटियां इतनी लजीज और इतनी सुंदर बनाई जाएं कि शहजादा रोटी खाए बिना नहीं रह सके। बावर्चियों ने तरह-तरह की रोटियां ईजाद की हैं जैसे तंदूरी रोटी, नान, रूमाली रोटी, परांठा, पूरी, सुहाली, मठरी, खाजा, कचोरी, भटूरे, डोसा, ढोकला, बाटी, चूरमा, गुणा, पेठा, मिस्सी रोटी, खाखला, गुलगुला, पकौड़ी इत्यादि और इन्हें लालकिले में नियमित भिजवाने लगे हैं। सभी रोटियां अपने आकार प्रकार, रंग, सुगंध व स्वाद में अलग-अलग तरह की हैं मगर शाहजादा इनमें से एक के भी हाथ नहीं लगाता है। अब बादशाह सलामत ने तय किया है कि वे खुद सलीम और अनारकली को रोटी खाना सिखाएंगे। उन्होंने दोनों बच्चों को गुफ्तगू करने के लिए तलब किया है।

अकबर-शेखू, तुम रोटी क्यों नहीं खाते हो?

सलीमः- क्योंकि रोटी हमें अच्छी नहीं लगती है अब्बा-हुजूर। फिर हम रोटी क्यूं खाएं?

अकबर-तुम दोनों अलसुबह नाश्ते के वक्त क्या खाते हो?

सलीम-मैं सुबह के नाश्ते में अमूमन हलवा, खीर, जलेबी और इमरती खाता हूं। मुझे बादाम, आलू, दाल, सूजी, बेसन, शकरकंद व सिंघाड़े का हलवा पसंद है। अम्मी बारी-बारी से ये हलवे बनवाती हैं; सुबह-सुबह गर्म हलवा खाना हमें अच्छा लगता है; जलेबी भी अच्छी लगती है। क्योंकि हमें दूध पसंद नहीं है, इसलिए हमें थोड़ी खीर भी रोजाना लेनी पड़ती है।

अनारकली-मैं खीर नहीं खाती हूं जहांपनाह; मैं हलवे के साथ नाश्ते में फलों की चाट खाती हूं। चाट में केले, अमरूद, संतरे, पपीता, चीकू इत्यादि

डाले जाते हैं। मैं जलेबी और इमरती भी नहीं खाती, इनकी जगह मैं डोसा या ढोकला खाती हूं।

अकबर-फिर तुम दोपहर के खाने में क्या खाते हो?

सलीम-मैं दोपहर के खाने में मिठाइयां और मेवे खाता हूं। मिठाई के साथ-साथ दही-बड़े, भुजिया, बख्तादाल, पोहा, चाट इत्यादि चरपरी चीजें भी खानी पड़ती हैं। कभी-कभी मेवे की खिचड़ी या मेवे का दलिया भी खा लेता हूं। मिठाई में अक्सर रसगुल्ले, बर्फी, कलाकंद, दिलखुशार, पेड़े, आगरे का पेठा, गोंद के लड्डू, सोंठ के लड्डू, मावे के लड्डू, तिल के लड्डू, गजक इत्यादि बनाए जाते हैं। अनारकली सिर्फ मेवे की खिचड़ी और रसगुल्ले खाती है, वह मावे का दलिया और बाकी मिठाइयां नहीं खाती।

अकबर-अच्छा, अच्छा तो यह बात है! रसगुल्ले कितने प्रकार के होते है?

अनारकली-यह मैं बताऊंगी जहांपनाह। हम सफेद रसगुल्ला, गुलाबजामुन, कालाजाम, चमचम, खूबानी, राजभोग, मोहनभोग, केसरबटी और रसमलाई ये नौ तरह के रसगुल्ले खाते हैं। लेकिन साहबेआलम कालाजाम और खूबानी नहीं खाते, दूर फेंक देते हैं।

अकबर-कोई हर्ज नहीं। तुम मेवे कौन-कौन से खाते हो?

अनारकली-हम काजू, किशमिश, बादाम, अखरोट, पिस्ता, नौजा, दाख, छुआरा, अंजीर इत्यादि मेवे खाते हैं। लेकिन हम सबसे ज्यादा काजू और किशमिश ही खाते हैं। बादाम और अखरोट हम खुद नहीं तोड़ते हैं क्योंकि या तो ये हमसे टूटते नहीं है और टूटते हैं तो दूर-दूर बिखर जाते हैं। हमें कभी-कभी अजवायन व इलायची का चूर्ण भी खाना पड़ता है और अक्सर बीच-बीच में काली मिर्च, लौंग, अदरख और मिश्री का काढ़ा भी पीना पड़ता है। कभी-कभी हम बीच-बीच में मेवे व फलों का नमकीन रायता भी पीते हैं। कभी-कभी मुनक्का वाला दही भी हमें खाना पड़ता है।

अकबर-और रात के वक्त तुम क्या खाते हो?

सलीम-रात के वक्त मैं थोड़ा-सा गोश्त और शोरबा खाता हूं। मेरे लिए ज्यादातर हिरन, खरगोश या चूजे का गोश्त बनाया जाता है। अनारकली गोश्त कभी नहीं खाती है, वह चावल और शोरबा खाती है।

अकबर-तो इसका मतलब यह है कि तुम रोटी कभी नहीं खाते हो। सवाल यह है कि आखिर तुम्हें रोटी से परहेज क्यों है?

अनारकली-हमें रोटी खाने का वक्त ही कब मिलता है जिल्ल-ए-इलाही? हमें तो शोरबा पीते ही नींद आ जाती है।

सलीम-अब्बा-हुजूर यह कितनी बेवकूफ लड़की है? रोटी तो हम दिन में भी खा सकते हैं लेकिन नहीं खाने के कारण दूसरे हैं। रोटी सख्त होती है और मुंह में चिपक जाती है। हमें रोटी के कौर हाथों से तोड़ने पड़ते हैं और उन्हें सब्जी

में डुबोना पड़ता है जिससे हमारी अंगुलियां और हाथ गंदे हो जाते हैं। सब्जी में मिर्च होती है जिससे मुंह जलता है और कभी-कभी नाक भी बहने लगती है। अनारकली तो सब्जी के हाथ अपनी आंखों पर भी मसल लेती है। दूसरे लोगों के हाथों से रोटी के कौर मुंह में लेना भी हमें पसंद नहीं है क्योंकि इतनी मोटी-मोटी अंगुलियां मुंह में जाती हैं कि अखरता है। रोटी तो हम खा ही नहीं सकते हैं अब्बा-हुजूर, एकदम नामुमकिन है।

अकबर–लेकिन शेखू, बहादुर और मजबूत वही आदमी होता है जो कि दाल और रोटी खाता है। ताकत और हिम्मत सिर्फ उनमें होती है जो मेहनत करते हैं और फिर पेट भरकर रोटियां खाते हैं। आदमी और कुछ भी नहीं खाए तो कोई हर्ज नहीं लेकिन सिर्फ रोटी नहीं खाए तो बहुत हर्ज है। हमें देखो, हमारे हाथ में जिस वक्त तलवार होती है तो हम सौ लड़ाकों के काबू में भी नहीं आते और हम कभी बीमार भी नहीं पड़ते। घुड़सवारी और तैराकी में कोई हमें शिकस्त नहीं दे सकता। कुश्ती और दंगल में भी हम अव्वल रहते हैं; और जानते हो इन सबका कारण क्या है?

सलीम–अम्मी का कहना है कि सबसे अच्छा बादाम का हलवा होता है अब्बा-हुजूर, आपने भी हमारी तरह बचपन में खूब बादाम का हलवा खाया होगा।

अनारकली–और मेरी अम्मी कहती है कि सबसे अच्छी चीज मेवे की खिचड़ी होती है, इसको खाने से बच्चे खूब-खूब लम्बे बढ़ जाते हैं।

अकबर–हम तो ये दोनों ही चीजें खाते ही नहीं है। पहले हम खूब मेहनत करते हैं और फिर पेट भरकर रोटियां खाते हैं। आज भी हम मक्की की पांच-पांच रोटियां खा जाते हैं। और साथ में सेर-दो सेर दही भी चट कर जाते हैं। असली ताकत घी, दूध, दही, रोटी, दाल, सब्जी और फलों में होती है। हम तो बच्चों यही खाते हैं। इसीलिए हम एक बहादुर और जांबाज सिपहसालार हैं और सरजमीने-ए-हिन्द के बादशाह भी हैं। हमारा बचपन तुम्हारी तरह महलों में रहते हुए और रेशम व मखमल के गद्दों पर आराम करते हुए नहीं बीता है बच्चो! हमारे जन्म होने से भी दो साल पहले अब्बा-हुजूर को दिल्ली की अपनी सल्तनत छोड़कर रुखसत होना पड़ा था और इसका कारण शेरेअफगान थे। इसके बाद के बचपन का हमारा ज्यादातर वक्त घोड़े की पीठ पर ही बीता, हम लगातार एक जगह से दूसरी जगह सफर में ही रहते थे। रास्ते में हम जो रसद लादकर चलते थे उसमें गेंहू, चने, मक्की का आटा और उड़द, अरहर व तूर की दालें होती थीं। थोड़े बहुत प्याज, लहसुन, वगैरह भी होते थे। सब्जियां हम रास्ते से लेते थे और रोजाना नहीं खाते थे। इस तरह से अब्बा-हुजूर को कोई पंद्रह बरस का समय गुजारना पड़ा था, जिसमें हमारे बचपन के तेरह बरस भी शुमार हैं। आज हम जो भी कुछ हैं मक्की की रोटी और उड़द की दाल के कारण हैं और हम खूब मजबूत हैं। इसीलिए हम कहते हैं कि बच्चों दाल-रोटी ही खुदा की सबसे बड़ी नेमत है। आखिर दिन-भर तुम खाते क्या हो?

सलीम-हम मिठाइयां, मेवे, फल और गोश्त खाते हैं। खीर, दूध, दही और शरबत भी पी लेते हैं। हम एक भी रोटी नहीं खाते हैं फिर भी हम आगे चलकर बादशाह बनेंगे क्योंकि हमारे अब्बा-हुजूर शहंशाह हैं। यह बात तो ठीक है न अब्बा-हुजूर?

अकबर-खुदा खैर करे, जरूर बादशाह बनोगे और बड़ी-बड़ी लड़ाइयां भी लड़ोगे। लोग कहेंगे कि हमारे काबिल फरजंद हो। इसी बात की तो हमें फिक्र है शेखू कि तुम्हें एक बहादुर बाप का बहादुर बेटा कहलाना है। अच्छा बच्चो एक बात बताओ क्या कोई सिर्फ मिठाई खाकर जी सकता है?

अनारकली-मिठाई तो सभी थोड़ी-सी खाते हैं जहांपनाह। मैं तो मिठाई के बाद खूब सारे चूर्ण खाती हूं और काढा भी पीती हूं, अम्मी कहती है इससे मुंह खुल जाता है। इसके बाद मैं दही-बड़े, डोसा, ढोकला, पोहा, भुजिया, नमकीन काजू, गोलगप्पे जैसी बहुत-सी चीजें खाती हूं।

अकबर-तो इसका मतलब यह हुआ कि मिठाई खाना कोई अहम मुदआ नहीं है क्योंकि मिठाई हम खा भी सकते हैं नहीं भी खा सकते हैं। क्या कोई सिर्फ मेवा खाकर जी सकता है?

सलीम-ज्यादा मेवा खाने से तो पेट भी दुखने लगता है और बदहजमी भी हो जाती है। अनारकली तो सिर्फ किशमिश ही खाती है, काजू और बादाम भी तश्तरी में ही छोड़ देती है। सभी जानते हैं, कि हमें भुने हुए काजू, बादाम और अखरोट पसंद हैं लेकिन हम भी इन्हें एक-दो कटोरी से अधिक नहीं खाते। अधिक खाने पर सदा के लिए मन उतर जाता है।

अनारकली-साहबेआलम बिल्कुल झूठ बोल रहे हैं जहांपनाह। मैं तो काजू भी खाती हूं और बादाम भी खाती हूं। साहबेआलम मेरी झूठी शिकायतें करते हैं। पिछले जुम्मेरात को ही मैंने दस बादाम खाए थे और इससे अगले शनीचर को पच्चीस काजू खाए थे, यह तो सभी को मालूम है।

अकबर-यानी कि सिर्फ मेवे खाने से काम नहीं चलता है?

दोनोंः- हर्गिज नहीं। रोज-रोज मेवे खाना तो एकदम सजा है।

अकबर-क्या कोई सिर्फ फल खाकर जी सकता है?

सलीम-नहीं जी सकता। सिर्फ फल खाने से भी जी मिचलाने लगता है और कभी-कभी तो कै भी हो जाती है और भूख भी बार-बार लगती रहती है।

अकबर-तो इसका मतलब हुआ कि फल भी कोई अहम खुराक नहीं है और मेरा ख्याल है कि सिर्फ गोश्त खाकर जीना भी बहुत मुश्किल है।

सलीम-गोश्त तो हम खाना ही नहीं चाहते अब्बा-हुजूर, मरियम जमानी पीछे पड़ जाती हैं तो मजबूरी में हलक के नीचे उतारना पड़ता है। अम्मी कहती हैं कि नहीं खाओगे तो हम बात ही नहीं करेंगे। दरअसल रात को हमें भूख तो होती ही नहीं है, हम तो बस थोड़ा-सा शोरबा चखना चाहते हैं।

अनारकली–मैं तो गोश्त खाती ही नहीं हूं जिल्ले–इलाही, मुझे कौनसी जंग लड़नी है?

अकबर–इसका मतलब यह हुआ कि हमारा यह सोचना ठीक है कि रोटी ही ऐसी चीज है जिसके सहारे कोई जी सकता है।

अनारकली–सिर्फ रोटी तो आप भी नहीं खाते हैं जहांपनाह। आप भी रोटी के साथ–साथ दाल, सब्जी, दही, अचार, मुरब्बे और चटनियां खाते हैं। आप पापड़ भी रोजाना खाते हैं और इसके बाद केसर और मिश्री मिला हुआ खूब सारा दूध भी आप पी जाते हैं। इतना दूध तो कोई भी नहीं पीता है।

सलीम–लेकिन अब्बा–हुजूर गोश्त नहीं खाते हैं। चावल, दलिया और खिचड़ी भी अमूमन नहीं खाते हैं जबकि हम ज्यादातर ही चावल, दलिया या खिचड़ी खाते हैं। अब्बा–हुजूर मिठाइयां और मेवे भी कभी–कभी ही खाते हैं और फलों में सिर्फ आम और केला खाते हैं। फिर अब्बा–हुजूर हैं भी कितने लम्बे–चौड़े, इसीलिए तो ज्यादा खाते हैं। क्या कोई ऐसा आदमी भी होता है अब्बा–हुजूर जो सिर्फ रोटी खाकर जीता हो?

अकबर–इस बात को समझना जरूरी है बच्चो। गोश्त खाने के लिए जानवरों का शिकार करना पड़ता है, मेवे और फल दूर–दूर से मंगवाने पड़ते हैं इसलिए ये महंगे होते हैं, सब लोग इनको नहीं खा सकते हैं। हमारी तमाम रिआया रोटी खाकर ही जिंदा रहती है और अफसोस तो इस बात का है कि सबको दोनों वक्त रोटी और चटनी भी नसीब नहीं होती। जो हुक्मरान रोटी से कट जाते हैं वे अपनी रिआया से भी कट जाते हैं। मुल्क के जो रहनुमा रिआया के साथ–साथ बैठकर रोटी नहीं खाते हैं, रिआया भी उन्हें अपना नहीं समझती।

सलीम–फिर तो हम रोटी जरूर खाएंगे अब्बा–हुजूर। हमें भी खिल्कत से निस्बत है, हम भी आम आदमी के लिए कुछ करना चाहते हैं।

अकबर–एक बात और है शेखू कि ताकत उन्हीं में होती है जो रोटी खाते हैं और अपनी रोटी खुद अपनी मेहनत से कमाते हैं। रोटी की लज्जत को वही जानता है जो कि पसीना बहाता है। जब भी जंग होती है तो हार–जीत बादशाहों और सिपहसालारों की नहीं होती, हार–जीत आम आदमी के हौसले की होती है। जीत या हार आम आदमी की मुहब्बत की होती है। इस मुल्क के हालात बहुत अजीब हैं शेखू, इस मुल्क में बहुत–सी जांनिसार कौमें रहती हैं–अफगान हैं, सय्यद हैं, राजपूत हैं, मेवाती हैं, मराठे हैं, गुजराती, बिहारी और बंगाली हैं। इस मुल्क पर हुकूमत वही कर सकता है जो आवाम का दिल जीत सकता है। मरहूम अब्बा–हुजूर इस बात को नहीं समझ पाए और न ही शेर–अफगान के वारिस इसे समझ पाए, इसीलिए उन्हें पर्दे के पीछे हटना पड़ा। आज हुक्मराव हम हैं तो सिर्फ इसलिए हैं क्योंकि हम आवाम के जज्बात को समझते हैं। हम बादशाह तब तक हैं जब तक सिपाहियों, मनसबदारों, हाकिमों, सूबेदारों, वजीरों

128 *परांठे वाली गली*

और सिपहसालारों की वफादारी हमारी जानिब है। सिर्फ शमशीर की नोक पर फतह की गई जंग हमेशा के लिए नहीं टिकती, अवाम के दिल को जीतना जरूरी है। फौज सिर्फ उस सिपहसालार की दिल से इज्जत करती है जो खुद भी बहादुर, नेक और जांबाज होता है। हमें देखो, हम आज भी कम से कम पांच घण्टे रोजाना वर्जिश और कसरत में बिताते हैं, मुकाबले में किसी की भी तलवार हमारे जिस्म को छू तक नहीं सकती। हम चाहते हैं कि तुम भी खूब वर्जिश करो, कसरत करो और मजबूत बनो। हम चाहते हैं कि तुम भी हमारी ही तरह तलवारबाजी, कुश्ती व दंगल के दाव-पेचों में सबसे आगे रहे। याद रखो कि जो मेहनत करता है उसका पेट रोटी के बिना नहीं भरता है। तुम रोटी नहीं खाते हो यह अफसोस की बात इसलिए है कि तुम अभी मेहनत भी नहीं करते हो।

सलीम ने बादशाह से वायदा किया कि वह रोजाना कई घण्टे कसरत करेगा। कई दिनों बाद खबर आई कि सलीम रोटी खाने तो लगा है किन्तु उसका तरीका कुछ मुख्तलिफ है। वह ढेर सारी रोटियां थालियों में भरकर मंगवाता है, उनमें से कुछ की पपड़ियां उतारकर खा लेता है, कुछ को अपने जूठे हाथों से छू देता है और सारी बची हुई रोटियों को किले के बाहर गरीबों में बंटवा देता है। वह ऐसा रोजाना दोनों वक्त करता है। रोटियां बनाने वाले खुश हैं, रोटियां खाने वाले भी खुश हैं और साहबेआलम भी खुश हैं। इसके बाद खबर आई कि वह चंद रोटियों के बीच का हिस्सा खा लेता है, और बाकी सारी रोटियां गरीबों में बंटवा देता है, अब जानवरों को भी रोटियों के कौर-किनारे मिलने लगे हैं। बहुत जल्द सलीम पूरी-पूरी रोटियां भी खाने लगा और ढेर सारी रोटियां अपने हाथों से छूकर किले के बाहर बंटवाने लगा। सलीम ने हुक्म दिया है कि किले के बाहर खड़ी हुई भीड़ में से कोई भी भूखा वापस नहीं जाए। फिर खबर आई कि वह दोनों वक्त रोटियां खाने लगा है और किले के बाहर भी बंटवाने लगा है। बादशाह ने अब बेफिक्री का आलम किया।

सुनने में आता है कि जिल्ल-ए-इलाही का जन्म सन् 1542 ईसवी के अक्टूबर महीने में हुआ था और चौदह बरस की छोटी-सी उम्र में ही उनको तख्तनशीन होना पड़ा था। शासन के तेरहवें बरस में जब वे सत्ताइस बरस के थे तब सलीम का जन्म हुआ था। सन् 1575 आते-आते अकबर ने अपने शासन में स्थिरता का अनुभव करना प्रारम्भ कर दिया था, उनके हृदय में स्रष्टा के प्रति धन्यवाद भाव का उदय हुआ था और वे धर्म के वास्तविक स्वरूप के प्रति जिज्ञासु होने लगे थे। कुरान में लिखा है कि एक आदमी की तरह एक उम्मत की उम्र भी निश्चित होती है। जब बचपन, यौवन और बुढ़ापे की सीढ़ियां पार करके एक उम्मत मर जाती है तब खुदा नई उम्मत पैदा करता है। खुदा ने सभी रसूलों से वायदा लिया है कि जब तुम्हें किताबे-पैगम्बरी दी जाए और तुम्हारे बाद खुदा की तरफ से पैगाम लाने वाला दूसरा पैगम्बर नाजिर हो तो उस पर ईमान लाना और उसकी

मदद करना तुम्हारा फर्ज बनता है। सूफी परम्परा में बहुत पुराने वक्त से एक मान्यता प्रचलित रही है कि मुहम्मद के जन्म से कोई एक हजार साल बाद मेंहदी साहब का आगमन होगा और वे एक नई उम्मत को जन्म देंगे। शेख इलाही (शेख अल्लाई) का आगमन इसी समय के आसपास हुआ था और बहुत से लोग उन्हें हज़्रत मेंहदी साहब मानते थे। वे एक बहुत ही पहुंचे हुए दरवेश थे और अकबर उनकी शिष्य-परंपरा के सम्पर्क में सन् 1575 के आसपास आया था। आश्चर्य है कि यह समय मुहम्मद के जन्म के ठीक 1003 साल बाद पड़ता है। यह मानने का पर्याप्त ऐतिहासिक आधार है कि अकबर की आध्यात्मिक साधना में रुचि थी और उन्होंने शेख इलाही की परम्परा से ध्यान अथवा इबादत की कुछ विधियां भी सीखी थीं। अकबर के जीवन में आध्यात्मिक अनुभवों के कई दृष्टांतों का संकेत मिलता है। ऐसा लगता है कि ध्यान की इन कुञ्जियों के कारण अकबर को रूहानी रोशनी मिली थी और वे समझ गए थे कि यह रास्ता सही है। फिर भी अकबर ने विभिन्न परम्पराओं जैसे इस्लाम, सूफी, ईसाइयत, पारसी, हिन्दू, जैन इत्यादि से सम्पर्क साधा था और सभी धर्मों के पीछे छिपे हुए गूढ़ तत्त्व को जानने की कोशिश की थी। लगता है कि सन् 1575 के आते-आते अकबर ने एक नई उम्मत दीन-ए-इलाही की हिमायत करने का फैसला कर लिया था जिसके आप्तपुरुष खुद शेख इलाही थे। इससे वे कट्टरपंथी मुसलमानों की नाराजगी का शिकार बने थे और नतीजतन सन् 1581 में उन्हें अपने सौतेले भाई मिर्जा मोहम्मद हकीम के उकसाने पर एक बहुत बड़े विद्रोह का सामना करना पड़ा था, जिसे शांत करने में वे सफल रहे थे। किले के भीतर भी कट्टरपंथी सुन्नी मुसलमान, काजी, सैयद, पीर, फकीर वगैरह सब उनके खिलाफ थे। यह सलीम के बचपन का समय था और इस बलवे के समय वह लगभग बारह बरस का था। चाहे कारण ऐसे कट्टरपंथी लोगों की सोहबत रही हो या कि कारण कुछ और रहा हो, लेकिन जैसे-जैसे शाहजादा बड़ा होता जा रहा था, वह अपने वालिद के खिलाफ बगावती भी होता जा रहा था। लगता है कि सलीम के मन पर उसके चाचा मिर्जा मोहम्मद हकीम और बलवे ने एक गहरी छाप छोड़ी थी, जिसके कारण वह आने वाले वक्त में अपने वालिद जैसा सहिष्णु साबित नहीं हुआ।

बादशाह को यह खबर मिली कि शहजादा अब ढंग से कसरत करने लगा है, तालीम पर भी गौर करने लगा है और खाना भी ठीक तरीके से खाने लगा है। एक शाम का वक्त था कि बादशाह फुर्सत के आलम में थे, उन्होंने सलीम को गुफ्तगू करने के लिए बुला भेजा।

'अब तुम्हारी तालीम कैसी चल रही है शेखू?'

''मेरी तालीम तो ठीक ही चल रही है अब्बा-हुज़ूर। आजकल मैं रोजाना घुड़सवारी, तैराकी, तलवारबाजी, व दंगल की घण्टों ही रियाज करता हूं। थोड़ा

वक्त मैं शायरी व मौसीकी को भी देता हूं और रोजाना कलामेपाक की आयतें भी पढ़ता हूं।''

'तुम्हें सबसे ज्यादा दिलचस्पी किस चीज में है?'

''अब्बा-हुजूर अगर मेरा बस चले तो मैं दिन भर शायरी व मौसीकी में ही मशगूल रहूं।''

'यह तो बहुत अच्छी बात है बरखुरदार। मेरी जाती जिंदगी इतनी जद्दोजहद में गुजरी कि शायरी के लिए कोई गुंजाइश ही बाकी नहीं बची। अल्लाह करे कि तुम्हें बतौर अदीब एक मुकाम हासिल हो और तुम्हारे अदब से तवारीखे-हिन्द की जीनत बढ़े। हम खुद तो कुछ भी पढ़-लिख नहीं सके शेखू लेकिन चाहते हैं कि तुम आलिम तालीममंद कहलाओ। हमें अभी-अभी बंगाल, बिहार और गुजरात के बलवों और मिर्जा हकीम की बगावत से रूबरू होना पड़ा है। मुझे सियासत से कभी भी फुर्सत ही नहीं मिली शेखू; हर वालिद की यही दिली ख्वाहिश होती है कि जो उसे हासिल नहीं हो सका हो वह भी उसके फर्जन्दों को जरूर मयस्सर हो। बहुत छोटी-सी उम्र से ही हमारे सामने सियासत की शतरंज बिछी रही है और हमारा दिमाग हरदम शह और मात में उलझा रहा है। जिंदगी में कुछ और करने का वक्त ही नहीं मिला लेकिन फिर भी इतना तो हम भी समझते हैं कि अदब, शायरी और मौसीकी भी कोई मामूली बातें नहीं हैं।

''एक बात कहूं अगर आप बुरा नहीं मानें तो अब्बा-हुजूर, दिक्कत इस तरह से है कि आपके बारे में खल्क का नजरिया यह है कि आप इस्लाम और कुरआन को दिल से तरजीह नहीं देते हैं। चचाजान ने भी इसी बात का फायदा उठाने की कोशिश की थी।''

'ऐसा हमारे बारे में क्यों समझा जाता है शेखू अगरचे यह बात एकदम बकवास है?'

''इसलिए कि आप दीने-ए-इलाही को मानते हैं और खुद को जिल-ए-इलाही कहा जाने पर भी ऐतराज नहीं फरमाते। लोगों का कहना है कि आप खुद को मूसा, मसीह और नबी की तरह ही अल्लाह की तरफ ले जाने वाला एक पैगम्बर समझते हैं।''

''नहीं, शेखू हरगिज नहीं। हम अपने आपको कोई पैगम्बर या वली नहीं समझते लेकिन इस बात पर हमारा ऐतबार जरूर है कि हर इंसान ही रूहानी नूर का हकदार होता है और हरेक इंसान पर अल्लाह का जलवा नुमायां हो सकता है क्योंकि बुनियादी तौर पर हर शख्स एक जैसा ही होता है गोया कि कोई भी दूसरे के मुकाबिल कोई खासोअहम नहीं होता। नबी भी हमारी तरह के ही एक इंसान थे फिर भी उन्होंने फरिश्ते अलजबर को अपना हमदम महसूस किया था अगर्चे कि उन पर कलामेपाक भी नाजिल हुआ था। हमारा मानना है कि हर इंसान को इलहाम हो सकता है, सवाल अगर कोई है तो ठीक राह और ठीक

राहबर मिलने का है और हम समझ गए हैं कि हमें ठीक राह मिल भी गई है।"

"वह ठीक राह आखिर कौन-सी है अब्बा-हुजूर?"

'शेखू, हमारी नजर में शेख इलाही का दर्जा वही है जो कि आवाम की नजर में मूसा, मसीह या नबी का है। सच पूछो तो हम उन्हें इनसे भी बढ़-चढ़कर वली मानते हैं। हमें यकीन है कि शेख इलाही ही हज़्रत मेंहदी साहब हैं। हजारों साल से अगले जमाने के आलिमे तसव्वुफ जिस शख्स का इंतजार कर रहे थे वे मेंहदी साहब कोई और नहीं बल्कि शेख इलाही ही हैं। उन्हीं के दिखाए हुए रास्ते को हमने दीन-ए इलाही का खिताब दिया है और इस रास्ते की पुरअसर हिमायत करने के कारण ही लोग हमें जिल्ल-ए-इलाही कहते हैं, गोया कि आवाम को हममें भी शेख-इलाही का ही जलवा नाजिर होता हो।'

"लेकिन अब्बा-हुजूर कशमकश के मज्मून और भी हैं। आपके बहुत से उसूलात इस्लाम से इत्तफाक नहीं करते। इस्लाम में शराब पीने की मुमानअत है लेकिन आपने शराब की दुकानें खुलवा दी हैं कि बतौर दवा जितना पीओ कोई हर्ज नहीं। आपने काफिरों पर लगने वाला कर जजिया और सफरवसूली हटा दी है। आप काफिरों की तरह ही आफताबपरस्ती और आतिशपरस्ती के फख्रमंद हैं; और तो और इस मुल्क के बिरहमिनों की तरह आप भी अपनी जबीं पर संदल का जोरदार कश्का खींचते हैं। इस्लाम के मुताबिक एक साथ चार बीवियां तक रखना जायज है, गोयाकि बेहतर है जबकि आप अपने दीन-ए-इलाही के मानने वालों को महज एक बीवी रखने की इजाजत देते हैं। इस्लाम के मुताबिक कोई भी अपनी चचाजाद या खालाजाद खवातिन से निकाह की उम्मीद रख सकता है जबकि आपका दीन-ए-इलाही इस उम्मीद पर शुरुआती तौर से ही पानी फेर देता है। आप इस्लाम की बहत्तर उम्मतों में से किसी की भी कोई इज्जत अफ्जाइश नहीं करते हैं। आपने जिस्मफरोशी को भी जायज ठहरा दिया है गर्चे कि उस पर वसूली भी लगा दी है। आपने गाय और उसके नस्ली जानवरों के गोश्त पर पाबंदी लगा दी है गोया कि मोमिनों के मुंह का जायका एकदम बिगाड़ कर रख दिया है। आप हैं कि खुद आफताब के एक हजार नामों की तस्बीह जपते हैं और गाहे-बगाहे लोगों को सलीब भी दिखाते हैं। इन सभी बातों के कारण आलम यह नुमायां होता है कि लोग दबी जुबान से ही सही यह कहने से नहीं चूकते कि आप सच्चे मुसलमान नहीं हैं जबकि मिर्जा हकीम वाकई फर्मांबरदार हैं। मुसलमान रिआया को शिकायत आपसे यह भी है कि दरअसल आप काफिर परस्त हैं और गोया कि उनका कोई सरपरस्त ही नहीं है। मैं भी यह जानना चाहता हूं जिल्ल-ए-इलाही कि आखिर असलियत क्या समझी जाए?"

'इस्लाम आज से कोई हजार साल पहले नुमायां हुआ था और वह भी अरब के रेगिस्तान में जहां कि एक दाना तक नहीं उगता। उस वक्त मजबूरियां बिल्कुल अलग थीं। आज जिस मुल्क की रहनुमाई का हम पर दारोमदार है उसकी पिच्चानबे फीसदी आबादी हिन्दुओं की है। आधी से अधिक जमीन पर हिन्दू

सूबेदारों और ओहदेदारों की हुकूमत है। हमारे सबसे बड़े वजीर और सिपहसालार मानसिंह, बीरबल, टोडरमल और भगवानदास हैं जो कि सब के सब हिंदू हैं। हमारी मलिकाओं में भी बहुत-सी हिन्दू राजघरानों से हैं। इस मुल्क को दौरेवक्त एक ऐसे मजहब की अहम जरूरत है जो आज के हालात के मुताबिक हो और हिन्दू व मुसलमान दोनों को नजदीक लाने का जज्बा रखता हो। इस मुल्क को एक ऐसा मजहब चाहिए शेखू जिसमें दोनों कौमों की अच्छी रिवायत शामिल हो और बुरे रिवाजों से परहेज गुजारी हो।'

''यही तो दिक्कत है अब्बा-हुजूर, आप मजहब को भी हजार दुनियावी मिसाइलात में से एक समझते हैं जबकि हिन्दू व मुसलमान दोनों इसको इलहाम का नतीजा मानते हैं। आपकी इस दखल पसंदगी से न तो हिन्दू अवाम खुश है और न ही मोमिन तौफीक बसर हैं। उनकी सोच यह है कि आप मजहब को इल्मेतसव्वुफ नहीं समझते।''

'यही तो हमें अफसोस है शेखू कि दानिशमंद लोग अगरचे कम ही होते हैं। किसी भी कौम के मजहब में दोनों बातें शुमार होती हैं—रूहानी इल्म भी होता है और दुनियावी उसूलात भी होते हैं। रूहानी इल्म का जहां तक सवाल है हम इस बात से रजामंद हैं कि यह एक तरह का इलहाम होता है जो कि अल्लाह की तरफ से आता है। हिन्दू इसको इल्मेखुदी कहते हैं और सूफी इसको जुनूने बेखुदी कहते हैं लेकिन हमारे देखे से बात वही है। लेकिन हम मानते हैं कि शेखइलाही वली हैं, उन्हें इलहाम हुआ है और उन पर नूरेहक भी नाजिल हुआ है और जैसा कि तुम कहते हो उन्हें इल्मे-तसव्वुफ हासिल हुआ है और यह जो हमारा दीन-ए-इलाही है न शेखू यह कोई दुनियावी मसला नहीं है क्योंकि इसका हक शेखइलाही से होकर ही आता है। हमारी समझ में वे लोग बेफहम हैं जो कि ऐसा मान बैठते हैं कि इलहाम कोई गए जमाने की चीज है जो कभी मूसा या मसीह या नबी को हो गया था और अब आइन्दा किसी को नहीं हो सकता है। सवाल यह है कि बदल कौन गया है खुदा भी वही है और बंदे भी वैसे ही हैं। इलहाम सदा होता रहा है और हमेशा होता रहेगा इसके लिए सिर्फ बंदे को बेगरूर होना पड़ता है और यकीनमंद होना पड़ता है। यह बात और है कि इलहाम जब भी आता है और जिसको भी आता है अल्लाह की ओर से ही आता है और इसलिए यह दुनियावी मिसाइलों का मोहताज नहीं होता और हमेशा एक जैसा ही होता है। जहां तक दुनियावी नियम-कायदों का सवाल है वे मौजूदा हालात के कारण बनते हैं और बदलते हैं। मुसलमान यही गलती करता है कि वह कौमी इंतजामात की सूरत भी वक्त के साथ बदलने को राजी नहीं होता, वह दुनियावी मसलों में तब्दीली से भी डरता है। जरा सोचो कि हम सब, हिन्दू और मुसलमान दोनों, एक ही आसमान के नीचे एक ही जमीन पर रहते हैं और एक ही हवा में सांस लेते हैं। हम सब एक जैसा दाना खाते हैं और एक जैसा ही पानी पीते हैं। फिर यह क्या जरूरी है कि हिन्दू का मजहब कोई और बात हो और

मुसलमान का ईमान कोई अलहदा शै हो? हम एक ऐसे मजहब के ख्वाबगीर हैं शेखू जिसमें तमाम मजहबों का निचोड़ हो और जिसमें तमाम कौमों के अच्छे उसूलात शुमार हों। लेकिन अफसोस यह है कि हम हमारे जमाने से आगे हैं और फिलवक्त इंसानी नजरिया इतना तरक्कीयाफ्ता नहीं है। लेकिन यह बात तो हमारे दुश्मन भी नहीं कह सकते हैं कि हम जबरदस्ती किसी पर अपने नजरिये को थोपते हैं। हम भी यह मानते हैं कि ईमान इंसान के दिल से आए तो आए। जो फर्मानबरदार हैं वाज़िब है कि वो फर्मानबरदार रहें, लेकिन जिन्हें नूर-ए-इलाही कहीं और भी दिखाई देता है उन्हें भी देखने का हक है। सबसे बड़ी बात तो यह है कि हम नबी के इलहाम को शेखइलाही के इल्म से कोई अलग बात नहीं मानते। जैसे अलग-अलग चिरागों से निकलकर भी रोशनी एक होती है वैसे ही अलग-अलग मौकों पर होने वाला इलहाम भी एक ही होता है।'

''फिर भी अब्बा-हुजूर क्या हमारी रगों में अब खूनेतैमूरी और खूनेचंगेजी हरकत नहीं करता? क्या हम बुतपरस्त हो जाएं और सब्जा और घास खाकर जीने लगें?''

'खुदा तुम्हारा निगेहबान हो शेखू क्योंकि वही सब कुछ जानता है। जाओ बेशक अब तुम आराम करो, अब हम भी खिलवत चाहते हैं।'

सलीम और अनारकली अब दोनों ही बड़े हो चुके हैं और उनके बीच की मुहब्बत भी अपना रंगोअंदाज बदलने लगी है। जिल्ल-ए-इलाही इस मामले को लेकर बहुत फिक्रमंद हैं। उनका मानना है कि वक्त आ गया है कि सलीम से साफ-साफ बात ही कर लेनी चाहिए।

'मैंने सुना है साहबजादे कि आप अनारकली से निकाह करना चाहते हैं?'

''यह हकीकत है जिल्ल-ए-इलाही, बेशक यह हकीकत है। मैं और अनारकली बचपन से ही एक दूसरे से बेइंतहां मुहब्बत करते हैं और खुदा ना करे, अलग होकर हम जी भी नहीं सकते हैं।''

'सलीम तुम जानते हो कि हुक्मरान होना निहायत जिम्मेदारी की बात है। लाखों लोगों का जीना और मरना हमारी फित्रत से ताल्लुक रखता है। लिहाजा बात यह है कि हमें शादी-ब्याह भी सियासती तकाजों के मद्देनजर तय करने होते हैं। हमें इस बात पर गौर हरदम करना पड़ता है कि हमारे किसी भी फैसले का आमोखास के दिलों पर क्या असर होता है।'

''जिल्ल-ए-इलाही, न तो मैं ताजोतख्त का ख्वाहिशमंद हूं, और न ही दौलत का तलबगार हूं। खुदा गवाह है कि सलीम के लिए दुनिया में अगर कोई सबसे अहम मुद्दा है तो वह मुहब्बत है, यकीनन मुहब्बत ही है। आप चाहें तो शौक से हुकूमत की जंजीरों और दौलत की बेड़ियों में मेरे भाई दानियाल को जकड़ दें, मुझे इसमें कोई ऐतराज़ नहीं होगा; अलबत्ता मैं अपने भाई के लिए अल्लाह से दुआएं जरूर मांगूंगा। ये आपके ताजोतख्त मेरे रास्ते के पत्थर हैं और ये आपके हीरे जवाहरात मेरे लिए धूल हैं। जो

हुकूमत और दौलत मुहब्बत का गला घोटती हो अब्बा-हुजूर उसकी आर्जू न सलीम ने कभी की है और न सलीम कभी कर सकता है। मेरे लिए मुहब्बत इबादत का दर्जा रखती है और इबादत मुहब्बत का दर्जा रखती है; एक खुदा की तरफ ले जाती है तो दूसरी खुदा की तरफ से आती है। बहुत बड़ी चीज है मुहब्बत भी लेकिन सिर्फ उनके लिए जो इसे महसूस कर सकते हैं।''

'तुम जानते हो शेखू कि तुम क्या कह रहे हो?'

''मैंने अच्छी तरह सोच लिया है जिल्ल-ए-इलाही कि अगर मेरी तकदीर में जिंदगी है तो वह अनारकली के साथ बसर होगी और अगर मेरी तकदीर में मौत भी है तो वह भी अनारकली के साथ ही मुकम्मल होगी।''

'साहबे आलम जो तुम सोचते हो वह हर्गिज-हर्गिज नहीं हो सकता है।'

''क्यों नहीं हो सकता है अब्बा-हुजूर, आखिर क्यों नहीं? आप भूल गए हैं कि आप एक शहंशाह के साथ-साथ एक बाप भी हैं। हम दुनिया के किसी भी कोने में रह लेंगे लेकिन हमारी दुनिया एक दूसरे से अलग नहीं हो सकती।''

'बहुत-सी बातें ऐसी होती हैं शेखू जो कही नहीं जा सकती हैं, खुद को ही समझनी पड़ती हैं। अनारकली की वालिदा ने बरसों ही हमारी खिदमत की है और हमारी निगाह में उनका दर्जा किसी भी मलिका जैसा ही रहा है। हमने अनारकली को हमेशा उसी नजर से देखा है जिससे एक वालिद अपनी खुद की औलाद को देखता है। तुम मेरी बात का मतलब समझ रहे हो शेखू?'

''अब्बा-हुजरू यह आपका सरासर वहम है। आप इस्लाम की रवायत को बखूबी जानते हैं यानी कि अनारकली कोई मेरी माबदौलत तो नहीं है। एक वहम की बुनियाद पर जिंदगी की खुशियों को बरबाद तो नहीं किया जा सकता।''

'क्या हमने तुम्हें इसी दिन के लिए पैदा किया था शेखू? जैसे तुम्हारे जज्बात हो सकते हैं हमारे भी तो कुछ जज्बात हो सकते हैं। तुम्हारे लिए जो वहम है, हो सकता है हमारे लिए वह सिर्फ एक वहम नहीं हो।'

''आप साहबे आलम को बगावत के लिए मजबूर कर रहे हैं शहंशाहे हिन्द।''

'तुम्हारी यह हिम्मत? तुम जा सकते हो।'

जिल्ल-ए-इलाही समझ जाते हैं कि यह मसला इतनी आसानी से हल होने वाला नहीं है। वे सलीम को कुछ वक्त के लिए दक्खन की ओर रुखसत कर देते हैं। इसके बाद वे अनारकली और उसकी वालिदा को तलब करते हैं और उन्हें अपने चचा कामरान के नाम एक खत देते हैं। वे उन्हें ढेर सारी अशर्फियां और हीरे जवाहरात देते हैं और तुरंत कुछ सिपाहियों के साथ दिल्ली छोड़ देने का हुक्म देते हैं। किले में यह अफवाह फैल जाती है कि अनारकली को दीवार में चुनवा दिया गया है। बहुत मुमकिन है कि वापस लौटने पर सलीम ने इस बात पर यकीन नहीं किया हो लेकिन उसने आइंदा के लिए अनारकली की तलाश जरूर बंद कर दी। वही होता है जो मंजूरेखुदा होता है। ■

रजिस्ट्री का जोर

मेरे पिताजी के एक मित्र हैं श्री मोहनलालजी धाकड़। वे भी मेरे बचपन के समय रानी विद्यावती हाईस्कूल में अध्यापक थे। उनके बारे में मैं अपनी कोई राय नहीं दूंगा, न उनका कोई मनोविश्लेषण करूंगा क्योंकि उनके सम्मुख मैं महज एक बालक मात्र हूं। किन्तु बचपन की स्मृतियों के इंद्रधनुष गूंथते समय उनका स्मरण आना भी स्वाभाविक ही है।

वे स्कूल में अध्यापन के अतिरिक्त प्राइवेट ट्यूशन भी दिया करते थे। एक बार एक घर में पढ़ाते हुए उन्हें पांच महीने हो गए थे और इस प्रकार उनका पारिश्रमिक सौ रुपए चढ़ गया था। उस जमाने में सौ रुपए कम नहीं होते थे क्योंकि जो अध्यापक हमें प्राथमिक विभाग में पढ़ाते थे उनका वेतन ही मात्र साठ रुपए प्रतिमाह था। गृहस्वामिनी नित्यप्रति ही उनसे बहुत मीठी-मीठी बातें करती थी, चाय पिलाती थी फीणी खिलाती थी पर पैसे की बात आते ही उठकर चली जाती थी। हमारा गांव बड़ा था और पोस्टमैन एक ही था, वह एक सेवानिवृत्त फौजी था, अपना खाना भी स्वयं ही बनाता था, अपने कपड़े भी स्वयं ही धोता था और घर को रोजाना झाड़ता बुहारता भी वही था। यह स्वाभाविक है कि उसे लोगों के घर तक पत्र पहुंचाने की विशेष शीघ्रता नहीं हुआ करती थी, लेकिन लोगों को धैर्य कहां होता है? जैसे ही शाम को चार बजे ऊंट पर डाक का थैला आता था लोग पोस्टऑफिस के आगे बैठे हुए तैयार मिलते थे। नियमित जाने वालों में श्री मोहनलाल धाकड़ भी थे। वैसे भी गर्मियों की दुपहरी किससे काटे कटती है, लिहाजा शाम के चार बजते ही घर से बाहर जाने का मन करता है। बारह-एक बजे तक लोग खाना खाकर ताश या शतरंज लेकर बैठ जाते हैं, तीन-चार घण्टे जमकर खेलते हैं और फिर उठकर डाकघर की ओर चल देते हैं। उन दिनों श्री मोहनलाल जी धाकड़ के स्कूल का समय सुबह सात से बारह था। शाम चार बजे तक का समय वे विश्राम अथवा ताश-शतरंज की बाजियों में बिताते थे। चार बजे उठकर डाकघर चल देते थे और इसके बाद शाम को बच्चों की नींव मजबूत करने का काम शुरू हो जाता था। एक दिन गृहस्वामिनी के नाम तीन सौ रुपए का एक रजिस्टर्ड लिफाफा आया। गांव के सब लोग लिफाफे को ऊपर से देखकर ही पहचान जाते थे कि इसके भीतर घर-खर्च के रुपए भेजे गए हैं और लोग इसे रजिस्ट्री कहते थे। संयोग से उस दिन गृहस्वामिनी के घर से कोई भी बाल-गोपाल डाकघर नहीं पहुंचा था

इसलिए श्री मोहनलालजी ने रजिस्ट्री पहुंचाने की जिम्मेदारी खुद पर ही ले ली। जैसी कि उम्मीद थी रजिस्ट्री के भीतर एक घरेलू किस्म का पत्र और सौ-सौ के तीन बड़े-बड़े नोट मौजूद थे। उन्होंने बाकायदा दो सौ रुपए उसमें में निकालकर अपनी पत्नी (झूंथिए की मां) के पास रख दिए और सौ रुपए रजिस्ट्री में वापस रखकर उक्त गृहस्वामिनी के घर पहुंच गए।

"और मोहनलालजी आज तो आप बहुत उदास दिखाई देते हैं, सब ठीकठाक तो है ना?"

'क्या बताऊं भाभीजी कुछ भी तो ठीक नहीं है। आज तो बाजार में बहुत बुरी हुई। शाम को पोस्टऑफिस से घर की तरफ लौट रहा था तो........."

'कोई सांड-सूंड तो नहीं मार गया? आजकल बाजार में सांडों ने बहुत धूमस मचा रखी है। हम औरतों का तो बाजार से निकलना ही हराम हो गया है।'

"नहीं भाभीजी, सांड ही मार जाता तो बात ही क्या थी, मेरी तो जान ही छूटती। बात कुछ और है, अब आपको कैसे बताऊं? झूंथिए की मां को खर्चा तो करना आता नहीं, पैसा पानी की तरह बहाती है। मुझे बताए बिना ही बाजार में अनापशनाप उधार चढ़ा रखी है, मेरा तो बाल-बाल बींध रखा है। डालचंद केडिये की दुकान के आगे से निकल रहा था तो उसने आवाज देकर दुकान के भीतर बुला लिया, मैंने भी सोचा कि भाई कोई काम होगा, नहीं तो मैं सुनता ही नहीं। दुकान के अंदर पहुंचा तो उसने मेरा कुर्ता पकड़कर घसीट लिया और मुझे नीचे गद्दी पर बैठा दिया। बोला कि वाह मास्टरजी वाह, पिछले बारह महीने से आपके नाम खाते में अस्सी रुपए बोल रहे हैं और आप हैं कि नजरें भी मिलाते नहीं हो। मैंने भी कह दिया कि कौनसा मैं तुम्हारे पैसे खाकर मर गया, जब हाथ सरकेगा तो खुद ही दे दूंगा। उठने लगा तो उसने मेरी धोती पकड़ ली और नीचे खींचने लगा। मैं समझ गया कि ले मोहनलाल आज तो तेरी भरे बाजार में इज्जत उतर जाएगी। मेरे पास था आपकी रजिस्ट्री का जोर सो मैंने झट से सौ रुपए उसमें से निकालकर फन्न से जमीन पर फेंक दिए कि काट ले तेरे सारे पैसे। मेरे को क्या ऐसा-वैसा समझ रखा है? थोड़ी आगे-पीछे की बात थी पर तेरे को धैर्य कहां है?

"रजिस्ट्री कितने की थी मास्टरजी?"

'थी तो पूरी तीन सौ रुपए की लेकिन थोड़ा-सा ही आगे चला तो शिवचंद केडिये ने आवाज दे ली। मेरे को क्या पता की झूंथिए की मां ने यहां भी खाता खुलवा रखा है? उन्होंने अपनी बही खोलकर दिखाई और बोले कि पिछले तीन साल से आपके हिसाब में पूरे 157/- रुपए बोल रहे हैं। कई बहियां बदल गई हैं लेकिन आप हैं कि होली-दीवाली भी दर्शन नहीं देते हैं। आखिर हमारे घर में भी माटी के ही चूल्हे हैं, आप कुछ तो विचार करें। आज तो तीन तारीख है और आज ही आपको तनख्वाह भी मिली है। अच्छा हो कि आप हिसाब चुकता करके ही जाएं। मैंने कहा कि अभी तो मेरे पास जहर खाने के लिए भी एक

फूटी कौड़ी नहीं है। तनख्वाह तो एक तारीख को मिली थी, अब तक कहां रखी है? रही बात आपके हिसाब की सो अभी तो मैं जी रहा हूं, कौनसा मेरा स्वर्गवास हो गया है? शिवचंद का बेटा विष्णुगोपाल तो आप जानते ही हो कि बहुत ही मुंहफट है। छूटते ही बोला कि मास्टरजी जहां तक हमारा सवाल है, हो ही गया समझो, कसर भी क्या है? जोर-जोर से बोलने लगा तो 15-20 आदमी भी दुकान में इकट्ठे हो गए। मैंने कहा कि बीस साल से तो खुद मैं इस दुकान का ठिठिया ग्राहक हूं, उससे पहले मेरे मामा-नाना यहीं आकर अपनी जेब झड़काते थे; आपको ऐसा व्यवहार करते हुए कुछ तो शर्म आनी चाहिए। वो तो एकदम गुस्से में आ गया, बोला कि आपके नाना-मामा तो सब भले आदमी थे लेकिन आप तो गोद आए हुए हो। लेकिन गोद कोई ले भी ले तो क्या होता है, खुद के बाप-दादा का असर थोड़े ही जाता है। इतनी कमाई छाती पर लेकर थोड़े ही जाओगे गुरुजी, आप तो ट्यूशन भी कम से कम दस जगह पढ़ाते हो, कुछ मुट्ठी भी ढीली करनी सीखो। तब तक तो 40-50 लोगों का मजमा जुट गया। मरता क्या न करता, सो फिर मैंने आपकी रजिस्ट्री से 120/- रुपए निकाले और उसके मुंह पर मार दिये। सोचा कि भाभीजी तो फिर भी अपनी ही हैं, कुछ कह भी लेंगी तो अकेले में ही कहेंगी, कम से कम भरे बाजार में तो फजीहत नहीं होगी। भीड़ में कुछ शरीफ आदमी भी थे, जैसे ही मैंने पैसे दिए उनका हौसला बढ़ गया। उन्होंने विष्णु को खूब फटकारा कि तुम्हारी हिम्मत बाप-दादों तक जाने की कैसे हुई? तुम्हारा काम क्या लोगों की पीढ़ियां उघाड़ना ही रह गया है? क्या मास्टरजी इस गांव में नए हैं कि गांव मास्टरजी के लिए नया है? झगड़ा होते-होते बचा पर मैंने कहा कि जो हो गई सो हो गई, अब शांत भी हो जाओ।'

''कोई बात नहीं'' गृहस्वामिनी ने कहा, ''पैसा घर में ही है।'' आदमी की इज्जत से ज्यादा बड़ा पैसा थोड़े ही होता है। मैं तो सोच भी नहीं सकती थी कि लोग इतने ओछे होते हैं और आप जैसे भले आदमी के साथ भी कोई ऐसी-वैसी हरकत कर सकता है? पर थोड़ी बहुत गलती इसमें झूंथिए की मां की भी है, आप बुरा मत मानना। पांव रजाई जितने ही फैलाओ तो अच्छा रहता है, आप तो वैसे भी समझदार हो।''

उसने रजिस्ट्री और सौ रुपए लेकर रख लिए और मास्टरजी को घेवर और मलाई वाली लस्सी का नाश्ता अपने सामने बैठाकर करवाया और सारे वक्त पंखा भी झलती रही। अगले दिन स्टाफ रूम में गद्दे पर बैठकर, मसंद का सहारा लेकर उन्होंने सारा वाकया खुद ही कहकर सुना दिया। मैं उस समय बहुत छोटा था इसलिए मुझे इतनी ही बात समझ में आ रही थी और इतनी ही मुझे याद भी रही। इसके बाद कई दिनों तक यह सिलसिला जारी रहा। जो भी कोई उनसे मिलता था सीधे ही पूछता था—और मास्टरजी ट्यूशन के सारे पैसे आ गए क्या कि कुछ बाकी भी रह गए?

आने वाले समय में इस वार्ता का नाम पड़ा–रजिस्ट्री का जोर।

अब दूसरी वार्ता। स्कूल की प्रबंध समिति में एक सेठ जी थे जिनका नाम था श्री जुगलकिशोरजी बंका। उनके यहां भी श्री मोहनलाल जी का नियमित-सा ही आना-जाना था। कभी-कभी वो पिताजी को भी साथ लेकर उनके यहां चले जाते थे। सेठजी के दादाजी एक रईस आदमी हुआ करते थे लेकिन दो पीढ़ियों से चढ़ती-ढलती छाया ढलती ही आ रही थी। सेठजी हैडमास्टर साहब के बहुत नजदीक थे, प्रबंध-समिति की मीटिंग में उनकी हां में हां मिलाते थे इसलिए मोहनलालजी के लिए यह जरूरी हो गया था कि सेठजी को ढीला नहीं छोड़ा जाए। इससे सारा खेल चौपट होने का डर था। एक दिन पिताजी और मोहनलालजी दोनों सेठजी से मिलने गए तो मोहनलालजी ने पिताजी को बताया–

"सेठजी खानदानी रईस आदमी हैं, इन जैसा रईस तो कीर्तिजी शेखावाटी के बारहों शहरों में भी ढूंढ़ने से दूसरा नहीं मिलेगा, साम्भलसर की तो बात ही क्या है? अपनी जवानी के दिनों में सेठजी को इत्रफुलेल का भी शौक था, अब तो बाल-बच्चे बड़े हो गए हैं। सेठजी रोजाना सुबह-शाम बाल्टियों के पानी में एक-एक शीशी अंतर की डालते थे और तब उस पानी से नहाते थे। मजाल है कि एक ही अंतर दुबारा काम में लेना पड़े। अगणित इत्रों की शीशियों से अलमारी भरी रहती थी। अब तो कीर्तिजी उन बातों को बहुत बरस हो गए हैं लेकिन अभी भी इनके पास ढूंढ़ने पर कोई ऐसी काजबीज चीज मिल सकती है जो बारह शहरों में कहीं भी नहीं मिले।"

'सुना तो मैंने भी है, लेकिन मैं उस समय इतना छोटा था। ये बातें मेरी याददाश्त से पहले की हैं।' –पिताजी ने कहा।

सेठजी की पर्ण खिल गई और बोले कि थोड़ा ढूंढ़ना पड़ेगा। कोई आधा घण्टे बाद सेठजी एक शीशी लेकर बैठक में लौटे। शीशी खोलते ही एक अजीब-सी दुर्गन्ध चारों तरफ फैल गई। शायद कोई दवाई की शीशी रही होगी। फिर भी सेठजी ने थोड़ा-सा तरल पिताजी के हाथ पर मसला और बोले–

"अब सूंघो कीर्तिजी।"

पिताजी समझ गए कि कुछ लोगों को गंध का पता नहीं लगता है। इसलिए पिताजी ने भी मन रखने के लिए कह दिया–

"अच्छा है, अंतर के बारे में मैं बहुत ज्यादा तो नहीं जानता लेकिन फिर भी अच्छा है।"

इसके बाद सेठजी ने थोड़ा-सा तरल लेकर मोहनलालजी की हथेली पर डाला और मसला।

मोहनलालजी ने हथेली अपने नाक के पास ले जाते हुए कहा–"वाह सेंठावाह डंबर फूटगो, पन्नड़ी दिखै।"

सेठजी ने जवाब दिया–"सागी है, अंतर की पहचान तो कीर्तिजी मोहन को है।"

बाहर निकलकर जैसे ही गली का मोड़ घूमे मोहनलालजी की भी हंसी उस दिन रुकी ही नहीं। सामान्यत: तो वो बाहर निकलकर भी गम्भीर मुद्रा में ही रहा करते थे लेकिन उस दिन उनको भी हंसी आ गई।

बोले—कीर्तिजी, आज तो सड़ांध के मारे बैठक में टिकना ही मुश्किल हो गया। मुझे क्या पता था कि सेठजी के पास कुछ मिलेगा ही नहीं? एकाध शीशी तो सभी के घर में मिल ही जाती है।

बाद में यह किस्सा भी काफी लोकप्रिय हुआ और इसका नाम पड़ा—सेठां पन्नड़ी दिखै। मैंने भी यह किस्सा खुद मोहनलालजी के मुंह से ही स्टाफरूम में बैठे हुए सुना था। उन दिनों मैं प्राथमिक शाला में पढ़ता था जो कि हाईस्कूल के भवन में ही एक तरफ बनी हुई थी क्योंकि मेरे पिताजी उस समय हाईस्कूल में असिस्टेंट हैडमास्टर थे, फुर्सत के समय मैं भी आकर स्टाफरूम के गद्दे पर एक कोने में बैठ जाता था। सभी लोग मुझे एक बालक ही समझते थे इसलिए मेरे वहां बैठने पर कोई रोकटोक नहीं थी।

ऐसे ही एक दूसरे सेठजी और थे उनका नाम था- श्रीनारायणजी सांगानेरिया। वो भी स्कूल की प्रबंध-समिति में एक सदस्य थे, स्कूल के सेक्रेटरी तो बिड़लाजी ही थे लेकिन उनकी अनुपस्थिति में इन लोगों का महत्त्व भी उन्हीं के समान होता था। सेठजी का घर स्कूल से अधिक दूर नहीं था; एक दिन अचानक स्कूल का एक ताला खराब हो गया तो हैडमास्टरजी ने तुरत-फुरत नौकर को भेजकर एक ताला सेठजी के घर से ही मंगवा लिया। उनका विचार ताले को वापस लौटाने का था लेकिन दैवयोग देखिए कि एक तो ताला खो गया और दूसरे श्री मोहनलालजी को ताला खोने का पता भी लग गया। शाम को स्कूल से लौटते वक्त मोहनलालजी और पिताजी दोनों को सेठजी की हवेली के आगे से गुजरना पड़ता था; उस दिन भी सेठजी हवेली के बाहर रखे हुए तख्त पर सकुशल विराजमान थे। दो चार चेलेचांटी भी आसपास बैठे हुए थे और महफिल जमी हुई थी। जैसीकि मोहनलालजी की आदत थी वो चलती हुई हवा से भी बात करते हुए गुजरते थे।

बोले-और सेंठा आराम होर्यो है; जी तो राजी है?

सेठजी ने कहा-हां, मोहनलाल बैठ्या हां, अइयां ही टेम पास करा हां।

मोहनलालजी-सेंठा थारो एक तालो बतायो जिको थे स्कूल मं दियो हो के?

सेठजी ने कहा-हां मोहनलाल एक तालियो सो गयो तो हो भई।

मोहनलालजी ने कहा-तो सेंठा, वो ताला तो बहुत ही मजबूत था। अलीगढ़ का बना हुआ ताला था, मैंने खुद मेरी आंखों से देखा था। मेरे को तो बहुत ताज्जुब हुआ था कि इतने बढ़िया ताले का इस स्साली स्कूलड़ी में क्या काम? अब तो ऐसे ताले मिलते भी कहां है? जो कम्पनियां इतने मजबूत ताले बनाती थीं वो तो कभी की बंद हो गईं। अब तो ऐसी चीजें गीत में गाने को ही रह गईं

हैं। बाद में पता लगा कि इस हेडिये को देखो कि कितना लापरवाह है कि ऐसे ताले को भी खो दिया। ऐसे ताले तो अंग्रेजों के जमाने में हुआ करते थे।

सेठजी ने कहा-अच्छा, ताले को खो दिया?

अगले दिन हेडमास्टर साहब ने सेठजी को याद किया और बताया कि संजोग से आपका ताला खो गया है। सेठजी तो पहले से ही खार खाए हुए बैठे थे सो लगभग डांटते हुए लहजे में बोले-

"आपको कुछ तो ध्यान रखना चाहिए था हेडमास्टरजी। एक तो आपने ताला मंगवा लिया और फिर खो भी दिया? वो ताला तो बेशकीमती था, ऐसे मजबूत ताले आजकल कहां बनते हैं? अंग्रेजों के जमाने का बना हुआ अलीगढ़ का ताला था, अब तो अंग्रेजों के साथ-साथ वो कम्पनियां भी उठ गईं।"

हेडमास्टर साहब बहुत घबराए, कैशियर को बुलाकर सेठजी को सौ रुपए का भुगतान करवाया और ऊपर से माफी भी मांगी।

बोले-आपका ताला तो वाकई बहुत अच्छा था, उसकी कीमत तो मैं क्या दे सकता हूं? ये सौ रुपए रख लीजिए, खो गया इस बात का अफसोस मुझे जिंदगी भर रहेगा।

सेठजी ने कहा-सो तो रहना भी चाहिए। आखिर मेरे पिताजी के हाथ का ताला था, लेकिन चलो कोई बात नहीं, होनहार को नमस्कार है। ऐसा ही होना लिखा था।

शाम को रास्ते में मोहनलालजी बोले-

"कीर्तिजी, अपना मंतव्य तो सेठजी को राजी करना था, और पैसे भी स्कूलड़ी के ही लगे हैं लेकिन हेडिये ने तो सारी स्कीम पर ही पानी फेर दिया।"

पिताजी ने पूछा-वो कैसे?

मोहनलालजी ने बताया-हेडिये ने पूरे सौ रुपए निकालकर दिए हैं जबकि इसके साथ के ताले झूंथिये की मां ने घासीराम जी लुहारूका की दुकान से सवा-सवा रुपए में मंगाकर रख रखे हैं। अब सेठजी के नाराज रहने का सवाल ही नहीं उठता।

पिताजी बोले-इसका मतलब यह है कि हेडमास्टरजी भी यह समझ गए थे कि सेठजी फंकियों में हैं। अपन तो वैसे ही हेडिये से दुखी हैं पण थे किसा हेडिये का पग मंडण द्यो हो?

इस किस्से का नाम पड़ा- अब तो वो कम्पनियां ही बंद हो गईं।

गांव में एक संस्कृत पाठशाला भी खोली गई थी किन्तु उसमें अध्यापक का पद प्रायः रिक्त ही रहता था। गांव में संस्कृत के विद्वान तो बहुत थे लेकिन स्कूल की नौकरी करना कोई चाहता नहीं था। ऐसे उद्भट्ट विद्वानों की मौजूदगी में किसी ऐसे-वैसे आदमी की पढ़ाने की हिम्मत भी नहीं पड़ती थी। इस पद की एक गरिमा थी इसलिए किसी वास्तविक विद्वान आदमी की आवश्यकता थी।

अंत में हरियाणा तक जाना पड़ा और वहां से ढूंढ़-ढांढकर एक टक्कर के विद्वान श्री उपेन्द्र शास्त्री को लाना पड़ा। पण्डित जी वाकई विद्वान आदमी थे; शुद्ध हृदययुक्त, ब्राह्मण थे इसलिए गांव के जो समझदार बनिये थे वे शीघ्र ही उनके शुभाकांक्षी बन गए। कर्मकाण्ड वगैरह भी करवाने लगे; इसी क्रम में नवग्रहशांति का एक यज्ञ भी उन्होंने श्री बनारसीदासजी लुहाररूका के कहने पर करवा दिया। श्री शास्त्रीजी इस तथ्य से अनभिज्ञ थे कि श्री बनारसीदासजी लुहारूका कई पीढ़ियों से ही श्री रामानंद पाधा के यजमान रहते आए थे और आजकल श्री रामानंद जी पाधा उनके विरुद्ध विषवमन करते हुए घूम रहे थे। दरअसल श्री रामानंदजी ने इसको अपनी प्रतिष्ठा का प्रश्न बना रखा था। उनका कहना था कि मेरे रहते हुए इस कल के छोकरे की यज्ञ करवाने की हिम्मत कैसे पड़ी? विद्वान तो गांव में दो ही हैं, जोशी और पाधा, यह कहां से आ गया अक्ल का आधा? तथ्य यह था कि श्री उपेन्द्र शास्त्रीजी वास्तव में ही एक विद्वान् व्यक्ति थे और इसलिए उनकी घनिष्ठता पिताजी से और तदनंतर मोहनलालजी से होना स्वाभाविक ही था।

संयोग देखिए कि एक दिन रामानंदजी अपने घर से बाजार की तरफ आ रहे थे और शास्त्रीजी बैजनाथ वैद्य की रसायनशाला की ओर जा रहे थे कि गढ़ के नीचे दोनों की एक नीम के पेड़ के तले मुलाकात हो गई।

सो छूटते ही शास्त्रीजी ने सहज भाव से कहा- पण्डितजी महाराज की जय हो।

रामानंदजी ने जो उत्तर दिया वह बहुत अप्रत्याशित था।

बोले-देखो इस हरामी की औलाद को। स्साले का मुंह तो सुई-सा है लेकिन पेट इसका कुई-सा है, भरता नहीं है। शास्त्रीजी जितने विद्वान थे उतने ही स्वाभिमानी भी थे और उतने ही हरियाणवी भी थे। उनको इस अकारण और अकस्मात अपमान पर क्रोध आ गया सो उन्होंने आव देखा ना ताव, तुरंत अपने हाथ में पकड़े हुए चिटिये के पांच-सात हाथ बुढ़ऊ पर जमा दिए। शास्त्रीजी स्वयं भी एक प्रतिष्ठित व्यक्ति थे और अपमान के आदी नहीं थे इसलिए क्रोध आना स्वाभाविक था। इस समय रामानंद जी की अवस्था लगभग 65 वर्ष की थी और शास्त्रीजी की लगभग 30 वर्ष की थी। यह घटना अपने-आप में बहुत विचित्र थी क्योंकि लगभग 35 वर्ष पूर्व ठीक इसी स्थान पर हमारे परिवार के एक बुजुर्ग ने भी श्री रामानंदजी को पीटा था। इस घटना को हुए उस समय 35 वर्ष बीत चुके थे और उस समय रामानंदजी युवा थे और हमारे परिजन वृद्ध थे। लगभग 31 वर्ष पूर्व हमारे दादाजी के इन भाई का देहांत भी हो चुका था, अर्थात् अपनी मृत्यु से कोई चार वर्ष पूर्व उन्होंने रामानंद जी को इसी जगह पीटा था। लगता है कि श्री रामानंदजी में कुछ शिफ्त ही ऐसी थी क्योंकि उनके साथ यह दुबारा हुआ था। खैर, हमारे दादाजी तो बहुत पराक्रमी आदमी थे, उस समय स्टेट

टाइम था और ठाकुर साहब उनकी मानने वाले थे लेकिन अब मामला बिल्कुल उलटा था। रामानंदजी का 8-10 परिवारों का कुटुम्ब था जबकि शास्त्रीजी निपट अकेले थे और उम्र में श्री रामानंदजी के बेटों के बराबर थे। रामानंदजी भी कोई कम आदमी तो थे नहीं, वहीं नीम के नीचे बैठ गए और शोर मचाने लगे। बात अब शास्त्रीजी को भी समझ में आ गई थी इसलिए वो तुरंत गलियों के रास्ते से भागकर हाईस्कूल पहुंचे; मोहनलालजी और पिताजी को वहां से लेकर संस्कृत पाठशाला में आए और सारा हाल बयान किया। अब समस्या यह थी कि शास्त्रीजी को कैसे बचाया जाए, जल्दी ही उनको ढूंढ़ते हुए लोग यहां भी आ पहुंचेंगे? शास्त्रीजी का कहना था कि मैं तुरंत गांव चला जाऊंगा क्योंकि मैं झगड़े को बढ़ाना नहीं चाहता लेकिन मेरी नौकरी अब जरूर चली जाएगी। सो सोचा कि जाने से पहले आप दोनों से मिलता जाऊं। इस पर श्री मोहनलालजी ने उन्हें अभयदान देते हुए कहा-

"वाह, शास्त्रीजी वाह। हमारे रहते हुए आपकी नौकरी चली जाए तो हमारा जीना ही धिक्कार है। आप किसी भी बात की चिंता नहीं करें, डैणिया है ही सनकी, अच्छा किया जो आपने उसको पीट दिया। हम तो हैं ही इसी गांव के इसलिए हम तो यह काम नहीं कर सकते थे, लेकिन आपने कर दिया तो कर दिया कोई खास बात नहीं है। एक बार पहले भी उसकी पिटाई हो चुकी है। लेकिन सावधानी बरतना जरूरी है, आप तो दो दिन की छुट्टी लेकर सीधे बस में बैठकर अपने घर पहुंचो। पीछे से हम यहां पर सब ठीक-ठाक कर लेंगे। दो दिन बाद यदि प्रबंध समिति वाले आपको बुलाएं तो आप कहना कि मैंने तो रामानंद जी को नमस्कार किया था, वे पता नहीं किस बात पर चिढ़े हुए थे; उन्होंने मुझे हरामी की औलाद कहा, मां-बहन की गालियां दीं, कहा कि तेरा मुंह तो सुई-सा है लेकिन स्साले तेरा पेट कुई-सा है; फिर ताबड़ तोड़ चिटिए से मुझे मारने लगे। मेरे बहुत जोर की चोट लगी और मैं जमीन पर गिर गया। इसके बाद मुझे भी गुस्सा आ गया और मैंने उनका चिटिया छीनकर एक-दो बदले में उनके भी जमा दी। आखिर मैं भी एक साधारण आदमी हूं कोई वशिष्ठ ऋषि तो हूं नहीं। बाकी जैसी आपकी इच्छा। अकेला हूं तो क्या हुआ, इतनी दूर यहां पर पिटने के लिए तो आया नहीं हूं। बाप-दादों की गाली भी सुनो और मार भी खाओ, इससे अच्छा तो यह है कि आदमी कम खाकर ही संतोष कर ले। मुझे कौन-सा बिड़लाजी बनना है, औरन को धन चाहिए बावरी ब्राह्मण को धन केवल भिक्षा।"

इस जुमले में एक खास बात यह थी कि 'मुंह सुई-सा और पेट कुई-सा' रामानंदजी का रजिस्टर्ड वक्तव्य था, दूसरा कोई इसको बोलता ही नहीं था। इसके बाद तकदीर से एक बस स्कूल की तरफ ही आ निकली, मोहनलालजी ने तुरंत उस बस को रुकवाया और श्री शास्त्रीजी को उसमें बैठाकर रवाना कर दिया। पिताजी ने और उन्होंने मिलकर सलाह की कि अब क्या करना चाहिए,

प्रश्न एक शरणागत मित्र की रक्षा का था जिसने एक पूरे मोहल्ले को अपने खिलाफ कर लिया था। शाम को जब स्कूल की छुट्टी हुई तो दोनों अलग-अलग रास्तों से घर की ओर रवाना हुए। मोहनलालजी ने बाजारवाला महायान पकड़ा और पिताजी ने गलियों वाला हीनयान। मोहनलालजी के घर के रास्ते में लगभग एक किलोमीटर लम्बा बाजार पड़ता था। उन्होंने दसेक आदमी ऐसे चुने जिनकी पाधा कुटुम्ब से बनती नहीं थी। उन्होंने अलग-अलग ले जाकर उनसे बातचीत की। बातचीत कुछ इस प्रकार हुई-

"भाईड़ा तेरे सुनने में भी आई क्या? आज तो भई एक घटना-सी हो गई। गढ़ के नीचे कुछ स्कूली बच्चे खेल रहे थे, उन्होंने आकर सारी बात मेरे को भी बताई। पर अपने को इस बात का जिक्र किसी से भी नहीं करना है क्योंकि रामानंद जी पाधा की प्रतिष्ठा का प्रश्न है। झूंथिए की मां भी ठीक ही कहती है कि आपके पेट में तो कोई बात पचती ही नहीं है। लेकिन आपको कहने में तो चलो क्या हर्ज है, इसलिए कह रहा हूं।"

'आखिर हुआ क्या मोहनलालजी महाराज; आखिर ऐसी क्या बात हो गई?'

"गढ़ के नीचे रामानंदजी पाधा और उपेन्द्र शास्त्री आमने-सामने आ गए। हम गांववालों को तो सभी को यह मालूम है कि शास्त्री ने एक यज्ञ बनारसीदासजी लुहारूका के यहां भी करवा दिया था, और रामानंदजी पीढ़ियों से ही उनके याज्ञिक रहते आए हैं। रामानंदजी का कहना यह रहा है कि इस छोटे से छोकरे ने उनकी मूंछ का बाल भी उखाड़ लिया है। पर शास्त्री बदमाश है, चुपचाप बगल से निकल जाता लेकिन लगता है कि उसने जले पर नमक छिड़कने की कोशिश की है। कहने लगा कि पण्डित जी महराज की जय हो। रामानंदजी का चिढ़ना स्वाभाविक था, उन्होंने आव देखा न ताव शास्त्री की जमकर मरम्मत कर दी और कहा कि स्साले हरामी की औलाद इसका ये और उसका वो , तेरा मुंह तो स्साले सुई-सा है लेकिन पेट स्साले कुई-सा है भरता ही नहीं है। लड़कों का कहना है कि शास्त्री जमीन पर गिर गया और उसकी खूब पिटाई हुई लेकिन गड़बड़ यह हुई कि बाद में उसने रामानंदजी का चिटिया पकड़ लिया और रामानंद जी पर हाथ भी उठा लिया। बताओ यह भी कोई बात है, रामानंदजी तो पूरे गांव के प्रतिष्ठित व्यक्ति हैं और बुजुर्ग आदमी हैं। उनकी तौहीन एक तरह से सारे गांव की तौहीन है।"

'बात यह है मोहनलालजी कि गलती उसकी मानी जाती है जिसने पहले मारी, अपने आपको तो सभी बचाते हैं।'

"स्कूल के बच्चों का कहना है कि पहले तो रामानंदजी ने ही मारी और इस उम्र में भी उनकी कड़क देखने लायक थी। शास्त्री के खून निकाल दिए और बेंत खाकर शास्त्री चारों खाने चित्त हो गया। लेकिन बाद में शास्त्री ने उनका चिटिया पकड़ लिया और एक-दो लगा भी दी। लेकिन मैं सोचता हूं कि

रामानंदजी तो इसी गांव के हैं, शास्त्री अपना क्या लगता है? जुम्मा-जुम्मा आठ दिन उसको इस गांव में आए हुए हुए हैं और अपनी औकात भी भूल गया है। इसलिए अपन सभी को मिलकर प्रबंध-समिति के पास चलना चाहिए और उसको स्कूल से निकलवाने की कार्यवाही करनी चाहिए।''

''वाह मोहनलाल जी यह क्या बात हुई? कोई आदमी बाहर से आता है तो इसका मतलब यह थोड़े ही है कि मार खाने के लिए आता है। हाड़मांस तो सबका एक ही है और बाप-दादा की गाली कौन सुन सकता है? शास्त्रीजी इतने विद्वान आदमी हैं, उनकी क्या कोई इज्जत ही नहीं है? सही बात तो यह है कि इसमें सारी गलती पाधाजी की मानी जाएगी।''

'सही बात क्या होती है? रामानंदजी तो हमारे पड़ोसी हैं और उन्होंने बचपन में मेरे को भी गोद में खिलाया है। शास्त्री कौन-सा जान से मर गया था, हाथ उठाने की उसकी हिम्मत कैसे हुई? अगर उसने अपनी मां का दूध पिया है तो मेरे सामने आए और रामानंदजी जिधर खड़े हों उस तरफ बेंत उठाकर ही दिखाए। सवाल यह नहीं है कि रामानंदजी के चोट नहीं आई, सवाल उसूलों का है। शास्त्री से तो उम्र में मैं ही बड़ा हूं। मेरे सामने पड़ गया तो या तो मैं नहीं और या शास्त्री नहीं।'

''ऐसा है मोहनलालजी कि आदमी को थोड़ा अक्ल से भी काम लेना चाहिए। रामानंदजी बुजुर्ग हैं तो क्या है, हैं तो सनकी ही। बिना मतलब मार तो आज के जमाने में खुद का बेटा भी नहीं खाता है। और शास्त्रीजी तो बहुत ही भले आदमी हैं, मैं क्या उन्हें जानता नहीं हूं?''

ऐसा करते-करते बात सारे बाजार में फैल गई। कोई और होता तो शायद यह काम नहीं कर पाता; लेकिन मोहनलालजी में खास बात यह है कि भले ही वो सज्जन व्यक्ति हों फिर भी उनको यह पता है कि बात किस आदमी से कहनी चाहिए और किस लहजे में कहनी चाहिए। प्रबंध-समिति के पास रातों-रात यह समाचार पहुंचा कि यज्ञ करवाने के कारण रामानंदजी शास्त्रीजी से नाराज थे। रामानंदजी को कौन नहीं जानता एकदम दुर्वासा के अवतार हैं। जब शास्त्रीजी सामने पड़ गए तो उन्होंने जमकर शास्त्रीजी की पिटाई कर दी। लड़कों का कहना है कि शास्त्रीजी मरते-मरते बचे हैं और अब इलाज करवाने अपने गांव चले गए हैं। अकेले आदमी का साथ कौन देता है सो कुछ लोग मौके का फायदा उठाकर उन्हें स्कूल से निकलवाने की तैयारी भी कर रहे हैं। कैसा पापियों का गांव है, एक गरीब ब्राह्मण के बेटे के पीछे पड़े हुए हैं।

अगले दिन सुबह रविवार था। पिताजी भी बाजार पहुंचे। लोगों ने उनसे भी पूछा कि आप तो खुद गढ़ के पीछे ही रहते हो, आखिर हुआ क्या था?

पिताजी ने कहा— मैं तो उस समय स्कूल में था लेकिन मुहल्ले की औरतों का कहना है कि उन्होंने छत पर से और खिड़कियों पर से लड़ाई होते हुए देखी

थी। पहले तो दोनों आमने-सामने आए फिर रामानंदजी ने शास्त्री को खूब पीटा। औरतों का कहना है कि शास्त्री में तो कोई दम ही नहीं है, चुपचाप मार खाता रहा और सूखे पेड़ की तरह जमीन पर गिर गया। लेकिन आखिर को उसमें भी जोश आ गया और उसने रामानंदजी का चिटिया छीन लिया और एक-दो जमा भी दी। पर सवाल यह है कि शास्त्री को तो नौकरी करनी है कहीं भी जाकर कर लेगा लेकिन रामानंदजी का तो यहां पूरा परिवार है, अब उनके परिवार के लिए तो यह प्रतिष्ठा का प्रश्न बन जाएगा। रामानंदजी तो इस गांव के बहुत सम्मानित व्यक्ति हैं इस बात से कौन इनकार कर सकता है?

पर जैसाकि होता आया है रामानंदजी के परिवार पर इसका बिल्कुल उलटा असर हुआ। रामानंदजी के भाइयों ने भी उनपर भरोसा नहीं किया। उनका कहना था कि भाई साहब तो शुरू से ही दुर्वासा का अवतार हैं। बचपन में हमको भी अकारण ही पीट दिया करते थे लेकिन अब तो इनको बुढ़ापा आ गया है, अब तो इन्हें कुछ सोचना चाहिए। हम तो खैर भाई हैं, बाहर वाला कौन मार खाएगा? हुआ यह कि रामानंदजी के परिवार ने तो इसे प्रतिष्ठा का प्रश्न नहीं बनाया लेकिन गांव के बनियों ने और प्रबंध-समिति वालों ने अवश्य इसे प्रतिष्ठा का प्रश्न बना लिया। उनका कहना था कि हम जिससे चाहें पूजा-पाठ करवाएं, यज्ञ-हवन करवाएं, इसमें किसी को भी बुरा मानने का अधिकार क्या है? इस गांव में क्या हमेशा ही ब्राह्मणों की दादागिरी चलेगी? जोशी-पाधा हमारे पूजनीय हैं लेकिन दादागिरी की भी एक हद होती है। बाहर से जिस आदमी का घर छुड़वाकर हम यहां लाए हैं, उसकी सुरक्षा की जिम्मेदारी भी हमारी ही है। हमने क्या चूड़ियां पहन रखी हैं कि चाहे जिसको पीटो और चाहे जिसको छोड़ दो? रामानंदजी हमारी सिरआंखों पर किन्तु ऐसे काम उनको भी शोभा नहीं देते हैं। हम भी बर्दाश्त नहीं करेंगे।

इस घटना को बहुत बरस बीत गए। शास्त्रीजी अपनी इच्छा से ही कहीं और नौकरी करने चले गए। एक दिन जोश में आकर मोहनलालजी ने खुद ही यह सारा किस्सा भी स्टाफरूम में सुना दिया। गड़बड़ सिर्फ इतनी है कि मोहनलालजी सारा श्रेय मेरे पिताजी को देते हैं और पिताजी सारा श्रेय मोहनलालजी को देते हैं।

खैर, इस किस्से का नाम पड़ा— दोस्ती हो तो ऐसी हो।

हमारे पिताजी बार-बार मोहनलालजी को समझाते थे कि स्कूल की नौकरी आपके लिए बहुत छोटी है आपको व्यापार करना चाहिए। सेवानिवृत्ति के बाद उन्होंने वस्त्रों की एक दुकान खोल ली और अब वे सफलतम व्यवसाइयों में से एक हैं। अब उनका कहना है कि कीर्तिजी, स्कूल की एक छोटी-सी नौकरी में मैंने अपनी पूरी जिंदगी निकाल दी लेकिन वक्त से पहले और तकदीर से ज्यादा किसी को कुछ भी नहीं मिलता है, जैसी प्रभु की इच्छा। ∎

पहला किस्सा हातिमताई

कहते हैं कि हातिमताई का जन्म यमन देश के 'तय' कबीले में हुआ था। हातिम का शाब्दिक अर्थ 'निर्णय करने वाला' अथवा 'न्यायाधीश' होता है। 'तय' कबीले का सदस्य होने के कारण उसका पूरा नाम 'हातिमतय' पड़ा जो प्रकारांतर से 'हातिमतयी' अथवा 'हातिमताई' हो गया। हातिमताई को पूरे संसार में वीरता, परोपकार व सहृदयता का प्रतीक माना जाता है। उसके जीवन का उद्देश्य कष्ट में पड़े हुए लोगों की निःस्वार्थ भाव से सहायता करना था। हातिमताई हमें पश्चिमी सामंत युग के नाइट्स की याद दिलाता है जो कि 'अन्याय का प्रतिकार' करने एवं 'कानूव व व्यवस्था' का क्रियान्वयन करने के लिए प्रतिपल अपनी जान हथेली पर लिए हुए चलते थे। हातिम के पिता का नाम शाहेजमान था जिसका अर्थ होता है सारे जमाने का शासक। वे वस्तुतः ही तय कबीले व यमन देश के सर्वेसर्वा थे। हातिम की माता का नाम माहेजमाल अथवा 'सौंदर्य का चांद' था और वह अपने नाम के अनुसार ही एक सुंदर और गुणवती महिला थी। माता-पिता के विवाह को बारह वर्ष बीत गए थे किन्तु अभी तक उनके एक भी संतान नहीं हुई थी। बहुत इबादत करने, दरवेशों व फकीरों की दरगाहों पर मन्नत करने और दुआएं मांगने के बाद हातिम का जन्म उनके पुण्यकर्मों के रूप में प्रतिफलित हुआ। हातिम के जन्म के समय बहुत उत्सव व हर्ष मनाया गया क्योंकि एक लम्बी प्रतीक्षा के बाद आखिर यमन राज्य को हातिमताई के रूप में एक 'वलीअहद' अर्थात् उत्तराधिकारी की प्राप्ति हुई थी।

कहते हैं कि हातिमताई बचपन से ही बहुत सुंदर था; जब वह अभी एक नवजात शिशु ही था तो चांदनी रातों में उसके साथ खेलने के लिए परियां और फरिश्ते भी जमीन पर उतर आते थे। फिर हातिम धीरे-धीरे बड़ा होने लगा। वह घुड़सवारी, तलवारबाजी व स्वाध्याय में तल्लीन रहने लगा। अपनी कुशाग्रबुद्धि व प्रवीणता के कारण शीघ्र ही वह हर फन में निपुण होता चला गया। जैसे ही हातिम दस बरस का हुआ, उसमें परोपकार में संलग्न होने की प्रवृत्ति दिखाई देने लगी। वह घोड़े पर बैठकर दूर-दूर की यात्रा करने लगा था और अब लोगों की फरियादें सुनकर उनका इंसाफ व उनकी मदद करने लगा था। बाल्यकाल से किशोरवय में कदम रखता हुआ हातिम लोगों के बीच एक प्रजापालक, न्यायकर्ता व परोपकारी शहजादे के रूप में लोकप्रिय होता जा रहा था और उसकी कीर्ति दिन दुगनी व रात चौगुनी बढ़ती जा रही थी।

एक दिन हातिम अपने घोड़े पर सवार होकर एक जंगल से गुजर रहा था

कि उसने एक जराजीर्ण दरवेश को नीमउरियां दशा में ठंड में ठिठुरते हुए देखा। हातिम को फकीर पर बहुत दया आई और उसने अपना कोट व लिहाफ दोनों उतारकर उसको पहना दिए। वह फकीर हंसने लगा और बोला कि निश्चित ही तुम यमन देश के बादशाह शाहेजमान के बेटे हातिम हो। मैं एक पहुंचा हुआ फकीर हूं और मैं तुम्हारा इंतजार कर रहा हूं। अपना शरीर छोड़ने से पहले मैं तुमसे एक बार मिलना चाहता था। फिर उस फकीर ने कहा – 'ऐ नेकदिल हातिम मैं बहुत बूढ़ा हो गया हूं और अब पैदल नहीं चल सकता हूं, मुझे तुम्हारी घोड़ी की जरूरत है।' हातिम ने अपनी घोड़ी भी उस फकीर को दे दी और घर लौटने लगा। फकीर ने हातिम को पीछे से आवाज दी और वापस लौटने को कहा। उसके बाद वह दरवेश अपने मठ में गया और काष्ठ से निर्मित एक घोड़ा लेकर आया जो कि हुबहू एक असली घोड़े जितना ही बड़ा और जीवंत दिखाई देता था किन्तु यह घोड़ा भीतर से खोखला था और वजन में हल्का था। फकीर ने हातिम को समझाया कि जब भी तुम्हारे सामने कोई समस्या आ जाए जिसे तुम हल नहीं कर सको तो तुम इस घोड़े के दाएं कान में तीन बार कहना –हुम फट–फट हाफिज और इसके बाद इस घोड़े पर सवार होकर इसका बायां कान अपनी ओर मरोड़ना। यह घोड़ा तुम्हें तुम्हारे वांछित स्थान पर ले जाएगा और आवश्यक हुआ तो मैं भी तुम्हारी सहायता के लिए पहुंच जाऊंगा क्योंकि हाफिज मेरा ही नाम है। यह घोड़ा तुम्हें भूत, भविष्य और वर्तमान का साक्षात्कार करवा सकेगा और दिगदिंगतर में किसी भी स्थान पर ले जा सकेगा। सबसे पहले तुम्हें यह वांछित स्थान पर ले जाएगा और फिर उस स्थान के संदर्भ में काल के वांछित क्षण को दिखाएगा। तुम इसे दिककाल परिवर्तन करने वाला एक प्रकार का यंत्र भी समझ सकते हो जो कि मनोशक्ति से संचालित होगा। उस दिन हातिमताई उस जादू के घोड़े पर बैठकर ही अपने घर वापस लौटा।

कुछ वर्ष और बीते और हातिम पूर्णरूप से युवा हो गया। अब वह एक बहुत सुंदर और छैल–छबीला बांका जवान दिखाई देता था। एक दिन वह जंगल में अपना घोड़ा दौड़ाते हुए चला जा रहा था कि अचानक उसने किसी युवक को फूट–फूटकर रोते हुए सुना। वह हाय प्यारी, हाय प्यारी की आवाज लगाता हुआ बार–बार बेहोश हो जाता था; फिर होश में वापस आता था तो फिर आवाज लगाता था – हाय प्यारी, हाय प्यारी। निकट पहुंचने पर उसने देखा कि एक बहुत ही सुंदर युवक एक तस्वीर को सीने से लगाए हुए बिन जल मछली की तरह तड़प रह था; उसकी सांसें उखड़ी हुई थीं और चेहरा आंसुओं से भीगा हुआ था। उसको देखकर ऐसा लग रहा था जैसे कि एक ओस में डूबा हुआ पीला गुलाब, सुबह के समय हवा में डोल रहा हो। हातिम की निगाह भी उस चित्र पर पड़ी। युवती एक परी जैसी अलौकिक सुंदरी थी। हातिम को भी उसकी सुंदरता मुग्ध कर गई।

हातिम ने पूछा–हे मित्र, तुम कौन हो और यह तस्वीर किस युवती की है?

युवक फूट-फूटकर रो पड़ा और आंसुओं की मोटी-मोटी बूंदे उसके गालों पर लुढ़कने लगीं।

युवक ने बताया-मैं ख्वारिज्म देश का शहजादा मुनीरशामी हूं; यह खातून शाहबाद की साकिना है और इसका नाम हुस्नबानो है।

हाय इस परी जमाल ने मुझे पागल बनाया है।

इस परी पर मैंने अपना दिलोजान लुटाया है।

यह कहकर वह युवक अचेत हो गया। शाम के धुंधलके में वह अपने नाम को सार्थक करते हुए एक सांध्यदीप जैसा ही लग रहा था। हातिम ने कमर पर बांधी हुई मशक में से कुछ पानी लिया और उसके मुंह पर छिड़का। थोड़ी देर बाद युवक होश में आया और उठकर बैठ गया।

हातिम ने पूछा-इस परी से तुम्हारी मुलाकात कब और कहां हुई? मुझे सारी बातें तफ्सील से बताओ, शायद मैं तुम्हारी कुछ मदद कर सकूं। ऐ दोस्त, हातिम है मेरा नाम, नेक और मुहब्बत भरे दिलों की मदद करना ही है मेरा काम। मैंने खुदा की राह पर चलने के लिए ही अपनी कमर कस रखी है। खुदा के बंदों की मदद करना ही मेरे लिए शौक है और इबादत है। तुम्हारी हालत इतनी नाजुक क्यों है कि मुझसे देखी तक नहीं जाती?

मुनीरशामी ने बताया-ऐ नेक हातिम! खुरासान देश में गुलशाह नाम का एक बादशाह राज्य करता है। उसकी सल्तनत में एक शहर पड़ता है शाहबाद जिसमें एक सौदागर बरखाज रहता था। बरखाज एक बहुत ही नेक, दौलतमंद और शोहरतमंद सौदागर था। गुलशाह एक बहुत बहादुर और इंसाफ पसंद शहंशाह है और दोनों की दोस्ती के चर्चे बच्चे-बच्चे की जुबान पर अब तक हैं। जब बरखाज का इंतकाल करीब आया तो उसने अपनी बेकूत दौलत और इकलौती बेटी को बादशाह के सुपर्द करते हुए कहा-

'ऐ नेकदिल शंहशाह, अब मेरा इंतकाल आ पहुंचा इसलिए आप ही अब मेरी दौलत और मेरी बेटी के हाफिज हैं। इन दोनों का ख्याल आपको ही रखना है। अब आप ही इस बिना बाप की बेटी के वालिद भी हैं।

ऐसा कहकर सौदागर बरखाज ने अपना दम तोड़ दिया। इसके बाद हुस्नबानो अपनी एक धाय के साथ गुलशाह की देखरेख में ही बड़ी होने लगी। बादशाह ने हरदम उसे अपनी सगी औलाद से भी बढ़कर अजीज समझा। हाय, अब वह मुकम्मल जवान हो गई है और शाहबाद में उसी धाय के साथ रहती है। मैं एक कारोबार के सिलसिले में खुरासान और शाहबाद गया था जहां मेरी मुलाकात गुलशाह और हुस्नबानो दोनों से हुई थी। मैं पहली ही नजर में उसे अपना दिल दे बैठा और खाना-पीना सब भूल गया। सात दिन तक इसी प्रकार भूखा प्यासा चारों खाने चित्त पड़े रहने के बाद मैंने अपने दिल को बहुत समझाया पर दिल है कि शाहबाद से लौटने को तैयार ही नहीं हुआ। तब दिल के हाथों मजबूर मैंने

हुस्नबानो से शादी की पेशकश की जिसे उस जालिम ने ठुकरा दिया। यह कहकर मुनीरशामी हाय प्यारी, हाय प्यारी कहता हुआ फिर बेहोश हो गया। हातिम ने अपने खीसे से हाफिज का दिया हुआ माजूफल निकाला और उसे कुछ देर तक सुंघाया।

उसके होश में आते ही हातिम ने पूछा-ऐ दोस्त, उसने निकाह करने से परहेज क्यों किया?

मुनीरशामी ने बिलखते हुए बताया-नेक हातिम, हुस्नबानो ने एक तख्ती पर सात सवाल लिख रखे हैं और उसकी जिद है कि वह शादी उसी से करेगी जो इन सातों सवालों के सही-सही जवाब ढूंढ़कर लाएगा। सही जवाब वही माने जाएंगे जो कि उसके मरहूम अब्बा-हुजूर उसे लिखवा कर गए हैं।

हातिम ने कहा-ये सवाल क्या हैं?

मुनीरशामी ने बताया-ये सात सवाल इस प्रकार हैं -

1. दस हैं उसके चेहरे फिर भी खल्क उसी पर गरूर करे।
2. चार कदम एक मा-बदौलत चला और पूरब का आलम बदला।
3. लाल रंग का एक घोड़ा लो सात पर्दों के पार दौड़ा।
4. दो शहर और एक दरिया, बदली फिरंगियों की भी दुनिया।
5. लाल रंग की एक किताब, नीले कोट में लाल गुलाब।
6. छोटी-सी एक लालपरी, निगल गई अक्खा नगरी।
7. भोर की पहली किरण में विस्मृत एक संघर्षमय।

इतना कहने के बाद मुनीरशामी के आंसू बरबस बह निकले, उसकी हिचकियां बंध गईं और वह हाय प्यारी, हाय प्यारी कहता हुआ धरती पर पछाड़ खाने लगा। निदान हातिमताई ने उसको वहां अकेले छोड़कर जाना मुनासिब नहीं समझा और वह तसल्ली देकर मुनीरशामी को अपने शहर यमन ले गया। उसे गुसल करवाकर अच्छी तरह खाना खिलाया। तीन-चार दिन आराम करने के बाद दोनों हुस्नबानो की हवेली पर पहुंचे। उनके आने की खबर पाकर हुस्नबानो चिलमन से लगकर बैठ गई।

उसने पूछा-ऐ मुसाफिरो, तुम कौन हो और अपने दिलों में क्या जुस्तजू लेकर यहां आए हो?

हातिम ने कहा-मैं मुल्क यमन का शहजादा हातिम हूं और मेरा यह हमराज ख्वारिज्म का शहजादा मुनीरशामी है जो कि तुम्हारी फुरकत में बेहद मुज्तरिब है। अरी ओ खूबरू हसीना, तुम इसकी जिंदगी को कोई तो सिला दो।

हुस्नबानो ने कहा-ऐ नेकदिल हबीब, मेरे मरहूम वालिद की वसीयत है कि जो कोई मेरे बताए गए सातों सवालों का सही जवाब लेकर आए तुम उसी दानिशमंद इंसान को अपना राहेबर बनाना और उसी की बात मानना।

हातिम ने कहा-मैं तुम्हारे सातों सवालों के जवाब ढूंढ़कर लाऊंगा लेकिन

इसमें मेरी कोई खुदगर्जी नहीं होगी क्योंकि मैंने तो अपनी कमर खुदा की राह में कस ली है और दूसरों के गम दूर करने में ही मेरी खुशी है। सवालों के जवाब ढूंढ़ने के बाद तुम्हें निकाह मुनीरशामी से करना होगा।

हुस्नबानो ने कहा-मुझे मंजूर होगा बेशक अगर्चे सवालों के जवाब मिल जाते हैं।

हातिम ने पूछा –तो ऐ परीरुखा बता कि तेरा पहला सवाल क्या है? दूसरा सवाल तब पूछूंगा जबकि पहले का जवाब तुम्हें ला दूंगा।

हुस्नबानो बोली-ऐ शहजादे, मेरा पहला सवाल कुछ इस तरह से है-

'दस हैं उसके चेहरे फिर भी खल्क उसी पर गरूर करे।'

इस जुमले का मतलब क्या है और वह शै कौन-सी है जिससे यह जुमला मुखातिब है?

मुनीरशामी ने कहा-हाय प्यारी, जब तक आ नहीं जाती है सातों सवालों की बारी, किस उम्मीद पर टिकेगी यह जिंदगी हमारी? इतना कहकर मुनीरशामी बेहोश हो गया। हातिम ने अपने खीसे से हाफिज का दिया हुआ माजूफल निकाला, मुनीरशामी को सुंघाया वापिस होश में लेकर आया। फिर उसे अपने कंधे पर लादकर शाहबाद की एक सराय में ठहराया और सवाल का जवाब तलाश करने के लिए यमन वापस आया।

जाना हातिम का देस-परदेस और तलाश करना जवाब पहले सवाल का विशेष

ऐ खुदा के बंदो! इसके बाद हातिम अपने पुश्तैनी शहर यमन पहुंचा और यह फिक्र करने लगा कि इस सवाल की तह तक पहुंचे कैसे भला? दो दिन और दो रातें बिना खाए पीये गुजारी, तीसरी रात को जब नींद की थी खुमारी, बूढ़े दरवेश ने उसे दर्स देने की विचारी और बोला कि ऐ हातिम अब उस काठ के घोड़े की आ गई है बारी। उस घोड़े पर सवार हो जा और उसके कान में तीन बार अपना मंत्र दुहरा। ऐ खुदा के प्यारे हातिम, इस दुनिया को कर चुका हूं मैं अलविदा, लेकिन जब भी तुम्हें जरूरत होगी तब हाजिर होगी मेरी रूहेजाविदा। मुझे तुम अपना हमसाया समझो एक पल भी नहीं पराया समझो। सुबह उठते ही फारिग होकर हातिम ने वह काठ का घोड़ा उठाया, निशात बाग में ले जाकर उसे बीचो-बीच टिकाया, फिर उसके दाएं कान में तीन बार यह मंत्र दुहराया - हुम फट् फट् हाफिज। फिर उसके दाएं कान में उसने अपना सवाल बताया -

'दस हैं उसके चेहरे, फिर भी खल्क उसी पर गरूर करे।'

यह कहने के बाद वह घोड़े की पीठ पर बैठा अपने आपको कमरबंध के सहारे घोड़े से बांधा और उसका बायां कान मरोड़ कर अपनी तरफ घुमाया। इसके साथ ही घोड़ा आकाश में उड़ चला और जब दुबारा जमीन पर उतरा तो

हातिम ने अपने आपको एक काले पीले धुएँ के अंधड़ में घिरे हुए पाया। उसके देखते ही देखते यह धुआँ छट गया और एक लम्बे-चौड़े सुदर्शन पुरुष के रूप में बदल गया जिसके दस चेहरे थे।

हातिमताई ने पूछा-ऐ शैतान के मुरीद तू कौन है?

उसने जवाब दिया-मैं हूं पाखण्ड की आदमकद शक्ल महाबली रावण। मेरे दस चेहरे हैं, अलग-अलग मौकों पर मेरा अलग-अलग चेहरा सामने आता है जिसमें से असली एक भी नहीं होता और हरेक मौके पर मैं दस तरह की बातें करता हूं जिनमें से सच्ची एक भी नहीं होती।

यह कहकर रावण अट्टहास करने लगा जिससे जमीन थर्राने लगी।

हातिम ने कहा-हुम फट् फट् हाफिज।

अब हातिम ने खुद को एक शहंशाह के दीवाने खास में बैठे हुए पाया। उसके चारों ओर कोई पचास हसीन और जवान शहजादे अपने-अपने तख्तेशाही पर काबिज थे। सामने धातु का बना हुआ एक बड़ा और भारी धनुष रखा था और धनुष को वही दस चेहरे वाला रावण उठाने की कोशिश कर रहा था। पूरी ताकत लगाने के बावजूद धनुष उससे टस से मस भी नहीं हुआ और वह पसीने में लथपथ हो गया। अचानक रावण ने कुछ सोचा और मजलिस की ओर मुखातिब होकर बोला -

"उपस्थित श्रीमंतो! मेरी योग दृष्टि से मुझे यह दिखाई पड़ रहा है कि सीता भूमिजा है; वह वास्तव में मेरी ही औरस पुत्री है जिसे ज्योतिषियों के परामर्श पर मैंने जन्म के समय भूगर्भ को समर्पित कर दिया था; महाराज जनक को तो वह साक्षात धरित्री की ही अनुपम भेंट है; इसलिए मैं शिवभक्त रावण शिव के इस धनुष को उठाना अशोभनीय समझता हूं और अविलम्ब श्रीलंका को प्रस्थान करता हूं।"

हातिम ने देखा कि मजलिस में बैठे हुए तमाम शहजादों ने तस्कीन की सांस ली।

सारी सभा ने समवेत स्वर में कहा-तुम धन्य हो नीतिज्ञ रावण; तुम धन्य हो त्रिपुरारी के अनन्य भक्त रावण; धन्य हो तुम त्रिकालविद महाराज रावण। तुम्हारी जय हो।

रावण दर्प से अपना मस्तक ऊंचा करके सभा से चला गया। यह रावण का पहला चेहरा था।

हातिम ने कहा-और दिखा ऐ मौला, हुम फट् फट् हाफिज।

हातिम अब सघन वन में ऊंचे-ऊंचे पेड़ों के बीच में खड़ा था। उसने सामने बनी हुई एक पर्णकुटीर को देखा। रावण एक कुटीर के आगे एक साधु के वेश में खड़ा था। उसने पीत वस्त्र धारण कर रखे थे, एक रामनामी पीताम्बर ओढ़ रखा था, मस्तक पर चंदन का लेप था, गले में रुद्राक्ष की माला थी और वह

रामनाम का जाप कर रहा था।

'हम एक साधु हैं तन्वंगी। हमारा अधिकार उसी व्यक्ति द्वारा दी गई भिक्षा पर है जो स्वयं की इच्छा का स्वामी हो। हम उस व्यक्ति द्वारा दी गई भिक्षा नहीं ले सकते जो कि वचनबद्ध हो। यदि तुम मुक्त हो आर्यललना तो हमें इस लक्ष्मण रेखा के बाहर आकर भिक्षा दो नहीं तो हम भिक्षा स्वीकार नहीं कर सकते। लगता है कि विधि को यही स्वीकार्य है कि भूख के कारण हमारे प्राण इस नश्वर देह को त्याग दें। अलख निरंजन।

अब सीता को लक्ष्मण रेखा के बाहर निकलने के लिए बाध्य होना पड़ा। जैसे ही उसने लक्ष्मण रेखा का अतिक्रमण किया उस कपटी ने झपटकर बलपूर्वक उसे अपने कंधे पर डाल लिया और अपने पुष्पक विमान की ओर दौड़ा।

यह रावण का दूसरा चेहरा था।

हातिम ने जंगल में खड़े होकर यह सब देखा, फिर वह अपने घोड़े पर सवार होकर बुदबुदाया - हुम फट् फट् हाफिज।

अब हातिम के सामने एक और शहंशाह का दीवानेखास था। हातिम ने खुद को भी और बहुत से लोगों के साथ एक आसन पर बैठे हुए पाया। राजसिंहासन पर बैठे हुए राजपुरुष को उसने गौर से देखा किन्तु इस बार उसकी वेशभूषा में कुछ नयापन था। एक ब्राह्मण सभा में पंचांग खोले हुए बैठा था और कह रहा था –

'महाराज कंस की जय हो; आप अवश्य स्वस्थ हो जाएंगे, शास्त्र कहता है कि अभी आपकी आयु पूरी नहीं हुई है।'

कंस ने कहा-क्या हम मृत्यु को जीत सकते हैं ब्राह्मण?

विप्र ने कहा-यदि आप अभयदान करें तो एक अप्रिय सत्य कहना चाहूंगा राजन।

कंस ने कहा-यह तो सर्वविदित है महर्षि कि ब्राह्मण अवध्य होता है।

विप्र ने कहा-तो सुनिए महाराज, आपकी मृत्यु आपकी भगिनी देवकी के होने वाले आठवें पुत्र के हाथों होगी। यह अष्टमी को जन्म लेगा और इसे अष्टम अवतार माना जाएगा। विधि का विधान कोई टाल नहीं सकता राजन।

कंस के अट्टहास से सारी सभा थर्रा उठी।

वह बोला-देवकी के घर और अवतार। न रहेगा बांस न बजेगी बांसुरी। देखता हूं मुझे कौन मारता है ऐ मिथ्याचारी?

कंस ने अपनी बहिन देवकी और उसके पति वसुदेव को सद्यनिर्मित एक दृढ़ कारागृह में डाल दिया और उसके सातों पुत्रों को जन्म लेते ही भूमि पर पटक-पटक कर मार दिया।

यह रावण का एक और चेहरा था।

हातिम से देखा नहीं गया, उसने कहा-हुम फट् फट् हाफिज। ऐ मेरे मौला कुछ और दिखा।

अब हातिम ने अपने आपको एक भीड़ में खड़े हुए पाया। उसके सामने जमीन में एक सलीब गड़ा हुआ था और सलीब के सामने एक सुंदर और मासूम युवक खड़ा था जिसके सिर पर कांटों का ताज था।

भीड़ चिल्ला रही थी-यही है वह जीसस जो कहता है कि मैं खुदा का बेटा हूं और यहूदियों का राजा हूं।

गवर्नर पाइलट कह रहा था-यह युवक बिल्कुल निर्दोष है, इसने कोई गुनाह नहीं किया है। मैं अपने हाथ इसके खून से नहीं रंग सकता। मैं चाहता हूं कि इसे सम्मानपूर्वक मुक्त कर दिया जाए।

भीड़ में से किसी ने कहा-तुम ऐसा कह सकते हो क्योंकि तुम यहूदी नहीं हो और यह यहूदियों का अपना धार्मिक मामला है।

पाइटल पोंटियस ने उसे यहूदियों के मुख्य रबाई केयाफस को सौंप दिया और खुद दुखी होकर उस जगह से चला गया।

हातिमताई ने गौर से पास जाकर इस शख्स केयाफस को देखा। अरे, यह तो वही रावण था।

केयाफस ने जीसस को सूली पर टांगे जाने की सजा सुना दी।

यह रावण का एक और चेहरा था।

हातिम ने कहा-ऐ मेरे मालिक, हुम फट फट हाफिज।

अब फिर दस चेहरों वाला रावण उसके सामने खड़ा था।

हातिम ने पूछा-तू फिर आ गया?

वह अट्टहास करने लगा।

बोला-मैं प्रतिक्रियावादी पाखण्ड का दशानन हूं और इस बार मैं भारत के लोकतंत्र का प्राण हनन करने आया हूं। मेरे दस चेहरे हैं, अलग-अलग मौकों पर मेरा अलग-अलग चेहरा दिखाई देता है लेकिन उनमें से एक भी असली नहीं होता। हरेक मौके पर मैं कोई दस तरह की बातें कहता हूं लेकिन इनमें से एक भी सच्ची नहीं होती।

हातिम ने कहा-तेरी ऐसी की तैसी।

उसके देखते ही देखते रावण ने रामनामी चदरिया लपेट ली और राम के गुणों का बखान करने लगा। फिर वह दस अलग-अलग व्यक्तियों में बदल गया जिनके एक-एक चेहरा था। ये सभी व्यक्ति राम का गुणगान करने में लीन हो गए।

हातिम ने कहा-हुम फट् फट् हाफिज।

अब बूढ़ा दरवेश हातिम के सामने हाजिर हुआ और बोला कि पहले सवाल का जवाब इतना ही है। तुम जाओ और हुस्नबानो को तसल्ली दो कि उसकी

पूरी जिंदगी अकेले नहीं गुजरेगी। दरवेश के गायब होते ही हातिम ने अपने आपको शहर यमन के उसी बगीचे निशातबाग में खड़े हुए पाया। उसने अपने काठ के घोड़े को शयनकक्ष में रखा और ताला लगाकर हिफाजत से बंद कर दिया। अपनी घोड़ी पर सवार होकर वह शाहबाद की उस सराय में पहुंचा जहां फिलहाल मुनीरशामी रह रहा था। गुसल करने के बाद दोनों दस्तरख्वान पर बैठे और जूठन गिराने के बाद हुस्नबानो के महल की ओर चल दिए। हुस्नबानो जो उस समय छत पर खड़ी थी, भागकर चिलमन के पीछे जा बैठी।

बोली–ऐ हसीन नौजवान क्या पहले सवाल का सिला मिल गया?

हातिम ने उसे सबकुछ तफसील से बयान किया, जवाब सुनकर उसे तसल्ली हुई और उसने अशिर्फियों की एक थैली मंगाकर मुनीरशामी को भेंट कर दी।

कहने लगी–ऐ पुरहुस्न शहजादे! जब तक सातों सवालों के जवाब नहीं मिल जाते तुम यहीं शाहबाद में ठहरो और इन अशर्फियों को जैसे चाहो खर्च करो।

मुनीरशामी बोला–ऐ प्यारी, अभी तो छह सवालों के जवाब और मिलने हैं बारी-बारी; तब तक है बहुत लाचारी; जाऊं तेरे सदके जाऊं तेरे बलिहारी।

यह कहकर मुनीरशामी बेहोश होकर जमीन पर लुढ़क गया।

हातिमताई ने पूछा–ऐ शहजादी, अब तेरे दूसरे सवाल की है मुरादी।

हुस्नबानो बोली–ऐ फरिश्तादिल हातिम। दूसरा सवाल सुन और इसका जवाब ला और मेरे बेचैन दिलोदिमाग को तस्कीन पहुंचा। सवाल यह है–

'चार कदम एक माबदौलत चला और पूरब का आलम बदला।'

हातिम ने कहा–ऐ शहजादी, मैंने तो खुदा की राह में ही अपनी हस्ती भुला दी। सो वही तेरा और तेरे आशिक का निगेहबान हो, तुम दोनों पर उसी की रहमत का फरमान हो।

यह कहकर उसने अपने खीसे से माजूफल निकाला और बेहोश पड़े हुए मुनीरशामी को सुंघा डाला। सूंघते ही जब वह होश में आया, उसको सहारा देकर घोड़ी पर पीछे बिठाया और सराय को चलकर आया।

जाना हातिमताई का अनजानी फजाओं में और
तलाश करना जवाब दूसरे सवाल का हैरतअंगेज दुनियाओं में।

हातिम ने अपने घोड़े के दाएं कान में तीन बार कहा-हुम फट् फट् हाफिज।

फिर दाएं कान में ही अपना दूसरा सवाल बयान किया–

'चार कदम एक माबदौलत चला और पूरब का आलम बदला।'

इसके बाद घोड़े की पीठ पर होकर सवार उसने घोड़े का बायां कान अपनी ओर घुमाया और वह जादुई घोड़ा सीधा आसमान में उड़कर आया। काफी देर चला वह घोड़ा बादलों के पार, कभी उजाला तो कभी अंधकार और जब जमीन पर उतरकर आया तो हातिम ने अपने आपको एक महल के पिछवाड़े की बगिया

में खड़े पाया। एक औरत जो देखने में एक मलिका जैसी लग रही थी, एक पेड़ के ठीक नीचे तनकर खड़ी थी। उसके पास ही एक भव्य पुरुष खड़ा था जिसका पैरहन उसके टखनों से अड़ रहा था। देखने में वह कोई बेनजीर शहंशाह लग रहा था।

उस राजपुरुष ने पूछा–हे सौभाग्यवती, बालक की क्या है गर्भ में परिस्थिति?

युवती ने बताया–प्रिय पति, जन्म सन्निकट है ऐसा कहती है मेरी मति। प्रिय शुद्धोधन बालक का जन्म अब जानो आसन्न।

इतने में हातिमताई ने आश्चर्य से देखा था कि एक शिशु उस मलिका की टांगों के बीच में से भूमि पर गिरा था और अब वह बिना किसी सहारे अपने पैरों पर खड़ा था। उसने एक अंगुली भी अपने मुंह में ले ली थी और अब वह चलने भी लगा था।

पहला कदम उठाया और कहा– 'भंते, जीवन दुख है।

दूसरा कदम उठाया और कहा– भंते, दुख का कारण तृष्णा है।

तीसरा कदम उठाया और कहा– भंते, दुख निरोध की अवस्था है।

चौथा कदम उठाया और कहा– भंते, दुख निरोध का उपाय है।

फिर शिशु को जैसे कुछ अनियमित-सा लगा, वह तुरंत भूमि पर लेट गया और रोने लगा।

पिता ने कहा–मैं इसका नाम गौतम रखूंगा, गौतम सिद्धार्थ क्योंकि प्रौढ़ावस्था में आकर अब मैं हुआ हूं सुफलार्थ।

अब बालक रोए ही चला जा रहा था, अपने हाथ पैर जोर-जोर से फटकार रहा था और चुप होने का नाम ही नहीं ले रहा था।

हातिम ने कहा–हुम फट् फट् हाफिज।

अब उसने देखा कि एक सभा में वही भव्य पुरुष एक सिंहासन पर बैठा है। कुछ नजूमी बालक का भविष्य बता रहे हैं।

पहले ने कहा–बालक के चतुर्थ भाव में तुला का चंद्रमा है और शेष सभी छह ग्रह दशम भाव में हैं। यह बालक या तो एक दिग्विजयी चक्रवर्ती सम्राट होगा अथवा यह एक पूज्यपाद भिक्षु होगा।

दूसरे ने कहा–राजन क्षमा करें, ग्रहों की स्थिति इस प्रकार की है कि यह बालक एक साथ दोनों होगा एक सम्राट भी और एक भिक्षु भी। यह एक ऐसा सम्राट होगा जो एक परम पवित्र भिक्षु जैसा अलौकिक होगा और एक ऐसा भिक्षु होगा जिसकी कीर्ति अन्य सभी सम्राटों की कीर्ति से कहीं बढ़-चढ़कर होगी। शुद्धोधन ने कहा–यह कैसे सम्भव है विप्रवर?

तीसरे ने कहा–यही सम्भव है राजन। किन्तु एक बात और है, मैंने गणना करके देख लिया है कि शनि की महादशा मंगल की महादशा से पहले आ रही

है इसलिए यह जातक एक बहुत ही पहुंचा हुआ आध्यात्मिक गुरु होगा। इसका धर्म-साम्राज्य दिग-दिंगतर और युग-युगांतर तक व्याप्त रहेगा। जातक की पूजा ईश्वर की तरह होगी।

शुद्धोधन को बहुत चिंता हुई। उसने बालक के चारों ओर सुख, सौंदर्य व उपभोग का इंद्रजाल बिछा दिया। बालक इस मायाजाल के भीतर बड़ा होने लगा।

हातिम ने कहा–हुम फट् फट् हाफिज।

अब उसने देखा कि संध्या का समय है और सिद्धार्थ एक रथ में बैठा हुआ चला जा रहा है जिसको कि उसका सारथि चला रहा है। लोगों के पास आंखें होती हैं लेकिन वे देखते नहीं हैं और लोगों के पास कान होते हैं लेकिन वे सुनते नहीं हैं। हातिमताई ने यह जाना कि सिद्धार्थ के पास वे आंखें थीं जो कि वस्तुतः देखती हैं और सिद्धार्थ के पास वो कान थे जो कि सत्य की दस्तक को वस्तुतः सुनते हैं।

एक बीमार आदमी रथ के सामने से गुजरा।

सिद्धार्थ ने पूछा–क्या तुम्हें भी वही दिखाई दे रहा है जोकि मुझे दिखाई दे रहा है?

सारथि ने कहा–यह व्यक्ति ज्वर से पीड़ित है युवराज, किन्तु इसमें विशेष क्या है?

सिद्धार्थ ने पूछा–क्या सभी बीमार पड़ते हैं मित्र?

सारथि ने कहा–अवश्य ही युवराज।

सिद्धार्थ ने पूछा–तो फिर यौवन का और उन्माद का, सौंदर्य का और दर्प का, आयु का और जीवन का अर्थ क्या है मित्र?

कुछ देर बाद एक जराजीर्ण आदमी लाठी के बल चलता हुआ, रथ से स्वयं को बचाता हुआ निकला। बुढ़ापे के कारण उसकी कमर झुकी हुई थी।

सिद्धार्थ ने पूछा–क्या तुम भी वही देख रहे हो मित्र जो कि मैं देख रहा हूं?

सारथि ने कहा–स्पष्टतः यह एक वृद्ध व्यक्ति है किन्तु वृद्धावस्था में विशिष्ट क्या है युवराज?

सिद्धार्थ ने पूछा-क्या सभी बूढ़े हो जाते हैं?

सारथि ने कहा-अवश्य ही युवराज।

सिद्धार्थ ने पूछा-तो फिर इस नश्वर जीवन का प्राप्य क्या है? जीवन की उपलब्धि क्या है?

कुछ दूर रथ और चला होगा कि कुछ लोग एक वैकुण्ठी को श्मशान की ओर ले जाते हुए दिखाई दिए।

सिद्धार्थ ने पूछा-क्या तुम भी वही देख रहे हो मित्र जो कि मैं देख रहा हूं?

सारथि ने कहा-एक मृतक के परिजन उसके शव को अंतिम संस्कार के

लिए ले जा रहे हैं युवराज, किन्तु इसमें विशेष क्या है?

सिद्धार्थ ने पूछा-क्या एक दिन सभी मर जाते हैं मित्र?

सारथि ने कहा-अवश्य ही युवराज।

सिद्धार्थ ने पूछा-तो फिर इस क्षणभंगुर देह का सत्य क्या है?

उस दिन पहली बार सम्पूर्ण मनुष्यता के इतिहास में किसी ने एक बीमार, एक बूढ़े और एक मुर्दे को इस प्रकार देखा जैसे कि उन्हें देखा जाना चाहिए। पहली बार किसी के कानों ने तथ्यों के मर्म की आहट सुनी।

रथ कुछ दूर और चला कि एक परम तेजस्वी, आनंदस्वरूप, शांतचित्त व्यक्ति रथ के सामने से निकला। उसका निकलना था कि आसपास की सारी हवाएं बदल गईं।

सिद्धार्थ ने पूछा-क्या तुम भी वही देख रहे हो जो मैं देख रहा हूं?

सारथि ने बताया-ये महायोगी अराडकलाम हैं?

सिद्धार्थ ने पूछा-इनके वस्त्र गैरिक क्यों हैं मित्र?

सारथि ने बताया-ये जीवन का सत्य ढूंढ़ने निकले हैं, इसे संन्यास कहते हैं युवराज।

सिद्धार्थ ने कहा-इनके मुख पर मुझे एक अलौकिक आभा दिखाई देती है मित्र।

सारथि ने बताया-कहा जाता है कि इन्होंने जीवन के सत्य को पा लिया है। आज आर्यवर्त में इन जैसा कोई भी दूसरा योगी नहीं है।

सिद्धार्थ को एक गुरु मिल गया था। राहुल का जन्म होने से राज्य को भी एक उत्तराधिकारी प्राप्त हो चुका था; इसलिए अगली सुबह मुंह-अंधेरे ही सिद्धार्थ ने सदा के लिए राजमहल को छोड़ दिया और संन्यस्त हो गए। स्यात् सारथि समझ गया था कि वे सीधे आडारकलाम के पास पहुंचेंगे किन्तु उसने यह रहस्य हृदयंगम ही रखा।

हातिम ने कहा-हुम फट् फट् हाफिज।

हातिम ने देखा कि आडारकलाम का देहावसान हो चुका है और अब गौतम सिद्धार्थ गौतम बुद्ध बन गए हैं। हातिम ने उनके प्रकाश को चांद तारों और नीहारिकाओं के पार समग्र अस्तित्व में व्याप्त होते हुए देखा। हातिम ने देखा कि अब वे बोध, शांति, करुणा और सत्य के पर्याय बन गए हैं। पांच सौ भिक्षु और भिक्षुणियां उनके सान्निध्य में जीवन के सत्य के अन्वेषण में निरंतर प्रयासरत हैं और उनमें से अधिकांश उस सत्य से ओतप्रोत भी हो चुके हैं। हातिम ने बौद्धसंघ को चीन, जापान, श्रीलंका, मलेशिया, थाइलैण्ड, इंडोनेशिया, कोरिया, वियतनाम होते हुए समस्त एशिया महाद्वीप में फैलते हुए भी देखा। हातिम ने सारनाथ का

बौद्धस्तूप देखा, अंजता व एलोरा की गुफाएं देखीं, लद्दाख के बौद्धमठ हिमीश गुम्पा को देखा और सारी धरती पर फैले हुए अन्य पवित्र बौद्धस्थलों को भी देखा।

हातिम ने कहा-हुम फट् फट् हाफिज।

अब हातिम ने खुद को ईदन बाग में उगे हुए 'ज्ञान के वृक्ष' के समीप देखा। उसके देखते ही देखते यह वृक्ष एक भव्य अनुपम पुरुष में बदल गया जिसके सिर पर मणिमाणक्य युक्त टोपी थी, आंखों पर रंगीन चश्मा था और जिसकी दाढ़ी हिमधवल और लम्बी थी। उसका परिधान उसके पूरे शरीर को ढके हुए था और जगमगा रहा था।

हातिम ने पास खड़े हुए एक फरिश्ते से पूछा - भंते, ये महानुभाव कौन हैं?

फरिश्ते ने पूछा-नहीं पहचाना? यही तो ओशो हैं जो कि गौतम बुद्ध का पुनर्भव हैं। ये ढाई हजार साल बाद दुबारा लौटेंगे।

हातिम ने ओशो के अनुयायियों को पूरे विश्व में फैलते हुए देखा, उनकी गिनती हजारों बार हजारों के बराबर थी।

हातिम ने झुककर आदाब किया।

बोला-आदाबअर्ज हो बुजुर्गवार, क्या जलवा है?

हातिम ने कहा-हुम फट् फट् हाफिज।

अब बूढ़ा फकीर हाफिज उसे दिखाई दिया और कहा कि दूसरे सवाल का जवाब इतना ही है। इसके बाद हाफिज ने अपने आपको शहर यमन के निशातबाग में खड़े हुए पाया, जहां से चलकर वह मुनीरशामी के पास आया। दोनों मिलकर हुस्नबानो के पास पहुंचे जो कि खुद भी मुंतजिर थी।

हुस्नबानो ने पूछा-ऐ गमगुसार हातिम दूसरे सवाल का जवाब क्या है?

हातिम ने उसे पूरे जवाब का तफ्सरा सुनाया जिसको सुनकर हुस्नबानो मुतयक्कन हुई और अशर्फियों की एक थैली मुनीरशामी की हथेली में रखती भई।

बोली-हे प्यारे, तब तक शाहबाद की सराय को करो आबाद जब तक कि पूरी नहीं हो जाती मन की मुराद।

मुनीरशामी ने कहा :- हाय प्यारी, तब तक कहां जीने की आस हमारी? ऐ बेमुरव्वत कातिल हसीना तब तक तो तूफान में ही फंसा रहेगा मेरा यह सफीना।

यह कहकर मुनीरशामी बेहोश होकर जमीन पर लुढ़क गया।

हातिम ने पूछा-ऐ शहजादी, तेरा तीसरा सवाल क्या है?

हुस्नबानो बोली-ऐ रहमदिल हातिम करम कर और मेरे तीसरे सवाल का भी सिला दे दे लाकर। सवाल यह है—

'लाल रंग का एक घोड़ा लो सात पर्दों के पार दौड़ा।''

हातिम ने कहा ठीक है अब तेरा सवाल मुझे याद रहेगा।

इसके बाद हातिम ने अपने खीसे से माजूफल निकाला और तुरंत मुनीरशामी को सुंघा डाला। जब उसे होश आया तो सहारा देकर पीछे घोड़ी पर बिठाया और लाकर फिर उसी सराय में ठहराया।

जाना हातिम का फजाओं के पार और लाना जवाब तीसरे सवाल का इस बार

ऐ खुदा के बंदो, हातिम ने अपने काठ के घोड़े के दाएं कान में तीन बार कहा - हुम फट् फट् हाफिज।

फिर दाएं कान में यह भी दोहराया - लाल रंग का एक घोड़ा लो सात पर्दों के पार दौड़ा।

घोड़े पर सवार होकर हातिम ने जैसे ही उसका बायां कान मरोड़ा तो आसमान के पार भाग चला घोड़ा। कई बार अंधेरा हुआ, कई बार उजाला और फिर उसके घोड़े ने फिर धरती पर अपना पड़ाव डाला। ऐ रहमतमंद इंसानो, तब हातिम ने अपने आपको एक गुफा के पिछवाड़े खड़े हुए पाया ऐसा जानो।

'हम सिर्फ दो रह गए हैं नबी और हजारों दुश्मनों का लश्कर हम दोनों की तलाश में घूम रहा है।'

''हम दो नहीं हम तीन हैं अली, हमारे साथ अल्लाह भी मौजूद है। हम सारी फौज से बिछड़ गए हैं अब हमारा होना तो कुछ भी नहीं है, असल होना तो उसी का है।''

हातिम ने देखा कि उसी वक्त कहीं से ढेर सारी मकड़ियों का एक झुण्ड आया और फटाफट गुफा के मुंह पर जाले बुनने लगा। निदान कि पूरा दरवाजा ही जालों से ढक गया, कहीं अंगुल भर जगह भी बाकी नहीं बची।

थोड़ा वक्त और गुजरा कि कोई चालीस-पचास घुड़सवार हाथों में चमकती हुई तलवारें लिए गुफा के बाहर दिखाई दिए।

एक बोला-इस गुफा के मुंह पर तो मकड़ियों के जाले ही जाले हैं, इसके भीतर तो कोई भी नहीं हो सकता। लिहाजा वक्त बरबाद मत करो और आगे ढूंढ़ो।

हातिम ने देखा कि दुश्मन मुहम्मद और अली को ढूंढ़ते हुए आगे निकल गए और उन दोनों का बाल भी बांका नहीं हुआ।

यह देखकर हातिम ने कहा - ला इलाह इल इल्लाह।

मुहम्मद ने कहा-जरूर हमारी फौज आगे मदीने की ओर चली गई है इसलिए हम खुफिया रास्ते से होकर मदीने पहुंचते हैं। लगता है खतरा अब टल गया है।

मुहम्मद और उसके चाहने वालों ने मदीने को फतह कर लिया और मदीने

के लोगों की मदद से मक्का से आए अपने दुश्मनों को भी भगा दिया। हातिम ने मुहम्मद को सरकारे मदीना होते हुए भी देखा। इसके बाद मदीने वालों ने मक्का को भी जीत लिया और सारे दुश्मनों की मुश्कें बांधकर उन्हें एक कतार में खड़ा कर दिया।

ये वही लोग थे जो रातों को भी हाथ में छुरे लेकर नबी पर हमला बोल दिया करते थे।

ये वही लोग थे जो हाथों में तलवारें लेकर औरतों और बच्चों का भी कत्ल करने आ जाया करते थे।

ये वही लोग थे जिन्होंने मुहम्मद के चाहने वालों का दाना पानी तक रोक दिया था।

ये वही लोग थे जिनके कारण भूख से बिलखते हुए बच्चों को जूते का चमड़ा उबाल-उबाल कर पिलाना पड़ता था।

ये वही लोग थे जिनके कारण मजबूर होकर मुहम्मद को तलवार उठानी पड़ी थी।

अब इन लोगों की गरदनें झुकी थीं; इनकी मुश्कें बंधी थीं और ये कतारों में खड़े थे।

मोमिनों ने कहा-ये जीने के लायक नहीं। इन्हें मार डालो। इन्होंने हम पर बहुत कहर ढाया है।

लेकिन नबी ने कहा-रुको मोमिनो, हम जंग जरूर करते हैं लेकिन अपने आपको बचाने के लिए न कि किसी की जान लेने के लिए। इन्हें जाने दो और अपने किए पर पछताने दो।

हातिम ने कहा-मुहम्मद रसूल इल इल्लाह।

हातिम ने कहा-हुम फट् फट् हाफिज।

हातिम ने देखा कि वक्तेशब है, मुहम्मद अब बूढ़े हो गए हैं और बीमार भी हैं, बिस्तर पर लेटे हैं लेकिन उन्हें नींद नहीं आ रही। अचानक वे उठकर बैठ जाते हैं और पूछते हैं-

'खादिजा, फिर तुमने मेरा उसूल तोड़ दिया?'

"आप क्या कहना चाहते हैं हज़्रत?"

'हमारे पास जितनी भी दीनारें होती हैं हम रोजाना वक्तेशाम गरीबों में बांट दिया करते हैं। हमने अपनी जिंदगी में कभी भी अगले दिन की फिक्र नहीं की। अल्लाह फिर देता है। क्या तुम्हारा ईमान आज अल्लाह पर से उठ गया है खादिजा कि तुमने चार दीनारें बचाकर छिपा दी हैं?'

'यह इसलिए है हज़्रत कि आज की रात बहुत मुसीबत की रात है। आप सख्त बीमार हैं और कभी भी चारागर को बुलाना पड़ सकता है। दवा दारू के लिए कुछ तो हाथ में होना चाहिए।"

''जिसने आज तक दिया है मलिका, वह वक्तेजरूरत आगे भी देगा, उस पर ऐतबार रखो। जाओ चार फकीर दरवाजे पर बैठे हैं ये दीनारें उन्हें दे दो नहीं तो मेरा अल्लाह कहेगा कि आखिरी वक्त मुहम्मद ने मुझ पर भी ईमान छोड़ दिया।'

खादीजा ने दरवाजा खोलकर देखा तो हकीकतन चार पीर-फकीर चुपचाप बैठे हुए आग ताप रहे थे और उसी का इंतजार कर रहे थे।

हातिम ने फिर कहा-हुम फट् फट् हाफिज।

अब उसने मुहम्मद को एक लाल घोड़े पर बैठे हुए देखा; उनके हाथ में एक तलवार थी जिस पर लिखा था इस्लाम। लिखा था कि यह तलवार सिर्फ अमन ओ-चैन के हक में अपने आप को बचाने के लिए उठेगी। हातिम के देखते ही देखते वह घोड़ा आसमान की ओर उठने लगा और उस घोड़े ने आसमान के सातों पर्दे पार कर लिए फिर वह घोड़ा हातिम की नजरों से गायब हो गया।

अब बूढ़ा दरवेश हाफिज उसके सामने खड़ा हुआ हंस रहा था।

कहने लगा-अल्लाह की राह पर चलने वाले बहुत से लोग अपना घरबार छोड़कर भी कामयाब नहीं होते और एक प्यारे नबी हैं कि घोड़े पर बैठे-बैठे और हाथ में तलवार लिए हुए भी जन्नत में पहुंच गए। इसका मतलब समझते हो? हिन्दुस्तान का रूहानी इल्म कहता है कि कुण्डलिनी के रास्ते में सात चक्र होते हैं जिन्हें पार करना पड़ता है और एक मोमिन कहता है कि आसमान में पर्दे सात होते हैं। आखिर बात तो एक ही रही । तुम्हारे सवाल का यही जवाब है।

इसके बाद हातिम ने खुद को शहर यमन के उसी निशातबाग में खड़े हुए पाया। वह सीधा वहां से शाहबाद को चलकर आया जहां पर उसने मुनीरशामी को था ठहराया। दोनों चलकर हुस्नबानो के पास पहुंचे।

हुस्नबानो ने पूछा-ऐ यारबाश फरिश्ते, तीसरे सवाल का क्या जवाब मिला?

हातिम ने उसे तफ्सील से सब बताया तो हुस्नबानो को तुरंत यकीन आया।

वह बोली-ऐ मेरे लख्तेदिल माहेशाम, कुछ दिन और सराय में रुककर ही करो आराम।

इसके बाद एक बांदी आई और मुनीरशामी के लिए अशर्फियों से भरी हुई एक नई थैली भी ले आई।

मुनीरशामी ने कहा-हाय प्यारी, कैसे कटेगी यह तनहा जिंदगी बेचारी?

इसके बाद मुनीरशामी बेहोश होकर जमीन पर लुढ़क गया।

हातिम ने कहा-ऐ शहजादी, खुदा जल्द करे तुम दोनों की खाना-आबादी। तेरा चौथा सवाल क्या है?

हुस्नबानो ने कहा-ऐ गुलफामे-हातिम कभी तो दूर होंगे ये जमाने के जुल्मो सितम।

चौथा सवाल सुन-

'दो शहर और एक दरिया लो बदली फिरंगी की दुनिया।'

हातिम ने कहा–ऐ नसीबोंवाली शहजादी अब फिजूल है वक्त की बरबादी।

यह कहकर हातिम ने अपने खीसे से माजूफल निकाला और तुरंत उसे मुनीरशामी को सुंघा डाला। जब मुनीरशामी होश में आया तो हातिम ने सहारा देकर उसे घोड़ी पर बिठाया और ले जाकर फिर सराय में ठहराया।

जाना हातिम का फजाओं के पार और ढूंढ़कर लाना जवाब चौथे सवाल का इस बार।

हातिम ने अपने काठ के घोड़े के दाएं कान में तीन बार कहा – हुम फट् फट् हाफिज।

फिर दाएं कान में ही अपना सवाल दोहराया – दो शहर और एक दरिया लो बदली फिरंगी की दुनिया।

घोड़े पर सवार होकर जैसे ही उसने उसका बायां कान मरोड़ा, घोड़ा सरपट दौड़ा। कभी ऊपर तो कभी सीधा, कभी आड़ा तो कभी तिरछा, कभी उजाले में तो कभी अंधेरे में, कभी बादलों में तो कभी धुंध में गुजरता हुआ आखिर वह जमीन पर आ उतरा। हातिम ने अपने साथ-साथ बूढ़े दरवेश हाफिज को भी देखा, अब वे दोनों आलीशान पोशाक में फिरंगियों जैसे लग रहे थे। उन्होंने अपने घोड़ों को अस्तबल में बांध दिया था जहां पर कि दूसरे घोड़े और बग्घियां पहले से ही बंधी हुई थीं। हातिम ने अपने आपको एक विशाल इमारत के भीतर प्रवेश करते हुए देखा और फिर वे दोनों एक बहुत बड़े सभाकक्ष में जाकर बैठ गए।

हातिम ने पूछा–हम कहां हैं?

दरवेश ने बताया–यह फिरंगीस्तान की राजधानी लंदन है और हम मजलिसेताला 'हाउस ऑफ लॉडर्स' में बतौर मेहमान बैठे हैं। शायद यह कोई इमरजेन्सी सेशन है।

हातिम ने देखा कि दो नौजवान भी सदन में उपस्थित हैं जो कि अवस्था में बाकी सदस्यों की तुलना में बहुत युवा दिखाई दे रहें है।

हातिम ने पूछा–ये दोनों युवक कौन हैं?

हाफिज ने बताया–ये सदन के नियमित सदस्य नहीं हैं। इनमें से एक 'प्रिन्स ऑफ वेल्स' हैं और दूसरे 'प्रिन्स ऑफ एडिनबरा' हैं। लगता है कि कोई खास मौका है।

हातिम ने पूछा–और यह अध्यक्ष के आसन पर कौन बैठा है?

हाफिज ने बताया–ये जार्ज तृतीय हैं, ये स्वयं ही इस समय इंग्लैण्ड के सम्राट हैं। इन्हें 'अधिपतियों का अधिपति' कहा जाता है। 'प्रिन्स ऑफ वेल्स' सम्राट के पुत्र और युवराज की उपाधि होती है जबकि 'प्रिन्स ऑफ एडिनबरा' सम्राट के निकट सम्बंधी होते हैं। 'प्रिन्स ऑफ एडिनबरा' के पिता 'लार्ड ऑफ एडिनबरा' सबसे आगे वाली पंक्ति में दाएं कोने पर बैठे हैं, इन्हें सम्राट का दायां

हाथ माना जाता है। इनके पास लॉर्ड नेल्सन बैठे हैं जो कि एक विश्वप्रसिद्ध योद्धा हैं। ये दोनों ही जॉर्ज तृतीय के परिजन हैं। लार्ड नेल्सन को 'लार्ड ऑफ ट्रैफ्लगर' भी कहा जाता है।

बोलने के लिए सबसे पहले प्रिन्स ऑफ वेल्स खड़े हुए; वे बहुत उद्विग्न दिखाई दे रहे थे। सदन में पूरी तरह सन्नाटा छा गया था और सभी सदस्य उनकी तरफ देख रहे थे।

उन्होंने कहा–हमारे खुफिया–तंत्र की रिपोर्ट है कि फ्रांस के सभी गांवों और कस्बों से चलकर लाखों लोग पेरिस में पहुंचने वाले हैं और ये लोग बहुत गुस्से में हैं। खुफिया–तंत्र का यह भी कहना है कि किसी बहुत बड़ी अनहोनी घटना की आशंका है। मैं हिज मैजेस्टी से यह निवेदन करना चाहता हूं कि इंलैण्ड की शाही थल सेना व शाही जलसेना को पेरिस पहुंचकर वहां के सामंतवर्ग की सुरक्षा को सुनिश्चित करना चाहिए।

जार्ज तृतीय–क्या प्रिन्स ऑफ वेल्स बताएंगे कि हमें ऐसा क्यों करना चाहिए?

प्रिन्स ऑफ वेल्स–इस सदन के सभी माननीय सदस्य फ्रांस के राज–परिवार एवं वहां के कुलीनवर्ग की सुरक्षा को लेकर चिंतित हैं और यह उचित भी है क्योंकि इस सदन के सभी सदस्यों के निकट सम्बंधी फ्रांस के कुलीनवर्ग में सम्मिलित हैं। योर मैजेस्टी, यदि हमारे निकट सम्बन्धियों के प्राण खतरे में पड़ते हैं, तो हम हाथ पर हाथ रखकर नहीं बैठ सकते ।

जॉर्ज तृतीय बारी–बारी से प्रत्येक सदस्य को देखते हैं और उनमें से प्रत्येक सहमति जाहिर करते हुए धीरे से मेज पर हथौड़ा बजाता है।

प्रिन्स ऑफ वेल्स :– सबसे पहले हम हमारे खुफियादल के सदस्यों को पेरिस के शाही परिवार के पास भेजेंगे और उन्हें सूचित करेंगे कि इंग्लैण्ड की सेना राजतंत्र की सुरक्षा के लिए पेरिस में प्रवेश करेगी इससे वहां का शासक वर्ग आश्वस्त हो जाएगा। इसके बाद हमारी सेना जमीन और नदी दोनों रास्तों से पेरिस पर अचानक धावा बोल देगी। इससे वहां की जनता सामंत वर्ग के पक्ष में आ जाएगी और वापस लौट जाएगी। पेरिस का यह घेरा हम तब तक बनाए रखेंगे जब तक कि वहां पर स्थिति सामान्य नहीं हो जाती है। मैं, लॉर्ड नेल्सन व लार्ड एडिनबरा भी सेना का नेतृत्व करने के लिए इच्छुक हैं। हमने पहले ही सारी स्थिति पर गौर कर लिया है। बस आपके आदेश की प्रतीक्षा है।

लार्ड ऑफ एडिनबरा और लार्ड नेल्सन दोनों सहमति में सिर हिलाते हैं।

जार्ज तृतीय–तो क्या मैं समझूं कि सारा सदन इस बात से सहमत है? यदि कोई सम्मान्य सदस्य असहमत हो कृपया अपने हाथ खड़े करें।

कोई असहमति व्यक्त नहीं करता।

जॉर्ज तृतीय–इससे पहले कि मैं पेरिस में हस्तक्षेप का आदेश दूं, मुझे हाउस

ऑफ कॉमन्स की राय भी जाननी चाहिए।

लार्ड नेल्सन-योर मैजेस्टी, इससे अनावश्यक विलम्ब होगा। क्या यह हमारे लिए उचित होगा कि हम ऐसी निर्णायक घड़ी में हाथ पर हाथ रखकर बैठें रहें जबकि पेरिस में हमारे मित्र और सम्बंधी मौत के कगार पर खड़े हैं? क्या आनेवाली पीढ़ियां और इतिहास हमें हमारी इस लापरवाही के लिए क्षमा कर सकेंगे? आप ब्रिटेन के सर्वोच्च अधिपति हैं और सेना के सर्वोच्च कमांडर हैं। इस सदन के सभी आदणीय सदस्यों का विचार यह है कि वर्तमान आपातकाल में हमें अविलम्ब कार्यवाही करनी चाहिए और इस मुद्दे को साधारण-सभा में नहीं उठाना चाहिए। ऐसा करके हम इस आपातकाल के साथ न्याय नहीं कर पाएंगे।

जार्ज तृतीय :- सम्मान्य सदस्यगण एवं लॉर्ड नेल्सन, यह ठीक है कि इस समय संसार के सबसे शक्तिशाली देश का सर्वोच्च अधिपति मैं ही हूं। ठीक यह भी है कि यदि मैं आवश्यक समझूं तो संसद के दोनों सदनों को निलम्बित भी कर सकता हूं। ठीक यह भी है कि ग्रेट ब्रिटेन में जहां भी और जो भी सेनाएं मौजूद हैं उन सबकी कमान मैं अपने हाथ में ले सकता हूं। सभी आम और खास के प्रति मैं यह भी स्पष्ट कर देना चाहता हूं कि संकट के समय ब्रिटेन के सम्राट की शक्तियां असीमित हैं क्योंकि वह स्वयं ही सारी शक्तियों का उद्गम है और वह स्वयं ही इन सारी शक्तियों को दूसरों को हस्तांतरित करता है। ऐसे संकट के समय न तो सम्राट परंपराओं को मानने के लिए बाध्य है और न ही लिखित दस्तावेज उसकी शक्तियों को परिसीमित करते हैं। ठीक यह भी है कि सारी विधायक, कार्यपालक एवं न्यायिक शक्तियां सम्राट में ही निहित होती हैं और वह इन समस्त शक्तियों का स्वैच्छ निर्वहन कर सकता है। लेकिन मेरा मानना यह भी है कि सम्राट को समस्त शक्तियों को हाथ में तभी लेना चाहिए जबकि उसके सामने ब्रिटेन का कोई राष्ट्रीय संकट उपस्थित हो अन्यथा उसे शक्तियों के केन्द्रीयकरण से बचना चाहिए। मेरा मानना यह है कि फ्रांस की विपत्ति कोई हमारी राष्ट्रीय विपत्ति नहीं है।

लॉर्ड ऑफ एडिनबरा-योर मैजेस्टी, सारा उच्चसदन आपके सामने अपनी चिंता अभिव्यक्त कर चुका है। विलम्ब होने की स्थिति में वहां पेरिस में हमारे मित्रों एवं सम्बंधियों के साथ कुछ भी अनहोनी घट सकती है और यदि ऐसा होता है तो आने वाला इतिहास शायद हमें भी क्षमा नहीं कर पाए। ऐसी स्थिति में जो अब है, आप के द्वारा सेना को कूच करने के लिए दिए गए आदेश को आपकी बुद्धिमत्ता और प्रत्युत्पन्नमति ही कहा जाएगा।

जार्ज तृतीय-आप लोग यह क्यों भूल रहे हैं कि फ्रांस की समस्या के दोनों पक्ष हैं - वहां का शासकवर्ग यदि एक पक्ष है तो दूसरा पक्ष वहां की जनता भी है? इसलिए हम हमारी जनता की राय की उपेक्षा नहीं कर सकते। हमारे लिए

यह जानना बिल्कुल उचित होगा कि इस सम्बंध में इंग्लैण्ड का जन साधारण और इंग्लैण्ड के जन प्रतिनिधि क्या राय रखते हैं?

प्रिन्स ऑफ वेल्स–महामहिम से मेरा आग्रह है कि इस सम्बंध में वे पुनर्विचार करें। देश की सुरक्षा का उत्तरदायित्व इसी सदन के सदस्यों पर है, निम्न–सदन के सदस्यों पर नहीं है। जब भी संकट की कोई घड़ी उपस्थित होती है तो देश के सम्मान को अपनी जान पर खेलकर हम ही बचाते हैं, राजनीति शास्त्र के दार्शनिक युद्ध के मैदान में जाकर युद्ध नहीं करते, वे सिर्फ बहस करते हैं। इतिहास में यदि इंग्लैण्ड का गौरव बढ़ता है अथवा कि उसकी छवि कलंकित होती है तो इसके लिए उत्तरदायी हमें ही माना जाएगा। इसलिए मेरा निवेदन यह है कि इस मुद्दे को 'हाउस ऑफ कॉमन्स' में उठाना कतई गैरजरूरी है।

हिज मैजेस्टी बिना कुछ कहे सदन से उठकर चले जाते हैं। प्रिन्स ऑफ वेल्स जोर–जोर से चीखकर कहते हैं कि इंग्लैण्ड की भावी साम्राज्ञी की मृत्यु का उत्तरदायित्व उन्हीं लोगों पर होगा जिनके कारण यह विलम्ब हो रहा है। सारा सदन सन्नाटे में आ जाता है। लॉर्ड नेल्सन, लॉर्ड एडिनबरा को एक तरफ ले जाते हैं और आपस में मंत्रणा करते हैं। इसके बाद लॉर्ड नेल्सन सदन को सम्बोधित करते हुए कहते हैं :– "हमने यह निर्णय किया है कि लॉर्ड एडिनबरा और मैं तुरंत वेश बदलकर पेरिस पर धावा बोल देंगे। मैं टेम्स के रास्ते से पेरिस पहुंचेंगे और मेरे साथ जलसेना की टुकड़ी जलदस्युओं के वेश में रहेगी। जलसेना की यह टुकड़ी अभी टेम्स नदी की रक्षा के लिए नियुक्त है। लॉर्ड ऑफ एडिनबरा सादे वस्त्रों में अपने सैनिकों को लेकर जमीन के रास्ते से पेरिस पहुंचेगें। यदि हिज मैजेस्टी ठीक निर्णय पर पहुंचते हैं तो बाद में शाही सेना भी हमारी मदद को आ जाएगी। तब तक हम वहां अपने मित्रों की रक्षा करेंगे और स्थिति को सम्भालेंगे।

इतने में एक संदेशवाहक हांफता हुआ सदन के भीतर प्रवेश करता है और बताता है कि पेरिस में मारकाट शुरू हो चुकी है। इससे भी बुरी खबर यह है कि ग्रेट ब्रिटेन के भिन्न–भिन्न भागों से एक बहुत बड़ी भीड़ लंदन की ओर बढ़ रही है और यहां भी स्थिति नियंत्रण से बाहर हो सकती है।

लॉर्ड ऑफ एडिनबरा, प्रिन्स ऑफ वेल्स तथा लॉर्ड नेल्सन फिर एक कोने में होकर गहन मंत्रणा करते हैं और फिर सदन को यह बताते हैं कि अब पेरिस के लिए कूच करना सम्भव नहीं है। क्योंकि हमें अब लंदन को बचाना होगा। तीनों तुरंत शाही सेना के साथ शहर के परकोटे पर पहुंच जाते हैं और भीड़ को शहर में प्रविष्ट होने से रोक देते हैं। पेरिस में स्थिति बिगड़ती ही चली जाती है। जनता एक–एक करके शासकवर्ग के सभी सदस्यों को पकड़कर गिलेटिन पर ले जाती है; प्रत्येक को अभियोगपत्र पढ़कर सुनाती है और मृत्युदंड के बतौर

उनके सिर काट देती है। राजपरिवार के सारे सदस्यों की भी हत्या कर दी जाती है। लंदन शहर को बचा लिया जाता है लेकिन भीड़ के निरंतर घेरे के कारण इंग्लैण्ड का सांमतवर्ग पेरिस के अपने मित्रों व सम्बंधियों की भी सहायता नहीं कर पाता है। पेरिस में एक-एक करके लगभग तीन हजार लोगों को मौत के घाट उतार दिया जाता है।

हातिम ने कहा-हुम फट् फट् हाफिज।

इसके बाद हातिम ने अपने आपको शहर यमन के उसी निशातबाग में खड़े हुए पाया। वह तुरंत शाहबाद पहुंचा जहां कि मुनीरशामी उसका इंतजार कर रहा था।

हुस्नबानो ने पूछा-ऐ इंसाने कामिल हातिम, क्या चौथे सवाल का जवाब मिल गया?

हातिम ने उसे फ्रांस की क्रांति के बारे सब कुछ विस्तार से बताया जो उसने देखा था। सुनकर हुस्नबानो फिर एक बार मुतयक्कन हुई।

उसने मुनीरशामी से कहा-ऐ मेरी आंखों के उजाले, जब तक सातों सवालों के जवाब नहीं आ जाते, आप सराय में ही अपना डेरा डालें।

यह कहकर उसने ताली बजाई और मोतियों से भरी हुई एक थैली मंगवाई।

मुनीरशामी ने कहा-ऐ खुदा यह मेरा कैसा इम्तहान है? अब तो हुस्नबानो के बिना बहुत अजाब में मेरी जान है।

इतना कहकर मुनीरशामी बेहोश होकर जमीन पर लुढ़क गया; हुस्नबानो ने अपने दामन से उसके माथे का पसीना पोंछा और अपने आंसुओं से उसके रुखसार को तरबतर कर दिया।

वह बोली-ऐ नेकदिल हातिम अब मेरा पांचवा सवाल सुन, अब तो प्यारे मुनीर के संग लग गई है मेरी भी धुन।

हातिम ने पूछा-पांचवा सवाल क्या है शहजादी?

हुस्नबानो बोली-पांचवा सवाल यह है ऐ हातिमेफरियादी -

"लाल रंग की एक किताब, नीले कोट में लाल गुलाब।"

इसके बाद हातिम ने अपने खीसे से माजूफल निकाला और उसे तुरंत मुनीर को सुंघा डाला। जैसे ही मुनीशामी होश में आया, हातिम ने सहारा देकर उसे घोड़ी पर पीछे बिठाया और फिर उसी सराय में लाकर ठहराया।

जाना हातिमताई का फजाओं के पार और ढूंढ़ना जवाब पांचवे सवाल का इस बार

हातिम ने काठ के घोड़े के दाएं कान में तीन बार कहा - हुम फट् फट् हाफिज।

फिर दाएं कान में ही अपना पांचवा सवाल दोहराया - लाल रंग की एक किताब, नीले कोट में लाल गुलाब। फिर घोड़े पर होकर सवार जैसे ही उसने

उसके बाएं कान को मरोड़ा तो नीलीफीम के पार भाग चला वह घोड़ा। जब वह घोड़ा जमीन पर उतरा तो हातिम ने तख्त पर बैठे हुए एक लम्बे चौड़े दाढ़ी वाले आदमी को देखा जिसका पूरा जिस्म एक सफेद चोगे से पोशीदा था और जिसके गले में सोने का एक बेशकीमती सलीब लटक रहा था। उसके सामने घुटनों के बल एक शख्स-ए-शहंशाह बैठा हुआ था जिसका लिबास एकदम लकदक और शाही आबोताब लिए हुए था।

हातिम ने पूछा–ये दोनों आदमी कौन हैं?

हाफिज ने बताया–जो तख्त पर बैठा हुआ है वह एक पादरी है। यह रूस के चर्च का सबसे बड़ा जाहिद है और इसका नाम रासपुटिन है लेकिन इसने अपनी रूह शैतानी फितरत को बेच रखी है। जिस बादशाह को तुम देख रहे हो यह शहंशाहे रूस है; इसका नाम निकोलस दोयम है; पूरी जमीन के छठवें भाग पर इसकी मिल्कियत है और इसकी खल्क की नफरी अठारह करोड़ के बराबर है लेकिन इसको भी रासपुटिन के इशारों पर नाचना पड़ता है इसका कारण यह है कि क्रिस्तानों में कनीसा जाकर किसी पादरी के सामने अपने हरेक गुनाह को कुबूल करने की रिवायत है। यह आदमी रूस का सबसे बड़ा पादरी है लिहाजा रूस के तमाम हुक्मरान, अमीर–उमराव और अहमोखास लोग इसी के पास आकर अपना गुनाह कुबूल करते हैं। इसके मुरीदों में बादशाह, जमींदार, मलिकायें, आला फौजी अफसर, आला पुलिस अफसर और अदालती मुंसिफ भी शामिल हैं। ईसाइयों का मानना है कि किसी पादरी के सामने गुनाह कुबूल करने से गुनाह मुआफ कर दिए जाते हैं और आदमी दोजख की आग में जलने से बच जाता है। पादरी के लिए यह जरूरी होता है कि वह इस इकबाल को न तो खुद याद रखे और न ही किसी अन्य के सामने इन गुनाहों का पर्दाफाश करे, उसे आसमानी खौफ से डरना चाहिए। लेकिन यह रासपुटिन शैतान का मुरीद है; यह सबके गुनाहों को लिख लेता है और उनकी बदइस्तेमाली सियासती मकसद से करता है। यह खुद ही हालात को बिगाड़ता भी है और सुधारता भी है। यह सभी हुक्मरानों की कमजोरियों से वाकिफ है इसलिए इसकी अहमियत बढ़ती चली गई है। यह उन सारी साजिशों की जानकारी रखता है जो की जा रही हैं और उनकी भी रखता है जो की जाएंगी। यह बड़े से बड़े आदमी का भला और बुरा दोनों करने की स्थिति में है इसलिए सब इसकी खुशामद भी करते हैं, इससे मशवरा भी लेते हैं और इसकी नाराजगी से तौबा भी करते हैं। जब कयामत का दिन आएगा तो मालिक ही इससे निबटेगा क्योंकि इंसान के काबू में आने वाली शै यह नहीं है।

हातिम ने कहा–बहुत अफसोस की बात है, हुम फट् फट् हाफिज।

अब हातिम ने अपने आपको एक शहर के बाजार में बूढ़े फकीर हाफिज का हमसाया पाया। उसने वहां हजारों लोगों की भीड़ को देखा। इन लोगों के चेहरे

पहला किस्सा हातिमताई

पर मुर्दानगी, पीलापन और भूख साफ दिखाई देती थी। इन लोगों के जिस्म अधनंगे और बदहाल थे और इनकी आंखों से खौफ और फिक्र झलक रहे थे। सुबह का वक्त था, दुकानें अभी-अभी खुली थीं और इन दुकानों पर ताजी और गर्म रोटियों के ढेर लगते जा रहे थे। अचानक भीड़ बेकाबू हो गई और देखते ही देखते भूखे, लाचार और मुफलिस लोगों ने रोटियों को लूटना शुरू कर दिया। मालोअसबाब की कुछ दुकानें भी खुलना शुरू हो गई थीं। इन दुकानों पर सुंदर-सुंदर फर के कोट, टोपियां, जुर्राबें, दस्ताने और घुटनों तक ऊंचे चमड़े के जूते भारी तादाद में रखे हुए थे। ठंड से परेशान लोगों ने इस सामान को जबर्दस्ती छीन-छीनकर पहनना शुरू कर दिया। लोग लूटपाट भी करने लगे और मारपीट पर भी उतारू हो गए। लिहाजा दुकानों से कुछ आदमी भागकर हुक्मरानों के पास पहुंचे और उन्हें मौका-ए-वारदात पर भी लेकर आए। लेकिन सिपाही खुद भी तंगहाल थे और उन्होंने हुक्म मानने से इंकार कर दिया। न तो उन्होंने भीड़ पर गोलियां चलाई और न ही लाठी चार्ज किया। उनमें से ज्यादातर ने लूटपाट में भी भीड़ का साथ दिया। सारे अफसर और हुक्मरान इस अफरा-तफरी में भाग छूटे और पूरा शहर दंगाइयों के कब्जें में आ गया। सारा बाजार लुट गया। और सारी दुकानें खाली हो गईं। कुछ लोग मारे भी गए।

हाफिज ने बताया-यह रूस का एक बड़ा शहर पेत्रोग्राद है और यह 7 मार्च 1917 का दिन है। यह जेहाद की पहली अहम वारदात है। रूस पहली दुनियावी जंग में जर्मनी, तुर्की, ऑस्ट्रिया ओर बल्गारिया के खिलाफ लड़ रहा है; जंग को ढाई साल से ऊपर हो गए हैं और रूस की हालत खस्ता हो चुकी है। सिपाही भी ठंड और भूख के मारे लाचार हैं। यहां तक कि फौज के पास भी खाने के लिए रोटी और पहनने के लिए कपड़े काफी नहीं हैं। हुक्मरानों का कहना यह है कि इस कमी का कारण मर्कजी ताकतों के खिलाफ जंग और रूस का बाकी दुनिया से अलग-थलग पड़ जाना है लेकिन आम जनता को अंदेशा है कि दुकानदारों ने दाम बढ़ाने की नीयत से सामान की जमाखोरी कर रखी है। जंग के कारण ज्यादातर कारखाने और इमारती तामीरी के कामकाज बंद हैं इसलिए लाखों लोग मजदूरी के लिए तरस रहे हैं। जनता ठंड और भूख के कारण लाखों की तादाद में मर रही है और इधर ये लालची दुकानदार कीमतें बढ़ाने के लिए मुल्कयाफ्ता साजिश में लगे हुए महसूस होते हैं। लगता है कि जनता का खयाल सही है और इसीलिए जनता कानून को हाथ में लेने के लिए मजबूर हो गई है।

हातिम ने कहा-या परवरदिगार ! हुम फट् फट् हाफिज।

अब हातिम ने फिर उसी शहर पेत्रोग्राद को देखा। सर्दियों की एक रात के कोई दो बजे थे। एक ही जगह पर लगभग पच्चीस हजार नौजवानों की भीड़ इकट्ठी हो चुकी थी और यह भीड़ छोटे-बड़े सब तरह के हथियारों से लैस थी। भीड़ बारी-बारी से रेलवे स्टेशन, कोतवाली, पोस्ट ऑफिस, सरकारी बैंक,

टेलीफोन एक्सचेंज और सभी बड़ी सरकारी इमारतों पर पहुंची और उन पर अपना कब्जा कर लिया। सेना और पुलिस भी इस भीड़ के साथ मिल गई और इस मिली-जुली भीड़ ने अपनी ताकत के बल पर सभी सरकारी चौकियों, दफ्तरों और इमारतों पर कब्जा कर लिया और सरकारी दौलत भी अपने कब्जे में ले ली। इतने में सुबह हो गई और भीड़ ने यह मुनादी कर दी कि पुरानी हुकूमत का तख्तापलट हो चुका है और नई हुकूमत ने शहर पर कब्जा कर लिया है। इस भीड़ की रहनुमाई एक दाढ़ीवाला रुतबेदार आदमी कर रहा था।

हातिम ने पूछा-यह जांबाज इंसान कौन है?

हाफिज ने बताया-इसको तवारीखे आलम में लेनिन के नाम से जाना जाएगा। कुछ लोग इसको एक रहबर गोया एक मसीहा की तरह भी मानेंगे; यह रूस की नई हुकूमत का सबसे बड़ा लीडर होगा। जो हम मंजर देख रहे हैं यह पेत्रोग्राद शहर में 7 नवंबर 1917 और 8 नवम्बर 1917 के बीच की रात को नुमाया होगा। तवारीख को जानने वाले लोग इस बलवे को 'रूसी रेवोल्यूशन' की शुरुआत मानेंगे। धीरे-धीरे भीड़ इसी तरह सारे शहरों और देहातों पर कब्जा कर लेगी और यह जेहाद पूरे रूस में फैल जाएगा। सारे मुल्क में फैले हुए चर्च ढहा दिए जाएंगे, सारे पादरियों को हलाक कर दिया जाएगा और सारे सलीबों को जलती हुई आग में पिघला दिया जाएगा। इसके बाद पूरा मुल्क तकरीबन एक सदी के लिए कुफ्रपरस्ती की चपेट में आ जाएगा और रूस के तमाम रहने वालों से एक लाल किताब पर उसी तरह ईमान लाने को कहा जाएगा जैसे कि मोमिन तालमुद, बाइबल और कलोमपाक पर लाते हैं। एक सदी के बाद यहां के लोग फिर से चर्च जाने लग जाएंगे और कुफ्र से तौबा कर लेंगे।

हातिम ने कहा-ऐ मालिक, अजीब है तेरा रहमोकरम। हुम फट् फट् हाफिज।

अब हातिम ने अपने आपको एक दूसरे बड़े शहर में हाजिरनाजिर पाया। हाफिज ने बताया कि यह मास्को है और अब यहां पर जुलाई 1918 का महीना चल रहा है। उसने देखा कि एक बहुत बड़ी भीड़ गुस्से में पागल है। इस भीड़ ने सबसे पहले शहंशाह निकोलस दोयम को हलाक कर दिया है फिर उसके खानदान के तमाम लोगों को एक-एक करके कत्ल कर दिया है। इसके बाद भीड़ ने मुख्तलिफ जगहों पर बहुत सारी 'जेहादी अदालतों ' का इंतजाम किया है और हजारों लोगों को इन अदालतों के सामने बतौर गुनहगार पेश किया गया है। हरेक शख्स के विरुद्ध एक चार्जशीट तैयार की गई है और उसे सजा-ए-मौत या देश निकाला दिया गया है। सब जगह खून-खराबे, लूटपाट और पकड़धकड़ का कारोबार गरम है और हाहाकार मचा हुआ है।

हाफिज ने बताया-रिवोल्यूशन का जो दौर मार्च 1917 में पेत्रोग्राद से शुरू हुआ था वह जुलाई 1918 के आते-आते लगभग पूरा हो गया है। रूस की हुकूमत अब पूरी तरह बागियों के हाथों में है और उनके मन्सूबे तकरीबन पूरे

हो चुके हैं। परवरदीगार न करे कि यह बागियों की सरकार आगे जाकर कल्चरल रिवोल्यूशन के नाम पर इंतकाम पर उतारू हो जाए। हातिम के देखते ही देखते पूरे मुल्क की सरकारी इमारतों पर एक लाल रंग का परचम फहराया जाने लगा जिस पर एक हथौड़े और एक दरांती के निशानात मौजूद थे।

हातिम ने कहा–हुम फट फट हाफिज, खुदा खैर करे।

हातिम ने देखा कि आसमान के एक कोने में सुबह हो रही है। उसके देखते ही देखते आसमान का एक टुकड़ा नीले रंग के कोट में बदला और एक शख्स के जिस्म से लिपट गया। सुबह के सूरज की जिया एक लाल गुलाब में तब्दील हुई और उस कोट में जाकर टंग गई।

हातिम ने पूछा–यह नूरे-सुबहानी कौन है?

हाफिज ने बताया–यह एक कश्मीरी बिरहमिन है जो कि हिन्दुस्तान का पहला वजीरेआजम होगा। यह कुफ्रपरस्त तो नहीं होगा लेकिन गरीब-नवाज बेशक होगा। यह तरक्की पसंद तो होगा ही, साथ ही साथ बोलने की आजादी और इंसानी हुकूक का भी हिमायती होगा। एक तरफ इसके ताल्लुकात कम्यूनिस्ट मुल्कों से दोस्ताना होंगे तो दूसरी तरफ 'आजाद दुनिया' भी इसको पसंद करेगी। यह रूस और अमरीका दोनों से हाथ मिलाए हुए रखेगा फिर भी इसे बांई बाजू की ओर ही समझा जाएगा। यह दोनों बड़ी ताकतों के रास्तों से अलग एक तीसरा रास्ता चुनेगा जो काफी शशोपंज और जद्दोजहद के बावजूद हिन्दुस्तान को कामयाबी की मंजिल तक ले जाएगा। यह एक रहमदिल और खुलूसपसंद इंसान होगा जिसे कि कौमी हालात के कारण दौरे-सियासत में शरीक होना पड़ेगा।

हातिम ने कहा–हुम फट् फट् हाफिज।

अब हातिम ने अपने आपको शहर यमन के उसी निशात बाग में खड़े हुए पाया; वह तुरंत अपनी घोड़ी पर बैठकर शाहबाद चलकर आया और मुनीरशामी को साथ लेकर हुस्नबानो से लाकर मिलाया।

हुस्नबानो ने पूछा–ऐ हातिमेगिरामी, क्या पांचवे सवाल का जवाब मिल गया?

हातिम ने उसे सब कुछ तफ्सील से बताया और सुनकर हुस्नबानो मुतयक्कन हुई। जैसे ही उसने अपनी ताली बजाई, तुरंत एक बांदी जवाहरातों की थैली भर लाई और मुनीरशामी को लाकर पकड़ाई।

हुस्नबानो ने कहा–ऐ मेरे अन्वारेदीदार, कुछ दिन और सराय में रुककर ही करो तुम इंतजार। खुदा हमारी मुरव्वत का सिला जरूर देगा हर बार।

मुनीरशामी ने बताया–ऐ मेरे ख्वाबों की रानी, किससे बयान करूं अपने दिल की कहानी? न दिन कटता है न कटती है रात ही दीवानी।

इतना कहकर मुनीरशामी बेहोश होकर जमीन पर लुढ़क गया।

हातिम ने पूछा–ऐ शहजादी, छठा सवाल क्या है?

हुस्नबानो ने बताया :- छठा सवाल यह है—

'छोटी सी एक लालपरी जो निगल गई अक्खा नगरी।'

हुस्नबानो ने अपने दिल पर हाथ रखकर एक गहरी सांस छोड़ी, मुनीरशामी के बालों में हाथ की अंगुलियों को घुमाते हुए बोली या मौला कब मैंने उम्मीद छोड़ी?

हातिम ने अपने खीसे से माजूफल निकाला और तुरंत मुनीर को सुंघा डाला। जैसे ही मुनीरशामी होश में आया, हातिम ने उसे सहारा देकर घोड़ी पर पीछे बिठाया और फिर उसी सराय में लाकर ठहराया।

जाना हातिम का फजाओं के पार और तलाश करना जवाब छठे सवाल का इस बार।

हातिम ने काठ के घोड़े के कान में तीन बार कहा – हुम फट् फट् हाफिज।

दाएं कान में ही छठा सवाल दोहराया—

'छोटी-सी एक लालपरी जो निगल गई अक्खा नगरी।'

जैसे ही हातिम ने घोड़े का बायां कान मरोड़ा, घोड़ा जैसे जादू की दुनिया में दौड़ा।

हातिम ने देखा कि चहल-पहल से भरा हुआ एक खूबसूरत शहर है और इसकी एक बहुत खूबसूरत सुबह है। यहां के लोग कद में छोटे हैं, आंखें भी इनकी छोटी हैं लेकिन इनका रंग सोने जैसा है। सारे शहर में गहमागहमी है और लोग दफ्तरों, कारखानों, बैंकों, बाजारों, मक्तबों वगैरह की ओर जा रहे हैं। लोगों के फूलों जैसे मासूम लब और रुखसार हैं और परीजादों जैसे खुलूस भरे चेहरे हैं। अचानक कोई बला आसमान से जमीन की ओर लपकती है और चारों तरफ आग ही आग का मंजर बरपा हो जाता है। लोगों की दर्दनाक चीखें और दिल दहला देने वाले मातम से फजा कांप उठती है। कुछ लोग दरिया की ओर भागते हुए भी दिखाई देते हैं लेकिन दरिया तक पहुंच नहीं पाते हैं। चंद ही मिनटों में लाखों जीते-जागते खूबसूरत आदमी, औरत, बच्चे काली-काली लाशों में बदल जाते हैं। चार वर्गमील के क्षेत्र में एक भी आदमजात, जानवर, परिंदा या पेड़-पौधा जिंदा नहीं बचता। चारों तरफ आग और राख का मंजर नजर आता है। शहर के चारों तरफ दूर-दूर तक के इलाकों में लोगों के जिस्मों पर फफोले पड़ जाते हैं और लाखों तुरंत अंधे, अपाहिज, बीमार और बदहवास हो जाते हैं।

हातिम ने पूछा-या दरवेश, यह आसमानी चीज क्या बला है? हुम फट् फट् हाफिज।

हाफिज ने बताया-जिस मुल्क के लोगों को तुम देख रहे हो इस मुल्क को उगते हुए सूरज का देश जापान कहा जाता है। दूसरी दुनियावी जंग में जापान, जर्मनी और इटली की तरफ से अमेरिका, इंग्लैण्ड, फ्रांस, रूस व चीन के खिलाफ जंग में उतरा था। जर्मनी और इटली के हथियार डाल देने के बाद भी

जापान ने हार नहीं मानी। जापान के लोग अपने बादशाह को खुदा का नुमांइदा समझते हैं और यह सोचते हैं कि वे जंग में कभी भी हार नहीं सकते। 5 अगस्त 1945 को हिरोशिमा शहर पर मित्र राष्ट्रों द्वारा एक एटम बम डाला गया, जिससे मची हुई तबाही का मंजर तुमने अभी-अभी देखा है। इस बम के डालने से जो बरबादी हुई उसका असर सैकड़ों साल तक जिंदा आदमियों, जानवरों और पेड़ पौधों पर बना रहेगा। इस बम को डालने के बाद भी जापान ने हार नहीं मानी। इस बमबारी के तीन दिन बाद रूस को भी जापान पर हमले की मुनादी करनी पड़ी। इन तीन दिनों के भीतर हवाई जहाज से कोई तीस लाख परचे जापान पर डाले गए जिनमें एटम बम से होने वाली तबाही का जिक्र था और जापान से हथियार डालने को कहा गया था। चौथे दिन हिरोशिमा से भी बड़े एक दूसरे शहर नागासाकी पर दूसरा एटम बम डाला गया जिससे वह शहर भी तबाह हो गया। इसके बाद जापान ने लड़ाई में अपनी हार मान ली और जंग बंद हो गई।

हातिम ने पूछा–ये आसमानी बला किसके दिमाग की उपज थी?

हाफिज ने बताया–इस बम का इस्तेमाल नफरत का नतीजा था। तकरीबन छह सालों तक चलने वाली इस आलमी जंग में यूरोप के प्रायः सभी जवान आदमी मारे गए थे। ऐसा कोई भी घर नहीं था जिसमें कुछ आदमियों की मौत न हो चुकी हो। जिंदा रहने वाले लोगों में सिर्फ औरतें, बच्चे और बूढ़े थे। दोस्तमुल्क इसके लिए अपने दुश्मनों को जिम्मेदार समझते थे। ये मुल्क जंग लड़ते-लड़ते थक गए थे और आखिर में अपना सब्र खो बैठे। इस बम को सबसे पहले चार वैज्ञानिकों ओटो हान, नील्स बोर, रदरफोर्ड और फर्मी ने यूरेनियम का विघटन करके बनाया था। इन चारों वैज्ञानिकों ने एटम बनाने का काम जर्मनी में ही शुरू किया था और जर्मनी को ही एटम बम मिलता भी। लेकिन जर्मनी के डिक्टेटर हिटलर ने लाखों यहूदियों को जहरीली गैस का इस्तेमाल करके मार डाला। हिटलर की इस नस्लवादी नफरत से डरकर सबसे पहले आइन्सटीन जर्मनी छोड़कर अमेरिका चला गया फिर ये चारों भी जर्मनी छोड़कर अमेरिका भाग निकले। अमेरिका में आंइस्टीन ने इन चारों को वहां के सदर से मिलाया। अमेरिका के सदर के मार्फत इनको अपनी ईजाद पूरी करने का माहौल मिला। पहला बम हिरोशिमा पर और दूसरा नागासाकी पर डाला गया। इन वैज्ञानिकों को इस कत्ले-आम से बहुत पछतावा हुआ। लाखों बेकुसूर लोग मारे गए और इससे भी ज्यादा लोग जहरीले रेडिएशन के कारण न ठीक होने वाली बीमारियों की चपेट में आ गए।

हातिम ने कहा–या खुदा रहम कर। हुम फट् फट् हाफिज। अब हातिम ने खुद को शहर यमन के उसी निशातबाग में खड़े हुए पाया। वह जल्दी से चलकर शाहबाद आया और तुरंत मुनीरशामी को हुस्नबानों से ला मिलाया।

हुस्नबानो ने पूछा–ऐ नूरेतबस्सुम हातिम, सब खैरियत तो है ना? बहुत

गमगीन नजर आते हो? क्या खबर लाते हो?

हातिम ने हुस्नबानो को तफ्सील से छठे सवाल का जवाब बताया, सुनकर उसने रजामंदी में सिर हिलाया।

कहने लगी-या नेकदिल हातिम, यकीन करती हूं उस परवरदिगार के रहमो-करम पर जिसने तुझ जैसे फरिश्ते को भेजा। या मौला तू करम करना, कहीं हमारी कश्ती साहिल की जानिब आकर भी डूब तो नहीं जाएगी बगरना?

मुनीरशामी ने कहा-ऐ मलिका-ए-हयात, कब होगी मुझे तेरी फुरकत से निजात? बस एक ही सवाल की है बात लेकिन तुम्हारे बिना जीने की कहां मेरी औकात?

यह कहकर मुनीर फिर एक बार बेहोश होकर जमीन पर लुढ़क गया। हुस्नबानो ने उसका सिर अपनी गोद में रख लिया, उसकी पेशानी पर एक कुंआरा बोसा लिया और उसकी आंखों से आंसुओं के धारे बह छूटे।

हातिम से उन दोनों की परेशानी देखी नहीं गई

वह बोला-ऐ शहजादी मुझको तू अपना भाई मान, मैं करूंगा पूरे तुम दोनों के अरमान। चाहे हथेली रखनी पड़े मुझे अपनी जान, तू अपनी तकदीर के सितारे को बुलंद मान। अब तो बचा है बस आखिरी सवाल का फरमान, खुदा जरूर करेगा तुम्हारी मुहब्बत पर यह भी अहसान।

ऐ मेरी छोटी बहिन, तेरा सातवां सवाल क्या है?

अब हुस्नबानों ने अपने दामन से अपने गिरिया पोंछे और उसके खुलूस भरे चेहरे पर तबस्सुम इस तरह से फैल गया जैसे कि पूनम का चांद बादलों की ओट से निकल आया हो। हुस्नबानो ने ताली बजाई तो एक बांदी दौड़कर हीरों से भरी एक थैली ले आई।

हुस्नबानो ने कहा-हर दिल अजीज हातिम, मेरा सातवां सवाल यह है, **"भोर की पहली किरण में विस्मृत वह संघर्षमय।"**

हातिम ने अपने खीसे से माजूफल निकाला, तुरंत उसे मुनीर को सुंघा डाला, बिना किसी हीलोहवाला। फिर उसे अपनी घोड़ी पर बिठाया और लाकर सराय में ठहराया।

जाना हातिम का फजाओं के पार और तलाश करना जवाब का आखिरी बार।

हातिम ने घोड़े के दाएं कान में तीन बार कहा – हुम फट् फट् हाफिज। फिर दाएं कान में ही आखिरी सवाल भी दोहराया-भोर की पहली किरण में विस्मृत वह संघर्षमय।

जैसे ही हातिम ने बायां कान मरोड़ा, घोड़ा आसमान में पहले ऊपर की ओर दौड़ा फिर पूरब दिशा की ओर सीधा चलकर आया।

जैसे ही घोड़ा वापिस जमीन पर उतरा हातिम ने एक दिव्य प्रभामण्डल से

युक्त पुरुष को चरखा कातते हुए देखा। इस पुरुष के सूक्ष्म शरीर से प्रकाश इस तरह विकीर्ण हो रहा था जैसेकि हीरों और मणिक्यों से होता है और यह प्रकाश सारे वायुमण्डल को चीरता हुआ चांद-तारों के प्रकाश से मिलकर एकमेक हो रहा था।

हातिम ने पूछा-यह इंसानेकामिल कौन है?

दरवेश ने बताया-इसको महात्मा गांधी के नाम से जाना जाएगा और इसके सामने ये जो दो शख्स बैठे हैं इनमें से एक अंतरिम सरकार का वजीरेआजम नेहरू है और दूसरा अंदरूनी मामलात का वजीर पटेल है।

दोनों कह रहे थे-बापू हमने अंतरिम सरकार को चलाकर देख लिया है; मुस्लिम लीग के रहनुमाओं के साथ मिलकर काम करना मुमकिन नहीं है; न ये खुद कोई काम करते हैं न हमें ही काम करने देते हैं और हरदम एक गैरजरूरी जिच पैदा करना चाहते हैं। हमें वाइसराय की पेशकश मान लेनी पड़ेगी; बंटवारे के इलावा हमारे पास और कोई तरीका रह नहीं जाता।

बापू ने कहा-हर्गिज नहीं, देश का बंटवारा सिर्फ मेरी लाश पर ही हो सकता है। 'फूट डालो और राज करो।' यह अंग्रेजों की एक सोची समझी हुई साजिश है जो कि उन्होंने सन् 1900 के आसपास गढ़ी थी। उस समय अंग्रेज को यह मालूम नहीं था कि उसे पहली 'आलमी जंग' लड़नी पड़ेगी और फिर उसके बीस साल बाद ही दूसरी जंग भी लड़नी पड़ेगी और उसे इतनी जल्दी हिन्दुस्तान छोड़कर जाना पड़ेगा। यूरोप के मामलों में भी अंग्रेजों ने कई सदियों से 'फूट डालो और राज करो' की नीति को ही अपनाया है। यूरोप में भी इस नीति का नतीजा कोई अच्छा नहीं निकला है क्योकि यूरोप को दो दुनियावी जंगों से होकर गुजरना पड़ा है। यह नीति हिन्दुस्तान को भी बरबाद कर सकती है यदि हम समय रहते हुए सचेत नहीं हो जाएं। मैं अंग्रेजों की इस चाल को शुरू से ही समझता आ रहा हूं लेकिन कायदे आजम बहुत भावुक किस्म के आदमी हैं, वे जज्बात में बहकर अंग्रेजों की इस चाल में फंस गए। हिन्दुस्तान के मुसलमान से एक बहुत बड़ी भूल हुई है कि उसने अपने हमवतन हिन्दुओं को गैर समझ लिया लेकिन बाहर से आने वाले ईसाइयों को अपना खैरख्वाह समझा जबकि फूट डालने के पीछे अंग्रेजों की मंशा इस वतन को कमजोर करने की रही है। बात यह है जवाहर लाल कि अगर यह पूरा भारतीय उपमहाद्वीप एकजुट होकर आजाद होता है तो यह दुनिया की सियासत में एक बहुत बड़ी ताकत बनकर उभरेगा, एक बहुत बड़ी आवाज होगी इसकी। फिरंगी सियासतदा अभी-अभी हिटलर, मुसोलिनी व जापान के बादशाह से जंग लड़कर हारते-हारते बचा है, उसे हमारा मजबूत होना भी बहुत फिक्रमंद करता है। भले ही हम पढ़ लिख गए हैं मगर अंग्रेजों को हमारी सूझबूझ पर भरोसा आज भी नहीं है, उनके राजनीति विशारद यह मानते हैं कि भविष्य में हम भी हिटलर और मुसोलिनी की तरह कभी भी

लोकशाही के लिए खतरा बन सकते हैं, हालांकि मैं उनकी बात से सहमत नहीं हूं। हमारे ताकतवर होने को फिरंगी सियासतदा अपने हित में नहीं समझता है, वह आज भी हमें सियासती मामलों में असभ्य मानता है। मेरा मानना यह है कि चाहे हिन्दुस्तान की आजादी को बीस साल और मुल्तवी होना पड़े, चाहे रहनुमाओं की यह पीढ़ी जिसमें मैं और कायदेआजम दोनों शामिल हैं दिवगंत हो जाए, किन्तु हमें बंटवारे के लिए हर्गिज राजी नहीं होना चाहिए। लगता है कि मैं और कायदेआजम एक दूसरे को अच्छी तरह समझ नहीं पाए हैं, इसलिए आजादी का फैसला अगली पीढ़ी ही ले तो बेहतर होगा। मौजूदा हालात यह है कि बंटवारे का फैसला फिरंगियों के तो हक में है लेकिन हमारे हक में हर्गिज–हर्गिज नहीं है।

पटेल ने कहा–लेकिन बापू, यह तो सोचिए कि मुस्लिम लीग न तो हमारे पास कोई अहम महकमा छोड़ना चाहती है और न ही हमें कोई अहम फैसला करने देना चाहती है। ऐसे हालात में हम सरकार को कैसे चलाएं? वाइसराय खुद भी तंग आ गए हैं।

बापू ने कहा–कांग्रेस बड़े भाई की तरह है। तुम सारे अहम महकमे मुस्लिम लीग को दे दो और यदि लियाकत नाराजगी फिर भी जाहिर करे तो वजीरेआजम भी उसी को बना दो। इससे मुल्क का कुछ भी बुरा नहीं होगा। लेकिन बंटवारे के लिए हम हर्गिज–हर्गिज राजी नहीं हो सकते। यह मेरी आज्ञा है।

नेहरू और पटेल में से कोई भी संतुष्ट दिखाई नहीं देता है लेकिन दोनों बिना कोई प्रतिवाद किए उठकर चले जाते हैं। मांउट बेटन, नेहरू, पटेल और लियाकत अली भूल कर बैठते हैं। देश का बंटवारा हो जाता है और सन् 1947 के भयानक साम्प्रदायिक दंगे छिड़ जाते हैं। पहले ये दंगे पश्चिमी सीमांत पर छिड़ते हैं और फिर पूर्वी सीमांत भी इनकी चपेट में आ जाता है। सारी दुनिया के सियासतदा और अखबारनवीस इन दंगों को 'इंसानियत के नाम पर कलंक' की संज्ञा देते हैं। मांउटबेटन अपना माथा पकड़कर बैठ जाते हैं तथा नेहरू और लियाकत अली दोनों छोटे–छोटे बच्चों की तरह लाचार फूट–फूटकर रो पड़ते हैं।

लार्ड माउंटबेटन–सारी सेना और पुलिस पहले से ही पश्चिमी सीमांत पर लगी हुई है। अब नोआखाली के दंगों के लिए मैं फोर्स का इंतजाम कहां से करूं?

नेहरू–फिर तो इस बारे में हमें बापू से ही बात करनी पड़ेगी। अब उन्हीं से कुछ उम्मीद की जा सकती है कि शायद वो कुछ कर सकें।

मांउट बेटन–आखिर मि. गांधी ही ठीक साबित हुए। लगता है कि इतिहास हम लोगों को इस भूल के लिए कभी भी मुआफ नहीं कर पाएगा।

नेहरू और पटेल दोनों गांधी के पास पहुंचते हैं और उनके पैर छूकर बैठ जाते हैं।

176 *पहला किस्सा हातिमताई*

गांधी-अब तुम यहां किसलिए आए हो? जब आजादी एक दूर का सपना दिखाई देती थी तो तुम लोगों को मेरी जरूरत महसूस होती थी लेकिन जब आजादी बहुत नजदीक दिखाई देने लगी तो तुमने मुझे भी दरकिनार कर दिया। अब हालात ऐसे पैदा हो गए हैं कि मैं भी क्या कर सकता हूं? आखिर को तो मैं भी एक इंसान ही हूं, कोई फरिश्ता तो मैं भी नहीं हूं।

नेहरू-बापू आप हमें निराश मत करें। भूल हमसे जरूर हुई है लेकिन इसका कारण वाइसराय खुद हैं। वे सत्ता के हस्तांतरण की प्रक्रिया को मुल्तवी करने के लिए राजी ही नहीं हुए, वे जल्द से जल्द अपना पल्ला झाड़ लेने के लिए कृतसंकल्प थे, उन्होंने हमारी एक भी नहीं चलने दी। फिर भी भूल तो भूल ही है यह हम मानते हैं। बापू आप हमसे बड़े हैं, आप सारे हालात को बिना बताए ही समझ सकते हैं। फिलहाल हम आपसे यह गुजारिश करने आए हैं कि आप हम सबके साथ नोआखाली चलें। सारी सेना और पुलिस पंजाब भेजी जा चुकी है। आपके नोआखाली में रहने मात्र से हालात सुधरने की उम्मीद है। इस समय नोआखाली में आपकी मौजूदगी जरूरी है।

बापू राजी हो जाते हैं और नोआखाली के दंगे बंद हो जाते हैं। पूरे 'पूर्वी पाकिस्तान' के सीमांत पर अमन कायम रहता है। लॉर्ड माउंट बेटन रेडियो पर एक सम्बोधन में कहते हैं कि मि. गांधी सचमुच ही एक चमत्कार हैं; उन्हें इंसान से कुछ अधिक ही मानने का मन करता है; आने वाला भविष्य शायद इस बात पर भरोसा नहीं कर पाए कि कोई ऐसा शख्स भी हुआ होगा; जो काम सारी सेना और पुलिस मिलकर भी पश्चिमी सीमांत पर नहीं कर पाई वह मि. गांधी ने अकेले पूर्वी सीमांत पर करके दिखा दिया है। यह एक चमत्कार से कम नहीं है कि दोनों तरफ के लोग खुद चलकर उनके पास आ रहे हैं और अपनी मर्जी से माफी मांग रहे हैं। हम सब लोग जो सरकार चला रहे हैं, हमें तहेदिल से उनका शुक्रगुजार होना चाहिए।

हातिम ने कहा-हुम फट् फट् हाफिज।

एक बार फिर हातिम ने दस चेहरों वाले रावण को अपने सामने खड़े हुए देखा।

हातिम ने कहा-तू फिर आ गया?

रावण अट्टहास कर उठा।

वह बोला-मैं प्रतिक्रियावादी पाखण्ड का दशानन हूं। अलग-अलग मौकों पर मेरा चेहरा अलग-अलग दिखाई देता है और हरेक मौके पर मैं कोई दस तरह की बातें कहता हूं जिनमें आपस में कोई भी तालमेल नहीं होता और बाद में कह सकता हूं कि यह मैं नहीं था।

अब हातिम ने गांधीजी को एक प्रार्थना सभा में बैठे हुए देखा। हातिम चौंका क्योंकि रावण दस चेहरों में से एक चेहरा लिए हुए इस प्रार्थना-सभा में भी आ

गया था। बूढ़े दरवेश ने आंख के इशारे से हातिम को दखलअंदाजी करने से रोका। यह शख्स आगे बढ़ा और इसने झुककर गांधीजी के पैर छुए। इसके बाद यह शख्स कुछ कदम उल्टे पांव चलकर वापस लौटा। अचानक इसने अपनी जेब से पिस्तौल निकाली और गांधीजी के सीने पर गोली मार दी।

गांधी जी के मुंह से निकला-हे राम।

हातिम ने गांधीजी के मृत शरीर को जमीन पर लुढ़कते हुए देखा।

बूढ़े दरवेश ने आंख के इशारे से हातिम को फिर रोका। एक बार फिर बुराई जीत गई।

दुखी होकर हातिम ने कहा-हुम फट् फट् हाफिज।

अब हातिम ने अपने आपको शहर यमन में फिर से उसी निशातबाग में खड़े हुए पाया।

हुस्नबानो की शादी धूमधाम से मुनीरशामी के साथ हो गई। कुछ वक्त और गुजरा तो हातिम की शादी भी मलिका जरीपोश के साथ हो गई। हातिम के वालिद शाहेजमान हुकूमत हातिम को सौंपकर परवरदिगार की बंदगी में लग गए। पचास वर्ष की उम्र में अचानक एक दिन पैर फिसल जाने के कारण हातिम का भी इंतकाल हो गया। इस दुनिया के अच्छे नसीब का दौर शायद इतना ही बाकी था। फरिश्ते जैसे इंसान न तो इस जमीन पर अक्सर जन्म लेते हैं, अगर वे जन्म लेते भी हैं, तो जमीन पर बहुत लम्बे वक्त तक रहते नहीं हैं, और जब वो चले जाते हैं तो उनका वजूद जैसे कि एक किस्सा बनकर रह जाता है। हमने मुनीरशामी जैसे बहुत नेक इंसान देखे होंगे, हुस्नबानो जैसी बहुत-सी परियां भी देखी होंगी मगर हातिम जैसा दोस्त नसीब से ही मिलता है। खुदा करम करे।

■

आचार्य चाणक्य

'आचार्य की जय हो।'

"क्या समाचार है रथिक, कुशलमंगल तो हैं?"

'बधाई हो आचार्य, सम्राट चंद्रगुप्त की सेनाएं पूर्ण विजयी हुईं। हमारी सेनाओं ने धननंद की सेनाओं को परास्त कर दिया है और पाटलिपुत्र पर भी आधिपत्य जमा लिया है। भीषण युद्ध हुआ किन्तु अब नंदवंश का समूल विनाश हो चुका है।'

"यह तो सचमुच ही शुभ संवाद है रथिक, हम सभी के लिए बधाई की वेला है, इसके लिए हमें परमात्मा का धन्यवाद करना चाहिए।'

'सब आपका आशीर्वाद है आचार्य; सम्राट ने मुझे आपको निर्विघ्न पाटलिपुत्र ले आने के लिए भेजा है और मेरे साथ घुड़सवारों की एक टुकड़ी भी है। सम्राट चाहते हैं कि आप स्वयं अपने हाथों से उनका राज्याभिषेक करें और मौर्य साम्राज्य के महामात्य पद को भी सुशोभित करें।'

"क्या यह सम्राट का आदेश है रथिक?"

'नहीं आचार्य, आपको आदेश देने का साहस किसमें है? यदि सम्राट अस्वस्थ नहीं हुए होते तो स्वयं ही इस समय आपके दर्शन हेतु यहां उपस्थित हुए होते। उन्हें सदैव यह दुख रहेगा कि यह शुभ समाचार भी वे आपको स्वयं व्यक्तिश: नहीं दे सके।'

"प्रिय चंद्रगुप्त को क्या हुआ अश्वघोष?"

'कुछ विशेष नहीं आचार्य। युद्ध बहुत घमासान हुआ था; धननंद की सेना बहुत विशाल थी और उसके सैनिक लड़े भी वीरतापूर्वक। नागरिकों का अनुमान है कि नंद की सेना में कम से कम दो लाख पदाति, बीस हजार अश्वारोही, दो हजार रथ और तीन हजार हाथी थे; कोई-कोई तो पदातियों की संख्या की गणना छह लाख तक करता है किन्तु स्वयं सम्राट चन्द्रगुप्त का मानना है कि सैनिकों की संख्या तीन लाख से अधिक नहीं थी। सम्राट युद्धभूमि में सारी सेना के आगे थे इसलिए स्वाभाविक है कि वे विक्षत भी हुए हैं। किन्तु शोचनीय कुछ भी नहीं है आचार्य, उनकी चिकित्सा चल रही है और वे शीघ्र ही आरोग्य-लाभ कर लेंगे।'

"प्रिय चंद्रगुप्त ने असम्भव को सम्भव बनाकर दिखा दिया है। अश्वघोष, इतिहास अवश्य ही उनका भूरि-भूरि यशोगान करेगा। तुम भी अब विश्राम करो

रथिक, प्रात: वेला में प्रस्थान के लिए सर्वाधिक शुभ मुहूर्त बनता है। यह बात अवश्य है कि मैं भी पुष्पपुर पहुंचकर शीघ्रतम चंद्रगुप्त से मिलना चाहता हूं।''

रथिक के मन में जहां आचार्य के प्रति असीम श्रद्धाभाव था, वहीं पर इस तपस्वी जैसे दिखने वाले परिव्राजक ब्राह्मण के प्रति उसके मन में जिज्ञासाभाव भी कम नहीं था। वह आचार्य को निकट से समझना चाहता था। उन दिनों तक्षशिला से पाटलिपुत्र का पर्यटन कोई संक्षिप्त नहीं था; रथिक आने वाले दिनों की सुखद कल्पना कर रहा था कि उसे आचार्य के सान्निध्य में रहने का अवसर मिलेगा और वह उनसे कुछ शिक्षालाभ भी कर पाएगा; वह ऐसा कह सकेगा कि वह आचार्य के घनिष्ठ रहा है। अश्वघोष की प्रतीति थी कि आचार्य की उपस्थिति में उस तरह के तनाव का बोध नहीं होता है जैसाकि अन्य किसी भी आदरणीय व्यक्ति की उपस्थिति में होता है। उनके दर्शनमात्र से श्रम का परिहार हो जाता है, मन निर्भार हो जाता है और हृदय प्रसून जैसेकि उत्फुल्ल हो उठता है। उनकी उपस्थिति प्रात: वेला की शीतल समीर जैसी व पुष्पविमोचित सौरभ जैसी प्रतीत होती है। रथिक को अपने जीवन में पहली बार ऐसा महसूस हो रहा था कि आचार्य अन्यान्य सभी राजपुरुषों से भिन्न हैं। उनके समक्ष स्वत: ही अपना हृदय खोल देने का मन करता है, वे मलयसमीर जैसे पावन व ओसकण जैसे शुद्ध हृदय प्रतीत होते हैं। अश्वघोष को लगता है कि आचार्य जैसे एक साक्षात आश्चर्य हैं; वे इसी भूमि पर चलते हुए भी जैसे लौकिक नहीं लगते। अश्वघोष ने उन्हें अब तक दूर से ही देखा था, आज प्रथमत: उसे आचार्य के समीप आने का सौभाग्य प्राप्त हुआ है। इन्हीं सुखद अनुभूतियों में न जाने कब अश्वघोष की आंख लग गई और वह सुषुप्ति के सुख में निमग्न हो गया। भोर के कोई चार बजे होंगे कि स्वयं आचार्य ने अश्वघोष को आवाज देकर जगाया। दोनों नित्यकर्म से निवृत्त होकर रथ में आरूढ़ हो गए और उषाकाल के नवोन्मेष के साथ ही दोनों पुष्पपुर के लिए चल पड़े। पीछे-पीछे अश्वारोही सैनिकों की एक टुकड़ी भी उनके साथ चल रही थी।

'सुनने में आता है कि आचार्य को नंद साम्राज्य के विनाश की प्रतिज्ञा करनी पड़ी थी। क्या यह लोकवंदती सच है आचार्य?'

''तुमने ठीक सुना है अश्वघोष, उस सारे वृत्तांत का मुझे इस प्रकार स्मरण है जैसे कि वह विगत कल ही घटा हो। यह बहुत विचित्र लगता है कि तक्षशिला में जन्म लेने वाले इस ब्राह्मण को मगध साम्राज्य के उन्मूलन का आयास करना पड़ा किन्तु दैव को स्यात् यही स्वीकार्य था। मेरे पिता आचार्य चणक भी तक्षशिला विश्वविद्यालय में गुरु थे, उन्हीं के पदचिह्नों पर अनुगत मैं भी राजनीति व अर्थशास्त्र का आचार्य नियुक्त हुआ था। यह मेरा प्रारब्ध रहा रथिक कि आर्यावर्त के शताधिक राजपुत्र तक्षशिला के गुरुकुल में मेरे शिष्य रह चुके हैं; वे मेरे ही सरंक्षण में बाल्यकाल का अतिक्रमण कर युवा हुए हैं और उनमें से

अधिकांश अब विभिन्न प्रांतों व गणों के शासक हैं; मेरे प्रति उनका श्रद्धाभाव भी प्रारम्भ से ही अमोघ रहा है। पंचनद नरेश पर्वतक, गांधार नरेश आम्भीक, मालव नरेश सिंहरण भी मेरे शिष्य और गुरुकुल में चंद्रगुप्त के मित्र रह चुके हैं। ये चारों पर्याप्त रूप से घनिष्ठ हैं। क्योंकि आर्यावर्त के सैंकड़ों राजकुमार तक्षशिला में रहकर एक साथ बड़े हुए हैं और शिक्षित हुए हैं, इस तथ्य से सम्पूर्ण आर्यावर्त के एकीकृत होने की सम्भावना बनती है और भविष्य में मुझे इसी उद्देश्य हेतु भ्रमण भी करना है। आर्यावर्त को इतना सशक्त और एकजुट होना पड़ेगा कि भविष्य में यवन प्रभृति विदेशी शक्तियां हमारी ओर आंख उठाकर देखने का दुस्साहस भी नहीं कर सकें। अस्तु, विश्वद्यालय के परिसर में रहते हुए भी मैं सम्पूर्ण आर्यावर्त की राजनीतिक उथल-पुथल से आद्योपांत भिज्ञ रहा हूं क्योंकि राजपुत्रों को राजनीति का शिक्षण ही मेरा विषय रहा है।

मैं नंद से मिलने पाटलिपुत्र तब गया था वत्स अश्वघोष जबकि यवन अलक्षेन्द्र की सेनाएं कांधार प्रदेश में आकर खड़ी हो गई थीं और राजकुमार आम्भीक को समर्पण करना पड़ा था। ये सेनाएं एक दीर्घ समय से अरब के मरुस्थल के अंतरंग आगे बढ़ रही थीं किन्तु गुप्तचरों की विफलता के कारण गांधार नरेश को इसकी कोई भी पूर्व सूचना नहीं हो सकी थी। इससे पहले कि गांधार नरेश की सेनाएं सतर्क हो पातीं, पानी सिर से ऊपर जा चुका था और उन्हें अयुयुत्सु ही समर्पण करना पड़ गया था। इस आकस्मिक आक्रमण की सूचना जैसे ही मुझ तक पहुंची मैं अविलम्ब पुष्पपुर की ओर प्रस्थान कर गया। जिस समय मैं पाटलिपुत्र पहुंचा तो अलक्षेन्द्र की सेनाएं सिंधु नदी को उत्तीर्ण करने के प्रयास में लगी थीं और आयुष्मान पर्वतक अकेले ही इस सेना के विरुद्ध प्रतिरोध की व्यूहरचना कर रहा था। मैं नंद से मिलकर उसे यह समझाना चाहता था कि आर्यावर्त का सबसे बड़ा नरेश होने के कारण उसे अपनी सेनाएं पर्वतक की सहायता हेतु अवश्य भेजनी चाहिए। पुष्पपुर पहुंचकर मुझे विदित हुआ कि दो दिन के अनंतर ही यज्ञशाला में एक विराट यज्ञ का आयोजन किया जा रहा है; इसलिए मैंने दो दिन पश्चात् यज्ञशाला में ही सभी पुरोहितों के समक्ष नंद से विमर्श करना उचित समझा। मैं एक धर्मशाला में जाकर ठहर गया और अज्ञात रहते हुए भ्रमण करके राज्य की स्थिति जानने का निश्चय किया। वत्स अश्वघोष, नागरिकों से मिलने पर मुझे ज्ञात हुआ कि नंद बहुत विलासी और उत्तरदायित्व शून्य हो गया है सारी प्रजा असुरक्षित और त्रस्त है; राज्य का सारा धन भोग व विलासिता पर व्यय किया जा रहा है; राजा का कोई भी आग्रह प्रतिरक्षा व लोककल्याण के प्रति नहीं है; यहां तक कि बौद्ध भिक्षुओं के कहने से युवा-पीढ़ी के लिए सैन्यप्रशिक्षण की सुविधाएं भी समाप्त कर दी गई हैं; नागरिकों की गृहवधुओं और गृहललनाओं यहां तक कि ब्राह्मण कन्याओं की मर्यादा भी सम्मानित नहीं है; धननंद के सैनिक किसी भी सदन में प्रवेश करके

सुंदर रमणियों को उठाकर ले जाते हैं; धननंद मदिरा के चशक के बाद चशक पीता रहता है; वह धृष्ट हो गया है और निर्लज्जतापूर्वक कहता है कि मगध की नागरिकाएं मुझ पर शासन करती हैं। दण्ड के भय से कोई भी इस अन्याय का प्रतिरोध भी नहीं कर पाता; पूर्व मंत्री शकटार व पूर्व सेनापति मौर्य ने इस विलासिता व महिला प्रहरियों की नियुक्ति पर विरोध प्रकट किया था तो नंद ने उन्हें अंधकूप में डाल दिया और अब उन्हें खाने के लिए पर्याप्त जल व भोजन भी नहीं दिया जाता है; वे हथकड़ियों व बेड़ियों में जकड़े हुए अपने पुत्रों के साथ अंधकूप में पड़े हैं जहां से उन्हें न तो प्रकाश दिखाई देता है और न ही कोई नभांचल। यह सब जानकर मुझे बहुत चिंता हुई, यवनों की सेनाएं सिंधु नदी के तट पर आकर खड़ी हो गई थीं और इधर यह शठ नशे व भोगविलास में आकण्ठ अधोपतित था।

पुत्र अश्वघोष, उपयुक्त समय पर मैं यज्ञशाला में पहुंच गया और होताओं की अग्रपंक्ति में जाकर बैठ गया। यह देखकर मुझे आश्चर्य हुआ कि धननंद संघ-ब्राह्मणों को आदि-ब्राह्मणों की अपेक्षा अधिक महत्त्व देता था। धननंद का झुकाव बौद्धसंघ की ओर था और बौद्धभिक्षु बेरोक-टोक यह शिक्षा देते हुए सर्वत्र घूम रहे थे कि हिंसा सर्वपरिस्थितिगत गर्हित है; देश की प्रतिरक्षा करना आत्महनन करना है तथा प्रहरी व प्रतिरक्षी की आजीविका सर्वकालेन नरक का सोपान है। युवा पीढ़ी प्रतिरक्षा विमुख हो रही थी और स्वयं सम्राट भी यौवन व नशे में उदीप्त था। मेरे अतिरिक्त जो भी ब्राह्मण अग्र पंक्ति में बैठे थे उन्होंने पीतवस्त्र धारण कर रखे थे और उनके कपाल रुण्डमुण्ड थे। मैं अकेला ही गैरिकवस्त्र पहने हुए था और शिखायुक्त था। वहां पर उपस्थित बहुत से पुरोहित मुझे जानते थे इसलिए मेरा पृष्ठपंक्ति में चले जाना मर्यादा के विरुद्ध था और अग्रपंक्ति में ही बैठे रहना मेरी विवशता थी। पुष्पपुर के पुरोहितों ने मुझे पहले ही बता दिया था कि सैन्यबल के नियोजन और प्रतिरक्षा व्यय के निर्वहन के लिए सम्राट को सहमत करना दुष्कर कृत्य होगा किन्तु तो भी मैं अभी हताश नहीं था। राष्ट्र को यवनों से पददलित नहीं होने देना मेरा कर्त्तव्य था और मैं मेरे कर्त्तव्य बोध के हेतु किसी अप्रिय स्थिति से भी विमुख नहीं होना चाहता था।

यथासमय धननंद यज्ञशाला में आया और आते ही उसकी दृष्टि केन्द्रस्थ मुझ पर पड़ी।

उसने पूछा-तुम कौन हो विप्र ? क्या तुम्हें यज्ञ में निमंत्रित किया गया है?

मैंने बताया-मैं तक्षशिला का आचार्य चाणक्य हूं। मेरा कार्य आर्यावर्त के राजपुत्रों को राजनीति व अर्थशास्त्र की शिक्षा देना है, मुझसे पूर्व मेरे पिता आचार्य चणक भी यही कार्य करते थे। इसीलिए मैं अपनी मर्यादा के अनुकूल ही अग्रपंक्ति के केन्द्र में तिष्ठित हूं।

धननंद न केवल दम्भी और विलासी था अपितु वह मूर्ख भी था। आश्चर्य

है कि वह न तो मेरे नाम से परिचित था और न ही मेरे पिता को जानता था।

उसने कहा-तुम कोई भी हो ब्राह्मण किन्तु न तो तुम्हारे वस्त्र पीत हैं और न ही तुम्हारे केश लुंचित हैं। क्या तुम बौद्धसंघ के सदस्य हो?

मैंने कहा-मैं बौद्ध नहीं हूं सम्राट किन्तु ब्राह्मण धर्म की ऐसी उपेक्षा प्रीतिकर नहीं है, विशेषकर तब जबकि आर्यावर्त पर यवन आक्रमण के मेघ मंडरा रहे हैं और हमें एकजुट होने की आवश्यकता है।

नंद ने कहा-धननंद संघ-ब्राह्मणों का आदि-ब्राह्मणों से शतगुणित सम्मान करता है विप्र। यदि तुम्हें अग्रपंक्ति में बैठना है तो तुम्हें गैरिकवस्त्र त्यागकर पीत वस्त्र धारण करने होंगे और अपनी यह सुपुष्ट शिखा भी कटवानी होगी।

मैंने उसे समझाना चाहा-यवन अलक्षेन्द्र की सेनाएं काबुल व कांधार में आकर खड़ी हो गई हैं और मेरे शिष्य गांधार कुमार आम्भीक को समर्पण करना पड़ गया है। शीर्घ ही ये सेनाएं पंचनद प्रदेश सहित आर्यावर्त के अन्य प्रांतों को आक्रांत कर लेंगी। इस समय बौद्ध धर्म की संघर्ष विमुखता के प्रति अत्यंत मोह अनुचित है सम्राट। यह क्षत्रिय-धर्म का पालन करने हेतु एक चुनौतीपूर्ण अवसर है, इस समय हिंसा और अंहिसा, वैदिकी अथवा अवैदिकी का विवाद उठाना आत्मघाती हो सकता है। इस समय ब्राह्मण-धर्म का अपमान करने से आर्यावर्त के विभिन्न राज्यों के एक जुट होने में बाधा ही पड़ेगी सम्राट। बौद्ध धर्म की सम्यकता अथवा असम्यकता, श्रेष्ठता अथवा अश्रेष्ठता का विवाद बाद में भी हो सकता है। स्वयं भगवान बुद्ध भी यहां उपस्थित होते तो उनका भी विमर्श यही होता। तुम इस समय आर्यावर्त के सर्वोपरि हो इसलिए मैं तुम्हें तुम्हारे सर्वोपरि कर्त्तव्य का स्मरण करवाने हेतु ही यहां समुपस्थित हुआ हूं नंद।

पुरोहितों ने कहा-आचार्य चाणक्य की जय हो, वे साधुवाद के सत्पात्र हैं।

किन्तु धननंद निश्चित ही मूर्ख था और स्यात् वह गहन नशे में भी था। जो सत्य सबके समक्ष स्पष्ट था, उसे वह भी दिखाई नहीं दे रहा था।

वह बोला-मुझे राजनीति की शिक्षा देने वाले तुम कौन होते हो ब्राह्मण? क्या मगध के चक्रवर्ती सम्राट को भी तुम अपना शिष्य समझते हो? एक तो तुम अनिमंत्रित ही यज्ञशाला में उपस्थित हो तदुपरांत अमर्यादित व्यवहार भी कर रहे हो।

मैंने उसे समझाया-तुम्हारे पद की एक मर्यादा है नंद और तुम्हें कोई भी बात कहने से पहले अपने उत्तरदायित्व को समझना चाहिए।

नंद ने अपना धैर्य खो दिया और वह क्रुद्ध हो गया।

बोला-प्रहरियो! इस ब्राह्मण की सुदीर्घ-शिखा पकड़कर इसे यज्ञशाला से निष्कासित कर दो। लगता है इसे अपने सनातनी होने पर दम्भ है और यह मिथ्याचारी है।

पुरोहितों ने समवेत प्रतिवाद किया-धिक्कार है राजन्, धिक्कार है। यज्ञ

में उपस्थित एक आत्मज्ञानी ब्राह्मण का ऐसा अपमान खेद जनक है। आचार्य चाणक्य तो स्वयं ही देवतुल्य हैं। यज्ञ के देवता कैसे प्रसन्न होंगे?

मैं समझ गया कि मूर्खेषु विवादो न कर्तव्य।

मैंने अपनी शिखा की गांठ खोलते हुए कहा-दम्भी धननंद तुम अदूरदर्शी हो। ऐसे अदूरदर्शी व मूर्ख सम्राट की सत्ता व संतति का मूलोच्छेद अवश्यम्भावी है। यह एक ब्राह्मण की भविष्यवाणी है। आचार्य चणक का यह पुत्र विष्णुगुप्त शर्मा यह प्रतिज्ञा करता है कि जब तक उसकी भविष्यवाणी पूरी नहीं होगी वह अपनी शिखा को पुन: नहीं बांधेगा।

इतना कहकर मैं यज्ञशाला के बाहर आ गया पुत्र अश्वघोष और कुछ दिन बाद मुझे यह समाचार मिला कि पर्वतक की सेना पराजित हो गई है। अविवेकी नंद का वह दर्पयुक्त मुख आज भी मानो मेरी आंखों के सामने उपस्थित है; उसने मुझे यह कहने का अवसर तक नहीं दिया कि उसे अपनी सेनाएं पर्वतक की सहायता के लिए सिंधव पंजाब की ओर भेजनी चाहिए। आगे का भविष्य तुम जानते ही हो पुत्र अश्वघोष।

अश्वघोष की आंखें अश्रुसिक्त हो उठीं; आचार्य की भविष्यवाणी कितनी अपरिहार्य और सार्थक थी; उसने झुककर आचार्य के चरणस्पर्श किए । आज इस घटना को लगभग पांच वर्ष बीत चुके थे और अश्वघोष सारे घटनाक्रम से सुपरिचित था।

उसने पूछा-एक जिज्ञासा है आचार्य, उस समय नंद निर्विवादत: आर्यावर्त का सर्वाधिक शक्तिशाली शासक था। आप यह कैसे जान गए थे कि धननंद का विनाश ही भविष्य का निर्णय होगा?

आचार्य ने कहा-मैं यह समझ गया था अश्वघोष कि धननंद से कोई भी अपेक्षा करना व्यर्थ है। यदि पाटलिपुत्र के सिंहासन पर धननंद बना रहता है तो एक दिन पूरा आर्यावर्त यवनों द्वारा पद-दलित हो जाएगा। यदि हमें इस राष्ट्र को यवनों की दासता से बचाना है तो पुष्पपुर के सिंहासन से धननंद को विदा करना ही होगा; क्योंकि धननंद न केवल पथच्युत था वह क्लीव भी था, वह बिना युद्ध के ही यवन सेना के समक्ष आत्मसमर्पण कर देता और उसके बाद आर्यावर्त के अन्य प्रदेशों को रक्षित करना असम्भव हो जाता और यह सम्पूर्ण राष्ट्र दासत्वग्रस्त हो गया होता। सर्वाधिक प्रतिरोध क्षमता मगध साम्राज्य में ही निहित रहती आई है और इस क्षमता का यवनों के विरुद्ध उपयोग होना आवश्यक है। मेरा मानना है कि यद्यपि अलक्षेन्द्र की मृत्यु हो चुकी है किन्तु यवन पुन: लौटकर आर्यावर्त की ओर आएंगे और इस बार वे पहले से भी अधिक दुर्धर्ष होंगे। धननंद का पतन आर्यावर्त की सुरक्षा के लिए आवश्यक हो गया था, इसमें मेरा कोई व्यक्तिगत स्वार्थ निहित नहीं था और न ही कोई अहंकारनिष्ठ होना मेरी दुर्बलता है पुत्र। मैंने वही किया जो समय की आवश्कता थी।

अश्वघोष ने पूछा-इसके लिए आपने क्या प्रयत्न किया आचार्य?

आचार्य ने बताया-पुत्र अश्वघोष, सबसे पहले मैंने धनसंग्रह करने का निश्चय किया क्योंकि अर्थमूलम् सर्वकार्यम्। मैंने पूरे आर्यावर्त का भ्रमण किया और अपने शिष्यों को सारी परिस्थिति समझाई कि यवन आक्रांता को हमें सिंधु नदी के पश्चिमी तट पर जाकर आम्भीक के गांधार प्रदेश में उसके प्रविष्ट होने से पूर्व ही पराजित करना होगा। इसके लिए एक संयुक्त सैन्यबल और धन की आवश्यकता होगी जो कि सीमांत पर स्थित तक्षशिला विश्वविद्यालय के परिसर में उपस्थित रहेगा। इससे मेरे पास अस्सी करोड़ कार्षापण संगृहीत हो गए और यथा-आवश्यकता सैनिकों के तक्षशिला विश्वविद्यालय में पहुंच जाने का आश्वासन भी मिला। मैं उन्हें यह समझाने में सफल रहा कि यवन बलों का पुनः पुनः आर्यावर्त का अतिक्रमण करना सुनिश्चित है और आम्भीक व पर्वतक से यह ऐकांतिक अपेक्षा नहीं की जा सकती कि वे अपने बलबूते पर एक विशाल सैन्य वाहिनी का सफल प्रतिरोध कर सकेंगे। इसके लिए हमें एक बहुत विशाल सेना संगठित करनी होगी जो कि मेरे मार्गदर्शन में रहेगी। अब मेरे सामने समस्या एक ऐसे सुयोग्य नायक की थी जो वीर हो, निष्ठावान हो, और व्यवहार कुशल भी हो। मेरे जितने भी शासक शिष्य थे उनके मध्य में पारस्परिक प्रतिस्पर्द्धा की भावना विद्यमान थी और उनमें से किसी में भी मुझे ये सारे गुण भी दिखाई नहीं रहे थे। सबका सहयोग आवश्यक था इसलिए सहयोगियों में से किसी एक को चुना नहीं जा सकता था; निर्वाचित सेनानायक की व्यक्तिगत महत्त्वाकांक्षा भी बाधा ही सिद्ध होती इसलिए मुझे एक ऐसे व्यक्ति को चुनना था जो अब तक साधारण जीवन जीता रहा हो। इन सारे तथ्यों के दृष्टिगत मेरा ध्यान प्रिय चंद्रगुप्त की ओर गया।

अश्वघोष ने पूछा-सम्राट उस समय कहां थे और वे क्या कह रहे थे?

आचार्य ने बताया-यह वृत्तांत आज से लगभग दो वर्ष पूर्व का है जबकि मुझे एक उपयुक्त सेनानायक का अन्वेषण था। प्रिय चंद्रगुप्त को मैंने पहली बार सन् 330 ई. पू. में देखा था, उस समय वह मात्र एक द्वादश वर्षीय बालक था। वह अपने कुछ बालसखाओं को प्रजा बनाकर स्वयं राजा का अभिनय कर रहा था। मैंने उनके सारे खेल को ध्यानपूर्वक देखा और मुझे इस बालक में एक योग्य शासक होने के सभी गुण दिखाई दिए। मैंने इस बालक की मस्तकरेखाओं व हस्तरेखाओं का भी अध्ययन किया तो मुझे सामुद्रिक शास्त्र के अनुसार उसमें एक चक्रवर्ती सम्राट के सारे लक्षण विद्यमान दिखाई दिए। इस पर मेरी जिज्ञासा बढ़ी और मैं उसकी माता से मिला। उसकी माता से मुझे पता लगा कि चंद्रगुप्त के पिता मौर्यगण के शासक थे, इस गण का प्रादुर्भाव शाक्यगण से हुआ था और इसकी राजधानी को पिप्पलिवन कहा जाता है। नंद के आक्रमण का प्रतिरोध करते हुए चंद्रगुप्त के पिता वीरगति को प्राप्त हुए थे और उस समय चंद्रगुप्त की

माता गर्भवती थी। यथा समय चंद्रगुप्त का जन्म हुआ था किन्तु शत्रुओं के भय से माता ने बालक के पिता का नाम गुप्त रखा था और उसे लालनपालन के लिए एक गोपालक को सौंप दिया था। आज से आठ वर्ष पूर्व जिस समय मैंने चंद्रगुप्त को देखा था, वह वन में गायों को चरा रहा था।

अश्वघोष ने जिज्ञासा की-सम्राट की यथेष्ट शिक्षा-दीक्षा का तत्पश्चात् आपने क्या प्रबंध किया आचार्य?

चाणक्य ने बताया-मैंने उसकी माता को इस बात के लिए सहमत किया कि वह चंद्रगुप्त को मेरे साथ तक्षशिला जाने की अनुमति दे दें क्योंकि वह एक असाधारण बालक है। मैं उसका अन्य राजपुत्रों की तरह ही लालन-पालन करूंगा और वह वहां पूर्णरूपेण निरापद रहेगा। मैंने चंद्रगुप्त के पिता का नाम भी गुप्त रखने का आश्वासन दिया। मैंने तक्षशिला के गुरुकुल के संरक्षण में आठ वर्ष तक उसके लालन-पालन और शिक्षा-दीक्षा की समुचित व्यवस्था की। उसे शस्त्र-संचालन, सैन्य-कौशल, राजनीति व अर्थशास्त्र की शिक्षा दी और वह एक बहुत ही योग्य स्नातक सिद्ध हुआ। संगृहीत धन से मैंने मेरे शिष्यों द्वारा भेजे गए एक लक्ष प्रशिक्षित सैनिकों के अतिरिक्त पचास हजार सैनिक और भर्ती किये और उन्हें प्रशिक्षण भी दिया।

दो वर्ष पूर्व मैंने प्रिय चंद्रगुप्त को तक्षशिला की इस संयुक्त सेना का सर्वोच्च संचालक बना दिया। कुछ ही समय बीता कि गतवर्ष सन् 323 ई. पू. में सिकंदर की वापस यूनान पहुंचने से पूर्व ही मार्ग में मृत्यु हो गई और उसके तीनों सेनापतियों एण्टीगोनस, टोलेमी व सैल्यूकस में वर्चस्व के लिए पास्परिक युद्ध छिड़ गया। उसकी मृत्यु के समय सिंधुनदी के पश्चिम की ओर सिकंदर के तीन क्षत्रप शासन कर रहे थे जो कि तीनों ही यवन थे। सिन्धु नदी के पूर्व में भी उसके तीन क्षत्रप आम्भीक, पर्वतक व अभिसार शासन कर रहे थे। अलक्षेन्द्र की मृत्यु का समाचार मिलते ही इन सभी छह सीमांत क्षत्रपों ने अलक्षेन्द्र के ध्वज को जला दिया और स्वयं को स्वतंत्र घोषित कर दिया। इस पर कुछ यवन सैनिकों ने षडयंत्र किया और दो नवस्वतंत्र क्षत्रपों फिलिप्पस व प्रिय पर्वतक की हत्या कर दी। पर्वतक जिस क्षेत्र पर अधिपति था वह उसका स्वयं का ही परंपरागत क्षेत्र था किन्तु न नीचो यवनात्पर:। फिलिप्पस व पर्वतक ही हत्या से सीमांत प्रदेशों में उथल-पुथल मच गई और मैंने प्रिय चंद्रगुप्त को आदेश दिया कि वह प्रिय पर्वतक की हत्या का प्रतिशोध ले तथा उक्त सीमांत प्रदेशों पर अपना राज्य स्थापित कर ले। संयुक्त सेना की सहायता से चंद्रगुप्त सफल रहा और उसने सुव्यवस्था व नियंत्रण भी स्थापित कर दिया। सीमांत प्रदेशों को जीतने के पश्चात् वह आगे ही बढ़ता गया और सर्वत्र विजयी रहा। जैसा कि उसके सामुद्रिक शास्त्रगत लक्षण बताते थे प्रिय चंद्रगुप्त एक महान सेनानायक सिद्ध हुआ। मेरी आज्ञा से उसने मध्यवर्ती क्षेत्रों को जीतकर अब मगध को भी अपने

आचार्य चाणक्य

पूर्ण आधिपत्य में ले लिया है। इस सारे अभियान में एक वर्ष से भी अधिक लग गया है प्रिय अश्वघोष किन्तु अब मेरी प्रतिज्ञा पूरी हुई। अब मेरी आकांक्षा अपने सारे शिष्यों को एकता के सूत्र में पिरोकर एक सशक्त आर्यावर्त का निर्माण करने की है जिसकी ओर कोई भी विदेशी शक्ति यवन, शक, हूण अथवा कुषाण आंख उठाकर देखने का दुस्साहस भी नहीं कर सके। मेरे सभी शिष्य मेरे पास गुरुकुल में रहकर ही बड़े हुए हैं और सुसंस्कार की सम्पदा से युक्त हैं, यदि प्रभु की कृपा हुई तो एक एकीकृत साम्राज्य भी स्थापित हो जाएगा। चंद्रगुप्त के मागध-सिंहासन पर राज्याभिषिक्त होने के साथ ही मैं अपनी शिखा को मंगलगान के साथ पुनः गुम्फित करूंगा और अब यह खुली हुई शिखा एक अग्निहोत्री ब्राह्मण का मुंह नहीं चिढ़ाएगी पुत्र। ईश्वर करे कि चंद्रगुप्त चिरंजीवी हो, उस जैसा सेनानायक और उस जैसा नीतिनिपुण सम्राट आर्यावर्त के इतिहास में दूसरा नहीं होगा। कौन होगा प्रिय चंद्रगुप्त जैसा नीतिशास्त्रानुगो राजा?

अश्वघोष ने कहा-आप धन्य हैं आचार्य इसीलिए तो सम्राट आपके प्रति श्रद्धाभिभूत देखे जाते हैं?

चाणक्य ने कहा-एक वृक्ष की धन्यता उसके उत्तम फलों के कारण होती है अश्वघोष। एक गुरु भी अपने सुयोग्य शिष्यों के निमित्त से ही धन्य होता हैं। इसमें मेरी महत्ता तो कुछ भी नहीं है पुत्र कि मुझे सुयोग्य शिष्य मिले हैं। अब मुझे चिंता नहीं है अश्वघोष, अब मुझे इस राष्ट्र के लिए एक उपयुक्त शासक मिल गया है पुत्र!

पाटलिपुत्र अब दूर से दिख रहा था। चंद्रगुप्त नगर के बाहर ही सिंह द्वार पर खड़े होकर आचार्य की प्रतीक्षा कर रहे थे। सारा मार्ग पुष्प पल्लव निर्मित द्वारों व वंदनवारों से सुसज्जित था और मंगल ध्वनि से गुंजायमान था। चाणक्य चंद्रगुप्त को स्वस्थ देखकर आश्वस्त हुए और दोनों राजप्रासाद पहुंचे। समारोह धूमधाम से सम्राट चंद्रगुप्त का राज्याभिषेक हुआ और आचार्य ने अपना शिखाबंधन किया। चाणक्य ने यह परामर्श अवश्य दिया कि राज्य को अपव्यय से बचना चाहिए क्योंकि यवनों पर विश्वास नहीं किया जा सकता है। आचार्य का कहना था कि यवनों का पुनराक्रमण अवश्य होगा इसलिए हमें धन का महत्त्व समझना चाहिए और उसे अधिकाधिक सैन्यबल व प्रतिरक्षा को सक्षम बनाने हेतु ही व्यय करना चाहिए। चंद्रगुप्त का राज्यारोहण सिंकदर की मृत्यु के लगभग एक वर्ष बाद सन् 322 ई. पू. में हुआ था और इसके साथ ही यवनों का आधिपत्य आर्यावर्त से समाप्त हो गया था जिसकी अवधि सीमांत पर कोई 5 वर्ष तक रही थी। सम्राट चंद्रगुप्त व महामात्य चाणक्य के अगले 17 वर्ष राज्य को विस्तृत व संगठित करने में व्यतीत हुए। आर्यावर्त से बाहर सैल्यूकस ने एण्टीगोनस व टोलेमी (Ptolemy) को पराजित करके सबसे बढ़े भूभाग पर एक स्थिर राज्य स्थापित किया। इसके बाद जैसी कि आशंका थी सन् 305 ई.

पू. में वह मध्यस्थ क्षेत्रों पर आधिपत्य करता हुआ पुन: आर्यावर्त के सीमान्त पर आ पहुंचा। सम्राट चंद्रगुप्त की सेनाओं ने सिन्धु-नदी को पार करके नदी के पश्चिमी तट पर सैल्यूकस की सेनाओं को बुरी तरह पराजित किया। यवन सेना के पांव उखड़ गए और उसने प्रत्यावर्तन का निश्चय किया। चाणक्य ने परामर्श दिया कि भागती हुई यवन सेना का पीछा करके उसे समाप्त कर दो क्योंकि इन दुष्टों ने मनुष्यता को बहुत सताया है। सैल्यूकस को अपने गुप्तचरों से इस योजना का पता लग गया और उसने चंद्रगुप्त के पास संधि का प्रस्ताव भेजा। यह संधि सैल्यूकस के लिए बहुत अपमानजनक रही क्योंकि संधि की संविदा के अंतर्गत उसे आम्भीक से छीने हुए क्षेत्र काबुल, कंधार, हेरात और बलूचिस्तान चंद्रगुप्त को वापस लौटाने पड़े जो कि पहले चंद्रगुप्त के मित्र आम्भीक द्वारा शासित क्षेत्र थे। इसके अतिरिक्त उसे अपनी पुत्री कार्नेलिया का विवाह भी चंद्रगुप्त से करना पड़ा जिसकी अवस्था इस समय 38 वर्ष से भी ऊपर थी।

यह सन् 303 ई. पू. के बाद की बात है। चाणक्य ने महामात्य-पद के दायित्व से मुक्त होकर तक्षशिला वापस लौटने की आकांक्षा प्रकट की। वे अपना शेष जीवन अब योगसाधना को समर्पित कर देना चाहते थे और भगवान पतञ्जलि, कपिल और बुद्ध की तरह एक जागृत पुरुषों की शिष्य-परम्परा बनाना चाहते थे। माना जाता है कि उक्त समय तक वे पंचतंत्र, हितोपदेश, अर्थशास्त्र व कौटिल्यसूत्र की रचना कर चुके थे और अब वे 'अध्यात्मसूत्र' की रचना करना चाहते थे जो कि अधूरा ही रह गया माना जाता है। ऐसा लगता है कि बाद में इसका कुछ अंश 'कौटिल्य-सूत्र' में समाहित कर लिया गया और शेष अंश 'चाणक्यनीति' के अंतर्गत ले लिया गया। पाटलिपुत्र से विदा होने का यह मंतव्य जब सम्राट चंद्रगुप्त को विदित हुआ तो उन्हें बहुत दुख हुआ और वे अविलम्ब आचार्य के पास अपनी जिज्ञासा-निवारण के लिए पहुंचे।

चंद्रगुप्त-आचार्य, सुनने में आया है कि आपने राजधानी छोड़कर तक्षशिला वापस लौट जाने का मंतव्य प्रकट किया है। प्रभु करे कि यह सब मिथ्यावदंती हो। जीवनभर आपने पर्याप्त श्रम किया है आचार्य और अब आपकी अवस्था विश्राम करने की है। क्या हमारी सेवा में कोई त्रुटि उपस्थित हुई है जिससे आपका मन खिन्न हो गया है? यदि ऐसा कुछ है तो मुझे अवश्य बताएं; मैं क्षमाप्रार्थी हूं और इसका समाधान करने को तत्पर हूं।

चाणक्य-नहीं पुत्र चंद्रगुप्त, मैं यहां अधिकारपूर्वक सुखी हूं और तुम्हें मेरे बारे में चिंतित होना पड़े ऐसी कोई परिस्थिति मेरी कल्पना में नहीं है। मुझे यह भी आशा है कि तुम भी राजकार्य को लेकर अनावश्यक रूप से अशांत नहीं हो। किन्तु, मेरे जीवन का प्राप्य कभी भी राजनीति और प्रशासन नहीं रहा पुत्र, यह सब मेरे जीवन में एक आपद्धर्म की भांति आया। इसका प्रारम्भ अलक्षेन्द्र के आक्रमण से हुआ और उसके बाद के पच्चीस वर्ष मुझे राजनीति को सक्रिय रूप

आचार्य चाणक्य

से समर्पित करने पड़े ताकि यह राष्ट्र यवन दासता से बच सके। सौभाग्य से अब वह संकट पूरी तरह टल गया है और आर्यावर्त में तुम्हारे सहयोग से मैंने सुव्यवस्था और सुशासन स्थापित कर दिया है और भविष्य में तुम्हारे आधिपत्य में आर्यावर्त का सौभाग्य अब अक्षुण्ण है। यद्यपि यह हमारा दुर्भाग्य रहा कि हमें बहुत कुछ खोना भी पड़ा है किन्तु इस ओर से अब मैं निश्चिंत हूं। अब मैं जीवन के निःश्रेयस को गति देकर अपने ब्राह्मण-धर्म का निर्वाह भी करना चाहता हूं।

चंद्रगुप्त-यह ब्राह्मण धर्म क्या है आचार्य और जीवन का निःश्रेयस् क्या है?

चाणक्य-ब्राह्मण के जीवन का उद्‌देश्य विद्या की प्राप्ति है और इस विद्या को 'सर्वजनाय सुखायः' दूसरों को पहुंचाने का निमित्त बनना है। इस विद्या की उपलब्धि बहुत विरल है और जो इसे उपलब्ध हो जाता है उसे ही विद्वान कहा जाता है विद्वान का अर्थ ऐसा सत्योपलब्ध व्यक्ति है जो कि वेद का आश्रय है और वेदों को धारण करता है। किन्तु इस शब्द विद्या का आशय समझना आवश्यक है। गीता ने दो शब्दों का प्रयोग किया है अपराविद्या और पराविद्या, उपनिषद इन्हीं विद्याओं को क्रमशः अविद्या और विद्या भी कहते हैं; इस प्रकार विद्या का अर्थ हुआ पराविद्या। इस जगत में जो भी परिवर्तनशील, नश्वर व क्षर है उसका अध्ययन अविद्या है और जो भी शाश्वत, अपरिवर्तनशील, अक्षर, अव्यय है उसका साक्षात्कार विद्या है, इस प्रकार तत्त्व का साक्षात्कार विद्या है अर्थात् आत्मज्ञान विद्या है। जो भी देश व काल के अंतर्गत है वह अविद्या का विषय है और जो भी देशकाल के अतीत है उस चेतन तत्त्व आत्मा को जानना ही विद्या है। इस प्रकार राजनीतिशास्त्र, अर्थशास्त्र, नीतिशास्त्र, युद्धकौशल, पदार्थविज्ञान, मनोविज्ञान, इत्यादि सभी कुछ अविद्या के अंतर्गत आते हैं, शब्द विद्या से इनका आशय ग्रहण नहीं करना चाहिए। अविद्या सदैव सम्प्रेषणीय होती है, यदि एक भी मनुष्य को यह ज्ञान हो जाए तो सारी मनुष्यता को सम्प्रेषित किया जा सकता है, जैसे कि एक भी मनुष्य को सांप का विषहरण करने वाली औषधि ज्ञात हो जाए तो वह सभी को इसे बता सकता है। किन्तु विद्या कभी भी सम्प्रेषणीय नहीं होती और इसे पुस्तकीय ज्ञान से प्राप्त नहीं किया जा सकता। सद्‌गुरु भी विद्या किसी को दे नहीं सकता है, इसकी प्राप्ति का निमित्त मात्र बन सकता है जैसेकि हवा का ठंडा झोंका स्वप्नबोध नहीं है किन्तु स्वप्नबोध हेतु निमित्त बन सकता है।

चंद्रगुप्त-श्रद्धेय आचार्य, नेतिनेति कही जाने वाली इस विद्या के स्वरूप को किस प्रकार इंगित किया जा सकता है?

चाणक्य-हे महानुभाव चंद्रगुप्त। प्रवासे मातृसदृशा विद्या गुप्तं धनं स्मृतं। यह संसार आत्मा के लिए प्रवास की तरह है और आत्मज्ञान इस प्रकार है जैसे कि गुह्य धन की स्मृति आ जाए। साधारणतः मनुष्य अपना तादात्म्य देह, इंद्रियों और मन के साथ कर लेता है किन्तु एक आत्मज्ञानी को यह स्मृति आ जाती है कि

वह अनश्वर चैतन्य है जो कि देशकालातीत है। यदि यह समस्त संसार भी प्रलीन हो जाए तो भी यह चैतन्य तिरोहित नहीं हो सकता। एक आत्मज्ञानी का दूसरा जन्म अपने चिदस्वरूप में होता है इसलिए ऐसे मनुष्य को द्विज कहा जाता है और विद्या को प्रवासे मातृसदृशा कहा जाता है। यही विद्या कामधेनु भी है क्योंकि एक आत्मज्ञानी पर निरंतर आनंदरूपी अमृत की वर्षा होती रहती है। वित्तेन रक्ष्यते धर्मो, विद्या योगेन रक्ष्यते। जो आत्मज्ञान की ओर प्रवृत्त करे वह धर्म है किन्तु धर्म के लिए देह रक्षा आवश्यक है और देह रक्षा के लिए वित्त आवश्यक है, इस प्रकार वित्त के बिना धर्म की रक्षा नहीं हो सकती। विद्या के संवर्धन के लिए भी साधन, समय व योग तीनों की ही आवश्यकता होती है और संक्षेप में धारणा, ध्यान व समाधि को योग कहा जाता है। जिस प्रकार सत्पात्र को दान देने से दरिद्रता का नाश होता है; शील को धारण करने से अधोगति का निराकरण होता है, उसी प्रकार आत्मज्ञान से अज्ञान का नाश होता है और ब्रह्मभावना से भय का नाश होता है क्योंकि तत्त्व के साथ अद्वैत का अनुभव ही ब्रह्म-भावना है। अज्ञानतानाशिनी प्रज्ञा, भावना भय नाशिनी भव अर्थात् अस्तित्व को जानना भावना है और आत्म साक्षात्कार से स्वयं के निरपेक्ष अस्तित्व का अनुभव होता है और इसलिए मृत्युभय समाप्त हो जाता है और बाकी सारे भय भी समाप्त हो जाते हैं क्योंकि सबके मूल में मृत्युभय ही है। आत्मज्ञान में यह बोध होता है कि मैं 'नास्ति' नहीं हो सकता इसलिए सब भय समाप्त हो जाते हैं। जाग्रतस्य न भयम् अर्थात् जो अपने चिदस्वरूप में जाग गया है और जिसकी संसार रूपी निद्रा टूट गई है उसका न होने का भय समाप्त हो जाता है। उद्योगी व्यक्ति को दरिद्रता की व्याप्ति नहीं होती; जप करने वाले का दुर्भाव नष्ट हो जाता है इसलिए वह कोई पाप नहीं कर सकता है इसी प्रकार जो आत्मज्ञान और मन की उपशांति को उपलब्ध हो गया है उसका सब कलह अर्थात् द्वंद्व समाप्त हो जाता है। वह निर्द्वंद्व होकर सत्य में प्रतिष्ठित हो जाता है, यही विद्या है।

चंद्रगुप्त–श्रद्धेय, क्या कारण है कि साधारण मनुष्य को भी विद्या के लिए प्रयत्न करना चाहिए?

चाणक्य–प्रिय चंद्रगुप्त, जन्म मरणादि दुखमेव क्योंकि जन्म दुख है, व्याधि दुख है, जरा दुख है, मृत्यु दुख है और दूसरों से अपेक्षा लिए हुए जीना दुख है। मनुष्य काम, क्रोध, मद, लोभ, मोह, मत्सर इत्यादि षट्विकारों से ग्रस्त है इसलिए प्रत्येक ऐसा मनुष्य विकृत होने के कारण दुख देने का कारण बनता है। प्रत्येक मनुष्य की प्रतीति अंततोगत्वा यह होती है कि जीवन में कोई सार नहीं है। तो इसका उपाय क्या है? दुखानामौषधम् निर्वाणम् अर्थात् दुख की औषधि निर्वाण है। भव ही बाधा है और इस प्रकार जब तक हम किसी भी रूप में 'अस्ति' हैं दुखरहित होने का कोई उपाय नहीं है। जब तक हम हैं हम तीन प्रकार के दुखों से पीड़ित रहते हैं–आधिभौतिक, आधिदैविक और आध्यात्मिक। आकार

संवरणम् देवानामपि अशक्यं अर्थात् देवता भी निराकार नहीं हैं और दुख से मुक्त नहीं हैं। सनातनी सामान्यत: मीमांसा को ही धर्म समझते हैं। मीमांसा में जिस कर्मकाण्ड का वर्णन है यथा, यज्ञ, हवन, समिधा, जप, तप, तीर्थ, व्रत, पूजा, तंत्र-मंत्र-यंत्र इत्यादि, वह अधिकतम स्वर्ग तक ले जाता है किन्तु स्वर्ग में रहने वालों को भी स्वर्गच्युति के भय का दुख बना रहता है। वस्तुत: तो स्वर्गस्थानं न शाश्वतं यावत्पुण्यफलं अर्थात् जब तक पुण्यफल बना रहता है जीव स्वर्ग में स्थित रहता है, जब सारे पुण्यफल की भुक्ति हो जाती है तो पुन: संसार में आ जाता है और उसकी दुख का अनुभव करने की संवेदना अपेक्षाकृत कुछ अधिक ही हो जाती है। इस प्रकार न तो देवयोनि परम है और न ही मनुष्योनि परम है। पश्चादत: मनुष्य क्या करे? इसलिए मैं कहता हूं सतेभ्यस्तु तुं प्रयतेत अर्थात् सत्योपलब्धि के लिए ही प्रयत्न करना चाहिए। किन्तु सत्योपबिध का मार्ग भी एक नहीं है। क्षत्रिय का मार्ग भिन्न है और ब्राह्मण का मार्ग भिन्न है।

चंद्रगुप्त-श्रद्धेय आचार्य, एक क्षत्रिय वा एक राजा रहते हुए मार्ग क्या है?

आचार्य-क्षत्रिय का मार्ग प्रजा की रक्षा, लोक-कल्याण तथा निष्काम कर्म है। युद्ध करते हुए भी आत्मज्ञान सम्भव है। युद्ध में मनुष्य को समग्रकृत्य करना होता है और चैतन्य की परम-अवस्था में स्थित रहना होता है; योद्धा सदा चैतन्य के शिखर पर होता है, आलस्य और प्रमाद उसे व्याप्त नहीं हो सकते। युद्ध के समय वर्तमान में जीना पड़ता है, एक योद्धा का मन स्मृति और कल्पना में विचरण नहीं कर सकता। वर्तमान में जीने से मनुष्य काल के स्वभाव को जान जाता है और काल ही आत्मा है। वस्तुत: तो काल के स्वभाव को जानना ही आत्मज्ञान है। साहसी के लिए युद्ध में आत्मज्ञान को उपलब्ध होना सर्वाधिक सरल है। जो एक बार भी आत्मा के ज्ञान को उपलब्ध हो जाता है वह कृतार्थ हो जाता है और न कृतार्थानाम् मरणभयम्, उसके लिए मृत्यु का भय सदा के लिए समाप्त हो जाता है, इसे ही वीरगति कहते हैं। जो लोक में यह शिक्षण करते हुए भ्रमण करते हैं कि युद्ध सर्वदा ही जघन्य कर्म है वे मिथ्या शिक्षा देते हैं। युद्ध जघन्य कर्म तभी है जबकि युद्ध का कारण काम, क्रोध, मद, लोभ, मोह, व मत्सर प्रभृति छह विकार हों। आत्मरक्षा और लोक-कल्याण के लिए किया गया युद्ध एक प्रकार का यज्ञ ही है जिसमें यजमान अपने प्राणों तक की आहुति दे देता है। इस यज्ञ से अवश्य ही स्वर्ग की प्राप्ति होती है। राजा का धर्म क्या है? राजा को सतत् कर्मशील होना पड़ता है। अधिकतर यह स्पष्ट रहता है कि कौन-सा कर्म लोक कल्याण के लिए है और कौन-सा कर्म अहितकर है। कुछ स्थितियां ऐसी अवश्य हो सकती हैं जिनमें कर्तव्य और अकर्तव्य को लेकर मतिभ्रम उपस्थित हो जाए। ऐसी स्थिति में राजा को अपने मंत्री से परामर्श करना चाहिए और किसी तत्त्वज्ञानी को ही मंत्री बनाना चाहिए। तत्त्वज्ञानं इव कार्यम् प्रकाशयति। ऐसी परिस्थिति में तत्त्वज्ञानी ही बताता है कि क्या करने योग्य है

और क्या करने योग्य नहीं है। लोकहित के लिए किया गया कर्म स्वर्ग प्रदायक होता है और निष्काम कर्म मोक्षदायक होता है। किन्तु निष्काम कर्म केवल वही राजा कर सकता है जो कि स्वयं भी तत्त्वज्ञानी और अहंकार-शून्य हो। इसलिए तत्त्वज्ञान ही परम है तपस्वी चंद्रगुप्त।

चंद्रगुप्त-तत्त्वज्ञान को इतना महत्त्व क्यों दिया जाता है आचार्य?

चाणक्य-हे मौर्य कुलरत्न! क्योंकि मनुष्य के जीवन में कुछ भी स्थिर नहीं है। लक्ष्मी चंचला है; प्राण चंचल है; संसर्ग, विसर्ग व अपसर्ग तीनों ही लोक चंचल हैं तो इनका महत्त्व क्या है? चलाचले च संसारे धर्म एको हि निश्चल:। इस संसार में जो भी कुछ साकार है वह नश्वर है और जो भी कुछ निराकार है वह शाश्वत है इसलिए संसार को चल व अचल दोनों कहा जाता है। इस संसार में एक मात्र धर्मानुदिष्ट आत्मा ही अचल है इसलिए तत्त्वज्ञान ही परम है। काल: पचति भूतानि काल: संहरते प्रजा। काल आकाशादि पांचों महाभूतों को खा जाता है और काल समस्त प्राणियों को भी खा जाता है इसलिए तत्त्वज्ञान का महत्त्व है। काल: सुप्तेषु जागर्ति कालो हि दुरतिक्रम:। काल वह तत्त्व है जो कि सुषुप्ति में भी जागता है अर्थात् काल ही आत्मा है। जो काल को जानने का यत्न करता है, वह काल के स्वभाव को जानते ही कैवल्य को उपलब्ध हो जाता है इसलिए काल का अतिक्रमण नहीं हो सकता। पुनश्च कैवल्य का अनुभव न भूतकाल में घटता है, न भविष्यकाल में घटता है, न वर्तमान में घटता है, कैवल्य सदैव कालशून्यता में घटता है इसलिए भी काल का अतिक्रमण सम्भव नहीं है। कैवल्य ही विद्या है और विद्या के बिना सब कुछ व्यर्थ है। विद्या के बिना जीवन कुत्ते की पूंछ जैसा है जो कि न तो गुह्यांगों का गोपन कर सकती है और न ही विषैले कीटों को उड़ा सकती है। मनुष्य के लिए क्रोध यमराज है, तृष्णा वैतरणी नदी है और विद्या ही वह कामधेनु है जो उसे सम्यक् तुष्टि रूपी नंदनवन में प्रतिष्ठित करती है अर्थात् विद्या कामदुधा धेनु:। इसलिए लोक में 'विद्वान सर्वत्र गौरवम्' अर्थात् विद्वान ही प्रशंसा करने योग्य है, विद्वान् ही लोक की शोभा है, विद्या से ही सर्वप्राप्तव्य प्राप्त होता है और विद्या की ही सर्वत्र पूजा होती है। प्रिय चंद्रगुप्त 'ज्ञानेन मुक्ति न तु मंडनेन' अर्थात् जैसे हाथ की शोभा दान से होती है कंकणों से नहीं होती; शरीर की शुद्धि स्नान से होती है चंदन के लेप से नहीं होती; मनुष्य की तृप्ति सम्मान से होती है भोजन से नहीं होती; इसी प्रकार मुक्ति आत्मज्ञान से होती है महिमामंडन से नहीं होती। इसलिए तत्त्वज्ञान ही परम है शुभाकांक्षी चंद्रगुप्त।

चंद्रगुप्त-परम श्रद्धेय, क्या श्रवण, मनन व निदिध्यासन का भी कोई उपयोग है?

चाणक्य-उपयोग तो निश्चित है चंद्रगुप्त। मुमुक्षु को श्रवण व मनन से प्रारम्भ करना होता है। शास्त्रों का श्रवण करना चाहिए और उनके अभिप्राय पर

आचार्य चाणक्य

मनन करना चाहिए। अभिप्राय अस्तित्वगत है इसलिए शास्त्रों से कोई समाधान नहीं होता यथा शब्द आत्मा का प्रयोग कितनी ही बार किया जाए इससे यह समझ में नहीं आता कि आत्मा क्या है। शास्त्र प्रश्न खड़े करता है किन्तु उनके उत्तर नहीं देता; तो भी शास्त्र पढ़ने से लाभ है क्योंकि इससे हम समझ जाते हैं कि तर्के न ज्ञायते। अनंतशास्त्रं बहुलाश्च विद्या असारभूतं तदुपासनीयं अर्थात् शास्त्रों के अध्ययन से यह समझ में आ जाता है कि शास्त्रों की संख्या अनंत है, वे परस्पर विरोधाभासी हैं और उनसे कोई भी समाधान उपलब्ध नहीं होता है। मान्यताएं बहुत प्रकार की हैं और मनुष्य को विपरीत दिशाओं में अग्रसर करने वाली हैं। सारा शास्त्रज्ञान असार है और उस नौका की तरह है जो कि वैतरणी को पार नहीं कर सकती, उसमें उतरते ही डूब जाती है। इसलिए हे शीलोत्तम चंद्रगुप्त! श्रवण और मनन के पश्चात् मनुष्य को यह समझ में आता है कि तत्त्व की ही उपासना करनी चाहिए; इसीलिए निदिध्यासन को तीसरा क्रमिक सोपान बताया गया है। निदिध्यासन का शाब्दिक अर्थ है नित हि अध्यासन अर्थात् नियमित अध्यासन। धारणा+ध्यान+समाधि को निदिध्यासन कहा जाता है, संयम भी कहा जाता है और राजयोग भी कहा जाता है। इसीलिए मनीषी कहते हैं संयम: खलु जीवनम्। धारणा और ध्यान का अभ्यास करने से समाधि की उपलब्धि होती है और समाधि में तत्त्व का साक्षात्कार करके मनुष्य समाधान को उपलब्ध होता है। हे आर्यभूषण, लोचनाभ्याम् विहीनस्य दर्पण: किम् करिष्यति? जो आत्मज्ञानी नहीं है उसके लिए शास्त्रज्ञान उसी प्रकार व्यर्थ है जैसे कि नेत्रहीन के समक्ष रखने पर भी दर्पण व्यर्थ है। जो शास्त्रों में तो निष्णात है किन्तु तत्त्वज्ञानी नहीं है वह 'दर्वी पाकर सम् यथा' है अर्थात् भोजन के द्रव में डूबी हुई उस करछी के समान है जो स्वाद से असम्पृक्त है। ऐसा धूर्त यदि चारों वेदों को हृदयस्थ भी रखता हो और अनेक धर्मशास्त्रों का उल्लेख भी करता हो तो भी वह तत्त्वज्ञान के स्वाद को नहीं जानता है। 'अल्पकालं बहुघ्नता च हंसो यथा क्षीरमिवाम्बुम मध्यात्' अर्थात् शास्त्रज्ञान नीर की तरह है और तत्त्वज्ञान क्षीर की तरह है; मनुष्य के लिए समय कम है और विघ्नअधिक है और वह हंस की तरह नीर और क्षीर के मध्य खड़ा है। हे कुलोत्तम मयंक, पुस्तकेषु च विद्या परहस्तेषु च यद्धनम्, उत्पन्नेषुकार्येषु न सा विद्या न तद्धनम्। शास्त्रों में वर्णित विद्या उसी प्रकार से है जिस प्रकार कि पराए हाथ में गया हुआ धन होता है। मृत्यु के समय न तो शास्त्रज्ञान के कारण सद्गति होती है और न ही आवश्यकता पड़ने पर ऐसा धन उपयोगी होता है। हे प्रजापालक, 'सभामध्ये न शोभन्ते जारगर्भा इव स्त्रिय:।' जिस व्यक्ति ने केवल शास्त्रों का ही अध्ययन किया है और गुरु की सन्निधि से तत्त्व का साक्षात्कार नहीं किया है वह सभामध्य में बैठी हुई उस अशोभनीय स्त्री के समान है जो गर्भवती तो है किन्तु जिसका पति दीर्घकाल से अनुपस्थित है।

चंद्रगुप्त ने पूछा-आचार्य, गुरु की सन्निधि क्यों आवश्यक है?

चाणक्य-क्योंकि आत्मज्ञान कोई सरलता से नहीं घटता, इसके लिए गुरु के निर्देश में रहकर धारणा, ध्यान व समाधि का सतत् अभ्यास करना होता है। योग भी वही फलित होता है जो कि एक सद्‌गुरु द्वारा निर्दिष्ट है अन्यथा योग हानिकर भी हो सकता है। इसके अतिरिक्त हमारे अंतस् में संसार की लिप्सा भी नहीं होनी चाहिए; संसार के अनुभव से संसार व्यर्थ है ऐसी हमारी समझ भी होनी चाहिए। यदि संसार को अभी पर्याप्त रूप से भोगा नहीं है, संसार के सम्बंध में अनुभवहीनता है तो भी योग फलित नहीं होता है। 'सुखार्थिनः कुतो विद्या कुतो विद्यार्थिनः सुखम्' अर्थात् सुख के पीछे भागने वाले को आत्मज्ञान उपलब्ध नहीं होता और साधक को सुख के प्रति आग्रह नहीं रखना चाहिए। गुरु की आवश्यकता इसलिए है कि 'दर्शन ध्यान संस्पर्शे शिशु पालयते नित्यं।' एक मछली, एक मादा कछुआ और एक पक्षिणी के समान गुरु भी अपने शिष्य को पालता है। गुरु के दर्शन से, गुरु का ध्यान करने से, गुरु के छूने से शिष्य का इतना आध्यात्मिक विकास होता है कि योग से भी नहीं होता। गुरु ही वह पारसमणि है जिसके स्पर्शमात्र से लोहा भी सोना होने लगता है। जिस प्रकार शिशु के बाहर निकलने तक एक अंडे का सेवन करना पड़ता है उसी प्रकार गुरु भी शिष्य को परिपक्व बनाता है। वस्तुतः तो आत्मज्ञान के लिए प्रायः वैराग्य, योग साधना व गुरु तीनों की ही आवश्यकता होती है। 'एकमेवाक्षरं यस्तु गुरुः शिष्यं प्रबोधयेत्, पृथिव्यां नास्ति तद्‌द्रव्यं दत्त्वा चाऽनृपी भवेत्।' ब्रह्म ही एकमेव अक्षर है क्योंकि ब्रह्म के अतिरिक्त सबकुछ क्षर अर्थात् विनाशनील है; इस ब्रह्म से जो गुरु शिष्य का साक्षात्कार करवा देता है उससे उऋण होने का शिष्य के पास कोई भी उपाय नहीं है। 'अपत्यं च कलत्रं च सतां संगतिरेव च त्रयो विश्रांति हेतवः।' पुत्र चंद्रगुप्त यह संसार तपती हुई बालू की तरह है जिसमें पथिक के पांव दग्ध हो जाएं यह स्वाभाविक है। ऐसे पददग्ध पथिक के लिए विश्रांति के तीन ही हेतु हैं अपत्य, कलत्र (पत्नी) तथा सद्‌गुरु की संगति और इसमें भी सत्संगति ही सबसे बड़ा हेतु है। इसलिए गृहस्थ को भी चाहिए कि पचास वर्ष के पश्चात् वह किसी सद्‌गुरु के पास पहुंचकर मोक्ष का विधान सीखे। ऐसा क्यों? इसलिए कि 'ज्ञानेनहीना पशुभिः समानाः' अर्थात् यद्यपि मनुष्य को पशु की तरह ही आहार निद्राभय मैथुनादि का सेवन करना चाहिए किन्तु आत्मज्ञान के लिए यत्न करने के कारण ही मनुष्य विशिष्ट हो पाता है। मनुष्ययोनि अधिक अच्छी मानी जाती है क्योंकि इसमें आत्मज्ञान प्राप्ति की संभावना बनती है।

चंद्रगुप्त-आचार्यश्री, इस आत्मज्ञान के क्या लक्षण हैं, यह मुझे युक्तिपूर्वक समझाने का प्रयास करें।

चाणक्य-हे मनुजश्रेष्ठ, पहली बात तो यह है कि आत्मज्ञान ऐसा ज्ञान है जो दूसरा कोई किसी को नहीं दे सकता अपितु आत्मज्ञान स्वयं के भीतर ही

घटित होता है। सद्गुरु भी आत्मज्ञान शिष्य के भीतर घट जाए इस घटना में सहायक मात्र हो सकता है वह आत्मज्ञान का आश्रय नहीं हो सकता। सद्गुरु भी आत्मज्ञान के लिए केवल निमित्त कारण हो सकता है, इसका उपादान नहीं हो सकता। जन्ममृत्युर्नियत्ये को एको याति पराम् गतिम्; जिस प्रकार जन्म की घटना में मनुष्य अकेला होता है, मृत्यु की घटना में मनुष्य अकेला होता है, शुभाशुभ कर्मों की भुक्ति में मनुष्य अकेला होता है उसी प्रकार आत्मज्ञान की घटना में भी मनुष्य एकाकी ही होता है इसीलिए इस घटना को कैवल्य कहा जाता है। दूसरी बात यह है कि मन एव मनुष्याणां कारण बंधमोक्षयोः। हे चंद्रगुप्त प्रकृति और पुरुष दो तत्त्व हैं, पुरुष का अर्थ मनुष्य के भीतर की ज्ञानस्वरूप चेतना है और प्रकृति का अर्थ इस चेतना के सारे विषय हैं। मनुष्य की चेतना एक दर्पण की परावर्तनशीलता की तरह है और विषय उस सारी सामग्री की तरह है जिसे कि दर्पण प्रतिबिम्बित करता है। प्रकारांतर से आकाशादि पांच महाभूत, शब्दादि पांच तन्मात्राएं, पांच कर्मेन्द्रियां, पांच ज्ञानेन्द्रियां महत्, मन, बुद्धि, अहंकार ये चौबीस प्रकृति के तत्त्व हैं और चेतना के लिए विषय हैं। महत् का अर्थ अव्यक्त प्राण होता है और इसी से प्रकृति के शेष तेईस तत्त्वों की उत्पत्ति होती है। जब ये विषय चेतना को आच्छादित कर लेते हैं तो इसे संग, आसक्ति अथवा आस्रव कहा जाता है और आस्रव के कारण ही बंध है। अज्ञान के कारण मन में तृष्णा उत्पन्न होती है और तृष्णा के कारण बंधन उत्पन्न होता है इस प्रकार बंध का कारण मनुष्य का मन ही होता है। जब पुरुष की चेतना इन सब विषयों से मुक्त हो जाती है, मन विषय शून्य हो जाता है तो पुरुष अपने स्वरूप में स्थित हो जाता है। अकेले पुरुष का अपने स्वरूप में स्थित हो जाना ही कैवल्य अथवा आत्मज्ञान है। जिस काल में दर्पण की सतह के सामने से सारी विषयवस्तु तिरोहित हो जाती है और अपने स्वभाव स्थित यह दर्पण खाली रह जाता है उस काल में आत्मज्ञान घटता है। मुक्त्यै निर्विषयं मनः अर्थात् जब मन निर्विषय होकर तिरोहित हो जाए तो मुक्ति है। इस प्रकार आस्रव के कारण बंध पैदा होता है; आस्रव के रुक जाने पर संवर होता है और संवर की निर्जरा हो जाए तो मुक्ति हो जाती है। इसलिए मुक्ति का कारण भी मन को ही कहा जाता है। आत्मज्ञान के अनुभव को अब मैं दूसरे पर्याय से कहता हूं। जिस काल में ज्ञाता और ज्ञेय दोनों तिरोहित हो जाते हैं उस काल में भी ज्ञान बच जाता है क्योंकि ज्ञान आत्मा का स्वभाव है उपाधि नहीं है। इस प्रकार की स्थिति को 'केवल ज्ञान' अथवा आत्मज्ञान कहा जाता है। यदि हम ऐसा कहें कि जिस काल में ज्ञाता, ज्ञेय और ज्ञान तीनों एक हो जाते हैं उस काल में आत्मज्ञान घटता है तो भी यह मिथ्या कथन नहीं होगा। इस बात को एक और दृष्टिकोण से भी समझा जा सकता है। चेतना की चार अवस्थाएं होती हैं जागृति, स्वप्न, सुषुप्ति और तुरीय। जागृति चैतन्य की वह अवस्था है जिसमें मनुष्य बाह्यजगत के सम्पर्क में रहता है; स्वप्न चैतन्य की वह अवस्था

है जिसमें बाह्यजगत से सम्पर्क लगभग विछिन्न हो जाता है किन्तु मन के प्रत्ययों से सम्पर्क अधिक जुड़ जाता है। जागृति चैतन्य की वह अवस्था है जिसमें बाह्यजगत अधिक प्रभावी होता है और स्वप्न चैतन्य की वह अवस्था है जिसमें मन के प्रत्यय अधिक प्रभावी होते हैं, चैतन्य रूपी तीर की दिशा विपरीत हो जाती है। सुषुप्ति वह अवस्था है जिसमें बाह्यजगत भी तिरोहित हो जाता है और मन के प्रत्यय भी तिरोहित हो जाते हैं किन्तु सुषुप्ति में चेतना भी नगण्य हो जाती है। चैतन्य की वह अवस्था जो इन तीनों अवस्थाओं जागृति, स्वप्न व सुषुप्ति से भिन्न होती है उसे तुरीय कहा जाता है। यह तुरीयावस्था ही आत्मज्ञान है। सुषुप्ति में और तुरीयावस्था में अंतर यह है कि जहां सुषुप्ति अचेतन होकर कैवल्य की अवस्था है वहीं पर तुरीय चेतन होकर कैवल्य की अवस्था है। सुषुप्ति निगोद है, स्वप्न व जागृति संसार है और तुरीय मोक्ष है। संक्षेप में तुरीय ऐसी अवस्था है जिसमें चेतना तो होती है किन्तु चेतना का कोई विषय नहीं होता और इसलिए न तो समय होता है और न ही स्थान होता है। देहाभिमान गलिते ज्ञानेन परमात्मनः यत्रयत्र मनो याति तत्रतत्र समाधयः। जिस काल में योगी की तृष्णा का सबीज नाश हो जाता है, योगी की चेतना में स्मृति और कल्पना आने का कारण भी नष्ट हो जाता है। ऐसे योगी की चेतना से धीरे-धीरे विचार व स्वप्न भी तिरोहित हो जाते हैं। चेतना की ऐसी निर्विचार अवस्था को ही समाधि कहा जाता है। विचार की बाधा गिर जाने से ऐसे योगी की चेतना के समक्ष जो भी विषय आता है उसका समाधान हो जाता है अर्थात् ऐसा योगी प्रत्येक सजीव व निर्जीव विषय को तत्त्व से जानता है, तत्र-तत्र समाधयः। ऐसा योगी प्रत्येक विषय को समस्त पर्यायों से जान सकता है यदि ऐसा आवश्यक हो। जब ऐसा सिद्धपुरुष देहभाव से छूट जाता है अर्थात् मृत्यु से गुजर जाता है तो वह परमात्मा ही हो जाता है। जिस काल में चेतना से विचार व स्वप्न तिरोहित हो जाते हैं; उस काल में जो ज्ञान उदित होता है उसे प्रज्ञान अथवा प्रज्ञा कहते हैं और इस प्रकार प्रज्ञावान पुरुष ही संसार के प्रत्येक विषय को तत्त्वतः जानता है, इसीलिए ऐसे पुरुष को जिनाक्ष भी कहा जाता है। तृणं ब्रह्मविद् स्वर्गं; तृणं शूरस्य जीवनं; जिनाक्षस्य तृणं नारी; निःस्मृहस्य तृणं जगत। ऐसे योगी के लिए स्वर्ग भी तिनके के समान है; अभिनिवेश भी तिनके के समान है; नारी भी तिनके समान है और सारा जगत ही तिनके के समान है। कोऽर्थः पुत्रेण जातेन न विद्वान् न भक्तिमान्। जो व्यक्ति न तो भक्ति में लीन है और न ही जो परमात्मा को उपलब्ध हो गया है उसके जीवन का अर्थ क्या है तात चंद्रगुप्त? उसका जीवन ऐसी गाय की तरह है जो न तो गभिर्णी है और न ही जिसके स्तनों में बछड़े के लिए दूध है। हे पुत्र चंद्रगुप्त जब तक यौवन है तब तक ही मृत्यु दूर दिखाई देती है, इसलिए मनुष्य को पचास वर्ष का होते ही परमार्थ का अनुशीलन करना चाहिए क्योंकि प्राणान्ते किम् करिष्यति?

चंद्रगुप्त-हे महामहिम आचार्य, मेरे प्रणाम स्वीकार करें। अब तक मैं आपके कृष्णस्वरूप के प्रति ही श्रद्धा रखता आया हूं क्योंकि यदि आप नहीं होते तो स्यात् यह सम्पूर्ण आर्यावर्त ही अब तक सैल्यूकस से पदाक्रांत हो चुका होता; आपने ही इस राष्ट्र को विदेशी दासत्व से बचाया है आप निश्चित ही एक राष्ट्रपिता हैं। हे राष्ट्रपिता, आर्यावर्त का यह सम्पूर्ण साम्राज्य आपके ही कारण संगठित व सुरक्षित है यह कोई कहने की बात नहीं है। किन्तु आज मैंने जाना कि आप कृष्ण व बुद्ध दोनों एक साथ हैं और आपका यह दूसरा रूप मेरे लिए सर्वथा नवीन है। अब मैं आपको तक्षशिला जाने से नहीं रोकूंगा। प्रभु करे कि आपका धर्मसाम्राज्य भी उतना ही बड़ा हो जितना कि आपका राजनीतिक प्रभुत्व है। किन्तु आचार्य, जाने से पहले आप मुझे यह वचन दें कि जब भी आपके समक्ष कोई कष्ट की स्थिति उपस्थित हो तो आप मुझे अपने पास तुरंत बुला लेंगे और जब भी मुझे आपके संरक्षण की आवश्यकता का अनुभव हो तो आप भी तुरंत यहां वापस आ जाएंगे।

आचार्य चंद्रगुप्त को अभीष्ट वचन देने के बाद तक्षशिला चले गए। वहां जाकर उन्होंने 'अध्यात्मसूत्र' की रचना प्रारम्भ की किन्तु लगता है कि यह रचना अधूरी ही रह गई है। इसके कतिपय सूत्र सम्प्रति 'कौटिल्यसूत्र' के अंतर्गत मिलते हैं और कतिपय अन्य 'चाणक्यनीति' के अंतर्गत भी प्राप्त हैं। संयोग की बात है कि शीघ्र ही आचार्य चाणक्य का प्रारब्ध पूरा हो गया और उनके पीछे कोई आध्यात्मिक परम्परा नहीं बन सकी। एक आचार्य जो कृष्ण और बुद्ध दोनों होने की प्रतिभा रखते थे वे केवल एक कर्मयोगी के रूप में जीवन बिताकर ही चले गये। किन्तु आचार्य चाणक्य की उपलब्धि इतनी महान है कि उनका एक राष्ट्रपिता के रूप में स्मरण किया जाना चाहिए। हरि ओम तत्सत्! ∎

छिन्नमस्ता

'तुम कौन हो रूपसी? तुम्हारे कपोलों के पलाश सदा दहकते रहते हैं और अधरों के पारिजात भी उन्मेषित और आवेशित दिखाई देते हैं; तुम्हारे कपोलों के गड्ढों पर भी क्षण प्राय: ठिठक जाया करता है।'

''क्या मैं इस आख्यान की नायिका नहीं हूं सूत्रधार?''

'नायक को छलना चाहती हो क्या रूपसी?'

''छल तो मैं अपने आपको भी लेती हूं सूत्रधार और फिर इस नायक ने तो यह भी नहीं माना कि वह सम्भावित नायक है।''

'उपालम्भ नहीं करोगी रूपसी, कुछ कहोगी नहीं क्या?'

''नहीं कहूंगी सूत्रधार, वस्तुत: तो उपालम्भ करने का मन ही नहीं करता मेरा।''

'बहुत मानिनी हो क्या?'

''नहीं सूत्रधार, ऐसी भी कोई बात नहीं है?''

'तनिक प्रतीक्षा भी नहीं करोगी रूपसी?'

''मैं प्रतीक्षा भी नहीं कर सकती हूं सूत्रधार। मुझमें एक असम्पूर्णता का भाव है जो कि मुझे गत्यात्मकता देता रहता है। प्रवृत्ति ही मेरा स्वभाव है, साक्षी नहीं हो सकती हूं मैं। सतत सम्पूर्णता की ओर प्रवृत्त होना ही जैसेकि मेरी अनिवार्य नियति है।''

'तनिक चौंको रूपसी, तुम बहुत त्वरित गति से प्रवाहमती हो। ऐसे तो बहुत शीघ्र ही एक पूर्णिमा हो जाओगी तुम, फिर लौटकर प्रतिपदा बन सकोगी क्या?'

''यह तो मेरे साथ सम्भव नहीं हो सकता है सूत्रधार।''

'फिर इस नायक का क्या होगा रूपसी? कोई आश्चर्य नहीं कि मैं आशंकित हूं।'

''इस नायक के प्रति तो मैं भी निर्द्वन्द्व नहीं हूं सूत्रधार इसकी तटस्थता कहीं आत्म प्रवंचना में परिणीत तो नहीं हो जाएगी? किन्तु फिर भी सोचती हूं कि प्रत्येक परिस्थिति में अनुद्विग्न और स्थितप्रज्ञ बना रहना ही तो नायक का लक्षण है। स्वयं का सर्वत: और सर्वदा निर्वाह कर लेना ही तो नायकत्व है अथवा कि नहीं?''

'यह अग्निपरीक्षा अनिवार्य तो नहीं है रूपसी?'

"अग्निपरीक्षा तो निरपवादत: स्त्री की ही होती आई है सूत्रधार; पुरुष की भी होती हो ऐसा सुना नहीं।"

'कभी सुनोगी तो क्या करोगी?'

"स्यात् मेरी अहंतुष्टि का कोई अवसर प्रस्तुत हो सकेगा; मूलत: तो एक नारी ही हूं मैं भी; पुरुषोन्मुख होकर हतस्वाभिमान होना सुखद तो मुझे भी नहीं है।"

'इसके विपरीत भी तो हो सकता है अबोधिनी; स्यात् तुम्हें पश्चाताप हो और तुम स्वयं को क्षमा नहीं कर पाओ।'

"फिर भी मैं रुक तो नहीं सकूंगी। मैं प्रकृति हूं और अव्यय भी नहीं हूं। मैं एक नदी की तरह हूं सूत्रधार; जो भी चौकोर पत्थर मेरे मार्ग में पड़ता है मैं उसे अपने साथ बहाकर ले जाती हूं और जब वह घिसकर गोल और अनुरूप हो जाता है तो मैं उसे तटस्थ छोड़कर अपना मार्ग बदल लेती हूं। इस नायक को देखो, इसके तो ओने कोने ही नहीं हैं, कैसे मैं सृजन और विसर्जन करूंगी?"

और वह नहीं मानी; सूत्रधार सावधान करता रहा किन्तु वह बह चली।

'आपके पांव देखे, बहुत सुंदर हैं इन्हें जमीन पर मत रखिएगा।'–यह स्यात् मैंने कहा था।

उसने कहा था-"जमीन भी बहुत सुंदर होती है भिक्षु। यह तुम प्रति निमिष आकाश की ओर क्या तकते रहते हो? बादलों के इन टुकड़ों को देख रहे हो क्या? यह भी जब आपूरित हो जाते हैं तो पानी भूमि की ओर ही दौड़ता है। भूमि ही जीवन को जन्म देती है, बादलों का पानी तो बस इस उद्भव को सहारा देता है। क्या मेरे लिए ऐसी कामना करना चाहते हो भिक्षु कि पांव तो सुंदर हों किन्तु उनके नीचे जमीन नहीं हो?"

उसने यह भी कहा था–मैं तो समझती थी कि इस अहिल्या को भी कोई राम मिल जाएगा किन्तु तुम यह लक्ष्मण वाली स्क्रिप्ट कहां से उठा लाए हो?

और यह भी उसी ने कहा था:- जमीन पर पांव कब रखे मैंने, मैं तो नियमितत: मोजे पहनती हूं; मुझे पता है कि एलर्जी भी हो सकती है। मैं तो तुम्हारे लिए भी कुछ जोड़ी सुंदर मोजे खरीदकर ले आना चाहती हूं यदि तुम्हें बुरा नहीं लगे।

एक दिन उसने यह भी पूछा था-तुम विवाह कब करोगे युवक?

मैंने कहा था-भिक्षु का कैसा विवाह? बहिन का विवाह हो जाए और भाई की पढ़ाई पूरी हो जाए तो आश्रम में चले जाना है मुझे। बस दो तीन वर्ष की बात और है, मुझे कौन-सी बिल्ली पालनी है?

भिक्षु पूर्ववत आकाश की ओर देखता रहा। रूपसी ने झिझकते हुए अपने पांव सोफे के नीचे रखे, जूते पहने और वह चलती चली गई। लंच का बिल भी वह देती गई। अलबत्ता उसने कई बार मुड़कर अवश्य देखा।

दैवयोग से तीन साल के भीतर ही आश्रम अमेरिका के न्यूजर्सी प्रांत में स्थानांतरित हो गया। सूत्रधार स्तब्ध था; वह नायक की ओर देख रहा था। नायक निर्निमेष क्षितिज के उस पार कहीं उलझा हुआ था, वह स्यात् समयशून्यता में निमग्न था। सूत्रधार सोच रहा था जब इसकी निर्वैयक्तिकता भंग होगी तो क्या होगा? अंततोगत्वा क्या लिखा है इस सुदर्शन युवक के प्रारब्ध में?

आजकल सूत्रधार बहुत मजे में है और वह काठमाण्डू भ्रमण पर आया हुआ है। यदि आप कभी काठमाण्डू आए हैं तो आप यह भी जानते होंगे कि बस-अड्डे से थोड़ी ही दूर पर एक स्थान है जिसे बालाजू कहते हैं बालाजू से ऊपर चढ़कर 'नागार्जुन हिल्स' नामक एक पर्वतश्रेणी प्रारम्भ होती है जो नेपाल को चीन से जोड़ती है। बालाजू से इस पर्वतश्रेणी पर बनी हुई सड़क पर कोई छह किलोमीटर ऊपर की ओर चलने पर 'तपोबन ओशो कम्यून' बना हुआ है जिसमें विदेशी पर्यटक भी बहुत बड़ी संख्या में आते हैं। इनमें ओशो के शिष्यों के अतिरिक्त ऐसे नए लोग भी सम्मिलित होते हैं जो ओशो के बारे में पहले से कुछ विशेष जानकारी नहीं रखते। बहुत से विदेशी पर्यटक ऐसे भी होते हैं जो मलेशिया, श्रीलंका, नेपाल इत्यादि देशों में तो भ्रमण करते हैं किन्तु किन्हीं कारणों से भारत-भ्रमण भविष्य के लिए छोड़ देते हैं। जैसे ही आप ऑटो या बस से सड़क पर गतिशील होते हैं, सबसे पहले सड़क के ऊपर ही बना हुआ 'जोरबा ओशो रेस्तरां' दिखाई देता है। मुख्यद्वार से प्रवेश करके नीचे की ओर जाने वाली सड़क पर चलने पर आप स्वयं को ओशो तपोवन कम्यून में पाते हैं। कम्यून का दफ्तर मुख्यद्वार के पास ही बाईं ओर जोरबा रेस्तरां के ठीक नीचे बना हुआ है। सूत्रधार इस समय 'जोरबा रेस्तरां' में एक विदेशी युवती के साथ एक ही मेज पर सामने वाली कुर्सी पर बैठा हुआ दृष्टिगत है।

वह पूछ रहा है-तुम कौन हो छिन्नमस्ते?

युवती कह रही है-अभी तो मैं बीस ही बरस की हूं। मेरी आंखें नीली हैं और मेरे बाल काले, लम्बे व घने हैं। तुम मेरा शुभ्र वर्ण, मेरा ऊंचा कद और मेरी कमनीय देहयष्टि को अवधानपूर्वक देखो। क्या मैं सुंदर नहीं हूं सूत्रधार?

"निस्संदेह तुम एक अपूर्व सुंदरी हो। तुम उन विदेशी युवतियों में सर्वाधिक सुंदर हो जिन्हें मैंने आजतक देखा है। वैसे भी तुम्हारे जैसी सुंदर युवतियां मैंने एक-दो ही और देखी होंगी। मेरी जिज्ञासा यह है छिन्नमस्ते कि यहां आने के पीछे तुम्हारा क्या प्रयोजन निहित है?"

'मैं स्विटजरलैंड में रहती हूं और वहां मेडिकल स्टूडैण्ट हूं। मैंने छह महीने का ब्रेक लिया है और फिलहाल भ्रमण पर हूं। ढाई साल बाद मेरी पढ़ाई पूरी हो जाएगी। नेपाल के बाद मलेशिया और श्रीलंका जाऊंगी। तपोबन में भी भ्रमण के लिए ही आई हूं।'

सूत्रधार कतई आश्वस्त नहीं दिखाई दे रहा था। इस लड़की की आंखें नीली नहीं थीं बल्कि इसकी आंखें और बाल बिल्कुल भारतीयों जैसे थे। इतना ही नहीं, यह बिल्कुल भारतीय शैली में अपनी चोटियां गूंथती थी; काजल, बिंदी और मेंहदी भी लगाती थी। यह गैरिक वस्त्र पहनती थी, गैरिक रंग की चादर ओढ़ती थी। यह सफेद फूलों के कंगन बनाकर अपनी दोनों कलाइयों में धारण करती थी और सफेद फूलों का गजरा अपनी चोटियों में गूंथती थी। सुबह-सुबह की यह नहा-धोकर किसी तपस्विनी की तरह माँ जीवनवसंती को लेकर नित्यप्रति ही पशुपतिनाथ के मंदिर के लिए प्रस्थान भी कर जाया करती थी। सूत्रधार का विचार यह था कि यह मनुष्य-पर्याय की आत्मा नहीं है। माँ जीवनवसंती की बात और थी, उसको सभी जानते थे। वह पर्याप्त समय से ओशो की शिष्या थी, पूना कम्यून से यहां आई थी और पिछले डेढ़ वर्ष से यहीं पर अलख जगा रही थी, वह निश्चित ही मनुष्य-पर्याय में थी। वह बंगाल की रहने वाली थी, उसके माता-पिता तक दोनों जीवित थे और शांतिनिकेतन में शिक्षण कार्यरत थे। किन्तु छिन्नमस्ता के बारे में सूत्रधार संदेहरहित नहीं था। वह अलौकिक लगती थी और सूत्रधार का कहना था कि वह कभी-कभी रात के भोजन के बाद अदृश्य भी हो जाया करती थी और ऐसे मौकों पर उसका कक्ष बाहर से बंद पाया जाता था। ढूंढ़ने पर उसका पता पूरे कम्यून में कहीं पर नहीं लगता था। कुछ देर बाद अचानक उसे पुनः उसके कक्ष में देखा जा सकता था।

अभी मेरी सूत्रधार के शोधकार्य के प्रति अधिक जिज्ञासा नहीं जगी थी क्योंकि मुझे सारा कम्यून ही आकर्षक लग रहा था। कम्यून के संचालक आचार्य आनंदअरुण हैं जो कि व्यवसाय से एक इंजीनियरिंग कन्सल्टेंट हैं, मालरोड पर उनका एक बड़ा-सा ऑफिस है और वे नेपाल के एक जाने-पहचाने नागरिक हैं। चाहे नेपाल के नरेश हों अथवा कि प्रधानमंत्री, स्वामी आनंद अरुण को उनसे मिलने के लिए किसी पूर्व सूचना की आवश्यकता नहीं होती है। उन्हें प्रायः नेपाल के सभी स्थानों पर एक आध्यात्मिक व्यक्ति के रूप में जाना जाता है और उनके श्रद्धालुओं में बहुत प्रतिष्ठित लोग भी सम्मिलित हैं। उनका सम्बंध जन्मतः भी नेपाल के एक प्रतिष्ठित परिवार से रहा है और उनके पुत्र-पुत्रियों में कई यूरोप व अमेरिका में शिक्षित हो चुके हैं और व्यवसाय से डॉक्टर, इंजीनियर इत्यादि हैं। कहते हैं कि एक समय दैवयोग से विश्व के बाईस देशों ने एकजुट होकर ओशो रजनीश के विमान को अपने किसी भी हवाई-अड्डे पर उतरने की अनुमति नहीं दी थी। उस समय स्वामी आनंदअरुण ने न केवल उनके नेपाल में उतरने का प्रबंध किया था अपितु उन्हें छह महीने इसी तपोबन में रखा भी था। ओशो का नेपाल में उसी ढंग से भव्य स्वागत किया गया था जिस ढंग से संविधान के अनुसार केवल वहां के नरेश का किया जा सकता है। इस कम्यून में रहने के लिए लगभग बीस कक्ष पहाड़ी की तलहटी में बने हुए हैं; एक बड़ा

ध्यानकक्ष है जिसे बुद्धकक्ष कहा जाता है और एक बडा-सा रसोईघर है जिसे सुजाता कहा जाता है। कम्यून के पास बहुत बड़ा रिक्त स्थान है जिसमें आवश्यकतानुसार बहुत से और कक्ष बनाए जा सकते हैं। यहां पर ठहरने व खाने का शुल्क बिल्कुल उचित है और बुद्धकक्ष में नियमित रूप से ध्यान से सम्बंधित गतिविधियों का नि:शुल्क संचालन किया जाता है। मैंने पहली बार सूर्य-ऊर्जा से चलने वाले हीटरों का प्रयोग इसी कम्यून में किया था। मई व जून के महीनों में भी जबकि ग्रीष्म ऋतु अपने उच्चतम बिंदु पर होती है इस कम्यून में हल्की-हल्की ठंड विद्यमान रहती है। समझिए कि यहां का तापक्रम इन महीनों में लगभग नैनीताल जैसा होता होगा। वर्षा खूब होती है और सारा ही क्षेत्र प्राकृतिक सौंदर्य से ओतप्रोत दिखाई देता है।

खैर, मैंने स्वयं पहली बार छिन्नमस्ता को जब इस कम्यून में देखा था तो वह मुझे 'कुण्डलिनी' व 'व्हाइटरोब ब्रदरहुड' में संलग्न दिखाई दी थी। बहुत शीघ्र ही छिन्नमस्ता का मेरे प्रति आकर्षणभाव स्पष्ट दृष्टिगोचर होने लगा था; यह सभी के लिए विस्मयजनक था क्योंकि मेरी व छिन्नमस्ता की अवस्थाओं में बहुत अंतर था। वह उस समय मात्र बीस बरस की एक अन्यतम सुंदर युवती थी जबकि मैं उस समय भी लगभग 45 वर्ष का था और प्रौढ़ दिखाई देता था। यहां तक कि मेरा वजन भी सामान्य से बहुत अधिक था और सिर पर उगे हुए बालों की तादाद भी कोई प्रभावोत्पादक नहीं थी, यह बात अलग है कि मुझे गंजा कहने का मंतव्य किसी ने भी प्रकट नहीं किया था। अगली सुबह ही नाश्ते के समय मैंने छिन्नमस्ता और जीवनवसंती को आपस में लिपटते हुए और ठिठोली करते हुए देख लिया था। स्पष्टत: उनकी जिज्ञासा का केन्द्र उस समय मैं स्वयं ही था।

मैंने कहा-तुम दोनों नासमझ हो।

छिन्नमस्ता ने कहा-नासमझ हम नहीं हैं बल्कि तुम हो।

धीरे-धीरे छिन्नमस्ता मेरे पास आकर बैठने लग गई। एक ऐसी यूरोपियन लड़की के रूप में वह वास्तव में विचित्र थी जो पहली बार भारतीय उपमहाद्वीप में आई हो। वह गैरिक वस्त्र पहनती थी और किसी भी पेड़ के नीचे आलथी-पालथी मारकर आराम से बैठ जाया करती थी और घण्टों ही बैठी रहा करती थी। किसी भी यूरोपियन के लिए इस तरह से बैठना लगभग असम्भव होता है। उसके सारे संस्कार और योगमुद्राएं भी किसी भारतीय योगिनी जैसे ही थे।

एक दिन मैं और छिन्नमस्ता एक ही मेज पर बैठकर दोपहर का भोजन कर रहे थे कि उसने मुझसे कहा-

''मैं कुछ समय तुम्हारे साथ एकांत में बिताना चाहती हूं।''

'ऐसा क्यों?'-मैंने पूछा था।

''क्योंकि मैं तुम्हें बेहद पसंद करती हूं और तुम्हारी सहायता करना चाहती हूं।''

मैंने पूछा-तुम कितने साल की हो?

उसने कहा-मैं बीस बरस की हूं और तुम?

मैंने कहा-मैं अब बीस बरस का नहीं हूं, मैं बड़ा हो चुका हूं।

उसने कहा-इससे क्या होता है? विवाह तो फिर भी हो सकता है। हम लोग पश्चिम में विवाह और यौन को एक ही बात नहीं समझते हैं। मैं तुम्हारे लिए बहुत कुछ कर सकती हूं जैसेकि एक अपार्टमेंट खरीदना, हाउसकीपिंग करना, खाना बनाना इत्यादि। मैं बहुत जल्दी एक डॉक्टर भी बनने वाली हूं और तुम्हारे स्वास्थ्य का ध्यान भी रख सकती हूं। मैं तुम्हारे लिए कुछ करना चाहती हूं, क्या इतना कहना पर्याप्त नहीं है?

इससे पहले कि मैं कुछ सोच पाता, सूत्रधार ने मेरी तरफ देखकर दाईं आंख झपकाई और धीरे से हिंदी में कहा—

''स्थिति संदिग्ध है मित्र। हो सकता है कि यह कोई गुप्तचर हो अथवा ऐसा ही कुछ और। इतनी सुंदर लड़की को तो हजारों सम्पन्न और युवा जीवनसाथी मिल सकते हैं, फिर यह तुम्हारे में रुचि क्यों ले रही है? क्या यह लड़की किसी भी विश्वसुंदरी से तुम्हें कम दिखाई देती है, और फिर अभी इसकी उम्र ही कितनी है?''

वह लड़की मुझे वास्तव में ही बहुत सुंदर और अप्सराओं जैसी दयालु दिखाई दे रही थी, इसलिए मैंने उसे अपनी वास्तविक सोच बता देना ठीक समझा।

मैंने कहा-मुझे तुम मरियम जैसी दिखाई देती हो। हो सकता है कि यह सही हो और तुम्हें अपने विगत जन्मों की स्मृति नहीं हो।

उसने कहा-यह कितना अद्भुत है? तुम्हारा कहना सत्य है कि स्मृति नहीं है किन्तु इससे क्या होता है? सम्बंध देह से होता है और आत्मा सभी सम्बंधों से अतीत होती है। कम से कम इस जन्म में तो मैं होली मदर नहीं हूं, यह तो तुम भी मानोगे?

सूत्रधार ने कहा-और सुन लो घामड़, एकदम तुम्हारे टक्कर की चीज है। मैं वास्तव में ही आश्चर्यचकित था।

मैंने फिर पूछा-तुम्हें पशुपतिनाथ जाना अच्छा लगता है क्या होली मदर?

उसने कहा-इसीलिए तो मैं सीधे यूरोप से काठमाण्डू आई हूं।

मैंने कहा-हो सकता है इसमें भी कोई रहस्य छिपा हो?

उसने कहा-सारा जीवन ही रहस्यमय नहीं है क्या?

सूत्रधार ने कहा-मुझे तो पहले से ही संदेह है कि यह मनुष्य पर्याय में नहीं है। अभी भी समय है कि तुम सम्भल जाओ। हम तुम्हें मनमानी नहीं करने दे

सकते हैं।

मैंने कहा–आपको मेरे बारे में क्या है जो कि विशिष्ट लगता है?

वह बोली–लगता है कि मैं तुम्हें जन्मों-जन्मों से जानती हूं। जिस ढंग से तुम नृत्य करते हो; योग मुद्राएं बनाते हो; ध्यानमुद्राएं बनाते हो; वह ढंग विशिष्ट है। तुम वही हो अन्य कोई तुम हो ही नहीं सकते।

मैंने पूछा–इसका अर्थ मैं क्या लूं?

उसने कहा–लगता है कि इस देश में यह कोई मेरा पहला जन्म नहीं है। तुम उसी तरह नृत्य करते हो जैसे कि तुम्हें करना चाहिए। अब उठोगे भी या यहीं बैठे रहोगे?

यह अच्छा था कि सूत्रधार हिंदी में बोल रहा था और वह उसको नहीं समझ पा रही थी।

सूत्रधार ने कहा–जाने से मना कर दो।

मैंने कहा–अभी मैं इन सब बातों के लिए प्रस्तुत नहीं हूं क्योंकि यह सब मेरे लिए कितना विचित्र है होली मदर!

वह उठी और उसने आशीर्वाद की मुद्रा में अपना दायां हाथ उठाया और अपने कक्ष की ओर प्रस्थान कर गई।

मैंने सूत्रधार से कहा–क्या तुम भी एक विचित्र प्रकार के सूत्रधार नहीं हो? हो सकता है कि जो कुछ तुमने किया है वह ठीक नहीं हो।

सूत्रधार ने मुझे पुन: किसी समय मिलने को कहा। संध्या के समय हम दोनों साथ-साथ घूमने के लिए बालाजू की ओर चल पड़े। उसने मुझे बताया कि अभी तुम कुछ समझ नहीं रहे हो। लगता है कि इस समय यहां बहुत-सी अशरीरी आत्माएं वास्तव में विद्यमान हैं। कुछ पश्चिमी मित्रों का आग्रह तो यहां तक है कि आजकल कुछ अशरीरी आत्माएं गुप्तचर गतिविधियों में भी लगी हुई हैं। एक कैलिफोर्निया के स्वामी हैं जो ऋषिकेश के शिवानंद आश्रम से आए हैं। उनका ध्यान वास्तव में ही बहुत गहरा है; वे भोजन को प्रसाद की तरह ग्रहण करते हैं और उसका अधिकांश भाग दूसरों को ही बांट देते हैं। उनके साथ में आए हुए भक्तों का कहना है कि वे साक्षात् भगवान शिव की पवित्र आत्मा हैं और इस समय मनोदेह में हैं।

(बाद में मैं इनसे मिला था, इन्होंने मुझे बताया था कि शिवानंद भी एक बहुत पहुंचे हुए योगी थे। इन्होंने मेरे स्वाधिष्ठान चक्र को भी स्पर्श किया था और कहा था कि जय हो।)

एक जर्मनी के युवक हैं जिन्होंने अपने शरीर पर जीसस और मरियम के गोदने गुदवा रखे हैं और धूप में खड़े होकर उनकी नुमाइश करते हैं (जाते समय ये सज्जन भी मुझे कहकर गए थे कि अगले जन्म में यहीं तपोवन में मिलना होगा।) तीसरे एक सज्जन और हैं जो कि सबको वीडियो फिल्म में उतारते रहते

हैं और स्वयं को पोप का मित्र बताते हैं (इन्होंने मेरे भी खूब चित्र उतारे थे किन्तु इनसे कोई बातचीत नहीं हुई थी।) सूत्रधार ने कहा कि और भी अशरीरी आत्माएं हो सकती हैं और इस समय सम्भल कर रहना आवश्यक है। स्वयं आचार्य आनंद अरुण को भी लगभग एक देहातीत आत्मा ही माना जाता है क्योंकि वे एक मनुष्य के रूप में बहुत ही दिव्य प्रतीत होते हैं।

छिन्नमस्ता वास्तव में एक विलक्षण युवती थी। उसको देखकर लगता था कि वह इस देश के तौर तरीकों से पूरी तरह अभ्यस्त थी और इस बात पर भरोसा नहीं होता था कि वह पहली बार भारतीय उपमहाद्वीप में आई थी किन्तु वह अवस्था में कोई बहुत बड़ी भी नहीं थी। एक विचित्र बात यह भी थी कि उसको देखकर मेरे मन में यह भाव उठता था कि कितना अच्छा हुआ होता यदि मेरी माँ भी इतनी ही सुंदर रही होती जबकि वह अवस्था में मेरी पुत्री जितनी ही थी। सूत्रधार का कहना था कि हो सकता है वह अगले जन्म में दुबारा तुम्हारी माता बने। जिस दिन उसे काठमाण्डू से विमान पकड़कर श्रीलंका जाना था, उसने मुझे लोरी भी सुनाई थी। उसके पांव बहुत सुंदर थे जिन्हें उसने झिझकते हुए सोफे के नीचे रखा था और जूते पहन कर वह चलती चली गई थी। अलबत्ता उसने कई बार मुझे मुड़कर अवश्य देखा था। सीढ़ियों पर चढ़ने से पहले वह मेरी ओर घूमी थी उसने अपनी दाईं हथेली ऊपर की ओर उठाई थी और कहा था कि जय हो।

''काल की मुद्रा जब मनोव्योम पर पड़ती है तो स्मृति में दीप्त हो उठते हैं किसी के कपोलों के दो गड्ढे जैसेकि कोई रसीदी टिकट दे गया हो। क्यों सूत्रधार, क्या यह भी ठीक नहीं है?

'कभी-कभी तुम ठीक भी कहते हो नायक किन्तु ठीक समय पर ठीक बात तुम कभी भी करते नहीं हो।

सूत्रधार भी बीते हुए वक्त की तरह चला गया। ∎

तीस साल बाद

बाद में सुनने में आया कि बख्तावर ने आत्महत्या कर ली थी। आज से कोई तीस साल पहले मैं और बख्तावर एक ही शहर में रहते थे। एक बार कुछ संयोग ऐसा भी हुआ था कि मैं और बख्तावर एक ही रेलगाड़ी से चलकर पूना पहुंचे थे और एक साथ ही स्टेशन पर उतरे थे। वह अगस्त का महीना था और बूंदाबांदी भी हो रही थी। जैसे ही मैं शयनयान से नीचे उतरा बख्तावर ने लपक कर मेरा सूटकेस उठा लिया।

वह बोला–साहबजी, लगता है कि आप यहां पहली बार ही आए हैं। आपके चेहरे से लग रहा है कि आप इस जगह से वाकिफ नहीं हैं। आप चाहें तो मेरे साथ ही चल सकते हैं, यहां पर आकर मैं अक्सर होटल ओमेगा में ही रुकता हूं। होटल साफ सुथरा है लेकिन अधिक महंगा नहीं है। आप चाहें तो कमरा मेरे साथ शेयर भी कर सकते हैं।

बख्तावर ने एक डबलबेड वाला स्यूट पचास रुपए प्रतिदिन के हिसाब से तय किया, रजिस्टर में सूचनाएं भरीं और दोनों सूटकेस वेटर को पकड़ाकर उसके पीछे-पीछे हो लिया। कमरे में पहुंचते ही हम दोनों ने चाय पी; नित्यकर्म से निवृत्त हुए और अपने-अपने कपड़े बदलकर लेट गए। बख्तावर ने अपने सूटकेस से एक थ्री एक्स रम की बोतल निकाली और दो गिलासों में उड़ेलने लगा।

मैंने कहा–बख्तावर मैं ड्रिंक नहीं करता इसलिए एक ही गिलास में डाल लो।

बख्तावर ने कहा–कोई बात नहीं साहबजी दो थम्स अप भी मंगवा लेता हूं। आप थम्स अप ले लेना और मैं भी थोड़ी मिक्स कर लूंगा। यदि आप कभी-कभी ले लेते हों तो संकोच नहीं करना चाहिए, इससे थकान एकदम दूर हो जाएगी।

मैंने पूछा–क्या तुम रोजाना ही ड्रिंक करते हो?

उत्तर देने से पहले वह थोड़ा हिच-किचाया।

बोला–दरअसल जिंदगी ऐश करने के लिए होती है साहबजी। शराब और औरत मेरी कमजोरी है। जहां भी अक्सर जाना होता है, धीरे-धीरे पक्का इंतज़ाम भी हो जाता है। पूना में आना कम ही होता है। अब सोचता हूं यहां जवाहरात का धंधा भी अच्छा हो जाएगा और धीरे-धीरे आश्रम में भी जान-पहचान हो जाएगी। आपको तो अंग्रेजी बोलनी आती है, आश्रम में कई गोरी मेमों से आपकी

दोस्ती हो जाएगी लेकिन मुझे अंग्रेजी बोलनी बिल्कुल भी नहीं आती जी। थोड़ी-सी हिंदी, पंजाबी और उर्दू जरूर पढ़ लिख लेता हूं लेकिन अंग्रेजी तो कभी सीखी ही नहीं है। दो-चार साल मदरसे में जरूर गया था जी फिर धंधे में लग गया। धंधा अच्छा है, इसमें कमाई भी बहुत है। अभी साथ में अंगूठियां और हार लेकर आया हूं। एक ही दिन में हजारों कमा लेता हूं। आपकी तरह पढ़ा लिखा तो नहीं हूं साहबजी लेकिन पैसे की कोई कमी नहीं है। यहां आश्रम में तो बड़ा स्कोप है, एक बार धंधा चल निकले तो गोरे लोग तो बहुत दिलदार होते हैं जी। सौ-दो सौ रुपए की चीज के पांच सौ वसूल लेना मामूली बात है। इसलिए मेरा तो एक ही उसूल है जी खूब कमाओ, खूब ऐश करो लेकिन रब को कभी मत भूलो। इसलिए असिस्टेंट मैनेजर को एक औरत को बुलाने के लिए भी कहा है। ज्यादा से ज्यादा एक रात के डेढ़-दो सौ रुपए ले लेगी तो क्या फर्क पड़ता है?

मैंने कहा–फिर तो मैं दूसरे कमरे में शिफ्ट कर लेता हूं बख्तावर। मुझे ऐसे कामों में कोई दिलचस्पी नहीं है।

बख्तावर ने कहा–यह बात तो आपकी ठीक है जी। आप तो हमारे बच्चों के उस्ताद हो और आपके लिए यह बात ठीक भी नहीं है। मुझे तो अक्सर घर से बाहर ही रहना पड़ता है इसलिए मेरी आदतें कुछ अलग तरह की हैं। आपको तो मैं भी बिगाड़ना नहीं चाहता हूं, आप चाहें तो साथ वाले कमरे में भी सो सकते हैं।

यह दो कमरों का स्यूट था, बगल वाला कमरा भी खाली था जो कि एक ही व्यक्ति के लिए था। इसमें भी एक बाथरूम अटैच्ड था और इसका किराया भी मात्र बीस रुपए ही था। कमरे का एक दरवाजा और एक खिड़की बड़े कमरे में जरूर खुलते थे। खिड़की कांच की बनी हुई थी किन्तु इस पर दो मोटे-मोटे मैरून पर्दे पड़े हुए थे इसलिए कोई विशेष परेशानी की बात नहीं थी। तैयार होकर मैं उसी शाम कोरेगांव पार्क की ओर निकल गया और रात को कोई दस बजे वापस लौटा। लगभग ग्यारह बजे मैं सोने की तैयारी कर ही रहा था कि मुझे बख्तावर के कमरे में बातचीत-सी सुनाई दी।

बख्तावर कह रहा था–यह औरत तो कम से कम तीस बरस की है और बालबच्चों वाली है। इससे अच्छा माल तो घर पर ही मौजूद है। डेढ़ सौ रुपए बहुत अधिक हैं, मैं तो ज्यादा से ज्यादा सौ रुपए दे सकता हूं।

मैंने पर्दे को खिसकाकर देखा, औरत वास्तव में ही कोई खास नहीं थी।

असिस्टेंट मैनेजर कह रहा था–आपकी उम्र के लिहाज से यही ठीक है जनाब, इससे आपकी दोस्ती पक्की भी हो सकती है। किसी स्कूल में पढ़ाती है और विधवा है। मुश्किल से डेढ़-सौ रुपए में तैयार किया है, इसमें हमारे कमीशन का एक पैसा भी नहीं है। पैसे आपको सीधे इसी के हाथ में सुबह चार

बजे जाते वक्त देने हैं। यदि आपको पसंद नहीं है तो टैक्सी का आने–जाने का किराया बीस रुपए इसको दीजिए और छुट्टी करिए। अच्छी लड़कियां कहां मिलती हैं जनाब? वाडिया कॉलेज की कुछ लड़कियां जरूर इस लाइन में हैं लेकिन उनके बहुत नखरे हैं। आदमी भी पसंद आना चाहिए और रेट भी कम से कम 300/- रुपए एक नाइट के हिसाब से लेती हैं।

मैंने देखा कि बख्तावर केवल नाटकबाजी कर रहा था, वह लड़की को रुखसत करने के लिए तैयार नहीं था।

अलबत्ता उसने कहा–असी हूणै कोई बुजुर्ग तो हो नहीं गए प्रा। यह लो रुपए 300/- एडवांस और कल के लिए ध्यान रखना। आज इसी से चला लेते हैं, बिना औरत के तो सानूं नींद ही नहीं लगदी।

इसके बाद असिस्टेंट मैनेजर उस औरत को बिस्तर पर बैठाकर चला गया। अब वह अपने कपड़े खोल रही थी और बख्तावर ने कमरे की बत्ती बुझा दी थी। केवल बाथरूम का बल्ब जल रहा था और उसकी रोशनी डबल–बेड के आधे हिस्से पर पड़ रही थी।

उस रात मैं चार बजे तक बिल्कुल नहीं सो पाया और न ही कभी उस रात को भूल पाया। उस रात की स्मृति आते ही आज भी मुझे बहुत जोरदार हंसी आती है। थोड़ी देर बाद ही मैं समझ गया कि बख्तावर एक छोटा–मोटा योगी भी था। वह बारी–बारी से अपने बाएं और दाएं नथुनों से किसी सांड की तरह तेजी से सांस बाहर फेंकता रहा; औरत उसको गालियां देती रही और वह भी माथा पीट–पीटकर उसको भला–बुरा कहता रहा। स्पष्ट था कि औरत उसके साथ असहयोग कर रही थी और वह एक ही रात में समाधि तक पहुंचने की कोशिश कर रहा था।

औरत कह रही थी–मैं थोड़ी देर सोना भी चाहती हूं; चार बजे मेरा आदमी मुझे लेने के लिए आएगा; क्या लगे ही रहोगे?

बख्तावर कह रहा था–ग्यारह से चार बजे तक सिर्फ पांच घण्टे होते हैं; पांच घण्टे के सौ रुपए बहुत हैं। अगर तेरे को डेढ़–सौ रुपए लेने हैं तो छह बजे तक रुकना पड़ेगा। मेरा एक भाई यहीं कैम्प में थानेदार है।

औरत कह रही थी–तेरा भाई थानेदार हो चाहे डिप्टी हो इस बात की ध ौंस और किसी को देना। अपुन का तो स्साला धंधा इच ऐसा है कि पोलिस से कौन डरता है? ठीक चार बजे चली जाऊंगी और एक पैसा भी कम नहीं लूंगी। अब मुझे सोने दे।

बख्तावर बार–बार गिलास में शराब उंडेल रहा था, प्राणायाम कर रहा था और मैदान में डटा हुआ था। औरत चीख–चीखकर गालियां दे रही थी; बख्तावर अपना माथा पीट रहा था और कह रहा था कैसी औरत से पाला पड़ा है? उनकी आवाजें दूर–दूर तक सुनाई दे रही थीं, लोग आराम से खर्राटे ले रहे थे किन्तु

इस प्रणय-संवाद के बीच में मेरा सोना नामुमकिन था। मैं बीच-बीच में पर्दा हटाकर देख रहा था कि माजरा क्या है? वे दोनों मुझे साफ-साफ नजर आ रहे थे लेकिन मैं अंधेरे में था इसलिए उन्हें दिखाई नहीं दे रहा था। बारिश में भीगने के कारण मेरे सिर में भी कुछ दर्द हो रहा था लेकिन सोना नामुमकिन था। इस समय बख्तावर को कुछ भी कहना उचित नहीं था। औरत सोना चाहती थी और बख्तावर अपने पैसे वसूल करने में लगा हुआ था। उनकी आवाजें दूर-दूर तक जा रही थीं और कुछ कमरों की बत्तियां भी जल गई थीं। मैंने अंधेरे में रहना ही उचित समझा और सोने का बहाना करता रहा। बख्तावर जरूर एक ऐसा आदमी था जिसको कोई भी औरत भूल नहीं सकती थी। जैसे तैसे चार बजे; अब औरत उससे घुलमिल कर बातें कर रही थी। एक आदमी आया, उसने दरवाजे की घण्टी बजाई और वह औरत उसके साथ चली गई। जाते समय वह बहुत भावुक दिखाई दे रही थी लेकिन डेढ़-सौ रुपए देते समय बख्तावर का चेहरा लटका हुआ था। उस समय पैसे की कीमत अब से कोई बीस गुणा अधिक थी और मेरा वेतन भी मात्र 1065/- रुपए प्रतिमाह था।

सुबह मैंने पूछा-प्राजी, कैसी रही?

बख्तावर बोला-बहुत हराम का खाने वाली औरत थी; अब तक सिर में दर्द हो रहा है। रात भर टांगें चलाती रही और मूड खराब करती रही।

मैंने कहा-आप ऐसे काम करते ही क्यों हैं कि रात-भर माथा ठोकना पड़ा है? यह औरत तो भरजाई जी के मुकाबले कुछ भी नहीं थी।

बख्तावर बोला-तो इसका मतलब आप भी जग रहे थे? अभी आप कुंआरे हो, शादी के बाद पता लगेगा। पति-पत्नी में बस दो-चार साल ही बनती है, फिर एक दूसरे से वितृष्णा हो जाती है। मैंने जिंदगी में बहुत बड़ी-बड़ी गलतियां की हैं। आज मैं आपको एक ऐसी बात बताता हूं जो मेरे किसी भी अन्य मित्र को मालूम नहीं है। मेरी एक पत्नी को तो आप जानते ही हैं, उससे मेरी बाकायदा शादी हुई थी और बाद में तीन बच्चे भी हुए। बेचारी भली औरत है फिर भी मेरा मन उससे जल्दी ही भर गया। मेरी एक औरत और भी है जो कि सूरतगढ़ में टीचर है और उससे भी मेरे दो बच्चे हैं। ऐसा है हिमांशुजी कि मैं बड़े तनाव में रहता हूं कि जिस दिन मेरी पहली पत्नी को दूसरी औरत के बारे में पता लगेगा उस दिन क्या होगा? सारे ससुराल वाले मुझसे नाराज हो जाएंगे और मेरी पहली पत्नी बहुत खुद्दार है, हो सकता है कि मुझे छोड़कर ही चली जाए। अब मैं बहुत उलझन में रहता हूं और मन भी अशांत रहता है। ध्यान वगैरह करना चाहता हूं ताकि ये उल्टे-सीधे काम नहीं करने पड़ें।

मैंने कहा-अगर यह बात मैं भरजाई जी को जाकर बता दूं तो?

बख्तावर ने कहा-यह हो ही नहीं सकता साहबजी? आप गलत तरह के आदमी हो ही नहीं जी इसीलिए तो आपको बताया है। यह काम आप कभी भी

नहीं करोगे जी। आप तो ज्ञानी-ध्यानी आदमी हैं, हमारे जैसे लोगों से आपकी क्या बराबरी है? लेकिन साहबजी ज्यादा पैसा भी ऐब करता है।

उसकी यह बात ठीक ही थी, मैंने यह बात किसी को भी नहीं बताई और अब तो बख्तावर को भी इस दुनिया से गए कई बरस गुजर चुके हैं। बख्तावर मेरे एक वरिष्ठ सहकर्मी का निकटतम पड़ोसी था। ये सहकर्मी मेरे बड़े भाई जैसे ही हैं और दोनों पति-पत्नी मेरा कुछ शुभचिंतन ही करते यदि मैंने वह शहर नहीं छोड़ दिया होता, वह मेरे सजातीय भी हैं। अक्सर रविवार को वे हम दो-तीन मित्रों को लंच पर बुला लिया करते थे। बख्तावर भी इस पार्टी में सपरिवार सम्मिलित होता था। दोनों महिलाएं मिलकर सारा खाना बनाया करती थीं। उस समय हम उम्र में बीस-बाईस वर्ष के थे, अकेले घर से बाहर रहते थे इसलिए दोनों ही परिवारों का हमारे प्रति स्नेहभाव था। वे चाहते थे कि हम उन्हीं के पड़ोस में जमीन खरीद लें और विवाह-शादी करके वहीं बस जाएं। यह सब नहीं हो पाया और अब तो इन बातों को कोई तीस बरस बीत चुके हैं। बीच में मुझे किसी समय बख्तावर की आत्महत्या का समाचार उसी शहर के एक व्यक्ति ने दिया था और मुझे बहुत दुख भी हुआ था। इस व्यक्ति का कहना था कि बख्तावर की मृत्यु रहस्यमय थी, क्या पता उसकी हत्या ही हुई हो? वह मानसिक तनाव में भी रहता था और घरवाले यह कहते थे कि वह अपनी पूरी कमाई घर पर नहीं देता है। लगता है कि बख्तावर ने अपनी मानसिक उलझन की बात मुझसे झूठ नहीं कही थी, किन्तु स्थान परिवर्तन के कारण मैं भी इस परिवार के लिए कुछ विशेष नहीं कर पाया था।

वह कोने में भूखण्ड पर बना हुआ एक सुंदर मकान था। मकान यद्यपि एक मंजिला ही था लेकिन सभी मकानों से अलग-थलग दिखाई देता था। मकान में एक छोटा-सा लॉन और फूलों के कुछ पौधे भी थे। सामने के कमरों में से खुला आकाश ओर चांद-तारे साफ-साफ दिखाई देते थे। यह पोर्शन अभी-अभी खाली हुआ था। दांई ओर के आधे हिस्से में गृहस्वामी रहता था और बांई ओर का आधा हिस्सा किराये के लिए था। यह एक सवर्ण बुजुर्ग का मकान था जो स्वयं विद्युत अभियंता के पद से सेवानिवृत्त हुए थे। इनके तीन पुत्र एवं एक पुत्री थी। तीनों बेटे डॉक्टर थे और बेटी जयपुर रहकर पढ़ रही थी। तीनों ही बेटे इस दम्पति से रुष्ट होकर चले गए थे और कहीं अन्यत्र बस गए थे। मैंने मकान को एक नजर देखा, हां कर दी और एक महीने का किराया भी अग्रिम थमा दिया। घर में दो ही बुजुर्ग प्राणी थे और मुझे तब तक आशंका का कोई कारण दिखाई नहीं दे रहा था। किराया लेते ही वह सिंधी अपने असली रूप में आ गया। उसने कहा कि वह एक महीने के अग्रिम किराए के अतिरिक्त एक महीने के किराए के बराबर सिक्योरटी भी लेगा जो वह मकान छोड़ते समय लौटा देगा। उसका

कहना था कि किराएदार उसका मकान दो-तीन महीने में ही खाली कर जाते हैं; अगला किराएदार आने में कम से कम एक महीने का व्यवधान पड़ जाता है जिससे उसे आर्थिक हानि होती है। उसकी इन बातों से मैं समझ गया था कि यह आदमी ठीक नहीं है किन्तु मैं उसे एक महीने का किराया पेशगी दे चुका था इसलिए मैंने सामान को शिफ्ट कर लेना ही ठीक समझा। मकान की चारदीवारी में लोहे के तीन दरवाजे बने हुए थे, तीनों पर हर वक्त ताले लगे रहते थे और मकान मालकिन इन तालों के भीतर भी इस तरह से रहती थी कि किसी को दिखाई नहीं दे। गृहस्वामिनी साठ वर्ष से अधिक उम्र की एक सेवानिवृत्त अध्यापिका थी और उसका चेहरा भी किसी से मिलता-जुलता-सा लगता था। इन तालों में से एक ताला खुलवाकर मैंने मेरा सामान शिफ्ट किया और मकान में आकर रहने लगा।

जैसे ही मैंने इस मकान में रहना शुरू किया, मेरे देखने में आया कि दोनों ही पतिपत्नी अर्द्धविक्षिप्त थे और यह स्वाभाविक ही था कि बहू-बेटे इनको छोड़कर चले गए थे। ये दोनों किराएदारों को बेमतलब तंग करते थे और इसी में मजा लेते थे; दोनों बाद में मिलकर हंसते भी थे। इनका कहना था कि हमने बहुत बुरे दिन देखे हुए हैं; यहां तक कि मांगकर भी खाना पड़ा है लेकिन अब हम मकानमालिक हैं और किराएदार को हमारी मर्जी के अनुसार जीना पड़ता है। पहले ही दिन जैसे ही मैंने स्टीरियो बजाया इन्होंने मुझे टोक दिया। दूसरे दिन मेरी खाना बनाने वाली बाईजी से दुर्व्यवहार किया जिससे कि वह काम छोड़कर चली गई। तीसरे दिन उन्होंने मेरे से आकर कहा कि आपको उसी नौकरानी से काम करवाना पड़ेगा जो कि हमारे यहां काम करती है। पति अपने आपको विद्युत-नियंत्रणकर्ता समझता था और बिजली को चुराने के तरीके ढूंढ़ता रहता था। पहले ही महीने मात्र एक पंखे और एक बल्ब का प्रयोग करने पर भी मेरे सब मीटर की रीडिंग वह 115 यूनिट लेकर आया जो कि सरासर बेईमानी थी। यह व्यक्ति बहुत विचित्र-विचित्र हरकतें करता था। रात्रि को किसी भी समय कुछ देर के लिए बिजली बंद कर देता था और फिर उसे दुबारा चालू कर देता था। बिजली के कटआउट उस हिस्से में थे जिसमें यह रहता था। इससे बार-बार रात को नींद खराब होती थी। रात को किसी भी समय उठकर यह दीवारों और फर्श को हाथ-पैरों से बजाने लग जाता था; दरवाजे-खिड़कियों को बहुत तेज आवाज के साथ खोलता और बंद करता था; रसोई में रात को जाकर बरतनों को पटकता रहता था इत्यादि। पत्नी सुबह देर से उठती थी, उठने के बाद भी छत की टंकी में पानी नहीं भरती थी जिससे कि प्राय: ही दोपहर के बाद पानी खत्म हो जाया करता था। शाम को नहाने के लिए अथवा कूलर में डालने के लिए पानी कभी भी नहीं मिलता था और न ही कपड़े धोने के लिए पानी हुआ करता था। इन दोनों ने अपने कमरे में वातानुकूलन यंत्र लगा रखा था और गृहस्वामिनी

यह सब जानबूझकर करती थी। उसका कहना था कि किराएदारों के लिए वह बूस्टर क्यों चलाए? वह बूस्टर चलाने के लिए प्रतिमाह सौ रुपए अतिरिक्त लेती थी किन्तु फिर भी बूस्टर चलाती नहीं थी। बूस्टर चालू करती थी और कुछ ही मिनट में उसे बंद कर दिया करती थी। उसका कहना था कि इतना बड़ा मकान ऐसे ही नहीं बनता है, सब चीजों की बचत करनी पड़ती है। दोनों दम्पति इस प्रकार के कार्यों से प्रसन्न होते थे जैसे कि किराएदारों की रात को नींद खराब करना, उन्हें बिजली व पानी के लिए परेशान करना, बिजली की चोरी करना इत्यादि।

पहला महीना अप्रैल का था और जैसे-तैसे कट भी गया। शुरू में मैंने सोचा कि शायद यह उन लोगों में हैं जो किराएदारों के प्रति आवश्यकता से अधिक आशंकित रहते हैं; उन्हें दो-तीन महीने से अधिक टिकने नहीं देते हैं और महीने के बीच में मकान खाली करने पर सिक्योरिटी के पैसे भी हजम कर जाते हैं। इतने में इन्हें दूसरा किराएदार मिल जाता है; सारी असुविधा किराएदार को होती है और ये आर्थिक हानि से भी बच जाते हैं। किन्तु धीरे-धीरे मेरे सामने इनका एक और मंतव्य भी स्पष्ट होने लगा। पडोसियों से मुझे एक आश्चर्यजनक तथ्य यह पता लगा कि ये केवल अकेले आदमी को मकान किराए पर देते हैं और वह आदमी दो-तीन महीने में मकान खाली करके चला जाता है। मेरे पिछले वाले कमरे का एक दरवाजा इनके हिस्से में खुलता था जिसे मैं सदैव बंद ही रखता था। एक रात को मैं सो रहा था कि मुझे इस दरवाजे पर खट-खट की आवाज सुनाई दी। मुझे इस तरह से नींद खराब किए जाना बिल्कुल भी पसंद नहीं होता है इसलिए मैंने इस दरवाजे पर भीतर की ओर से ताला भी लगा दिया। अगले दिन सुबह दम्पति ने बीच का दरवाजा फिर खटखटाया। खोलने पर बताया कि वे बिजली के फेस की जांच करना चाहते थे; जैसे ही दरवाजा खुला दम्पति के अतिरिक्त दो युवतियां भी भीतर आ गईं। इनमें से एक 35-40 वर्षीय महिला थी जिसका हुलिया गृहस्वामी से मिलता था और उन्होंने इसे अपनी बहिन बताया। दूसरी लड़की अवस्था में लगभग 20-25 वर्ष की थी जो कि गृहस्वामिनी पर गई थी और इसे गृहस्वामिनी द्वारा अपनी पुत्री बताया गया। पति ने बिजली के तारों से थोड़ी देर तक छेड़खानी की और फिर चारों चले गए। मैंने दरवाजा दुबारा बंद कर दिया।

अब मई का दूसरा सप्ताह चल रहा था। मकान मालिक की विक्षिप्तता के कारण बिजली व पानी के सम्बंध में असुविधा बनी हुई थी किन्तु गर्मी इतनी अधिक थी कि मकान ढूंढ़ना व सामान शिफ्ट करना भी दुष्कर था। ग्रीष्मावकाश चल रहा था इसलिए मैंने पहले बाहर के कुछ कार्यों को निपटाने का मानस बनाया। लगभग एक सप्ताह दिल्ली में और दो सप्ताह धर्मशाला में व्यतीत करना आवश्यक था। मैं दिल्ली में अक्सर पहाड़गंज के एक गेस्टहाउस में रुकता हूं।

अभी मुझे वहां रहते हुए तीसरा ही दिन हुआ था कि एक दोपहर को असिस्टेंट मैनेजर मेरे पास आया कि आपको कुछ लोगों से मिलवाते हैं क्योंकि आप सारे दिन अकेले पड़े रहते हैं और बोर होते रहते हैं। मैं उत्सुकतावश उसके साथ हो लिया। वह मुझे कक्ष संख्या 321, 322, व 323 में ले गया। पहले कक्ष में वह लड़की लेटी हुई थी जो कि गृहस्वामी की नौकरानी थी; पिछले लगभग डेढ़ महीने से यही लड़की मेरा खाना भी बना रही थी और सफाई भी कर रही थी इसलिए देखते ही मैं उसको पहचान गया। लड़की भी मुझे पहचान गई थी और एकदम हड़बड़ाकर उठ खड़ी हुई थी। बाकी दोनों कमरों में क्रमशः गृहस्वामी की बहिन और उसकी बेटी अकेली-अकेली अर्द्धनग्न अवस्था में पड़ी हुई थीं। असिस्टेंट मैनेजर ने बताया कि ये तीनों लगभग एक सप्ताह तक यहीं रहेंगी, आप जितना चाहे इनके साथ एन्जॉय कर सकते हैं। अब मैं समझ गया था कि मकान मालिक देह व्यवसाय में लिप्त था और अकेले किराएदार रखकर उससे इस व्यवसाय में सहयोग चाहता था। असिस्टेंट मैनेजर मेरे से बरसों से परिचित था और उसका कहना था कि क्योंकि मैं आपको जानता हूं मैं आपके अधिक पैसे भी खर्च नहीं होने दूंगा और अपना कमीशन भी छोड़ दूंगा। मैंने यह कहकर मना कर दिया कि मेरी उम्र ऐसे काम करने की नहीं है और वैसे भी एक शिक्षक होने के नाते मुझे अपने कर्त्तव्य को अच्छी तरह समझना चाहिए। मैं अपने उत्तरदायित्व को भली प्रकार समझता हूं।

इसके बाद मैंने देखा कि ऊपर वाली मंजिल पर आने-जाने वाले ग्राहकों का तांता लग गया; बहुत से लोग आए और बहुत से लोग गए और यह क्रम चलता रहा। इनमें छोटी उम्र के लड़के भी थे जो कि हाथों में मोबाइल पकड़े हुए आते थे और अधेड़ पुरुष भी थे जो कि धूम्रपान करते हुए आते थे और सिगरेट के टुकड़े इधर-उधर फेंककर चले जाते थे। तीनों कमरों में लड़कियां नंगी पड़ी हुई थीं। मैं इस घटनाक्रम से कोई बहुत अधिक प्रसन्न नहीं था किन्तु असिस्टेंट मैनेजर का कहना था कि यह भी धंधे का एक हिस्सा है और उसे करना पड़ता है। अच्छी बात यही थी कि मेरा कमरा नीचे की मंजिल पर था और यह सब कार्यक्रम सबसे ऊपर वाली मंजिल के अंतिम कोने के कमरों में चल रहा था। मुझे यह सोचने के लिए अवश्य बाध्य होना पड़ा कि इन लड़कियों का मेरी मौज़ूदगी में यहां आ पहुंचना क्या एक संयोग-मात्र था?

जून के महीने में जब मैं हिमाचल प्रदेश से वापस लौटा तो सबसे पहले मैंने उस नौकरानी को कार्य से मुक्त कर दिया। अब मुझे समझ में आ गया था कि क्यों वह घर के काम में रुचि नहीं लेती थी और मेरा मन उसके प्रति वितृष्णा से भर गया था। गृहस्वामी ने इस बात का बुरा माना और मुझे स्पष्टतया कह दिया कि यदि आप हमारी लड़कियों को कोई प्रोत्साहन नहीं देना चाहते हैं तो आप मकान दूसरा देख लीजिए। उसने मुझे एक सप्ताह का समय दिया किन्तु मकान

नहीं मिला। मैंने उससे दस दिन और मांगे और जुलाई के मध्य तक मकान बदलने का मानस बनाया। यद्यपि उसके पास पूरे जुलाई के महीने का किराया सिक्यूरिटी के रूप में जमा था किन्तु उसने बचे हुए पंद्रह दिन का किराया भी वापस देने से मना कर दिया जो कि अनुचित था।

अभी मैं हिमाचल प्रदेश से वापस लौटा ही था कि एक सुबह गृहस्वामिनी नहाने के ठीक बाद बाहर के परिसर में आई। उसके हाथ में कुछ कपड़े थे जिन्हें वह अलगनी पर डालना चाहती थी। उसने उस समय एक छोटा-सा खुला गाउन पहन रखा था और बालों का जूड़ा बांध रखा था। इस अवस्था में उसकी बांहें, पिण्डलियां व पीठ अच्छी तरह दिखाई दे रही थीं, सीना और पेट भी दिखाई दे रहे थे। अचानक मुझे याद आया कि यह औरत तो हूबहू वही औरत थी जिसे मैंने आज से तीस साल पहले उस रात को बख्तावर के साथ पूना के होटल ओमेगा में देखा था। अब मैं समझ गया था कि मुझे उसका चेहरा जाना-पहचाना -सा क्यों लगा करता था।

अब सवाल यह उठता है कि ये दम्पति पूना जैसे सुंदर शहर को छोड़कर राजस्थान के इस छोटे से नगर में आकर क्यों बस गए थे? क्यों इन्होंने यह बना-बनाया मकान दुगुने मूल्य पर खरीद लिया था? क्यों यह महिला बंद तालों के भीतर रहती है और क्यों किसी को देखते ही चौंककर घर के भीतर चली जाती है? क्यों यह पड़ोस में भी किसी के घर आना-जाना नहीं रखती है और किसी से भी मिलने में कतराती है? यह एक ऐसी उलझन है जिसका कोई भी उत्तर प्रोफेसर हिमांशु दाधीच के पास नहीं है। वे इस बात से केवल व्यथित हो सकते हैं कि उन्होंने धोखा खाया और एक गलत मकान को चुन लिया जिसे चार महीने के भीतर ही उन्हें बदलना भी पड़ा। आखिर बख्तावर की अप्राकृतिक मृत्यु के पीछे क्या रहस्य रहा होगा? क्यों एक दिन उसे सुबह-सुबह ही पंजिम में एक होटल के अपने बिस्तर पर मृत पाया गया था और क्यों उसकी मृत्यु के पश्चात् उसके परिवार को उसके बैंक के खातों व लॉकरों में कोई भी उल्लेखनीय धन-राशि नहीं मिली थी? अब मेरी आंखों के सामने बख्तावर की पत्नी और उसके बच्चों के उदास चेहरे घूम रहे थे। ∎

यायाति का भानजा

आचार्य शालुक्य गोरखपुर नगर में निवास करते थे। उनके घर में पहले लगातार पांच पुत्रियों का जन्म हुआ-नर्मदा, सरस्वती, गोदावरी, अलकनंदा और पल्लवी। आचार्य शालुक्य का विचार था कि अच्छे घरबार देखकर पुत्रियों का कन्यादान कर देंगे तदनंतर संन्यास लेकर कल्याण का मार्ग प्रशस्त करेंगे। ज्योतिषशास्त्र के अनुसार उनकी जन्मकुण्डलीक में पंच-कन्या योग था और पुत्रसुख में बाधा थी। इसलिए आचार्य का धनसंग्रह की ओर सदैव एक उपेक्षाभाव बना रहा। बेटियों को वे दूसरे घरों का सदस्य समझते थे और उनके निमित्त से लोभलालच के गर्त में गिरना उन्हें स्वीकार्य नहीं था। बेटियों से किसका वंश चलता है और कौन-सी यश परम्परा निर्मित होती है? पुत्रियों के संदर्भ में पिता का नाम कौन स्मृत रखता है, वे उसी कुल की मानी जाती हैं जिसमें उनका पाणिग्रहण हो जाता है। किन्तु विधि का विधान आचार्य के इतना प्रतिकूल नहीं था। अनुकूल ग्रहदशा आने पर प्रौढ़ावस्था में जाकर आचार्य की पत्नी ने दो पुत्रों को भी जन्म दिया जिनके नाम उन्होंने यायाति और संयाति रखे। ज्योतिष में आस्था होने के कारण आचार्य शालुक्य पुत्रसंतति के लिए बहुत अधिक प्रस्तुत नहीं थे। इन दोनों पुत्रों के युवा होने तक आचार्य पर्याप्त रूप से वृद्ध हो चुके थे और इनका विवाह करते-करते उनकी अवस्था अस्सी वर्ष से ऊपर हो चली थी। कई बहिनों के पुत्र भी अवस्था में मामाओं से बड़े थे और बहिनों के पौत्र-पौत्रियां भी हो चुके थे।

आचार्य शालुक्य ने अब धनोपार्जन की ओर ध्यान देना प्राय: बंद कर दिया था और उनके दोनों पुत्र ही उनके पौरहित्य व आयुर्वेद के व्यवसायों को देख रहे थे। आचार्य के द्वारा प्रणीत एक ऋषिकुल, एक रसायनशाला व एक औषधालय था जिसे पुत्र ही अब सम्भाल रहे थे। आचार्य को सम्पन्नतम श्रेष्ठियों से धन-संग्रह करना खूब आता था; आचार्य जानते थे कि धनी व्यक्ति की सम्मान और यशलिप्सा की कामना ही असंतुष्ट रहती है। यदि ऐसे लोगों को ऊंचा-बड़ा करना आता हो और किसी को उनका नाम प्रतिष्ठित करने की कला आती हो तो ये लोग धन खर्च करने के लिए उत्साहपूर्वक तत्पर हो जाते हैं।

आचार्य को यह कला खूब आती थी और उनमें कोई ईर्ष्यागत दुर्बलता भी नहीं थी इसलिए उनकी संस्थाओं में धन की कमी कभी भी नहीं रही। वे लोगों को यशस्वी बनाने का माध्यम बनते थे और बदले में उनकी संस्थाओं को प्रचुर आर्थिक सहयोग मिला करता था। किन्तु आचार्य में स्वार्थ और लोभ की प्रवृत्ति का निसर्गतः ही अभाव था इसलिए वे इन संस्थाओं के माध्यम से अनाथ बच्चों एवं निर्धन गृहस्थों की भरपूर शिक्षा दीक्षा एवं सेवा-शुश्रूषा का प्रयास ही किया करते थे। आचार्य का मानना था कि धन की गति जल की तरह होनी चाहिए; उसे सदैव ऊपर से नीचे की ओर प्रवाहित होते रहना चाहिए और कहीं भी निरुद्ध नहीं होना चाहिए। प्रवाह में बाधा पड़ते ही जल सड़ने लगता है। इसलिए वे एक हाथ से धन को ग्रहण करते थे और दूसरे हाथ से इसे अपनी संस्थाओं के माध्यम से लोक-कल्याण के लिए अर्पित कर देते थे। वे बिल्कुल निरभिमानी थे और स्वयं को एक निमित्त मात्र समझते थे। यदि कोई उन्हें जनता का सेवक कहता था तो वे हंसकर टाल दिया करते थे। उन्हें अपनी पात्रता का भी कोई बोध नहीं था और वे इसे एक स्वाभाविक कार्यकारण की शृंखला समझते थे। उनका भाव सदैव यही रहा कि त्वदीय वस्तु गोविंद तुभ्येव समर्पये। आचार्य शालुक्य के प्रशंसकों में बहुत सम्पन्न व्यक्ति भी थे जिन्हें अच्छे कार्यों हेतु धन खर्च करने में और यशभागी होने में प्रसन्नता होती थी और उनके प्रशंसकों में साधारण गृहस्थ भी थे जो कि लाभान्वित होते थे। उनका काम था एक हाथ से लेना और दूसरे से बांटना, यह कार्य उनके लिए सुगम भी था और वे इस कार्य को करके अपने आप को किसी श्रेय का अधिकारी भी नहीं समझते थे। जनता का अवश्य यह मानना था कि वे एक सफल व्यक्ति थे।

अस्तु, जब आचार्य वृद्ध हो चले तो अचल सम्पत्ति के अतिरिक्त उनके पास व्यक्तिगत पूंजी के रूप में मात्र एक हजार स्वर्णमुद्राओं का कोष संरक्षित था। इस धन का उनकी संस्थाओं से कोई भी सम्बंध नहीं था और इस धन को उन्होंने भागवत के साप्ताहिक पारायण से अर्जित किया था और इसे वे भगवान नारायण का प्रसाद समझते थे। यह बात अलग है कि तीनों संस्थाओं के भवन उनको पैतृक उत्तराधिकारों में ही प्राप्त हुए थे और अब उनका मूल्य बहुत बढ़ चुका था। संस्थाओं में आय और व्यय का लेखा-जोखा बराबर ही रखने का प्रयास किया जाता था। व्यक्तिगत व्यय के लिए वे अपने पैतृक व्यवसाय पौरहित्य पर ही निर्भर थे। संस्थाओं का उद्‌देश्य केवल पैतृक प्रतिष्ठा को अक्षुण्ण रखना था; आचार्य शालुक्य ने इन्हें अर्थोपार्जन का माध्यम कभी भी नहीं माना था। वे चाहते तो इन संस्थाओं के माध्यम से लाखों में भी खेल सकते थे किन्तु उनके स्वभाव में व्यावसायिकता का कोई भी स्फुरण नहीं था। जीवन का क्या भरोसा इसलिए अब वे अपना उत्तराधिकार पत्र तैयार करवा देना चाहते थे। उनको सबसे अधिक विश्वास अपनी सबसे छोटी पुत्री पल्लवी पर ही था इसलिए

उन्होंने परामर्श हेतु पल्लवी को भुला भेजा। पल्लवी की सलाह के अनुसार उन्होंने अपना उत्तराधिकार-पत्र तैयार करवाया और उसे पंजीकृत भी करवा दिया। अचल सम्पत्ति पर दोनों भाइयों को आधा-आधा उत्तराधिकार दिया गया और स्वर्ण मुद्राओं को पांचों बहिनों में समान रूप से बांटे जाने की व्यवस्था की। ये स्वर्ण मुद्राओं उन्होंने स्वयं के हाथों से ही पल्लवी को सौंप दी।

ज्योतिष के अनुसार अब आचार्य के जन्मचक्र में क्रूरग्रहों की दशा-अंतर्दशा का योग प्रारम्भ हो चुका था। दैवयोग देखिए आचार्य शीघ्र ही हैजे की चपेट में आ गए भी। पारिवारिक चिकित्सक डॉक्टर हेमंत चटर्जी एम. बी. बी. एस; एम. आर. सी. पी. को उनकी चिकित्सा का दायित्व सौंपा गया। आचार्य शालुक्य अपने चिंतन में अवैज्ञानिक नहीं थे। उनका मानना था कि आयुर्वेद एवं ऐलोपैथी दोनों की ही उपयोगिता है किन्तु उनके क्षेत्र भिन्न-भिन्न हैं। तीव्र रोगों में ऐलोपैथी ही कारगर सिद्ध होती है। इसलिए उन्हें लगातार ड्रिप के द्वारा ग्लूकोज की अंत:शिरा सप्लाई दी जा रही थी और चार दिन बाद उनके स्वास्थ्य में सुधार भी दिखाई देने लगा था। आचार्य शालुक्य अस्सी वर्ष की उम्र में भी पूर्ण स्वस्थ और चुस्त दुरुस्त थे और उनका शरीर सुगठित था। हैजा एक साधारण रोग था किन्तु उन दिनों हैजे का भी तुरंत उन्मूलन नहीं होता था और शरीर में पानी की कमी हो जाया करती थी जो कि रोगी की मृत्यु का कारण भी बन सकती थी। डॉक्टर चटर्जी की यह स्पष्ट हिदायत थी कि ग्लूकोज की सप्लाई में कोई व्यवधान नहीं पड़ना चाहिए। चौथे दिन सुबह अचानक आचार्य शालुक्य की नाड़ी रुकने लगी। भागकर डॉ. चटर्जी को बुलाया गया और उन्होंने आते ही आचार्य को निष्प्राण घोषित कर दिया। डॉक्टर का कहना था कि वे आचार्य को बचा लेते किन्तु किसी ने पिछले दस घण्टों से ग्लूकोज की ड्रिप को बंद कर रखा है। आश्चर्य है कि किसी भी दूसरे व्यक्ति का ध्यान इस ओर नहीं गया। कुछ नौकर चाकर भी आस-पास थे और परिजनों में से भी कुछ लोग अशिक्षित थे, पता नहीं यह काम अज्ञानवश किसने कर दिया हो यह सोचकर डॉ. चटर्जी इस बात को एक बार ही कहकर चुप हो गए। उन्होंने भी इस बात को एक मुद्दा बनाना ठीक नहीं समझा।

लोगों का कहना था कि वृद्ध व्यक्ति थे और इस अवस्था में निधन होना बहुत सौभाग्यपूर्ण रहा। केवल संयाति ने अवश्य यह कहा कि पिताजी तो कम से कम दस बरस और जी सकते थे; उनका निधन आश्चर्यजनक है; केवल चार दिन बीमार रहकर ही इस प्रकार चले जाना प्राय: नहीं होता है। अब तक बात फैल गई थी और पड़ोसी, कर्मचारी, मित्र, कुटुम्बी इत्यादि सब इकट्ठे हो गए थे। सबके मुंह पर एक ही बात थी कि आचार्य बहुत पुण्यवान व्यक्ति थे, सदैव दूसरों की हितकामना में नियोजित रहे, कभी किसी का बुरा नहीं चाहा इसीलिए वे इतनी अच्छी मृत्यु को प्राप्त हुए हैं। भगवान ऐसी मृत्यु सबको दे। जीवन में

कभी कोई दुख नहीं देखा; सारे बेटे-बहू, नाती-पोते, दामाद-बहनोई आंखों के आगे मौजूद हैं, मृत्यु के लिए आज से बढ़कर कौन-सा दिन श्रेष्ठ हो सकता था? न बीमार पड़े, न खाट ही पकड़ी, न ही किसी से अपनी सेवा-सुश्रूषा करवाई। देवतुल्य मानुष थे। जैसा आदमी करता है यहीं भर लेता है; लोगों को देखो पांच-पांच, सात-सात बरस खाट में पड़े रहते हैं; स्वयं भी दुखी हो जाते हैं और ऊपर वालों को भी दुखी कर लेते हैं। किन्तु आयु पूरी नहीं होती। इस प्रकार की मृत्यु तो एक प्रकार का पर्व होती है इसलिए कुटुम्ब के लोगों को खूब धूमधाम से वैकुण्ठी निकालनी चाहिए और खूब उत्सव मनाना चाहिए। भीड़ ने समझाया कि परिजनों को शोक नहीं करना चाहिए।

किसी को भरोसा ही नहीं हो रहा था कि आचार्य शालुक्य अब नहीं रहे। अंतिम समय तक वे सभी सामाजिक सम्मेलनों व सार्वजनिक उत्सवों में दिखाई देते रहे थे। केवल चार दिन ही वे घर से बाहर नहीं निकले थे और चार दिन का समय होता ही कितना है? उनकी मृत्यु लोगों को एकदम आकस्मिक लग रही थी और हर कोई आश्चर्य प्रकट कर रहा था। परिवारजनों का कहना था कि उन पर तो दुख का पहाड़ ही टूट पड़ा है; कोई भी नहीं चाहता कि ऐसे पिता का सहारा सिर पर से अचानक उठ जाए; हम लोग तो मानसिक रूप से तैयार ही नहीं थे, खैर हरि इच्छा बलवान है उसके आगे किसी की चलती भी नहीं है। जो भी हो, आचार्य की अंत्येष्टि और अन्य सभी संस्कार बहुत धूमधाम से सम्पन्न हुए। समाज के एक कर्मठ, विद्वान और परोपकारी व्यक्ति का इस तरह देखते ही देखते लोप हो गया था किन्तु जैसा होता है धीरे-धीरे लोग उन्हें भूलने लगे।

पिता का उत्तराधिकार पत्र खोलने पर पता लगा कि अचल सम्पत्ति दोनों भाइयों को मिली थी और स्वर्ण मुद्राएं बहनों को और पिता स्वयं यह उत्तरदायित्व पल्लवी को सौंपकर गए थे। प्रत्यक्षत: भाइयों का कहना यह था कि पिताजी की इच्छा हमें शिरोधार्य है उन्होंने सभी के साथ न्याय किया है। उनकी इच्छा में किन्तु-परन्तु करने वाले हम होते ही कौन हैं? बात आई-गई हो गई किन्तु दोनों भाई यह भी समझ गए कि यह पट्टी पिताजी को अवश्य ही पल्लवी ने पढ़ाई होगी।

जब तक दोनों भाइयों के सिर पर पिताजी की छत्र-छाया थी दोनों ने ही काम-धन्धे को गम्भीरता से नहीं लिया था। दोनों ही भाई आयुर्वेदाचार्य एवं साहित्याचार्य थे और दोनों को ही श्रीमद्भागवत् पर अधिकार प्राप्त था फिर भी संयाति को अधिक विद्वान् माना जाता था। यायाति का कहना था कि गोरखपुर छोटा स्थान है इसलिए संयाति को कलकत्ता जाकर अपनी प्रतिभा को आजमाना चाहिए किन्तु स्वयं उसे तब तक गोरखपुर रहना पड़ेगा जब तक कि माताश्री का आदेश ऐसा ही बना रहेगा।

यायाति का भानजा

दोनों ही भाई विद्वान थे किन्तु उनके स्वभाव में बहुत अंतर था। छोटा भाई संयाति विनम्र और सरल था, वह छल-प्रपंच से कोसों दूर था जबकि यायाति एक विचित्र स्वभाव का व्यक्ति था। वह अपने आपको आवश्यकता से अधिक बुद्धिमान समझता था और यह मानता था कि उसमें कोई ऐसी खास बात है जो पूरे कुटुम्ब और सम्बंधियों के किसी भी परिवार के व्यक्ति में नहीं है। वह अन्य किसी भी व्यक्ति की प्रशंसा नहीं सुन सकता था और उसे मात्र आत्मप्रशंसा सुनने की ही लत थी। परिवार के ही किसी अन्य व्यक्ति की प्रशंसा सुनकर भी वह ईर्ष्या से भर जाता था और उस व्यक्ति के प्रति उसका आचरण आक्रामक और प्रतिशोधपूर्ण हो जाता था चाहे वह व्यक्ति कितना ही स्नेहशील व निष्कपट हो। जिस व्यक्ति की भी प्रशंसा उसके सामने की जाती थी, वह उस व्यक्ति का अवश्य ही अकारण अहित करता था यह यायाति की दुर्बलता थी। सामने वाले व्यक्ति को इसका कोई कारण तक समझ में नहीं आया करता था और यायाति का व्यवहार उसके लिए अविश्वसनीय हुआ करता था। यायाति एक ऐसा व्यक्ति था जो स्वयं के अतिरिक्त अन्य किसी को भी महत्त्व नहीं देता हो। वह स्वार्थी और लोभी भी था। वह अपने एक पैसे के लोभ के लिए भी अपने निकटतम व्यक्ति का करोड़ों का नुकसान करते हुए हिचकता नहीं था। उसके जीवनदर्शन का एकमात्र सिद्धांत स्वयं के हित की रक्षा करना ही था, दूसरों को वह सही सलाह तक भी देना बुद्धिहीनता का कार्य समझता था। इस मामले में वह अपने पिता से ठीक विपरीत स्वभाव का व्यक्ति था। जहां आचार्य शालुक्य अपने स्वार्थ के बारे में कभी उद्विग्न नहीं होते थे वहीं पर यायाति दूसरे का भला करने की कभी भी नहीं सोच सकता था। यायाति ऐसा व्यक्ति था जिसे अपना कर्त्तव्य और दूसरों के अधिकार कभी भी दिखाई नहीं पड़ते हैं; उसे औचित्य का कोई बोध ही नहीं था। यायाति की जागरूकता सदैव स्वयं के अधिकारों और दूसरों द्वारा कर्त्तव्य संपादन के प्रति रहती थी। वह अपने अधिकारों को बहुत बढ़ा चढ़ाकर देखता था। वह परिवार के अन्य किसी भी व्यक्ति की सत्ता को कोई भी महत्त्व नहीं देता था और सभी सदस्यों के सम्बंध में स्वयं को एकमात्र विधायक, शास्ता एवं निर्णयकर्ता समझता था। उसकी दृष्टि में परिवार के किसी भी अन्य सदस्य के व्यक्तिगत अधिकारों का कोई महत्त्व नहीं था वह दूसरों की व्यक्तिगत स्वतंत्रता को भी स्वयं में ही निहित समझता था जैसे कि वह स्वयं ही सारे संसार की बुद्धिमत्ता का एकमात्र उद्गम हो और सारे संसार का केन्द्र हो। यायाति के लिए नैतिकता कोई निरपेक्ष प्रत्यय नहीं थी अपितु अपने ही अहम का विस्तार हुआ करता थी। वह सदैव वैसा ही आचरण करना अपना अधिकार समझता था जैसा आचरण कि उसे अभीष्ट होता था, उसके लिए अच्छे-बुरे का मापदण्ड केवल अपना स्वार्थ था। आचार्य शालुक्य का यायाति के स्वभाव से कोई तालमेल नहीं था इसलिए उन्होंने उसके मामलों में न तो कभी कोई हस्तक्षेप

किया और न ही उससे कभी कोई परामर्श की। उन्होंने यायाति की उपेक्षा भी की और उसकी स्वतंत्रता में कभी बाधा भी उत्पन्न नहीं की। दोनों बाप-बेटों में कुछ भी ऐसा नहीं था जो कि मिलता-जुलता हो। किन्तु आचार्य शालुक्य के निधन के साथ ही वह स्वयं को एक न्यायसंगत सत्ताधिकारी समझने लगा।

संयाति अपने भाई के परामर्श के अनुसार ही कलकत्ता चला गया और यायाति अकेला सभी संस्थाओं को अपने तरीके से सम्भालने लगा। यायाति एक दुनियादार आदमी था और शीघ्र ही यह समझ गया था कि युग तेजी से बदल रहा है और इतनी पूंजी निवेश करके इन संस्थाओं को चलाना कोई लाभदायक व्यवसाय नहीं है। वह इन संस्थाओं को बेचकर इस पूंजी से कोई अन्य व्यवसाय प्रारम्भ करने के पक्ष में था। किन्तु उसकी मां ने उसकी एक भी नहीं चलने दी। वह अपना घर और अपनी परम्परा छोड़ने को तैयार नहीं थी, उसके लिए यह पूर्वजों की प्रतिष्ठा का प्रश्न था। यायाति को विवश होकर परिवार सहित गोरखपुर रहना पड़ रहा था। कोई ना कोई बहिन भी आई-गई रहती थी और सबकुछ इसी प्रकार पांच बरस तक चलता रहा।

कभी-कभी संयाति की पत्नी व बच्चे भी गोरखपुर आ जाया करते थे। इन दिनों देवी पूजा की छुट्टियां चल रही थीं और वे भी यहीं थे। नर्मदा के पुत्र का विवाह था और वह भी एक रात्रि पूर्व ही गोरखपुर आई थी। आकर देखा कि माता कुछ अस्वस्थ है। रात्रि माँ के कक्ष में ही व्यतीत की किन्तु प्रातः लगभग नौ बजे अकस्मात् माता का निधन हो गया। माता प्रातःकाल माला फेरते-फेरते बिस्तर में सुस्ताने को लेटी तो फिर कभी नहीं उठी।

स्वर्ग और नरक सब धरती पर ही है; सभी का कहना यह था कि माताजी ने जिंदगी में सभी का भला ही किया था; सात्त्विक, त्यागतपस्यामय और भक्तिभाव से भरा हुआ जीवन बिताया था इसीलिए इतनी श्रेष्ठ गति हुई। माला फेरते-फेरते ही प्राण त्यागे हैं, सीधे ही वैकुण्ठ में जाएंगी। मृत्युवाले दिन भी स्वयं ही उठकर अपना नित्यकर्म किया था, स्नान-ध्यान किया था और माला फेर रही थीं कि भगवान विष्णु के दूत लेने आ गए। नर्मदा अवश्य बीच ही बीच में दबे हुए स्वर में कह रही थी कि माँ रात को भी स्वस्थ नहीं थीं और उनकी आवाज भी गले में फंस रही थी। उसने बात करने की कोशिश भी की थी लेकिन एक शब्द भी समझ में नहीं आ रहा था। खैर भगवान की इच्छा पर किसका वश चलता है? नर्मदा का भाग्य अच्छा था कि अंतिम समय माँ के दर्शन कर सकी। धीरे-धीरे सारा परिवार इकट्ठा हुआ; सबका कहना था कि माँ का भाग्य अच्छा था कि 76 वर्ष की आयु में भी बिना कष्ट पाए चल बसीं नहीं तो यह सभी जानते हैं कि अनाथ पत्थर से भी भारी होता है। बेचारी ने दो दिन भी किसी से सेवा नहीं करवाई; बहुत ही पुण्यात्मा थी।

यायाति का कहना था कि माताजी के चले जाने से उसका मन गोरखपुर

से एकदम उचट गया है; एक-एक दिन वह गिनकर काट रहा है और घर है कि काटने को दौड़ रहा है; छोटा भाई पहले से ही कलकत्ता में बस चुका है। इन परिस्थितियों से विवश होकर दोनों भाइयों ने अपनी सारी अचल सम्पत्ति बेच दी और कलकत्ता में जाकर बड़े बाजार में बहुमूल्य पत्थरों व जवाहरात के आभूषणों का व्यवसाय शुरू कर दिया। माताजी के आशीर्वाद से व्यवसाय चल निकला और धन की कोई भी कमी नहीं रही। अब इस फर्म का नाम गोरखपुर के बड़े व्यवसायियों में आता है। सबकुछ ठीक चल रहा था कि एक दिन पल्लवी का मझला लड़का महेश घर से बाहर निकला तो फिर कभी वापस लौटकर ही नहीं आया। बहुत दुखद घटना थी किन्तु होनी को कौन टाल सकता है?

बहुत लम्बा समय बीत गया। पल्लवी का बडा लड़का ए. के. पढ़-लिखकर केन्द्रीय जांच ब्यूरो में एक उच्चाधिकारी हो गया। उसने अपने छोटे भाई के लापता होने की रिपोर्ट ब्यूरो को लिखवाई और अधिकारियों से अनुरोध किया कि इस सम्बंध में जांच करें। क्योंकि यह मामला स्वयं सी. बी. आई के एक उच्चाधिकारी से सम्बंधित था, केंद्रीय जांच ब्यूरो के गुप्तचरों ने इसे एक चुनौती के रूप में लिया और अपनी पूरी दक्षता अन्वेषण में लगा दी। अंततोगत्वा उन्हें गोरखपुर से काशी जाने वाले बीहड़ में एक क्षतविक्षत नरकंकाल प्राप्त हुआ। एक लम्बे फलक वाला खंजर भी इस कंकाल के पास रखा हुआ मिला, इस खंजर की मूठ हाथीदांत की बनी हुई थी। फोरेन्सिक जांच से पता लगा कि यह कंकाल लगभग बारह वर्षीय बालक का था जिसकी मृत्यु कोई दस वर्ष पूर्व हो चुकी थी। बालक को पहचानना अथवा मृत्यु की यथार्थ तिथि का निर्धारण करना सम्भव नहीं था। खंजर पर विद्यमान निशान अवश्य महत्त्वपूर्ण थे। इस पर एक ही व्यक्ति की दाएं हाथ की पांचों अंगुलियों और हथेली के स्पष्ट निशान परिलक्षित थे। खंजर किसी पेड़ की टूटी हुई डाल के तले ढक गया था और वैसा का वैसा पड़ा था। ए. के. ने इस आशंका की पुष्टि की कि यह कंकाल महेश का भी हो सकता है। उन सभी व्यक्तियों की एक सूची बनाई गई जिनसे महेश का मिलना-जुलना था। इस सूची में परिवारजन और सम्बंधी भी सम्मिलित थे। गुप्तचरों ने अपने तरीके से पहले दस व्यक्तियों की अंगुलियों के निशान जुटाए। विस्मय जनक बात यह निकली कि चिह्न यायाति के दांए हाथों के निशानों से हूबहू मेल खाते थे। ए. के. का कहना था कि यह बात असम्भव थी, जांच को दुबारा किया जाए। मामाजी एक चींटी तक नहीं मार सकते और यह मामला तो नर हत्या का है। ए. के. का कहना था कि अवश्य कहीं कोई तकनीकी भूल है। सी. बी. आई के गुप्तचरों ने बार-बार इस जांच को दुहराया और प्रत्येक बार इसी परिणाम पर पहुंचे। अंत में वरिष्ठ अधिकारियों ने हस्तक्षेप

किया और सी. बी. आई. के गुप्तचरों का एक दल अचानक यायाति के घर जा पहुंचा। नाटकीय ढंग से उस खंजर को एक कागज के लिफाफे से निकाला गया और उसे यायाति के समक्ष रख दिया गया। यायाति के चेहरे पर भय अथवा विस्मय के कोई भी चिह्न उजागर नहीं हुए, वह निर्लिप्त होने का अभिनय कर रहा था।

"क्या आप इस खंजर को पहचानते हैं?"

'हो सकता है कि मैंने इसे पहले कभी देखा हो और यह भी हो सकता है कि मैंने इसे पहले कभी भी नहीं देखा हो। क्या मैं इसे हाथ में लेकर पास से देख सकता हूं?'

"नहीं।"

सी. बी. आई अधिकारी ने अपने हाथों में पतले दस्ताने पहन रखे थे फिर भी उसने केवल अपनी दो अंगुलियों की सहायता से चाकू के धारदार फलक को पकड़कर उठाया और सभी कोणों से यायाति को दिखाया। यायाति ने खड़े होकर गौर से चाकू का मुआयना किया।

'आज से कोई बारह साल पहले एक खंजर मैंने भी एक आदिवासी हिमाचली औरत से खरीदा था। वह मनाली के बस-स्टैण्ड के पास कई तरह के चाकू बेच रही थी। उस खंजर में खास बात यह थी कि उसकी मूठ हाथी दांत की बनी हुई थी और सफेद मूठ पर कहीं-कहीं सलेटी रंग की धारियां भी थीं। इतने सालों बाद मैं ठीक-ठाक तो नहीं कह सकता कि यह वही खंजर है किन्तु इसका आकार-प्रकार व हैण्डल उस खंजर से मिलता-जुलता अवश्य है। वैसे इस बात से भी इन्कार नहीं किया जा सकता कि हजारों वस्तुएं ऐसी बनाई जा सकती हैं जो एक जैसी दिखती हों।'

"आपने जो खंजर मनाली से खरीदा था क्या वह आप हमें अभी दिखा सकते हैं? क्या वह आपके पास है?"

'नहीं, अब वह खंजर मेरे पास नहीं है। दरअसल वह खंजर मैंने खरीद तो लिया था किन्तु मेरी समझ में यह नहीं आ रहा था कि मैं इसका क्या उपयोग करूं? जिन दिनों मैं गोरखपुर रहता था मैंने उस खंजर को बैठक की एक मेज की दराज में रख दिया था, फिर मैं कलकत्ता आ गया और खंजर की बात मेरे दिमाग से बिल्कुल निकल गई। कोई दो साल पहले जब मैं गोरखपुर गया तो संयोग से मैंने उस मेज की दराज को खोल कर देखा था, वह खंजर वहां नहीं था। हो सकता है कि किसी ने उसे वहां से चुरा लिया हो।'

"गोरखपुर से बनारस की ओर एक सड़क जाती है। इस सड़क पर कोई दस किलोमीटर चलने के बाद सड़क के दांई ओर उतरने पर एक घना बीहड़ है। उस बीहड़ में एक कंकाल मिला है यह खंजर भी उसी कंकाल के पास से बरामद हुआ है।"

अब यायाति के चेहरे पर चिंता की रेखाएं उभरने लगी थीं किन्तु वह उन्हें यत्नपूर्वक छिपाने का प्रयाय कर रहा था।

'कौन से प्राणी का कंकाल है?' उसने पूछा।

''यह एक मानव कंकाल है और किसी बारह-तेरह वर्षीय लड़के का अस्थि पंजर प्रतीत होता है।''

'ओहो, यह तो बहुत दुखद घटना है।'

''हैरतअंगेज बात यह भी है कि इस खंजर पर जो अंगुलियों के निशान हैं वे आपके परिवार के किसी सदस्य की अंगुलियों के निशान से मेल खाते हैं।''

'इस बारे में मुझे कोई जानकारी नहीं है?'

''क्या आपके परिचितों में कोई लापता है?''

'मेरी सबसे छोटी बहन पल्लवी की ससुराल भी गोरखपुर में ही है और हमारे पुश्तैनी घर से उनका घर मुश्किल से कोई दो किलोमीटर दूरी पर होगा। पल्लवी के तीन पुत्र हैं–अमिताभ, महेश और रमेश। इनमें से महेश लगभग इतने ही अर्से से लापता है।'

''यदि हम ये कहें कि इस खंजर पर जो अंगुलियों के निशान मिले हैं वे हूबहू आपकी ही अंगुलियों के निशान हैं तो आप क्या कहेंगे?''

'फिर तो यह खंजर मेरा ही है जो मेज की दराज से चोरी चला गया था।'

''लेकिन यह खंजर उस बीहड़ में उस कंकाल के पास कैसे पहुंच गया?''

'इस बारे में मैं कुछ भी नहीं जानता। यह मेरे लिए एक बहुत बड़ा सदमा है और इस समय मेरा दिमाग कुछ भी काम नहीं कर रहा है।'

सी. बी. आई के अधिकारियों ने अगले दिन दुबारा आने का मंतव्य प्रकट किया और चले गए। अगले दिन फिर यायाति का बयान दर्ज किया गया।

''हो सकता है कि कोई आदमी ऐसा हो जिसने आपका खंजर चुरा लिया हो और उसी खंजर से आपके भानजे की हत्या भी कर दी हो। यह काम कोई नजदीक का आदमी ही कर सकता है। क्या आपको ऐसे किसी व्यक्ति पर शक है?''

'हां, एक व्यक्ति था। अभी गत सितम्बर में ही हृदय गति रुकने से उसकी मृत्यु हो चुकी है। वह व्यक्ति पहली कक्षा से बी. ए. तक मेरा सहपाठी रह चुका था। हमने एक ही विद्यालय में लगभग तीन वर्ष एक साथ पढ़ाया भी था। बाद में पिताजी के आग्रह करने से मैंने अपना व्यवसाय बदल लिया था किन्तु वह अध्यापकी ही करता रहा था। हम दोनों कई घण्टे रोजाना साथ-साथ ही गुजारा करते थे और दोनों के घर भी पास-पास ही थे। लोगों के देखने में हम दो शरीर और एक प्राण थे। पीछे से देखने पर हमारे बच्चे भी हमें पहचानते नहीं थे और धोखा खा जाया करते थे, हमारी लम्बाई भी एक जैसी थी और हम कपड़े भी एक जैसे ही पहना करते थे। यह क्रम तब तक बना रहा था जब तक कि हमने

गोरखपुर नहीं छोड़ा था।'

'किन्तु उसकी महेश के परिवार से क्या रंजिश हो सकती है?'

'पल्लवी ने एक बहुत बड़ी भूल कर दी थी। मेरे इस मित्र का नाम लीलाधर शर्मा था और वह शिक्षा निकेतन गोरखपुर में संस्कृत पढ़ाता था। लीलाधर की एक ही पुत्री थी सरोज, जिसका विवाह उसने देवरिया के रामखिलावन पाण्डे के साथ कर दिया था। यह परिवार ठीक नहीं निकला। सरोज बहुत भली लड़की थी लेकिन संयोग से ससुराल जाने के बाद वह एक बार भी रजस्वला नहीं हुई और गर्भवती हो गई। ठीक नौ महीने बाद उसने एक पुत्र को जन्म दिया। यह रामखिलावन बहुत मूर्ख लड़का है, अपनी पत्नी के चरित्र पर शक करने लगा। परिवार बहुत सम्पन्न है और वे सारे ऐब इस परिवार में हैं जो कि रईस लोगों में होते हैं। इन्होंने सरोज को बेहोशी की दवा खिला दी और बेहोशी की हालत में ही उसकी अर्थी बना दी; बाद में रोना-पीटना शुरू किया और श्मशान ले जाकर उसे अर्थी समेत जिंदा ही जला दिया।'

''ये बातें आप दोनों तक कैसे पहुंचीं? हो सकता है कि उसकी मृत्यु स्वाभाविक रही हो?''

'सरोज की एक जेठानी भी है, वह फैजाबाद के एक त्रिपाठी परिवार की बेटी है। सरोज की मृत्यु के बाद मैं और लीलाधर दोनों उससे मिलने के लिए फैजाबाद गए थे। उसी लड़की ने रो-रोकर यह सारा किस्सा हमें बताया था। वह स्वयं भी बहुत डरी हुई थी और उसका कहना था कि आप इस घटना की चर्चा किसी से भी नहीं करें नहीं तो शक सीधा उसी पर जाएगा। सरोज की मृत्यु के कोई दो-तीन महीने बाद वह बच्चा भी न्यूमोनिया से चल बसा जिसे उसने जन्म दिया था। इस सारे घटना क्रम से लीलाधर विक्षिप्त जैसा हो गया था। पल्लवी से भूल यह हुई कि उसने बिना मुझसे कोई सलाह किए अपनी बेटी कुमुद का विवाह रामखिलावन से कर दिया जिसने कि सरोज की हत्या की थी। इस सम्बंध का मुझे विवाह से कोई तीन दिन पहले ही पता लगा। मैंने पल्लवी को बहुत समझाया किन्तु वह सम्बंध तोड़ने को राजी नहीं हुई। लीलाधर भी पल्लवी के भाई जैसा ही था, इस सम्बंध से उसे बहुत गहरा धक्का लगा था और उसका भरोसा मुझ पर से भी उठ गया था। यह बात मैं इसलिए कह सकता हूं कि उसने मेरी बुराई करनी शुरू कर दी थी। महेश के लापता होने के बाद एक-दो बार मैंने यह आशंका प्रकट की थी कि कहीं यह काम लीलाधर ने तो नहीं करवा दिया है। आशंका का एक कारण और भी था। रामखिलावन के छोटे भाई रामनिहोरा की लाश कुछ महीने बाद एक कुएं में मिली थी। यह लड़का कोई तेरह-चौदह साल का था और कोई भी नहीं जानता कि इसकी मृत्यु कैसे हुई थी।'

'तो आपका विचार है कि रामनिहोरा की मृत्यु के पीछे लीलाधर का हाथ

हो सकता है?'

''क्यों नहीं हो सकता है? महेश के लापता होने पर भी मेरा शक लीलाधर की ओर गया था किन्तु पल्लवी का शक अपने पति के छोटे भाइयों पर था। भाइयों में परस्पर पैतृक सम्पत्ति को लेकर विवाद है और छोटे भाइयों को संदेह है कि भाईसाहब और भाभीजी ने उन्हें धोखा दिया था।''

'क्या आप पल्लवी के देवरों को जानते हैं?'

''वे लगभग मेरे समवयस्क हैं और मैं उन्हें बचपन से ही जानता रहा हूं।''

'क्या पल्लवी के देवर, महेश का अपहरण अथवा हत्या करवा सकते हैं?'

''वे दोनों ही भले व्यक्ति हैं और दोनों ही प्राध्यापक हैं। महेश उनका भतीजा भी है। मैं पल्लवी की आशंका से सहमत नहीं हूं। औरतें निराधार शक करती रहती हैं।''

सी. बी. आई. के अधिकारियों ने अपनी जांच जारी रखी। जांच में जो नई बात उभरकर सामने आई वह थी कि अंतिम बार महेश को यायाति और लीलाधर शर्मा के साथ देखा गया था। उसे इन दोनों के साथ एक काले रंग की अम्बेसडर कार में बैठकर गोरखपुर से काशी की ओर जाते हुए देखा गया था। कार में एक ड्राइवर भी था और कम से कम चार लोग थे, अधिक भी हो सकते हैं। अधिकारियों ने पुनः यायाति पर अपना दबाव बढ़ाया। इस बार यायाति ने कुछ नई बातें बताईं।

उसका कहना था-एक दिन प्रातः मैं और लीलाधर एक टैक्सी में बैठकर कचहरी के किसी काम से बनारस जा रहे थे तो महेश रास्ते में मिल गया और उसने भी साथ चलने की जिद की। टैक्सी में जगह थी इसलिए हमने उसको भी बैठा लिया। रास्ते में गोरखपुर से कोई दस किलोमीटर आगे ड्राइवर ने टैक्सी रोक दी। सड़क के दाईं ओर नीचे उतरने पर एक चाय की दुकान थी जिस पर कि एक टेलीफोन रखा हुआ था। इस दुकान तक पहुंचने के लिए कोई दो-तीन मिनट पैदल चलना पड़ता था और बीच में गहरा जंगल पड़ता था। ड्राइवर को एक जगह टेलीफोन करना था इसलिए उसने टैक्सी को रोक लिया था। ड्राइवर टेलीफोन पर बात करने लगा और हम लोग चाय पीने लगे। टेलीफोन पर बात करने के पश्चात् ड्राइवर ने कहा कि मेरा गोरखपुर वापस लौटना जरूरी है और मैं बनारस नहीं जा सकता हूं; आप लोग दूसरी टैक्सी कर लें। दुकान के पीछे की ओर के बीहड़ में कोई बीस मिनट पैदल चलने पर सड़क का एक मोड़ आएगा जहां पर कि एक टैक्सी-स्टैण्ड है; मुख्य सड़क पर टैक्सी मिलना मुश्किल होगा। यह कहकर ड्राइवर तो अपनी कार में बैठकर गोरखपुर चला गया और हम लोग दुकान में बैठकर चाय पीने लगे और बातचीत करने लगे।

''क्या आप उस ड्राइवर को पहचान सकते हैं?''

'मैं उस ड्राइवर के हुलिए को कभी भी नहीं भूल सकता क्योंकि उस

ड्राइवर के बाएं गाल पर एक चाकू के जख्म का गहरा निशान था और ऐसा ही एक निशान उसके दाएं हाथ पर भी था। वह शक्ल से ही गुण्डा और झगड़ालू दिखाई देता था किन्तु बहुत से टैक्सी-ड्राइवर ऐसे होते हैं इसलिए प्रारम्भ में मैंने इस बात को कोई महत्त्व नहीं दिया था।'

''इसके बाद क्या हुआ?''

'चाय पीकर हम घूमते हुए बीहड़ में से निकले। वह 16 जनवरी 1996 का दिन था और सुबह 7 से 8 के बीच का समय रहा होगा। उस सुबह को मैं कभी भी नहीं भूल सकता। धुंध बहुत थी और मैं सबसे आगे चल रहा था; मेरे पीछे मेरा पुत्र राधाकांत और महेश चल रहे थे और सबसे पीछे लीलाधर आ रहा था। अचानक मुझे एक मर्मान्तक चीख सुनाई दी; वह चीख बहुत भयानक थी और उस चीख के कानों में पड़ते ही मैं बेहोश हो गया। कोई आधा घण्टा बाद मुझे होश आया तो मैंने महेश को लहूलुहान अवस्था में जमीन पर पड़े हुए देखा। मेरी दाईं हथेली पर किसी ने एक खञ्जर रख दिया था, मैंने घबराकर तुरंत उस खञ्जर को वहीं फेंक दिया। मैं उठकर महेश के पास गया; मैंने उसकी नाक के नीचे अपनी अंगुलियां रखीं और उसकी नाड़ी व हृदयगति को जांचा; वह मर चुका था। लीलाधर और राधाकांत दोनों ही वहां पर नहीं थे। मैं वापस गोरखपुर आ गया।'

''आपने इस मामले की रिपोर्ट पुलिस में क्यों नहीं लिखवाई?''

'इसके दो कारण हैं। पहला तो यह कि इस हत्या का पता लगने पर पल्लवी और उसके पति को बहुत गहरा सदमा लगा होता, उनको दो और बच्चों का पालनपोषण भी करना था। दूसरा कारण यह है कि राधाकांत और लीलाधर का कहना यह था कि जो असलियत हमने देखी है उस पर कोई भी भरोसा नहीं करेगा; रिपोर्ट करने पर उल्टे हम सभी फंस जाएंगे। यदि कानून हमें माफ भी कर देगा तो भी समाज हमें माफ नहीं करेगा और हम बेमतलब बदनाम हो जाएंगे। इसलिए जो भी हुआ है उसे भूल जाने में ही फायदा है।'

''उन्होनें क्या देखा था?''

'राधाकांत का कहना था कि जैसे ही आप बेहोश हुए मैंने पीछे की ओर मुड़कर देखा। एक अनजान आदमी जिसका रंग बहुत काला था किन्तु धुंध के कारण जिसका चेहरा साफ दिखाई नहीं दे रहा था, महेश के पेट में खञ्जर भोंककर भागने की कोशिश कर रहा था। महेश बिना कोई प्रतिरोध किए जमीन पर गिर गया था। मैं और लीलाधर चाचा दोनों ही उसके पीछे लपके लेकिन वह जंगल में भागने का अभ्यस्त था। वह बहुत तेज और आड़ा-तिरछा भाग रहा था और बहुत शीघ्र ही धुंध में आंखों से ओझल हो गया। हम कुछ देर चाय की दुकान पर बैठकर एक दूसरे का मुंह देखते रहे और फिर वापस घटनास्थल पर लौटे। वह खञ्जर किसी ने महेश के पेट में से निकालकर आपकी हथेली पर

रख दिया था और महेश मर चुका था। हम थोड़ी दूर छिपकर घटनास्थल की रखवाली करते रहे और जैसे ही आपको होश आया आप भी वहां से चल पड़े। इसके बाद हम मुख्य सड़क पर पहुंचे और एक बस में बैठकर घर पर आ गए।'

''घटना का समय और दिन कौन-सा था?''

'जैसा कि मैं पहले ही बता चुका हूं, यह घटना 16 जनवरी 1996 की है और उस समय सुबह के कोई 7-7.30 बजे होंगे।'

''टैक्सी किराए पर किसने तय की थी?''

'टैक्सी सड़क पर चलते हुए लीलाधर ने रुकवाई थी किन्तु ऐसा नहीं लग रहा था कि वह ड्राइवर से पूर्व परिचित था।'

सी. बी. आई. ने जांच और आगे बढ़ाई। टैक्सी और उसके ड्राइवर का कोई भी पता नहीं लगा। चाय वाले का कहना था कि उसे ऐसी किसी भी घटना का स्मरण नहीं है। लीलाधर की मृत्यु हो चुकी थी किन्तु शिक्षा निकेतन के रिकॉर्ड से यह अवश्य पता लगा कि वह 1 जनवरी 1996 से 23 जनवरी 1996 के मध्य में लगातार ड्यूटी पर उपस्थित था, यहां तक कि घटना वाले दिन भी वह सुबह 10 से शाम 5 बजे तक पूरे समय स्कूल में उपस्थित था। राधाकांत 'भारतीय राजस्व सेवा' का अधिकारी था और उस समय वह सह-आयकर आयुक्त मेरठ के पद पर नियुक्त था। रिकॉर्ड के अनुसार वह अपने ऑफिस में 5 जनवरी 1996 से 22 जनवरी तक लगातार उपस्थित था किन्तु स्वयं राधाकांत ने इस खानापूर्ति को गलत बताया। उसका कहना था कि वह 15 जनवरी 1996 से 22 जनवरी 1996 तक आकस्मिक अवकाश पर था। किसी अन्य सहकर्मी ने छुट्टियां बचाने के लिए उसके हस्ताक्षर कर दिए थे। वह अंग्रेजी में केवल आर. के. लिखा करता था और उसके हस्ताक्षर बहुत सरल थे। उसका कहना था कि सहकर्मी आपस में प्राय: ही ऐसा करते रहते हैं और यह कोई असामान्य बात नहीं है। हस्तलेखन-विशेषज्ञ की सलाह भी ली गई किन्तु वह निर्णायक रूप से कुछ भी नहीं कह पाया। पल्लवी व ए. के. ने भी यायाति के पक्ष में अपने बयान दर्ज करवाए। महेश के दोनों चाचाओं रिपुदमन शर्मा और शम्भूप्रताप शर्मा के बारे में भी तफ्तीश की गई। वे दोनों क्रमश: मेरठ कॉलेज, मेरठ और इलाहाबाद विश्वविद्यालय के इतिहास विभाग में प्रोफेसर थे और जनवरी के पूरे महीने अपने-अपने विभागों में मौजूद थे। सी. बी. आई. ने बहुत कोशिश की किन्तु कोई भी अन्य सुराग नहीं मिला। सी. बी. आई. ने अपनी जांच रिपोर्ट के आधार पर अदालत में इस्तगासा दाखिल कर दिया। लीलाधर शर्मा की मृत्यु हो चुकी थी। यायाति व राधाकांत को संदेह का लाभ मिला और अदालत ने दोनों को निर्दोष घोषित कर दिया।

कुछ और बरस बीते, सुनने में आया कि यायाति विक्षिप्त हो गया है और बहकी-बहकी बातें करने लगा है। एक दिन पुलिस कमिश्नर गोरखपुर को एक

रजिस्टर्ड-पत्र यायाति के नाम से मिला। इस पत्र में लिखा था–

"अब मैं बहुत वृद्ध हो चुका हूं और जीवन में मेरी कोई भी रुचि नहीं बची है। मैंने मेरे जीवन में तीन हत्याएं की हैं किन्तु मुझे इसका कोई भी पश्चाताप नहीं है। मेरा विचार यह है कि मैंने जो कुछ भी किया वह ठीक ही किया और वही मेरा कर्त्तव्य था। पहली हत्या मैंने मेरे पिता की की थी। उन्हें हैजा हो गया था और उन्हें ग्लूकोज दिया जा रहा था। मैंने रात्रि में ग्लूकोज की ड्रिप बंद कर दी थी जिससे प्रात:काल उनकी मृत्यु हो गई थी। यह काम मैंने इसलिए किया कि पिता अब वृद्ध हो चले थे और मैं उन्हें बुढ़ापे के कष्ट उठाते हुए नहीं देख सकता था। मेरा निर्णय यह था कि अब पिता के और जीवित रहने में कोई सार नहीं है और अब उन्हें चले जाना चाहिए।

दूसरी बार मैंने मेरी माँ को चरक संहिता में दिए गए एक नुस्खे के अनुसार एक काढ़ा बनाकर पिला दिया था जिससे चौबीस घण्टे के भीतर ही उनकी कष्टरहित मृत्यु हो गई थी। वे भी 76 वर्ष की हो चुकी थीं और मेरा विचार यह था कि अब उनके अधिक जीने में कोई सार नहीं था। जर्जर होकर जीने से अच्छा है कि व्यक्ति ठीक समय पर विदा हो जाए। पल्लवी ने मुझे धोखा दिया था और परिवार के मुखिया के रूप में मेरे अनुशासन को भंग किया था। पहली बार वह पिता से एक हजार स्वर्णमुद्राएं लेकर उन्हें अकेली ही हड़प गई थी और दूसरी बार मुझसे पूछे बिना और मुझे सूचना दिए बिना उसने सरोज के हत्यारे पति रामखिलावन से अपनी पुत्री कुमुद का विवाह तय कर दिया था; जिससे लीलाधर और मेरे सम्बंध शत्रुतापूर्ण हो गए थे और अन्य मित्रों के सामने मुझे बहुत नीचा देखना पड़ा था। उस दिन बीहड़ में मेरे और महेश के अतिरिक्त और कोई भी नहीं था और मैंने बिना सोचे-समझे महेश की हत्या कर दी थी; मैं पल्लवी को यह सिखाना चाहता था कि घर का अनुशासन भंग करने का नतीजा क्या होता है? न तो उस दिन (16 जनवरी 1996 को) लीलाधर शर्मा ही मेरे साथ था और न ही राधाकांत वहां था। राधाकांत ने मुझे बचाने के लिए एक झूठा बयान दिया था।"

पुलिस-कमिश्नर को संदेह हुआ कि कहीं यह स्वीकारोक्ति नहीं हो इसलिए उसने मामला पुन: उसी न्यायालय के सुपुर्द कर दिया। राधाकांत को सेवा से निलम्बित कर दिया गया और निर्दोष सिद्ध होने तक पेंशन के लिए भी अयोग्य घोषित कर दिया गया। यायाति ने अदालत में बयान दिया कि उसे पीछे की कोई भी बात याद नहीं रहती है, इसलिए वह कुछ भी कहने में असमर्थ है। अदालत एक निश्चित ढर्रे पर चल रही थी कि एक दिन अचानक यायाति का मनोचिकित्सक न्यायालय पहुंचा और उसने बयान देने की इच्छा व्यक्त की। चिकित्सक ने जो बयान दिया वह बहुत चौंका देने वाला था। उसने कहा कि वह एक निर्दोष आदमी को फांसी के फंदे से बचाना चाहता है। उसका कहना

था कि यायाति बहुत लम्बे समय से पैरानॉइड साइकोसिस नामक एक जटिल मनोरोग से ग्रस्त है। वह 3 मार्च 1992 से मेरी चिकित्सा में है। पहली बार जब उसे मेरे पास लाया गया था तो वह बिल्कुल पागलपन की स्थिति में था। दवा लेने से वह बीच-बीच में ठीक भी हो जाता है किन्तु फिर वह दवा लेना छोड़ देता है और उसे हैल्यूसिनेशन, डिल्यूजन और डिसओरिएन्टेशन होने लगते हैं। उसका कहना था कि यायाति के किसी भी बयान पर भरोसा नहीं किया जाना चाहिए क्योंकि वह उसी बात को सत्य मान लेता है जो उसके मन में आ जाती है।

अदालत ने फिर यायाति को संदेह का लाभ देकर रिहा कर दिया। अब आप क्या सोचते हैं? क्या यायाति वस्तुतः ही एक मनोरोगी है? क्या उसने वास्तव में ही हत्याएं की हैं अथवा पत्र में लिखी हुई बातें झूठी हैं? क्या प्रत्येक अपराधी ही एक मनोरोगी नहीं होता है?

■

दुर्जटा सुंदरी

दुर्जटा राक्षसी राजा इंद्र के दरबार में पहुंची। उसकी जटाएं धूलि धूसरित रहती थीं। उसकी नासिकाएं बहुत स्फीत थीं जिनसे सदैव श्लेष्मा की सूखी हुई पर्तें दिखाई देती रहती थीं। उसके मुंह के दो दांत बाहर निकले रहते थे और वह अपने गले में हड्डियों की माला धारण किए हुए रहती थी। दुर्जटा का मानना था कि उसका राक्षसी सौंदर्य अप्रतिम था।

वह बोली–हे सुरेन्द्र, मैं तुमसे परिणय करने को सहमत हूं। स्वयं को धन्यभागी समझें और इस अवसर का लाभ उठाएं।

देवाधिपति इंद्र को जुगुप्सा के साथ–साथ दया भी आ रही थी। वे समझ गए कि बेचारी ने कभी दर्पण नहीं देखा है इसीलिए स्वयं को अपरूप सुंदरी समझती है। तुरंत एक मानवकद दर्पण मंगवाया गया और उसे दुर्जटा के समक्ष रख दिया गया। दुर्जटा ने स्वयं को भलीभांति दर्पण में निहारा किन्तु आश्चर्य कि वह तनिक भी विचलित नहीं हुई। लगता है कि उसमें न तो कोई सौन्दर्यबोध था और न ही स्वच्छता के प्रति कोई आग्रह था। वह अनावश्यक आत्मप्रशंसा से ओतप्रोत थी।

वह बोली–हे देवाधिदेव! यह सत्य है कि मैं अब पहले जैसी युवा नहीं हूं और मेरा रूप भी स्यात् उतना सम्मोहक नहीं है। भोग का समय तो जा चुका है देवेन्द्र, वास्तव में तो मैं तुमसे अपनी सेवा–सुश्रूषा और परिचर्या करवाना चाहती हूं क्योंकि वृद्धावस्था का एकाकीपन बहुत दुष्कर होता है। पाणिग्रहण तो भावी साहचर्य के लिए मात्र एक परिस्थितिजन्य औपचारिकता है; वस्तुतः तो अब मैं मधुमेह से पीड़ित हो चली हूं और किंचित रुग्ण रहने लगी हूं। यही कारण है कि जीवन के उत्तरार्द्ध में मैं एक ऐसे सहचर की खोज में निकली हूं जो वस्तुतः तो मेरा एक अनुचर ही हो; एक ऐसा अनुचर जो कि हृदय से मेरा सम्मान करता हो और मेरे प्रति अगाध श्रद्धा से गद्गद् हो। मुझे भरोसा है कि इस त्रिलोक में तुमसे अधिक गुणग्राही और कोई नहीं हो सकता है। हे देवाश्रय! अभी तुम मेरे माहात्म्य से अनभिज्ञ हो और इसलिए अभी तुम मेरा बाह्म कलेवर मात्र देखते हो। मैं राक्षिसी माया में अत्यंत निष्णात हूं और निमिष मात्र में अगणित रक्षकुमारों एवं रक्षकुमारियों को पथच्युत और मतिभ्रष्ट कर सकती हूं; मैं सम्मोहिनी विद्या में भी अत्यंत निपुण हूं और मेरा मायाजाल अमोघ है। जिस दिन तुम मेरे

उप्रदव-मूल्य का आकलन कर सकोगे, तुम मुझे श्रद्धावनत होकर पाहिमाम् कहोगे। अभी तुम मेरे महात्मय से अनभिज्ञ हो धृष्ट युवक।

इंद्र ने कहा-यदि तुम ऐसी ही मायावी हो तो राक्षसों में से ही किसी को अपनी सेवा में नियोजित कर लो; इससे तुम्हारे वार्द्धक्य का निस्तरण हो जाएगा। जहां तक हम देवताओं का प्रश्न है, हमारे लिए तुम्हारी राक्षसी माया अत्यंत घृणास्पद और त्याज्य है। हम तो लोककल्याण एवं निष्काम कर्म को ही महत्त्व देते हैं दुर्जटे!

दुर्जटा ने कहा-एक कारण और भी है देवेन्द्र! प्रश्न मात्र सेवा का ही नहीं है। मैंने बहुत विचार करके देखा कि अब तुम्हारा जीवन संक्षिप्त रह गया है और ब्रह्मा द्वारा विरचित इस सृष्टि में यदि तुम्हारी सम्पत्ति का उत्तराधिकारी होने योग्य कोई है तो वह मैं ही हूं। ऐसे बोध को प्राप्त होकर ही मैंने यह निर्णय लिया है। अन्यथा यह तो तुम भी समझ सकते हो कि मुझ जैसी सर्वान्ग सुंदरी का स्पर्श कोई भी अकिंचन पुरुष समुचित संविदा के अभाव में नहीं कर सकता है। यदि तुम अपने सर्वस्व का उत्तराधिकार भी मेरे पक्ष में कर दोगे तो भी मुझे यह ग्लानि तो बनी ही रहेगी कि मैंने मात्र इंद्र का वरण किया है कुबेर का नहीं। किन्तु, फिर भी मैं यह सोचकर संतोष कर लूंगी कि अब मैं प्रौढ़ा और अबला हो चुकी हूं और वस्तुत: तो मेरे अंतस में अब योग्य वर ढूंढ़ने के लिए उत्साह ही नहीं बचा है। मेरी यौनवृत्ति इतनी प्रबल थी कि उसने मेरे भीतर गृहस्थभाव को पनपने ही नहीं दिया और मैं किसी भी एक पुरुष की नहीं हो सकी; फिर भी मुझे समुचित प्रतिदान मिलता रहा किन्तु अब मेरी अभिचार की अवस्था जा चुकी है।

इंद्र ने कहा-मूर्खा, मेरी सम्पत्ति का उपभोग करने के लिए क्या मेरे पुत्र और पौत्र नहीं हैं?

दुर्जटा बोली-मुझसे विवाह हो जाने के उपरांत न तो मैं तुम्हें कभी अपने किसी पुत्र का और न ही कभी किसी पौत्र का नाम लेने दूंगी। इस बात की प्रतिज्ञा तो तुम्हें विवाह से पूर्व ही करनी होगी देवेन्द्र।

देवेन्द्र हंसे-मैं तुमसे विवाह करूंगा ही क्यों? क्या मेरा चित्त विक्षिप्त हो गया है?

दुर्जटा ने अट्टहास किया।

बोली-सोच लो सुरपति, यदि तुमने मेरे प्रस्ताव को ठुकराने का दुस्साहस किया तो मैं ऐसे उत्पात का सृजन करूंगी कि तुम्हारा स्वर्ग ताश के पत्तों की तरह ढेर हो जाएगा। तुम्हारे सभी क्षत्रप मेरे भय से थर-थर कांपते हैं सुरेश, तुम मेरे सामने हो ही क्या?

अब इंद्र को भी क्रोध आ गया और उसने दुर्जटा की बुद्धि ठिकाने लगाने का निर्णय किया। इंद्र उठा और अपने दाएं हाथ की तर्जनी दुर्जटा के मस्तक से छुआ दी। वह आनन फानन में नरकलोक में जाकर कूड़े के एक ढेर पर गिरी।

एक प्रहर बीतने पर जब उसकी मूर्च्छा टूटी तो वह कुपित हुई और सीधे क्षोभ और विक्षोभ नामक राक्षसों की कंदरा में पहुंची। यह वृत्तांत सतयुग के अंतिम चरण का है जबकि आसुरी शक्तियों की तुलना में दैवी शक्तियां बहुत प्रबल थीं। दुर्जटा एवं उसके मित्रों ने उत्पात करने का बहुत प्रयास किया। किन्तु उनकी एक भी नहीं चली। समय आने पर दुर्जटा कालकवलित होकर नरक से लुप्त हो गई और उसका जन्म मनुष्य-योनि में हो गया।

धीरे-धीरे पृथ्वी पर कलियुग का कलुष व्याप्त होने लगा और नारकीय आत्माएं भी मानवदेह में पुद्गलित होने लगीं। इसी समय दुर्जटा राक्षसी ने भी मित्रोमस्तानी के रूप में जन्म लिया और एक प्रतिष्ठित-महिला महाविद्यालय में एक शिक्षिका के रूप में उसे जाना गया। राक्षसी माया में वह अब भी निष्णात थी और जहां भी रहती थी उपद्रव का एक अमोघ स्रोत सिद्ध होती थी। एक शिक्षिका के अतिरिक्त वह एक रूपाजीवा भी थी और विवाह किए बिना ही उसने दो पुत्रियों को जन्म दिया था जिन्हें कि उसकी दो सहेलियां पाल रही थीं। उसकी बड़ी बेटी भी अब युवा हो चुकी थी और अब होटलों में चल रही थी। प्रत्येक प्राचार्य उससे आशंकित रहता था और उसको अपने पक्ष में रखना चाहता था। क्षोभ और विक्षोभ भी क्रमश: रोहन और दोहन के नाम से पुद्गलित हुए और मित्रों के पूर्वकालिक प्रेमी बने। ये भी उसी नगर में स्थित अन्य महाविद्यालयों में शिक्षक थे। किन्तु मित्रो का कहना था कि पुत्रियों का जन्म उसके सहोदर भाई के अंश से हुआ है, वे उसके बड़े भाई की निशानियां हैं जिन्हें वह सम्पन्न और सुखी देखना चाहती है। जैसीकि मित्रो की प्रवृत्ति थी जब तक युवाकाल रहा वह किसी इंद्र को ढूंढ़ती रही जो कि उसे इस जन्म में भी नहीं मिला। मित्रो मस्तानी को इसका कोई विशेष पश्चाताप नहीं था क्योंकि जब तक वह युवा रही खूब मजे लेती रही। उसने अपनी अन्य विवाहित सखियों की तुलना में कई गुणा अधिक ऐश की और उनकी ईर्ष्या का पात्र रही। किन्तु अब मित्रो मस्तानी को मधुमेह हो चला था और श्वेतप्रदर तथा दुर्गन्ध से भी ग्रस्त थी; मासिक स्राव रुक गया था, बाल सफेद हो गए थे और चेहरे पर झुर्रियां भी पड़ गई थीं। अब मित्रो के सामने केवल बुढ़ापा था और इस बुढ़ापे का अहसान वह स्थायी तौर पर किसी एक ही व्यक्ति पर लाद देना चाहती थी। उसने अपनी दृष्टि आसपास दौड़ाई और देखा कि उसके कई समकालीन सहकर्मी अब भी दस प्रतिशत कमीशन पर कोई भी सौदा करवाने को तैयार थे। कहने को तो ये सभी व्यवसाय से शिक्षक ही थे किन्तु भड़वागिरी करना इनका पुश्तैनी शौक था और किसी ना किसी रूपाजीवा की दहलीज पर सजदा करना इनकी आदत थी। मित्रोमस्तानी कोई विशेष चिंतित नहीं थी क्योंकि उसके तीन सहकर्मी ब्रह्मकपि गुप्तरिपु और मुद्राहरि ऐसे थे जिनकी राक्षसी माया पर आज भी उसे पूरा भरोसा था।

कलियुग का प्रभाव दृढ़मूल हो चुका था, स्वयं सृष्टिकर्ता विरंचि एवं

लीलाधर जनार्दन भी इसके प्रभाव से चिंतित दिखाई देते थे। कृतयुग के समय देवलोक में चित्रांगद नामक एक यक्ष हुआ करता था, यह यक्ष बहुत-सी विद्याओं में प्रवीण था और इंद्र का परममित्र हुआ करता था। विमोहिनी नामक एक अप्सरा पर विमुग्ध होने के कारण यह एक भूल कर बैठा था। इंद्र के पास माणिक्य-प्रभा नामक एक अत्यंत उत्कृष्ट वीणा थी जिसे चित्रांगद ने इंद्र को बताए बिना उसके आलय से उठा लिया था। वह विमोहिनी के प्रति यह प्रदर्शित करना चाहता था कि वह इंद्र से भी अधिक अच्छा वीणावादक है। उठाते समय चित्रांगद का विचार यह था कि कुछ समय पश्चात् वह वीणा को पुनः वहीं ले जाकर रख देगा। कुछ दिनों के अनंतर ही इंद्राणी को इस वीणा का स्मरण हो आया और क्योंकि यह वीणा इंद्र को अपने श्वसुरालय से प्राप्त हुई थी इसके खो जाने से इंद्राणी बहुत रुष्ट हुई। उसने चित्रांगद को एक श्राप दे दिया कि कलियुग आने पर उसका अधोपतन पृथ्वी लोक में हो जाएगा; उसकी एक प्रेमिका ही उसकी मृत्यु का कारण बनेगी। इस श्राप के कारण यह यक्ष स्वर्ग से पतित होकर मरुभूमि के एक ब्राह्मणकुल में उत्पन्न हुआ और उसी महाविद्यालय में नियुक्त हो गया जिसमें कि मित्रोमस्तानी पहले से ही ऐश कर रही थी। इस महाविद्यालय का प्राचार्य अपने पूर्वभव में एक क्षत्रप था। उसने देवयोनि में रहते हुए भी अनिरुद्ध की पुत्री वीरभद्रा पर मुग्ध होकर उसके वक्ष से चीर हटाने का प्रयास किया था। अनिरुद्ध के श्राप के कारण उसका पतन मनुष्य योनि में हुआ था; कई जन्मों तक निर्धनता के अभिशाप को भोगकर इस जन्म में वह प्राचार्य के पद तक पहुंचा था। इस जन्म में उसने बचपन से ही भगवान श्रीकृष्ण की भक्ति की थी जिससे वह श्राप से मुक्त हुआ तथा उसे मित्रोमस्तानी सहित कई सम्भ्रांत नारियों का सान्निध्य भी प्राप्त हुआ।

कलियुग को शास्त्रों में चार लाख बत्तीस हजार वर्ष का माना गया है। संस्कृत साहित्य में सात प्रकार के वर्ष माने गए हैं जिनमें एक सूर्याब्द अथवा सूर्यवत्सर भी है। एक सूर्याब्द सूर्य के एक दिन के बराबर (चौबीस घण्टे) का होता है और यह काल का सर्वाधिक नैसर्गिक परिमाप भी है। इस प्रकार कलियुग की व्याप्ति लगभग 1184 साल ठहरती है। सतयुग 4 गुना, त्रेता 3 गुना व द्वापर कलि की तुलना में 2 गुना माना जाता है, इस प्रकार समस्त पौराणिक काल लगभग 12 हजार साल ठहरता है और इससे हमारे ऋषियों की कालसंबधी धारणा का पता लगता है। विज्ञान का विचार है कि आधुनिक मानव इस धरती पर लगभग एक लाख वर्ष से है, इस प्रकार पुराणों की कालसंबधी यह धारणा अनर्गल प्रतीत नहीं होती है। पश्चिम के कुछ विद्वान भी 'लिमर महाद्वीप' और 'एटलांटिक महाद्वीप' की सभ्यताओं में विश्वास करते हैं जिन्हें क्रमशः 15 हजार और 10 हजार वर्ष पुराना माना जाता है। माना जाता है कि ये दोनों महाद्वीप क्रमशः 'मेडागास्कर समुद्र' व 'एटलांटिक समुद्र' में स्थित थे जो किन्हीं कारणों से नष्ट

हो गए थे। प्लेटो ने भी अपने ग्रंथ 'रिपब्लिक' में इनका उल्लेख किया है। श्रुति तो यह भी है कि एटलांटिस की सभ्यता वर्तमान सभ्यता से भी कहीं अधिक बढ़चढ़कर थी और यह महाद्वीप एक आणविक दुर्घटना के कारण नष्ट हो गया था। कलियुग का प्रारम्भ किसी भी स्थिति में 1000 ई. के पश्चात् नहीं माना जा सकता और इस प्रकार कलियुग का समय 1000 ईसवी से 2200 ईसवी के मध्य ठहरता है।

जो भी हो दुर्जटा, चित्रांगद व क्षत्रप तीनों समकालीन थे और उनका जन्म आर्यावर्त में उस समय हुआ था जबकि विदेशी शक्तियां यूरोप में अपने आपसी संघर्ष के कारण क्षीण हो चुकी थीं, अंग्रेज भारत से जा चुके थे और वहां तथाकथित प्रजातंत्र की स्थापना हो चुकी थी। सन् 1850 ई. व 1950 ई. के मध्य आर्यावर्त का पुनर्जागरण हुआ था। इस देश के एक-एक गांव ने स्कूल का; एक-एक नगर ने महाविद्यालय का और एक-एक महानगर ने विश्वविद्यालय खुलने का सपना देखा था। इस देश की निर्धन और परतंत्र जनता ने अपने बच्चों को यह सिखाया था कि शिक्षक माता और पिता के समान ही आदरणीय होता है। परतंत्रता के समय हमने स्वराज के सपने देखे थे और यह भी कल्पना की थी इस देश का धन इस देश में ही रहेगा और एक-एक पैसे का सदुपयोग मजदूर और किसान के हितों के लिए होगा। किन्तु आज जब हम सार्वजनिक क्षेत्र में होने वाले अपव्यय को देखते हैं तो बहुत हताशा होती है। क्या इसी दिन के लिए हमारे पुरखों ने अपनी नौकरियां छोड़ी थीं, विदेशी सामान की होलियां जलाई थीं, कारागृहों की यातनाएं भोगी थीं और हंसते-हंसते फांसी पर चढ़ गए थे? ये लोग आज यदि इस देश के शिक्षकवर्ग और अधिकारी वर्ग को देखें तो इनकी आत्माएं रो पड़ेंगी।

जब कोई इस देश के मजदूर और किसान को देखता है तो उसे बहुत गर्व होता है किन्तु जब कोई इस देश के पढ़े लिखे वर्ग को देखता है तो उसे बहुत क्षोभ भी होता है। मई-जून की धूप में भी आपको ढोकर एक रिक्शेवाला जब आपसे आठ-दस रुपए प्राप्त करता है तो आपकी इज्जत करता है क्योंकि आप पढ़े-लिखे आदमी हैं; किन्तु पढ़-लिखकर आप अपने कर्त्तव्य का सम्पादन किस प्रकार कर रहे हैं, यह वह नहीं जानता। इस देश का किसान दिसम्बर-जनवरी की ठण्ड में सुबह तीन-चार बजे उठकर अपने खेतों को पानी देता है आप उसके खेत में तफरीह करने के लिए भी जाते हैं तो वह अपना सौभाग्य समझता है। वह अन्नदाता है फिर भी झिझकते हुए आपके सामने वह अपनी मक्की की रोटी या सरसों का साग या मेवे वाला नया गुड़ लाकर रखता है। यदि आप इनकी थोड़ी-सी भी प्रशंसा करते हैं तो वह स्वयं को कृतकत्य अनुभव करता है। वह सम्मान से आपके प्रति झुक-झुक जाता है सिर्फ इसलिए कि वह आपकी तरह अंग्रेजी नहीं बोल सकता। उसे आपके सामने हिंदी बोलते हुए भी संकोच होता

है क्योंकि उसकी बोली में पंजाबी, राजस्थानी या गुजराती का पुट आ जाता है। वह आपको बड़ा आदमी समझता है, आपकी इज्जत करता है किन्तु क्या आप वस्तुत: इस सम्मान के अधिकारी हैं? आप इस देश के लिए कर क्या रहे हैं? जैसे-जैसे यह कहानी आगे बढ़ेगी ऐसे प्रश्नों का हमारे मस्तिष्क में आना भी स्वाभाविक होगा।

जैसे ही यक्ष के कार्यभार ग्रहण करने का आदेश आया, मित्रो और उसके समूह ने तुरंत अपनी योजना तैयार कर ली। यह यक्ष एक वीणावादक, साहित्यकर्मी और श्रेष्ठ शिक्षक था। दस में से कोई एक ऐसा शिक्षक होता है जो पढ़ाने में बहुत कुशल होता है और ट्यूशन भी नहीं देता। यक्ष ऐसा ही एक शिक्षक था। योजना का पहला चरण यह था कि इस यक्ष का महत्व नहीं बढ़ने दिया जाए। मित्रोमस्तानी इस यक्ष की समस्त अचल सम्पत्ति व सामान्य प्रावधायी निधि का नामांकन अपने पक्ष में करवाना चाहती थी और मस्तानी के दलाल 10 प्रतिशत कमीशन लेकर उसका साथ देने के लिए तैयार हो गए थे। यह तय किया गया कि उसे किसी भी महत्त्वपूर्ण समिति जैसेकि सांस्कृतिक समिति इत्यादि में नहीं रखा जाए। छात्राओं में यह प्रचारित कर दिया गया कि यक्ष के नाम से प्रकाशित पुस्तकें किसी और की लिखी हुई हैं; इन पुस्तकों में साहित्यिकता का अभाव है; इनकी अभिव्यक्ति अमर्यादित है और ये पुस्तकें प्रकाशन के योग्य भी नहीं हैं। सारांशत: छात्राओं को यदि ये पुस्तकें मुफ्त भी मिलें तो इन्हें नहीं लिया जाए।

प्रत्येक कक्षा में से कुछ बातूनी लड़कियों को चुना गया और समझाया गया कि हमारी विवशता है कि हम इन दोनों को विवाह के लिए राजी करें। मित्रो बीमार रहने लगी है, उसे बुढ़ापा भी आ गया है और कोई भी उसे सम्भालने वाला नहीं है। यक्ष का भी कोई नहीं है और अंत में उसे भी आत्महत्या ही करनी पड़ेगी। इसलिए दोनों के जीवन को बचाने का एकमात्र उपाय यह है कि इन दोनों का विवाह कर दिया जाए। किन्तु यक्ष अपने आपको अधिक समझता है। वह अपने आपको एक साहित्यकार और एक बहुत अच्छा शिक्षक तो समझता ही है, बहुत सुंदर भी समझता है। छोटी-छोटी उम्र की छात्राओं में रुचि लेता है, स्टाइल दिखाता है और इस उम्र में भी अपने आपको हीरो समझता है। वह सोचता है कि छात्राएं बुद्धू बन जाएंगी इसलिए छात्राओं के लिए भी यह दिखाना आवश्यक है कि हम सब समझते हैं। इसलिए यक्ष की कक्षा में कोई भी लड़की नहीं जाए। वैसे भी कॉलेज में कौन-सा कोर्स पूरा होता है? किससे ट्यूशन करना चाहिए, यह हम बता देंगे। लड़कियों को मित्रो के लालच के बारे में अनभिज्ञ रखा गया था और यह समझाया गया था कि इन दोनों की जान बचाने का इसके अतिरिक्त और कोई उपाय नहीं है। परिणामस्वरूप लड़कियों ने भी मित्रोमस्तानी और उसके ग्रुप का साथ देने का निर्णय लिया।

मित्रोमस्तानी ने अपनी सखियों एवं मित्रों से यह भी अनुरोध किया कि कोई भी यक्ष से नमस्कार नहीं करे और न ही सीधे मुंह बात करे। अकेली मित्रोमस्तानी ही उसके साथ शिष्टाचार पूर्ण व्यवहार करेगी। इससे वह मित्रो के निकट आ जाएगा, उसे ही अपनी दिक्कतें बताएगा और मित्रो ही इन दिक्कतों को हल करेगी। वह धीरे-धीरे मित्रों पर ही निर्भर हो जाएगा और उसकी सभी बातें मानने को सहमत हो जाएगा। किन्तु यक्ष पर इस योजना का कोई यथेष्ट प्रभाव नहीं पड़ा; यह अवश्य हुआ कि वह कुछ अंतर्मुखी हो गया तथा वीणावादन व साहित्य में लीन रहने लगा।

यक्ष के लिए महाविद्यालय में कुछ भी रुचिपूर्ण शेष नहीं बचा था। न तो उसकी साहित्यिक अथवा कलात्मक प्रतिभाओं के लिए ही कोई आयाम मिल पाया था और न ही उसे शिक्षण का कोई अवसर मिल रहा था। किन्तु यक्ष एक अनुभवी शिक्षक था और उसके लिए यह व्यूहरचना भी समझ से बाहर नहीं थी। उसके देखने में सदैव यह आता रहा था कि प्राय: शिक्षक व शिक्षिकाएं इस प्रयास में लगे रहते हैं कि उन्हें कक्षा में पढ़ाना नहीं पड़े। राज्य-सरकार द्वारा प्राप्त वेतन को वे केवल एक तरह का मानदेय समझते हैं जो कि उनकी योग्यता को देखते हुए ना-कुछ होता है। उनका तर्क यह होता है कि किसी भी अच्छे पद तक पहुंचने के लिए बहुत मेधावी और अध्यनशील होना पड़ता है, थोड़े से सिक्के फेंककर राज्य सरकार उन पर कोई अहसान नहीं कर रही है। यह तो बुद्धिजीवी वर्ग के उचित आक्रोश को विफल करने का षडयंत्र मात्र है। किसी भी सरकारी विभाग में चले जाओ, कर्मचारी बिना ऊपर की कमाई के कोई भी काम नहीं करते हैं तो शिक्षक से ही ऐसी अपेक्षा क्यों? वेतन तो दफ्तर में समय पर बने रहने का मिलता है। इतना पढ़ लिखकर भी हमें मिलता क्या है? हमारे से अधिक तो कैण्टीन वाला भी कमा लेता है; गोलगप्पे और चाट बेचने वाला भी कमा लेता है; लेडीज मार्केट के दुकानदारों की तो बात ही और है। निष्कर्षत: अधिकतर शिक्षक-शिक्षिकाएं महाविद्यालय में पढ़ाना अथवा कोई भी अन्य सरकारी दायित्व वहन करना अपने प्रति अन्याय समझते हैं और इस मामले में प्राय: एकजुट पाए जाते हैं कि इस अन्याय को सहन करना कोई अच्छी बात नहीं है। छात्रों को अपना कोर्स पूरा करने के लिए ट्यूशन अवश्य पढ़ना चाहिए, यह प्राय: एक सर्वमान्य सिद्धांत है; शिक्षकों का मंतव्य होता है कि महाविद्यालय की पढ़ाई तो मात्र एक औपचारिकता है। वास्तव में तो महाविद्यालयों में विद्यार्थी को एक महाविद्यालयी महासंस्कृति को सीखने के लिए ही आना चाहिए। सार्वजनिक महाविद्यालयों की स्थिति सभी जगह न्यूनाधिक यही है - कुछ शिक्षक ट्यूशन करते हैं और वे चाहते हैं कि कक्षाएं नहीं लगें; कुछ शिक्षकों को पढ़ाना नहीं आता इसलिए वे भी चाहते हैं कि कक्षाएं नहीं लगें क्योंकि इससे तुलना होती है; बहुत कम शिक्षक ऐसे होते हैं जिन्हें पढ़ाना भी आता है और

दुर्जटा सुंदरी

जो ट्यूशन भी नहीं करते किन्तु उनकी कक्षाएं चलने नहीं दी जाती हैं। इसके लिए बहुत सरल से सूत्र हैं। 'कार्यतालिका-समिति' में प्राय: ऐसे शिक्षकों को रखा जाता है जो कि पढ़ाना नहीं चाहते हैं। ये ऐसी समय-सारिणी बनाते हैं कि दो पढ़ाने वाले शिक्षकों के बीच में कई कालांश रिक्त पड़े रहते हैं। महिला शिक्षिकाओं का ध्यान प्राय: अपने घर की ओर ही रहता है, वे न तो घर पर अपना व्याख्यान तैयार करके आती हैं और न ही महाविद्यालय में पढ़ाना चाहती हैं। ऐसे लोगों के कालांश दो नियमित रूप से पढ़ाने वाले शिक्षकों के बीच में रख दिए जाते हैं। इससे विद्यार्थी दुखी होकर स्वत: ही घर चले जाते हैं। दो पढ़ाने वाले शिक्षकों की कक्षाएं कभी लगातार नहीं रखी जाती हैं। दूसरा सूत्र यह है कि अच्छा पढ़ाने वाले शिक्षकों को कुछ विशिष्ट समितियों के कार्य सौंप दिए जाते हैं जिससे वे दूसरों का लेखा-जोखा देखते रहते हैं; आयकर-कटौती की गणना करते रहते हैं; अदालत के चक्कर काटते रहते हैं; छात्रों व कर्मचारियों की शिकायतें सुनते रहते हैं इत्यादि। छात्रों को महाविद्यालय में आते ही उनसे वरिष्ठ छात्र यह बता देते हैं किसी भी छात्र की उपस्थिति कम नहीं दिखाई जाती है; जो सबसे कम कक्षा में आता है उसकी उपस्थिति सबसे अधिक दिखाई जाती है और सर्वाधिक उपस्थिति का पुरस्कार भी उसे ही मिलता है। शिक्षक-शिक्षिकाएं हर प्रकार से यह व्यूहरचना करते हैं कि कक्षाएं नियमित रूप से नहीं लग पाएं। इसके लिए खेलकूद, सांस्कृतिक कार्यक्रम, रंगोली व मेंहदी प्रतियोगिताएं, महिला-जागरण, सेमीनार इत्यादि सभी प्रकार की गतिविधियों की सहायता ली जाती है। लगता है कि महाविद्यालय में आने का उद्देश्य अब 'पुस्तकीय-ज्ञान' की प्राप्ति न होकर व्यक्तित्व का विकास करना ही रह गया है और इसमें सूचना-क्रांति भी अपनी भूमिका भलीभांति निभा रही है।

यक्ष इन सभी बातों से अभ्यस्त था किन्तु कभी-कभी कुछ प्रश्नों की ओर ध्यान जाना स्वाभाविक होता है। शिक्षक प्राय: यह भूल जाते हैं कि राजकीय महाविद्यालयों में प्राय: वे छात्र प्रवेश लेते हैं जिनके पास अच्छे निजी महाविद्यालयों में प्रवेश लेने के लिए पर्याप्त शुल्क नहीं होता है। कुछ छात्र-छात्राओं के अभिभावक तो ऐसे भी होते हैं जिनके पास मामूली कृषि-भूमि होती है अथवा जो श्रमिक होते हैं अथवा जो रिक्शा आदि चलाते हैं। ऐसे अभिभावक जैसे-तैसे अपना पेट काटकर शिक्षण-संस्थाओं में इसलिए भेजते हैं कि उनके बच्चे भी पढ़-लिखकर कुछ बन जाएंगे। कुछ छात्र-छात्राओं को तो स्वयं भी अध्यन्न के साथ-साथ मजदूरी करनी पड़ती है। किन्तु इस सबके होते हुए भी इस देश का अध्यापक अपनी टुच्ची राजनीतियों में लगा रहता है और शिक्षण संस्थाओं में कोई भी पढ़ाई नहीं हो पाती है। क्या यही वह 'स्वराज' और 'सुराज' है जिसके सपने इस देश की जनता ने अपने स्वतंत्रता-आंदोलन के दौरान देखे थे? क्या यही देश के धन का देश के लिए सदुपयोग है?

खैर, ये बातें मित्रो और उसके साथियों के मस्तिष्क में बिल्कुल भी नहीं आती थीं। लगता है कि वे और ही किसी मिट्टी के बने हुए थे। उनको कुल इतनी ही बात समझ में आ रही थी कि योजना के पहले चरण का कोई भी अभीष्ट परिणाम नहीं निकला है। योजना के दूसरे चरण में क्षत्रप को भी सम्मिलित किया गया। क्षत्रप को यक्ष से लड़ने का बहाना ढूंढ़ना था इसलिए उसने यक्ष को 'लेखा-जोखा सत्यापन समिति' का प्रभारी बनाने का आदेश निकाला और कहा कि यक्ष को उसके निर्देशानुसार कार्य करना होगा। यक्ष ने समिति का प्रभार लेने से मना कर दिया क्योंकि पिछले पांच सालों में बहुत-सा सामान, उपकरण व पुस्तकें अनावश्यक रूप से खरीदी गई थीं और उचित मूल्य से बहुत अधिक दामों में खरीदी गईं थीं। लाखों रुपए की अनियमितता थी। क्षत्रप स्वयं तो सेवानिवृत्त होने वाला था, बाद में किसी जांच-समिति के बैठने पर उत्तरदायित्व यक्ष पर ही आता, इसलिए यक्ष को मना करना पड़ा। किन्तु इससे क्षत्रप को अपनी रुष्टता प्रकट करने का बहाना मिल गया। इस देश में सार्वजनिक क्षेत्र में लाखों संस्थाएं हैं जिनमें से प्रत्येक प्रतिवर्ष लाखों रुपए का अपव्यय करती हैं। इससे बजट का घाटा और मुद्रास्फीति बढ़ती है और रुपए की कीमत कम होती चली जाती है। मुद्रास्फीति की स्थिति यह है कि जिस कर्मचारी को आज से तीस साल पहले एक हजार रुपए वेतन मिलता था उसको आज बीस हजार रुपए वेतन देय होता है; अर्थात पिछले तीस सालों मुद्रास्फीति 20 गुणा अधिक हो गई है। मुद्रास्फीति की मार सबसे अधिक श्रमिक, किसान व निजी क्षेत्र के कर्मचारियों पर पड़ती है क्योंकि इन्हें महंगाई भत्ता नहीं मिलता और न ही ये व्यापारी वर्ग की तरह किसी वस्तु के विक्रय से बीस गुणा अधिक मुद्रा अर्जित कर सकते हैं। व्यापारी वर्ग और राजकीय कर्मचारी इससे लगभग अप्रभावित रहते हैं किन्तु सामान्य-जन इस मार से उबर नहीं पाते हैं। जो लोग अचल-सम्पत्ति नहीं खरीद पाते हैं बल्कि अपनी बचत को नकद, सोने अथवा चांदी के रूप में सुरक्षित रखना चाहते हैं, उनकी बचत मुद्रास्फीति के कारण व्यर्थ हो जाती है। इसका परिणाम यह होता है कि अल्प आयवर्ग व मध्य आयवर्ग निर्धनता के दुष्चक्र से कभी भी बाहर नहीं निकल पाता है। मुद्रास्फीति का सबसे बड़ा कारण सार्वजनिक क्षेत्र में अपव्यय है और इसकी मार इस देश के आम आदमी को झेलनी पड़ती है। इस महाविद्यालय में भी सार्वजनिक धन का खुलकर अपव्यय हो रहा था, जिनको कमीशन मिल रहा था वे इससे प्रसन्न थे किन्तु क्षत्रप ने इस भ्रष्टाचरण में सम्मिलित होने से मना कर दिया। क्षत्रप ने यक्ष पर आदेश की अवहेलना का आरोप लगा दिया। पहले से तैयार की गई योजना के अंतर्गत छात्राओं से कक्षाओं का बहिष्कार करवाया गया और इसके लिए भी क्षत्रप ने यक्ष को ही दोषी ठहराया। क्षत्रप ने अपनी प्रिय शिक्षिकाओं व उन शिक्षिकाओं की प्रिय छात्राओं से यक्ष के विरुद्ध झूठी शिकायतें लिखित में प्राप्त

कीं और उस पर अशोभनीय व्यवहार का आरोप भी लगा दिया। इस प्रकार यक्ष के विरुद्ध एक चार्जशीट तैयार की गई जिससे उसकी नौकरी भी खतरे में पड़ गई। यक्ष इस संस्था में नया था, किसी से भी उसका गहन परिचय नहीं था इसलिए उसको समय पर किसी ने भी कोई सूचना नहीं दी।

यहां पर घटना ने एक नाटकीय मोड़ ले लिया। मित्रो आखों में आंसू भरकर सीधी क्षत्रप के पास पहुंची।

वह बोली-मेरी आपसे हाथ जोड़कर यह प्रार्थना है कि आप यक्ष के विरुद्ध कोई भी कार्यवाही नहीं करें। मैं पहली बार आपसे कोई विनती कर रही हूं। यक्ष बेचारा बिल्कुल अकेला है और नौकरी ही उसके जीवन का एकमात्र सहारा है। डर है कहीं वह आत्महत्या नहीं कर ले।

क्षत्रप ने कहा-यह मेरी कोई भी बात नहीं मानते हैं, इन्होंने बहुत अनियमितताएं की हैं। मैं इनके विरुद्ध कार्यवाही क्यों नहीं करूं?

मित्रो ने कहा-मैं इनकी तरफ से गारण्टी लेती हूं, आगे से ये आपकी किसी भी उचित बात को मना नहीं करेंगे। एक बार मेरे कहने से आप इस कार्यवाही को रोक दें; मैं आपके पैर पड़ती हूं। अकेले आदमी के दुख दर्द को वही समझ सकती है जो कि स्वयं भी अकेली हो।

क्षत्रप ने कहा-तो मेरा आदेश है कि आप दोनों आपस में विवाह कर लें। क्या ये मेरी बात मानने को तैयार हैं? यह मेरी अंतिम इच्छा है इसके बाद तो मैं सेवा निवृत्त हो जाऊंगा। यहां से जाने से पहले एक भलाई का काम करना चाहता हूं।

क्षत्रप अकड़कर कुर्सी पर बैठ गया और अपनी मूछों पर हाथ फेरने लगा। यक्ष ने सोचा कि सर्वनाशे समुत्पन्ने अर्द्धो त्यज्यति पण्डितः। उसने इसे अपने बचाव का अंतिम अवसर समझा और एकदम से हां कर दी। दोनों का विवाह हो गया।

धीरे-धीरे मित्रो और उसके साथियों ने यक्ष को अपने सम्मोहन-जाल में ले लिया और उसकी सारी सम्पत्ति का नामांकन मित्रोमस्तानी के पक्ष में करवा दिया। दस प्रतिशत कमीशन का भुगतान भी हो गया और दोनों का जीवन सुखपूर्वक बीतने लगा। इस अवस्था में भी दोनों एक दूसरे को पाकर खुश थे, विशेषकर मित्रोमस्तानी तो स्वयं को बहुत ही भाग्यशालिनी समझती थी। वह यक्ष की प्रंशसा करते-करते थकती नहीं थी। किन्तु भाग्य को बेचारी मित्रो का यह सुख भी अधिक समय तक स्वीकार्य नहीं हुआ। एक दिन अचानक यक्ष का असामयिक निधन हो गया और कारण भी कुछ समझ में नहीं आया। मित्रोबेचारी बहुत बिलख-बिलख कर रोई किन्तु भाग्य पर किसका वश चलता है?

इधर, यक्ष का अपनी दिंवगता पत्नी से एक पुत्र भी था जो कि ननिहाल में रहकर पल रहा था। उसके ननिहाल वाले बहुत ही घटिया लोग निकले। वे

पेशे से वकील थे, बहुत तिकड़मी और लालची भी थे। जब उन्हें यह पता लगा कि यक्ष ने अपने पुत्र को उत्तराधिकार में कुछ भी नहीं दिया था तो उन्हें बहुत निराशा हुई। उन्होंने यह सारा मामला सी.बी.आई को सौंप दिया और सी.बी.आई ने अदालत में यह साबित कर दिया कि मित्रो ने यक्ष को जहर देकर मार दिया था। यक्ष का पुत्र अब अनाथ हो गया है और मित्रो आजीवन कारावास काट रही है। दस प्रतिशत कमीशन मिल जाने के बावजूद मित्रो के साथी भी खुश नहीं हैं क्योंकि इस सौदे में उनकी बहुत बदनामी हुई और आगे के लिए उनका धंधा ही चौपट हो गया।

सब कलियुग की लीला है और कलियुग का प्रभाव अमोघ है। क्षत्रप अब सेवानिवृत्त जीवन व्यतीत कर रहा है। उसके हृदय में जब भी पश्चाताप जागृत होता है तो वह गीता खोलकर बैठ जाता है। गीता में भगवान श्रीकृष्ण ने कहा है कि प्रत्येक प्राणी जो आया है उसका जाना निश्चित है। मनुष्य जैसे पुराने वस्त्रों को त्यागकर नए वस्त्र धारण कर लेता है वैसे ही यह आत्मा भी पुरानी देह को छोड़कर नई देह धारण कर लेती है। न तो कोई मरता है और न ही कोई मारता है, हम सब तो निमित्त मात्र हैं।

इंद्राणी ने हंसते हुए कहा-आंखे खोलो चित्रांगद। लाओ यह वीणा मुझे दे दो और भविष्य के लिए स्मरण रखो कि जो जैसा करता है वैसा ही भरता भी है। तुम्हारी दुर्दशा का कारण विमोहिनी के प्रति तुम्हारी आसक्ति बनी। तुम यह भूल गए कि आसक्ति से ऊपर विश्वसनीयता होती है और विश्वसनीयता से ऊपर कर्तव्य होता है। मैं यह माणिक्य प्रभा अभी ले जा रही हूं चित्रांगद, देवेन्द्र मेरी प्रतीक्षा कर रहे हैं।

चित्रांगद जैसे चौंककर स्वप्न से जागा और चारों ओर देखने लगा। वह स्वयं को भी विस्मयपूर्वक देख रहा था। नारी का ऐसा भी रूप हो सकता है, यह दुर्जटा, यह मित्रो! ओह, यह सब क्या था? ■

नास्त्रेदमस की चुड़ैलें

नास्त्रेदमस ने एक स्वप्न देखा–

तीन चुड़ैलें सींगों वाली
सींगों पर ही धरती उठा ली
रूप उनका कुत्सित और वीभत्स
देह पर लिपटे हुए सर्प
पूंछें सबकी अदृष्ट।

नास्त्रेदमस हड़बड़ाकर उठा और स्वप्न को स्मृति में अंकित करने के लिए यह पद कागज के एक टुकड़े पर लिखा। फिर किसी अंत:प्रेरणा के वशीभूत होकर नास्त्रेदमस ने अपनी आंखें बंद कर लीं और एक मंत्र को बुदबुदाने लगा। उसने एंजिल माइकल को अपने दिव्यचक्षुओं के सामने देखा और एंजिल माइकल ने उसे बताया कि स्वप्न का सम्बंध भविष्य से है। कुछ सोचकर नास्त्रेदमस ने यह निर्णय लिया कि यह वृत्तांत देखना चाहिए और उसने भविष्य देखने वाले अपने क्रिस्टल को तिपाई पर जमाया। उसकी उत्सुकता बढ़ चली थी और क्योंकि वह घटनाक्रम को विस्तार से लिखना चाहता था, कागज का वह टुकड़ा उसने फाड़कर फेंक दिया। सदा की तरह वह अपने दिव्यचक्षुओं को सामने तिपाई पर रखे हुए क्रिस्टल पर केन्द्रित करने लगा।

सबसे पहले नास्त्रेदमस ने अपने दिव्यचक्षु के सामने ईदन का उपवन देखा। उसने देखा कि शैतान ने अपनी मनसशक्ति से कुछ चुड़ैलों का सृजन किया। इन चुड़ैलों के पैरों के पञ्जे पीछे की ओर मुड़े हुए थे और इन्हें 'शैतान की पुत्रियां' के नाम से अभिहित किया गया। ये स्वभाव से ही ऋत के विरुद्ध आचरण करने वाली और सृष्टिक्रम के विपरीत चलने वाली थीं। इसके पश्चात् शैतान ने इनको धरती पर उतारने का निर्णय लिया और शीघ्र ही ये स्त्रीगर्भों में कन्या भ्रूणों के रूप में स्थापित हो गईं। नास्त्रेदमस ने अपने स्वप्न में देखी गई उन तीन चुड़ैलों को भी इन्हीं 'शैतान की मानसपुत्रियों' के रूप में पहचाना।

इसके बाद नास्त्रेदमस ने प्रभु यीशु मसीह के प्रकाश को धरती पर उतरते हुए और एक नवजात शिशु का आवरण बनते हुए देखा। उन तीनों चुड़ैलों को भी शैतान द्वारा समय में आगे-पीछे उसी प्रदेश पर उतारा गया था जहां इस शिशु

का जन्म होना था। नास्त्रेदमस को जो भू-भाग दिखाई दे रहा था वह हरियाली और फसल से प्राय: शून्य था तथा चारों ओर बालू रेत के टीले दिखाई दे रहे थे जैसा किसी रेगिस्तान में होता है। पहली दृष्टि में नास्त्रेदमस को यह अरब के किसी प्रदेश जैसा लगा किन्तु शीघ्र ही वह समझ गया कि उसकी आंखों के सामने अरब का कोई भू भाग नहीं है। कुछ वर्षों पहले स्वयं नास्त्रेदमस भी अरब की यात्रा कर चुका था और समूचे अरब-जगत से वह भलीभांति परिचित था। न तो यहां के लोगों की वेश-भूषा ही अरब के लोगों से मिलती थी और न ही यहां के पेड़-पौधे उस तरह के थे। नास्त्रेदमस ने यहां उगने वाले कुछ औषधीय पौधों को पहचान लिया जिनमें आक, धतूरे, ग्वारपाठा, केवड़ा, मरुआ, तुलसी, नीम, बबूल, कीकर इत्यादि सम्मिलित थे। उसने देखा कि कहीं-कहीं कुए, तालाब, सिंचित कृषिभूमि और उपवन भी हैं। पानी सब जगह कुओं से खींचा जा रहा था, नदियां और बांध कहीं भी नहीं थे। औरतों के वस्त्र इस प्रकार से बने थे कि उनके सिर, कंधे, वक्ष व टांगें पूरी तरह ढकी हुई थीं किन्तु उनके उघड़े हुए पेट, नाभि और पीठ बहुत विचित्र लग रहे थे। पुरुषों के परिधान भी विचित्र थे; उन्होंने एक सफेद और लम्बे कपड़े को कमर से बांध रखा था जो कि नीचे जाकर दो हिस्सों में बंट जाता था और जांघों को लपेटता हुआ घुटनों तक लटकता था। शरीर के ऊपरी हिस्सों पर पुरुषों ने एक छोटे शर्ट जैसा वस्त्र पहन रखा था जिसे डोरियों की सहायता से बांधा जाता था और सिर पर रंग बिरंगे कपड़ों को गोल-गोल करके लपेटा हुआ था। नास्त्रेदमस ने अपना चौकोर हैट ठीक किया और फिर से देखने लगा। कुछ युवकों व युवतियों ने यूरोप जैसे वस्त्र भी पहन रखे थे किन्तु किसी ने भी बुर्का नहीं ओढ़ा हुआ था। अभी नास्त्रेदमस कुछ समझने का प्रयास ही कर रहा था कि उसे पूजास्थलों पर रखी हुई तीन मूर्तियां दिखाई दीं। पहली मूर्ति का चेहरा एक बंदर जैसा था; उसके एक पूंछ भी थी किन्तु वह पिछली दो टांगों पर ही खड़ा था। उसके दोनों हाथों में कुछ प्रस्तर युग के हथियार भी दिखाई दे रहे थे और वह बहुत क्रुद्ध प्रतीत होता था। उसका पूरा शरीर खून में नहाया हुआ था और आसपास भी खून बिखरा हुआ था। कुछ देर के लिए नास्त्रेदमस डर गया किन्तु फिर उसे स्मरण आया कि वह अपने ही कमरे में बैठा हुआ है। दूसरे पूजास्थल पर जो मूर्ति रखी हुई थी उसका शरीर मनुष्य जैसा था किन्तु उसका सिर हाथी जैसा था। नास्त्रेदमस को इस मूर्ति का पेट भी अनुपात से कुछ अधिक ही बड़ा लगा। तीसरी मूर्ति एक सफेद पत्थर से बने हुए बैल की थी जो एक आदिवासी दम्पति के सामने बैठा हुआ था। इस आदिवासी पुरुष के गले में सांप लिपटे हुए थे और उसके हाथों में ताम्रयुग का बना हुआ कोई शस्त्र था। नास्त्रेदमस समझ गया कि यह अवश्य कोई मूर्तिपूजकों का देश है और यहां के लोग युद्धखोर रहे होंगे। नास्त्रेदमस इस स्थान का नामकरण 'चुड़ैलों का प्रदेश' करने जा रहा था कि अचानक उसको हाईस्कूल

में पढ़ा हुआ भूगोल और 'औषधिविषयक पौधे' नामक पुस्तकें याद आ गईं और उसे याद आया कि यह हिन्दुस्तान का वह इलाका है जिसे राजपूताना कहा जाता है। नास्त्रेदमस ने सुन रखा था कि यहां के लोग बहुत साहसी होते हैं और मरने-मारने को उतारू रहते हैं। उसे यह देखकर पर्याप्त सांत्वना हुई कि सफेद चमड़ी के लोग उसे इस भविष्यदर्शन में कहीं भी दिखाई नहीं दे रहे थे और जिस काल को वह देख रहा था उस समय तक स्यात् वे लोग इस भू-भाग को छोड़कर वापस जा चुके थे। नास्त्रेदमस यह जानकर आश्वस्त हुआ कि उसे कोई अप्रिय दृश्य देखने को नहीं मिलेंगे।

स्थान के बारे में आश्वस्त हो जाने के पश्चात् नास्त्रेदमस अब यह अनुमान लगाना चाहता था कि वह कौन से युग को देख रहा है? सभी मूर्तियों का सम्बंध यद्यपि प्रस्तरयुग एवं ताम्रयुग से प्रतीत हो रहा था किन्तु जो समय नास्त्रेदमस देख रहा था वह एक पर्याप्त विकसित सभ्यता का काल था। घर, बाजार, होटल, शिक्षण संस्थान, औषधालय इत्यादि सभी आधुनिक और भव्य थे। धरती पर छोटे और बड़े यांत्रिक वाहन गतिशील थे। नास्त्रेदमस ने लौहे की पटरियों पर दौड़ते हुए बहुत लम्बे-लम्बे वाहनों को भी देखा और आकाश में उड़ते हुए गरुड़ जैसे वाहनों को भी देखा। इनमें से अधिकांश वाहन अभी यूरोप में भी नहीं बने थे, इससे नास्त्रेदमस ने अनुमान लगाया कि स्यात् बीसवीं अथवा इक्कीसवीं शताब्दी के किसी कालखण्ड को वह देख रहा है। नास्त्रेदमस का भय अब दूर हो गया था क्योंकि वह समझ गया था वह अतीत के किसी बर्बरयुग का साक्षी नहीं था।

नास्त्रेदमस की दूरदृष्टि की क्षमता तो कार्य कर रही थी किन्तु अभी तक विचारों का सम्प्रेषण नहीं हो रहा था। नास्त्रेदमस दूरदृष्टि व दूरश्रवण दोनों का उपयोग करना चाहता था। उसने पुनः एंजिल माइकल को याद किया और प्रार्थना के एक दूसरे मंत्र का जाप किया। अब उसे दर्शन के साथ-साथ श्रवण भी हो रहा था। दूसरों के विचार उसके मस्तिष्क तक पहुंच रहे थे और उनका अनुवाद स्वतः ही नास्त्रेदमस की मातृभाषा में हो रहा था। भाषा की भिन्नता कोई बाधा उत्पन्न नहीं कर रही थी। नास्त्रेदमस की यह क्षमता व्यक्तिपरक थी, अन्य किसी को उस क्रिस्टल में न तो कुछ दिख ही सकता था और न ही कुछ सुन सकता था। नास्त्रेदमस ने अपने कक्ष को भीतर से बंद किया और ध्यान से भविष्य में होने वाले इस घटनाक्रम को देखने लगा।

नास्त्रेदमस ने अब अपना दिव्यचक्षु पहली चुड़ैल पर केन्द्रित किया जिसका नाम उसे सुनाई दिया 'कृष्णा'। यह किसी नदी का नाम था इस स्त्री का रंग काला था, कद लगभग 5.5 फीट था और यह एक लम्बी चौड़ी भयानक स्त्री प्रतीत होती थी। प्रथम दृष्टया ही वह स्त्री क्रूर प्रतीत होती थी उसका चेहरा भी स्त्रियोचित कोमल नहीं था। इस चेहरे पर सौजन्य एवं सौम्यता लेशमात्र भी परिलक्षित नहीं होती थी। यद्यपि इस स्त्री की अवस्था अभी मात्र बीस वर्ष थी

किन्तु ऐसा लगता था जैसेकि कोई मध्यकालीन पराजित योद्धा द्वंद्व युद्ध से विमुख होकर स्त्रीवेश में स्वयं को छिपाए हो। यह एक ऐसी धूर्त पर पाखण्डी औरत का चेहरा था जो कि ऊपर से तो कुलीन दिखाई देती है किन्तु अपने अंतस में कितनी भी अनैतिक हो सकती है। उसकी स्फीत नासिकाओं से लम्बे-लम्बे बाल बाहर निकलकर उसके चेहरे को और भी वीभत्स बनाते थे। यह स्त्री प्रतिदिन सुबह-सुबह एक काले पत्थर के लम्बे बेलनाकार स्फटिक को अपनी दोनों हथेलियों से काफी देर तक रगड़ती थी और मंदिर में रखे हुए इस स्फटिक पर कच्चा दूध चढ़ाती थी। इसके पश्चात् पुजारी की ओर मुड़कर कटाक्ष करती थी और एक अर्थपूर्ण मुस्कान उन्मुक्त करती थी। पुजारी अपनी कांपती हुई अंगुलियों से काफी देर तक उसके माथे को छूता था और चंदन का एक तिलक भी उसके ललाट पर लगा देता था। जब मंदिर में इन दोनों के अतिरिक्त और कोई भी नहीं होता था तो इन दोनों के मध्य देर तक विचार-विमर्श चलता था और कोई भी यह समझ सकता था कि ये दोनों आपस में पर्याप्त अंतरंग हैं।

कृष्णा के पति का नाम सज्जनसिंह था और वह पेशे से एक घुटा हुआ वकील था। दुर्जनसिंह और सज्जनसिंह दोनों भाई थे, दोनों की माता एक ही थी किन्तु पिता अलग-अलग थे। दुर्जनसिंह बड़ा था और प्रारम्भ में वकालत भी उसी की चलती थी; प्रारम्भ के कुछ वर्षों तक सज्जनसिंह बस मुंशीगिरी ही करता रहा था। दुर्जनसिंह कद में भी सज्जनसिंह से बहुत लम्बा था और उसकी प्रेमिकाओं की संख्या भी अधिक थी जिनमें से दो-चार को गर्भवती होने पर आत्महत्या भी करनी पड़ी थी। घर की सारी दादागिरी और प्रतिष्ठा दुर्जनसिंह के ही कारण थी किन्तु परिवार संयुक्त था और कृष्णा दुर्जनसिंह की प्रिय छोटी साली थी इसलिए सारी कमाई उसी के हाथ में रखी जाती थी। यदि कोई आय-व्यय का विवरण था तो वह छोटी बहन कृष्णा को ही विदित था। अभी दुर्जनसिंह और बहनजी के एक ही पुत्र श्रुतिधर था और कृष्णा के कोई संतान नहीं थी इसलिए बचत अधिक थी और खर्चा कम था। अचानक एक दिन दुर्जनसिंह फांसी के फंदे से लटकता हुआ अपने कमरे में पाया गया और कुछ ही समय पश्चात बहनजी भी कैंसर से चल बसीं। श्रुतिधर अब लगभग अनाथ हो गया था और कृष्णा के पास बड़ा हो रहा था जो उसकी मौसी और चाची दोनों थी।

जब वह बड़ा हो गया तो अपने चाचा सज्जनसिंह के साथ वह भी वकालत करने लगा। अब वकालत केवल सज्जनसिंह की चल रही थी और छोटे वकील साहब मुंशी-गिरी कर रहे थे। ठीक समय पर श्रुतिधर का विवाह भी हो गया। सबकुछ ठीक-ठाक चल रहा था कि एक दिन अचानक एक अनर्थ घट गया। बड़े वकील साहब (चाचाजी) हाईकोर्ट के काम से जोधपुर गए हुए थे। प्रातःकाल जब अचानक श्रुतिधर की पत्नी भामती की आंख खुली तो उसने

नास्त्रेदमस की चुड़ैलें

श्रुतिधर को कृष्णा के साथ प्रणयक्रीड़ा में संलग्न देखा जो कि उसकी मौसी और चाची दोनों लगती थी। भामती को बड़ी घृणा हुई और उसने यह धमकी दी कि वह यह बात बड़े वकील साहब सहित सभी सम्बंधियों को बता देगी। श्रुतिधर का कहना था कि उनके लिए यह कोई नई बात नहीं है; उसके सम्बंध विवाह से पूर्व ही अपनी मौसी से हो गए थे और वह भामती को 'घर की मुर्गी दाल बराबर' समझता है। श्रुतिधर की पत्नी जोर-जोर से बोले जा रही थी। परेशान होकर श्रुतिधर ने उसके मुंह में कपड़ा ठूंस दिया तथा चेहरे व हाथों पर पट्टियां बांध दी। अचानक कृष्णा उठी, उसने भामती पर मिट्टी के तेल का पूरा कनस्तर उंडेल दिया और आग लगा दी।

श्रुतिधर बहुत घबरा गया।

श्रुतिधर-यह तुमने क्या कर दिया चाची? हम दोनों को ही सजा हो जाएगी और बेमौत मारे जाएंगे।

कृष्णा-कुछ नहीं होगा श्रुति, जैसा मैं कहती हूं वैसा करते जाओ। बहनजी की मौत के समय का सारा सामान अभी रखा है। तुरंत एक अर्थी बना लो। सामान मैंने जरूरत से ज्यादा मंगा लिया था और सभी प्रकार का सामान रखा है।

श्रुतिधर की पत्नी तड़प-तड़पकर ठण्डी हो चुकी थी। दोनों ने मिलकर बांस की एक अर्थी बनाई। भामती के चेहरे व शरीर को पूरा ढककर उसे अर्थी में बांध दिया गया। पूरी तैयारी हो जाने के बाद दोनों ने रोना-धोना शुरू कर दिया। सज्जनसिंह एक भले व्यक्ति थे, थाने-कचहरी के मामले में पड़ोसियों की पूरी मदद करते थे और फीस भी नहीं लेते थे। सारे पड़ोसी उनके अहसानमंद थे; किसी पड़ोसी के घर में कोई औरत कुएं में गिरकर मर चुकी थी; किसी के घर में भाइयों के बीच में फौजदारी हो चुकी थी; किसी ने मंदिर के पिछवाड़े की जमीन पर कब्जा कर रखा था इत्यादि। ऐसे मौकों पर वकील साहब ही काम आते थे, उन्होंने किसी भी पड़ोसी के विरुद्ध प्राथमिकी तक दर्ज नहीं होने दी थी। इतने अच्छे पड़ोसियों पर कौन संदेह करता है? सबने इसे वास्तव में ही स्वाभाविक मृत्यु समझा और सज्जन सिंह के घर लौटने से पहले ही दाहसंस्कार कर दिया गया। कृष्णा पड़ोसियों को रो-रोकर समझा रही थी कि भामती का दिल कमजोर था और थोड़ा-सा काम करते ही उसे बुखार चढ़ जाता था। वकील साहब बेचारे सीधे आदमी हैं, भामती के परिवारवालों ने उन्हें पहले कुछ भी नहीं बताया और धोखा दे दिया। मैंने भामती को कई बार पूछा भी पर मरी हमेशा ही टाल गई, नहीं तो हम उसका इलाज ही करवा देते। वकील साहब बेचारे इतने सीधे आदमी हैं कि कहां जाकर यू. पी. के लोगों में फंसे हैं। लिहाजा शाम तक सारे कस्बे में यह समाचार फैल गया कि श्रुतिधर की बहू का दिल कमजोर था, ससुरालवालों ने उन्हें धोखा दिया था और आज सुबह अचानक हृदयगति रुकने

से भामती की मृत्यु हो गई थी।

कृष्णा बात बनाने में इतनी कुशल थी कि स्वयं सज्जनसिंह एवं भामती के परिवारवालों को भी भामती की मृत्यु को लेकर कोई संदेह नहीं हुआ। भामती के पीहरवाले गरीब थे, पांच-पांच बेटियां थीं इसलिए सारी ऊंच-नीच सोचकर श्रुतिधर का दूसरा विवाह भी उसकी सबसे बड़ी साली के साथ कर दिया गया। जैसा कि इस उम्र में होता है, जीजाजी पद्मा को भी अच्छे ही लगते थे और इसलिए उसने भी कोई प्रतिवाद नहीं किया।

कुछ वर्ष और बीत गए किन्तु आगे श्रुति और कृष्णा ने अपनी गलतियों को नहीं दुहराया। नास्त्रेदमस ने देखा कि तीसरी चुड़ैल का जन्म भी पहली चुड़ैल कृष्णा की पुत्री के रूप में हो गया था और उसका नाम अंजलि रखा गया था। इसके बाद चाचाजी और श्रुति दोनों के ही कई बच्चे और हो गए। छोटे वकील साहब की वकालत अभी भी नहीं चल रही थी, वे कचहरी में चाय भी अक्सर घर के ही पैसों की पीकर आते थे। यह बात कृष्णा की सहनशक्ति से बाहर होती जा रही थी और वह बार-बार सज्जनसिंह पर अलग होने के लिए दबाव डाल रही थी।

कृष्णा-घर का सारा खर्चा तो आपकी कमाई से चलता है किन्तु पद्मा फिर भी मौका मिलते ही भेदभाव करती है। श्रुति के बच्चे तो मक्खनमलाई चाटते हैं और हमारे बच्चों को पूरा-सा खाना भी नहीं मिलता।

सज्जनसिंह-बात को समझा करो कृष्णा, थोड़ा सब्र रखना भी सीखो। आज हम जो भी कुछ हैं बड़े भाई साहब के ही पुण्य-प्रताप से हैं। भाई साहब श्रुति को छोड़कर चले गए और अब मैं इसे अलग कर दूं तो लोग क्या कहेंगे? यही तो कहेंगे कि खुद तो बड़े भाई की कमाई पर ऐश की और अब भाई साहब की आंखें बंद होते ही भतीजे को अलग कर दिया। वकालत चलने में वक्त तो लगता ही है। पहले मेरी वकालत भी नहीं चलती थी तो सारी कमाई भाई साहब के कारण होती थी और अब इसकी वकालत नहीं चलती है तो क्या इसके बच्चों को भूखे मरने दूं?

कृष्णा-घर का खर्चा कैसे चलता है यह तो मेरा जी ही जानता है। कमानेवाला एक और खानेवाले दस! एक फूटी कौड़ी तक बचती नहीं। तुम दोनों चाचा-भतीजे मजे करो। किसी दिन मैं ही अपने बच्चों को लेकर कुए में कूद जाऊंगी। सारा क्लेश ही कट जाएगा। जी भरकर प्रसाद बांटना।

सज्जनसिंह-जो तुम्हारे जी में आए सो करो; मेरा दिमाग चाटने की जरूरत नहीं है। जब तक श्रुति ढंग से वकालत नहीं सीख जाता मैं इसको अलग नहीं करूंगा।

कृष्णा-मेरा तो यह कुछ लगता ही नहीं है? यह भी तो बहनजी की ही निशानी है? मैं तो इसके भी भले के लिए ही कह रही हूं। जब तक यह अकेला

नहीं होगा पैर पर खड़ा होना कैसे सीखेगा। जब तक भाई साहब थे आप भी सभी कुछ उन्हीं पर छोड़ देते थे लेकिन उनके जाते ही आपको वकालत आ गई। यही हाल इसका है, मुंशीगिरी से आगे यह बढ़ना ही नहीं चाहता। गवाही भी चाचाजी ही करवा देंगे, बहस भी चाचाजी ही कर लेंगे, जज साहब से बात भी चाचाजी ही कर लेंगे तो यह वकालत कैसे सीखेगा? इसकी जबान तब तक लड़खड़ाती ही रहेगी जब तक आप मुकदमे की पैरवी में इसके साथ खड़े होते रहोगे। खुद्दारी तो तभी आएगी जब यह अकेला ही मुकदमे लेना सीखेगा। मैं इसकी कोई दुश्मन थोड़े ही हूं?

अंत में सास-बहू की रोज-रोज की कलह से तंग आकर सज्जनसिंह ने श्रुतिधर को अलग कर दिया और सम्पत्ति के नाम पर कह दिया कि कुछ बचा ही नहीं। हिसाब-किताब शुरू से ही कृष्णा के पास था और अचल सम्पत्ति के बारे में कृष्णा के हमराज केवल पुजारी जी ही थे। श्रुतिधर ने चाचा को धमकी दी कि देख लूंगा। धीरे-धीरे सब सामान्य हो गया। श्रुति ने किराए का एक मकान ले लिया और दोनों घरों में आना-जाना भी होने लगा। अंजलि जब थोड़ी बड़ी हुई और वय:संधि को प्राप्त हुई तो अपनी भाभी पद्मा से खुलकर सब तरह की बातें करने लगी। वह एकदम निर्लज्ज थी और अंत में उसने श्रुति के सामने भी लज्जा का आवरण गिरा दिया। इसका परिणाम यह हुआ कि विवाह-पूर्व ही श्रुति और उसके बीच में भी शारीरिक सम्बंध स्थापित हो गए। इससे उत्साहित होकर इसके बाद अंजलि ने घर से बाहर भी अपने पिता की प्रतिष्ठा में चार चांद लगाने में कोई कसर नहीं छोड़ी।

अब नास्त्रेदमस ने अपना ध्यान उस बालक की ओर केन्द्रित किया जिसे प्रभु यीशुमसीह का वरदान प्राप्त था उसने इस बालक की माँ को गौर से देखा, यह दूसरी चुड़ैल थी और इसका नाम गोमती था। बालक का पिता एक चिकित्सक था और उसकी मां एक पढ़ी लिखी गृहिणी थी बालक लगभग पांच वर्ष का हो गया था। एक दिन उसके पिता का एक सहपाठी चिकित्सक मित्र इस परिवार से मिलने आया और लगभग एक सप्ताह इस परिवार के साथ रहा। इस मित्र के जाने के बाद इस बालक सच्चिदानंद के माता-पिता में बहुत जोर का क्लेश हुआ और इस झगड़े के कुछ दिनों बाद ही पिता का आकस्मिक निधन हो गया। जहां तक बालक का प्रश्न था, वह अभी इन बातों को समझने में समर्थ नहीं था। जहां तक उसे याद आता है उसके पिता ने उसकी माँ को जान से मार देने की धमकी दी थी और इस धमकी के कुछ दिनों बाद ही पिता का स्वर्गवास हो गया था। पिता का छोटी अवस्था में ही निधन हो जाने के कारण राज्य-सरकार ने माता को एक शिक्षिका के रूप में नियुक्त कर दिया था ताकि परिवार के भरण-पोषण में कोई बाधा नहीं आए।

अब सच्चिदानंद धीरे-धीरे बड़ा हो रहा था। उसकी माता और पारिवारिक

मित्र सब यही कहते थे कि वह बड़ा होकर परिवार का नाम उज्जवल करेगा। इसलिए सच्चिदानंद ने प्रारम्भ से ही पढ़ाई-लिखाई में बहुत ध्यान दिया था। नास्त्रेदमस ने देखा कि वह बहुत कुशाग्रबुद्धि था; विद्यार्थी जीवन में उसे बहुत बार सम्मानित किया गया था और वयस्क होकर वह एक महानगर में एक बहुत बड़ा वैज्ञानिक बन गया था। यह महानगर उन दिनों हिन्दुस्तान की राजधानी था और नास्त्रेदमस को इसका नाम दिल्ली अथवा देहली जैसा कुछ सुनाई देता था। सचिन की मां अभी भी जयपुर के 'स्कूल ऑफ आर्ट्स' में एक शिक्षिका थी और जयपुर में ही सचिन का पैतृक आवास भी था। सचिन अब भी प्रत्येक सप्ताहांत व अन्य छुट्टियों में अपनी माँ के पास आता-जाता था। उसने परमाणु-ऊर्जा प्राप्त करने के लिए एक नई प्रक्रिया की खोज की थी और अब उसे देश का सबसे बड़ा भौतिक वैज्ञानिक माना जाता था। इस प्रक्रिया में एक नए परमाणु ईंधन का उपयोग किया गया था और यह प्रक्रिया अन्य सभी प्रक्रियाओं से अधिक सुरक्षित और कम खर्चीली थी।

एक बार जब वह इसी प्रकार छुट्टियों में जयपुर आया हुआ था तो उसकी माँ ने उसे एक लड़की से मिलवाया जो उसी के विद्यालय में संगीत शिक्षिका के रूप में नई-नई लगी थी। यह लड़की उसकी माँ गोमती का बहुत ध्यान रखती थी और उसका अधिकांश समय सचिन की माँ के साथ ही व्यतीत हो रहा था। लड़की बहुत सुंदर थी किन्तु नास्त्रेदमस यह देखकर बहुत विक्षुब्ध हुआ कि यह लड़की और कोई नहीं बल्कि उसके सपने वाली तीसरी चुड़ैल अंजलि ही थी। लड़की का व्यवहार ऐसा था जैसेकि वह सचिन को बहुत पसंद करती हो; इसलिए धीरे-धीरे सचिन भी उससे एक निकटता का अनुभव करने लगा था। एक दिन गोमती ने उससे पूछा कि वह अंजलि के बारे में क्या सोचता है?

सचिन ने कहा–मैं उसे इतना अधिक नहीं जानता कि उसके बारे में कोई राय बना सकूं।

गोमती ने कहा–मैं चाहती हूं कि तुम उसके साथ विवाह के बारे में सोचो।

सचिन ने कहा–अंजलि जयपुर के स्कूल ऑफ आर्ट्स में पढ़ाती है और मैं देहली में रहता हूं। न वह जयपुर छोड़ सकती है और न मैं दिल्ली छोड़ सकता हूं। तुम भी यहां कब तक अकेली बैठी रहोगी, आखिर तुम्हें भी मेरे साथ दिल्ली ही जाकर रहना पड़ेगा?

गोमती ने बताया–तुम अभी अंजलि को नहीं जानते हो, वह एक बहुत अच्छी सितारवादक है। उसके कार्यक्रम बहुत बड़े-बड़े शहरों के बड़े-बड़े मंचों पर होते रहते हैं। मैंने कई बार उसके कार्यक्रमों का प्रसारण टेलीविजन पर भी देखा है। उसे तो नौकरी कहीं भी मिल जाएगी।

सचिन ने कहा–मैं नहीं चाहता कि मेरी पत्नी कोई नौकरी करे। मैं चाहता हूं कि मेरा घर ऐसा हो जहां आकर मुझे पूरा विश्राम और मानसिक शांति मिले।

नास्त्रेदमस की चुड़ैलें

मैं इस देश का एक महत्त्वपूर्ण वैज्ञानिक हूं और मेरे माध्यम से इस देश का बहुत भला हो सकता है। मेरा सारा जीवन ही एक तरह की तपस्या है और मैं नहीं चाहता कि इसमें पत्नी के कारण कोई बाधा पड़े। मेरी पत्नी एक सीधीसादी और समझदार घरेलू महिला हो, यही उपयुक्त होगा।

गोमती ने कहा-फिर तो मुझे इस बारे में अंजलि से साफ-साफ बात करनी होगी क्योंकि वह भी एक अंतर्राष्ट्रीय ख्याति प्राप्त सितारवादिका बनना चाहती है और वह बन भी सकती है।

अंजलि नौकरी छोड़ने के लिए सहमत थी किन्तु उसने कहा कि अपने कार्यक्रमों की प्रस्तुति व मंचन के बारे में वह कोई समझौता नहीं करेगी। अंजलि के बारे में स्वयं सचिन की राय कोई बहुत अच्छी नहीं थी किन्तु वह माँ को बहुत पसंद थी इसलिए सचिन ने विवाह के लिए हां कर दी। जयपुर में दोनों का विवाह खूब धूमधाम से सम्पन्न हो गया यहां तक कि वरवधू को आशीर्वाद देने के लिए स्वयं राष्ट्रपति व प्रधानमंत्री भी विवाह में सम्मिलित हुए थे। इस समय सचिन भारत के परमाणु आयोग का सर्वेसर्वा बन चुका था और देश को उससे बहुत आशाएं थीं। सचिन पहले दिल्ली में एक उपयुक्त स्थान पर फ्लैट खरीदना चाहता था और फिर माँ और पत्नी दोनों को दिल्ली शिफ्ट करना चाहता था। विवाह करने से वह अपनी माँ के प्रति निश्चिंत हो गया था यद्यपि वे दोनों अभी जयपुर में ही रह रही थीं। अब वह शोधकार्य में अपना अधिक ध्यान दे सकता था।

एक दिन डॉ. सच्चिदानंद एक सेमीनार को सम्बोधित कर रहे थे कि अचानक एक युवा इंजीनियर वेंकट द्रविड़ के पर्स से एक युवती का फोटोग्राफ फिसलकर फर्श पर आ गिरा। उत्सुकतावश सचिन ने उसे उठाकर अपने कोट की भीतर वाली जेब में रख लिया और अपना व्याख्यान जारी रखा। सम्बोधन के बाद जब वह अपने चेम्बर में आकर बैठा तो उसे यह देखकर बहुत आश्चर्य हुआ कि यह फोटोग्राफ हूबहू अंजलि से मिलता था। सचिन ने तुरंत वेंकट द्रविड़ को बुलाया ताकि उससे जानकारी हासिल कर सके।

सचिन-यह युवती कौन है? तुम्हें यह तस्वीर कहां से मिली?

वेंकट-सर, मैं आपका इतना सम्मान करता हूं कि मैं आपसे झूठ नहीं बोलना चाहता हूं। आप यह वायदा करें कि आप मेरे विरुद्ध कोई कार्यवाही नहीं करेंगे और मुझसे रुष्ट भी नहीं होंगे।

सचिन-ठीक है मैं वचन देता हूं कि आपका कोई भी अहित नहीं होगा।

वेंकट-सर, मैं पैंतीस वर्ष का हो चुका हूं और अभी तक अविवाहित भी हूं। मैं शोधकार्य में इस प्रकार से लगा रहा हूं कि विवाह के बारे में सोचने का समय ही नहीं मिला। कार्यवश मुझे बाहर भी जाना पड़ता है और सभी प्रकार के होटलों में भी रुकना पड़ता है इसलिए कभी-कभी भूल भी हो जाती है। यह

लड़की एक कॉलगर्ल है जिसे होटल जैड-टू वालों ने आधी रात के समय मेरे कमरे में भेजते हुए मुझसे यह अनुरोध किया था कि होटल में कहीं भी स्थान रिक्त नहीं है, आप चाहें तो इस लड़की को अपने कमरे में एडजस्ट कर सकते हैं। बाद में मुझे पता लगा कि नए ग्राहक बनाने के लिए होटल वाले यही तरीका काम में लेते हैं। यह फोटोग्राफ मैंने अपने पेन्सिल-कैमरे से खींच लिया था। इस कैमरे को मैंने अपने बर्लिन-प्रवास में खरीदा था।

सचिन-मुझे लगता है कि मैं इस लड़की से परिचित हूं। क्या तुम मुझे इससे मिला सकते हो?

वेंकट-सर, उसके लिए तो हमें होटल जेड-टू में चलना पड़ेगा और रिसेप्शन से डेट भी लेनी पड़ेगी।

सचिन ने तुरंत अपनी कार निकाली और मि. द्रविड़ को लेकर होटल जैड-टू के लिए रवाना हो गया। युवक पर्याप्त रूप से गम्भीर दिखने का प्रयास कर रहा था किन्तु मन ही मन यह सोचकर प्रसन्न भी हो रहा था कि वह इस मामले में सर की मदद करता रहेगा। जब दोनों होटल पहुंचे तो मैनेजर ने एक गुप्त फोन डायल किया और बताया कि परसों अथवा अगले महीने की सात तारीख की डेट मिल सकती है। आपके लिए रूम नं 307 बुक कर देता हूं। परसों रात को 11:30 पर लड़की वहीं आपके कमरे में पहुंच जाएगी। आप इस कमरे को परसों दोपहर बारह बजे के बाद कभी भी ग्रहण कर सकते हैं।

सचिन-क्या इस लड़की में वास्तव में कोई खास बात है? क्या यह उन लड़कियों में से है जिनकी आप सबसे अधिक अनुशंसा करते हैं?

मैनेजर-अवश्य ही महोदय। आप बहुत ही भाग्यशाली हैं, दिल्ली में एक भी बड़ा होटल नहीं होगा जहां इस लड़की के प्रशंसक नहीं हों।

सचिन-आप इसे किस नाम से पुकारते हैं?

मैनेजर-हमारे यहां इसका नाम रूबी टेलर है। हो सकता है कि यह इसका वास्तविक नाम भी हो। कुछ लोग इसे एलिजाबेथ टेलर के परिवार की एक सदस्या भी समझते हैं।

वेंकट-एकदम बकवास है क्योंकि यह लड़की शत-प्रतिशत भारतीय है। हां, कभी-कभी यह हरे रंग के कॉन्टैक्ट लैंस जरूर इस्तेमाल करती है किन्तु उससे कोई यूरोपीय नहीं हो जाता है।

निश्चित समय पर दोनों कमरे में पहुंच गए। यह कमरा तीसरी मंजिल पर था और एकांत में था। अभी रात के कोई 11:20 हुए होंगे कि सचिन बाथरूम के भीतर चला गया, बाथरूम की बत्ती बुझा दी और उसे भीतर से बंद भी कर लिया। ठीक 11:30 पर कमरे की घण्टी बजी और एक युवती ने भीतर प्रवेश किया। प्रवेश के साथ ही उसने वेंकट द्रविड़ की ओर एक फ्लाइंग किस भी उछाला। यह लड़की हूबहू अंजलि ही थी। सचिन ने बाथरूम का दरवाजा खोला

नास्त्रेदमस की चुड़ैलें

और अचानक कमरे में प्रवेश किया। अंजलि के चेहरे पर हवाइयां उड़ रही थीं।

सचिन–धन्यवाद मिस्टर द्रविड़ अब आप जा सकते हैं। मैं इस लड़की के साथ अकेले में बात करना चाहता हूं। शायद मेरा अनुमान सत्य ही है।

वेंकट ने तनिक झुककर सचिन के प्रति सम्मान प्रकट किया और तुरंत होटल से बाहर चला गया। वह समझ नहीं पा रहा था कि आखिर माजरा क्या है? एक दूसरे को देखकर दोनों को ही कोई खुशी नहीं हुई थी।

सचिन–तो यह है तुम्हारी वास्तविकता?

अंजलि–यह मेरा व्यक्तिगत मामला है; कुछ मामले व्यक्तिगत भी होते हैं।

सचिन–तो इसका अभिप्राय यह है कि तुम इस बात को ठीक समझती हो?

अंजलि–यदि पुरुष दूसरी स्त्रियों से मित्रता कर सकते हैं तो स्त्रियां दूसरे पुरुषों से मित्रता क्यों नहीं कर सकती? यह बिल्कुल नैसर्गिक है कि प्रत्येक पुरुष यह चाहता है कि वह अधिक से अधिक स्त्रियों को भोगे, इसी प्रकार प्रत्येक स्त्री भी यह चाहती है कि वह अधिक से अधिक पुरुषों को भोगे।

सचिन–तो फिर विवाह की क्या आवश्यकता है? तुम्हारी दृष्टि में यौनाकर्षण, विवाह और देहव्यवसाय में कोई अंतर प्रतीत नहीं होता है। देह कोई वस्तु नहीं है जिसे बेचा जा सके; यह देह का अपमान है और उस प्रकृति और परमात्मा का भी अपमान है जिसने हमें शरीर दिया है। यौन कोई सस्ती चीज नहीं है, इस पर सारा गृहस्थ और मातृत्व टिका है। जिस प्रकार एक स्त्री को मां बनने का अधिकार है, एक पुरुष को भी अपने बच्चों का पिता होने का अधिकार है। विवाह के पश्चात भी जो स्त्री असंयमित जीवन व्यतीत करती है वह अपनी संतान की शत्रु होती है। आकर्षण और मित्रता विवाह से पूर्व ही अच्छे रहते हैं ताकि एक दूसरे को समझा जा सके। क्या तुम्हारा उस देश के कानून के प्रति भी कोई उत्तरदायित्व नहीं है जिसमें हम रहते हैं? क्या किसी भी नागरिक को कानून तोड़ने का अधिकार है?

अंजलि–यदि शरीर को बेचना अनैतिक है तो किसी के शरीर को खरीदना भी अनैतिक है। क्या मैं पूछ सकती हूं कि आप यहां किसलिए आए हैं?

संचिन–इसलिए कि तुम्हारी यह फोटो वेंकट की जेब से गिर गई थी और मुझे भरोसा नहीं हो रहा था कि यह तुम्हीं हो। क्या तुम सभी पुरुषों को एक जैसा ही समझती हो?

अंजलि–जैसे सभी पुरुष एक जैसे नहीं होते वैसे ही सभी स्त्रियां भी एक जैसी नहीं होतीं। मुझे भी मेरे जैसी होने का अधिकार है। एक ही पुरुष को कहां तक कोई संवेदनशील और सौंदर्य बोधयुक्त महिला निभा सकती है? स्त्री पुरुष से कहीं अधिक संवेदनशील होती है और जीवन में सभी को परिवर्तन अभीष्ट होता है। एक ही तरह की मिठाई कोई रोजाना कैसे खा सकता है चाहे वह कितनी भी अच्छी हो? फिर मैंने कौन-सा तुम्हें बच्चों के मामले में धोखा दिया है?

सचिन–बहुत खतरनाक बात कर रही हो तुम। सब इसी प्रकार सोचने लगें तो समाज टिक ही नहीं सकता है। किसलिए करती हो तुम यह सब? किस बात की कमी है तुम्हें? औरत का पेट यदि भीख मांगकर भी भरता हो तो भी वह अपना शरीर नहीं बेचती है। तुम्हें किस बात की विवशता है?

अंजलि–मेरी समझ में यह नहीं आता कि प्रेम के कारण अपना शरीर सौंपना यदि अपराध नहीं है तो उपहार ग्रहण करना अपराध क्यों है? शायद तुम यह जानना चाहते हो कि यह सब मैं कब से कर रही हूं और क्यों कर रही हूं? यह सब मैं तबसे कर रही हूं सचिन जब से मैंने होश सम्भाला है क्योंकि मेरा भी एक सपना है। मैं बहुत सारा धन कमाना चाहती हूं; भारतीय संगीत के साथ-साथ पश्चिमी संगीत भी सीखना चाहती हूं और दोनों का फ्यूजन करना चाहती हूं। इसके लिए आवश्यक है कि मैं यूरोप, ऑस्ट्रेलिया, अमेरिका और कनाडा जाऊं और वहां पर रहूं। वहां का संगीत सीखूं और परफॉर्म भी करूं। कौन देगा मुझे इतना धन? एक बात पूछती हूं सचिन, आखिर इसमें बुरा भी क्या है? तुम्हारे पास बुद्धि है और तुम्हें धन कमाने के लिए यह प्रतिभा राजनीतिज्ञों के हाथों में बेचनी पड़ती है। माँ के पास कला है और धन कमाने के लिए मां अपनी बनाई हुई पेंटिंग्स चाहे जिसको बेच देती हैं। मेरे पास रूप है, यह भी ईश्वर की बनाई हुई एक कलाकृति है और नश्वर है। क्या बुरा है जो मैं इसे बेचकर धन कमाती हूं? कभी तुमने सोचा है कि तुम जो अणुशक्ति निर्मित कर रहे हो वह करोड़ों मनुष्यों को मौत के घाट उतार देगी। तुम घृणा और हिंसा का विपणन करते हो फिर भी तुम महान हो; मैं सौंदर्य और करुणा का प्रतिदान करती हूं, फिर भी मैं अपराधिनी हूं, ऐसा क्यों? यदि प्रतिभा का अनुपयोग प्रतिभा का अपमान है तो क्या रूप का अनुपयोग रूप का अपमान नहीं है?

सचिन–शक्ति सदा ही शुभ होती है और प्रत्येक वैज्ञानिक जनकल्याण के लिए ही इसका अन्वेषण करता है। यदि इसका किञ्चित दुरुपयोग भी होता है तो उस दुरुपयोग के लिए वैज्ञानिक उत्तरदायी नहीं होता। वैज्ञानिक का उद्देश्य शक्ति का अन्वेषण करना है, इसका दुरुपयोग करना नहीं है। दुरुपयोग के लिए वे लोग उत्तरदायी होते हैं जो कि ऐसा करते हैं। जो छुरी अंगुली काट सकती है वही शल्यक्रिया में प्रयुक्त होकर किसी की प्राणरक्षा भी कर सकती है। जो आग घर को जला सकती है वह ठंड में लोगों का जीवन भी बचा सकती है। यदि विज्ञान व तकनीक के दुरुपयोग से डरकर वैज्ञानिक अपनी खोज बंद कर देता है तो भी मनुष्यता सुखी नहीं हो सकती है। आदिमानव हमारे से कोई अधिक सुखी नहीं था। अणुशक्ति का प्रयोग कालांतर में समस्त बीमारियों के उन्मूलन और वृद्धावस्था के स्थगन के लिए भी किया जा सकेगा। इसका उचित प्रयोग करके मनुष्य तीन सौ वर्षों तक जीवित रह सकेगा। वैज्ञानिक एक ऋषि, एक चिंतक और एक कल्याण-मित्र होता है, वह कोई अपराधी नहीं होता।

नास्त्रेदमस की चुड़ैलें

राजनीति में अवश्य कभी-कभी बुराई भी दिखाई देती है। हिरोशिमा और नागासाकी का दृष्टांत हमारे सामने है। किन्तु समस्या का हल क्या है? हल यह है कि हमें मनुष्य को अधिक परिपक्व, अधिक विचारशील और अधिक हृदयवान बनाना होगा। विज्ञान का विरोधी होना इस समस्या का हल नहीं है। विज्ञान मूलत: मनुष्य को सुखी बनाने की कीमिया है और विज्ञान ही मनुष्य को पशुजगत से अलग करता है, वह मनुष्य को पशुता से ऊपर उठाता है। अच्छा हुआ जो मैं तुम्हें समय रहते ही समझ गया, कुछ मामलों में तुम्हारे विचार बहुत खतरनाक हैं। पुरुष अपना सारा जीवन धन अर्जित करने में, चल-अचल सम्पत्ति बनाने में लगा देता है ताकि उसकी संतान का जीवन अच्छा बीत सके। प्रत्येक पुरुष अपने आपको उन बच्चों के दुख-सुख के लिए उत्तरदायी समझता है जिन्हें वह इस दुनिया में लेकर आता है। वह चाहता है कि उसके स्वयं के व्यक्तित्व और उसकी संतान के व्यक्तित्व में एक तालमेल हो। एक ही घर में एक संत और एक अपराधी साथ रहकर सुखी नहीं हो सकते हैं। प्रत्येक पिता को योग्य संतान पर गर्व होता है और अयोग्य संतान उसके लिए लज्जा का विषय होती है। किन्तु तुम्हारी जैसी पत्नियां गृहस्थी के विश्वास की नींव को ही हिलाकर रख देती हैं। अब क्या मैं कभी भी आश्वस्त हो सकता हूं कि मेरे बच्चे वैसे ही होंगे जैसेकि मैं चाहता हूं अथवा मेरे बच्चे वस्तुत: ही मेरे बच्चे होंगे और मेरे लिए लज्जा का कारण नहीं बनेंगे? हमारी परम्परा कहती है कि पुत्र को पिता की आत्मा का अंश होना चाहिए इसीलिए उसे आत्मज कहा जाता है। क्या एक ही घर में अंधकार और प्रकाश एक साथ रह सकते हैं अथवा जल और अग्नि एक साथ रह सकते हैं? तुमने तो यह भी नहीं सोचा कि मैं पूरे देश में एक प्रतिष्ठित वैज्ञानिक हूं, पूरा राष्ट्र मुझ पर भरोसा करना चाहता है। किसी भी समय यहां पुलिस का छापा पड़ सकता है क्योंकि जो भी कुछ तुम कर रही हो वह कानून के विरुद्ध है। पूरे देश को मैं क्या मुंह दिखाऊंगा और अपने निष्ठावान होने का क्या प्रमाण दूंगा? जिस वैज्ञानिक की पत्नी अपना शरीर तक बेच सकती है, वह वैज्ञानिक विदेशी ताकतों को अपनी खोज को क्यों नहीं बेच सकता है?

अंजलि-जब बात चल ही पड़ी है तो मैं यह भी पूछती हूं कि इस तथ्य से क्या अंतर पड़ता है कि बच्चा किसका है? बच्चा तो उसी आदमी को अपना पिता समझता है जिसके साथ उसकी माँ रहती है; बच्चे की भावनाएं भी उसी आदमी के साथ जुड़ जाती हैं। बच्चे के व्यक्तित्व के निर्माण में क्या आनुवंशिकता ही सबकुछ होती है और वातावरण कुछ भी नहीं होता? एक दृष्टिकोण से देखा जाए तो तुम्हें एक बहुत ही संकीर्ण विचारधारा वाला एक दकियानूसी पति भी कहा जा सकता है जो कि एक शिक्षित पुरुष के लिए कोई प्रशंसा की बात नहीं है। यह एक ऐसी बात है सचिन जो प्रत्येक पत्नी सोचती है किन्तु कहती नहीं है।

सचिन-फिर तो विवाह करने का और आनुवंशिक गुणों को बचाने का कोई अर्थ ही नहीं रह जाता है। एक अच्छे से अच्छे पुरुष के घर में एक जघन्यतम अपराधी पैदा हो सकता है और एक बुद्धिमान से बुद्धिमान पुरुष के घर में एक मूढ़तम बालक पैदा हो सकता है। पुरुष को यह दण्ड किस बात का मिलना चाहिए? बड़ा होकर बच्चा भी यह समझ जाता है कि उसका वास्तविक पिता कोई और है और इस प्रकार पुरुष का जीवन ही नरक हो जाता है। विवाह एक संविदा है और इसमें पुरुष के लिए क्या सारभूत बच जाएगा? यदि स्त्री उन्मुक्त होना चाहेगी तो पुरुष भी बंधन को क्यों चुनेगा? स्वतंत्रता तो दोनों तरफ होनी चाहिए। क्या यह अन्यायपूर्ण नहीं है कि स्त्री के पास तो मातृत्व का अधिकार रहे किन्तु पुरुष पितृत्व के अधिकार से वंचित हो जाए? फिर तो विवाह के नाम पर बस उसे एक बोझ ही ढोने को मिलेगा।

अंजलि-जहां तक मैं समझती हूं विवाह का अर्थ होता है कि एक स्त्री और एक पुरुष जीवन-भर एक दूसरे के साथ रहें और किसी भी परिस्थिति में एक दूसरे को निभाएं। यदि प्रकृति ने स्त्री को मातृत्व का अधिकार दिया है तो कुछ सोच-समझकर ही दिया होगा।

सचिन-फिर तो विवाह का अर्थ यह भी हो सकता है कि कुछ पुरुष और कुछ स्त्रियां एक समूह बनाकर एक तर्कसंगत अवधि के लिए एक साथ रहें और यह अवधि व्यतीत हो जाने पर एक नया समूह बना लें। फिर विवाह के इस विकल्प में क्या दिक्कत है? देह-व्यापार में लिप्त होने से तो कहीं यह व्यवस्था अधिक गरिमापूर्ण है। बच्चों के पालन पोषण के लिए सरकार प्रत्येक वयस्क पुरुष से टैक्स वसूल कर ले और बच्चे को केवल माता के नाम से जाना जाए। प्लेटो ने इसी को 'पत्नियों के साम्यवाद का सिद्धांत' कहा है। इससे पुरुष लोभ व पक्षपात से भी मुक्त हो जाएगा। प्लेटो ने यह व्यवस्था शासकवर्ग और बुद्धिजीवी वर्ग के लिए दी थी जो कि नगर-राज्यों का संचालन करते थे। तुम्हारे कारण मेरी विश्वसनीयता पर कभी भी अंगुली उठ सकती है, जिस पद पर मैं कार्य कर रहा हूं उसके लिए सबसे बड़ा मापदण्ड विश्वसनीयता ही है। अच्छा होगा कि तुम स्वत: ही उचित निर्णय ले लो वरना तलाक लेना मुझे भी आता है।

अंजलि-तुम्हारे जैसे आदमी के साथ रहना भी कौन चाहता है? मैं तो तुम्हें एक पढ़ालिखा पुरुष समझती थी, मुझे क्या पता था कि तुम बिल्कुल ही अजायबघर में रखने योग्य निकलोगे? मुझे क्या पता था कि तुम इतने अशक्त आदमी हो कि मुझे जेल जाने से भी नहीं बचा सकते? तुम तो यह भी भूल जाते हो कि बड़े लोगों को कौन जेल भेजता है और बड़े लोगों को कौनसी पुलिस पकड़ती है?

अगले दिन दोनों ने पारिवारिक न्यायालय में जाकर पारस्परिक सहमति से विवाह विच्छेद के लिए आवेदन कर दिया। सचिन ने एक बार दिल्ली को

नास्त्रेदमस की चुड़ैलें

अलविदा कहना ही ठीक समझा और अपने पद से त्यागपत्र दे दिया। जब वह अपनी माँ के पास पहुंचा तो उस तक सारी खबर पहले ही अंजलि ने पहुंचा दी थी किन्तु मां ने बहू का ही पक्ष लिया और सचिन से कहा कि यदि तुम मेरे से कोई भी सम्बंध रखना चाहते हो तो तुम्हें बहू को वापस लाना पड़ेगा और उससे क्षमा भी मांगनी पड़ेगी। नहीं तो, आज के बाद हम दोनों के बीच भी कोई सम्बंध नहीं रहेगा।

सचिन-क्या तुम जानती हो कि वह एक कॉलगर्ल है?

गोमती-यदि पुरुष कोई भूल कर सकता है और दण्ड से बच सकता है तो स्त्री कोई भूल क्यों नहीं कर सकती? आखिर वह भी तो एक मनुष्य ही है।

सचिन-किन्तु, वह इसे एक भूल नहीं मानती और सुधरना भी नहीं चाहती है।

गोमती-यदि वह दूसरे पुरुषों से मित्रता रखती है तो तुम भी दूसरी स्त्रियों से मित्रता रखो। यदि वह तुम्हें कुछ भी नहीं समझती है तो तुम भी उसे ना कुछ समझो। किन्तु मैं तो एक अच्छा आदमी उसे ही मानती हूं जो प्रत्येक परिस्थिति में पत्नी को निभाता है। जो पुरुष सम्बंध ही तोड़कर खड़ा हो जाता है, मेरे दृष्टिकोण से वह क्षमा के योग्य नहीं होता। फिर यह विवाह तो मैंने मेरी मर्जी से किया था, अब तुम्हें मेरे से भी सम्बंध तोड़ने पड़ेंगे।

सचिन-चाहे पत्नी कानून ही तोड़े और अपराध ही करे?

गोमती-यह पति और पत्नी के बीच में कानून कहां से आ गया? पति को प्रत्येक परिस्थिति में अपनी पत्नी की रक्षा करनी चाहिए। यदि वह भी बुरी है तो तुम भी बुरे बन जाओ किन्तु सम्बंध एक बार हो जाने के बाद उसे तोड़ने वाला ही दोषी माना जाता है। मैं तो सारी गलती तुम्हारी ही मानती हूं।

सचिन-तो इसका मतलब यह हुआ कि समाज में मेरी कोई प्रतिष्ठा ही नहीं है?

गोमती-यह सब पुरुषों के बनाए हुए ढकोसले हैं। मैं तो समझती थी कि तुम अपने पिता की अपेक्षा अधिक समझदार निकलोगे किन्तु लगता है कि मेरी सारी मेहनत ही बेकार गई। जब किसी अन्य पुरुष की पत्नी भूल करती है तो पुरुष-समुदाय प्रसन्न होता है और सारे किस्से को चटखारे ले-लेकर सुनाता है किन्तु वही भूल जब स्वयं की पत्नी से हो जाती है तो पति इसे प्रतिष्ठा का प्रश्न बना लेता है। क्या पुरुष सदा ही अपरिपक्व बना रहेगा? यह पुरुषों का बनाया हुआ एक बचकाना संसार है जिसमें सदियों से औरत का दम घुट रहा है। फिर क्या आश्चर्य है कि आज की औरत ने विद्रोह कर दिया है?

सचिन-अब मैं समझ गया कि तुम क्या चीज हो। इसका अर्थ मुझे यह लेना चाहिए कि तुमने जानबूझकर एक गलत लड़की से मेरा विवाह करवाया है और मुझे धोखा दिया है।

गोमती-मैं तो ऐसी ही बहू लाना चाहूँगी जो मेरी इज्जत कर सके, यह तो स्वाभाविक है। जिस दिन तुम मुझे समझ जाओगे उस दिन तुम मेरा मुंह भी नहीं देखोगे। दो व्यक्ति एक साथ रह सकें इसके लिए केवल क्षमा कर देना ही पर्याप्त नहीं होता है, उनके दृष्टिकोणों में सामंजस्य होना भी आवश्यक होता है। इसलिए मैंने बहुत सोचसमझकर यह निर्णय लिया है कि मैं और अंजलि एक साथ रहेंगे और तुम तुम्हारे लिए कोई दूसरा रास्ता देख लो। मैं उसे इस घर में ब्याह कर लाई हूं और अब मैं ही उसकी माँ हूं; जब तक मैं जीवित हूं, मैं ही उसे निभाऊंगी। वस्तुत: तो तुम्हारा और मेरा सम्बंध भी उसी दिन टूट गया था जब तुम पांच बरस के थे और तुम्हारे पिता चल बसे थे। वे भी मुझे क्षमा नहीं कर सके थे तो तुम कैसे क्षमा कर सकोगे? स्त्री यह भूल जाती है कि तुम सारे पुरुष एक जैसे ही होते हो। अब न तो तुम्हारा अंजलि के साथ रहना उचित है और न ही मेरे साथ रहना उचित है। हम दोनों को तुम हमारे हाल पर छोड़ दो और जहां तुम चाहो चले जाओ और सुखी रहो।

सच्चिदानंद वहां से अज्ञातवास का उद्देश्य लेकर चल पड़ा और कुछ समय के लिए एक चर्च-स्कूल में शिक्षक बन गया ताकि उसके मन को शांति मिल सके। अपना नाम भी उसने बदल लिया और अपना अतीत भी उसने भुला दिया। अब वह बस एक पादरी था।

कहानी को इस मोड़ पर देखकर शैतान ने एक जोर का ठहाका लगाया और जीसस की ओर उन्मुख होकर बोला—

''तुम अभी भी सुधर जाओ बालक और मुझसे लड़ना छोड़ दो। संसार की समझ मुझमें तुमसे कहीं अधिक है। यदि तुम संसार में सफल होना चाहते हो तो तुम्हें मुझको मान्यता देनी ही पड़ेगी। चाहे पहली शताब्दी का प्रारम्भ हो चाहे इक्कीसवीं का, चाहे येरूसलम हो चाहे हिन्दुस्तान; वह आदमी जो केवल अच्छा है और बुरा नहीं है सदा ही सलीब पर टंगा हुआ है। बुरा आदमी चाहे वह हत्यारा और लुटेरा ही क्यों ना हो फिर भी दण्ड पाने से बच जाता है किन्तु अच्छे आदमी का मददगार कोई भी नहीं है। अच्छे आदमी का दण्ड पाना सुनिश्चित है; तुम चाहे उसे क्षमा, कष्ट, तपस्या इत्यादि कोई भी सुंदर नाम दे सकते हो और मसीहागिरी की परम्परा को जारी रख सकते हो। किन्तु अच्छे होकर कष्ट से बच नहीं सकते हो।''

जीसस क्रोध में शैतान की ओर लपकते हैं और शैतान तुरंत अदृष्ट हो जाता है। वह एक छोटे से शुक्र तारे में बदल जाता है और धरती के नीचे अंतरिक्ष में कुछ समय के लिए छिप जाता है। ∎

नास्त्रेदमस की चुड़ैलें

सखा भए नंदलाल

महाभारत का युद्ध समाप्त हो चुका है। पाण्डव अब हस्तिनापुर लौट आए हैं। संध्या का समय है, कृष्ण और अर्जुन दोनों नदी के तट पर भ्रमण हेतु उपस्थित हैं। एक पेड़ के नीचे उन्होंने अपना रथ खड़ा करके अश्वों को बंधनमुक्त कर दिया है। शीतल समीर का संचरण हो रहा है और दोनों नदी के तट पर भ्रमण कर रहे हैं।

अर्जुन-युद्ध हो भी गया केशव और हम जीत भी गए। यह भी समझ में आता है कि हममें से कोई भी विजयी होकर भी सुखी नहीं है क्योंकि इस युद्ध में हमने प्रियजनों को ही खोया है। किन्तु मेरे मन में बार-बार यह प्रश्न उठता है ह्रषिकेश कि क्या इस पारिवारिक संघर्ष को टाला नहीं जा सकता था? इस संघर्ष के लिए उत्तरदायी किसे समझा जाए?

कृष्ण-क्या तुम सोचते हो सखे कि दुर्योधन ही इस सारे संघर्ष के लिए उत्तरदायी था क्योंकि उसकी महत्त्वाकांक्षा विवेक से नियंत्रित नहीं थी?

अर्जुन-सामान्यत: यही समझा जाएगा सारंगधर कि दुर्योधन ही इस युद्ध के लिए उत्तरदायी था। उसने बचपन में ही भीम को जहर देने का प्रयास किया था; वह ईर्ष्यालु और विवेकहीन था इस बात को भी विस्मृत नहीं किया जा सकता। उसने लाक्षागृह का निर्माण करवाया था, द्यूत-क्रीड़ा का कपटपूर्ण आयोजन करवाया था, द्रौपदी का अपमान किया था, इत्यादि। ये सभी षडयंत्र अपने-अपने स्थान पर अक्षम्य थे किन्तु क्या तातश्री शकुनि हस्तिनापुर आकर नहीं बैठ जाते तो भी दुर्योधन यह सब करता? हम सभी जानते हैं कि दुर्योधन को पथभ्रष्ट करने में शकुनि की भूमिका अपरिहार्य रही है यद्यपि उनका कौरव वंश से कोई भी रक्तसम्बंध नहीं था। कांधार को छोड़कर उनका यहां आकर रहना एक तरह से हमारा दुर्भाग्य ही सिद्ध हुआ है। किन्तु क्या पितामह, द्रोणाचार्य एवं कृपाचार्य की भूमिका भी विचारणीय नहीं है? क्या ये आर्यावर्त को इस संघर्ष से नहीं बचा सकते थे?

कृष्ण-मैं चाहता हूं कि तुम अपना अभिप्राय विस्तार से अभिव्यक्त करो।

अर्जुन-सबसे पहले मैं पितामह को लेता हूं केशव। पितामह ने अपने पिता महाराज शांतनु को दो वचन दिये थे। पहला यह कि वे स्वयं विवाह नहीं करेंगे और दूसरा यह कि वे माता सत्यवती की संतति के लिए राज्यसिंहासन की रक्षा

करेंगे। महाराज शांतनु के पश्चात् महाराज विचित्रवीर्य राजा बने और पितामह ने उनके राज्य की रक्षा की। विचित्रवीर्य के तीन पुत्र हुए धृतराष्ट्र, पाण्डु एवं विदुर। धृतराष्ट्र जन्मांध थे इसलिए महाराज विचित्रवीर्य का राजसिंहासन महाराज पाण्डु को मिला और पितामह ने उनके राज्य का भी संरक्षण किया। यहां तक स्थिति बिल्कुल स्पष्ट है। किन्तु दैवयोग से महाराज पाण्डु का अकाल निधन हो गया और उनके वरिष्ठतम पुत्र युधिष्ठिर उस समय अवयस्क थे और राजकाज को समझ नहीं सकते थे। मेरा मानना यह है कि पहली भूल यहीं पर हुई जिसने कि संघर्ष को जन्म दिया। उचित यह होता कि युधिष्ठिर को अवयस्क होते हुए भी सिंहासनारूढ़ किया जाता और राजकाज पितामह चलाते, संरक्षक की युक्ति-युक्त भूमिका भी यही होती है। चक्षुहीन होने के कारण तातश्री राजा नहीं बन सके थे किन्तु उन्हें राजप्रतिनिधि बनाया गया और उसी सिंहासन पर बैठा दिया गया जिसके लिए उन्हें अयोग्य समझा गया था। इस निर्णय का क्या औचित्य था, यह मेरी पहली जिज्ञासा है? इसके बाद युधिष्ठिर वयस्क हो गए, वे प्रजा में भी लोकप्रिय थे और प्रत्येक प्रकार से एक राजा बनने के योग्य थे। अब उचित निर्णय यह रहा होता कि उन्हें उनके पिता महाराज पाण्डु का उत्तराधिकारी बनाकर पूरा राज्य सौंप दिया जाता। किन्तु, ऐसा न करके राज्य का विभाजन किया गया। क्या यह निर्णय अनुचित नहीं था, यह मेरी दूसरी जिज्ञासा है? राज्य का विभाजन भी हो गया, हस्तिनापुर और इंद्रप्रस्थ दो राजधानियां भी बन गईं। इसके पश्चात भी दुर्योधन ने अनीति का सतत अनुसरण सुचारु रखा। लाक्षागृह निर्माण करवाया, कपटपूर्ण द्यूत-क्रीड़ा का आयोजन किया व द्रौपदी का भरी हुई राजसभा में अपमान किया इत्यादि। अज्ञातवास से वापस आने पर राज्य लौटाने से भी मना कर दिया और युद्ध आवश्यक हो गया, किन्तु किसी भी मोड़ पर पितामह ने यह नहीं कहा कि वे धृतराष्ट्र और दुर्योधन का परित्याग कर देंगे और पाण्डवों का साथ देंगे। पाण्डव भी उसी प्रकार विचित्रतवीर्य के पौत्र हैं जिस प्रकार कि कौरव थे। पितामह के लिए वचनपालन का एक तरीका यह भी हो सकता था कि वे युधिष्ठिर को राजसिंहासन पर बैठा देते और युधिष्ठिर के राज्य की रक्षा करते। पितामह की क्या बाध्यता थी कि वे धृतराष्ट्र और दुर्योधन से बंधे रहे; यह मेरी तीसरी जिज्ञासा है? मेरी समझ यह है कि यदि पितामह कौरवों का परित्याग कर देते तो द्रोणाचार्य और कृपाचार्य भी हमारे पक्ष में आ जाते और युद्ध को टाला जा सकता था। किन्तु केशव मुझे तो पितामह, द्रोणाचार्य व कृपाचार्य इन तीनों का ही दृष्टिकोण समझ में नहीं आता। ऐसा नहीं लगता था कि ये तीनों पूज्यजन हमें स्नेह नहीं करते थे और ऐसा भी नहीं लगता था कि ये हमारे शुभचिंतक नहीं थे। किन्तु, फिर भी ये तीनों अंत तक दुर्योधन के संरक्षक बने रहे। अनीति के पश्चात् अनीति करते रहने पर भी इन्होंने दुर्योधन का परित्याग नहीं किया, यह बात मुझे समझ में नहीं आती। क्या यह कहना सच

258 *सखा भए नंदलाल*

नहीं होगा कि ये जीवन-भर एक प्रकार के द्वंद्व में जीए और यही युद्ध का कारण भी बना? अकेले दुर्योधन और तातश्री शकुनि क्या इतने बड़े संघर्ष को जन्म दे पाते यह एक बहुत बड़ा प्रश्न लगता है।

कृष्ण-तुम्हारी बात ठीक है पार्थ। यह सत्य है कि ये तीनों पितामह, द्रोणाचार्य एवं कृपाचार्य जीवन भर एक प्रकार के द्वंद्व में जीए और यही युद्ध का कारण भी बना। इन तीनों के निर्द्वन्द्व होकर अच्छाई का पक्ष लेने पर शकुनि हमारा कुछ भी अनिष्ट नहीं कर पाता। इन तीनों का द्वंद्व तुमने लाक्षागृह और द्यूतक्रीड़ा के समय स्वयं अनुभव किया होगा?

अर्जुन-हां, माधव अवश्य ही। मैंने स्वयं तातश्री धृतराष्ट्र को भी सदा द्वंद्व में ही पाया। एक राजा के लिए ऐसा अंतर्संघर्ष सामान्य से अधिक अमर्यादित था। शकुनि के कहने से उन्होंने द्यूतक्रीड़ा का प्रस्ताव स्वीकार भी कर लिया यद्यपि इसे स्वीकार करना उनकी कोई बाध्यता नहीं थी। पहली बार द्यूतक्रीड़ा हुई और पासे फेंके जाने लगे। तातश्री न तो कभी हमारी जीत से प्रसन्न हुए और न ही कभी शकुनि की जीत से। हर दांव के साथ मैंने उन्हें चिंतित ही देखा। अंततोगत्वा पहली क्रीड़ा में हम हार गए, हमने हार स्वीकार भी कर ली किन्तु तातश्री ने शकुनि पर भरोसा नहीं किया और राज्य पुन: हमें लौटा दिया। जो भी सम्पत्ति हम हार गए थे, वह भी हमें वापस लौटा दी गई थी। यह तातश्री की कोई बाध्यता तो नहीं थी कृष्ण कि उन्होंने कारण बताना भी आवश्यक नहीं समझा और द्यूतक्रीड़ा के परिणाम को निरस्त कर दिया?

कृष्ण-यह सत्य है कि वे द्वंद्वरहित नहीं थे और विदुर के आपत्ति करने के कारण निमित्त भी उन्हें मिल गया था। शकुनि ने पासे फेंकने में पहली बार भी छल किया था और यह बात धृतराष्ट्र भी समझ गए थे। यह बात द्रोण, कृपा व विदुर के देखने में भी आ गई थी और विदुर ने तो आपत्ति भी कर दी थी। यह सत्य है कि तातश्री को तुम्हारी पराजय से भी प्रसन्नता नहीं हुई थी और इसीलिए उन्होंने परिणाम को भी निरस्त कर दिया था।

अर्जुन-तातश्री ने पहली बार द्यूतक्रीड़ा का आदेश दिया फिर परिणाम को निरस्त कर दिया। किन्तु पुन: द्यूतक्रीड़ा का आग्रह स्वीकार कर लिया। क्या यह द्वंद्व की स्थिति नहीं थी गोविन्द?

कृष्ण-बिल्कुल थी। किन्तु भूल तुमसे भी हुई पार्थ। तुम पांचों भाई वीर और निष्कपट तो हो किन्तु थोड़े से अबोध भी हो। तुम्हारे अतिरिक्त यह बात सभी समझ रहे थे कि शकुनि पासे फेंक ही इसलिए रहा है क्योंकि वह छल करना चाहता है। यह बात तातश्री, पितामह, आचार्यगण और विदुर भी जानते थे। शकुनि के पासे फेंकने पर तुम्हें आपत्ति करनी चाहिए थी। शकुनि तो कौरव परिवार का ही सदस्य नहीं था और पासे फेंकने का उसे कोई भी अधिकार नहीं था। तुम्हारी आपत्ति का कम से कम विदुर अवश्य अनुमोदन करते और तुम दूसरी बार

द्यूतक्रीड़ा से बच जाते। तुम्हें युक्ति से काम लेना चाहिए था और यह कहना चाहिए था कि पासे धृतराष्ट्र का कोई भी एक पुत्र फेंक सकता है किन्तु शकुनि नहीं। इससे दुर्योधन स्वयं ही द्यूतक्रीड़ा से मना कर देता।

अर्जुन-यह भूल तो हमसे अवश्य हुई गोविन्द किन्तु आश्चर्य है कि इस ओर तातश्री विदुर का ध्यान भी नहीं गया।

कृष्ण-उन्हें यह आपत्ति उठाने का अधिकार नहीं था। पाण्डवों की ओर से क्षेत्ररक्षण स्वयं युधिष्ठिर कर रहे थे और यह आपत्ति उठाने का अधिकार भी उन्हीं का था। इसके बाद भी तुमने बहुत भूलें कीं। जिस द्यूतक्रीड़ा में छल होता हो उसका परिणाम स्वीकार करना कोई बाध्यता नहीं होती है किन्तु तुमने परिणाम को स्वीकार कर लिया। शकुनि का छल पकड़ में आते ही तुम्हें खेलना बंद कर देना चाहिए था और उठकर आ जाना चाहिए था। अधिक से अधिक तुम्हें शस्त्र उठाने पड़ते। राज्याधिकार को छोड़ना नहीं चाहिए था। यह बात दाऊ सहित दूसरे सभी यादव भी जानते हैं कि शकुनि के पासे फेंकने के पीछे छल करने का ही उद्देश्य था। तुम्हारा पक्ष यादव भी लेते और दूसरे मित्र भी लेते, तुम्हें राज्याधिकार को अकस्मात छोड़ नहीं देना चाहिए था।

अर्जुन-तुम ठीक कहते हो केशव। भीम और मेरा भी यही विचार था कि हम द्यूतक्रीड़ा के परिणाम स्वरूप होने वाली सम्पत्ति और राज्य की हानि का अनुमोदन नहीं करेंगे। किन्तु भ्राताश्री युधिष्ठिर ने परामर्श का कोई अवसर ही हमें नहीं दिया और वे बढ़ते ही चले गए।

कृष्ण-इसके पश्चात तो युधिष्ठिर ने जो किया वह घोर अनीति थी। यह अनीति ही युद्ध का कारण बनी। पत्नी और अनुज सम्पत्ति नहीं होते किन्तु स्वयं युधिष्ठिर ने इन्हें सम्पत्ति मान लिया और दाव पर लगा दिया, यह एक भयंकर भूल थी। जो रक्षक था वही आततायी बन गया। द्यूतक्रीड़ा में हारने के पश्चात भी यदि युधिष्ठिर ने द्रौपदी को दाव पर नहीं लगाया होता तो यह नरसंहार टल जाता। आखिर वह कौन-सा बिन्दु है जो इस युद्ध की ओर एक निर्णायक तथ्य साबित हुआ? दुर्योधन ने लाक्षागृह की रचना की किन्तु तुम बच गए इसलिए युद्ध टल सकता था। फिर पहली द्यूतक्रीड़ा हुई; शकुनि ने इसमें छल किया और धृतराष्ट्र ने उसके परिणाम को निरस्त कर दिया। यहां तक भी युद्ध की कोई स्थिति नहीं थी। फिर दुबारा द्यूतक्रीड़ा हुई; युधिष्ठिर राज्य व सारी सम्पत्ति हार गया। इसका कारण शकुनि द्वारा किया गया छल था किन्तु फिर भी तुमने द्यूतक्रीड़ा के परिणाम को स्वीकार कर लिया। यह मूढ़तापूर्ण था किन्तु यह भी युद्ध का कारण नहीं बना होता। युद्ध का कारण यह बना कि स्वयं युधिष्ठिर ने अपनी माता के अतिरिक्त सबको अपनी सम्पत्ति मान लिया और सबको दांव पर लगा दिया। जिस प्रकार माता पुत्र की सम्पत्ति नहीं होती उसी प्रकार पत्नी व अनुज भी सम्पत्ति नहीं होते। व्यक्ति की सम्पत्ति में भागीदारी होती है, वह स्वयं

सम्पत्ति कैसे हो सकता है? पत्नी होना अथवा अनुज होना कोई अपराध नहीं है कि मनुष्य को मानवीय गरिमा से वंचित कर दिया जाए। स्वयं युधिष्ठिर ने मानवाधिकारों का हनन किया जिससे कौरवों का दुस्साहस बढ़ गया और उन्होंने द्रौपदी के चीर-हरण का प्रयास किया। दुर्योधन, दु:शासन, शकुनि व कर्ण ने उस दिन राज्यसभा में एक ऐसी भूल की जिसे किसी भी सभ्य राष्ट्र का भविष्य क्षमा नहीं कर सकता, इसलिए युद्ध अनिवार्य हो गया। द्रौपदी राजा द्रुपद की पुत्री थी जिसका विवाह उन्होंने केवल अर्जुन से किया था; वह कुंती की पुत्रवधू थी और स्वयं कुंती यदुवंशियों की कन्या थी। उस दिन उस राज्य-सभा ने विवाह की संस्था को ही कलंकित कर दिया था और हम सबको भी अपमानित कर दिया था। अब यह केवल कौरवों का एक घरेलू विवाद नहीं रह गया था बल्कि पूरे राष्ट्र के समक्ष एक नैतिक प्रश्न बन गया था। बुरे लोग तो सदैव ही युद्ध की परिस्थितियां निर्मित करते रहते हैं किन्तु चीरहरण की घटना से अच्छे लोगों को भी युद्ध का मानस बनाना पड़ा।

अर्जुन-तो तुम यह मानते हो केशव कि युद्ध के लिए वे भूलें उत्तरदायी हैं जो कौरवों अथवा पांडवों ने कीं। क्या परिस्थितिजन्य कारणों का कोई भी उत्तरदायित्व नहीं था?

कृष्ण-पहले दोनों पक्षों से भूलें हुईं और फिर परिस्थितिजन्य कारण ही सर्वाधिक महत्त्वपूर्ण हो गए। महाभारत के युद्ध के पीछे उत्तराधिकार के नियम का प्रश्न था। क्या तुम्हें स्मरण है पार्थ कि कौरवों की तुलना में जनसाधारण हमें अधिक न्यायप्रिय और भला मानता था और नीतिज्ञान में भी हम किसी से पीछे नहीं थे; पाण्डवों के साथ स्वयं मैं और द्रुपद के पुत्र सेना का संगठन कर रहे थे फिर भी दुर्योधन के साथ ग्यारह अक्षौहिणी सेना खड़ी हुई जबकि हमारे पक्ष में केवल सात अक्षौहिणी सेना ही जुट पाई। क्या तुम इसका कारण समझते हो धनञ्जय? क्योंकि मैं तुम्हारा सखा हूं इसलिए तुमसे अप्रिय सत्य भी कहूंगा। इसका कारण यह है कि पांचों कुंती पुत्रों का जन्म नियोग प्रथा से हुआ था और उनका कुरुवंश से कोई भी रक्तसम्बंध नहीं है। धृतराष्ट्र, पाण्डव व विदुर के जन्म के समय भी नियोग का आश्रय लिया गया था किन्तु वेदव्यास स्वयं भी कुरुवंशी थे इसलिए इन तीनों को भी कुरुवंश के भीतर ही माना गया। बाद में पाण्डु भी संतानोत्पत्ति में अक्षम निकले और तुम्हारी माता को नियोगप्रथा का आश्रय कुरुवंश से बाहर जाकर लेना पड़ा। धृतराष्ट्र के पुत्र कितने भी बुरे रहे हों किन्तु उनका कुरुवंश से रक्तसम्बंध था जबकि पाण्डवों का कुरुवंश से कोई भी रक्तसम्बंध नहीं था। तुम्हारा सोचना ठीक है अर्जुन, यही कारण था कि भीष्म, द्रोण, कृपा व धृतराष्ट्र सदैव एक द्वंद्व में ही जीए। उनका द्वंद्व यही था कि तुम्हें कुरुवंश की संतति माना जाए अथवा नहीं माना जाए इसीलिए पितामह का महाराज शांतनु को दिया गया वचन उन्हें तुम्हारे पक्ष में आने से रोकता रहा।

तुम्हारा यह सोचना भी ठीक है कि वे अवश्य ही तुम्हारे शुभचिंतक थे। जिन बालकों को हम बचपन से पालते हैं उनके प्रति लगाव होना स्वाभाविक है, इसलिए तुम्हारी यह अनुभूति भी मिथ्या नहीं थी कि तुम भी भीष्म व द्रोण को प्रिय थे। तुम पांचों भाई विनम्र हो और कौरव अहंकारी थे; तुम तुम्हारे आचरण में न्यायसंगत थे जबकि कौरव प्रपंचक थे इसलिए भी तुम्हारे प्रति अनुराग का कारण बनता था। किन्तु उत्तराधिकार के प्रश्न पर मौन होते हुए भी भीष्म, द्रोण, कृपा, धृतराष्ट्र चारों ही आश्वस्त नहीं थे। हमारा समाज मातृसत्तात्मक व्यवस्था से पितृसत्तात्मक व्यवस्था की ओर अग्रसर है। संक्रमण के इस काल में उत्तराधि कार के नियम पूरी तरह स्पष्ट नहीं हैं, यही युद्ध का कारण बना। महाभारत का युद्ध इस तथ्य का साक्षी है कि अधिकांश नृपतियों ने पितृसत्तात्मक व्यवस्था का पक्ष लिया था और मुझे आशंका है अर्जुन कि भविष्य मातृसत्तात्मक व्यवस्था को नहीं मानेगा। स्वयं यदुवंशी व द्रुपदवंशी भी जैसा कि मुझे विदित है नियोगप्रथा के पक्ष में नहीं हैं किन्तु आर्यविधि में यह प्रथा अभी भी अमान्य नहीं है। इसीलिए तो मैं कहता हूं कि यह संक्रमण का काल है। कुंती द्वारा वरिष्ठजनों की सहायता लिए बिना नियोग द्वारा मनमाने ढंग से पुत्र उत्पन्न करना तुम्हारे परिवार की पहली भूल थी। द्रौपदी को पांचों भाइयों ने अपनी पत्नी स्वीकार कर लिया, यह तुम्हारे परिवार की दूसरी भूल थी और द्रौपदी के चीरहरण का प्रयास किया गया यह तुम्हारे परिवार की तीसरी भूल थी। इस भूल से विवाह की संस्था व नारी की गरिमा कलंकित हुई। वस्तुतः सारा का सारा कुरुवंश मानवीय अधि कारों के सम्बंध में भ्रांत है, यही युद्ध का कारण बना। द्रौपदी का विवाह केवल अर्जुन से हुआ था, फिर उसका परिणय पांचों भाइयों के साथ किया गया, यह मातृसत्तात्मक व्यवस्था का एक अवशिष्ट स्मृति-चिह्न है किन्तु अधिकांश राजपरिवार इसे सम्मान की दृष्टि से नहीं देखते हैं इसीलिए दुर्योधन, दुःशासन व कर्ण ने द्रौपदी के अपमान का दुस्साहस कर लिया था। कुंती हमारी बुआ हैं, पाण्डव हमारे रक्तसम्बंधी हैं फिर भी उत्तराधिकार के प्रश्न पर हम सभी यादवों को भी आश्वस्त नहीं कर पाए थे। इसी विसंगति का सामना द्रुपद के पुत्रों को भी करना पड़ा। इसीलिए हम पाण्डवों के पक्ष में केवल सात अक्षौहिणी सेना ही खड़ी कर पाए। मुझे प्रारम्भ से ही इस विसंगति का अनुमान था इसीलिए मैंने दुर्योधन से मात्र पांच ही ग्राम देने का प्रस्ताव भी कर दिया था क्योंकि तर्क उसके पक्ष में भी था। लोग हमारे और हमारे विश्वस्त मित्रों के सामने इन अशोभनीय बातों को नहीं कहते हैं किन्तु इन तथ्यों ने परिस्थितियों को प्रभावित अवश्य किया है। वर्तमान में स्थिति यह है कि नियोगप्रथा अमान्य भी नहीं है किन्तु यह वरणीय भी नहीं है। इसी प्रकार बहुपतिप्रथा को भी प्रायः अवांछित ही समझा जाता है। इस प्रकार कुंती द्वारा नियोग को अपनाना, पांचों पाण्डवों द्वारा द्रौपदी को पत्नी स्वीकार कर लेना व युधिष्ठिर द्वारा परिवाजन को ही सम्पत्ति

मान लेना, ये तीनों भूलें ही युद्ध का कारण बनीं। इससे कौरव अपने आचरण में अमर्यादित हो गए और उनका अमर्यादित आचरण एक नैतिक प्रश्न बन गया और युद्ध का कारण बना।

अर्जुन–इसका अर्थ यह हुआ गोविन्द कि जो लोग द्रौपदी के अपमान का प्रतिशोध लेना चाहते थे वे युद्धभूमि में हमारे पक्ष में खड़े हो गए और जो नृपति नियोग को उत्तराधिकार का उचित कारण नहीं समझते थे वे दुर्योधन के पक्ष में खड़े हो गए?

कृष्ण–यही सत्य है मित्र, बिल्कुल ऐसा ही हुआ है।

अर्जुन–आर्य कर्ण के प्रति भी मेरे मन में बहुत सम्मान था किन्तु इस वीर पुरुष का व्यवहार भी मेरी समझ में नहीं आता। एक ओर उसने दुर्योधन का पक्ष लिया और दूसरी ओर अपने कवच और कुण्डल भी दे डाले। क्या एक क्षत्रिय का इस प्रकार आत्मोत्सर्ग कर देना उचित है केशव?

कृष्ण अंधेरे में अपने मुख का भाव छिपाने का प्रयत्न करते हैं और विचारमग्न हो जाते हैं। कुछ समय के लिए सारे वातावरण में स्तब्धता छा जाती है।

कृष्ण–कर्ण स्वयं को शूद्रपुत्र समझता था किन्तु वह कुंती का पहला पुत्र अर्थात ज्येष्ठतम पाण्डव था और राज्य का वही उत्तराधिकारी भी था न कि भ्राताश्री युधिष्ठिर। तथ्यों की अनभिज्ञता के कारण सबने उसका अपमान किया था यहां तक कि आचार्य द्रोण भी इस रहस्य को नहीं जानते थे। किन्तु दुर्योधन ने उसकी वीरता को महत्त्व दिया था और उसे नृपति भी बना दिया था, इसलिए दुर्योधन के पक्ष में युद्ध करना उसका कर्तव्य था। किन्तु स्वयं मैं एक ब्राह्मण के वेश में उससे मिला था और उसे बताया था कि वह कौन है। मैंने ही उसे उसके कर्तव्य का बोध करवाया था अर्जुन किन्तु कर्ण वस्तुत: ही महान था, उसने तत्क्षण अपने कवच और कुण्डल उतारकर मुझे दे दिए।

अर्जुन हतप्रभ हो जाता है और उसके नैन अश्रुसिक्त हो जाते हैं।

अर्जुन–तुम्हारा यह निष्काम कर्म का उपदेश मुझे बहुत भारी पड़ा है ब्रजभूषण। लोग ठीक ही कहते हैं कि तुम बहुत मायावी हो। इसका अर्थ तो यह है कि स्यात् पितामह ने भी जानबूझकर ही अपनी मृत्यु का वरण किया था।

कृष्ण–पितामह स्वयं अपने और दूसरों के पूर्वजन्मों को जानते थे। शिखण्डी अपने पूर्वभव में एक स्त्री था और पितामह से विवाह करना चाहता था। पितामह अपनी प्रतिज्ञा से बद्ध थे इसलिए वे शिखण्डी को नहीं बचा पाए। उनके देखते ही देखते शिखण्डी ने यज्ञवेदी में कूदकर अपना शरीर त्याग दिया था। इस अपराधबोध के कारण पितामह शिखण्डी को आहत नहीं करना चाहते थे। यद्यपि वे समझ गए थे कि शिखण्डी के पीछे छिपकर तीर चलाने वाला अर्जुन है किन्तु फिर भी उन्होंने प्रतिघात नहीं किया। पितामह यह भी समझ गए थे कि यह सारा

आयोजन मैंने ही करवाया है, इसलिए देह को त्याग देना ही पितामह ने अपना कर्तव्य समझा। वस्तुत: तो मुझे समझने वाले समकालीन व्यक्ति दो ही रहे हैं पार्थ-पितामह और आचार्य द्रोण। किन्तु दोनों की ही निष्ठा कुरुवंश से बंधी हुई थी। तुम्हें स्मरण होगा कि पितामह ने मुझ पर भी वार नहीं किया था।

अर्जुन-किन्तु हे पुरुषोत्तम! आप किसलिए टूटे हुए रथ का एक पहिया लेकर अचानक पितामह की ओर दौड़े पड़े थे? रथ के पहिये से पितामह का क्या बिगड़ने वाला था, वे तो पूरी सेना के ही वश में नहीं आ रहे थे?

कृष्ण-क्योंकि मैं असत्य नहीं कहना चाहता, सारी बात मुझे समझाकर कहनी पड़ेगी। तुम्हें स्मृति होगी महाबाहो कि तुम और दुर्योधन एक साथ ही मुझसे सहायता मांगने के लिए पहुंचे थे। इस पर मैंने कहा था कि मैंने अर्जुन को पहले देखा है इसलिए चुनाव का पहला अवसर भी मैं अर्जुन को ही देना चाहता हूं; एक तरफ यादवों की एक अक्षौहिणी सशस्त्र सेना होगी और दूसरी तरफ मैं अकेला नि:शस्त्र रहूंगा। अर्जुन चाहे जिस विकल्प को चुन ले। मेरा अनुमान था कि तुम सेना को चुन लोगे और दुर्योधन के पास चुनने जैसा कुछ भी नहीं बचेगा अतएव वह खाली हाथ वापस चला जाएगा। क्योंकि मैं दुर्योधन की कोई भी सहायता नहीं करना चाहता था मैंने मात्र औपचारिकता को निभाने के लिए ऐसा कह दिया था। हमारी परम्परा में अतिथि का अपमान करना उचित नहीं समझा जाता, इसे राजकीय शिष्टाचार के विरुद्ध माना जाता है किन्तु जो कुछ तुमने चुना वह मेरे और दुर्योधन दोनों के लिए अप्रत्याशित था। दुर्योध न सहर्ष एक अक्षौहिणी सेना लेकर चला गया और मेरी ही सेना मेरे ही प्रयोजन के विरुद्ध लड़ने लगी। प्रारम्भ में कौरव सेना हम पर बहुत भारी भी पड़ रही थी महाबाहो, इसलिए मैं जो भी मिला उसे उठाकर पितामह पर वार करने के लिए लपका। पितामह उस समय सशस्त्र थे यदि वे प्रत्युत्तर में मुझ पर कोई भी शस्त्र चला देते तो जो यादव सेना पितामह के पक्ष में लड़ रही थी, उसे अविलम्ब कुद्ध होकर हमारे पक्ष में आने का बहाना मिल जाता। किन्तु, पितामह कूटनीति में भी हमारे से आगे थे; उन्होंने यादव सेना को कोई भ्रम नहीं होने दिया और दोनों हाथ जोड़कर खड़े हो गए। अब मैं कर भी क्या सकता था, मुझे वापस लौटना पड़ा। पितामह एक श्रेष्ठ पुरुष अवश्य थे किन्तु वे पाण्डवों की तरह सरल नहीं थे।

अर्जुन-और आचार्य द्रोण ने अपने शस्त्र युद्धभूमि में रहते हुए भी क्यों फेंक दिए थे, यह बात भी मुझे आज तक समझ में नहीं आ रही? यदि उनका चित्त कुछ अस्वस्थ था तो वे युद्धभूमि को छोड़कर जा भी सकते थे, इसके विपरीत उन्होंने बिना आत्मरक्षा की चिंता किए शस्त्रों का परित्याग कर दिया, ऐसा क्यों?

कृष्ण-अश्वत्थामा नाम का एक हाथी भी था, वह युद्ध में मारा गया था। युधिष्ठिर के बारे में सब ये जानते हैं कि वे झूठ नहीं बोलते हैं। इसलिए मैंने

युधिष्ठिर से आग्रह किया कि वे घोषणा कर दें—अश्वत्थामा हतो। युधिष्ठिर नहीं माने। मैंने कहा कि वे ऐसा कह दें—अश्वत्थामा हतो नरो वा कुञ्जरो वा। इस पर युधिष्ठिर सहमत हो गए और मैंने उद्घोषणा के बीच में ही अपना शंख बजा दिया। आचार्य को केवल इतना ही सुनाई दिया—अश्वत्थामा हतो। अश्वत्थामा दुर्योधन का अंधभक्त था और पुत्रमोह के कारण ही आचार्य द्रोण भी दुर्योधन के पक्ष में युद्ध कर रहे थे। अन्यथा आचार्य द्रोण भी दुर्योधन की अनीति और अहम्मन्यता से अप्रसन्न थे और उसकी विजय के अभिलाषी नहीं थे। यह उद्घोषणा होते ही उन्होंने अपने शस्त्र फेंक दिए और वीरगति को चुन लिया। आचार्य स्वयं लोभ एवं राज्यलिप्सा से बहुत ऊपर थे। वे वस्तुत: ही एक ब्राह्मण थे और उनमें देह के प्रति भी कोई आसक्ति नहीं थी। अश्वत्थामा इतना परिपक्व नहीं था और वे अश्वत्थामा के प्रति अपने कर्तव्य को समझ रहे थे इसीलिए अनीति का साथ दे रहे थे। पुत्र मोह ही उनकी एकमात्र दुर्बलता थी। क्योंकि अश्वत्थामा का बचपन बहुत अभाव में बीता था, वे अश्वत्थामा के राज्य की रक्षा करना चाहते थे।

सच तो यह है महाबाहो कि युद्ध में पितामह, द्रोण और कर्ण को कोई भी परास्त नहीं कर सकता था। यहां तक कि तुम भी उन्हें परास्त नहीं कर सकते थे। किन्तु परिस्थितियों से बाध्य होकर तीनों ने स्वयं ही अपनी वीरगति को चुन लिया था।

अर्जुन-आचार्य तो देव तुल्य थे, फिर भी उन्होंने एकलव्य से अंगूठा क्यों मांग लिया था? क्या उन्होंने यह मेरे ही कारण किया था?

कृष्ण-नहीं, वे तुम्हारी प्रतिभा को एकलव्य से कम नहीं आंकते थे। एकलव्य भी एक योग्य शिष्य हो सकता था और वे उस पर भी गर्व कर सकते थे किन्तु इसमें एक बाधा थी। एकलव्य भील जाति का है और यह जाति सदा से ही आतंकवाद में लिप्त रही है। भील राज्य का अनुशासन नहीं मानते हैं और अवसर मिलते ही लूटपाट और हत्याएं कर डालना इनका पेशा है। ऐसी जाति में एक श्रेष्ठ धनुर्धर का होना अनर्थकारी हो सकता था। लोक-कल्याण को सर्वोपरि समझने के कारण ही आचार्य ने एकलव्य से उसके दाएं हाथ का अंगूठा मांग लिया था। भीलों पर आज भी राज्य का पूरा नियंत्रण नहीं है और अवसर मिलते ही ये राजकीय सेनाओं और धन पर आक्रमण कर देते हैं।

अर्जुन-हे जनार्दन। हमने पितामह, आचार्य और कर्ण जैसे दिव्यपुरुषों को भी युद्ध में खो दिया। कभी-कभी मैं स्वयं को अपात्र और अकिञ्चन भी अनुभव करता हूं और सोचता हूं कि ये लोग तो पाण्डवों से भी कहीं अधिक श्रेष्ठजन थे। क्या आने वाला भविष्य हमें इस युद्ध के लिए क्षमा कर सकेगा?

कृष्ण-मैंने भी कभी युद्ध को अभीष्ट नहीं समझा था पार्थ क्योंकि अच्छे लोग दोनों ही तरफ थे, इसीलिए मैंने शस्त्र न उठाने का निर्णय किया था।

यदुवंशियों में भी कुछ लोग मातृसत्तात्मक उत्तराधिकार के पक्ष में नहीं थे। केवल अकेला मैं दुर्योधन के उत्तराधिकार सम्बंधी तर्क को ठीक नहीं समझता था। किन्तु उसके कारण भी दूसरे हैं। पहला कारण यह है कि राज्य कोई व्यक्तिगत धरोहर नहीं होता। राज्य उस शासकवर्ग को मिलना चाहिए जो जनकल्याण के प्रति सर्वाधिक समर्पित हो। पाण्डव पराक्रमी भी हैं और न्यायप्रिय भी हैं, इसलिए वे सब प्रकार से शासक होने के योग्य हैं। राज्य का जब विभाजन हुआ था, तो उस समय यह स्पष्ट हो गया था कि प्रजा पाण्डवों के सुशासन से प्रसन्न थी किन्तु दुर्योधन के दम्भ और अविवेक से दुखी थी। इसलिए पाण्डवों को राज्याधिकार से वंचित करना अनुचित होता। यह भी पूछा जा सकता है कि स्वयं मुझे मातुल कंस का वध करने का क्या अधिकार था? इसलिए नहीं कि मैं राज्याधिकार के प्रति सजग था बल्कि इसलिए कि वे आततायी थे। हमें आर्यावर्त में ऐसे शासक चाहिए जो विवेकी और न्यायप्रिय हों, पराक्रमी और निर्लोभी हो और प्रजा का हित सम्पादन कर सकते हों। इस आधार पर राज्य करने का अधिकार कौरवों की अपेक्षा पाण्डवों का अधिक बनता है। अब हम उत्तराधिकार की व्यवस्था पर आते हैं; मेरा मानना है कि दूसरा कारण यह है जिसके आधार पर भी पाण्डवों को सम्पूर्णतः राज्य से वंचित नहीं किया जा सकता है। यह बात अलग है कि कौरवों का भी राज्य पर उत्तराधिकार बनता है। पाण्डव कुंती के पुत्र हैं और नियोगप्रथा आर्यों में शास्त्र-सम्मत भी है; नियोग से उत्पन्न पुत्र भी पाण्डु पुत्र ही माने जाते हैं, इसीलिए तो तुम्हें पाण्डव कहा जाता है। इस प्रथा का आश्रय लेने से न तो कुंती का दोष ठहरता है न ही पाण्डवों का। किन्तु, उत्तराधिकार के नियमों की अस्पष्टता के चलते हुए धृतराष्ट्र के पुत्रों को भी राज्याधिकार से पूरी तरह वंचित कर देना न्यायपूर्ण नहीं होता। इसीलिए मैंने राज्य के विभाजन का विरोध नहीं किया था, वह विभाजन उचित था। वस्तुतः तो राज्य पर दोनों का ही अधिकार बनता था। धृतराष्ट्र के राजसिंहासन पर बैठने से यह स्थिति और भी अस्पष्ट हो गई थी। मैंने युद्ध को टालने का भी बहुत प्रयास किया था किन्तु दुर्योधन ने पांच अंगुल भूमि देने से भी मना कर दिया था। मैं दुर्योधन को यह समझाना चाहता था कि क्षत्रिय-धर्म क्या है? राज्य को स्वयं के बाहुबल से जीतना और कल्याणकारी राज्य का संचालन करना, यही क्षत्रिय का धर्म है। पाण्डव हस्तिनापुर समेत किसी भी राज्य को जीत सकते थे, यह धर्मसम्मत होता क्योंकि प्रजा उनके पक्ष में थी और इससे जन-कल्याण की संभावना बढ़ती थी। मैं दुर्योधन को यह समझाना चाहता था कि पाण्डवों का राज्याधिकार समझने के लिए एक ही तर्क काफी है कि वे राज्य को जीत सकते हैं और बुद्धिमत्ता उसी में है कि दुर्योधन अनावश्यक रक्तपात से बचे। यदि पाण्डव कौरवों के परिजन भी नहीं रहे होते और प्रजा के आग्रह करने पर राज्य को जीत लेते तो दुर्योधन किस आधार पर उसको अनुचित ठहराता, यही मेरा

तर्क था। जरासंध ने तो मेरे अधिकार को भी मान्यता नहीं दी थी किन्तु क्या मैं इस कारण राज्याधिकार से वंचित हो गया? मैंने द्वारिका में जाकर एक और राज्य बसा लिया। संक्षेप में, राज्य पर अधिकार उसी का बनता है जो उसे जीत सकता है और प्रजा का भला कर सकता है, इसलिए पाण्डवों को राज्य मिलना चाहिए था।

दुर्योधन को यह तो समझ में आ गया था कि कर्ण को राज्य का एक अंश देना आवश्यक है क्योंकि कर्ण पराक्रमी है। दुर्योधन को यह भी समझ में आ गया था कि अश्वत्थामा को भी राज्य का एक अंश देना आवश्यक है क्योंकि अश्वत्थामा भी महारथी है और महत्त्वाकांक्षी है। तो दुर्योधन को यह समझ में क्यों नहीं आ रहा था कि पाण्डवों को भी उनके पिता के राज्य का एक अंश देना आवश्यक है? वीर होने मात्र से यह अधिकार बनता है कि वह भूमि को छीन ले क्योंकि वीरभोग्या वसुंधरा। जो सर्वाधिक वीर है, सर्वाधिक लोकप्रिय है, सम्राट बनने के सर्वाधिक योग्य है वह ब्राह्मणों की तरह भिक्षायाचन क्यों करेगा? यही मैं दुर्योधन को समझाना चाहता था। इस समय आर्यावर्त में कोई भी नहीं है जो पाण्डवों से अधिक पराक्रमी और योग्य हो, जो लक्षलक्ष प्रजा के भले के लिए श्रेष्ठतर निमित्त बन सकता हो, फिर पाण्डवों का पलायन कर जाना कैसे उचित होता? इसका आशय तो यही निकलेगा कि शक्ति मात्र उन्हीं लोगों के हाथों में होनी चाहिए जो कपटी, लोभी और अन्यायी हों? किसी राष्ट्र का कल्याण तभी हो सकता है जब बुरे लोग शक्तिहीन हों और अच्छे लोग शक्ति सम्पन्न हों। मेरी दृष्टि यह है कि बुरा आदमी सदा शक्ति और सत्ता के पीछे भागता है और अच्छा मनुष्य संघर्ष से विमुख हो जाता है, इसीलिए संसार में इतना अनर्थ है। मैं तो यह भी मानता हूं कि कुलीन होने की अपेक्षा भी योग्य होना अधिक आवश्यक है, इसलिए हमने युद्ध करके कोई भूल नहीं की है, अपितु अपना कर्तव्य ही पूरा किया है।

अर्जुन-हे वासुदेव! क्या कारण था कि दुर्योधन एक संभावित पराजय और भीषण नरसंहार के लिए तो उद्यत हो गया किन्तु राज्य का एक छोटा-सा अंश भी पाण्डवों को देने को तैयार नहीं हुआ?

कृष्ण-इसका कारण ईर्ष्या थी पार्थ। दुर्योधन एक इतिहासपुरुष होना चाहता था। वह चाहता था कि आने वाला भविष्य दुर्योधन को श्रेष्ठतम गदा धर, कर्ण को श्रेष्ठतम धनुर्धर और शकुनि को सबसे बड़ा राजनीति विशारद माने। यह तभी सम्भव था जब भीम, अर्जुन और कृष्ण तीनों काल-कवलित हो जाते। उसकी ईर्ष्या हम तीनों के ही प्रति थी और हमारी मृत्यु ही उसका अभीष्ट था। इसलिए उसने सबसे पहले भीम को जहर देकर मारने का प्रयास किया था क्योंकि अकेला भीम ही गदायुद्ध में उसे परास्त कर सकता था और उसके यश में बाधा उत्पन्न कर रहा था। फिर उसने लाक्षागृह का निर्माण करवाया ताकि

भीम और तुम्हारी दोनों की जीवनलीला समाप्त हो जाए। उसको अंतर इस बात से नहीं पड़ रहा था कि राज्य का क्षेत्रफल कुछ छोटा हो जाएगा, उसको अंतर इस बात से पड़ रहा था कि इतिहास कृष्ण, अर्जुन और भीम का दुर्योधन की अपेक्षा कहीं अधिक गुणगान करेगा। वह हमें नीचा दिखाना चाहता था जो कि सम्भव नहीं था। एक तरह से यह युद्ध हमारी जीवनरक्षा के लिए आवश्यक था, इस बात को मैं प्रारम्भ से ही समझता आ रहा हूं। यदि हम राज्य को छोड़ भी देते तो भी हमारी मृत्यु का षड्यंत्र सतत जारी रहता। दुर्योधन यह चाहता था कि या तो हम अपयश के पात्र हो जाएं अथवा हमारी मृत्यु हो जाए। इतिहास में हमारा नाम उससे ऊपर आये यह उसे स्वीकार्य नहीं था, यही उसकी पीड़ा थी।

अर्जुन-यह बात तो ठीक प्रतीत होती है। राजसूय यज्ञ के समय भी उसने बहुत क्रोध प्रकट किया था, वह तुम्हें एक ग्वाले से अधिक कुछ भी मानने को तैयार नहीं था। किन्तु मैं तुमसे सत्य कहता हूं गोविंद, मैंने सदैव पितामह, द्रोण व कर्ण का एक धनुर्धर के रूप में सम्मान ही किया है। मेरे मन में श्रद्धा का भाव तो अवश्य रहा है किन्तु मैंने कभी भी किसी प्रतिस्पर्धा का अनुभव नहीं किया। क्या कारण है कि दुर्योधन में ईर्ष्याभाव का संचार हुआ?

कृष्ण-संसार में दो तरह के लोग होते हैं, अधिकतर लोग श्रेष्ठ के प्रति ईर्ष्याभाव रखते हैं और बहुत थोड़े से लोग श्रेष्ठ के प्रति श्रद्धाभाव रखते हैं। ईर्ष्या और श्रद्धा दोनों एक साथ नहीं हो सकती है। जिसके प्रति हम श्रद्धा का भाव रखते हैं, हम वैसे ही होते चले जाते हैं यह संसार का नियम है। जिस अच्छे गुण के प्रति हमारी श्रद्धा होती है, वह अच्छा गुण धीरे-धीरे हमारे व्यक्तित्व में भी उतरता हुआ चला जाता है। श्रद्धा हमें पात्र बनाती है। ईर्ष्या इसी प्रकार हमें अपात्र बनाती है। ईर्ष्या हमें सद्गुणों के प्रति सदा के लिए वंचित कर देती है और हमारे विकास को रोकती है। ईर्ष्या समाजविरोधी भी है क्योंकि इसके कारण अच्छे कार्यों में बाधा पहुंचती है। मनुष्य व पशु में अंतर क्या है? मनुष्य सदैव कुछ नया सोचता है और नया करता है जबकि पशु न तो कुछ नया सोचता है और न ही नया करता है। ईर्ष्या एक ऐसा मनोभाव है जो पशु के मनुष्य और श्रेष्ठतर मनुष्य बनने की प्रक्रिया में बाधा उत्पन्न करता है, इसलिए कोई भी समाज ईर्ष्या को स्वीकृति नहीं दे सकता है। ईर्ष्या अचेतन मन की एक दुर्बलता है जो स्वयं को भी हानि पहुंचाती है और समाज को भी हानि पहुंचाती है। ईर्ष्या को तटस्थ भाव से देखना चाहिए और इसमें बहना नहीं चाहिए। इसे अचेतन मन से आने वाली एक दुर्बलता समझना चाहिए और प्रोत्साहन नहीं देना चाहिए। इससे धीरे-धीरे ईर्ष्या समाप्त हो जाती है और हमारे व्यक्तित्व के विकास की सम्भावनाएं खुलती हैं। इसलिए श्रद्धा को प्रोत्साहन देना चाहिए, ईर्ष्या को नहीं।

तुम्हारे में कोई ईर्ष्याभाव नहीं है इसीलिए तो तुम इतना सीख सके और इतने बड़े धनुर्धर बन सके। तुम तो युद्धभूमि को छोड़कर जाने को भी उद्यत हो गए

सखा भए नंदलाल

थे किन्तु अभिमन्यु की वीरगति ने यह सिद्ध कर दिया था कि तुम्हारा चित्त एक क्षत्रिय का चित्त है और तुम कोई महर्षि वशिष्ठ नहीं हो। तुम्हारा युद्धभूमि को छोड़कर जाना केवल पश्चाताप और अपयश का कारण ही बनता। खैर, दुर्योधन के ईर्ष्याभाव के कारण एक ऐसी स्थिति उत्पन्न हो गई थी कि जब तक हम जीते संघर्ष में ही जीते। प्रश्न मात्र राज्य का नहीं था, राज्य तो दुर्योधन कई और भी जीत सकता था। दुर्योधन का उद्देश्य यह था कि या तो वह स्वयं को कृष्ण, भीम व अर्जुन से अधिक महान सिद्ध करे और एक इतिहास-पुरुष बन जाए अथवा हम तीनों से जीने का अधिकार छीन ले। तुम्हें याद होगा कि अपने जीवन के अंतिम दिन भी उसने यह सिद्ध करने का प्रयास किया था कि वह भीम से बड़ा योद्धा है। यदि उसे हस्तिनापुर के राज्य की तनिक भी परवाह होती तो वह द्वंद्व-युद्ध के लिए पाण्डवों में से किसी अन्य को चुनता क्योंकि यह सभी जानते हैं कि भीम ही सर्वश्रेष्ठ गदाधारी है। विकल्प होते हुए भी उसने भीम को ही चुना क्योंकि उसके जीवन का उद्देश्य ही भीम का अपयश था। अंत में मुझे उसकी नाभि के नीचे प्रहार किए जाने का संकेत करना पड़ा। भीम और दुर्योधन के बीच की प्रतिस्पर्द्धा को समाप्त करने का अन्यथा और कोई भी उपाय नहीं था। एक अन्य उपाय यह था कि हम तीनों स्वेच्छा से मृत्यु का वरण कर लेते और दुर्योधन, शकुनि, जरासंध, शिशुपाल जैसे लोगों के हाथ में इस देश का भविष्य छोड़ देते। हमारा त्रुटिपूर्ण निर्णय केवल वर्तमान को ही प्रभावित नहीं करता है अपितु वह मनुष्यता के समग्र भविष्य के लिए भी एक दृष्टांत बन जाता है।

अर्जुन–हे चक्रपाणि! इस बात को तो मैं बहुत पहले समझ गया था कि युद्धभूमि को छोड़कर चले जाने का विचार अविवेकपूर्ण था। युद्ध तो होना ही था और हम सब निमित्त मात्र थे। वस्तुत: तो लोक में जब तक अच्छाई और बुराई, ज्ञान और अज्ञान, विवेक और स्वार्थ दोनों हैं युद्ध होते ही रहेंगे। किन्तु, क्या इस युद्ध के पश्चात भी पाण्डव पुण्यलोकों को उपलब्ध हो सकते हैं? यह प्रश्न इसलिए अर्थपूर्ण है योगेश कि युद्ध में केवल जीवन का अशुभ ही नष्ट नहीं होता, जीवन का शुभ भी नष्ट होता है।

कृष्ण–स्वर्ग और नर्क क्या हैं कौन्तेय? हम स्वयं ही इन्हें निर्मित करते हैं और दोनों ही प्रतीतिमात्र हैं। मन पर बने हुए अच्छे संस्कार स्वर्ग को निर्मित करते हैं और मन पर बने हुए बुरे संस्कार नर्क की निर्मिति करते हैं। सामान्यत: हमारे मन पर जो प्रभाव पड़ता है वह प्रिय और अप्रिय दोनों प्रकार का होता है और कर्मों का फल मिश्रित होता है। गति एवं मुक्ति के लिए स्वर्ग एवं नर्क दोनों का ही अनुभव आवश्यक है, तभी हम परिपक्व होते हैं और विरक्त होते हैं। अनुभव ही मनुष्य को निखारता है इसलिए अनुभव से भागना उचित नहीं है। जिस प्रकार सोये हुए व्यक्ति के मन में अच्छे और बुरे दोनों प्रकार के स्वप्न चलते हैं, इन्हें

पृथक-पृथक नहीं किया जा सकता उसी प्रकार मृतात्मा को स्वर्ग व नर्क दोनों का ही अनुभव होता है, स्यात् इन्हें पृथक नहीं किया जा सकता। अब पूछा जा सकता है कि किसी कर्मविशेष का हमारे मन पर कैसा संस्कार पड़ता है? यह इस बात पर निर्भर करता है कि हम किसी घटनाक्रम की किस प्रकार व्याख्या करते हैं और हमारा जीवन के प्रति दृष्टिकोण क्या है। यह जीवन के प्रति हमारी समझ पर निर्भर करता है और इसलिए हमारा स्वर्ग और हमारा नर्क हम स्वयं ही निर्मित करते हैं। क्या स्वयं भगवान विष्णु, भगवान शिव व भगवान राम को भी युद्ध नहीं करने पड़े और क्या वे मुक्त आत्माएं नहीं हैं? कुछ लोग पानी पर इस प्रकार चलते हैं कि उनके पांव नहीं भीगते हैं और कुछ लोग अपने आंचल में अंगारे लेकर चलते हैं किन्तु उनका आंचल नहीं जलता, यह सबकुछ इस बात पर निर्भर करता है कि हम तत्त्व को कितना समझते हैं? यह सब इस बात पर निर्भर करता है कि हम सब कितने परिपक्व हैं। इसलिए एक ही कर्म का फल भी अलग-अलग व्यक्तियों के सम्बंध में अलग-अलग होता है। सबसे महत्त्वपूर्ण बात यह है कि सारे ही संस्कारों की निर्जरा सम्भव है। अंततोगत्वा प्रत्येक आत्मा मुक्त हो जाती है जैसे कि प्रत्येक नदी समुद्र तक पहुंच जाती है। समय का आयाम अंतहीन अतीत से अंतहीन भविष्य तक विस्तीर्ण है, इसलिए न तो कोई पहले हो सकता है न कोई बाद में। मोक्ष में समय होता ही नहीं है। सारतत्त्व तो कैवल्य और साक्षीभाव ही है इसलिए न तो पुण्यलोकों का कोई महत्त्व है और न ही अपुण्यलोकों का कोई महत्त्व है। जब तक जीवन है तब तक द्वंद्व है और मोक्ष में समस्त द्वंद्व समाप्त हो जाता है। सुख और दुख दोनों ही प्रतीतिमात्र हैं और दोनों ही अन्योन्याश्रित हैं। आनंद इन दोनों से अलग है और आत्मा का स्वभाव है।

अर्जुन-हे स्थितप्रज्ञ! मैंने जो कर्म युद्ध में किया वह किस प्रकार के कर्म की श्रेणी में आता है?

कृष्ण-तुम्हें एक अंतरंग तथ्य बताता हूं पार्थ कि युद्ध तुमने किया ही नहीं। एक योगी यदि चाहे तो दूसरे अहंशून्य व्यक्ति के शरीर, मन और इंद्रियों को भी संचालित कर सकता है। युद्ध की पूरी अवधि में तुम्हारा मन और इंद्रियां मेरे ही संकल्प से संचालित हो रहे थे। तुम महान हो अर्जुन इस अर्थ में कि तुम एक पूर्ण माध्यम बन सकते हो। यह पात्रता प्रत्येक व्यक्ति में नहीं होती। यदि युद्धकर्म का कोई फल होगा तो वह मुझे ही होगा क्योंकि तुम तो वस्तुत: ही निमित्त मात्र थे। जैसे कि एक शंख की ध्वनि उसकी रिक्तता से नहीं उठती ऐसे ही तुम थे। पेय का रंग गुलाबी होगा कि नारंगी यह एक रंगहीन पात्र पर निर्भर नहीं करता, पेय के गुण धर्म पर ही निर्भर करता है और तुम एक रिक्त पात्र की तरह थे। यही सबसे बड़ी पात्रता होती है।

अर्जुन-हे सखे! क्या तुम्हारा कर्म वस्तुत: ही निष्काम कर्म था अथवा इसमें

भी कोई किन्तु-परंतु की सम्भावना हो सकती है?

कृष्ण-यह प्रश्न बहुत उचित है पार्थ क्योंकि इसको समझना सरल नहीं है किन्तु यह कोई शेष प्रश्न भी नहीं है। सबसे पहले तुम्हें यह समझना होगा कि एक स्थितप्रज्ञ योगी क्या होता है? यह समझ में आते ही इस प्रश्न का उत्तर मिल जाता है, और यह समझ में नहीं आए तो उत्तर भी समझ में नहीं आता। मनुष्य की सत्ता को तीन समकेंद्रिक वृत्तों द्वारा समझा जा सकता है। केन्द्र पर आत्मा है; जो एक व्यक्ति का केन्द्र है वही समस्त अस्तित्व का भी केद्र है, इस रूप में इसे ब्रह्म अथवा परमात्मा भी कहा जा सकता है। सबसे बाहरी वृत्त कर्म का है, उससे भीतर का वृत्त विचार का है, उससे भी भीतर का वृत्त भाव का है। इस प्रकार हम कर्म, विचार, भाव के प्रति क्रमशः साक्षीभाव को उपलब्ध होकर आत्मा को जानते हैं। एक स्थितप्रज्ञ योगी अथवा एक समाधिस्थ व्यक्ति वह होता है जिसका परिधि से तादात्म्य समाप्त हो जाता है और जो केन्द्र पर स्थित हो जाता है। यदि कोई योगी इस केन्द्र पर सतत दो घड़ी (48 मिनट) तक स्थित हो जाए तो वह सदैव के लिए समाधिस्थ हो जाता है। फिर भी उसकी समाधि कदापि भंग नहीं हो सकती है। फिर ऐसा नहीं हो सकता है कि कभी तो वह समाधि में होता है और कभी समाधि में नहीं होता है। ऐसे स्थितप्रज्ञ मुनि के लक्षण क्या हैं? ऐसे योगी के विचार, स्वप्न एवं भाव पूर्णतया विलीन हो जाते हैं। ऐसे योगी का अहंकार सदा के लिए खो जाता है अर्थात् उसका देह और मन से तादात्म्य सदा के लिए नष्ट हो जाता है। जिन्हें षड्विकार कहा जाता है-काम, क्रोध, मद, लोभ, मोह व मत्सर- वे सभी बीज सहित नष्ट हो जाते हैं और उनके पुनः प्रादुर्भाव की सम्भावना भी विनष्ट हो जाती है। क्या ऐसा योगी कर्म कर सकता है? यह प्रश्न बहुत महत्त्वपूर्ण है। ऐसा योगी भी कर्म कर सकता है यदि प्रारब्ध शेष हो। अहंकारशून्य, कर्ताभावरहित ऐसे योगी द्वारा साक्षीभाव से किए गए कर्म को ही निष्काम कर्म कहा जाता है। ऐसी समाधि को सक्रिय समाधि भी कहते हैं। इस प्रकार समाधि दो प्रकार की होती है सक्रिय और निष्क्रिय। एक समाधिस्थ पुरुष जो भी कर्म करता है वह निष्काम कर्म ही होता है, इससे अन्यथा वह कर ही नहीं सकता है क्योंकि वह कामना रहित होता है और सकाम कर्म का कोई कारण बचता ही नहीं है।

इसे एक अन्य प्रकार से भी समझा जा सकता है। केन्द्र पर आत्मा और ब्रह्म (परमात्मा) एक है, इसलिए समाधिस्थ पुरुष को ब्रह्मलीन कहा जाता है। ऐसा व्यक्ति जब भी कोई कर्म करता है, ऊर्जा केन्द्र से परिधि की ओर प्रवाहित होती है, इसलिए ऐसा व्यक्ति वही कर्म कर सकता है जो परमात्मा उससे करवाता है अर्थात् जो अस्तित्व की आवश्यकता होती है। इसलिए ऐसा अहंशून्य योगी परमात्मा के लिए माध्यम अथवा निमित्त मात्र होता है। उसकी स्वयं की सत्ता परमात्मसत्ता से पृथक नहीं होती इसलिए वह वैश्विक ऊर्जाओं के लिए माध्यम

मात्र होता है। वह एक रिक्त दर्पण की तरह होता है; दर्पण के सामने यदि सुंदर व्यक्ति जाता है तो सुंदरता प्रतिबिम्बित होती है और इसका कारण वह व्यक्ति स्वयं ही होता है; दर्पण के सामने यदि कोई कुरूप व्यक्ति जाता है तो कुरूपता प्रतिबिम्बित होती है और कुरूपता का उपादान भी स्वयं व्यक्ति ही होता है, दर्पण नहीं होता है। इसी प्रकार एक निष्काम योगी के माध्यम से सज्जनों की रक्षा होती है और दुर्जनों का विनाश होता है किन्तु इसका कारण स्वयं निष्काम योगी नहीं होता। ऐसे व्यक्ति के माध्यम से उस व्यक्ति के कर्मों का फल ही सम्पन्न होता है जो उस निष्काम योगी से किसी भी प्रकार से सम्बद्ध होता है। संक्षेप में, एक निष्काम योगी वही करता है जो परमात्मा उससे करवाता है और इससे अन्यथा वह कुछ कर भी नहीं सकता है। परमात्मा से अन्यथा वह कुछ होता ही नहीं है। एक हिमखण्ड के पिघलने पर जैसे हिमखण्ड का अस्तित्व नदी के अतिरिक्त कुछ होता ही नहीं है, उसी प्रकार एक समाधिस्थ योगी ब्रह्म के अतिरिक्त कुछ होता ही नहीं है। ऐसे व्यक्ति के माध्यम से हमें यदि सुख मिलता है तो वह हमारे कर्मों का फल होता है और यदि दुख मिलता है तो वह भी हमारे कर्मों का ही फल होता है। यदि कोई पूछे कि अमुक व्यक्ति स्त्री तो नहीं है किन्तु क्या वह गर्भधारण कर सकता है तो उत्तर होगा कि नहीं, इसी प्रकार यदि कोई पूछे कि अमुक व्यक्ति समाधिस्थ है किन्तु क्या वह सकाम कर्म कर सकता है तो उत्तर होगा कि नहीं कर सकता। सकाम कर्म के सारे कारण ही गिर जाते हैं। सकाम कर्म मनुष्य अज्ञान, अहंकार व षड्विकार के कारण करता है, इनसे रहित मनुष्य सकाम कर्म नहीं कर सकता।

मेरे सम्बंध में निष्काम कर्म को समझना और भी कठिन होगा, इसलिए मैं तुम्हें और भी विस्तार से समझाता हूं। एक समाधिस्थ पुरुष क्षण-क्षण तो जीता ही है किन्तु वह अनंतता में भी जीता है अर्थात् उसके लिए भूत, वर्तमान व भविष्य एक हो जाते हैं। ऐसा योगी पहले परिणाम को घटते हुए देख सकता है और फिर उसके कारण को घटते हुए देख सकता है। यदि अस्तित्व की आवश्यकता हो तो ऐसा योगी आयोजना, प्रपंच व युक्ति का आश्रय भी ले सकता है, किन्तु फिर भी उसका कर्म निष्काम कर्म ही होता है क्योंकि उसकी ब्रह्मलीनता सदैव बनी रहती है। जो परमात्म-ऊर्जा एक निष्काम योगी का कर्म बन सकती है, वह उसका विचार, भाव और युक्ति भी बन सकती है, किन्तु यह अस्तित्व की आवश्यकता के कारण ही होता है। एक निष्काम योगी के उद्देश्यपूर्ण, आयोजित, संकल्पयुक्त कर्मों का कारण उन व्यक्तियों के कर्मों के फल भी हो सकते हैं जिनके बीच में वह जी रहा है। यदि कोई गेंद दीवार से टकराए और उसे छिन्न-भिन्न होना पड़े तो क्या हम कहेंगे कि दीवार ने दण्डित किया? नहीं, गेंद का कर्म ही उसका दण्ड बन जाता है यद्यपि दीवार निर्लिप्त ही रहती है।

अब मैं तुम्हें क्रमश: अपने मनोभावों को समझाता हूं जिनके प्रति युद्ध के

अंतराल में मुझे साक्षी होना पड़ा। प्रारम्भ में मैं युद्ध के विपरीत था और इसे रोकना चाहता था किन्तु दुर्योधन की ईर्ष्या, भीम की प्रतिज्ञा, द्रौपदी के परिजनों का आक्रोश, गुरुजनों का अंतर्द्वन्द्व ये सब ऐसे कारण थे कि युद्ध नहीं रुक सका। तुम इसे अन्य प्रकार से भी कह सकते हो कि अस्तित्व की यही इच्छा थी। फिर युद्ध होना निश्चित हो गया; दोनों ओर ही अच्छे लोग भी थे और बुरे लोग भी थे; दोनों पक्षों ने भूलें भी की थीं इसलिए मैंने यह निर्णय लिया कि मैं शस्त्र नहीं उठाऊंगा। मैं जय और पराजय, हर्ष और शोक, जीवन और मरण को समान मानकर साक्षीभाव से युद्ध से गुजर जाना चाहता था। प्रारम्भ में तुम्हें भी मैंने यही कहा था कि युद्ध करना तुम्हारा कर्तव्य है और तुम जय और पराजय को समान समझकर युद्ध करो। भीम को जहर देने का प्रयास, लाक्षागृह का निर्माण, द्यूतक्रीड़ा में किया गया छल व द्रौपदी के चीरहरण का प्रयास ऐसी घटनाएं थीं कि युद्ध ही कर्त्तव्य हो गया था। किन्तु स्वयं मैं प्रारम्भ में इस युद्ध में कर्म, विचार अथवा भाव किसी भी तल पर सक्रिय नहीं था और मैं इसे एक अनिवार्य आपदा के रूप में ले रहा था। फिर द्रोणाचार्य ने अर्जुन की अनुपस्थिति में चक्रव्यूह की रचना की और प्रिय अभिमन्यु ने इसे बेधने का वीरोचित साहस किया। नियम यह था कि एक बार में एक महारथी का सामना एक ही महारथी करेगा। किन्तु सारे नियम, सारी मर्यादा और सारी नीति को तोड़कर सातों महारथियों ने मिलकर एक अकेले चौदह वर्षीय बालक पर आक्रमण कर दिया। सातों के एक साथ प्रहार करने से अभिमन्यु वीरगति को प्राप्त हो गया। यह घोर अनर्थ था क्योंकि अभिमन्यु ने इन महारथियों पर कोई प्रतिघात नहीं किया था; वह इन्हें अपने पूज्यजन समझता रहा जबकि इन सातों ने निर्ममतापूर्वक उस बालक की हत्या कर दी। यह अनीति की पराकाष्ठा थी और महाभारत के युद्ध में यह एक निर्णायक मोड़ सिद्ध हुआ। इसके बाद के मेरे कर्म को आग्रहशून्य कर्म नहीं कहा जा सकता। सातों महारथियों के द्वारा किए गए पापों का घड़ा अब पूरी तरह भर गया था। उस दिन मैं समझ गया था कि नीति से चिपके रहकर हम स्वयं का ही हनन करेंगे। प्रतिपक्ष बिल्कुल अनैतिक था और अनैतिक लोगों के साथ नैतिक आधार पर लड़ना आत्मघाती ही सिद्ध होता है। हम जिनसे संघर्ष करते हैं, उन्हीं के तल तक हमें नीचे उतरना पड़ता है। इस दिन के बाद मेरे भीतर का आयोजक सक्रिय हो गया। यदि युद्ध में विजय हुई है तो मेरे ही निमित्त से हुई है। मुझे भी युक्ति और प्रपंच का आश्रय लेना पड़ा और एक-एक करके पितामह, कर्ण, द्रोण या दुर्योधन को मृत्यु का ग्रास बनाना पड़ा। अन्यथा हम युद्ध को जीत नहीं सकते थे, युद्ध होता भी और बुराई की जीत होती। प्रिय अभिमन्यु के वध के पश्चात् मेरे मन में एक संकल्प का सृजन हुआ अर्जुन कि युद्ध हमें जीतना है और प्रत्येक मूल्य पर जीतना है। इतने बड़े नरसंहार के पश्चात् भी यदि परिणाम बुरे लोगों के पक्ष में गया तो इतिहास हमें कभी क्षमा नहीं

करेगा। किन्तु मेरे द्वारा किए गए छल के लिए उत्तरदायी कौन है? इसके लिए कौरवों द्वारा की गई अनीति व उनकी अहम्मन्यता ही उत्तरदायी थी। मेरा सारा संकल्प, छल व युक्तियुक्तता प्रतिपक्ष के दुष्कर्मों का अस्तित्वगत प्रतिफलन था इसमें कहीं भी मेरा अहंकार कोई प्रभावी तत्त्व नहीं था और इसीलिए सारा कर्म निष्काम कर्म था। मेरे भीतर कभी भी ब्रह्मभाव तिरोहित नहीं हुआ और व्यक्तिभाव का उदय नहीं हुआ, इसलिए भी यह निष्काम कर्म ही था। मेरे चैतन्य की नौका कभी भी परमात्मा रूपी समुद्र को छोड़कर व्यक्तित्व रूपी नदी में नहीं उतरी, इसलिए भी यह निष्कार्म कर्म ही था। मेरी व्यक्तिगत आकांक्षा और ऋत की गति में कभी भी कोई विरोध लक्षित नहीं हुआ, इसलिए भी यह निष्काम कर्म ही था। जिस प्रकार एक पक्षी अंडे को तोड़कर एक बार उससे बाहर आ जाने के पश्चात् दुबारा उस अंडे में प्रवेश नहीं कर सकता, उसी प्रकार एक समाधिस्थ योगी दुबारा अहंकार अथवा देहभाव को उपलब्ध नहीं हो सकता, इसलिए भी यह निष्काम कर्म ही था। वस्तुतः तो मेरा सारा जीवन ही एक लीला मात्र है अर्जुन, मैं वही करता हूं जो कि परमात्मा मुझसे करवाता है, मेरे कर्म के सकाम होने की कोई सम्भावना हो ही नहीं सकती है। साधुओं के सत्कर्म ही उनकी रक्षा करते हैं और दुर्जनों के दुष्कर्म ही उनका संहार करते हैं; सारे सृष्टिप्रपंच की रचना जैसे जटिल कर्म के सम्पादित होने पर भी मैं कर्ता नहीं होता हूं। मेरा प्रत्येक कर्म ही निष्काम कर्म होता है।

अर्जुन-हे केशव! यह बात तो मैं समझ गया हूं कि समाधिस्थ पुरुष का कर्म सदैव निष्काम ही होता है किन्तु कुछ उपासक आत्मज्ञानी तो होते हैं पर समाधि स्थ अथवा स्थितप्रज्ञ अभी नहीं होते। ऐसे साधकों के लिए मार्ग क्या है? हे गोविन्द इसे विस्तारपूर्वक समझाने की कृपा करें।

कृष्ण-उन्हें सत्कर्म करना चाहिए। सदा कर्म में अनुरत रहना चाहिए और ऐसा कर्म करना चाहिए जिससे न्याय, विवेक, नैतिकता, धर्म एवं शुभ की रक्षा होती है। संसार शुभ एवं अशुभ का संघर्ष है और वासना के कारण मनुष्य अशुभ को भी निर्मित करता है; इसलिए निःस्वार्थ भाव को उपलब्ध व्यक्ति को शुभ के पक्ष में आचरण करना चाहिए। निष्काम कर्म वह है जो प्रारब्ध को निर्मित नहीं करता और सत्कर्म वह है जो पुण्य को निर्मित करता है। फिर भी कर्म संन्यास की अपेक्षा सत्कर्म श्रेयस्कर है। यदि लोक-कल्याण के पक्ष में आचरण करते हुए कुछ जन्म अतिरिक्त भी लेने पड़ जाएं तो क्या हानि है? मोक्ष के प्रति अत्यधिक आतुरता भी मन की दुर्बलता ही है। पाप सदा बाध्यकारी होता है किन्तु पुण्य बाध्यकारी नहीं होता है, विरक्ति उत्पन्न होने पर शुभफलों का त्याग भी किया जा सकता है इसलिए सत्कर्म कभी भी मोक्ष में बाधा नहीं बनते। देवयोनि में विरक्ति और मोक्ष एक साथ ही घट जाते हैं।

अर्जुन-हे योगेश्वर! तुमने कहा था कि जब-जब धर्म की हानि होती है,

274 *सखा भए नंदलाल*

तब-तब मैं सद्गुणों एवं धर्म की रक्षा हेतु बार-बार जन्म लेता हूं। प्रारब्ध के अभाव में यह कैसे सम्भव होता है?

कृष्ण-हे सखे! सांख्ययोग में कहा गया है कि तीन प्रकार का मोक्ष होता है। पहला मोक्ष आत्मज्ञान के साथ घटता है, दूसरा मोक्ष संसार के सम्यक ज्ञान हो जाने पर और समस्त वासनाओं के गिर जाने पर होता है और तीसरा मोक्ष समस्त कर्मफलों के नि:शेष हो जाने पर घटता है। वास्तव में तो यह तीसरा ही सम्पूर्ण मोक्ष है। किन्तु मुक्त आत्मा न तो इस जन्म-मरण के चक्र में फंसे रहने को बाध्य है और न ही इसे छोड़ देने को बाध्य है। ऐसे व्यक्ति की स्वतंत्रता परम होती है। ऐसी आत्मा यदि चाहे तो प्रारब्ध का अभाव होने पर भी संकल्प मात्र से ही दुबारा जन्म ले सकती है। ऐसे व्यक्ति को ही जीवन्मुक्त कहा जाता है और ऐसे व्यक्ति के जीवन को ही एक लीला कहा जाता है। ऐसी संकल्पवान चेतनाएं बहुत कम होती हैं किन्तु जब भी वे अवतरित होती हैं तो इससे जगत का बहुत कल्याण होता है। हे सखे! रात्रि का प्रथम प्रहर प्राय: व्यतीत हो चुका है; हमारे प्रियजन घर पर हमारी प्रतीक्षा कर रहे होंगे। क्यों नहीं अब वापस प्रस्थान करें?

अर्जुन-अवश्य, क्यों नहीं गोविन्द? देखो कैसी शुभ्र चांदनी है! तमसो मा ज्योतिर्गमय, चलो लौट चलते हैं।

दोनों रथ में सवार होकर विपरीत दिशा में अग्रसर हो जाते हैं; रथ स्वयं श्रीकृष्ण ही चला रहे हैं; ऐसा प्रतीत हो रहा है जैसे कि बादलों के बीच में से पूर्णिमा का चांद मंद-मंद स्मित बिखेर रहा है। ■

आदमी और कुत्ता

सुनते हैं कि ईश्वर ने प्रारम्भ के सात दिनों में ही संसार के सारे जीवों की रचना कर दी थी किन्तु उन जीवों का अभी नामकरण नहीं हुआ था। यह भी सुनने में आता है कि प्रारम्भिक दौर में सारे जीव एक ही भाषा बोलते थे। सुनने में यह भी आता है कि आठवें दिन सारे जीवों का एक सम्मेलन नामकरण हेतु हुआ। सबसे पहले ईश्वर के नाम के सम्बंध में विचार हुआ और यह नाम जी ओ डी रखा गया। स्वाभाविक है कि इस सम्मेलन में एक कुत्ता और एक आदमी भी उपस्थित थे। जब कुत्ते की बारी आई तो कुत्ते ने अनुरोध किया कि हमारा नाम डी. ओ. जी. होना चाहिए।

आदमी–किन्तु यही नाम क्यों?

कुत्ता–क्योंकि आदमी की तुलना में कुत्ते की बुद्धि विपरीत होती है अथवा कि कुत्ते के पर्याय से आदमी की बुद्धि उल्टी होती है। आदमी सोचता है कि कुत्ता बहुत उपद्रवी होता है जबकि कुत्ता सोचता है कि आदमी जहां भी जाता है झगड़ा ही करके आता है। आदमी लिखे हुए को बाईं से दाएं इस क्रम में पढ़ता है जबकि कुत्ता इसके विपरीत दाएं छोर से शुरू करके बांईं ओर आगे बढ़ता है। इसलिए तुम्हारे लिए जो अभिप्राय जीओडी का होता है वही संज्ञापद कुत्तों के लिए डी. ओ. जी है। आदमी सोचता है कि ईश्वर ने आदमी की शक्ल को ठीक अपनी प्रतिकृति बनाया है जबकि कुत्ता सोचता है कि यदि कोई ईश्वर है तो उसे कुत्ते जैसा ही दिखना चाहिए।

आदमी–हमें इस नाम से भी असहमति नहीं है किन्तु आदमी और कुत्ते में आखिर बड़ा कौन है?

कुत्ता–यदि मुझे सौ बार और जन्मने का अवसर मिले तो भी मैं प्रत्येक बार एक कुत्ता ही होना चाहूंगा आदमी हर्गिज नहीं क्योंकि कुत्ता तो आदमी को काट सकता है किन्तु आदमी कुत्ते को नहीं काट सकता। कभी-कभी कुत्ते को पागल होने का सुयोग भी प्राप्त होता है तो वह और शक्तिशाली हो जाता है। दरअसल तो शक्तिशाली होने से पहले किसी के लिए भी पागल होना जरूरी होता है। जो अभी पागल तक नहीं हुआ वह ताकतवर कैसे होगा; ताकत के पीछे भागने के लिए पागलपन जरूरी है। पागलों की तरह पीछे पड़ जाओ तो ही कोई ताकत हासिल करता है।

आदमी–अब इससे क्या प्रयोजन सिद्ध होगा?

कुत्ता-असल बात ताकतवर होना है। कुत्ता पागल हो जाने के बाद अधिक ताकतवर हो जाता है क्योंकि वह चुपचाप दबे पांव आता है और आदमी के पैरों को अपने दांतों के बीच में पकड़ लेता है। रास्ते चलते हुए आदमी के साथ भी पागल कुत्ते का यही व्यवहार होता है। जो भी जन्म लेता है उसकी मृत्यु ध्रुव है इसलिए मरता तो एक दिन पागल कुत्ता भी है किन्तु इससे पहले कि वह खुद मरे कई आदमियों से जीने का हक छीन चुका होता है। इसके अतिरिक्त कुछ और बातें भी ध्यान देने योग्य हैं। यदि गौर से देखा जाए तो कुछ आदमियों की शक्ल कुत्तों से मिलती है किन्तु एक भी कुत्ते की शक्ल आदमी जैसी नहीं होती। कभी-कभी ऐसा भी होता है किसी आदमी का पूर्वज कोई कुत्ता हो किन्तु एक भी कुत्ते का पूर्वज आदमी नहीं होता।

धीरे-धीरे सभ्यता का विकास हुआ और कुछ आदमियों की शक्ल वास्तव में कुत्तों से मिलने लगी। जैसे कि एक सज्जन हुआ करते थे जिन्हें लोग छोटे अंकल कहते थे। यद्यपि वे पेशे से वकील हुआ करते थे किन्तु अपने हमपेशा लोगों के बारे में भी उनकी राय कोई अच्छी नहीं थी। वे कहा करते थे कि यदि गौर से देखा जाए तो हर वकील के भीतर एक कुत्ता सदा मौजूद होता है जो कि परिस्थिति के अनुसार कभी तो भौंकता है और कभी पूंछ हिलाता है और कभी-कभी दोनों काम एक साथ भी करता है, पहले वह भौंकता है और गौर से आदमी को देखता है कि आदमी पर इसका क्या असर हो रहा है? यदि आदमी डरता नहीं है तो वह पूंछ हिलाने लगता है और फिर देखता है कि आदमी पर इसका अनुकूल असर हो रहा है कि नहीं। उनका कहना यह भी था कि यदि गौर से देखा जाए तो हरेक कुत्ते के भीतर ही एक वकालत मौजूद होती है क्योंकि हरेक कुत्ते का भी एक तर्क होता है और सुप्रीम कोर्ट किसी भी वकील को कैसा भी तर्क करने से नहीं रोकता। मैं उन्हें प्रायः बीच में ही रोक देता था और कहता था कि कुत्तागिरी का सम्बंध अनिवार्यतः वकीलों से ही हो ऐसा आवश्यक नहीं है; इस श्रेणी में कुछ अन्य महकमों के लोगों की दखलअंदाजी भी देखी जाती है। किन्तु वे सहमत नहीं होते थे स्वयं अपना उदाहरण प्रस्तुत कर दिया करते थे। उनका कहना था कि उनकी मां एक जिस्मफरोश थी जबकि वे खुद ईमानफरोश हैं। उनकी मां सिर्फ अपना जिस्म बेचा करती थी जबकि वे अपनी आत्मा तक बेच देते हैं। देखा जाए तो उनका गुनाह और भी बड़ा है। ऐसी बातों का प्रभाव विपरीत पड़ता था और लोगों का भरोसा उनमें बढ़ जाया करता था। किन्तु वे विश्वसनीय कतई नहीं थे। वे कभी-कभी सच सिर्फ इसलिए बोलते थे कि ऐसा करने से उनको झूठ बोलने की सुविधा अधिक हो जाया करती थी। मेरा मानना यह है कि उनकी सफलता की कुञ्जी ही उनकी झूठ बोलने की क्षमता में निहित थी। वे इस कला में बहुत निपुण थे और झूठ इतने आत्मविश्वास से बोला करते थे कि कोई भी माई का लाल यह नहीं कह सकता

था कि वे किस मौके पर झूठ बोल रहे हैं और किस मौके पर सच कह रहे हैं। उनके लिए सारी दुनिया ही एक अदालत जैसी चुनौती थी और सारे मानवीय सम्बंध ही जिरह के दायरे में आते थे। सच और झूठ से उन्हें कभी प्रयोजन रहा ही नहीं। वे दोनों का ही प्रयोग एक सी तत्परता और दक्षता से करते थे और उनका उद्देश्य सिर्फ अपनी बात को इस ढंग से कहना होता था कि सांप तो मर जाए लेकिन लाठी बच जाए। उनमें सम्पूर्ण दृढ़तापूर्वक झूठ बोलने की क्षमता अपवाद स्वरूप थी और यही उनकी सफलता का रहस्य भी था। इस दृढ़ता के सामने उनके प्रतिद्वंद्वी को सत्यनिष्ठ होते हुए भी औरों के सामने मानो लज्जित होना पड़ता था। वे एक ही वस्तु को कभी सफेद तो कभी काली एक से आत्मविश्वास के साथ कहा करते थे और उनका चेहरा नाटकीय ढंग से उनके वक्तव्य का अनुमोदन करता था। यही उनकी जीवन-शैली थी और झूठ बोलने की उनकी क्षमता पर आश्चर्य हुआ करता था। किन्तु आदतन लाचार होकर झूठ वे कभी नहीं बोलते थे, इसके पीछे सदैव स्वार्थ पूर्ति का उद्देश्य हुआ करता था वे जानबूझकर ऐसा करते थे।

वकालत करने का उनका गुर भी मौलिक था। बहुत प्रारम्भिक दौर में ही उन्होंने यह सीख लिया था कि आदलतों में क्या हुआ करता है। उनके देखने में आया कि हरेक रोज फाइलें तो कोई पचास-साठ बाहर निकलती हैं किन्तु कार्यवाही अधिक से अधिक पांच-सात पर आगे बढ़ती है और शेष सभी फाइलें जस की तस वापस रख दी जाती हैं। अदालत के पास समय ही दस प्रतिशत मुकदमों को अग्रसर करने का होता है। इससे उन्होंने अपना यह मौलिक सूत्र पकड़ा कि वे जज के लिए कभी भी असुविधा पैदा नहीं करेंगे। अब वे मुवक्किलों से जो भी फीस लेते थे उसका एक हिस्सा जज को भिजवा दिया करते थे और जज से सिर्फ यह गुजारिश करते थे कि प्रत्येक फाइल पर सिर्फ अगली तारीख डाल दी जाए और कोई भी कार्यवाही आगे नहीं बढ़ाई जाए। सभी जज इस बात से बहुत खुश होते थे क्योंकि बिना कोई माथापच्ची करे उन्हें उचित आमदनी हो जाया करती थी। जो भी मुकदमे वे हाथ में लेते थे वे न तो गवाही तक पहुंचते थे, न ही जिरह तक और न ही फैसले तक। ज्यादातर मौकों पर वे गुनहगारों को बचाने के लिए ही आगे आया करते थे; ऐसे मुवक्किल भी यह नहीं चाहते थे कि मुकदमा आगे बढ़े इसलिए उनको एक बड़ा वकील भी माना जाता था। सभी इस शैली से खुश थे। कभी-कभी कोई पीड़ित पक्ष यदि अपनी स्वयं की गलती से उन्हें वकील बना भी लिया करता था तो कुछ बरस चक्कर काटने के बाद बात उसे खुद ही समझ में आ जाती थी और उनसे फाइल वापस लेकर वह किसी छोटे वकील के पास चला जाया करता था। इस प्रतिक्रिया से भी उन्हें कोई घाटा नहीं होता था क्योंकि वे फीस तो पहले दिन ही मुवक्किल से ले चुके होते थे। प्रायः तो दूसरे वकील का नाम भी वे खुद

ही बता दिया करते थे और दूसरे वकील से भी वे अपना कट ले लिया करते थे। वास्तव में कानून को समझने की नौबत तो उनके लिए कभी खड़ी ही नहीं हुई क्योंकि कानून की समझ सिर्फ जिरह और फैसले के वक्त काम आती है। उनका मानना था कि सबसे सफल वकील वह होता है जिसे कट पहुंचाना आता है और आदमियों को अर्जित करना आता है।

छोटे अंकल बिल्कुल सफेद पोश किस्म के लोगों में शुमार थे और बाहर से देखने में उनमें यदि कोई प्रकट दोष था तो इतना ही कि वे कभी-कभी सिगरेट पी लिया करते थे। यह आदमियों के दृष्टिकोण से तो एक ऐब था ही, कुत्तों के दृष्टिकोण से भी ऐब ही था क्योंकि सिगरेट सिर्फ आदमी पिया करते हैं। लेकिन सिगरेट पीने का उनका अंदाज भी मौलिक था। पहले वे सिगरेट को डिब्बी में से बाहर निकालते थे; उसे दोनों होठों के बीच में दबाते थे और पांच मिनट तक यह सोचते थे कि सिगरेट को जला लिया जाए अथवा उसे वापस डिब्बी में ही रख दिया जाए। अक्सर वे पांच मिनट के भीतर सिगरेट वापस डिब्बी में रख भी दिया करते थे। यदि वे सिगरेट जला भी लेते थे तो दो-चार कश लेने के बाद ही उनका ध्यान किसी फाइल की तरफ खिंच जाया करता था और सिगरेट बुझ जाया करती थी। एक ही सिगरेट के साथ इस क्रिया की पुनरावृत्ति कोई दो-तीन बार हो जाया करती थी और सिगरेट कोई घण्टे भर तक जला करती थी। सिगरेट के एक ही पैकेट से वे कोई महीना भर निकाल दिया करते थे।

द्विवेदीजी छोटे अंकल के मुंशी थे लेकिन वे बड़े अंकल के मुंशी भी रह चुके थे। उनका कहना था कि बड़े अंकल के सिगरेट पीने का अंदाज मुख्तलिफ था। वैसे तो बड़े अंकल छोटे अंकल के बड़े भाई थे और वकील भी थे लेकिन वे बहुत-सी बातों में छोटे अंकल से बहुत अलग थे। वे वास्तव में ही एक दिलदार आदमी थे और सिगरेट भी दिल खोलकर ही पिया करते थे। खुद भी पिया करते थे और दूसरों को भी बांट दिया करते थे। उन दिनों द्विवेदीजी भी नए-नए जवान हुए थे और उन दिनों को याद करके उनकी आंखों में एक सुरूर-सा आ जाया करता था। उनका कहना था कि वो दिन ही और थे। बड़े अंकल के जमाने में यहां तक कि मुहल्ले की सभी महरियां, कस्बे की सभी मेहतरानियां और अस्पताल की सभी नर्सें तक सिगरेट पीने लग गई थीं। वे ऐसे ही दिलदार आदमी थे। अदालत में भी अपने साथ सिगरेट ले जाया करते थे और जाते ही सबसे पहले जज को सिगरेट ऑफर कर दिया करते थे। जज साहेबान तुरंत मुकदमे की गम्भीरता का जायजा लेते थे और उसी हिसाब से गिनकर सिगरेट मांग लिया करते थे और खूब ऐश करते थे। यही कारण था कि बड़े अंकल के मुजरिमों की जमानत ग्यारह बजे से पहले-पहले हो जाया करती थी। यह बात छोटे अंकल में नहीं है; इनके मुजरिम आराम से पांच बजे तक जमानत

पर छूटा करते हैं। वे घर के सारे बच्चों को एक जैसा प्यार किया करते थे; उन्हें अपने बच्चों और भाइयों के बच्चों में कोई फर्क तक नहीं दिखाई देता था। यह भी उनकी महानता के लक्षणों में से एक था। उनके भाइयों की पत्नियां खुद उनकी ही सालियां थीं और शुरुआत उन्हें जीजाजी कहने से ही होती थी। जब तक वो जीये घर में बड़ा मेलजोल रहा किन्तु उनके जाने के बाद छोटे अंकल इस परम्परा को बनाये रखने में कामयाब नहीं हो सके। द्विवेदीजी का कहना था कि जब तक बड़े अंकल जीते रहे, उनके भी मजे रहे। रोज जमकर भांग छानते थे और रात होते ही टांग पसार कर सोते थे। पूरे मुहल्ले में किसी के भी खिलाफ एफ. आई. आर. तक दर्ज नहीं होती थी। मुहल्ले वाले अपने सारे शौक खुलकर पूरे किया करते थे और भले-बुरे की कोई फिक्र उन्हें नहीं करनी पड़ती थी। उस जमाने में भी सब तरह के काण्ड हुआ करते थे जैसे कि मनोहरलालजी की पत्नी का अपने पति से झगड़ा हुआ था और वे कुएं में गिरते ही मर गई थीं; राधेश्याम बजाज के घर भाइयों में आपस में मारपीट हो गई थी और तीन-चार लोगों के सिर भी खून से लथपथ हो गए थे। यहां तक कि सामनेवाले घर में एक आदमी की पत्नी जलकर मर गई थी लेकिन रपट तक नहीं हुई थी। ऐसे किस्से अमूमन होते ही रहते थे लेकिन जहां तक थाना-कचहरी के हस्तक्षेप का सवाल है सभी का अमन-चैन निर्बाध था। वकील हो तो ऐसा!

बड़े अंकल बाद में विदेशी ब्राण्ड के सिगरेट भी पीने-पिलाने लग गए थे। अब तो इन सिगरेटों को बनाने वाली कम्पनियां भी हिन्दुस्तान से उठकर बाहर के मुल्कों में चली गई हैं। अचानक बड़े अंकल को गले का कैंसर हो गया था और उन्होंने सिगरेट को छूना भी बंद कर दिया था। लेकिन पहले की तरह ही दूसरों को सिगरेट बांटने में उन्होंने कभी कंजूसी नहीं की। उनके देहावसान के बाद भी कुछ दुर्लभ विदेशी सिगरेटों के पैकट उनके ऊपर के कमरे में सुरक्षित रखे हुए पाए जाते थे। द्विवेदीजी भी कुछ कम घुटी हुई चीज नहीं हैं। उन्होंने शुरुआत जरूर विजया से की थी लेकिन बाद में उसमें गांजा और अफीम भी मिलाने लग गए थे। ऐसे ही एक मौके पर वे ऊपर वाले कमरे में नशे में धुत्त लेटे हुए थे कि रात को कोई डेढ़ बजे उन्हें सिगरेट पीने की तलब हुई। द्विवेदी जी का कहना है कि तत्काल उन्हें बड़े अंकल साक्षात दिखाई दिए और उन्होंने बताया कि तीसरी खूंटी से जो हरा थैला लटक रहा है उसमें कुछ दुर्लभ सिगरेट पड़े हैं और यदि तुम चाहो तो किसी भी पैकेट में से दो सिगरेट निकालकर पी सकते हो। द्विवेदी जी का कहना है कि जैसे ही मैंने तीसरी सिगरेट निकाली एक जोर का थप्पड़ मेरे बाएं गाल पर पड़ा और बड़े अंकल गायब हो गए। द्विवेदीजी का कहना है कि वे मुंशी होने के अलावा एक बहुत पहुंचे हुए तांत्रिक भी हैं और किसी भी मृतक की आत्मा को बुला सकते हैं। बड़े अंकल ने कहा कि वे जहां भी हैं बहुत मजे में है और ऐश कर रहे हैं। अपना काम बनाना और दूसरों

आदमी और कुत्ता

का काम बिगाड़ना उन्हें खूब अच्छी तरह से आता है। उन्होंने द्विवेदीजी को धमकी भी दी और यह कहा कि यदि आइंदा से उन्हें डिस्टर्ब किया गया तो अंजाम अच्छा नहीं होगा। इसके बाद बड़े अंकल दुबारा कभी भी दिखाई नहीं दिए यद्यपि सिगरेट के पैकेट अभी भी ऊपर वाले कमरे के उसी थैले में पड़े हैं और उनकी याद दिलाते रहते हैं। द्विवेदी जी का कहना है कि दुबारा बड़े वकील साहब की आत्मा को बुलाने की हिम्मत अब उनमें नहीं है।

सृष्टि का प्रपंच अभी भी जारी है और सभ्यता का विकास भी उत्तरोत्तर अधिक से अधिक हो रहा है किन्तु आदमी और कुत्ते के बीच आंकड़ा आज भी 36 का ही है। आदमी सोचता है कि उसके पास जमीर है और नेकी है इसलिए वह कुत्ते से बड़ा है और कुत्ता सोचता है कि उसके पास ताकत और फुर्ती आदमी से अधिक है इसलिए वह खुद आदमी से बड़ा है। कुत्ते की सोच आज भी आदमी की सोच से उलटी है; वह आज भी डीओजी को जीओडी पढ़ता है और 'राइट इज माइट' को 'माइट इज राइट' पढ़ता है। द्विवेदीजी का कहना है कि इस जगत में दो ही तरह की मान्यताएं हैं– पहली 'राइट इज माइट' और दूसरी 'माइट इज राइट' और यह आप पर निर्भर करता है कि आप कौन से सिद्धांत पर भरोसा करते हैं और आपका स्वर्ग कहां है? ∎

अधूरा सच

कभी-कभी ऐसा होता है कि काल का कोई खण्ड अतीत से कटकर वर्तमान में आ जाता है, ऐसी ही किसी घटना को हम काल-प्रत्यावर्तन कहते हैं। यह सभी जानते हैं कि कोई भी वापस लौटकर अतीत में नहीं जा सकता और न ही अतीत को जी सकता है किन्तु फिर भी हम कभी न कभी ऐसे अनुभव से अवश्य गुजरते हैं कि लगता है जैसे बीच के सारे वर्ष कभी अस्तित्वगत ही न हुए हों। वैसे तो पारिजात व्यवसाय से ही एक पर्यटक गाइड है इसलिए उसके प्रत्येक दिन का ही एक अनगण्य भाग खजुराहो के बस-स्टैण्ड पर ही बीतता है किन्तु इस समय वह उद्विग्न है और प्रत्येक आने वाली बस के भीतर व्यग्रतापूर्वक अविलम्ब झांक रहा है। लगता है कि एक दीर्घ अंतराल के बाद उसने अपना मनपसंद परिधान पहना है; सफेद पैण्ट और हरे शर्ट का युगल उसे विशेष पसंद है और इस परिधान में वह पर्याप्त रूप से युवा भी दिख रहा है। उसे देखकर लगता है मानो उसके जीवन का नव-वासंती उत्साह एक बार फिर दस्तक दे रहा हो। सुपर्णा ने उसे लिखा था कि आगरा से वह सीधी खजुराहो की ओर प्रवृत्त होगी और शाम को लगभग पांच बजे तक वह खजुराहो में प्रविष्ट हो चुकी होगी। इस समय कोई पांच बजकर अड़तीस मिनट हो चुके हैं और इस दौरान तीन-चार बसें भी आ चुकी हैं किन्तु सुपर्णा उसे किसी भी बस में दिखाई नहीं दी है। एक और बस आकर खड़ी हुई है; सहयात्रियों की धक्का-मुक्की से बचने के लिए एक महिला सभी सहयात्रियों के पीछे खड़ी है; गुलाबी साड़ी में आवृत्त वह सुपर्णा जैसी ही लग रही है। अचानक उसने अपना चेहरा घुमाया और अपने विस्तृत विमुग्ध नेत्रों से निर्निमेष पारिजात को देखने लगी। उसे इसी प्रकार देखने की आदत थी और इस प्रकार देखने से उसकी आंखें और भी बड़ी हो जाया करती थीं। इस बार सुपर्णा को दुबारा वह कोई तेरह साल बाद देख रहा था। सुपर्णा की देह कुछ पुष्ट हो चली थी और उसका रंग इस प्रकार निखर आया था कि वह पहले की तुलना में और भी सुंदर दिखायी दे रही थी। उसकी हथेलियों और कलाइयों पर बहुत कलात्मक ढंग से मेंहदी के बेलबूटे रचाये हुए थे और उसके बाल भी बहुत तरतीब से कटे हुए थे। लगता है कि बालों में रंग भी किया गया था और उन्हें शैम्पू से धोकर उनमें सुगंध भी लगाई गई थी। बाल खुले थे और हवा में लहरा रहे थे। अब

सुपर्णा बस से उतर रही थी और पारिजात सहज भाव से आगे बढ़कर उसे अपनी बांहों में भर लेने का प्रयास कर रहा था। सुपर्णा का चेहरा जैसे गुलाबी हो उठा और पारिजात की पीठ की तरफ आकर उसने अपना सिर पारिजात के कंधे पर टिका दिया। यद्यपि यह वही सुपर्णा थी किन्तु उसके चेहरे पर पहले जैसी सद्यता का अभाव अखरता था।

पारिजात-अकेली आई हो, क्या सिद्धार्थ को लेकर नहीं आई?

सुपर्णा-सिद्धार्थ विगत डेढ़ वर्ष से मेडिकल कॉलेज मणिपाल में है। उसका सेमेस्टर पूरा होने में अभी पांच दिन बाकी हैं। इसके बाद ही वह आ सकेगा।

जहां तक पारिजात का प्रश्न है उसका जन्म ही खजुराहो में हुआ था; यहां का हल्का नीला निर्विशिष्ट आकाश और मंदमंथर समीर जैसे उसके अपने ही व्यक्तित्व का अंग थे किन्तु खजुराहो सुपर्णा के लिए भी कोई अपरिचित जगह नहीं थी। उनके संक्षिप्त दाम्पत्य-जीवन के कुल पांच वर्ष यहीं पर व्यतीत हुए थे और सिद्धार्थ के शैशव के प्रारम्भिक दो वर्षों का साक्षी भी यही खजुराहो था। कोई पंद्रह वर्ष बाद वैसा ही शाम का झुटपुटा था और दोनों हाथ में हाथ थामे घर की ओर जा रहे थे। उस समय पारिजात मात्र एक सद्यावतरित टूरिस्ट गाइड था किन्तु पंद्रह वर्ष के अपने सतत श्रम से अब उसने एक आलीशान होटल खरीद लिया था और होटल के पास ही एक बहुत सुंदर आवास भी बनवा लिया था। पहले वाले घर की तुलना में यह घर बहुत अधिक सुविधापूर्ण और आरामदेह था।

उसे वह दिन भी स्मृत है जब उसने सुपर्णा को पहली बार देखा था। वह एक शैक्षिक टूर पर आई थी और उसके साथ विश्वविद्यालय की अन्य शिक्षिकाएं भी थीं। उन शिक्षिकाओं में से कुछ सुपर्णा की अध्यापिकाएं भी रह चुकी थीं और आयुष में सुपर्णा इन सबसे बहुत छोटी थी। उसकी आंखों में कुछ ऐसा आकर्षण था कि सुपर्णा पहली दृष्टि में ही पारिजात के मन में बस गई थी। खजुराहो आने के कोई एक घण्टे के भीतर ही यह समूह स्वयं चलकर उसके पास आया था और उससे गाइड बनने की इल्तिजा की थी। पता लगा कि ये सभी शिक्षिकाएं कलाकार थीं और स्वयं सुपर्णा भी चित्रकला की विधा में निपुण थी। क्योंकि पारिजात ही खुजराहो में सबसे अधिक पढ़ा-लिखा और सूचना सम्पन्न गाइड था इसलिए उसे कोई आश्चर्य नहीं हुआ था। खजुराहो-भ्रमण के लिए इस दल के पास तीन ही दिन का कार्यक्रम था किन्तु जब वापस जाने का समय आया तो सुपर्णा ने स्पष्टत: असमर्थता व्यक्त कर दी; अब उसकी योजना एक महीने यहीं रहकर कुछ ऐसी पेन्टिंग्स बनाने की थीं जो अविस्मरणीय हों और जिन्हें वह जयपुर लौटकर रवीन्द्र रंगमंच पर प्रदर्शित कर सके। वैसे तो खजुराहो में प्राय: ही विदेशी युवतियां आती रहती थीं और पारिजात के लिए न तो खजुराहो का वातावरण कोई नया अनुभव था और न ही युवतियों का सान्निध्य

कुछ नया था किन्तु फिर भी एक समवयस्क सुदर्शना भारतीय युवती का साथ पहले दिन ही खजुराहो के सम्मोहक वातवरण में एकांत पाते ही दोनों को विचलित कर गया था। दोनों के बीच एक ऐसे अभिचार का उन्मेष हुआ कि एक महीने तक सुपर्णा का ध्यान खजुराहो से वापसी की ओर गया तक नहीं। इसे सारे समय वह कुछ स्कैचिंग करने का प्रयास करती भी रही थी किन्तु उसका ध्यान पारिजात की ओर से हट नहीं पा रहा था। कहते हैं कि प्रेम एक ऐसी घटना है जिसको यदि घटित होना होता है तो वह प्रथम दृष्टया ही घटित हो चुकी होती है। उनके बीच आकर्षण का जो उन्मेष था वह अनादि भी लगता था और अंतहीन भी। आखिर सुपर्णा ने कह ही दिया था-तुम्हारे से अलग होकर जीने की कल्पना अब मैं नहीं कर सकूंगी। पारिजात ने पूछा था-तुम्हारी प्राध्यापिका का क्या होगा सुपर्णा?

सुपर्णा-क्या तुम मेरे साथ जयपुर नहीं चलोगे?

पारिजात-यह नहीं हो सकता क्योंकि मेरी मां का मेरे अलावा और कोई भी नहीं है। मैं उस समय तीन ही बरस का हुआ था कि अचानक एक दिन पिताजी हृदयघात से चल बसे थे। बहुत मुश्किल से ही मेरी मां ने मुझे बड़ा किया है।

सुपर्णा-किन्तु तुम्हारे बिना तो अब मैं भी नहीं रह सकूंगी। यदि मां भी हमारे साथ जयपुर चले तो कितना अच्छा रहेगा। क्या हम तीनों जयपुर नहीं चल सकते?

पारिजात-मां इसके लिए राजी नहीं होगी और सच पूछो तो खजुराहो छोड़ने से मुझे भी बहुत हानि होगी। खजुराहो सारी दुनिया के पर्यटक मानचित्र पर है और यहां विदेशी भी भरपूर आते हैं। विदेशी युवतियों का विचार है कि मैं एक गाइड के रूप में सबसे अधिक सुदर्शन और वाकपटु हूं। वे सहज ही पहली दृष्टि में ही मेरी ओर आकर्षित हो जाती हैं। यहां रहकर मैं शीघ्र ही सम्पन्न हो सकता हूं किन्तु यहां से बाहर जाकर मेरे लिए कोई भी अच्छा भविष्य बनाना संभावित नहीं है।

सुपर्णा-विश्वविद्यालय की मेरी नियुक्ति कौन-सी स्थायी है? यदि आवश्यक होगा तो मैं छोड़ दूंगी। प्राय: मैं यह भी सोचती हूं पारिजात कि अपना जीवन एक स्वतंत्र कलाकार के रूप में प्रारम्भ करके देखूं; शायद मैं निर्वाह कर सकूं और शायद मैं बहुत समृद्ध और प्रसिद्ध भी हो सकूं।

इसके बाद सुपर्णा ने अपना त्यागपत्र विश्वविद्यालय को प्रेषित कर दिया था। माता-पिता के लिए भी उसने एक पत्र लिखा और लिफाफे में पारिजात का एक रंगीन चित्र भी रख दिया। उसने लिखा था कि पिछले एक महीने से वह पारिजात के साथ ही रह रही थी और अब उससे विलग होने की कल्पना भी उसे वेदना देती है। वह उससे विवाह तो कर सकेगी किन्तु अलग नहीं हो सकेगी। पत्र मिलते ही सुपर्णा के पिता ने परिस्थिति की संवेदनशीलता को समझा और तुरंत

खजुराहो आ गए। पारिजात से मिलकर अलबत्ता उन्हें निराशा नहीं हुई और यथाशीघ्र विवाह-समारोह का आयोजन करने के लिए वे झांसी में किसी उपयुक्त होटल की खोज करने लगे। अंत में उन्हें एक उपयुक्त होटल मिल भी गया जहां बीस दिन के बाद ही आरक्षण उपलब्ध हो सकता था। खजुराहो से पारिजात के परिवारजन, जयपुर से सुपर्णा के लगभग तीस आत्मीय और दोनों ओर के कुछ मित्रगण यथा समय झांसी पहुंच गए और विवाह धूम-धाम से सम्पन्न हो गया। उन दिनों सुपर्णा के चित्त से बहुत-सी बातें विस्मृत हो गई थीं जैसेकि सुपर्णा स्वयं भी अपने माता-पिता की चहेती और इकलौती संतान थी; जैसेकि खजुराहो जयपुर की बनिस्बत एक बहुत छोटा-सा कस्बा था जहां के वातावरण में अनिवार्यत: एकरसता थी और जैसेकि सुपर्णा के व्यक्तित्व में निहित एक महत्त्वाकांक्षी कलाकर्मी के लिए यहां रहकर उन्नति करना विषम था। उन दिनों सुपर्णा पूरी की पूरी पारिजात में खो जाना चाहती थी और उसे लगता था जैसे सारा संसार ही पारिजात की बांहों में समाहित हो गया था। पारिजात की आंखों के अतिरिक्त उसके लिए कहीं कोई गंतव्य नहीं था और कहीं किसी जिज्ञासा का आलोक नहीं था। उन दिनों वह भूल गई थी कि इस निमग्न कर लेने वाले सम्मोहन के बाहर भी कोई देश था कि काल था। इस सम्मोहन-प्रवाहिनी में स्त्रोतापन्न होकर जैसे वह अपने नि:श्रेयस-सागर तक पहुंच जाना चाहती थी। समय-सरिता अपने पूरे प्रवाह में गतिशील थी और सुपर्णा थी कि इस प्रवाह में स्वयं को पूरी तरह छोड़कर जीवन के परम अर्थ को जैसे आत्मसात कर लेने को आतुर थी। उनका यह सर्वग्राही दाम्पत्य-भाव कोई तीन बरस तक सुचारु चलता रहा था कि सिद्धार्थ का जन्म हो गया था। अब वह मातृत्व के वरदान से ओतप्रोत थी और इस अनुग्रह भाव में दो और साल बीत गए थे। इस बीच भी सुपर्णा अपने भीतर के कलाप्रेम से असम्पृक्त नहीं रह पाई थी। वह कई बार जयपुर भी गई थी और वहां पर अपने चित्रों की प्रदर्शनी के आयोजन भी उसने किए थे। उसे प्रशंसा तो मिली थी किन्तु चित्रों से यथेष्ट धनलाभ उसे नहीं हुआ था। कारण स्पष्ट था कि खजुराहो रहने के कारण सुपर्णा सभी प्रकार की गुटबंदियों से असम्पृक्त हो गई थी। कला समीक्षक उसके चित्रों में रुचि नहीं ले रहे थे और कोई भी उसकी हिमायत करना जरूरी नहीं समझ रहा था क्योंकि उसके साथ कोई भी लॉबी नहीं थी। न तो किसी कला समीक्षक ने उसके चित्रों के बारे में कुछ लिखना अपना दायित्व समझा था और न ही समाचारपत्रों ने उसे कोई कवरेज दी थी। वह प्रोपेगण्डा और टीमवर्क नहीं जुटा पा रही थी। कोई कितना ही बड़ा कलाकार हो प्रोत्साहन व प्रशंसा का आधार भी आजकल पारस्परिक आदान-प्रदान ही हो चला था। यदि वह विश्वविद्यालय में होती तो किसी परम्परा का प्रतिनिधित्व कर रही होती; उसके साथ उसके पूर्ववर्ती सहकर्मियों का आशीष और परवर्ती सहकर्मियों की आशाएं जुड़ी हुई रही होतीं

किन्तु अब वह अकेली थी और किसी भी शृंखला से विच्छिन्न थी। धीरे-धीरे वह यह समझती जा रही थी कि असंग होकर कोई भी कलाकार अपने यथायोग्य को उपलब्ध होने से वंचित रह जाता है। प्रतिभा कितनी भी हो अंततोगत्वा परिवेश और प्रश्रय ही निर्णायक तत्त्व सिद्ध होते हैं। वह जैसे किसी सुखस्वप्न से बाहर आने लगी थी और अपनी पलकों को एक नए प्रकाश के प्रति खुलते हुए देख रही थी। यहां आने के बाद प्रारम्भ से ही सुपर्णा विदेशी युवतियों के सम्पर्क में थी और प्रेम, दाम्पत्य व यौन के सम्बंध में परम्परागत सांस्कृतिक मूल्यों के प्रति पुनर्विचार करने लगी थी। सुपर्णा को पता ही नहीं लगा कि शनैः शनैः कब उसका पत्नीभाव विस्मृत होने लगा और कब उसके भीतर एक कलाकत्री की महत्त्वाकांक्षा, यशलिप्सा व आभिजात्य विप्लव करने लगे। कोई पांच साल बाद यह मई की एक सुबह थी जबकि पारिजात को सुपर्णा के अंतरंग-कक्ष की मेज पर एक पत्र रखा हुआ मिला। उसने लिखा था–

मेरे प्रियतम,

बहुत-सा प्यार! मैं तुम्हें छोड़कर जा रही हूं, क्यों और कहां जा रही हूं यह मुझे भी पूरी तरह स्पष्ट नहीं है। मन में कुछ ऊहापोह-सी है, कुछ ऊब-सी है और कुछ नए क्षितिज छू लेने की आकांक्षा है। इस यात्रा पर मैंने अकेले ही निकल जाने का निर्णय किया है। लगता है कि जैसे मैं एक पक्षिणी हूं और मेरे पंख एक नीले अंतहीन व्योम के दूसरे छोर को छू लेने को व्याकुल हो रहे हैं। चाहती मैं यह भी हूं कि उड़ नहीं सकूं और तुम्हारा आमंत्रण मुझे उसी प्रकार वापस खींच लाए जैसे कि जहाज का पंछी बार-बार वापस लौटकर उसी जहाज पर पुनः आ जाता है फिर भी वह उड़ने की अपनी विवशता का संवरण नहीं कर पाता है। तुम तो मेरे हो ही और मैं मेरे प्रति आश्वस्त हूं कि तुम मेरे हो यह भाव सभी परिस्थितियों में मेरे भीतर अविकल बना रहेगा। सिद्धार्थ को लेकर किसी प्रकार की चिंता मन में मत लाना। अगले पत्र की प्रतीक्षा करना।

केवल तुम्हारी ही

सुपर्णा।

यद्यपि पारिजात अपने दाम्पत्य में प्रवेश करने वाली असहजता के प्रति अजागरुक नहीं रहता आया था; वह एक प्रवाह के स्तब्ध हो जाने के बाद के ठहराव को भी अनुभव करने लगा था किन्तु इतने आकस्मिक दुर्दैव के लिए वह प्रस्तुत नहीं था। आने वाले दो साल पारिजात के लिए बहुत वेदनामय गुजरे। उसकी व्यग्रता जितनी सुपर्णा को लेकर थी उतनी ही सिद्धार्थ को लेकर भी थी। वह हतमति था और सुपर्णा की इस आकस्मिकता को सहजता से नहीं ले पा रहा था। क्यों सुपर्णा ने अचानक ही एक बसे बसाये नीड़ को झकझोर दिया था? एक सांझ को जब वह वापस घर आया तो मां ने उसकी हथेली पर एक लिफाफा रख दिया। लिफाफे में सुपर्णा का पत्र था। लिखा था–

मेरे प्रियतम,

प्रेम। बहुत सोच-विचार के पश्चात् मैं इस निर्णय पर पहुंची हूं कि मेरे लिए तुम्हें भूलना कभी भी सम्भव नहीं होगा। मेरे अस्तित्व की तुम उसी प्रकार एक विधा हो जैसेकि सौन्दर्यबोध होता है अथवा जीवेषणा होती है। मैं कभी-कभी तुमसे मिलना अवश्य चाहती हूं किन्तु ऐसी मन:स्थिति में भी नहीं हूं कि तुम्हें ऐकांतिक दाम्पत्य के आधिपत्य में बांध सकूं। प्रेम जब भी होता है अतिरेक में ही होता है किन्तु यह अतिरेक बीच-बीच में अवकाश भी चाहता है जिससे हम जान सकें कि प्रेम और उन्माद में भेद क्या है; यह अतिरेक कुछ व्यवधान भी चाहता है ताकि सांस सुगमता से आ सके और जा सके। मैं नहीं जानती कि वह बूंद कैसी होती है जो समुद्र में खो जाना चाहती है; मेरी भिज्ञता यह है कि बूंद के लिए स्वयं होना भी आवश्यक होता है ताकि वह यह अनुभव कर सके कि यह समुद्र मेरे लिए है। मेरा रस सम्बंध में है और सम्बंध रह ही तब सकता है जब मैं और तुम दोनों बचे रहते हो। तुम मेरे अभिप्राय को समझ जाओगे; प्रेम की सार्थकता तभी है जब कोई प्रेम करता हो और कोई उसे पाता भी हो। बूंद का खो जाना प्रेम का खो जाना भी हो जाता है और मेरे लिए प्रेम ही नि:श्रेयस है। मां भी अकेली हैं और किसी अर्थ में तुम भी अकेले हो; चाहती हूं कि तुम्हारा घर फिर से बस जाए; चाहती हूं कि सिद्धार्थ के भाई-बहिन भी हों जो किसी अज्ञात प्रभापूर्य के आलोक से भी आपूर्त हों। तुम्हारी चिंता रहती है इसलिए जब तुम कहोगे झांसी आ जाऊंगी और पारस्परिक विवाह-विच्छेद के लिए आवेदन में सम्मिलित हो जाऊंगी। तुम्हें व्यावहारिक भी होना चाहिए और इस सदाशयता के लिए मना नहीं करना चाहिए। सम्प्रति जयपुर में ही हूं क्योंकि मम्मी और पिताजी को भी मेरी आवश्यकता है और मैं राजस्थान कला संस्थान से भी सम्बद्ध हूं। स्यात् मेरी नियति हवा के उस झोंके की नियति है जो सुगंध का वरण तो करता है किन्तु स्थिरता के वरदान से वंचित है। मैं क्षम्य तो नहीं हूं किन्तु जैसी भी हूं तुम्हारे बिना नहीं हूं। जहां भी हूं सदैव तुम्हारी हितकामना करना चाहती हूं। आशा है तुम यह अधिकार मुझसे नहीं छीनोगे।

शुभेच्छु
सुपर्णा बिष्ट।

मेरा पता है— सुपर्णा बिष्ट सुपुत्री श्री प्रभात बिष्ट, वित्तसचिव, डी-73 गांधीनगर जयपुर।

इसके पश्चात् दोनों का पारस्परिक सहमति से विवाह विच्छेद हो गया था। पारिजात के भीतर जैसे सबकुछ ठहर गया था और उसके लिए ऋतचक्र जैसे निस्तब्ध खड़ा था। मानो जीवन उसके लिए पुनरोन्मेष के अनुकूल परिस्थितियों का सृजन ही नहीं करना चाहता था। सबकुछ वैसा का वैसा ही था बस उसका आवास अधिक सुविधायुक्त और सुंदर हो गया था; मां की स्वत:स्फूर्त ऊर्जस्विता

अब श्लथ होने लगी थी और स्वयं उसका यौवन-ज्वार भी अब संयमित होने लगा था।

मां ने अल्पाहार के लिए बहुत से व्यंजन बना रखे थे और उनके आने से पहले ही इन्हें सलीके से मेज पर सजाकर रख दिया था। जैसे ही दोनों नाश्ते की मेज पर आकर बैठे वह कॉफी के तीन प्याले भी ले आईं थीं और तीनों बाष्परेता कॉफी की चुस्कियां लेने लगे। थोड़ी देर बाद मां उठकर चली गईं ताकि उन्हें एकांत मिल सके।

सुपर्णा ने पूछा-तुमने विवाह क्यों नहीं किया?

पारिजात-अपरिचय से विवाह निकले यह धृष्टता मैं कर नहीं पाया और संयोगवश ऐसा प्रगाढ़ परिचय किसी से हुआ नहीं जिसकी निष्पत्ति विवाह हो सके। तुम तो जानती ही हो सुपर्णा कि खजुराहो में जो भी आता है प्रायः एक-दो दिन ही यहां रुकता है और फिर चला जाता है। मां के कारण खजुराहो से बाहर मैं अधिक समय तक जाता नहीं। सब ठीक ही चल रहा है।

सुपर्णा-मेरे देखे प्रेम और विवाह अलग-अलग बातें भी हो सकती हैं पारिजात। विवाह तो सभी करते हैं, क्या प्रेम भी सभी कर पाते हैं? मां की ओर देखती हूं तो दुख होता है, उन्हें भी तो एक सहारा चाहिए। यदि तुम विवाह दुबारा नहीं करोगे तो क्या मैं स्वयं को क्षमा कर सकूंगी? हमारे तो बच्चा भी एक ही है और हम दोनों में से किसी एक के साथ ही वह रह सकता है। मम्मी और पिताजी के लिए मुझे भी जयपुर ही रहना पड़ेगा और सिद्धार्थ मेरे बिना रह नहीं सकेगा।

पारिजात-मैं एक प्रश्न पर सतत विचार करता रहा हूं। हम मनोयोगपूर्वक पांच साल तक साथ-साथ रहे; फिर अचानक तुमने छोड़कर जाने का निर्णय ले लिया। इसको लेकर मेरे मन में तुम्हारे प्रति कोई उपालम्भ नहीं है क्योंकि इतना तो मैं भी समझता हूं कि अंततोगत्वा प्रत्येक मनुष्य स्वतंत्र है और हमें इस स्वतंत्रता का सम्मान करना चाहिए। किन्तु मेरे मन में उलझन यह है कि इस निर्णय के पीछे कारण क्या थे? यह उलझन इस बात से और भी बढ़ जाती है कि मुझसे विवाह करने, खजुराहो में रहने और मां बनने का निर्णय तुम्हारा एक तरफा था और मैं तुम्हारे कारण बाद में सहमत हुआ था।

सुपर्णा-तुम्हें क्या लगता है?

पारिजात-मुझे तीन कारण समझ में आते हैं-पहला कारण कि सदा के लिए तुम अपने मां-बाप से दूर नहीं रह सकती थी; दूसरा कारण यह है कि यहां रहकर तुम्हारे भीतर की कला को उपयुक्त अभिव्यक्ति नहीं मिल सकती थी और तुम किसी अच्छी संस्था से जुड़ भी नहीं सकती थी और तीसरा कारण कि तुम दाम्पत्य से स्वयं को परिपूर्ण अनुभव नहीं कर पा रही थी।

सुपर्णा–ये तीनों ही कारण ठीक हैं पारिजात क्योंकि मैं अब तुम्हारी पत्नी नहीं हूं, मैं कुछ बातें साफ-साफ भी कह सकती हूं। यह तो तुम जानते ही हो कि खजुराहो में रहने के कारण मेरी मित्रता बहुत-सी विदेशी युवतियों से हो गई थी; इन युवतियों से मैंने सीखा कि यौन, प्रेम और विवाह तीनों ही भिन्न-भिन्न अनुभव हैं। प्रायः तो जिससे हमारा विवाह होता है उससे हमारा प्रेम होता ही नहीं और विवाह से पहले प्रेम हो भी तो विवाह के बाद वह शीघ्र ही विदा हो जाता है। यूं देखो तो हम भाग्यशाली हैं कि हमारे बीच में अभी भी प्रेम है। यह मैं अच्छी तरह जानती हूं कि मैंने प्रेम सिर्फ तुमसे किया है और तुम्हारा प्रेम भी मेरे प्रति अब तक है। यौन, प्रेम व विवाह ये तीन धाराएं हैं, जहां इन तीनों का संगम होता है वहीं तीर्थ हो जाता है। हम सौभाग्यशाली रहे हैं कि इस त्रिवेणी में प्रतिदिन पांच वर्ष तक हम डुबकी लगाते रहे हैं। सब इतने सौभाग्यशाली कहां होते हैं? किन्तु एक बात है जो पुरुषों को समझ में आनी चाहिए। चाहे कविता हो चाहे संगीत, चाहे कला हो चाहे साहित्य, चाहे सौंदर्य हो चाहे सुगंध स्त्री सबके प्रति अधिक संवेदनशील होती है। स्त्री का पुरुष के प्रति आग्रह भी अधिक गहन होता है और उसकी ऊब भी अधिक गहरी होती है; स्यात् प्रकृति ने उसे रचा ही ऐसा है क्योंकि बीज को बचाने का दायित्व उसी पर है। मेरे कहने का अर्थ यह है कि पति-पत्नी के बीच चाहे कितना ही गहन प्रेम हो, एक ही पुरुष के साथ प्रतिदिन हमबिस्तर होना स्त्री के लिए अपेक्षाकृत शीघ्र ऊब पैदा करने वाला हो जाता है इसलिए स्त्री ही पुरुष को पहले धोखा देती है। मैं भी तुम्हें धोखा देने लगी थी और स्वतंत्रता चाहने लगी थी किन्तु इसका अर्थ यह नहीं है कि मैं किसी अन्य पुरुष को प्रेम भी कर पाई होहूँ। प्रेम मैंने सिर्फ तुमसे किया है और विवाह भी सिर्फ तुमसे किया है। पत्नी यदि किसी अन्य पुरुष के साथ संसर्ग कर लेती है तो पति को लगता है कि पत्नी का उसके प्रति प्रेम अब समाप्त हो गया है किन्तु ऐसा सोचना प्रायः एक भूल होता है। प्रायः तो जिस व्यक्ति से हम संसर्ग करते हैं उसका चेहरा तक हमें याद नहीं रहता। प्रेम में मात्र आकर्षण ही नहीं होता; आकर्षण के अतिरिक्त पारस्परिक प्रशंसाभाव भी होता है; स्वभाव, आदतों व अभिरुचियों का तालमेल भी होता है किन्तु यौन के प्रति मात्र क्षणिक आकर्षण होता है। यौन क्या है? स्त्री और पुरुष की परस्पर उद्‌घाटित करने की प्रेरणा ही यौन है और यौन कोई बहुत गहरी बात नहीं है। इस सम्बंध में मेरी विचारधारा विदेशी युवतियों जैसी ही है अथवा तुम कह सकते हो कि मैं पश्चिमी संस्कृति में ही आस्था रखती हूं।

पारिजात–किन्तु तुम्हारा विचार भ्रांत है। पहली बात तो यह कि किसी भी देश की संस्कृति उसी प्रकार विशिष्ट होती है जैसे उस देश का मौसम होता है अथवा कि वहां की भाषा होती है अथवा कि वहां का वंशानुक्रम होता है। संस्कृति भी वैसी ही चीज है जैसा कि लोगों की त्वचा का रंग होता है अथवा

बालों और आंखों का रंग होता है। भारत में रहकर पश्चिमी संस्कृति में आस्था रखना स्वतः विरोधी है, यह केवल उपहास और अंतर्द्वन्द्व का कारण बनता है। दूसरी बात यह है कि प्रेम और यौन दोनों को विवाह का अनुगामी होना चाहिए। हमे किसी स्त्री अथवा पुरुष से प्रेम क्यों होता है क्योंकि हम उसे अपना मानते हैं। इस अपना मानने के कारण वह व्यक्ति हमारी ही सत्ता का अंश हो जाता है, इसीलिए पत्नी को हम अर्द्धांगिनी भी कहते हैं। लगाव का कारण हमारी अस्मिता है; हम अपने शरीर को अपना क्यों मानते हैं इसका कारण भी हमारी अस्मिता ही है अन्यथा सभी जानते हैं कि शरीर भी परिवर्तनशील है, अनित्य है और प्रकृति के नियमों से संचालित होता है जिन पर हमारा कोई भी वश नहीं होता है। सतत धारणा कि यह देह हमारी है देहभाव प्रदान करती है। इसी प्रकार पति और पत्नी सतत यह सोचते हैं कि हम एक दूसरे के हैं, लगाव का कारण यही है। अन्य किसी व्यक्ति से लगाव होता ही नहीं क्योंकि हम जानते हैं कि इस व्यक्ति से हमार संसर्ग अनित्य है, यह व्यक्ति न तो रुग्णता में हमारी परिचर्या करेगा और न ही बुढ़ापे में हमारा साथ देगा। लगाव पति और पत्नी में ही हो सकता है क्योंकि दम्पति ही अभाव और विपत्ति में एक दूसरे को सम्भालते हैं। यौन का सम्बंध भी मात्र शरीर से ही नहीं होता अपितु मन और आत्मा से भी होता है जब तक कोई लगाव नहीं हो और नित्य साहचर्य का आश्वासन नहीं हो तब तक संसर्ग से भी कुछ सुख नहीं मिलता क्योंकि यौनक्रिया में कोई गहराई नहीं आती। लगाव के अभाव में यौनक्रिया में संलग्न होने वाले स्त्री-पुरुष एक दूसरे से वस्तु जैसा व्यवहार करते हैं। एक दूसरे से वस्तु जैसा व्यवहार करना ही व्यभिचार है। किन्तु अधिकांश लोगों को भूल करने के बाद यह बात समझ में आती है इसलिए भूल होना भी स्वाभाविक है। इसलिए मेरी दृष्टि यह है कि हमें विवाहपूर्व मेलजोल को स्वीकार करना चाहिए। इससे दो लाभ होंगे, एक तो विवाह अपरिचय से नहीं निकलेगा और दूसरे विवाह के बाद भूल करने के कारण समाप्त हो जाएंगे। किन्तु दाम्पत्य की सफलता और संतान की अभिरक्षा के लिए यह आवश्यक है कि विवाह के पश्चात् भूल नहीं हो। प्रत्येक बच्चा बचपन में भटकता है क्योंकि वह घर से दूर निकल जाना चाहता है लेकिन भटकते ही उसे घर का महत्त्व भी समझ में आ जाता है। यदि भूल हो भी जाए तो पति-पत्नी को इसे सिद्धांत नहीं बनाना चाहिए और न ही एक दूसरे के प्रति अपनी भूलों को उद्घाटित करना चाहिए। पारस्परिक भूलों का ज्ञान होते ही लगाव समाप्त हो जाता है और परस्पर वितृष्णा हो जाती है। यदि दम्पति एक दूसरे के सामने ही शौच अथवा श्लेष्मा का विसर्जन करने लग जाएं तो क्या उनके बीच का रोमांस बना रह सकता है? यह तर्क भी सभी स्त्रियों पर लागू नहीं होता कि स्त्री का मन अधिक अस्थिर होता है। वस्तुतः तो सत्य इसके विपरीत है। क्योंकि स्त्री को मां बनना है और बच्चों को पालना है, प्रकृति उसे अधिक संयम

290 अधूरा सच

और स्थिरता देती है। अधिकांश पशु-पक्षी भी एक ऋतु में एक दूसरे का साथ नहीं छोड़ते हैं। यह बात अलग है कि एक ऋतु समाप्त होते ही उनके शिशु आत्मनिर्भर हो जाते हैं और उनका दायित्व भी समाप्त हो जाता है किन्तु मनुष्य का दायित्व आजीवन चलता है। माता और पिता दोनों मिलकर ही बच्चे को अच्छी तरह पाल सकते हैं। प्रकृति हमें आंख, कान, नासिका, हाथ और पांव सभी दो-दो देती है इसी प्रकार एक बालक को भी माता और पिता दोनों ही देती है। यह उसके संरक्षण के लिए आवश्यक भी है। वरना एक आंख का क्या भरोसा, क्या कोई खोले और क्या कोई बंद करे?

सुपर्णा-यह तो वही बात हो गई कि हम सुरक्षा और स्वतंत्रता दोनों का एक साथ वरण नहीं कर सकते और हमें दोनों में से किसी एक को छोड़ना पड़ता है।

पारिजात-सोचने की बात यह है कि क्या सुरक्षा के बिना स्वतंत्रता सम्भव हो सकती है? विवाह सुरक्षा देता है और निरपेक्ष स्वतंत्रता को वर्जित करता है किन्तु क्या निरपेक्ष स्वतंत्रता जैसी कोई स्थिति कभी सम्भव है? मेरा मानना है कि स्वतंत्रता कभी निरपेक्ष नहीं हो सकती क्योंकि मनुष्य अकेला नहीं है वह अन्य मनुष्यों के साथ सहअस्तित्व में है। इसी बात को हम अन्य तरीके से भी कह सकते हैं। यह सच है कि विवाह और मुक्तयौन एक साथ नहीं हो सकते। विवाह स्वभावतः ही एक प्रकार का कमिटमेंट है तथा कमिटमेंट और फ्रीडम परस्पर विरोधी हैं। क्या कोई कमिडेट फ्रीडम अथवा फ्री कमिटमेंट जैसी धारणा हो सकती है? स्पष्ट है कि यह सम्भव नहीं है; इसीलिए प्रत्येक पति और पत्नी को अपराधबोध का अनुभव होता है। किन्तु स्थिति यह है कि विवाह का उन्मूलन भी सम्भव नहीं है क्योंकि यौवन ही जीवन का एकमात्र सच नहीं है, बचपन और बुढ़ापा भी उतने ही बड़े सच हैं। न तो स्वतंत्रता कभी निरपेक्ष हो सकती है और न ही सुरक्षा के अभाव में प्रत्येक व्यक्ति एक तनावरहित जीवन बिता सकता है। बात सिर्फ इतनी है कि यदि हम नासमझ हैं तो हम नैसर्गिक निष्पत्तियों के नियम को नहीं समझ पाते हैं।

सुपर्णा-हम स्त्रियों का सोचना यह है कि विवाह के भीतर भी स्वतंत्रता हो सकती है। स्त्रियां न तो विवाह की सुरक्षा को खोने को तैयार हैं और न ही अपनी स्वतंत्रता खोने को तैयार हैं। विवाह का आधार ईर्ष्या और आधिपत्य की भावना हो क्या यह सदा चल सकता है?

पारिजात-विवाह और स्वतंत्रता में से एक को जाना पड़ेगा। क्या हम एक ही व्यक्ति के प्रति मन में एक ही समय दो प्रकार की धारणाएं रख सकते हैं कि यह व्यक्ति मेरा है भी और नहीं भी है? जिन कारणों से प्रेम और लगाव पैदा होता है उन्हीं कारणों से ईर्ष्या भी पैदा होती है; ईर्ष्या तभी तिरोहित हो सकती है जबकि प्रेम भी तिरोहित हो जाए, यह प्रत्येक सांसारिक मनुष्य की

स्थिति है। जिन्हें सत्योपलब्ध व्यक्ति कहते हैं उनके मन में न तो लगाव होता है और न ही ईर्ष्या होती है; उनके मन में सिर्फ करुणा उत्पन्न होती है और करुणा प्रेम नहीं है तथा प्रत्येक व्यक्ति सत्य को उपलब्ध होता भी नहीं है और हम ऐसी समस्या के बारे में विचार कर रहे हैं जो कि सबको प्रभावित करती है। जिन संस्कृतियों में पुरुष के अपनी पत्नी के अतिरिक्त पांच-दस अन्य स्त्रियों से भी सम्बंध होते हैं और स्त्री के अपने पति के अतिरिक्त पांच-दस अन्य पुरुषों से भी सम्बंध होते हैं वहां विवाह मात्र एक औपचारिकता बन कर रह जाता है और प्रत्येक व्यक्ति स्वयं को अकेला और असुरक्षित अनुभव करता है। विवाह का उद्‌गम व्यक्तिगत सम्पत्ति की प्रथा के कारण हुआ है; पुरुष स्वयं के गुणसूत्रों से उत्पन्न बच्चों को अपने सर्वाधिक निकट समझता है और अपनी सम्पत्ति ऐसे ही बच्चों को स्थानांतरित करना चाहता है; यदि विवाह के भीतर स्वतंत्रता की बात की जाए तो विवाह का उद्‌देश्य ही समाप्त हो जाता है। इसके अतिरिक्त जीवन भी दुष्कर हो जाता है क्योंकि एक बहुत ही मेधावी पिता के घर में मूर्ख बच्चों का जन्म हो सकता है और एक बहुत ही भले पिता के पल्ले अपराधी प्रवृत्ति के बच्चे भी पड़ सकते हैं। क्या तुमने कभी सुना है कि कोई आदमी मर गया हो और मृत्युपूर्व यह वसीयत कर गया हो कि उसकी सारी सम्पत्ति का एक ट्रस्ट बनाया जाए और रोज बंदरों को केले खिलाए जाएं? मनुष्य सामान्यत: ऐसा नहीं करता है क्योंकि बंदरों के गुणसूत्र मनुष्यों के गुणसूत्र से बहुत भिन्न हैं। किन्तु प्रत्येक मनुष्य के गुणसूत्र अन्य दूसरे मनुष्यों के गुणसूत्रों से भी भिन्न होते हैं। प्रत्येक पिता अपने पुत्र को स्वयं के गुणसूत्रों से ही जन्म देना चाहता है, यही विवाह का अर्थ है। प्रत्येक पिता यह चाहता है कि उसके बच्चों के व्यक्तित्व का तालमेल उसके स्वयं के व्यक्तित्व से बैठे, तभी साथ रहा जा सकता है। कहा जाता है कि जैसा पिता वैसा ही पुत्र और प्रत्येक पिता भानुमति के कुनबे से बचना चाहता है। विवाह के भीतर स्वतंत्रता हो यह पुरुष के लिए बहुत अप्रिय स्थिति है, इससे उसका जीवन ही असत्य हो जाता है। पश्चिमी सभ्यता में पुरुष का शोषण हो रहा है और वह सुखी नहीं है, लगभग सौ साल पहले पश्चिम में भी नैतिकता के मानदण्ड वही थे जो कि आज भारत में हैं।

सुपर्णा-यही तो मैं कहती हूं कि सभी कुछ परिस्थितिजन्य है। आज की पढ़ी लिखी औरत आर्थिक रूप से आत्मनिर्भर होना चाहती है और अपनी व्यावसायिक महत्त्वाकांक्षा को भी महत्त्व देती है। उसे घर से बाहर भी रहना पड़ता है, अकेले भी रहना पड़ता है और दूसरे पुरुषों से मिलना-जुलना भी पड़ता है। मन तो जैसा पुरुष का होता है वैसा ही स्त्री का भी होता है और प्रत्येक स्त्री से संयम की अपेक्षा रखना अमानवीय है। अधिकांश स्त्रियां एकांत में पर पुरुष का सान्निध्य मिलते ही अपने पति को भूल जाती हैं और तुम कहते हो कि ऐसे में विवाह का अर्थ क्या है?

पारिजात-इन सारी स्थितियों का परिणाम एक ही है कि विवाह की संस्था नहीं बच सकेगी। किन्तु इस देश की परिस्थितियां अभी विवाह के अतिक्रमण और मुक्त यौन के प्रति आग्रह की नहीं हैं। इसके लिए प्रथमत: सभी स्त्रियों का आर्थिक रूप से आत्मनिर्भर होना आवश्यक होगा और तदनंतर हमें ऐसी सामाजिक संस्थाएं खड़ी करनी होंगी जो बचपन व बुढ़ापे में हमें सुरक्षा दे सकें। इसके लिए पर्याप्त समय चाहिए; यहां तक कि पश्चिम भी अभी इस स्थिति के लिए तैयार नहीं है। यह हुआ भी तो यह अफसोस हमेशा ही मनुष्य को रहेगा कि उसे विवाह को अलविदा कहना पड़ा।

कोई दस दिन बाद सिद्धार्थ भी मणिपाल से खजुराहो आ गया। चारों फिर एक बार साथ-साथ रहने लगे। ऐसा लग रहा था जैसे कि बीता हुआ वक्त एक बार फिर लौटकर वापस आ सकता है। सबसे अधिक प्रसन्नता सिद्धार्थ को हो रही थी क्योंकि उसे पहली बार मां और पिता का सान्निध्य मिल रहा था। पारिजात की मां भी बहुत प्रसन्न थीं। किन्तु सुपर्णा और पारिजात जैसे प्रतिपल एक वितृष्णा में जी रहे थे। उनके शयनकक्ष भी पृथक-पृथक थे। एक कक्ष में सुपर्णा और सिद्धार्थ का आवास था, दूसरे कमरे में पारिजात रह रहा था और बीच का कमरा मां का शयनकक्ष था। कभी-कभी सिद्धार्थ दादी के कमरे में भी सो जाता था, उसे दादी के साथ रहना अच्छा लगता था। जैसे-तैसे करके अवकाश बीता और सिद्धार्थ के मणिपाल वापस लौटने का समय आ गया। मां को भी सुपर्णा और पारिजात के मध्य व्याप्त तनाव व असहजता उद्विग्न कर रहे थे।

सुपर्णा ने पूछा-क्या हम फिर से एक साथ रह सकते हैं पारिजात?

पारिजात-यह बात तो पंद्रह साल पहले ही समाप्त हो गई थी सुपर्णा जबकि तुमने मेरे विश्वास को तोड़ दिया था। हम साथ रहने के बारे में इसीलिए विचार करते हैं क्योंकि पांच वर्ष का दामपत्य-जीवन हमने एक साथ बिताया है किन्तु यह अधूरा सच है क्योंकि सच यह भी है कि हम पिछले पंद्रह वर्षों से अलग-अलग रह रहे हैं। जब भी दुबारा हम वही होने का प्रयास करेंगे तो ये बीच के पंद्रह वर्ष हमारे मध्य आकर खड़े हो जाएंगे। अब कभी भी हमारा साहचर्य सहज और विश्रांत नहीं हो सकता। प्रतिपल एक संत्रास को जीने से अच्छा है कि हम दूर-दूर ही रहें और एक दूसरे को भूल जाएं।

सुपर्णा-किन्तु सिद्धार्थ तो हम दोनों का बेटा है। अब न तो किसी दूसरी स्त्री का तुम्हारे जीवन में वह स्थान हो सकता है जो कि मेरा है और न ही मेरे जीवन में किसी दूसरे पुरुष का वह स्थान हो सकता है जो कि तुम्हारा है।

पारिजात-तुम एक बार मेरे विश्वास को तोड़ चुकी हो और अब मैं तुम पर दुबारा विश्वास नहीं कर सकता। फिर तुम भूल गई हो कि जयपुर में तुम्हारे माता-पिता अकेले हैं, फिर तुम यह भूल गई हो कि कला के क्षेत्र में तुम एक इतिहास बना सकती हो। गया हुआ वक्त कभी दुबारा नहीं लौट सकता सुपर्णा।

मैं तुम्हें उन पंद्रह वर्षों के लिए कैसे क्षमा कर सकता हूं जो मैंने अकेले रहकर गुजारे हैं? मैं यह कैसे भूल सकता हूं कि यह तुम्हीं हो जिसके कारण सिद्धार्थ का बचपन भी मुझसे छिन गया था?

सुपर्णा-सिद्धार्थ चाहता है कि उसे दोनों का प्यार मिले माँ का भी और पिता का भी।

पारिजात-सिद्धार्थ अब बड़ा हो गया है सुपर्णा, वह जब भी चाहे मुझसे यहां मिलने के लिए आ सकता है। सिद्धार्थ के कारण अब हमारा साथ रहना आवश्यक नहीं है। जब जीवन का वसंत ही हमने एक दूसरे से दूर रहकर बिता दिया तो अब जीवन के पतझड़ में हमारे लिए कौन-सा अचूक आमंत्रण है?

इसके बाद सुपर्णा सिद्धार्थ को लेकर चली गई थी। जो कालखण्ड अतीत से विलग होकर वर्तमान में आ गया था वह फिर अतीत से जाकर जुड़ गया। मां के बुढ़ापे को देखते हुए परिजात को दूसरा विवाह भी करना पड़ा यद्यपि वह अब पैंतालीस से ऊपर हो चला था। सिद्धार्थ मेडिकल कॉलेज मणिपाल में पढ़ रहा है और कभी-कभी छुट्टियों में खजुराहो भी आ जाता है। कहीं यह सच भी तो अधूरा नहीं? ■

www.ingramcontent.com/pod-product-compliance
Lightning Source LLC
Chambersburg PA
CBHW070443030726
47503CB00004B/870
* 9 7 8 8 1 2 8 8 2 1 6 5 3 *